U0636429

"十四五"国家重点出版物出版规划项目

国家社科基金重大项目（21&ZD269）阶段成果

新中国少数民族文学史料整理与研究（1949—1979）

学术委员会

主　任：朝戈金

委　员：（按姓氏笔画排序）

丁　帆　丁克毅　王宪昭　文日焕　包和平

刘　宾　刘大先　刘亚虎　汤晓青　李　瑛

李晓峰　吴　刚　邹　赞　汪立珍　张福贵

哈正利　钟进文　贾瑞光　徐新建　梁庭望

韩春燕

国家出版基金项目

NATIONAL PUBLICATION FOUNDATION

新中国少数民族文学史料整理与研究

当代作家作品争鸣卷（1949—1979）

李晓峰　邹　赞　方思瑶◎著

辽宁师范大学出版社

·大连·

© 李晓峰 邹 赞 方思瑶 2024

图书在版编目 (CIP) 数据

新中国少数民族文学史料整理与研究：1949—1979.
当代作家作品争鸣卷 / 李晓峰, 邹赞, 方思瑶著.
大连：辽宁师范大学出版社, 2024.11. -- ISBN 978-7-
5652-4517-6

Ⅰ. I207.9

中国国家版本馆CIP数据核字第2024UF1218号

XINZHONGGUO SHAOSHU MINZU WENXUE SHILIAO ZHENGLI YU YANJIU（1949—1979）·DANGDAI ZUOJIA ZUOPIN ZHENGMING JUAN

新中国少数民族文学史料整理与研究（1949—1979）·当代作家作品争鸣卷

策划编辑：王 星
责任编辑：杨斯超 韩福娜
责任校对：杨焯理
装帧设计：宇雯静

出 版 者：辽宁师范大学出版社
地 址：大连市黄河路850 号
网 址：http://www.lnnup.net
　　　　http://www.press.lnnu.edu.cn
邮 编：116029
营销电话：0411 - 82159915
印 刷 者：大连图腾彩色印刷有限公司
发 行 者：辽宁师范大学出版社

幅面尺寸：170 mm × 230 mm
印 张：27.5
字 数：448千字

出版时间：2024年11月第1版
印刷时间：2024年11月第1次印刷
书 号：ISBN 978-7-5652-4517-6

定 价：162.00 元

出版说明

　　本书所收均为少数民族文学研究领域的珍稀史料，其写作时间跨越数十年，不同学者的语言风格不同，不同年代的刊印标准、语法习惯及汉字用法也略有差异，个别文字亦有前后不一、相互抵牾之处，编者在选编过程中，为了尽量展现史料原貌，尊重作者当年发表时的遣词立意，除了明显的误植之外，一般不做改动。对个别民族的旧称、影响阅读的标点符号用法及明显错讹之处进行了勘定。

　　同时，为了保证本书内容质量，在选编过程中，根据国家出版有关规定，作者和编辑在不影响史料内容价值的前提下，对部分段落或文字做了删除处理，对个别不规范的提法采用"编者注"的方式进行了说明，对于此种方式给读者带来的阅读困扰，敬请谅解。

目 录

"三交"史料体系中的新中国少数民族文学史料

各民族文学史料是中华民族共同体史料体系的重要组成部分,文学史料的整理和研究,在中华民族共同体研究的话语体系、理论体系建设中,具有不可替代的作用。习近平总书记在 2023 年 10 月 27 日中共中央政治局第九次集体学习时提出"加快形成中国自主的中华民族共同体史料体系、话语体系、理论体系",这对民族文学史料科学建设具有重大历史意义。

在"三大体系"中,史料体系是基础。犹如一栋大厦,根基的深度、厚度和坚实程度,决定着大厦的高度和质量。而中华民族共同体史料体系的完整性、系统性、科学性,在"三大体系"建设中至关重要。对现代学科而言,完整的史料体系,包括政治、经济、社会、法律、文化各个方面,缺一不可,否则,就难言史料体系的完整性、系统性、科学性。正是从这一意义上,将各民族文学史料纳入中华民族共同体史料体系之中,就显得尤为必要。

一、民族文学史料在"三交"史料体系中的地位和价值

各民族文学交往交流交融史料,在中华民族共同体史料体系中具有举足轻重的地位,在中华民族共同体话语体系、理论体系建设中,具有不可替代的作用。这是由文学自身的特点,以及文学史料在还原中华民族多元一体格局形成的历史,全面总结和评价新中国成立以来,少数民族文学以文学的方式,在宣传党的民族

政策、促进各民族团结、培养各民族国家认同中发挥的不可替代的作用决定的。

首先，文学是人类最广泛、最丰富的活动，是人类情感与精神最多样、最全面、最生动、最直接的表达方式，是人类历史最生动、最形象、最全面、最深刻的呈现形式，所以文学经常被认为是人类的心灵史、民族的命运史、国家的成长史。

文学诞生于人类最早的生产活动和精神活动。《吕氏春秋·古乐》云："昔葛天氏之乐，三人操牛尾，投足以歌八阕：一曰载民，二曰玄鸟，三曰遂草木，四曰奋五谷，五曰敬天常，六曰达帝功，七曰依地德，八曰总万物之极。"在学界，一般认为这是对中国原始诗歌和舞蹈起源的史料记载，对人们了解原始诗、歌、舞三位一体的形态和内容具有重要的史料价值，同时也是文学起源于劳动学说的最好例证。鲁迅先生在《门外文谈》中也说："我们的祖先的原始人，原是连话也不会说的，为了共同劳作，必需发表意见，才渐渐的练出复杂的声音来，假如那时大家抬木头，都觉得吃力了，却想不到发表，其中有一个叫道'杭育杭育'，那么，这就是创作；大家也要佩服，应用的，这就等于出版；倘若用什么记号留存了下来，这就是文学；他当然就是作家，也是文学家，是'杭育杭育派'。"这里谈的也是文学起源、作家与作品的关系、文学流派的产生，其观点与《吕氏春秋·古乐》一脉相承。

从文学发展历史来看，文学是人类对外部客观世界、人类的生产生活实践和人的内在精神世界的直接反映。口头文学是早期人类文学生产、传播的主要形式。口头文学的口头性、集体性、变异性、传承性，一方面使大量的文学经典一直代代相传地活在人们的口头上，同时，在传承中出现了诸多的变异和增殖；另一方面，人类口耳相传的口头文学具有综合性，不仅与劳动生活融为一体，而且和其他艺术门类综合在一起，所谓诗、歌、舞、乐一体即是对其综合性的概括。中国活态史诗《格萨（斯）尔》《江格尔》《玛纳斯》便是经典例证。

文字产生以后，有了书面文学。但口头文学与书面文学并行不悖且同步向前发展，二者之间的关系复杂多样。

从史料的角度来说，文字的产生，使人类早期口头文学得到记录、保存和流传。可以确定的是，文字产生之后相当长的时期，文字一方面成为文学创作的直接手段,即时性地记录了人们的文学创作活动,另一方面也成为口耳相传的口头文学向书面文学转换和固化的唯一媒介和符号。在早期被转化的文学,就包括人类代代相传的关于人类起源、迁徙、战争等重大题材和主题的神话传说。历史学已经证实,人类早期的神话传说包含着丰富的历史信息、文化信号和精神密码。例如,殷商时期的甲骨文,记录了商人的生活情形,使后人约略获取一些商朝历史发展的信息。而后来《尚书》《周礼》中关于夏、商、周及其之前的碎片化的记载,以及后来知识化的"三皇""五帝"的"本纪",其源头无一不是口头神话传说。

也正是口头文学的口头性、集体性、变异性、传承性,使这些口头神话传说在不同的典籍中有了不同样态,五帝不同的谱系就是一个例证。司马迁在《五帝本纪》中对五帝的记叙,仅仅是其中的一个谱系。即便是目前文献记载最早的中华民族创世神话三皇之一的伏羲也是如此。吕振羽在《史前期中国社会研究》中,认为伏羲神话是对渔猎经济的反映,具有史前社会某一个时期的确定性特征。刘渊临在《甲骨文中的"虵"字与后世神话中的伏羲女娲》中,骆宾基在《人首龙尾的伏羲氏夏禹考——〈金文新考·外集·神话篇〉之一》中,都将目光投向早期文字记载中的伏羲,是因为,这是最早的关于伏羲的文献史料。有意味的是,芮逸夫在《苗族的洪水故事与伏羲女娲的传说》中,认为伏羲女娲神话的形成可追溯到夏、商;杨和森在《图腾层次论》一书中,又认为伏羲是彝族的虎图腾及葫芦崇拜。他们的依据之一便是这些民族代代相传的神话传说的口头史料和文献史料。这些讨论,一是说明早期文献典籍对人类口头文学的记载,既多样,又模糊;二是说明对中国早期文明形态、文明进程的研究,离不开人类口头文学;三是说明对中国早期文明的研究应该有中华文明起源"满天星斗"的视野;四是说明同一神话传说在不同民族传播的表象下呈现出来的各民族文化交流交融是一个值得从中华民族共同体角度研究的历史现象。

从文献史料征用的角度来说,作为人类口头文学的神话传说,后来被收进了各种典籍,作为历史文献被征用。此后,又被文学史家因其文学的本质属性从历史文献中剥离出来,纳入文学史的知识体系。文学独立门户自班固《汉书》首著《艺文志》始,在无所不包的宏大史学体系中,文学有了独立的归类和身份,但仍在"史"的框架之中。至《四库全书》以"集部"命名文学,将其与经、史、子并列,文学身份地位进一步确定和提升。但子部所收除诸子百家之著述外,艺术、谱录、小说家等无不与文学关涉,这又说明历史与文学的关系是盘根错节、难以分割的。这种特性,也造就了中国古代历史和古代文学史的"文史不分"——没有"文学"的历史与没有"历史"的文学,都是不可想象的,这也充分说明文学史料在整个史料中的地位、价值和意义。文学描写的是人类活动,表达的是人类情感和思想,传递的是人们对美好生活的向往,是人类诗意栖居的共有家园。这是历史学其他分支学科所无法做到的。而人是活在具体的历史之中的,正如"永王之乱"之于李白,《永王东巡歌》作为李白被卷入"永王之乱"的一个文字证据而被使用。因此,历史学的专门史,是文学史的基本定位。如此,文学史料在史料体系中的地位和价值就是不容忽视的存在。

其次,在马克思主义理论中,文学艺术与哲学、政治、法律、道德、宗教一起,构成了马克思主义社会意识形态的主体要素。文学被视为意识形态的原因在于,它是社会意识形态的一种表现形式,并且具有意识形态的属性。

我们知道,意识形态是人对于事物的理解和认知,是人的观点、观念、概念、价值观等的总和。意识形态也是一定的政治共同体或社会共同体主张的精神思想形式,是社会意识诸形式中构成思想上层建筑的组成部分。文学作为人类一种精神活动及其产品,是由人们对人类社会发展的历史和社会现实的认知所决定的。就文学与历史、文学与生活的关系而言,文学以不同的形式,表现或传达人们对历史和现实生活的认知和内心情感。一是"文以载道""兴观群怨",说明文学并不是社会生活在人们头脑中的简单重现,而是包含着创作者的世界观、人生观、价值观等意识形态元素,这些元素通过作品的人物塑造、情节安排等方式,向读者传达出来。二是文学是审美的意识形态,它既是一种创造美和欣赏美的社会活动,同时也是一种以美为创造对象和欣赏对象的意识层面的活动,这种活动伴随着什么是美和美是什么的追问,也伴随着人类情感、精神和思想境界的升华。因此,习近平总书记在《在文艺工作座谈会上的讲话》中指出:文艺事业是党和人民的重要事业,文艺战线是党和人民的重要战线。文艺是时代前进的号角,最能代表一个时代的风貌,最能引领一个时代的风气。这说明,党和国家对文学的意识形态属性高度重视。而事实上,在意识形态之中,文学正是以对历史的重构、现实的观照,人类对美的追求的表达,承担着其他意识形态无法替代的社会功能,这也决定了文学史料在整个史料体系中的特殊价值。

再次,文学上的交往交流交融,对推动中华民族从多元走向一体的历史进程,推动中华民族凝聚力的形成和中华文化认同,影响深远而巨大。这是由文学的巨大历史载量、巨大思想力量、巨大情感力量、巨大审美力量所决定的。没有什么是文学所不能承载的,所以文学在各民族交往交流交融中,既是显性的交往(如文化层面的交流互动、文学作品的跨民族、跨文化传播),又是精神、情感和心灵层面的属于文学接受和影响范畴的隐性的深度渗透。作为文化的直接载体和表现符号,文学具有先天优势。正因如此,在中华民族交往交流交融历史上,留下了浩如烟海的文学史料。例如,根据历史文献的记载,文成公主入藏时,所携带的书籍中不仅有佛经、史书、农书、医典、历法,还有大量诗文作品。藏区最早的汉文化传播,就是从先秦儒家经典和《诗经》《楚辞》开始的。再如,辽代契丹人不但实行南面官北面官制,还学汉语习汉俗,更是对《诗经》、《楚辞》、汉赋、唐诗、宋词照单全收。辽圣宗耶律隆绪对白居易崇拜有加,自称"乐天诗集是吾师"。耶律楚材在西域征战中习得契丹语,将寺公大师的契丹文《醉义歌》翻译成汉语,不仅使之成为留存下来的契丹最长诗歌作品,也使我们从中领略到契丹人思想领域中的多元状态——既有陶渊明皈依自然的思想,又有老庄思想与佛教的思想观念。而这种多元的思想是契丹基本的思想格局,它不仅反映了契丹社会的开放性和包容性,更显示了契丹文化与其他民族文化的交融,特别是对汉族文化的吸收。这些生动丰富的文学史料,从生活出发,经由文学,抵达人的思想和精神层面,共鸣并升华为中华民族的向心力和凝聚力,极大地促进了各民族交往交流交融,成为中华民族从多元走向一体的文学记录。

也正因如此,党和国家对各民族文学史料高度重视。早在 1958 年,党和国

家在全国各民族社会历史调查和语言调查取得丰硕成果的基础上，决定由中华
人民共和国国家民族事务委员会主持编写《中国少数民族》《中国少数民族简史
丛书》《中国少数民族语言简志丛书》《中国少数民族自治地方概况丛书》《中国
少数民族社会历史调查资料丛刊》（简称"民族问题五种丛书"），这一系统而浩
大的国家历史工程历经艰辛，于2009年修订完成，填补了中国历史研究的空
白，成为研究中华民族从多元走向一体的基础文献。

　　而同年，由中共中央宣传部直接领导，各省区党委负责，中国科学院文学所
主持的中国少数民族文学史（概况）编写工程启动。

　　中国少数民族文学史（概况）编写与"民族问题五种丛书"作为社会主义意
识形态重大工程和国家重大历史文化工程的同时启动，说明党和国家对少数民
族文学的重视，也说明各民族文学史料之浩繁、历史之悠久、形态之特殊，是"民
族问题五种丛书"无法完全容纳的，须独立进行。例如，《蒙古族简史》在"清代
蒙古族的文化"一章中，专设"文学作品"一节，但这一节仅介绍了蒙古族部分作
家作品，没有全面总结蒙古族文学与汉族、满族等民族文学交流融合的历史进
程。其他民族的"简史"存在同样的问题。

　　事实证明，正是新中国成立后对各民族文学的有组织的全面调查、搜集、整
理、研究，使我们掌握了各民族文学的第一手史料，摸清了各民族文学的"家
底"，尤其是在搜集、整理过程中发掘出来的各民族文学关系史料，为揭示中华
民族从多元走向一体的思想、情感、文化动因，提供了重要的支撑。1983年中国
社会科学院毛星主编的三卷本《中国少数民族文学》第一次呈现了中国少数民
族文学发展的历史，绘制了中国少数民族文学版图。此后，马学良、梁庭望等也
陆续推出通史性质的中国少数民族文学史。而这些通史性的少数民族文学史，
正是以各民族文学史料的整理、各民族文学史（概况）的编写为基础的。

　　特别需要说明的是，20世纪90年代，梁庭望、潘春见的《少数民族文学》，立
足于各民族交往交流交融的理念，拓展和深化了少数民族文学研究，也为中国
特色的比较文学学科体系、学术体系、话语体系建设做出了积极努力。2005年，
郎樱、扎拉嘎等人的国家社科基金重大项目"中国各民族文学关系研究"立足

"关系"研究,通过对始自秦汉,止于近代的各民族关系研究,得出了"你中有我,我中有你"的历史结论,成为中华各民族交往交流交融关系研究最早、最系统、最宏观的成果。而这一成果也是作者们历时数年,对各民族文学交往交流交融史料进行的最全面的梳理和展示。

事实上,自少数民族文学学科建立以来,对各民族文学交往交流交融研究就是重点领域,特别是20世纪90年代以来,各民族文学关系研究成为少数民族文学研究的分支学科。相应地,对各民族文学交往交流交融的史料整理也自然成为研究的基础。《中国各民族文学关系研究》《20世纪中华各民族文学关系研究》《元代蒙汉文学关系研究》等都是具有代表性的成果。这些成果,不仅重新梳理、发掘了一大批各民族文学交往交流交融关系的史料,同时也进一步揭示了中国各民族自古以来的交往交流交融的历史发展规律。

因此,在"三交史料"体系中,各民族文学交往交流交融史料的重要地位是不能忽视和不可替代的。剥离了文学史料,各民族交往交流交融史料体系是不完整的。

二、新中国少数民族文学史料的性质和价值

少数民族文学史料,既是少数民族文学发展、学科建设历史的足迹,也是少数民族文学史知识生产的基础材料。

新中国少数民族文学史料是新中国文学史料体系中重要而独特的组成部分,是各少数民族文学史料的集成。这是新中国少数民族文学的性质决定的。

新中国成立后,少数民族文学被纳入社会主义新文学的整体之中,被赋予了社会主义新文学的性质。同时,少数民族文学还被党和国家赋予了宣传党的民族政策,维护国家统一,促进民族团结,促进各民族之间的了解和文化交流,反映各民族人民社会主义新生活、新面貌、新形象、新精神、新情感、新思想的社会功能和政治使命,受到党和国家的高度重视。少数民族文学因此成为国家话语的组成部分,从而与党的民族政策、各民族经济和社会发展保持密切关系。因此,无论从社会主义意识形态角度观之,从统一的多民族国家的角度观之,还

是从新中国社会主义文学的角度观之，少数民族文学的性质、功能、使命和作用都决定了少数民族文学史料国家性的特殊属性。

例如，1949 年 7 月 14 日中国第一次文代会通过的《中华全国文学艺术界联合会章程（草案）》，首次提出在即将成立的中华人民共和国的文学艺术事业中，要"开展国内各少数民族的文学艺术运动，使新民主主义的内容与各少数民族固有的文学艺术形式相结合。各民族间互相交换经验，以促进新中国文学艺术的多方面的发展"。这里的"各少数民族文学艺术"概念以及对少数民族文学的定位和发展规划，虽然与 1934 年《苏联作家协会章程》有一定联系，但重要的是，为什么在规划新中国文学时，就已经充分考虑到各少数民族文学艺术。显然，这与即将建立的新中国是一个不同于苏联的统一的多民族国家的国家性质直接相关。这样，"促进新中国文学艺术的多方面的发展"，显然超越了《苏联作家协会章程》中对各苏维埃联邦共和国中不同民族文学翻译的重视和发展各兄弟民族的文学——《苏联作家协会章程》在第四项任务中称："实行相互帮助，交换各兄弟共和国作家和批评家的创作经验，有组织地将艺术作品从一个民族的语言翻译成其他民族的语言——借此尽量地发展各兄弟民族的文学。"也就是说，《中华全国文学艺术界联合会章程（草案）》中统一的多民族国家的立场和对少数民族文学发展目标的确定明显不同于《苏联作家协会章程》。这一点在《人民文学》发刊词中得到了更直接的体现。在发刊词中，少数民族文学的国家文学、国家学科、国家学术的国家性被正式确定，各民族文学共同发展的国家意识，也都指向了统一的多民族国家，指向了统一的多民族国家中各民族一律平等，指向了反对大民族主义和地方民族主义的国家意识，指向了在统一的多民族国家的社会主义新文学的整体格局中定位少数民族文学的性质，指向了在国家文学和国家学科中通过推动少数民族文学的发展，落实党和国家的民族政策，指向了党对少数民族文学在统一的多民族国家建设中的作用的重视、规范和期待。

所以，国家在启动"民族问题五种丛书"编写的同时，也启动了少数民族文学史编写以及"三选一史"的国家工程。1979 年，少数民族文学史编写工程再次启动,《光明日报》发表述评《重视少数民族文学》,再一次发出国家声音。故而,在对少数民族文学发展和对少数民族文学史编写的重视方面,只有从建构统一的多民族国家历史知识的角度,从中华民族共同体历史知识生产的角度,才能理解和认识党和国家的良苦用心。而少数民族文学史料所呈现的历史现场也是如此。老舍在《关于兄弟民族文学工作的报告》和《关于少数民族文学工作的报告》中,从统一的多民族国家的高度,提出少数民族作家的文学创作要达到汉族作家的水平,清楚地表明了以平等为核心,共同发展为目标的民族政策在少数民族文学事业上的国家顶层设计。

历史地看,新中国少数民族文学以积极主动的姿态实现了国家对少数民族文学性质、功能、作用的定位和期待。例如,玛拉沁夫的《科尔沁草原上的人们》在《人民日报》的短评中斩获了五个"新",从作家角度说,是因为其对少数民族文学性质、功能、作用的实践;从国家层面说,是因为党和国家对少数民族文学所承担的责任和使命得到了很好践行的充分肯定。再如,冰心的《〈没有织完的统裙〉读后》也是一个典型案例。冰心从"云南边地自然风光和民族风情""新人新事""毛主席伟大民族政策在云南的落地生根"三个观察点进行分析,这三个观察点同样也来自国家赋予少数民族文学的功能和使命。与《科尔沁草原上的人们》不同的是,在冰心这里,少数民族文学在促进各民族之间的了解和文化交流方面的功能得到强调。冰心说,"那些迷人的、西南边疆浓郁绚丽的景色香味的描写,看了那些句子,至少让我们多学些'草木鸟兽之名',至少让我们这些没有到过美丽的西南边疆的人,也走入这醉人的画图里面"。而且,民风民俗同样吸引了冰心,特别是作为民族智慧结晶的民族谚语,更引起她的注意:"还有许多十分生动的民族谚语,如:'树叶当不了烟草','老年人的话,抵得刀子砍下的刻刻','树老心空,人老颠东','盐多了要苦,话多了不甜','树林子里没有鸟,蝉娘子叫也是好听的'……等等,都是我们兄弟民族人民从日常生活中所汲取出来的智慧。"所以,冰心"兴奋得如同看了描写兄弟民族生活的电影一样"[①]。

---

① 冰心:《〈没有织完的统裙〉读后》,《民族团结》1962 年第 8 期。

冰心的评价既表现了国家对少数民族文学的期待和规范,同时也呈现了少数民族文学在增进各民族了解和文化交流方面的作用和少数民族文学独特的美学特质。正如老舍1960年在《兄弟民族的诗风歌雨》中所说:"各民族的文学交流大有助于民族间的互相了解与团结一致。"①

少数民族文学史料的国家性,使之成为新中国文学史料体系中具有独特价值的不可或缺的组成部分。

首先,少数民族文学史料真实客观地记录了党和国家从统一的多民族国家和中华民族共同体建设的高度,发展少数民族文学的国家立场和实际举措。

其次,少数民族文学史料真实客观地呈现了少数民族文学对党和国家赋予的功能、使命的践行,真实客观地反映了各民族社会生活的历史性巨变。

再次,少数民族文学史料忠实记录了少数民族文学自身的发展历程,记录了不同历史时期政治文化语境的变化对少数民族文学创作、文学批评和理论研究的深刻影响。

最后,少数民族文学史料真实客观地反映了少数民族文学对中国文学做出的巨大贡献。各民族民间文学的搜集整理,少数民族古代作家作品的研究,当代各民族文学发展研究,不仅渗透到中国语言文学的各个学科,而且高度体现了中国文学史的多民族共同创造的属性。各民族文学史料对中国文学史料的丰富、完善,不仅为少数民族文学史研究,也为新中国文学史研究提供了基础材料。

所以,少数民族文学史料的性质和政治价值、社会价值、历史价值、文化价值、文学价值都是值得重视和研究的重要课题。

三、新中国少数民族文学史料形态

"形态"一词通常指事物的形式和样态、状态。在这里,笔者更倾向于从研究生物形式的本质的形态学角度来认识新中国少数民族文学史料,借鉴形态学

---

①　舒舍予:《兄弟民族的诗风歌雨》,《新华半月刊》1960年第9期。

注重把生物形式当作有机的系统来看待的方法,不仅关注部分的微观分析,也注重总体上的联系。

史料基本形态无外乎文献史料、口述史料、实物史料、图片史料、数字(电子)史料五种。专门研究史料形态及其演变规律的史料形态学,关注的重点是史料的形态、结构、特征以及它们在不同历史时期和文化背景下的变化,史料形态与社会、政治、文化等因素的相互关系,以及这些因素如何影响史料的形成、传播和保存等。通过深入研究史料形态学,我们可以更好地理解史料的本质、来源、传播和保存方式,从而更准确地解读历史信息,揭示历史事件的真相。这样,史料形态学的研究就要从史料的形态入手。新中国少数民族文学史料也是如此。

从有机的系统性角度来看,无论是对新中国少数民族文学整体评价的文献史料,还是微观形态的作品评论史料,乃至一则书讯、新闻报道,都指涉着特定历史语境中的意识形态、社会思潮、社会生活、文学创作、文学评价所构成的彼此关联和指涉的有机系统的整体性和内部的丰富性、复杂性。这些要素各有特定的内涵和不同话语形态,但其内在价值取向的指向性却具有一致性和共同性的特点。至于对社会生活反映的话语的不同,对不同问题的阐发的不同,学术观点的争论甚至某一人观点前后的矛盾,也都是一体化的政治文化语境下,不同的文学观念与社会价值观念的对话、冲突、调适,并且受控于国家意识形态规范的结果。因此,对史料系统的有机性的重视,对史料系统完整性程度的评估,对不同史料关系的梳理,对具体史料生成原因的挖掘,直接关系到真实、客观、全面还原少数民族文学的历史现场。

从史料留存的基本情况看,1949—1979年少数民族文学史料形态涵盖了前述五种形态,但各形态史料的数量、完整性极不平衡。其中,文献史料最多且散佚也最多,口述史料较少且近年来也未系统开展收集工作,图片史料少而分散,故更难寻觅,实物史料则少而又少。因此,以文献史料特别是学术史料为主体的史料形态是本书史料的主要特征和重点内容,这也是由目前所见少数民族文学史料的主体形态和客观情况所决定的。

文献史料在史料形态中的地位自不必言，而文献史料存世之情形对研究的影响一直作为无法破解的问题，存在于史料学和各学科研究之中。孔子在《论语·八佾篇》中言：夏礼，吾能言之，杞不足征也；殷礼，吾能言之，宋不足征也。文献不足故也，足，则吾能征之矣。在这里，孔子十分遗憾地感叹关于杞、宋两国典籍和后人传礼之不足，十分清楚地说明了史料与传承的重要性。孔子尚感复原夏殷之礼受史料不足的局限，后人研究夏殷之礼的难度就可想而知了。正如梁启超所说："时代愈远，则史料遗失愈多而可征信者愈少，此常识所同认也。"同时，他还说："虽然，不能谓近代便多史料，不能谓愈近代之史料即愈近真。"①这也是梁启超在研究中国历史时，对晚近史料之不足与史料之真伪情形的有感而发。他的感想，也成为所有治史料之学人的共识。傅斯年所说的"有一分材料说一分话"，指出了远古史料、近世史料的基本状况、形态以及使用史料的基本规范和原则，但从中也不难体察出治史者对史料不足的无奈。

少数民族文学史料也是如此。本书搜集整理的是 1949 年至 1979 年间的少数民族文学史料。其起点距今不过 70 多年，终点不过 40 多年。按理说，这 30 年间，国家建立了期刊、报纸、图书出版发行体系，建立了国家、省、市、县、乡镇的体系化图书馆。早在 20 世纪 50 年代，许多工厂、机关、学校、街道在极其艰难的条件下，陆续建立了图书阅览室。另外，从国家到地方，也有健全的档案体系，文献史料保存的系统是较为完备的。但是，史料的保存现状却极不乐观。以期刊为例，即便国家图书馆，也未存留 20 世纪 50 年代出版的少数民族文学的全部期刊。已有的部分期刊，断刊情况也非常严重。特别是 20 世纪 80 年代后期，因为种种原因，许多地区和基层图书馆期刊、报纸文献遭到大面积破坏，20 世纪 50 年代至 60 年代的许多珍贵史料，被当作废纸按"斤"处理掉。对本地区期刊、报纸文献保存最完整的各省级图书馆，也因搬迁、改造、馆藏容积等使馆藏文献被"处理"的情况极为普遍。因此，许多文献已经很难寻找，文献史料的散佚使这一时期文献史料的珍稀性特点十分突出。

---

① 　梁启超：《中国历史研究法》，上海人民出版社，2014 年版，第 39 页。

例如,在公开发行的史料中,《新疆文艺》1951年创刊号上柯仲平、王震撰写的创刊词,我们费尽周折仍无缘得见。再如,关于滕树嵩的《侗家人》的讨论,是以《云南日报》为主要阵地展开的,但是,《边疆文艺》《山花》也参与其中,最终的平反始末的史料集中在《山花》。其中还有《云南日报》的"编者按"以及同版刊发的批判周谷城的文章,其所呈现出来的一体化的时代政治文化语境中,边疆与中心的同频共振给我们深入分析这些史料的价值提供了第一手材料,也还原了特定的历史语境。是不是将这些史料"一网打尽"后,关于《侗家人》发表、争鸣、批判、平反的史料就完整了呢? 当然不是。因为,这些仅仅是公开发表的,或者在社会公共空间生产和传播的史料,还有另一类未在社会公共空间公开生产和传播的珍稀史料存世。例如,云南省委宣传部的《思想动态》上刊发的《小说〈侗家人〉讨论情况》《作协昆明分会同志对讨论〈侗家人〉的反映》《部分大学师生对批判〈侗家人〉很抵触》《〈侗家人〉作者滕树嵩的一些情况》,这些未公布于世的内部资料,与公开发表的史料汇集,才能真实地还原《侗家人》由讨论到批判的现场。因此,未正式刊行史料中的这类史料的价值是难以估量的。

未正式刊行的珍稀史料除了内部资料外(如各种资料集),还有各种文件、批示、作家手稿、书信、日记、稿件审读意见、会议记录、发言稿等。这类史料散佚更多,搜集整理更难,珍稀程度更高。

例如,1958年首次启动,至1979年第二次启动,其间有大量史料产生的少数民族文学史史料编撰,目前我们所见的成果仅有中国社会科学院1984年选编的《中国少数民族文学史编写参考资料》这一内部刊行资料。其中收录了中共中央宣传部关于少数民族文学史编写工作座谈会纪要,关于少数民族文学编写原则、分期等讨论稿,以及李维汉、翦伯赞、马学良等人的信件等。事实上,在1961年关于少数民族文学史编写座谈会召开及对已经编写的少数民族文学史进行讨论时,中国科学院文学研究所曾编印了《一九六一年少数民族文学史讨论资料》和少数民族文学史编写、审读、讨论的"简报"等第一手资料,但这些珍贵史料已经不知去向。我们只能从《中国少数民族文学史编写参考资料》的断简残章中去捕捉当时的宝贵信息,还原历史现场。

再如，1955年玛拉沁夫为繁荣和发展多民族国家的少数民族文学"上书"中国作协。中国作协领导班子经过讨论给玛拉沁夫的回复和玛拉沁夫的"上书"，一并发表在中国作家协会的《作家通讯》上。但是，"上书"的手稿，中国作协领导层如何讨论，如何根据反映的情况制定了对少数民族文学发展起到重大影响的"八个措施"的会议纪要等，已湮没在历史之中。

再如，少数民族文学概念的提出是一个"元问题"。目前有人追溯到公开发表的第一次文代会通过的《中华全国文学艺术界联合会章程（草案）》。但是，本来是有记录的《中华全国文学艺术界联合会章程（草案）》的起草过程，各代表团、各小组对大会报告和《中华全国文学艺术界联合会章程（草案）》的讨论情况的第一手材料，已经无处可觅。近年来，王秀涛、斯炎伟、黄发有等人对第一次文代会史料的钩沉虽然有了不小的收获，其艰难程度却渗透在字里行间，仅第一次文代会代表是如何产生的这样重大问题，"目前学界的研究却仍然是笼统和模糊的"[1]。至于是谁建议将少数民族文学艺术纳入《中华全国文学艺术界联合会章程（草案）》，是谁修改了《苏联作家协会章程》中的"各兄弟民族文学"的表述，却没有一点记录留存。因为，从《苏联作家协会章程》中的"实行相互帮助，交换各兄弟共和国作家和批评家的创作经验，有组织地将艺术作品从一个民族的语言翻译成其他民族的语言——借此尽量地发展各兄弟民族的文学"，到《中华全国文学艺术界联合会章程（草案）》中的"使新民主主义的内容与各少数民族固有的文学艺术形式相结合。各民族间互相交换经验，以促进新中国文学艺术的多方面的发展"，显然进行了本土化创造。这种本土化创造的立足点是中国共产党和尚未正式宣布成立的新中国的文学发展的国家构想。那么，是哪些人参与了讨论并提出修改意见？特别是，两个月后《人民文学》发刊词中，才对少数民族文学概念有了真正意义上的命名，而且确定了少数民族文学的社会主义新文学和国家学术、国家学科的性质和地位。在这短短两个月中，少数民族文学发生变化的历史信息，都成为消逝在历史时空中的电波。而消逝在历

---

① 王秀涛：《第一次文代会代表的产生》，《扬子江评论》2018年第2期。

史时空中的电波,又何止于此。这一时期的作家手稿、书信,作品的编辑出版过程,期刊创办的动意、刊名的确定、批文等,或尘封在某一角落,或早已消失。而这一点,也是我们在寻找一些民族地区期刊创办史料、作品出版史料、作家访谈时得出的结论。

再如,已有的史料整理,也存在着缺失或差错的问题。例如,20 世纪 80 年代初,吴重阳、赵桂芳、陶立璠三位先生编辑整理并用蜡纸刻印过《当代少数民族作家作品研究资料索引》,该索引于 1983 年由中国社会科学院民族文学研究所作为内部资料印刷。这是目前所见最为全面的 1949 年至 20 世纪 80 年代初少数民族文学创作与研究文献目录索引。但是,其中仍有无法避免的诸多疏漏和差错。例如包玉堂的《侗寨情思》(组诗),该索引仅收录了《广西日报》刊登的第二首,而未收《南宁晚报》刊登的一首,包玉堂发表在《山花》上的《侗寨情思》(五首)不仅对原作进行了修改,而且具体篇目也作了取舍和调整。这些在《当代少数民族作家作品研究资料索引》中都没有呈现。而追寻这一源流,呈现《侗寨情思》从单篇、"二首"到"组诗"的扩大、修改、更换的历史现场,本身就是一件非常有价值和意义的史料甄别和研究工作。

至于少数民族文学的其他史料形态,如图片史料,我们所见更多的是一些文献史料的"插图",而第一手的图片更难搜寻。第一手的实物史料、数字(电子)史料就更加稀缺。所以,本书的史料形态只能是文献史料以及部分文献史料中的部分图片。从这一意义上说,本书用十年时间从各种渠道搜集整理出来的这些文献史料,虽然不是这一时期少数民族文学史料的全部,但这些史料的珍稀性是确定的,它以这样的方式呈现的这一时期的少数民族文学史料形态上的残缺,提示我们应该加强这方面的工作和研究。

四、少数民族文学史料的结构体系

少数民族文学史料有文学史料的共性特征,也有少数民族文学史料的独特性,这一独特性,主要体现在史料的内容体系、空间结构和学科体系、学术体系、话语体系的特征上。

在内容体系上，少数民族文学史料分宏观性史料、中观性史料、微观性史料三个层次。

宏观性少数民族文学史料是指 1949—1979 年间少数民族文学宏观性、全局性的史料，包括新中国少数民族文学政策、制度，少数民族文学发展的宏观性、全局性总结，宏观性的文艺评论与理论概括等。如费孝通、马寿康、严立等人的《发展为少数民族服务的文艺工作》《开展少数民族的艺术工作》《论研究少数民族文艺的方向》等关于少数民族文学功能、性质和发展方向的论述，1959 年黄秋耕等人对新中国成立十年来少数民族文学发展的整体性评价的《突飞猛进中的兄弟民族文学》，华中师范学院、中国社会科学院、山东大学等高校和科研机构在中国当代文学格局中对少数民族文学发展的宏观总结，老舍关于少数民族文学发展的两个报告，中宣部关于少数民族文学史编写工作座谈会纪要，《光明日报》关于《重视少数民族文学》的述评，还有对民族形式、特点等少数民族文学重大理论问题的讨论等。这类史料的数量不多，但代表着特定历史时期国家对少数民族文学发展的规划、设计，对少数民族文学的社会功能、使命、作用的定位，对少数民族文学发展方向的指导和规范，对少数民族文学发展的总体评价，对少数民族文学发展中存在问题的分析及解决办法和具体措施。

在宏观性史料产生的时间上，1956 年老舍《关于兄弟民族文学工作的报告》是第一篇关于少数民族文学全局性、整体性情况介绍、评价和改进措施的报告。1959 年至 60 年代初，是宏观性史料产生最多的时期。其间，三部当代文学史对少数民族文学的宏观评价，标志着少数民族文学第一次进入中国文学史知识生产，意味着中国多民族文学的整体架构初步建立。

中观性少数民族文学史料是指 1949—1979 年间，以单一民族文学为单位形成的文学史料，包括某一民族文学史的编写、某一民族文学发展的整体评价、某一民族文学期刊创办等史料。

在这三十年中，伴随着党和国家民族政策的落实，中国各民族文学有了较快发展，特别是各民族民间文学资源的系统发掘，为全面评价各民族对中国文化的历史贡献提供了强大支撑，其意义远远超过文学本身。因此，这部分史料的价值不言而喻。

中观性少数民族文学史料有三个基本特征。

其一,各民族民间文学搜集整理、文学史编写、作家培养和作家文学的发展,党的民族政策、文化政策、文学政策的落实情况。

例如,国家对各民族社会历史情况调查和"三选一史"的编写,作为国家历史知识、民族文学谱系的"摸底"工作,覆盖了每一个民族。这种覆盖是有组织、有计划进行的。客观地说,各地方党委、政府的重视程度是高度一致的,这是一体化的意识形态规约和特定的政治文化语境中,国家、地方、个人意志、行动高度契合的生动表现。在民族平等政策的制度设计中,国家把各民族文学的发展纳入各民族经济、社会、文化教育发展的整体格局之中,并将其视为重要标志。这种无差别的顶层设计,具有文学共同体建设的鲜明指向。

其二,各民族民间文学史料多于作家文学史料,且其分布呈现出与该民族人口不对等的不平衡状态,这种不平衡是各民族民间文学发展历史的不平衡、文学积累的不平衡的真实样貌的客观反映。

例如,《纳西族文学史》《白族文学史》最早问世,是由云南各民族民间文学的丰厚积累和大规模的集中搜集整理决定的。云南各民族民间文学宝藏的惊人程度,可以用汪洋大海来形容。1958年、1962年、1963年、1981年、1983年云南进行了五次大规模的民族民间文学调查。特别是前三次调查,为云南各民族文学史提供了第一手丰富而珍贵的史料。1956年云南人民出版社就出版了《云南民族文学资料》。1959—1963年,中国作家协会昆明分会民间文学工作部以内部资料的形式,编辑出版了《云南民族文学资料》18集。这还不包括云南大学1958—1983年民间文学调查搜集整理的18个民族的2000多件稀见的作品文本、手稿、油印稿、档案卡片和照片。其文类包括神话、传说、民间故事、歌谣、史诗等。而楚雄对彝族文学史料搜集整理后稍加梳理,就编写出《楚雄彝族文学史》。相比之下,满族、蒙古族、藏族、维吾尔族这些人口较多的民族,民间文学搜集整理的状况就远不及云南各个民族。当然,这些民族一些经典的民间文学作品首先被"打捞"上来。如在科尔沁草原广为流传的《嘎达梅林》,维吾尔族的

《阿凡提故事》等。

此外，各民族民间文学史料的搜集整理也不平衡，以三大史诗为例，青海最早发现和相对系统地整理了《格萨尔》。1962 年，分为五部二十五万行的《玛纳斯》已经完成整理十二万行。1950 年，商务印书馆已经出版了边垣自 1935 年赴新疆后整理的 291 节、1600 多行的《洪古尔》(《江格尔》)，但《江格尔》大规模的整理并未能及时跟进。

其三，各民族民间文学与作家文学发展状况复杂多样。民间文学发达的民族，在新中国成立后，作家文学并不一定发达；书面文学发达的民族，在进入新中国后，民间文学并不一定同步发展。这种复杂多样的文学格局也决定了史料的格局和形态。

以文字与文学发展关系为例。我国现在通行蒙古族、满族、维吾尔族、哈萨克族、朝鲜族、彝族、傣族、纳西族、壮族等 19 种民族文字，不再使用的民族文字有 17 种。有文字的民族书面文学发展相对较早，但新中国成立后，文学发展差异较大。如蒙古族涌现出一大批汉语、双语、母语作家，各文类作家作品保持了较高的水平。同时，民间文学也保持着旺盛的生命力。以玛拉沁夫、纳·赛音朝克图、巴·布林贝赫、安柯钦夫、敖德斯尔、扎拉嘎胡为代表的蒙古族作家群，游走在汉语与母语之间，为把蒙古族文学推向新中国社会主义文学共同体做出了杰出贡献。而傣族虽然有自己的民族文字，且产生过《论傣族诗歌》这样的古代诗歌史、诗歌理论兼备的著作，但是，新中国成立后，作家文学却并不发达，民间歌手"赞哈"仍是创作主体。当然，许多民间歌手在这一时期是具有双重身份的——傣族的康朗英、康朗甩、温玉波，蒙古族的毛依汗、琶杰等，他们创作的口头诗歌被广泛传颂，同时也被翻译成汉语并发表，实现了从口头到书面的转换。

然而，另一种情形是，诞生了伟大史诗《格萨尔》和发达的纪传文学、诗歌、戏剧的藏族，在新中国成立后，除了云南的饶阶巴桑的汉语诗歌创作外，无论藏语创作还是汉语创作都鲜有重要作家和作品产出。而维吾尔族、哈萨克族、朝鲜族，则以母语文学创作为主，民族文字文学史料类别、数量远远超过汉语文学创作及其史料。

　　微观性少数民族文学史料,是指 1949—1979 年间少数民族作家作品史料。这部分史料占比较大,既反映了少数民族民间文学、书面文学的发展状况,也反映了少数民族文学批评、研究的基本格局。特别是,我们在介绍少数民族文学史料形态时所强调的有机系统性、宏观史料与微观史料的关联性,在微观性史料中得到了更加具体的体现。例如,前文所列举的《科尔沁草原上的人们》在《人民文学》发表后斩获的"五个新"的高度评价,表明该小说很好地实践了国家赋予少数民族文学的功能、使命、作用。同时,这种评价也对少数民族文学创作方向产生了巨大的引领作用。因此,正如史料显示的那样,这一代少数民族作家的心是与祖国同频共振的,他们的作品成为新中国少数民族翻天覆地的深刻变化的忠实记录,关于这些作品的评论,也规范、引导了各民族作家的创作。

　　值得一提的是,在微观性史料中,还有一类容易被忽视的简讯、消息或者快讯类的文献史料。这类史料文字不多,信息量却很大。例如,《新疆日报》1963年 4 月 12 日发表的《自治区歌舞话剧一团演出维吾尔语话剧〈火焰山的怒吼〉》一则简讯不足 300 字,但该文却涵盖四个方面的信息:一是《火焰山的怒吼》是维吾尔族作家包尔汉创编的维吾尔族革命历史题材的汉语话剧;二是该话剧由中央实验话剧院在北京演出后,又由新疆歌舞话剧院话剧二团在乌鲁木齐演出;三是包尔汉对汉语剧本进行了修改并转换成维吾尔语;四是新疆歌舞话剧院话剧一团排演了维吾尔语的《火焰山的怒吼》并在新疆各地巡回演出,受到了各族群众的热烈欢迎。那么,这些信息背后的信息又有哪些呢?其一,这部原创汉语话剧反映了辛亥革命后维吾尔族、汉族共同反抗阶级压迫的革命斗争,揭示了"汉族人民同维吾尔族人民自古以来的兄弟般的情谊",在革命斗争中,新疆各族人民的命运同汉族人民的命运紧密地连接在一起,在今天看来,这里蕴含的正是共同体意识。那么,包尔汉为什么选择这个题材?而中央实验话剧院又为什么选择这部话剧?其二,新疆话剧团是一个多语种的话剧演出团体,这种体制设置和演出机制的背后,传达出什么信息?其三,维吾尔语革命历史题材话剧的演出,对宣传民族团结,增强维吾尔族人民对中国共产党革命历史的认识起到了重要作用。那么,包尔汉的选材,是自我选择还是组织安排?其四,由汉语转译为维吾尔语的《火焰山的怒吼》的排演,说明当时话剧团的领导和创编人员有高度的政治觉悟。那么,这种觉悟在 1963 年的政治文化语境中,究竟是自觉意识还是体制机制规约? 因此,这则微型文献史料让我们回到 20 世纪 60 年代的新疆政治文化语境,看到了各民族作家的可贵的国家情怀和共同体意识。

在空间分布上,本时期少数民族文学史料空间广阔性和区域性特征十分鲜明。如《促进云南文学艺术的发展和革新》《云南民族文学资料》《内蒙古文学史》《积极发展内蒙古民族的文化艺术》《关于内蒙古自治区民间音乐、舞蹈、戏剧会演的几个问题》《十五个民族优秀歌手欢聚一堂　昆明举行庆丰收民歌演唱会》《新疆戏剧工作的一些新气象》《西南少数民族艺术有了新发展》《少数民族艺术的新发展——在西南区民族文化工作会议期间观剧有感》等,这些史料,大都是对某一区域性少数民族文学历史、现状和文学艺术发展的评价、分析和总结,在空间上呈现出了中国多民族文学丰富多彩的文学版图,是少数民族文学史料体系最为独特的体系性特征。

在少数民族文学史料的学科体系、学术体系和话语体系上,1949 至 1979 年的少数民族文学史料的体系性特征十分突出。

首先,已有的史料形成了文学理论、民间文学、古代书面(作家文学)、现当代文学、戏剧电影文学的学科体系,尽管各学科的史料数量不等,但学科体系的确立已经被史料证明。

其次,从学术体系而言,少数民族文学在各学科的框架中同样以大量的、丰富的史料为基座,初步形成了各个学科的学术体系。例如,在少数民族当代文学学科中,形成了包含诗歌、小说、散文等文类和相关文类作家作品批评和研究的史料体系。在民间文学学科中,形成了以各民族史诗、叙事诗、神话、传说、故事、谚语搜集、整理、研究为主体的学术体系。而且,因研究对象的不同,各民族文学形成了特色鲜明、丰富多样的学术体系。

最后,从话语体系而言,新中国少数民族文学史料话语体系的国家性、时代性、民族性相融合的特征十分鲜明。

在国家性上,少数民族文学史料是新中国社会主义文学话语体系的重要组成部分,也是最具中国特色的文学话语体系。这表现在,统一的多民族国家、中国共产党的领导、民族平等政策、民族团结是少数民族文学史料最核心、最关键的共同性和标识性的话语。在所有宏观性、全局性的史料中,统一的多民族国家、民族平等、民族团结、社会主义是少数民族文学话语生成和发声的国家语境,少数民族文学总是在这一语境中被强调、阐释和评价。

在时代性上,"兄弟民族文学""兄弟民族文艺""新生活""新人""新面貌""新精神""对党的热爱""突飞猛进"等话语,无不与"团结友爱互助""民族大家庭"这一对中华民族的全新定义高度关联,无不与新中国成立后的各民族生活发生的历史性巨变高度关联,因此,各民族之间的关系,各民族文学中的新生活、新气象、新面貌成为具有鲜明时代辨识度的评价少数民族文学的关键词。特别是,在共同性上,社会主义新文学、社会主义新生活、社会主义新人,各民族文化遗产,以及作为国家遗产的各民族民间口头文学、书面文学、文学史的编写原则等,是少数民族文学各学术体系共同的标准和话语形态。

在民族性上,社会主义内容与各民族传统艺术形式的结合,使少数民族民间文学、作家文学的民族形式和民族特点的表现,成为少数民族文学的标志性的合法话语被提倡。各民族丰富多彩的民间文学文类和样式,如蒙古族的祝赞辞、好来宝,哈萨克族的阿肯弹唱,藏族的藏戏、拉鲁,维吾尔族的十二木卡姆,白族的吹吹腔等各民族丰富而独特的艺术形式被发掘并重视。前述冰心在评价杨苏小说《没有织完的统裙》时称赞的边疆风光、民族风情作为少数民族文学的民族文化和地域文化特征,在统一的多民族国家的中华民族文化多样性和国家文化集体性的高度上被认同。如何正确反映民族生活,如何正确评价少数民族文学的民族特点等理论问题,也在新中国社会主义文学的框架下被提出、讨论并得到规范。取其精华,去其糟粕不仅广泛运用于民族民间文学整理,也用于民族风情的描述和展示。可以说,这一时期少数民族文学民族性话语范式和评价标准基本确立。

尤其要说明的是,少数民族文学史料话语的国家性、时代性、民族性是融合在一起的。这一点在各类文学批评史料中都得到充分体现。而且，这些史料也清楚地表明，1949—1979 年间，是少数民族文学全面发展的第一个黄金期，因此，这一时期少数民族文学史料的历史价值、社会价值、文化价值、文学价值都弥足珍贵。

五、问题与展望

如前所述，史料是学科大厦的基座。这个基座的广度、厚度、深度，决定学科大厦的高度和生命长度。

应该看到，与中国文学其他学科相比，中国少数民族文学学科的历史并不长，史料学建设还相当薄弱。少数民族文学史料整理从 20 世纪 50 年代各地民间文学大规模的搜集整理时就已经起步，"三选一史"和"三套集成"都是标志性成果。1979 年中央民族大学整理编辑过《中国少数民族作家作者文学作品目录索引》《中国少数民族民间文学作品目录索引》。20 世纪 80 年代中国社科院民族文学研究所成立后，于 1981 年、1984 年将吴重阳、赵桂芳、陶立璠合作辑录的《当代少数民族文学作家作品研究资料索引》纳入《中国少数民族当代文学研究资料丛书》，还有《中国少数民族文学史编写参考资料》等以内部资料方式刊行的文学史料。全国各地在少数民族文学史料方面也做了大量工作，如云南多种版本、公开与非公开刊行的《民间文学资料》，广西的《广西少数民族当代作家作品目录索引》，玛拉沁夫、吉狄马加主编的《中国少数民族文学经典文库》，中国作家协会编辑的多种少数民族文学作品选（集），以及纳入"中国当代文学研究资料"丛书中的少数民族作家专集，等等，成果是显而易见的。特别是近年来，各民族学者依托各类项目对少数民族文学专题性史料的系统整理，形成了点多面广的清晰格局。

尽管如此，史料学意义上的少数民族文学史料系统整理和研究尚没有真正展开。本文所述的少数民族文学史料形态中，文献史料占据主体地位。这也意味着，除中国社会科学院民族文学研究所积几代学人之功建立的口头文学数字史料库外，其他形态史料整理还尚未起步。

本书选择 1949—1979 年少数民族文献史料作为整理对象，一是基于文献史料在所有史料形态中的主体地位；二是基于目前文献史料散佚程度日益加剧的现状，本书带有抢救性整理的用意；三是这一时期的史料在少数民族文学发展史上具有重要价值，特别是在少数民族文学学科发展处于转型升级阶段的今天，这些史料不仅还原了这一时期少数民族文学的历史现场，同时对少数民族文学发展也具有重要的历史参考价值；四是在少数民族文学研究中，面向少数民族文学历史的研究，必须以史料为支撑，面向未来的研究，同样要以史料为原点。

本书对文献史料特别是以文学批评和文学研究文献为主体的史料的整理与研究，仅仅是少数民族文学史料学建设的一个开始，本书所选也非这一时期史料之全部。只有当其他形态的史料也受到重视并得到系统发掘、整理和研究，当少数民族文学史料学体系真正建立起来，各形态史料构成的有机系统所蕴含的历史、社会、文化、文学等丰富的思想信息被有效激活时，我们才能在多元史料互证中走进少数民族文学发展的真实的历史空间。在此，笔者想起洪子诚先生在《问题与方法——中国当代文学史研究讲稿》的封面上写的一句话："对 50—70 年代，我们总有寻找'异端'声音的冲动，来支持我们关于这段文学并不单一，苍白的想象。"那么，这个寻找和支持来自哪里？——史料。

本卷导论

从史料看1949—1979年少数民族作家作品争鸣

　　一般而言,"争鸣"中的"争"是指围绕同一个问题进行的积极的、有建设性的辩论或讨论,旨在通过不同观点的碰撞揭示真相,发现真理。它鼓励人们大胆质疑、敢于挑战,积极推动知识更新和学术进步。"鸣"则是一种自我观点、认知的个性化表达和释放。在历史上,"百家争鸣"是社会环境开放自由和思想文化繁荣的重要标志。在1949—1979年的特定历史语境中,少数民族文学创作和批评领域,围绕小说《侗家人》《美丽的南方》《故人》《欢笑的金沙江》《悬崖上的爱情》《在茫茫的草原上》,诗歌《侗寨情思》《大苗山交响曲》《元宵夜曲》等,展开了激烈的争鸣,充分反映了少数民族文学与整个社会政治文化语境、国家意识形态、文化政策和文学政策的密切关系,留下了大量具有社会价值和学术价值的史料。

一、政治文化一体化语境中的少数民族文学批评话语

　　1949—1979年,少数民族文学赖以生存的时代语境、政治文化生态在共和国历史上极其特殊。意识形态领域和思想文化战线的思想改造和斗争经常以运动和批判的方式进行。这一情形,在洪子诚看来,是国家通过清理为新的意识形态和思想文化体系建立基石。

　　因此,在文艺领域,第一次中华全国文学艺术工作者代表大会和中华人民共和国成立后的两次文代会都明确赋予了社会主义新文学重要使命。文学作

1

为革命事业审美意识形态的"齿轮与螺丝钉"，1949—1966 年间，在确立"为政治服务""为工农兵服务"方向的同时，在政治文化和意识形态始终高度一体化的时代语境中，通过一系列的运动和批判，达到了"清理"后建立"基石"的目的。如 1951 年对被定性为宣传"改良主义""投降主义""资产阶级反动思想"的电影《武训传》的批判，1954 年对意在进一步加强知识分子思想改造的俞平伯《红楼梦》研究的批判；1955 年对《文艺报》的"检查"和对成为"资产阶级俘虏"的冯雪峰的批判、对"反党反人民"的"胡风反党集团"的清理，1957 年文艺界反右斗争和对"丁陈反党集团"的批判。特别是 1962 年提出的"千万不要忘记阶级斗争"对文学界的深度影响，既聚焦于"改良主义"、资产阶级唯心论、资产阶级人性论等哲学观、历史观、政治观在文学理论与作品中的体现，也聚焦于对"写中间人物论"和钱谷融的人性论、周谷城的美学思想以及对《我们夫妇之间》《在悬崖上》《北国江南》等作品的批判。意识形态和思想文化战线的这些潮流，对少数民族文学的影响同样是深刻的。

　　1965 年 2 月 22 日，《云南日报》发表《一次很有意义的论战——关于小说〈侗家人〉的讨论的一点认识》，意味着对小说《侗家人》的讨论甚至批判终于收官。但该版下方的《最近各地报刊批判"中间人物"论情况简介》一文，又将地处边疆的云南与"各地"紧密结合在一起。边疆与内地的呼应，是政治文化一体化的直观呈现，也是文学创作规范一体化的直观呈现。《我们认为〈侗家人〉是一株毒草——部分读者对小说〈侗家人〉及为其辩护的种种论点的批判》《人性论的创作实践和理论——评小说〈侗家人〉及木易对它的评论》《龙三妹是阶级融合论的产儿》《究竟要塑造什么样的英雄形象——〈侗家人〉的辩护者关于塑造新英雄的"理论"实质是"写中间人物"的"理论"》《资产阶级寄予复辟梦想的人物——评〈侗家人〉中龙三妹的形象》等史料中，"人性论""中间人物论""融合论""超阶级论""复辟论"这些"前沿话语"形成的对《侗家人》的精准集群饱和打击充分说明，地处边疆的云南的思想和意识形态非但没有"边缘化"，而且其整合各种价值指向的话语的打击力甚至更强。在这种碾压式的打击下，那些原来认为《侗家人》是优秀作品的评论者，要么缴械投降，要么低头认错，如沙土在

《重评〈侗家人〉兼自我批判》中的态度转向。

同样的情形也发生在对《美丽的南方》《故人》《悬崖上的爱情》《在茫茫的草原上》等小说的评价中。

与《侗家人》不同的是,《美丽的南方》《故人》《悬崖上的爱情》《在茫茫草原上》等小说还涉及一体化政治语境下,文学作品中的知识分子形象、爱情禁区等问题。也就是说,在这一时期一体化政治文化语境下,所有具有明确指向的话语功能在少数民族文学创作中得到了集中释放。

当然,少数民族文学毕竟在题材、内容上不同于其他文学。因此,在一体化政治文化语境中,文学评论将党和国家高度警惕的"两种民族主义"作为重要的评价标准,对少数民族创作进行了扫描。如针对《在茫茫的草原上》是否有狭隘民族主义、大汉族主义思想的甄别、论争。内蒙古作家协会理论批评组召开的两次《在茫茫的草原上》座谈会中,针对上述问题"有还是没有"一直争执不休,最终促成了1963年修订本《茫茫的草原》的面世。在修订后的小说中,疑似具有大汉族主义思想倾向的汉族干部洪涛被删除,取而代之的是蒙古族女革命干部苏荣,小说中铁木尔的"民族热"也大幅降温。同时,被认为有"乱糟糟男女关系""自然主义"倾向的爱情描写也被大幅削减。

事实上,玛拉沁夫在小说中对党的民族政策的把握较为稳妥。20世纪50年代初期,党对"两种民族主义"始终保持高度警觉。从1950年起,《党内通讯》连续发表反映在贯彻党的民族政策的实际工作中出现的大汉族主义和狭隘民族主义经验和教训的相关文章,以警示干部。例如,1950年《党内通讯》第45期发表的《少数民族工作经验》一文就明确指出:"首先督促干部研究民族问题,领会民族政策,从思想作风上肃清大民族主义与狭隘民族主义,这是做好少数民族工作的重要关键。"

需要指出的是,玛拉沁夫的修订是成功的,表现了一个少数民族作家在个人话语与国家话语之间的调适能力,这也是《茫茫的草原》成为红色经典的重要原因。

然而,必须承认的是,如何表现边疆的问题,也是如何实现边疆少数民族文学创作与新中国文学创作规范一体化、边疆民族作家的思想意识如何与国家意识形态一体化的问题。李乔的《欢笑的金沙江》发表后，在收获诸多好评的同时引发的"如何正确反映边疆民族生活""如何正确对待矛盾"的讨论，就是明证。

少数民族文学在保持了与国家政治文化和意识形态一体化的同时，也有与主流文学规范不同的相对自由的书写空间，否则《在茫茫的草原上》《悬崖上的爱情》等小说也就不会问世。这就意味着，国家对少数民族文学创作持有一定的包容态度，这是必须要肯定的。

二、"编者按"：由"争鸣"走向"一体"的建构者

对报刊而言，设定什么栏目、刊发什么稿件，本身就是一种话语，表达了自己的办刊（报）的理念。而"编者按""编者的话"作为报刊经常使用的话语范式，往往用于在特定时间开设的特定栏目（版面）刊发的稿件的说明、介绍，以表明报刊的立场、观点，引导社会舆论方向，吸引公众的注意力。因此，"编者按""编者的话"并非编辑的个人话语，而是报刊乃至国家意识形态话语的发声和出场。

《边疆文艺》1963年第3期发表的该刊编辑杨昭（署名木易）的评论《读小说〈侗家人〉所想到的》，对小说给予了充分肯定。中国作家协会云南分会主办的《会员通讯》1963年2—3期（合刊）发表了戈立的《对〈侗家人〉的不同看法》。该文不但反驳了木易的观点，而且直接指出小说的主人公是一个不成功的革命英雄形象，小说"大肆渲染慈善心肠"，"不是强调地宣传阶级斗争的复杂性、长期性，而是在一层淡淡的个人温情的云雾下边，给人一种轻松愉快，这种轻松愉快调和了尖锐的阶级斗争"，从而将小说的人物与主题提升到"阶级斗争""人性论"的高度，引发了社会强烈关注。在"千万不要忘记阶级斗争"正在被强化的语境下，这显然是"阶级斗争的新动向"。于是，云南省委宣传部、省作协、昆明部队文艺工作者、云南大学、云南师范大学甚至云南印刷厂、昆明第一中学纷纷召开座谈会。但是，在小说是不是宣传了资产阶级人性论、阶级调和论，抹杀了阶级斗争等问题上，产生了两种截然不同的观点。在这种背景下，1964年8月28日《云南日报》开设"关于小说《侗家人》的讨论"专栏，将小说《侗家人》和木易

的《读小说〈侗家人〉所想到的》、戈立的《对〈侗家人〉的不同看法》呈现给读者。

该版的排版方式非常有意味。整个版面由四个模块构成。左上通三栏是"编者按",下方三栏是戈立的批评文章,右侧竖排两栏是木易的肯定性文章。直观地看,"编者按"与戈立是一体的,中间分栏处用一竖线与木易的文章区分,但又用一条花纹线与处于整版下方的滕树嵩的《侗家人》相区分(见右图)。从《侗家人》的角度看,上面是"编者按"和两篇观点截然不同的评论。而"编者按"虽然按正常排版方式排版,但与戈立立场相同又高于戈立,与戈立一体并与木

易之文相对而立,同样颇有意味。从木易之文角度看,木易之文立于滕树嵩小说之上,又与戈立和"编者按"相隔离,位置处于右侧,体量明显弱于戈立之文。这种版面语言颇有意味。

"编者按"首先交待了"全国许多报刊目前正在对周谷城的美学思想、对影片《北国江南》展开热烈的讨论"的背景,发出"我们应当重视这个讨论,应当密切联系实际,积极地参加这次讨论"的号召,从而将对《侗家人》的讨论纳入全国的一体化格局,并将之与周谷城的美学思想和《北国江南》进行关联。在此基础上,指出木易和戈立的不同观点在"怎样正确反映阶级斗争,怎样塑造正面人物,是党性还是资产阶级人性论,等等一系列带有根本性的问题上,都存在着根本不同的看法"。在这里,"编者"已经十分清楚地表明了立场,从而使得"编者"立场与文章排版设计话语高度吻合。当然,该"编者按"不仅对小说问题进行了

定性，同时还发出动员："我们希望省内其他战线上的同志也能够关心这次讨论……"这样，"编者按"引导舆论导向的功能就全部释放了出来。

1965 年 2 月 22 日，持续几个月的讨论以署名方戟的《一次很有意义的论战——关于小说〈侗家人〉的讨论的一点认识》宣告结束。该文同样加了"编者按"，其位置和版式设计与 1964年 8 月 28 日的"编者按"基本相同。所不同的是，本版分为三个模块，上部分由"编者按"与方戟的文章共同构成，之前的"对立"不复存在（见右图）。"编者按"称："这次讨论是我省文学艺术领域的一场尖锐的阶级斗争，究竟是走社会主义道路，还是走资本主义道路？究竟是为社会主

义服务，为工农兵服务，还是为资本主义和封建主义服务？究竟是坚持马克思列宁主义的阶级论，还是鼓吹资产阶级的人性论？究竟是要无产阶级的辩证唯物主义的世界观，还是抱住资产阶级的反动的唯心主义世界观不放？"这四个问号是有答案的："经过近几个月的思想交锋，大部分人都改变了自己原来的看法，提高了认识，有的还作了比较深刻的自我批判。"如果说开辟专栏时的"编者按"是提出问题，进行定性的方向引导，此时的"编者按"则进一步提升了"讨论"的政治高度并给出了结果和答案。

不仅如此，这篇"编者按"在结束对《侗家人》的讨论的同时，又引出了另一个话题，"现在，全国许多报刊对'各个阶级汇合的时代精神'、'写中间人物'等等文艺方面的资产阶级观点、修正主义观点和一些坏戏坏电影正在进行深入批

判"，明确表明"讨论"的结束只是整个运动的"暂告一段落"，"和资产阶级文艺思想的斗争仍在继续着"。所以，为了对"全国许多报刊"进行再一次呼应，同版下方的整个模块转载了《人民日报》发表的《最近各地报刊批判"中间人物"论情况简介》一文，从而对云南省再一次融入一体化的国家政治文化语境进行了引导。

与《云南日报》的敏感与一体化意识相比，首发《侗家人》的刊物《边疆文艺》却十分被动。1964年第9期《边疆文艺》在刊发《小说〈侗家人〉宣扬了什么?》的同时，也配发了"编者按"。这个"编者按"表明了与《云南日报》第一个"编者按"相同的一体化立场："目前全国文艺界正在对周谷城的美学思想、对影片《北国江南》等问题展开热烈的讨论。八月二十八日《云南日报》密切联系我省的创作实际，开展了对小说《侗家人》的讨论。"之后，这篇"编者按"叙述了"讨论"的起始过程，将戈立的文章看成对木易文章的"严肃的批评"，并且承认"本刊当时没有就这一重要的问题及时展开讨论"的过错，接着大量引用《云南日报》第一个"编者按"的表述，表示将自己的立场调整到与《云南日报》相同的高度。

需要指出的是，本卷的"编者按"不止于此，有时还会以"编辑部的检讨"（《草原》编辑部关于《悬崖上的爱情》的《我们的检讨》）等方式呈现。但这些史料带给我们的思考是：谁是编者? 又是谁在"按"? 谁在"检讨"? "检讨"什么?

无论如何，作为国家意识形态话语的直接传递者，作为社会舆论的引导者，"编者按"在中国当代文学史上，值得重点研究。

三、作家作品争鸣史料的类型、特点及其他

本时期少数民族文学领域的讨论和争鸣还有很多，本卷的史料类型有署名评论、座谈和会议纪要、"编者按"、群众来信等。这些史料均围绕着某一部作品展开，有的是两种观点的激烈交锋，有的采取折中主义的态度发声。但是，究其根本，讨论的各方都是基于马克思主义文艺立场和社会主义意识形态，并且与具体政治文化语境高度关联。观点的交锋，是重政治意识形态还是重文学自身的特点和规律二者之间的角力，这也是那个时代最本真的话语场域。

　　本卷史料，正方、反方、第三方（媒介）"编者按"构成的立体语境，部分还原了当时少数民族文学与主流文学、少数民族文学批评话语与国家意识形态一体化的历史现场，呈现了文学话语与社会意识形态话语的复杂关系。这些史料散见于地方报刊，有相当大的搜集难度，如《侗家人》的相关史料主要出自《云南日报》，《侗寨情思》的相关史料主要出自《南宁晚报》。还有些史料属于内部资料，暂无法呈现，如云南省委宣传部《思想动态》对《侗家人》讨论信息的汇总等。

　　此外，刊物与机构（如地方作家协会）之间沟通的大量文字材料都属于未刊发史料，这些史料，要么已经散佚，要么仍沉睡在某一个角落等待发掘。如此说来，关于当代作家作品争鸣的史料尚有发现的空间，许多文学事件尚有进一步考证的必要性。

第一章

关于小说《侗家人》的讨论和争鸣

1949 年至 1979 年间，在少数民族文学领域，对小说《侗家人》的讨论和批判，规模最大，持续时间最长，留下的史料既呈现了当时讨论的真实现场，也呈现了少数民族文学与具体时代语境下的意识形态导向、国家文艺政策、文学批评标准的关系，史料价值极为重要。

第一节　争鸣的缘起

侗族作家滕树嵩(1931—1992)出生于贵州省天柱县，曾在贵州凯里监狱工程队工作。1954 年开始发表作品。主要有小说《花开时节》《新人》《星》《席上》《探林海》《侗家人》，以及诗歌《公社汽车过山岩》《第一线上春如水》《侗寨风雨》等。《侗家人》发表于云南《边疆文艺》1962 年第 12 期，是一篇仅五千多字的短篇小说。

该小说引发讨论、争鸣和批判，主要有三个原因：一是小说中龙三娘杀了伪县长后，没杀他的遗孤龙三妹，而是将其收留、抚养，这一点分歧最大；二是小说中本属于不同出身、阶级的龙三娘、龙三妹、龙三姐组成了和睦家庭；三是小说中龙三娘打虎时留下放走老虎的通道和龙三妹不射杀喜鹊。

《边疆文艺》1963 年第 3 期发表由该刊编辑杨昭撰写(署名木易)的评论《读小说〈侗家人〉所想到的》。该文对这篇小说的主题思想、人物形象给予了充分肯定。认为这是一部"让你感到侗族劳动人民，解放前经受了国民党如何的统治压迫，解放后在共产党的领导下，以主人翁的气魄，在如何地创造新的历史"的好作品。龙三娘是"充满反抗精神的'棒老二'"，"龙三娘英勇顽强，充满集体主义思想光辉的形象，让我们听到了劳动人民在旧社会中被压迫的反抗声，和生活在新社会中，当家作主，建设新生活的豪迈高吭的嘹亮歌声"。这一人物"伟大的感情，高尚的人格，和革命思想，犹如熠熠闪光的宝石，照亮了我们的眼睛"。龙三妹和龙三姐虽"不是作者所要致力描绘的人物"，却是龙三娘"爱憎分明和崇高的道德在年青一代身上的再现"。通过对两个人物的描绘，"作品中龙三娘的形象和性格,格外鲜明突出了"。木易认为这篇小说的成功之处是"把握住最本质的东西,人物的主要精神面貌,性格特征,加以突出地描绘和刻划,至于其他,可以让读者通过自身的生活经历,去加以想象和补充"。

这篇评论立足于小说文本,在新旧两个时代的对比中,重点关注人物不同命运,以及作品对"人"的重视,但并未与当时正在贯彻落实的"千万不要忘记阶级斗争"相关联。因此,虽然作者明显站在了新生活的立场上,运用了马克思现实主义理论批评话语,但这种脱离阶级斗争这一时代语境和评价体系的批评就埋下了被批判的种子。

中国作家协会云南分会主办的《会员通讯》1963年2—3期(合刊)发表戈立的《对〈侗家人〉的不同看法》,反驳了木易的观点。戈立认为小说的主人公是一个不讲阶级斗争的"不成功的革命英雄形象",小说"大肆渲染慈善心肠","不是强调地宣传阶级斗争的复杂性、长期性,而是在一层淡淡的个人温情的云雾下边,给人一种轻松愉快,这种轻松愉快调和了尖锐的阶级斗争"。

木易和戈立两种截然不同的观点,在云南文学界乃至整个思想文化领域产生了强烈反响。

在云南省宣传部、云南省作家协会的推动下,1963年9月5日,云南省作家协会召开座谈会讨论小说《侗家人》。之后,云南大学、云南师范学院、云南印刷厂、昆明第一中学、昆明部队文艺工作者分别召开了小说座谈会,两种截然不同的观点激烈交锋。

第一种观点认为,《侗家人》"是一篇大肆宣扬资产阶级人性论,以阶级调和论代表阶级斗争的作品,小说中的主人公龙三娘并不是'高大的革命英雄形象',整个作品是对现实生活的严重歪曲";"小说《侗家人》的出现,是当前尖锐复杂的阶级斗争在文学艺术领域中的反思,是资产阶级文艺观向无产阶级文艺观的挑战"。

第二种观点认为,上述批评是"不切实际的指责",是"按一种固定的格式命令作者应该怎样写不应该怎样写"。《侗家人》是一篇"绝妙的小说",龙三娘是"刚柔兼备的英雄",小说"以曲折的故事情节,新颖的构思,成功地塑造了龙三娘这样一个革命英雄形象，表现了侗族人民的革命精神"。小说"富于性格特征的语言，浓郁的民族色彩，引人注目的侗族地区的风土人情的描绘，都说明了这篇小说的出现，是作者深入生活，熟悉侗家人，在生活中探索、发掘的可喜成果"①。

不难看出，批评者并不仅仅是用阶级论对一篇小说进行批评，而是有意将之上升到"千万不要忘记阶级斗争"的高度。而肯定者显然没有这样的政治敏感度，仍坚守着社会主义现实主义和新中国成立初期确立的新文学批评的价值标准。但是，这一时期，无论是对小说的肯定还是否定，基本上都处于不同思想观点的"争鸣"范畴。

第二节　由"争鸣"向"批判"的转向与升级

1964 年 8 月 28 日，《云南日报》开辟"关于小说《侗家人》的讨论"专栏，转载了小说《侗家人》、木易的《读小说〈侗家人〉所想到的》和戈立的《对〈侗家人〉的不同看法》，正式将讨论提升到阶级斗争和对资产阶级人性论批判的政治高度。

该专栏的"编者按"首先明确界定了讨论的性质："从有关小说《侗家人》的争论中，反映出怎样正确反映阶级斗争，怎样塑造正面人物，是党性还是资产阶级人性论，等等一系列带有根本性的问题……"这种具有明确政治倾向的性质界定，将"讨论"推向了以阶级斗争为核心话语的两种思想、两个阶级政治斗争的范畴。因此，"编者按"和《关于小说〈侗家人〉的讨论引起读者广泛关注》一文，是由对小说的"不同看法"演化成批判的重要的分水岭。

作为小说首发者的《边疆文艺》也起到了推波助澜的作用。该刊自 1964 年第 9 期开始，开辟专栏对《侗家人》进行批判，该刊的"编者按"中称，"通过这次讨论，辨清是非，提高认识水平，高举毛泽东思想红旗，坚决贯彻执行党和毛主

---

① 本报编辑部：《关于小说〈侗家人〉的讨论引起读者广泛注意》，《云南日报》1964 年 9 月 7 日，第 3 版。

席的文艺方针和路线,更好地深入工农兵斗争生活,与工农兵群众相结合,加强思想改造,使文学艺术更好地为工农兵服务,为社会主义革命和社会主义建设服务"。《边疆文艺》虽然并没有特别强调阶级斗争,却与《云南日报》的"编者按"遥相呼应,特别是其提出的文艺为什么人服务的根本性问题,使问题的性质变得更为复杂。

《边疆文艺》当期发表的郑云、魏浩的《小说〈侗家人〉宣扬了什么?》,从小说怎样反映了阶级斗争、怎样塑造龙三娘、到底反映了什么三个方面,对《侗家人》进行了全面的政治化解读和批判。认为小说在"反映阶级斗争,塑造'革命英雄形象'的幌子下",宣传资产阶级人性论"来麻痹劳动人民,欺骗劳动人民,使劳动人民无视阶级、阶级斗争的客观事实,从而达到放弃革命斗争,涣散革命精神的阴险毒辣的目的"。该文的批判无疑应和了《边疆文艺》"编者按"的政治导向。

但是,客观地说,在初期,尽管两种观点的冲突和矛盾已经十分激烈,但"讨论""争辩"的学术色彩还是比较浓郁,特别是对小说持肯定观点的人,仍试图坚持不要将小说上升到阶级斗争的高度。如,宁达功在《谈〈侗家人〉的思想倾向》[①]中,逐一反驳戈立"闭门造车"、为批判而批判的观点,指出"《侗家人》反映的是侗族人民的斗争和劳动,是歌颂他们英勇的反抗精神和劳动中的集体主义精神的,这些又是通过龙三娘这一形象来突出的。龙三娘救护、收留、抚育龙三妹这条线索无损于龙三娘这一形象的刻划。相反地,通过这条线索,通过各个情节正面侧面的描写,龙三娘这一形象成功地塑造出来了","不应按自己的意图要求把单纯的反映阶级斗争的场面去代替那些刻划一个富于性格特征的英雄形象的细节描写。否则,会违背作者的创作意图"。这一观点驳斥了对小说的无限上纲上线,因此肯定也会遭到批判。而一飞的《〈侗家人〉的问题在哪里》面对木易和戈立的对立,力图秉持一种相对中立的态度,认为小说的优点是"应该肯定的","它虽配不上现时代高吭壮阔的主题歌,也算一支纤巧别致的小插曲。它虽没有轰轰烈烈错综复杂的斗争场景,但它以清新的格调、鲜明的笔触

---

① 宁达功:《谈〈侗家人〉的思想倾向》,《云南日报》1964年9月7日,第3版。

揭示了旧社会的阴森可怕，赞颂了新社会温暖如家，唤起了人们对现实的爱"。他同时也认为木易将龙三娘称为"革命英雄主义者的高大形象"是"言过其实了"，而戈立将之纳入"资产阶级博爱者的范畴"也"并不如此"。一飞纠偏的意图非常鲜明。

沙土对一飞的观点表示赞同，在《对〈侗家人〉的意见》[①]中，他表示，"最具有卓越洞察能力、最有说服力、最公平、最无偏见的还是一飞同志的文章。我完全同意一飞同志的看法"。他认为小说虽然有"立意轻软，取材偏僻，构思疏略"的缺点，但"这篇小说仍然是可以读的，而且也不会给读者注入多少毒素，龙三娘虽然不是那样值得推崇的革命英雄人物，但是，她的形象仍然是可爱的"。沙土还反驳了戈立的观点，认为"龙三娘、龙三姐和龙三妹的友好相处是可以的，不能把它看作为阶级调和，因为龙三妹不能代表剥削阶级，也不必让他们母女三人来一场阶级斗争，我们把龙三妹这样的人推到剥削阶级一边去，壮大阶级敌人队伍有什么好处呢"。但一飞和沙土的这种"调和"不但没起到作用，反而成了第三种观点。

在争论最大的焦点问题上，戈立认为龙三娘"救下了杀夫仇人的遗孤，并把她收养作自己的女儿"，"比对亲生女儿更加爱护体贴"，"并不是坚定的革命者的感情"。而是丧失了阶级立场，犯了修正主义人性论和资产阶级"博爱""仁慈"等人道主义的错误。宁达功则认为，"腰斩县长和救护其婴儿的行动，是发自于爱憎分明的感情的，这情感是劳苦阶级的感情"，此外，这种感情"还发自于母爱，这种母爱也是以劳苦人民的感情为基础"，是"一个劳苦的母亲对女儿的无比深厚之爱的高度体现"，"并不是所谓'人类之爱'"。鹤逸则认为戈立之所以提出这种观点，是因为太不了解我们党的阶级政策（罪止其身，罚不及孥）。这些观点，表达了人们对无限上纲上线的抵触。

在关于龙三娘杀死胡忘义的动机上，也有人指出作者并没有站在阶级仇恨的立场上塑造这一形象。如张德鸿的《龙三娘是革命英雄的形象吗？》就认为龙

---

① 　沙土：《对〈侗家人〉的意见》，《云南日报》1964 年 9 月 15 日，第 3 版。

三娘"只是个人复仇者和人道主义的化身。她绝不是什么'有血有肉的优秀形象',而只是作者主观臆造的幻影",其客观效果"只能是有利于资产阶级思想的泛滥,为资本主义复辟开辟道路"。因此"这篇作品应该否定","龙三娘这个形象应该给以深刻的批判"。

龙三娘打虎救人情节也是一个焦点。木易认为这一情节表现了龙三娘"忘我的精神","震撼着读者的心弦"。而在批判者看来,龙三娘打虎不死"要留条后路"是"不要一棒子打死,不要革命到底"[①]。此外,还有批判者认为龙三妹不去打喜鹊、龙三姐不去掏松鼠的过冬食料,也犯了物我不分的"博爱"或"仁慈"的资产阶级假人道主义的错误。鹤逸等人则认为,这是对农村习俗产生误解。但是,这些反对者的声音在"阶级斗争"话语面前,苍白无力。

云南省意识形态领导部门对小说《侗家人》的讨论高度重视,并且有明确的态度和导向。1964 年 10 月 14 日,云南省委宣传部内部刊物《思想动态》,刊发了《小说〈侗家人〉讨论来稿情况》《〈边疆文艺〉讨论〈侗家人〉来稿情况》《作协昆明分会同志对讨论〈侗家人〉的反映》《部分大学师生对批判〈侗家人〉抵触》《〈侗家人〉作者滕树嵩的一些情况》,全面介绍了讨论情况和一些背景材料,并将讨论中的稿件分别定性为"正面"和"反面"两类。对《侗家人》批判的观点为"正面"观点,不同意对《侗家人》的批评或是"对批评的反批评"的观点为"反面"观点,并将"反面稿件中涉及的主要错误论点"进行了归纳摘抄。在具体话语表述中,认为肯定《侗家人》的观点是为"反面"进行"辩护",认为否定《侗家人》的观点是"正面"的"批判"。《思想动态》还据此统计出 1964 年 8 月 28 日至 1964 年 9 月 26 日《云南日报》以及《边疆文艺》1964 年 9 月 1 日至 10 月 5 日发表和收到的"正面""反面"来稿数量("正面"的 27 篇,"反面"的 6 篇),称"广大读者积极参加论战,批判资产阶级人性论、人道主义,保卫毛主席文艺思想的热情很高"。

由此可见,从讨论的开始,云南省就确立了意识形态导向,掌控了稿件的发表权力,规约了由讨论、争鸣至批判的走向。特别是,对小说作者出身、政治表

---

① 张文华:《有毒的作品 有害的评论》,《云南日报》1966 年 9 月 25 日,第 3 版。

现等方面情况进行的暗地调查，为将小说上升为"政治"事件埋下了伏笔。

第三节　一面倒的批判和"毒草"的定性

1964 年 10 月 30 日，《云南日报》关于小说《侗家人》的讨论以整版的篇幅，发表《我们认为〈侗家人〉是一株毒草——部分读者对小说〈侗家人〉及为其辩护的种种论点的批判》。其"编者按"提高了 8 月 28 日"编者按"的调门，称："这是一篇抹煞阶级斗争，宣传资产阶级人性论的坏小说，它的出现，是无产阶级和资产阶级之间的阶级斗争在文艺领域的反映，必须彻底批判，把这株毒草锄掉，变成肥料。也有少数来稿为这篇小说辩护。经过两个多月的热烈讨论，有的原来对小说持肯定意见的人现在认识有了变化，来信表示他原来的意见是错误的，有的还寄来了自我批判的文章。"该版"编者按"从各方来稿中提炼出 7 个问题："歪曲生活真相为反动统治搽粉""到底为哪个阶级说话""形象化的'合二而一'论""龙三娘的赞颂者是什么感情""也是争夺青少年的一场尖锐斗争""龙三妹的形象不应赞美而要批判""推销毒品意味着什么"，并摘发了十几篇批判文章的观点，正式使用"批判""毒草"这样的话语对"讨论"性质和作品性质进行了定性。

从 1964 年 9 月至 1965 年 2 月，《云南日报》和《边疆文艺》发表的批判文章主要有：郑云、魏浩的《小说〈侗家人〉宣扬了什么?》"，黎侃的《严肃认真地评论小说〈侗家人〉》，张德鸿等的《龙三娘是革命英雄的形象吗?》，杨澍的《人性论的创作实践和理论——评小说〈侗家人〉及木易对它的评论》，张俊芳、彭安湘的《积极为资产阶级服务的"超阶级"论》，袁梅的《两种根本对立的时代观及其他》，《我们认为〈侗家人〉是一株毒草》，师文兵、文朝北的《究竟要塑造什么样的英雄形象——〈侗家人〉的辩护者关于塑造新英雄的"理论"实质是"写中间人物"的理论》，程章、傅文《驳"〈侗家人〉无害"论》，杨肇焱的《龙三妹是阶级融合论的产儿》，黄英才的《什么人欢迎〈侗家人〉——立此存照》，彭敏、向红的《资产阶级寄予复辟梦想的人物——评〈侗家人〉中龙三妹的形象》等。

针对小说的批判主要集中在四个方面。

第一，认为小说严重歪曲现实，丑化侗族人民。批判者认为"作者善意渲染的龙三娘与龙三妹、龙三姐之间的离奇遭遇和感情纠葛，只能是作者的主观臆造，是对人民群众英雄斗争的严重歪曲"①。一些激进的批判者认为小说"通过它的人物活动，故事情节的展开，根本上歪曲了侗族劳动人民形象，丑化了侗族人民解放后的生活"，"龙三娘这样的妇人，龙三妹、龙三姐这样的女子，不能表现侗族人民的革命精神"，而是"歪曲了生活真实，是对侗家人的丑化"②。

第二，认为小说大肆宣扬资产阶级"人性论"和资产阶级人道主义。批判者认为"贯穿小说《侗家人》的思想是资产阶级人道主义，而不是其他"，作者是"借无产阶级'爱憎分明'之名，而行'资产阶级''博爱''普遍人性'之实"③；"作者的艺术趣味在于'慈心'和'爱'，资产阶级人道主义和人性论是作者的指导思想"④；"作者企图用'母爱'取消阶级斗争，宣扬'母爱'可以改变感化阶级的对立，这是明显地贩卖人性论的货色"⑤。有的批判者虽然承认龙三娘不杀伪县长的女儿是"无产阶级人道主义"，但同时认为"小说《侗家人》不去颂扬劳动人民的爱憎分明、是非分明的阶级感情，而是着意渲染'泼辣''心慈'……，用所谓的'各阶级共同人性和人情'换掉了阶级感情"⑥。彭敏、向红的《资产阶级寄予复辟梦想的人物——评〈侗家人〉中龙三妹形象》⑦，不仅认为小说"贩卖资产阶级

① 黎侃：《严肃认真地评论小说〈侗家人〉》，《云南日报》1964年9月5日，第3版。

② 拉席阿：《〈侗家人〉是对侗族人民的丑化——一个侗族读者的来信》，《云南日报》1964年9月25日，第3版。

③ 杨澍：《人性论的创作实践和理论——评小说〈侗家人〉及木易对它的评论》，《云南日报》1964年9月7日，第3版。

④ 山雨：《资产阶级思潮的一个小小艺术标本——谈"合二而一"的世界观和"杂凑一锅"的美学思想在〈侗家人〉中的体现》，《云南日报》1964年11月19日，第3版。

⑤ 师立德：《拨开冷雾冲的冷雾》，《云南日报》1964年9月15日，第3版。

⑥ 黎侃：《严肃认真地评论小说〈侗家人〉》，《云南日报》1964年9月5日，第3版。

⑦ 彭敏、向红：《资产阶级寄予复辟梦想的人物——评〈侗家人〉中龙三妹的形象》，《云南日报》1964年11月24日，第3版。

人性论，企图调和阶级矛盾"，更指出龙三妹寄托着资产阶级复辟的梦想。

第三，认为小说以阶级调和代替阶级斗争。批判者认为，"阶级调和论代替了阶级斗争，人性战胜了阶级性"[1]，小说完全"避开了这些最主要的、必须回答的问题。一场严肃的阶级斗争的反映，在这里已经变成了个人的恩怨——人性的冲突"，"抽掉了阶级内容的所谓人性和'普通人的人之常情'又使这个有着各自不同的经历和不同阶级出身的家庭成员'合二而一'，融洽无间，比亲骨肉还亲了！这是取消斗争的矛盾调和论，这是以阶级调和代替阶级斗争"[2]。龙三姐、龙三妹的成长和"龙三娘的思想、性格完全是一片模糊和混乱。造成混乱的原因在于作者把不同阶级的意识'汇合'起来，把各个阶级和所谓的'非阶级'（即资产阶级的）的'个人特征''合二而一'用各种各样抽象的标签贴到人物的身上"[3]。"龙三娘对龙三妹进行的不是阶级斗争教育，而是资产阶级人道主义教育"，"宣扬了为资产阶级服务的'超阶级'论，严重歪曲了现实，调和了阶级斗争"[4]。杨澍在批判文章中指出，"贯穿小说《侗家人》的思想是资产阶级的人道主义"，"宣扬的却是不折不扣的资产阶级人性论"，其危害是"使人掉进迷魂阵，这样的创作理论，只能把人引入歧途"。

第四，将《侗家人》纳入文学界对"中间人物论"的批判范畴。师文兵、文朝北认为围绕着龙三娘这个形象展开的争论所"牵涉的问题也远远超出了评论这个具体形象的范围"，小说作者和木易等人的理论"和邵荃麟、金为民等人的'理论'不无联系，他们的见解和主张，邵荃麟、金为民都代为概括并加以系统化了"，其人物就"实际上是资产阶级小资产阶级人物"，木易等人所极力主张的，就是"按照资产阶级的面目来塑造'英雄人物'"，描写"'不好不坏、亦好亦坏'的'中间人物'"。该文以此立论，从"所谓的'泼辣'和'心慈'是什么""哪个阶级的'典型个性化'""如此'深入生活'"，仿照对"中间人物论"的批判，对小说及木易

---

① 黎侃：《严肃认真地评论小说〈侗家人〉》，《云南日报》1964年9月5日，第3版。

② 黎侃：《严肃认真地评论小说〈侗家人〉》，《云南日报》1964年9月5日，第3版。

③ 山雨：《资产阶级思潮的一个小小艺术标本——谈"合二而一"的世界观和"杂凑一锅"的美学思想在〈侗家人〉中的体现》，《云南日报》1964年11月19日，第3版。

④ 张俊芳、彭安湘：《积极为资产阶级服务的"超阶级"论》，《云南日报》1964年8月15日。

等人进行了全面批判,并将之提升到"关系到社会主义文艺是否变质的根本问题"的政治高度。

所有批判文章都具有两个指向,一是小说本身,二是对木易的《读小说〈侗家人〉所想到的》、一飞的《〈侗家人〉的问题在哪里》、宁达功的《谈〈侗家人〉》的思想倾向、沙土的《对〈侗家人〉的意见》、鹤逸的《我对小说〈侗家人〉的看法》等肯定小说的"反动观点"的批判。如张文华在《有毒的作品　有害的评论》中,对宁达功所持的"龙三娘的母爱是以劳苦人民的感情为基础"的观点进行了批判。但张文华似乎也无法否认"母爱",又话锋一转,写到"纵使有这样个别事件产生,是否一定要写呢……如果一定要写,作为革命的文艺工作者,作为人民群众的忠实代言人,就完全是另一种写法";于是,进一步指责"一飞等同志对此重大原则问题全然不顾,从根本上抹煞了文艺必须服从于政治的革命原则,脱离了今天的革命要求来评论作品,用封建文人评述文章的办法"。按这样的逻辑,张文华推导出"难道这是'一时糊涂'么? 不,绝不是","为小说的错误辩护的某些评论者,他们有的对无产阶级革命事业不负责任,有的颠倒黑白、混淆是非"的结论。

这种"批判的批判"在客观上助推了一面倒的批判力度和"连根铲除"的政治动机与态势。一些曾肯定过小说或者对戈立等持反对意见的人,也出现了动摇和"倒戈"。例如,沙土在《重评〈侗家人〉兼自我批判》中,自我检讨《对〈侗家人〉的意见》一文"轻描淡写地说了几句批评《侗家人》的话,说它有散布资产阶级人性论的思想倾向,但是我对《侗家人》基本上是肯定的","还不分是非曲直地对一飞的评论加颂扬,说他是'最有洞察力、最无偏见、最有卓越的见解'。这样的言词,是无原则的捧场不说,更错误的是在向读者推销毒品,为毒草浇水施肥"。沙土进一步检讨说:"第一,为官家小姐——龙三妹辩护","否认对龙三妹进行改造的必要性,和阶级调和论没有什么本质的差别";"第二,为作者所塑造的龙三娘搽脂抹粉,说她'爱憎分明',为她的资产阶级人道主义的行为辩护";"第三,错误地颂扬了一飞的论点,推销毒品,把毒草说成是香花"。最后,沙土自觉将《侗家人》上升到"代表反动阶级的思想意识向社会主义文学阵地进攻"

的高度，并表示"决心加强思想改造"。沙土的妥协，并非自主自愿的，而是刚性的阶级斗争情势逼迫的结果。文本阐释多义性的合法性就样被扭曲。

第四节　批判的结束

1965年2月22日，《云南日报》刊登了最后一期"关于小说《侗家人》的讨论"，该版发表了"编者按"和方戟的《一次很有意义的论战——关于小说〈侗家人〉的讨论的一点认识》。"编者按"总结了对《侗家人》讨论和批判，指出，关于小说《侗家人》的讨论，从1964年8月28日开始，已经进行了5个多月，编辑部共收到744件稿件，"其中绝大部分来稿对《侗家人》的资产阶级倾向和为《侗家人》辩护的各种错误论调作了尖锐有力的批判，少数为《侗家人》辩护的人以及在讨论初期认识模糊的同志，经过几个月的思想交锋，大部分都改变了自己的原来的看法，提高了认识，有的还作了比较深刻的自我批判"，"经过几个月的热烈讨论，许多同志发表了许多很好的意见，使讨论会收到了积极的成果"。

关于讨论的性质，"编者按"称，"关于小说《侗家人》的讨论，只是我省文学艺术领域无产阶级和资产阶级之间的阶级斗争的一个回合，是在这个领域打退资产阶级猖狂进攻并清除其思想影响的开始。这次讨论目前暂告一段落。但是和资产阶级文艺思想的斗争仍在继续着"。

"编者按"还进一步指出："现在，全国许多报刊对'各个时代阶级汇合的时代精神'、'写中间人物'等等文艺方面的资产阶级观点、修正主义的观点和一些坏戏坏电影正在进行深入的批判，这表明，文学艺术领域兴无灭资的斗争正在深入开展。"

该版所发方戟的文章实则是对"编者按"的具体阐释。关于讨论和批判的性质问题，方戟指出，"这是文艺领域资本主义道路和社会道路之间的一场论战，是对资产阶级文艺思想和文学主张批判的一个回合"。对小说中龙三娘抚养龙三妹的不同意见，是"社会上阶级斗争的反映"，小说宣扬的是"资产阶级人道主义"。该文盖棺定论,将讨论中的不同意见划分为无产阶级与资产阶级两个阵营。"调和阶级矛盾、抹杀阶级斗争的资产阶级人道主义"思想阵营中的人,主要有木易、一飞、宁达功、沙土、鹤逸等人。他们认为"似乎有一种抽象的共同的人性是全人类相通的,并且以这种普通人性来作为道德和艺术的标准,而否认'人的本质,并不是个别的个体所具有的抽象属性。就其现实性来说,它是一切社会关系的总和'",这些人"站在资产阶级人性论的立场,歌颂爱抚敌人遗女的行动,证明这是'天生的母爱'、'泼辣而心慈'等等",其危害是"为资产阶级'和平演变'服务"。该文指出,持错误思想观点的人,存在思想立场的问题和思想没有改造好的问题。对《侗家人》中龙三娘、龙三妹、龙三姐等人,资产阶级认为是美的,无产阶级认为是丑的。欣赏龙三娘的"母爱",就必然和阶级论相冲突(这是问题的实质),"就不可能正确认识阶级斗争的现实;既然对龙三妹寄予满腔的同情,就一定会歌颂那些本来是应当批判的东西,就要和阶级斗争的现实生活相背离"。而解决这一问题,是和"改造思想分不开的"。

耐人寻味的是,本版的第二篇文章即为《最近各地报刊批判"中间人物论"情况简介》,从而暗示对《侗家人》的批判,是云南对全国性的批判资产阶级文艺思想的政治运动的主动呼应。

"编者按"和方戟的总结性评论,虽然标志着以《云南日报》和《边疆文艺》为主要平台对小说《侗家人》批判的结束,但也正如文章所言,这仅是"第一回合"。

事实也是如此。在"四清运动"中,工作组专门对小说作者、编者、发表过程进行调查。"文化大革命"期间,小说的作者、编者和肯定者受到了批判。

第五节　《侗家人》的平反

1979年第3期《山花》发表《边疆文艺》杨昭(木易)《关于小说〈侗家人〉的通信》,提出了当年对《侗家人》的错误批判和平反问题。该文回顾了讨论—批判的全过程,指出批判者无限上纲和响应极左思潮的性质,并对小说的思想内容、人物塑造和细节、情节进行了肯定①。黔东南民族师范专科学校中文科七七级文学评论小组在《把〈侗家人〉从冤狱中解放出来》中，呼吁"运用马列主义的文艺理论，重新正确地、实事求是地评论这篇作品"，认为去除强加在它身上的一切不实之词，把它"解放出来，是文艺界拨乱反正应办的一件事情"。该文还逐一反驳了《侗家人》被罗织的三条罪状："一、龙三娘不应该将胡氏遗孤收留，收了就是'资产阶级人性论'。二、打虎三面张网，给虎留逃路是'宣扬资产阶级的人道主义'。三、龙三娘母女应该开展阶级斗争，不然就是'阶级调和'"。该文认为，小说"思想上是健康的，艺术上有可取之处。作者把爱憎凝聚在笔端，使作品具有浓厚的民族色彩，政策观念也很强。他以鲜明的笔触，明快的色调，热情地歌颂了侗家山寨在党和毛主席的领导下发生的深刻变化；歌颂了党的民族政策；歌颂了以龙三娘为代表的侗族劳动人民勤劳、勇敢、纯朴、善良的优秀品质"②。

1979年第5期《边疆文艺》刊登了《小说〈侗家人〉作者滕树嵩同志致本刊的信》，作者滕树嵩在信中回答了读者关心同时也是当初争论的焦点问题。一是共产党不杀俘虏，龙三娘不懂党的政策，但出于人之常情收容了龙三妹，用乳汁哺育她，这是历史事实。二是解放后龙三妹被安排进"撵山队"并划给龙三娘，与龙三娘同样的阶级成分，符合政策，并不是阶级调和。三是从历史唯物主义的角度看，龙三娘在没有接受革命熏陶和党的教育时，只能有朴素的阶级道德观念，而不能有今天的侗家妇女的觉悟，否则就脱离了历史。时隔二十年，与其说滕树嵩让我们重新回归马克思现实主义理论语境，不如说极左政治思潮的终结，才使马克思现实主义理论重现本来面目。

那么，如何认识对小说《侗家人》的讨论和批判呢？

第一，以《云南日报》和《边疆文艺》为主要平台对小说《侗家人》进行的讨论和批判，是1962年提出"千万不要忘记阶级斗争"之后，在逐渐将阶级斗争扩大

---

① 杨昭：《关于小说〈侗家人〉的通信》，《山花》1979年第3期。

② 黔东南民族师范专科学校中文科七七级文学评论小组：《把〈侗家人〉从冤狱中解放出来》，《边疆文艺》1979年第5期。

化和绝对化的政治环境中,在文学艺术领域开展的对周谷城美学思想和电影《北国江南》以及对"中间人物论"进行全面批判在云南的具体反映和实践;是云南省以小说《侗家人》为切入点,有组织、有计划进行的一场呼应全国性的批判资产阶级人性论、阶级调和论、融合论、"中间人物论"政治批判运动。特别是1964年底和1965年初无限上纲的"抡棒子""戴帽子"是云南省"文革"的前奏,标志着云南文学界先于全国进入"文化大革命"。

第二,对小说《侗家人》肯定、否定到批判的过程,从一个侧面折射了文艺界阶级斗争全面扩大化的完整过程。小说作者坚信自己是站在社会主义的立场上,通过描写龙三娘、龙三妹、龙三姐在新、旧社会的不同遭际,歌颂新生活。小说的肯定者们更是坚信自己所使用的是马克思主义文艺理论,在历史必然性和人物性格命运必然律的前提下,肯定龙三娘这一人物的历史真实性和现实选择的正确性。但他们忽略了马克思主义文艺理论根植的传统现实主义以及19世纪批判现实主义理论在人物性格塑造中表现出来的多样性、复杂性、生动性、丰富性的美学规范和典型化原则,已经在实践中被扭曲。特别是小说对于人性(母爱)的强调,恰好撞到了"批判资产阶级人性论"的枪口上,而作为"中间人物"的龙三娘同时被"中间人物论"瞄准。批判者与肯定者在政治立场上实际上并无二致,所不同的是,一方使用的是阶级分析的方法,紧跟时代步伐,与意识形态保持了高度的一致性,从而远离了现实主义批评标准;另一方运用的是历史唯物主义和传统现实主义的批评标准。批评者与反对者之间的冲突所反映出来的,是传统现实主义理论和马克思现实主义理论与20世纪60年代初期国家意识形态和整个时代政治语境的冲突。

第三,少数民族文学批评,从来就不是只关于少数民族的。作为多民族国家文学的组成部分,作为社会主义新文学的构成要素,少数民族文学创作、批评与研究从来都是在一体化的政治和意识形态的规约下生成和发声的。一方面,从《侗家人》讨论的整个过程来看,从最初的讨论到最后的批判,不断地升级、上纲上线及至被定性为"毒草",折射着整个时代和国家日趋紧张并趋于极端的意识形态走向和极左政治思潮的萌芽、生长、蔓延直到全面爆发的过程。另一方面,无论是

"资产阶级人性论"，还是"阶级调和论"，都说明少数民族文学创作与批评与时代文学思潮的契合程度极高，因此，对《侗家人》的批判与思想文化（文学）领域对周谷城、邵荃麟等人所谓"错误思想"的批判只有空间分布的差异，并无内涵和标准的差异。这说明，在内在结构上，二者是整体与部分的关系，它指认的仍然是一体化的意识形态话语体系。

第四，在对《侗家人》的批判中，明显出现对侗族历史、文化、习俗误读的现象，但包括以侗族身份指认《侗家人》"丑化"侗族人的批评者，关心的并不是小说是否客观展现了侗族人的生活、精神和性格，而是存在着"去民族"而"阶级化"的倾向。

第五，批判《侗家人》对云南少数民族文学创作产生了破坏性的影响。如何表现民族生活、如何塑造民族人物形象，这些曾在云南展开过讨论的问题，在批判中都有了答案。这对那些注重民族特征，力图展现不同民族多彩生活的作家是一个致命的打击，直接影响了少数民族文学创作。

第六节　《侗家人》争鸣史料

《侗家人》发表后，《边疆文艺》和中国作家协会昆明分会主办的《会员通讯》发表了木易、戈立观点截然不同的文章并引起了文学界反响，《云南日报》转发小说及二人的评论，面向社会进行讨论并撰写了"编者按"，由此开启了关于《侗家人》的大讨论。

以下，将相关讨论文章呈现出来，还原历史现场。

侗家人

滕树嵩

原文载《边疆文艺》1962 年 12 月号。

一

十八年前,冷雾冲有过这样一回事:

伪县长胡忘义高升了,人夫轿马拉成行,威风凛凛的要到新地方去上任。那时候,冷雾冲常有"棒老二"出没,生意人,不敢独来单去。胡忘义启行这天,有个肩挑小贩尾在后边。他想仰赖胡忘义的威风,平安过岭去赶趁生意。没料到走在冷雾冲里,猛然从迷雾中爆出一片雷吼:

"站倒!"

吼声中,灯光火把齐亮,闪出一伙棒老二来。当头,是个轮眼竖眉的侗家女人。高高大大,年纪三十多点,青布包头,蓝布裹脚打扮。手里,横一把晶光雪亮的"板镰"。她左右,是十多个猎人打扮的侗家汉子,手执长枪,腰别短柄镰。那时节,不等护送兵丁站稳脚,涌上前来就挥刀动手。几个护送兵丁措手不及,全遭砍翻了。所有人役挑夫,籁簌直搋裤脚风。两个抬滑竿的苦力,心慌腿软,一扑趷把县官从滑竿上跌了下来。

就这个势子,侗家女人纵上前来,一把揪起了胡忘义,咬牙切齿的骂说:"好呵!卖人脑壳发了财,又升官。冤宰我的丈夫,糟害侗家人,你不还账就想走?哼!你变麻雀飞过坡,也从半天打你落。"

骂完,不让吓昏了的胡忘义说出一句讨饶话,挥手横刀,胡忘义那颗麻子点点的头飞落下来,滚进了草丛。

那些侗家汉子砍了护送兵丁,便围过行轿去揪官太太。没想到能仗势吓人的太太,还未被揪着就在轿里吓咽了气。怀里,滚下一个哇哇直哭的女娃娃来。

这情景，倒把那些凶煞煞的汉子愣住了：

"拿这个祸害根种咋个办？"

侗家女人走近来，插了刀。就粗布细褶裙揩净手上鲜血，对惨哭哀叫的乳娃娃叹口气，勾下腰去将她抱起，掏出乳头塞进小嘴，止住了乳娃的啼哭。一声牛角叫，灯光火把熄灭。雾气里，棒老二隐进箐林里去了。……

十八年前的肩挑小贩，今天在县土产公司工作。这次下区来，与供销社联系收购山货的业务。顺便，带了一挑当地加工的细茶回县汇报。挑着担子走在冷雾冲里，回想起十八年前的事情，非常怀念起那侗家女好汉来。

"好泼辣的妇女啊！为大家除了一害。又那样心慈，把乳娃收留了。她今天还在吗？算来该是五十左右的人了！"老营业员边走边想。

"哎！慢点跑，站倒，站倒！"背后忽然传来了喊声，老营业员怔住了。当然啰！十八年前的事绝不会再重复。只是，是那个在背后促狭戏耍他呢？

二

老营业员回头去看，是个十八九岁的侗家姑娘。歪梳发髻，满插头饰，银项圈，银吊环，还戴着银手钏。上穿本民族的绣花边服装，下身没系裙，穿的是客家姑娘时新穿的小筒裤。肩头挂支猎枪，手里握把镰刀；就象老营业员十八年前见过的"板镰"一样。她扬着细弯弯的眉毛，露出初剥壳的包谷米那样的白牙齿。笑着奔上来：

"要过岭吗？老同志。来，我帮你挑一肩。"

原来是这么回事，老营业员笑了。他接受姑娘的好意，把担子移交给她。

"叫那样名字？姑娘！"

"姓龙，叫龙三妹。"侗家姑娘回答，挑着担子闪打闪打走在前面。髻上的银花颤颤摇摇，象轻风摇曳花树一样。

"是撵山队的？"老营业员问她。

"当然嘛！要不我怎么背了枪在山里窜。"口气有些自负。

说着话，出冲爬山了。爬到山腰一座歪斜的山神庙前歇下来。老营业员故意问姑娘:"碰着只豹子,要几枪能打中?"

龙三妹格格地笑了。从肩上摘下火铳来:"你想考我的枪法,是不?"

四面望望,见了对面茶油树上,有两只喜鹊在跳跃着喳喳欢叫。龙三妹抬起枪来,眯眼瞄去,嘴上夸耀地对老营业员说:"一枪,把两支都打落来。"

瞄准了,老营业员认为她要勾枪舌了。龙三妹却把枪低下来,摇摇头说:"不能放。"

"这又是为那样?"老营业员稀奇地问。

"一来是队长有规定,不准乱开枪。二来嘛,喜鹊不是坏东西!"她说,挂了枪,挑上担子。

"莫非你怕当面丢丑吗?"老营业员故意逗她。

"你就讲我不会打枪吧!"看得出,龙三妹咬着嘴唇皮,按耐住年轻人特有的傲气。

走过一个山湾,湾里是几大片麦土,正有一支野物在吃麦。龙三妹看见了,老营业员也看见了。

"呵! 快撵,糟踏庄稼啰!"老营业员着急地说。龙三妹对他摇摇手,放下担子,拔出"板镰"来,悄悄猫起身子去到土坎上,飞出刀去,将那野物砍翻在麦土里了。

"三妹,好手法呵! 我佩服你了,佩服你了。"老营业员呼叫起来。龙三妹下去提了野物上来,却并不高兴地说:

"我不能送你啦,我要过那边去守卡子。今天你下不成山了,就住在坳上吧。带上我这刀,我姐会接你进家的,我阿妈今天不在家!"

说着,将刀交给老营业员,就要走。老营业员却追问说:"三妹,砍死了偷苔的坏东西为那样你倒不快活了呢?"

龙三妹勉强笑了笑说:"你要是个撵山队员,你就晓得了。庄稼受了损失,还该高兴?"老营业员不住地点着头,目送龙三妹过了山湾。

三

松林里,窜出来两支毛茸茸的猎狗,绕着老营业员身前身后直嗅。一个黑眉足有两指宽的攇山青年，从松林后面站出来，轻哼一声，猎狗就规矩了。

"你是龙三妹家的客？来，我给你领路。"宽黑眉猎人说着要给老营业员挑担子。老营业员不肯，他便说："你是客嘛！"

走着，老营业员问："你们是专业攇山队？"

"是呀！"宽眉猎人回答说："龙三妹她阿妈就是我们的队长嘛！"

"龙三娘是你们的队长？"老营业员惊讶地问："三妹不是讲她阿妈只有一只手，能打猎？"

宽黑眉猎人笑说："要怪三妹只跟你讲了一半，她那只手就是去年在谷坳打老虎丢的呵！"

说到这里，宽黑眉猎人脸上闪过忧悒的阴影。老营业员也平空吓了一跳："遭老虎咬掉了手？"

"是啊！事情只怪我不好。"宽黑眉猎人难过地往下说："是这样的，大队派我们五个年轻人上山当学徒。讲来你就明白，攇山斗野物的事，比不得犁田挖土。田犁不好可以返工，攇山不摸兽性，不懂规矩，当时就有性命之忧的！那次是晚间，把带有三个虎崽的母虎，卡在谷凹里了。本来事前安排过，谷凹口是给老虎让的逃路。因为老虎中了枪不曾死，不能断它的逃路，要不，它和人一样，迫于无奈，会拼命反抗的。响了枪，母虎受伤滚倒了。可是，立刻又跃起来找逃路。拐了，我那时偏偏忘记了交代，想堵住出口，补一枪把虎打死。那虎睁圆绿阴阴的灯笼眼，呲出钢杈牙，四脚腾空朝我扑来。亏得龙三娘看得清楚，两步飞到我面前，挥刀朝虎砍去。虎的一双前爪都遭砍掉，跌落下来倒了威。只是，龙三娘也滚在了一边。我们亮起火把去看，她也晕死在地上了。左手，齐齐的从肘拐处断了！"

"后来呢？"老营业员焦急地问，不住的叹息："她不能打猎了，真伤心呵！"

"她才不伤心呢！"宽黑眉猎人顿住话，注意看猎狗为什么往前蹿。原来是一群山羊跃过山涧去了。他继续说："龙三娘从医院甩着一只手回来，倒无忧无虑地说：'增加你们五双年轻的手，能比我这老残废了的一只手，多攇几十年山，横打顺算都划得来嘛！我剩只右手，一样打枪呢！'"

"她还参加撵山?"老营业员问。

"她是队长,那个阻挡得住她嘛! 她比有两只手时还要厉害呢!"宽黑眉猎人说到这,抬手指那山凹上的竹林说:"到了,那就是我们队长家。"

走近些,宽黑眉猎人朝竹林里的吊脚楼打个尖哨。老营业员便看见木栏杆里,出现了一个侗家姑娘。当然,这就是龙三姐了。

"呵! 是你帮我送客来啦。吹风打哨的,我还以为是那个罗汉哥邀我坐月啰!"她朝宽黑眉猎人眨着眼笑了笑。不从楼梯走,攀着吊脚楼前的竹枝,悬身跳下来接客。宽黑眉青年也相跟上吊脚楼去,龙三姐却返身在楼口拦住他说:"客不要你送了,快去帮我找酒来!"

宽黑眉青年对她吐吐舌头,对老营业员打个招呼,回身去了。老营业员看得出来,两个年轻人正在恋爱呢!

四

老营业员打量那龙三姐,和她妹妹长得大不一样:她的身胚壮实骨架粗,黑眼浓眉厚嘴唇。穿着也比三妹随便得多。不过,她有一付亲切的笑脸,又好口才,一面为老营业员备办晚饭,一面和他摆谈。不叫他感到一点生分。

"怎么? 你讲我和我妹不象一母生的? 哟! 你硬是神仙。当真的,我和她不是一个妈呢! 不过,那要什么紧,我两个比亲姊妹还亲呀!"她爽快地答复老营业员好奇的问话说:"小时候我不懂事,我欺侮过她。你不晓得,我阿爹是遭官家害死的。听人家讲她是我阿妈收养的官家小姐,我就恨死她啦! 背了阿妈,我就打得她哇哇哭。我十二岁的时候,她九岁了。阿妈叫我上山去砍柴,留她在家剁猪菜。我不肯去,把扁担都踩断了,讲我阿妈有偏心。阿妈为难,就编个谎诓我说:'她不是官家小姐,她是遭官家抢去的穷家姑娘'我相信了,也和阿妈一样可怜起她来。我教她做活路,教她唱歌。分好吃的给她吃,让好的给她穿戴,我们算是亲姐妹啦。"

老营业员听了龙三姐的话,想起十几年前的事,迫不及待地追问龙三姐:"你阿妈是不是——"

"啊哟！慢点再和你摆。还差一个菜上桌子呢！"龙三姐点了炒好的菜，才有七碗，对老营业员说："不能依你不要呵，八个菜待客，是我们侗家人的礼信喀！"

说着，出门跳下了吊脚楼去。老营业员急于想得知事情的根底，跟出栏杆边来站着。那龙三姐，出了竹林走到一株古树前，仰头见树上有松鼠跃来跃去，回头来笑着说："有办法了，请你吃一盘黄焖板栗，喜欢不？"

话音刚落，一撩细褶裙，三攀两爬上了古树。到一个树孔边停下来，撵跑了孔里的大小松鼠，正要伸手进去掏板栗，忽然又停手退下树来说："对不起，不请你吃板栗了，那是松鼠的过冬料，掏了它们会挨饿的。请你吃顿冻菌吧，你爱吃冻菌不？"

说着，又飞跳跳的朝左面的树林里奔去了。

五

经不住三姐唱歌劝酒，老营业员喝醉了。叫他安排在客房里休歇。半夜里口干嗓子燥，老营业员醒来，听得堂屋里柴火噼啪，人声嘈杂，不下二三十人。此起彼落的说话，好象是开会。果然是开会，后边有一个女人的声音发言：

"没有新的意见，我就布置工作啦！这伙野猪，看来想跳到北岭去，那里有洋芋地嘛。成恩'格老'讲得合，那支跛脚野猪是头，不能先打它，打了它这伙野猪就惊散了。要留它帮我们领队。这样办，一个组跟成恩'格老'到南坡去围过来。三叔领两个组在冲幽埋伏，山羊再多也不要开火，专等打野猪。眼前山羊作害不大，这伙野猪到北领就糟害庄稼啦！再说春节就要来了，我们撵山队就该杀猪送大家过闹热年！"

话到这里，引起了一阵快活的喧笑。随后又听到说："还有一点，这回大家要劝我留在家我不同意。讲我一支手进山不方便，我又不要你们抬我走。好歹我得去，这次开火的命令，由我发的才算数。……"

"这是龙三娘！"老营业员激动地在床上坐了起来。往下，堂屋里还在讲话，只是，好象会已结束，在闲摆起来了：

"箐坡那边的几支老虎……"

"哼！肯尼迪这野货上台，比艾……"

"去年我们侗家山包谷为那样丰收？这有道理呀！对啦，就因为毛主席来到了寨金喀！听说毛主席坐在寨金的鼓楼里，我们县长陪在他身边。火塘里煮起包谷油茶，毛主席吃一碗，夸包谷油茶好吃。添二碗，边吃边夸好油茶。又舀第三碗……。毛主席这样讲：'格老、罗汉、腊梅们！应该多种包谷呵！晓得不？'县长就传毛主席的话下来：'大办农业，种包谷，见缝插针……'"

"阿牛老者，那是土产公司的客挑来的茶叶，莫乱整！"龙三娘又说话了。

"我抓一点点泡碗尝尝！

"听话，一点都不准动！"

"阿牛老者，知事点。惹得队长拿出对付胡麻子的本事来对付你，不好受呢！"

"哈哈哈……"

老营业员赤着两脚跳下床来，从壁缝里往堂屋瞅去。人丛中，有一个高高大大，正正直直地站着的侗家老太，头上的白发闪着银光。……

十八年前的肩挑小贩，把什么都弄明白了！

《云南日报》1964 年 8 月 28 日关于《侗家人》讨论专栏"编者按"

全国许多报刊目前正在对周谷城的美学思想、对影片《北国江南》展开热烈的讨论。这个讨论涉及到当前文艺工作中从理论到创作实践的一些根本性问题。我们应当重视这个讨论，应当密切联系实际，积极地参加这次讨论。

一年多以前，在一九六二年十二月号的《边疆文艺》上曾经发表了小说《侗家人》，对于这篇作品，当时在读者中即有两种不同的反应，有人赞扬，也有人提出批评。一九六三年三月号的《边疆文艺》又发表了木易同志的文章：《读小说〈侗家人〉所想到的》,这篇评介文章更引起了读者的广泛议论。发表在中国作家协会昆明分会编印的《会员通讯》一九六三年二、三期合刊号的《对〈侗家人〉的不同看法》这篇文章,就对木易同志的评介提出了不同的看法。从有关小说《侗家人》的争论中,反映出在怎样正确反映阶级斗争,怎样塑造正面人物,是党性还是资产阶级人性论,等等一系列带有根本性的问题上,都存在着根本不同的看法。就这些问题展开讨论,有助于我们辨明是非,提高认识,也有助于加深对正在讨论的周谷城的美学思想和影片《北国江南》中所涉及的重要问题的理解。

今天,我们特地转载了小说《侗家人》和《读小说〈侗家人〉所想到的》以及《对〈侗家人〉的不同看法》(作者在这次发表时略有修改)等三篇文章,我们希望读者能够读一读这三篇文章,判断哪一种意见较为正确,并积极发表意见。

我们希望通过这次讨论,认真总结文艺创作中的经验教训,从而端正文艺思想,提高认识水平,高举毛泽东思想红旗,坚决贯彻执行党和毛主席的文艺方针和路线,推动文艺工作者深入工农兵,更好地与工农兵结合,加强文艺队伍的思想改造,使文学艺术更好地为工农兵服务,为社会主义革命和社会主义建设服务。

我们希望省内其他战线上的同志也能够关心这次讨论,注意文化战线上的动态,促使作为上层建筑之一的文学艺术能够更好地为社会主义的经济基础服务。

读小说《侗家人》所想到的

木　易

原文载《边疆文艺》1963 年第 3 期。

《边疆文艺》一九六二年十二月号发表的短篇《侗家人》,是值得一读的好作品,从这篇作品所描绘的人物性格和事件中,使你得到启发和鼓舞,让你感到侗族劳动人民,解放前经受了国民党如何的统治压迫,解放后在共产党的领导下,以主人翁的气魄,在如何地创造新的历史。

十八年前的一个小商贩,当他尾随在伪县长胡忘义的人夫马轿后面,企图仰仗胡忘义的威风,平安过岭去赶趟生意,不料猛然从迷雾中爆出一声雷吼,闪出一伙"棒老二"。十八年后,那个小商贩在国家商业部门工作,他重新过岭,回忆起十八年前在山岭上发生的事时,却听到了如下一段故事:大队派五个年轻人上山学搫山打猎护庄稼,年轻人不懂得规矩,硬把带有三个虎崽的母虎卡在谷凹里,不给负伤的老虎让路,结果母虎呲出钢杈牙,四脚腾空而起,朝年轻人扑来,幸得龙三娘飞步向前,砍断了母老虎的一双前爪,结果龙三娘也负伤滚倒在一边,晕死过去了。……

这龙三娘,就是十八年前充满反抗精神的"棒老二"。十八年前她挡住了伪县长胡忘义的去路,吼道:"好呵! 卖人脑壳发了财,又升官。冤宰我的丈夫,糟害侗家人,你不还账就想走? 哼! 你变麻雀飞过坡,也从半天打你落。"就这样一刀结果了胡忘义的性命。十八年后为了教会年轻人搫山护庄稼,自己负了伤,从医院甩着一只手回来,无忧无虑地对年轻人说:"增加你们五双年轻的手,能比我这老残废了的一只手,多搫几年山,横打顺算都划得来嘛!"这样忘我的精神,这些惊心动魄的事迹,是怎样强烈地震撼着读者的心弦呵! 通过龙三娘英勇顽强,充满集体主义思想光辉的形象,让我们听到了劳动人民在旧社会中被压迫的反抗声,和生活在新社会中,当家作主,建设新生活的豪迈高吭的嘹亮歌声。在我国无产阶级革命的历程中,在我国社会主义革命社会主义建设的事业里,在我国广大的农村、工厂、部队,以及其他各条战线上,到处都涌现着龙三娘这样的新型人物和光辉形象,塑造这些革命英雄形象,讴歌这些先进人物,永远是我们革命文艺工作者的光荣职责和神圣的任务。

但是,要塑造出光辉的高大的革命英雄形象,又是和作家、艺术家长期地,无条件地深入到工农群众中去,到火热的现实斗争生活中去,熟悉他们,了解他们,学习他们的革命气概和优秀品质分不开的,好的形象不仅具有典型的一般性,而且具有典型的个性化。龙三娘就是具有这样特点的有血有肉的优秀形象之一。十八年前,当她腰斩了伪县长胡忘义,发现从轿里滚下一个哇哇地直哭的女娃娃,她插了刀,走近前,就粗布细褶裙揩净了手上的鲜血,对惨哭哀叫的乳娃娃叹口气，勾下腰去将她抱起，掏出乳头塞进小嘴。十八年后她担任了生产队长，在会上布置了任务，大家照顾她不让她上山打猎时，她提出"这回大家劝我留在家，我不同意，讲我一只手进山不方便，我又不要你们抬我走。好歹我得去，这次开火的命令，由我发的才算数。……"这是多么感情充沛，有血有肉的英雄人物呵！她那伟大的感情，高尚的人格，和革命思想，犹如熠熠闪光的宝石，照亮了我们的眼睛。

龙三妹和龙三姐，不是作者所要致力描绘的人物，但从两个人物身上，进一步突出、刻划了龙三娘的形象和性格。龙三妹见着喜鹊不肯开枪，和龙三姐见着松鼠过冬的板栗不肯拿走；以及龙三妹砍死了偷苞的野兽不高兴，感到庄稼受了损失，和龙三姐听说三妹是官家抢去的穷家姑娘，从而百般爱护关怀她。从这些富于性格特征的情节描写中，不难看出是龙三娘教育的结果，是龙三娘爱憎分明和崇高的道德在年青一代身上的再现。通过对这两个人物的描绘，使作品中龙三娘的形象和性格，格外鲜明突出了。

小说《侗家人》，并非不无缺点，但这不是主要的，也不是我在这篇短短的文章中所要谈到的，在这里我还想说的是通过这篇作品，所想到的另一个问题，即如何使作品写得更集中、精练的问题。小说《侗家人》，就其篇幅来说，仅只有五千来字，然而却概括了十八年的事。十八年来龙三娘的所作所为，一定比作品中所描绘的要多得多，就作品所反映的事件，也有许多过程，譬如：龙三娘解放前后的变化，龙三妹的成长，龙三姐与龙三妹的特殊的姐妹关系等等，为什么作者就只选择了那样几句话，那样几件事，而没有把所有的生活现象和事件过程一一罗列出来呢？这正是这篇作品的特点之一，是作者对读者的信赖，好作品往往是把握住最本质的东西，人物的主要精神面貌，性格特征，加以突出地描绘和刻划，至于其他，可以让读者通过自身的生活经历，去加以想象和补充。但如何才能把握住生活中最本质的东西，把握住人物的主要精神面貌和性格特征，这不仅是一个技巧问题，首要的仍然是和作者深入生活，熟悉和了解人的深度如何有关，文学创作，只有在坚实的生活基础上，在对人物深入了解的基础上，才能进行创造，提炼情节，和概括集中，才能繁简得当，重点突出，形象鲜明。因此,有出息的作家艺术家,只有扎扎实实地投身到火热的现实斗争中去,到工农群众中去,在改造思想,磨炼技巧,努力向生活学习的前提下,才能写出激动人心,与时代相称的好作品来。

对《侗家人》不同的看法

戈 立

原文载《云南日报》1964 年 8 月 28 日。

木易同志在《边疆文艺》三月号上发表一篇题为《读小说〈侗家人〉所想到的》的文章,对《边疆文艺》一九六二年十二月号发表的短篇小说《侗家人》作了许多赞扬,向读者大力推荐。《侗家人》是不是真如木易同志说的那么好,那么值得称赞呢? 这里,谈一点不同的看法,就教于木易同志。

综观木易同志的文章,可以看出他着重说明两点:第一点,小说成功地刻划了革命英雄人物的形象,小说主人公龙三娘这个人写得有血有肉,对龙三娘的描写是"富于性格特征"的,"格外鲜明突出"的,"不仅具有典型的一般性,而且具有典型的个性化"。为了更充分地表达这种看法,木易同志对龙三娘这一形象歌颂道:"这是多么感情充沛,有血有肉的英雄人物呵! 她那伟大的感情,高尚的人格,和革命的思想,犹如熠熠发光的宝石,照亮了我们的眼睛。"第二点,这篇小说"就其篇幅来说,仅只有五千来字,然而却概括了十八年的事。十八年来龙三娘的所作所为,一定比作品中所描绘的要多得多,就作品所反映的事件,也有许多过程……为什么作者就选择了那样几句话,那样几件事,而没有把所有的生活现象一一罗列出来呢? 这正是这篇作品的特点之一……"简言之,这篇小说写得集中精练。以上两点又都说明的是一点,就是《侗家人》写得很有技巧,人物形象的塑造是有成就的,因而这篇小说是很好的,是应该在刊物上以显著的地位发表的,并且是值得推荐给广大读者一读的。木易同志在文章里虽然淡淡的谈到塑造革命英雄形象讴歌先进人物,永远是革命文艺工作者的光荣职责和神圣任务,而就整篇文章来看,却令人得出与此完全相反的结论。这一点,只要具体看一看小说究竟宣传了什么,再回头想想文章作者为什么这样赞扬,就更加明显。

对于《侗家人》,这里不打算从它的艺术方面发表意见。这里只想谈谈《侗家人》的主人公究竟是什么样的形象。因为弄清这一点,就可以看出整篇小说的思想倾向,并从这里看出它是不是值得推崇,是不是值得如此般的赞扬。

龙三娘,这位主人公是不是成功的革命英雄形象呢? 不妨让我们先看看她的作为,她的思想感情。十八年前,伪县长胡忘义高升了,威风凛凛的到新地方去上任。走到冷雾冲,猛然迷雾中爆出一声雷吼,吼声中灯光火把齐亮,闪出一伙"棒老二",当头的是一个轮眼竖眉的侗家女人——这就是龙三娘。她带领那伙"凶煞煞的汉子",砍翻了护兵,并且亲自挥手横刀,让曾经杀害她丈夫的县长的那颗麻子点点的头落进了草丛。这时,死去的官太太怀里滚下了个女娃娃——这就是龙三妹。当汉子们正在考虑"拿这个祸害根种咋个办"的时候,龙三娘在血光刀影中救下了杀夫仇人的遗孤,并把她收养作自己的女儿。在小说的开头,作者第一次强调了龙三娘的慈善的一面。此后,沿着这个养女龙三妹和龙三娘的亲生女儿龙三姐的线索,作者一再着意从两方面强调地刻划了龙三娘的慈心悲肠。一方面是通过两个女儿的作为来影射的。县长的女儿龙三妹在龙三娘的教养之下长大了,也具备了养母的慈善心肠。当有的人要试试她的枪法的时候,她满有信心地举起枪来对准树上的喜鹊,忽而又把枪低下来,摇摇头说:"不能放。"龙三姐也是一样。当她准备用松鼠窠里的板栗招待客人,爬上古树正要伸手掏板栗的时候,又停下手退下树来,说:"那是松鼠的过冬料,掏了它们会挨饿的。"另一方面则是通过龙三娘对待两个女儿的态度来说明的。收留杀夫仇人的女儿后,龙三娘对县长的遗孤比对亲生女儿更加爱护体贴。这首先可以从龙三妹穿着很好,而龙三姐"穿着比三妹随便得多"看出来,另外从龙三姐的叙述也可以看出来:"我十二岁的时候,她(三妹)九岁了。阿妈叫我上山去砍柴,留她在家砍猪草。我不肯去,把扁担都踩断了,讲我妈有偏心。"当年幼的三姐知道三妹是杀父仇人的小姐而恨她的时候，又是龙三娘编谎诳三姐，说三妹不是官家小姐，而是遭官家抢去的穷家姑娘。……从上面引述的故事中，可以明显的看出，龙三娘的感情，应该说并不是坚定的革命者的感情。一个人爱什么人，憎什么人，保护什么人，杀死什么人，都有着阶级的感情的基础。龙三娘为什么要从怀着满腔复仇怒火的"棒老二"手上救护阶级敌人的女儿呢？一心报仇的龙三娘在该时该地，这样做是不是可信的呢？那些"棒老二"怎么看待这件事呢？龙三妹后来是不是知道养母就是杀父之人，又是怎样想的呢？龙三妹怎样看待龙三姐出于对杀父仇人的仇恨而对她采取的"欺负"态度呢？……作者在大肆渲染慈善心肠的同时，完全避开了这些必须回答的尖锐问题，使得读者读罢小说感到迷惘。当然，县长的女儿不等于就是县长，敌人的女儿并不等于就是敌人。龙三娘为什么不杀死小女孩，我们可以不去讨论这个问题，我们要讨论的是，在文艺创作中，是不是应该抓住这一点大肆渲染，歌颂。应当怎么解释龙三娘对阶级敌人的千金比对亲生女儿还好的奇怪态度呢？怎样解释她处处对三妹的偏袒呢？这种行动是出于一种什么样的思想感情呢！是她要用自己的温情补足三妹失去了的县长父亲的温情吗？是她因为杀死了三妹的父亲而心里不安的下意识行动吗？如果是这样，那龙三娘还算什么阶级斗争的英雄？如果不是这些原因，那又是什么？是义气吗？那么义气又是什么呢？我们怎样来理解这种"义气"！……龙三娘这一形象就是在这方面有着严重的错误。对龙三娘的这种思想感情的着意刻划，使得龙三娘不成其为革命英雄人物的形象，也使得整篇小说显出了一种不好的倾向。但不知为什么，正是这些缺点得到了欣赏。有的同志把龙三娘这个人物的严重问题，说成是"典型的个性化"，说成是这个形象塑造得成功的地方，进而备加赞扬。

衡量文艺作品的成败得失，除了对作品本身进行探讨外，还必须联系创作的当时的社会情况，即当前的政治形势来探讨。如果承认社会主义文艺是为无产阶级的政治服务的，我们就不能孤立地去评价作品。我们知道，当前，国际国内的阶级斗争是尖锐复杂的，在这种形势下，我们的党提出了向广大群众、尤其是青年一代进行阶级斗争观点的教育的重要任务。文艺工作者在进行这项教育方面负有重大的责任。创作什么作品,向群众介绍什么作品,都要联系着这一任务去考虑,都要考虑是不是符合政治斗争的需要。然而在这个时候发表的《侗家人》,对于尖锐的阶级斗争的描写只是那样淡淡几笔,而对于龙三娘与龙三妹两种出身的母女的特殊关系却大施彩笔,对于龙三娘的慈善心肠津津乐道。只能说:这篇小说恰恰不是强调地宣传阶级斗争的复杂性、长期性,而是在一层淡淡的个人温情的云雾下边,给人一种轻松愉快,这种轻松愉快调和了尖锐的阶级斗争。这篇小说使人联想到,在农村中,有些年轻的社员说:"地主么,他们从前是地主,如今不是和我们一样,都是社员了么!"阶级斗争的观念,在这些年轻人的脑子里淡漠了。这种情况在文艺工作者身上,不可能是完全没有的,在文艺作品当中也会有所反映,因而必须引起我们的警惕。难怪有的敏感的读者读了《侗家人》,反映说:"这篇小说有一种说不出的怪味道。"

作为一个革命的文艺工作者,他选取什么题材进行创作,怎样去创作,都要考虑革命的利益,考虑效果,即要有明确的目的。绝不能自然主义地反映生活,绝不能为塑造形象而塑造形象。如果有人说这就会使龙三娘没有她特有的"个性"了的话,那首先得问一问:这是什么样的个性?

我们的文艺评论应当持实事求是的态度,在评论一篇作品的时候,应当把政治标准放在第一位。对于青年文艺工作者的作品,更应当全面地注意它们的思想性和艺术性。然而木易同志在评介《侗家人》时,他把这篇小说的思想性方面的严重错误,即决定整篇小说的成败的主要之点撇在一边,含含糊糊地说了一句这篇小说"并非不无缺点",此外便一味地加以赞扬。这对于作者、读者,显然将产生很坏的影响。话说回来,要是木易同志确实认为这篇小说根本不存在思想倾向方面的严重错误,甚而是十全十美的,那自然又当别论了。

[作者曾经把这篇文章寄给《边疆文艺》编辑部,刊载于中国作家协会昆明分会编印的《会员通讯》一九六三年二、三期合刊号。最近作者寄给本报编辑部时,对文章内容略有删改]

严肃认真地评论小说《侗家人》

黎 侃

原文载《云南日报》1964 年 9 月 5 日。

　　发表在《边疆文艺》一九六二年十二月号的小说《侗家人》，是一篇存在着严重错误的作品。然而，木易同志在《读小说〈侗家人〉所想到的》一文中（载一九六三年三月号《边疆文艺》），却作了极其错误的评价，并竭力向读者推荐。

　　小说《侗家人》真是那样"惊心动魄"、"强烈地震撼着读者的心弦"的"好作品"吗？龙三娘真是那种"具有典型的个性化"的"新型人物"和"高大的革命英雄形象"吗？龙三娘"那伟大的感情"，拆穿来看，究竟是一种什么样的感情、哪一个阶级的感情呢？

　　下面，我们提出一些初步的看法，就教于作者和广大读者。

一篇严重歪曲现实生活的作品

　　小说《侗家人》所写的是一个名叫冷雾冲的侗族聚居的山区在解放前后十八年的对比。小说的作者虽然也写了一些冷雾冲在解放前后的变化，小说一开始即揭示了一幅极其尖锐的阶级斗争的画面（以龙三娘为首的一群侗族劳动人民杀死伪县长胡忘义），但是，小说反映的"阶级斗争"和冷雾冲的变化的一个触目特点是：尽管十八年前这里存在着尖锐的阶级斗争，但是十八年后的今天，就再也看不到阶级斗争的影子了，现在冷雾冲所有的只不过是打兽护秋、打虎除害，脱离开阶级斗争的单纯的生产活动；在十八年前一次尖锐的阶级斗争中所引出的三个主要人物龙三娘、龙三妹（伪县长胡忘义的女儿，由龙三娘所收养）、龙三姐（龙三娘的女儿），十八年后的今天，她们成长起来了，但她们的成长又完全脱离开阶级斗争，也看不出龙三娘这个曾经自发地起来反抗国民党反动统治者的侗族劳动妇女如何成长为自觉的革命战士，与此相反，我们在她们身上所看到的只是"泼辣"、"心慈"、"母爱"等等所谓"人类共同的人性和人情"。十八年的对比结果是：阶级调和代替了阶级斗争，"人情"战胜了阶级性。

显然，小说《侗家人》所挑选的这样的题材，是对现实生活的严重歪曲。

十八年后的今天，阶级斗争绝对没有消失。当前，无论是国际范围，也无论是国内范围，阶级斗争都是尖锐的严重的。党的八届十中全会公报指出："在无产阶级革命和无产阶级专政的整个历史时期，在由资本主义过渡到共产主义的整个历史时期（这个时期需要几十年，甚至更多的时间）存在着无产阶级和资产阶级之间的阶级斗争，存在着社会主义和资本主义这两条道路的斗争。"小说《侗家人》在作品的开始不能不提一提阶级斗争，此后即偷梁换柱，用阶级调和代替了阶级斗争，其实，这正是当前错综复杂的阶级斗争在文学艺术领域中的反映。

在艺术方法上，小说《侗家人》完全与我们所提倡的革命的现实主义和革命的浪漫主义相结合背道而驰。"我们所说的革命的浪漫主义，其基本精神就是革命的理想主义，是革命的理想主义在艺术方法上的表现"（周扬：《我国社会主义文学艺术的道路》），小说《侗家人》的主人公，作者所着力刻划的龙三娘，她有什么革命的理想呢？龙三娘在杀死伪县长胡忘义之后，我们再也看不到她如何把个人的仇恨与整个阶级的仇恨联系起来，继续与阶级敌人进行斗争。相反的，通过作者大肆渲染的"慈善"、"感情"，龙三娘不仅局限于报了私仇（杀了胡忘义），而且对尖锐的阶级斗争充满了悔罪的心情，企图用自己的"慈善"、"感情"来弥补伪县长胡忘义的女儿（龙三妹）的"心灵的创伤"。

说到现实主义，恩格斯曾经说："现实主义是除了细节的真实之外，还要真实地再现典型环境中的典型性格。"（《给哈克纳斯的信》）要表现"典型环境中的典型性格"，对于革命的文艺工作者来说，就是要求他们表现时代的先进力量的新的人物和新的思想，要求他们表现无产阶级和人民群众的英勇斗争。恩格斯是从共产主义世界观和无产阶级的利益出发提出现实主义问题的。小说《侗家人》根本没有表现时代的先进力量和人民群众的英勇斗争，作者着意渲染的龙三娘与龙三妹、龙三姐之间的离奇遭遇和感情纠葛,只能是作者的主观臆造,是对人民群众的英勇斗争的严重歪曲。而且我们从这样的故事情节中,闻到了一股公案小说《三侠五义》之类的借尸还魂的腐臭。

事实证明:在文学作品中一味追求离奇的情节,其实质是掩盖阶级斗争,迷惑读者的视听。

一个革命的文艺工作者,他选择什么和描写什么题材,首先就要考虑是否于人民有益。小说《侗家人》所选择和描写的题材,显然对人民是无益有害的。奇怪的是,木易同志却偏偏认为这"是值得一读的好作品","这些惊心动魄的事迹,是怎样强烈地震撼着读者的心弦啊!"

大肆宣扬资产阶级"人性论"

如上所说,小说《侗家人》所选择的是这样的故事情节。通过这样的题材,通过龙三娘与龙三妹、龙三姐之间的矛盾冲突,小说着力渲染的又是龙三娘的"泼辣"、"心慈",以及这种感情如何在年青的一代(龙三妹和龙三姐)身上的具体体现。

木易同志特别热烈地赞扬龙三娘的这种感情,认为"那伟大的感情","犹如熠熠闪光的宝石,照亮了我们的眼睛"。

这是一种什么样的感情呢?

为了说明问题,不妨引一段小说的原文为例:在龙三娘杀死了伪县长胡忘义之后,也就是龙三娘与龙三妹(当时还是婴儿)第一次见面的时候,小说是这样描写的:

> 那些侗家汉子砍了护送兵丁,便围过行轿去揪官太太。没想到能仗势吓人的太太,还未被揪着就在轿里吓咽了气。怀里,滚下一个哇哇直哭的女娃娃来。这情景,倒把那些凶煞煞的汉子愣住了。
>
> "拿这个祸害根种咋个办?"
>
> 侗家女人(按:指龙三娘)走近来,插了刀。就粗布细褶裙揩净手上鲜血,对惨哭哀叫的乳娃娃叹口气,勾下腰将她抱起,掏出乳头塞进小嘴,止

住了乳娃的啼哭。一声牛角叫，灯光火把熄灭。雾气里，棒老二隐进箐林
里去了。……

紧接着这一段之后，小说《侗家人》的作者还借那位肩挑小贩之口，对龙三
娘有如下的赞美："好泼辣的妇女啊！为大家除了一害。又那样心慈，把乳娃收
留了。"

作者首先把龙三娘描绘得比周围的伙伴更为强：她敢于挺身而出，敢于为
民除害，敢于手刃反动统治阶级的当权派（伪县长）；随后就放肆地糟蹋她：在
婴儿的"惨哭哀叫"之下，即使这样的劳动妇女，当她手上还沾满了阶级敌人的
鲜血的时候，也不得不"叹口气"，"就粗布细褶裙揩净手上鲜血"，勾下腰，掏出
乳头，塞进阶级敌人的女儿的嘴里，止住婴儿的啼哭。在血光刀影之下，在生与
死的搏斗面前，阶级性与"人性"就这样尖锐地对立起来。

此后小说一直贯串了这一条"人性"冲突的"黑线"。小说不但描绘了龙三
娘如何偏爱龙三妹，还着重写出了这种感情在年青一代的身上的体现：龙三妹
如何见着喜鹊不愿开枪，龙三姐如何不忍心掏走松鼠窝中留着过冬的板栗。

"慈善"、"感情"、"母爱"，并不是抽象的东西。在阶级社会中，"普通人的人
之常情"是不存在的，有的只是阶级的感情。就以"慈善"来说，对于侗族劳动人
民，伪县长胡忘义是决不会"慈善"的，相反的，他"糟害"了侗家人，"冤宰"了龙
三娘的丈夫，他正可以凭着"卖人脑壳"发财、升官。即使对于胡忘义的老婆、那
位县官太太，她对自己的女儿可能是一付"慈善"心肠，但对于侗族劳动人民，这
位官太太仍然是"仗势吓人"。在存在着阶级对立的世界里，存在着剥削和被剥
削、压迫和被压迫的世界里，决不可能有什么超阶级的"人类之爱"。大肆渲染
所谓"人类之爱"，实质上是用资产阶级人性论来反对阶级论。

毛主席在《在延安文艺座谈会上的讲话》中告诉我们："'人性论。'有没有人
性这种东西？当然有的。但是只有具体的人性，没有抽象的人性。在阶级社会
里就是只有带着阶级性的人性，而没有什么超阶级的人性。我们主张无产阶级
的人性，人民大众的人性，而地主阶级资产阶级则主张地主阶级资产阶级的人
性，不过他们口头上不这样说，却说成为唯一的人性。有些小资产阶级知识分

子所鼓吹的人性,也是脱离人民大众或者反对人民大众的,他们的所谓人性实质上不过是资产阶级的个人主义,因此在他们眼中,无产阶级的人性就不合于人性。"

我们主张无产阶级的革命的高尚的人性。龙三娘可以不杀伪县长胡忘义的女儿,这是无产阶级的人道主义。但是,这里决不是"人性"战胜了阶级性,更不是小说《侗家人》的作者所大肆渲染的婴儿的啼哭感动了龙三娘的"慈善"。马克思主义者只知道有无产阶级的友爱,劳动人民的友爱,被压迫人民的友爱。正因为他们真正热爱人民,就必然痛恨压迫人民和剥削人民的人。他们不是片面地宣传爱,而是既宣传对人民的爱,又宣传对压迫者、剥削者的恨。

小说《侗家人》不去颂扬劳动人民的爱憎分明、是非分明的阶级感情,而是着意渲染"泼辣"、"心慈",婴儿的啼哭,不打喜鹊,不掏松鼠窝,用所谓"各阶级共同的人性和人情"换掉了阶级感情。其结果是:根本不存在的、被抽掉了阶级内容的爱,那种凌驾于一切阶级感情之上的"普通人的人之常情",以及以此为基础的"慈善"战胜了阶级性。这实际上反映了一种非马克思主义的文艺观:也就是在关于周谷城的美学思想和影片《北国江南》的讨论中,文艺界正在进行批判的所谓"真实情感"论,或"人性论"。

以阶级调和代替阶级斗争

小说《侗家人》所宣扬的"人性论",更突出地表现在龙三娘与龙三妹的关系上。

龙三妹是伪县长胡忘义的女儿,是龙三娘的养女。写龙三妹的成长,是绝不应该回避这样的重大问题的,即:我们如何争取她,教育她,改造她,使她彻底背叛自己的剥削阶级家庭出身,站到人民的立场上来。但,小说《侗家人》对此却只字未提。木易同志反而大肆宣扬"这正是这篇作品的特点之一",写得"集中"、"精炼","没有把所有的生活现象和事件过程一一罗列出来"。

不仅如此,小说《侗家人》还大肆渲染龙三娘如何偏爱龙三妹,护着龙三妹,不让她干重活;龙三姐如何分好吃的给她吃,让好的给她穿戴。当着龙三姐知道了龙三妹的家庭出身("她是我阿妈收养的官家小姐"),而自己的阿爹又是官家害死的,因而"恨死"了龙三妹的时候,这时,龙三娘"为难"了,就"编个谎",欺骗龙三姐,说龙三妹不是官家小姐。

这是资产阶级"人性论"在作品中的泛滥。这是把资产阶级和小资产阶级的东西强加于被称为"具有反抗精神"的龙三娘的身上。

当然,阶级斗争、阶级仇恨,绝不是限于阶级敌人是否杀害了自己的亲属。即使伪县长胡忘义没有"冤宰"龙三娘的丈夫,一个具有反抗精神的劳动人民,她对于反动统治阶级也是有深仇大恨的。她应该对自己的子女进行阶级教育。奇怪的是,当着阶级仇恨的怒火已经在龙三姐的心灵中燃烧起来的时候,龙三娘不是去把这股怒火引向仇恨整个剥削阶级,引导龙三姐正确对待龙三妹,教育龙三妹彻底与剥削阶级家庭划清思想界限,为什么偏偏要去"编个谎",欺骗自己的女儿呢? 谎言,能够扑灭阶级仇恨的怒火吗? 为什么要去扑灭这股怒火呢?

也许有人说:"问题不会那样复杂吧! 伪县长胡忘义死的时候,龙三妹不过只是个小小的婴儿。"

胡忘义被杀的时候,龙三妹确实是个人事不知的婴儿。但,龙三妹不仅生活在龙三娘的家庭中,更重要的,她也生活在存在着阶级和阶级斗争的社会中。龙三妹所经历的漫长的十八年,无论解放前或解放后,阶级斗争都是尖锐复杂的。如果龙三妹一旦知道自己的亲生父母是国民党反动统治阶级的当权派而为现在的养母所杀死的时候,在解放前,她有什么打算;在解放后,她又会有什么想法呢? 难道龙三妹的思想上就没有阶级的烙印吗?

既然我们生活在存在着阶级和阶级斗争的社会中,尽管龙三娘不对龙三妹进行教育,要她彻底背叛自己的剥削家庭出身,站到人民的立场上来,反动阶级也必然在那里散播反动的思想影响,进行反动的回忆对比宣传,龙三妹决不是生活在脱离开社会影响的真空中。

小说《侗家人》完全避开了这些最主要的、必须回答的问题。一场严肃的阶级斗争的反映,在这里已经变成了个人的恩怨——人性的冲突:龙三娘用自己的"母爱",来弥补龙三妹失去父母的温情。是谁、又怎样使龙三妹失去了父母呢? 作者通过这样一个复杂的故事情节所流露出来的是:阶级斗争固然存在,但残酷的阶级斗争使龙三娘失去了丈夫,龙三姐失去了父亲,龙三妹失去了父母! 而抽掉了阶级内容的所谓人性和"普通人的人之常情",又使这个有着各自不同的经历和不同阶级出身的家庭成员"合二而一",融洽无间,比亲骨肉还亲了! 这是取消斗争的矛盾调和论,这是以阶级调和代替阶级斗争!

不仅如此,木易同志还认为龙三娘的"伟大的感情","在年青一代身上""再现"了,甚至"在我国社会主义革命社会主义建设的事业里,在我国广大的农村、工厂、部队,以及其他各条战线上,到处都涌现着龙三娘这样的新型人物和光辉形象"。这是荒唐至极的歪曲。如果让这样错误的论调通过作品、刊物的评介反过来又影响了一部分人,会有多么严重的后果!

龙三娘是革命英雄的形象吗?

张德鸿　　段文魁　　余嘉华

原文载《云南日报》1964 年 9 月 5 日。

歌颂什么,反对什么,肯定什么,批评什么,是文学作品的首要问题。而叙事作品总是通过作家臆造的正、反面人物来回答这个首要问题的。作家不仅把自己所要反映的生活,把自己对现实生活的认识、评价概括在形象中,而且把自己的感情、理想熔铸在自己所塑造的人物里,从而强烈地体现出作品的思想倾向。因此,人物形象塑造的成功与否,往往是衡量一部作品好坏的标尺,作品中主要人物形象所表现的思想及作家对它的评价,也往往是我们考察一部作品思想性的主要依据。

小说《侗家人》发表后,木易同志曾撰文大为推荐,极力称赞作品中的主人公龙三娘是一个"革命英雄"形象,认为她有"伟大的感情,高尚的人格,和革命思想",并进而说:"在我国广大的农村、工厂、部队,以及其它各条战线上,到处都涌现着龙三娘这样的新型人物和光鲜形象,塑造这些革命英雄形象,讴歌这些先进人物,永远是我们革命文艺工作者的光荣职责和神圣的任务。"在读者中,也有这样的议论:"龙三娘是个刚柔兼备的女英雄!"我们读了《侗家人》之后,得到的印象却完全和木易等同志相反!龙三娘是怎样的一个人,作者如何刻划她?让我们仔细研究一下作者着力描绘的几个场面:

第一场,复仇收敌女。十八年前,伪县长胡忘义高升了,威风凛凛的要到新地方去上任。来到冷雾冲,忽然闪出一伙"棒老二"。当头的,是个"轮眼竖眉"的侗家女人,她为着报县官"冤宰"了她丈夫的仇,纵身上前,"挥手横刀",砍掉了"胡忘义那颗麻子点点的头"。很明显,这里所展现的龙三娘,还谈不上有什么明确的阶级觉悟,她的行为根本不是一个阶级对一个阶级自觉的斗争,而仅仅是被压迫者自发的复仇举动。诚然,这样的个人反抗,在旧社会里,有它的进步性。但如果仅仅停留在这一点,而不能自觉地把个人的命运和整个被压迫阶级的命运联系起来,不把个人的斗争和党领导的整个被压迫阶级的斗争融为一体,则龙三娘不可能走上正确的革命道路,更不可能成为革命英雄人物。可惜得很,后十八年,我们看不到龙三娘是如何在党的教育下、在阶级斗争中逐步成为新型人物的。

就在杀了胡忘义的时候,官太太也吓死在轿里。从她怀中,滚下一个"惨哭哀叫"的女娃娃来。面对这情景,刚才还"咬牙切齿"的挥刀杀人的龙三娘,"叹口气"就粗布细褶裙揩净手上鲜血","勾下腰去将她抱起",并"掏出乳头塞进小嘴,止住了乳娃的啼哭"。这场面,虽然着墨不多,但在整篇小说中占的分量颇重。因为以后情节的发展、作者所要肯定、歌颂和宣扬的,都是以此为出发点的。细想:这个怒火中烧、一心复仇而又没有明确的阶级觉悟的妇女,怎么会留下这个"祸害根种"呢?这完全背离了人物在此时此地的性格,背离了生活的真实,这完全是作者为了表现他的思想而杜撰出来的。按作者的意图,这一"叹"里,饱含了三娘杀死仇人的悔恨,对于这无父无母的女娃的同情、怜悯等"人类共通的感情",于是,不禁涌了一阵"母爱",才救起这个"祸根"。这就是木易极力歌颂的"伟大的感情,高尚的人格",也就是周谷城先生所说的"大于阶级感情"的"真情实感"了吧?!

从这一场里，我们只能看出龙三娘是一个个人复仇者，而绝非一个"革命英雄"。她只恨伪县长个人，一旦雪恨后，仇恨也就全消。作者这时就着力表现她超阶级的母爱，用它来压倒了尖锐的阶级矛盾和冲突。情节的发展，是以阶级冲突开始，而以阶级调和结束。中心思想是人类天然的母爱起了决定作用。此后，这条黑线一直贯串全文。

第二场，教女。龙三娘从刀下收养了"官家小姐"后，一意精心抚养。她这样对待女儿：给这官家小姐穿新戴银，而给三姐穿着"随便"；叫这官家小姐在家里做轻活"剁猪菜"，却叫三姐做重活，"上山去砍柴"；让官家小姐吃好的，而让三姐……。龙三姐从别人那里得知，这三妹是仇人的小姐，心里"就恨死她啦！"背地里，常"打得她哇哇哭"。三娘看到，就编个谎："她不是官家小姐，她是遭官家抢去的穷家姑娘！"骗得龙三姐也和她妈一样"可怜起她来"。于是，她们便"比亲姊妹还亲"了。两代世仇，（实质上是根本对立的阶级仇恨）就这样融合为一了。

这一场告诉我们：一、龙三娘是这样教育下一代的：对于劳动人民的子女因父辈被统治阶级的欺压和迫害而激起的阶级感情，不是让它发展和强化，而是用掩盖、欺骗的恶劣手法要它熄灭和消失；对待自己的子女不是给以阶级教育，让他们记住父辈的仇恨，对敌人永远保持革命警惕，而是向他们灌输超阶级的"爱"，忘掉过去的深仇大恨；对敌对阶级的子女，不是根据党的政策采取正确的教育、改造办法，让他们在劳动生产中得到改造，促使他们走和其父辈截然不同的道路，相反是给以私爱，让他们吃好穿好，用慈爱的温情把他们感化。而作者通过三娘教女的事例，说明这是可能的。二、敌对阶级之间，只要不究既往，就可以亲密无间。看，十八年前他们是敌仇：三姐的父亲被三妹的官僚父亲"冤宰"了，而三妹的父母，又被龙三姐的母亲砍死、吓死。十八年后，她们却同居一室，处得无比协调，甚至"比亲姊妹还亲"！对于这些关于"人类之爱"的说教，恩格斯曾经尖锐地批评说："只是一句老调子：彼此相爱吧！不分性别、不分等级地互相亲嘴吧，——大家一团和气地痛饮吧！"（恩格斯：《费尔巴哈与德国古典哲学的终结》）果然，有其母更有其子，"青出于蓝而胜于蓝"，龙三娘的精神在下一代里深化了，发展了，她们不仅爱一切人，而且爱动物。不是么？三妹不打喜鹊，三姐不掏松鼠的过冬料，"博爱"、"仁慈"表现得多么彻底！（木易对这赞之曰："富于特征的细节描写"！）我们知道，阶级和阶级斗争的观点，是马克思列宁主义的精髓，是一个革命英雄思想的核心，而龙三娘收养自己亲手杀掉的敌人的女娃，用欺骗的手腕来抹煞阶级矛盾，向子女灌输超阶级的爱，这哪里有一点革命英雄的气味呢?! 它不仅调和阶级斗争，而且化敌为"我"！不难看出，这正是杨献珍的"合二而一"、周谷城的"汇合矛盾"的理论在文学上的形象体现。

综观《侗家人》对龙三娘的性格描绘，我们没有看到《红色娘子军》中的琼花那样从自发的个人斗争，由于得到党的教育变为自觉的阶级斗争的过程，只看到龙三娘是个人复仇者；我们没有看到象雷锋那样对同志"象春天般的温暖"，对敌人"象严冬一祥残酷无情"的爱憎分明的阶级感情，而只看到她用母爱对待敌人留下的子女，对小动物也讲"怜爱"；我们没有看到象高山、李双双那样在战火中、在与资本主义思想和封建主义思想斗争中成长起来的光辉性格，而只看到她又是"轮眉竖眼"，又是偏爱敌人子女的灰色面影。她绝不是我们时代的革命英雄形象，而只是个人复仇者和人道主义的化身。她绝不是什么"有血有肉的优秀形象"，而只是作者主观臆造的幻影。

龙三娘是作者刻意描绘的形象，是作者颂赞的"新型人物"。然而，作者的颂歌唱错了！这样的作品，给予读者的，绝不是木易所说的什么"启发和鼓舞"，从而促进人们更好地进行社会主义革命和社会主义建设；相反，是麻痹人们的革命斗志，叫人们放弃斗争。不管作者的主观意图如何，它的客观效果只能是有利于资产阶级思想的泛滥，为资本主义复辟开辟道路！因此，这篇作品应该否定，龙三娘这个形象应给以深刻的批判！如果真象木易所说的那样："在我国广大农村、工厂、部队，以及其它各条战线上，到处都涌现着龙三娘这样"的"新型人物"和"光辉形象"，那现状就不堪设想了。而作者叫人们要以塑造这样的人物形象为"光荣职责和神圣的任务"，岂不是使整个革命的文学艺术变质?! 这严重的后果，不知木易同志考虑了没有？

《侗家人》的问题在哪里？

一　飞

原文载《云南日报》1964 年 9 月 5 日。

看过了木易同志和戈立同志对《侗家人》的评论文章以后,我又把《侗家人》重读了一遍。现在我把自己不同的意见写下来,向两位同志求教,并与读者们广泛研讨。

首先,我觉得《侗家人》的优点是应该肯定的。它虽配不上现时代高吭壮阔的主题歌,也可算一支纤巧别致的小插曲。它虽没有轰轰烈烈错综复杂的斗争场景,但它以清新的格调、鲜明的笔触揭示了旧社会的阴森可怕,赞颂了新社会温暖如家,唤起了人们对现实的爱。

当然,文艺作品应当是时代的先声,但也不应该排斥生活的清唱;应该是激烈的鼓点,但也不应该排斥幽柔的琶音;应该是激动人民精神的大动脉,但也不应该排斥健旺人民精神的毛细血管。这二者之间有主次轻重之别,应该以前者为主后者为辅。我完全同意戈立同志的意见:"目前,国际国内的阶级斗争是尖锐复杂的,在这种形势下,我们的党提出了向广大群众、尤其是青年一代进行阶级斗争观点的教育的重要任务。文艺工作者在进行这项教育方面负有重大的责任。"也就是说,社会主义文艺应该积极地主动地为无产阶政治服务。谁忽视了这点,必将被卷入自然主义的漩涡。

每一个文艺工作者应该有足够的胆识去深掘现实中的重大题材,不要避重就轻嫣然一笑地去粉饰矛盾斗争。《侗家人》在取材和立意方面缺乏上述精神,这是很可憾的。木易同志未曾把这一点向作者和读者剖析出来更是可憾极了。其次,龙三妹与龙三娘、龙三姐的特殊母女关系和特殊姐妹关系,没有什么重大的社会价值和典型意义。木易同志把龙三娘歌颂成为一个革命英雄主义者的高大形象，依我看来也言过其实了。我很难判断出她是绿林好汉呢，还是革命英雄，是个人复仇呢，还是阶级反抗，是对县官胡忘义以牙还牙的报复呢，还是对整个统治阶级的摧崩瓦解？无须非议，作者的立意是后者而不是前者，但是从作品的效果上看不出作者的这种动机。

综合上述几点，我认为《侗家人》写得不成功的主要原因是在于立意的轻软，取材的偏僻，构思的疏略才是症结的所在。

戈立同志认为由于作者把《侗家人》的主人翁龙三娘加上一层淡淡的灰色，使龙三娘的人物形象大大逊色，乃至入了资产阶级博爱者的范畴。假若果真如此，那无可非议《侗家人》是彻头彻尾地失败了。但是我一而再、再而三地重温了小说，它给我的印象并不如此。请看下面一段引文：龙三娘带领那伙"凶煞煞的汉子"砍翻了官兵，"就着这个架子，一把揪起了县官胡忘义，咬牙切齿地说：'好呀！卖人脑壳发了财又升了官。冤宰了我的丈夫，糟害侗家人，你不还账就想走？哼！你变麻雀飞过坡，也从半天打你落。'骂完不让吓昏了的胡忘义说出一句讨饶的话，挥手横刀，胡忘义那麻子点点的头飞落下来，滚进了草丛。"象这般倾仇吐恨的言词，大快人心的举止，使龙三娘的正面形象树立起来了。这里面难道还有一点"慈悲"的杂质吗？

接着从吓咽了气的官太太怀里"滚下一个哇哇直哭的女娃娃来"，龙三娘走近来，"插了刀。就粗布细褶裙揩净手上鲜血，对惨哭哀叫的乳娃娃叹口气，勾下腰去将她抱起，掏出乳头塞进小嘴，止住了乳娃的啼哭。"戈立同志说："为什么要从怀着满腔复仇怒火的'棒老二'手上救护阶级敌人的女儿呢？一心报仇的龙三娘在该时该地，这样做是不是可信的呢？"在这里，我想提醒一下龙三娘救县长女儿时的举动——对惨哭哀叫的乳娃叹口气。这是出于迫不得已地克制住内心的激火，而显出来的一个女性本能的母爱。我认为是可信的，这又是不是龙三娘的"慈悲"心肠呢？是不是因此而削弱了龙三娘的正面形象呢？不，象这种刚柔并兼的女性在历史和现实的女英雄中，并非前无先例后无媲美的。我认为这倒是龙三娘个性的一个侧面。这样的个性是否又破坏了阶级的共性呢？我们首先不要忘记龙三妹被救时是一个乳娃，在她身上未打上阶级的烙印,因为人的阶级性不是先天的造就,而是后天作用的结果。"橘生淮南则为橘,橘生淮北则为枳。"因此龙三娘拯救的不仅是一个幼小的生命,而且是一颗单纯的灵魂。靠着龙三娘后天的培养,龙三妹已完全脱弃了她出生的阶级,从她乐于助人,爱憎分明,尽职尽责的态度上再现了养母光辉,同时也反衬了新社会巨大的教育作用。十八年前龙三娘对龙三妹的拯救并非徒劳无功,更不是所谓的"慈悲"心肠,而是革命人道主义的表现。我们又从另一方面设想,假若龙三娘手刃县官之后,或把女娃也杀死或把女娃弃置荒郊,岂不成了一人有罪株连九族的封建法规了吗?这样处理的结果,龙三娘又成了一个什么不堪设想的形象呢?会给读者带来什么样的感受呢?我想这倒不是资产阶级的人性论和博爱观,因为戈立同志也说过:"县长的女儿不等于是县长,敌人的女儿不等于就是敌人。"

穿插了龙三妹不打喜鹊而砍野猪,龙三姐不掏松鼠过冬粮等情节,作者的意图是为了表现侗族的风土人情,陪衬人物的性格特征,加浓地方色彩。这倒不见得是龙三娘"慈悲"心肠的再现,因为龙三娘本身就没有什么"慈悲"心肠。在这点上是无可责难的。

其次,戈立同志说,从龙三娘对待两个女儿的态度上看,龙三娘过分偏袒了龙三妹,并且发问道:"龙三娘为什么对待敌人的千金比对亲生女儿还好呢?怎样解释她处处对三妹的偏袒呢?这种行动是出于一种什么样的思想感情呢?是她要用自己的温情补足三妹失去了县长父亲的温情吗?是她因为杀死了三妹的父亲而心里不安的下意识行动吗?"龙三娘果真有这种反常的病态心理吗?不,请看戈立同志所说的偏袒的依据是什么呢?一、三妹的衣着比三姐讲究。三姐和三妹都是成人,各人的打扮是依各人的性格而变,并不由母亲主宰,而且按一般常理,妹妹年轻总比姐姐更爱打扮些。二、三娘叫三姐去砍柴,三妹留在家剁猪菜,这也不能说是偏袒,一家之中总是年纪大的姐姐做较重的劳动,年纪小的妹妹做较轻的劳动。假若相反来不是情理不通了吗?三、当三姐出于杀父之仇而欺侮三妹的时候,三娘谎诳三姐说三妹不是官家小姐,而是被官家抢去的穷家姑娘。我看这也不算偏袒,因为对于年幼的三姐不可能解释更多的人与人之间的复杂关系，只好说谎诳她，而这谎又是出在三妹被欺侮的时候更是可想而知了。假若又来一个相反的处理：三娘置之不管，让三姐尽量欺侮三妹，又会给读者造成一种什么印象呢？因为县长的女儿毕竟不是县长呀！

综合上述意见，戈立同志认为龙三娘"慈悲的心肠"和反常的偏袒给《侗家人》蒙上一层灰色的暗影，是小说失败的主源。不，我要再重复一下我认为《侗家人》写得不成功的主要原因是：立意的轻软、取材的偏僻、构思的疏略。

一切好的文艺作品应该是时代的经线与地方的纬线交织而成的一匹锦彩。阶级斗争的尖锐与复杂是我们所处的时代的特色，《侗家人》所缺少的正是这些细密的时代经线，因此它不是一匹锦彩只是一角素绢。故而，我不能象木易那样推崇备至，连声喝彩。

我们要努力挣出那自然主义的旋涡，冲进生活的激流中去，写出与时代相称的作品来。

人性论的创作实践和理论
——评小说《侗家人》及木易对它的评论

杨　澍

原文载《云南日报》1964 年 9 月 7 日。

《侗家人》发表后，木易同志对它作了很少保留的肯定和赞扬。这两篇文章向我们提出了当前创作和文艺批评中的一些重要问题，确实很值得讨论。本文想就小说及木易的评论来谈一点个人的粗浅看法，以就正于读者。

一

龙三娘是作品的主人公，是小说作者所竭力颂扬的人物。木易同志所以对小说的思想和艺术大加赞赏,根本的原因,也正是他认为龙三娘是一个"光辉的高大的革命英雄形象"。

因此,我们在评价《侗家人》和木易的观点时,就不能不首先着重分析一下这个人物:看她的感情到底是伟大还是渺小,她的思想到底是不是革命的。从中便能了解她到底是一颗"熠熠闪光的宝石"呢,还是一只散发着资产阶级人性论臭味的腐鼠。

我们还是来看一看作品所提供的材料吧。

小说开头,龙三娘带着刀光剑影出场,她一出场,就挥手横刀,割下了伪县长的头。之后,作者立即将笔锋一转,着意渲染了一个细节:龙三娘收养了伪县长的女儿。

小说作者安排这样一个细节确实是用意深远的,木易同志赞扬这个细节也确实是值得人深思的。

这里,向我们提出了一个问题:在激烈的阶级斗争中,对阶级敌人留下的女儿,革命者应持什么态度?

的确,革命的政策是要把阶级敌人和他们的子女区别对待的。可是,这样做是为了什么?是从什么出发?是为了革命的根本利益,还是为了同情他们的"悲哀",弥补他们被革命夺去的"温情"?是从革命的坚定的原则性出发,还是从所谓"慈悲"、"人类之爱"出发?从小说的渲染中,从木易的赞扬中,我们完全看不到前者,有的只是对后者的赤裸裸的宣扬。

在这里,我想问木易同志一个问题:如果当时龙三娘出于阶级义愤,出于对旧统治阶级的刻骨仇恨把这个伪县长的女儿也宰了,你是仍觉得她"有血有肉"、"感情充沛"呢,还是指摘她"无人道"、"残酷",是为作者"拔高"了的无血无肉的概念化的人物?

大家都记得,《水浒》上有个莽李逵。三打祝家庄时,他跑去把扈员外一门老幼尽数杀了,不留一个。对这件事,我们是觉得他残酷,无"人道",还是觉得他可爱?我想,大多数读者是爱他的。爱他与革命敌人不共戴天的彻底革命精神,而完全原谅他的莽撞、不讲策略。因为李逵毕竟只是数百年前施耐庵塑造的中国古代封建社会的一个农民英雄形象，他不是个红军战士。李逵的这一行动不仅完全符合历史的真实，而且也完全符合艺术的真实。这时的李逵，仍然是一个有血有肉、有充沛感情的典型，而不能是其他。因为，这里毕竟有个主次之分，根本与枝节之分。当然，我们今天仍然喜爱李逵这个人物，并不等于仍然要采取他的办法。所以，我认为，从革命的策略（指我们今天的工人阶级政党的策略）来看，对阶级敌人和他们的儿女应严加区别；对待阶级敌人和他们的子女，应该执行不同的政策。但如果龙三娘当时把这孩子宰了，在十八年前的彼时彼地，在那个怒火中烧的没有正确领导的自发斗争的情况下，也是完全可以理解的。有的人不是在大叫什么"人之常情"吗？为什么单单不看这一种让剥削阶级逼得铤而走险的愤怒群众的"人之常情"呢？这不是反抗者"残酷"，阶级压迫本来就是万分残酷的。阶级斗争不是绘画绣花，不能那样温良恭俭让。

我所以要提出这个问题，作这样的设想，是为了从一个相反的角度来检验一下木易同志的观点，它可以帮助我们更明白地了解对龙三娘的这一行动应不应该象作者那样去渲染，值不值得评论者那样去赞美。从而，也就能明了小说作者对这一点大加渲染的实质是什么，木易对这一点大送褒词的原因又是什么。我觉得，一个对被压迫者的暴力反抗有满腔热情的作者，一个在革命斗争中不是踯躅不前的作者，压根儿就不应该对龙三娘收养阶级敌人留下的女儿（而且是在这样的时候）这一行动感兴趣，就不应该在作品中选择这样的情节！更不用说把它当作整个小说的基础了。

这是问题的一面。退一步看，就算龙三娘收养伪县长的女儿的事是可以写的，那也必须看作者站在什么立场去写。如果作者有的是革命的坚定立场，有的是无产阶级的原则性，而不是什么宗教徒伪善的"慈悲"，资产阶级虚假的"人类之爱"之类，那么，龙三娘就应该把这个女娃娃改造成为背叛她的出身阶级的人，让她脱胎换骨，成为新人。但遗憾的是，作者笔下的龙三娘远不是这样作的。

木易同志说："从这些富于性格特征的描写中（按：指对龙三姐、龙三妹的描绘），不难看出是龙三娘教育的结果。"这"结果"是什么呢？木易同志十分明白地向我们指出了。这便是:龙三妹见着喜鹊不肯开枪,龙三姐见着松鼠过冬的板栗不肯拿走,等等。关于这种对兽类的爱怜之情的赞美,实在不是什么新鲜货色。早在十八世纪,资产阶级的作家们就为我们描绘得淋漓尽致了。这种对"博爱"精神的说教,实质上,不过是要给资本主义剥削制度的血爪戴上一双白绢手套罢了。其最终目的,是为了调和日益尖锐的阶级矛盾,模糊被压迫人民的阶级界限,以利于剥削制度的"万古长存"。如果说这所谓"博爱"精神在资本主义上升阶段还有一点点反对封建等级制度,反对封建独裁的作用的话,那么,到它的后期,就是彻底反动的了。它只能是一种阻碍历史前进的思潮。历史发展到今天,再来宣扬这种东西,其荒谬性则更为明显。在我们今天的社会里,还存在着资本主义与社会主义两条道路的斗争,存在着复辟与反复辟的斗争。在这场斗争中谁战胜谁的问题还没有根本解决。那么,现在来对我们的人民作"博爱"的说教,其结果将怎样呢? 必然是解除人民的精神武装,磨灭他们彻底革命的意志,放弃对形形色色的资产阶级思想甚至封建阶级思想的警惕和斗争。

巧妙的是,小说作者大概害怕说得太露骨了,便又特别安排了一个龙三妹砍死偷苕野兽的细节,给这种反动的"人性论"穿上一件迷惑人的漂亮外衣。于是,就使得我们的木易同志禁不住高呼:这是多么的"爱憎分明"呵!

"爱憎分明"! 这还不是无产阶级的东西吗! 这还不是"崇高的道德"吗! 是的,今天任何一个小学生都知道,雷锋同志的优秀品质之一就是爱憎分明。可是,人们也有这样的常识:这"爱憎分明"的涵义是:爱无产阶级和广大劳动人民,恨一切剥削阶级和一切革命的敌人。正是因此,"爱憎分明"才成了无产阶级坚定的阶级立场的表现。然而,木易同志所谓的"爱憎分明"却是叫我们去爱喜鹊、爱松鼠,恨偷苕的野兽之类。木易同志在这里是巧妙地抽掉了"爱憎分明"的阶级内容,让它成了超政治、超阶级的东西。他是在借无产阶级"爱憎分明"之名,而行资产阶级"博爱"、"普遍人性"之实。

说到这里,就应该把木易同志前面的话翻过来,这就是:"龙三娘教育的结果",造就了一对饱有博爱精神、具备着"普遍人性"的后代。——只要对社会主

47

义事业还有一点责任感的人都知道，我们怎么能象龙三娘一样，把革命的"年青一代"教育成这样的人！

在龙三娘对龙三妹的教育中，我们没有看到丝毫的阶级斗争的内容，没有看到她如何教育龙三妹认识自己生父的罪恶，背叛自己的出身阶级；有的只是说谎，用一句谎话（"她不是官家小姐，她是遭官家抢去的穷家姑娘！"）就轻巧地把自己亲生女儿极纯朴、自然的阶级仇恨的火焰压灭了。这里，没有对这个伪县长的女儿的劳动教育（这是改造一个人，特别是出身于剥削阶级家庭的人的极端重要的途径）；相反，有的却是温情、娇惯；不让她干重活，怕她累坏了。这里，没有对龙三妹的艰苦朴素的教育；相反，有的却是让她穿得花枝招展，满身银饰，而自己亲生女儿的穿着，"比三妹随便得多"。

这些事实又说明了什么呢？它们不仅说明了龙三娘完全不是一个教育青年的榜样，而且（这是更重要的），还反映了她灵魂深处的一种卑微的情感。

怎样来理解龙三娘对龙三妹比对自己亲生女儿还好得多的奇怪行动，作者没有直接回答这个问题。可是，从作品的全部思想和情节来看，我们不难找到这一条所谓的"充沛的感情"的线路：

首先，在小说开头，作者就向我们送来了一阵失去双亲的孤儿的"惨哭哀叫"。同情孤幼嘛，这是"人之常情"、"普遍的人性"。那么，这"惨哭哀叫"怎能不"强烈地震撼着"人们的"心弦"？除了那些没有"人性"的"凶煞煞的汉子"外，怎能不使龙三娘这个"感情充沛"的侗家女人震惊，唤起她的天良？于是，她自然要"叹口气"，把孤儿抱起，并立即掏出乳头塞进她的小嘴。——这是人性论在龙三娘身上的第一次表露。此后的十八年里，她处处体贴、偏袒龙三妹。为什么？莫非是一种"忘我的精神"（木易语）？不，是"母爱"要求她，"人性"要求她这样做。特别是这孩子成为孤儿，失去亲人的温暖，不是别的，正是龙三娘亲手杀死了她的父亲，吓死了她的母亲的缘故。按人性论的逻辑，孤儿从龙三娘手中失去的温情，当然更应该由龙三娘亲手来补偿。

这一条线路标明了什么呢？它标明了：十八年来，龙三娘的灵魂深处老有一个阴魂在缠绕，使她内心负疚、灵魂不安。这也许是龙三娘的一种细微的下意识行动。可是,生活经验告诉我们:人们的这种细微的情感恰恰最能表露最本质的东西,最能揭示内心的奥秘。这样的情感何止是"人道主义"所能包括?实际上,已是对自己过去的阶级复仇精神,在灵魂深处悄悄的背叛了!尽管作者硬给她安上了一个杀虎救人的情节,也不能把这一点盖住!(戈立同志说龙三娘"更象绿林好汉",她的感情"应该说是并不坚定的革命者的感情",我觉得,这还把她抬高了。)从这里,我们看到人性论把英雄引到了一个多么可怕的境地!从这个意义上来说,小说通过龙三妹这个失去父母的孤儿所渲染的"人性",实质上,恰好否定了龙三娘过去怒杀胡麻子的行为;客观上,指责了这次见血的正义的阶级斗争!

作品的实际告诉我们:龙三娘的形象是一个发散着人性论腐朽味的女人。这里找不到一丁点"崇高的人格"的影子。至于什么"伟大的感情"呀,"革命思想"呀,"闪光的宝石"呀,更不知从何谈起!

二

问题还不止于木易同志给龙三娘送了完全不恰当的褒词,更重要的是,他据此提出了自己的美学观点,把小说塑造龙三娘的方法总结为一种典型化的规律。他说:

> "好的形象不仅具有典型的一般性,而且具有典型的个性化。龙三娘就是具有这样特点的有血有肉的优秀形象之一。"

木易同志的第一句话,从字面来看,是不错的。但这句话不是在对美学原理作一般性的介绍,它是以龙三娘的形象作为依据的。因而一般与个别、共性与个性的问题,在这里就有了具体的涵义,值得我们体味。

马克思列宁主义原理告诉我们,任何事物都是共性和个性的统一体。共性存在于个性之中,个性不论怎样总是共性的这样或那样的表现。人生活在阶级社会中,总是要属于一定的阶级,都要毫不例外地带有阶级性。这个阶级性就是人的共性。至于人的个性,不过是他所属的阶级的共同性的具体表现罢了。也就是说:一、作为一个统一体的人(而不是"双重人格"的人),他的共性和个性是统一的，而不是分裂的；二、共性既需要通过个性来表现，个性又能够表现共性，那么，一个人的共性和个性便不可能是在本质上不兼容的，分别隶属于两个对立阶级的。只有正确地理解了人的共性和个性的这种关系，我们才可能正确理解马克思列宁主义关于典型化问题的观点。在这个前提下来说"好的形象不仅具有典型的一般性，而且具有典型的个性化"才是对头的。

可是，木易在评论中说的这两句话是什么涵义呢？在说这两句话之前，他引用的是龙三娘怒杀胡忘义的例子作论据，紧接这两句话后面，他引用的是龙三娘收养胡忘义的女儿的例子作论据。（而后，才得出个"有血有肉的英雄人物"的结论。）这难道还不明显吗？这只能给人以如此的理解：龙三娘抱起惨哭哀叫的孤儿这一行动体现了"典型的个性化"。而作为堪称"革命英雄形象"的龙三娘，怒杀官家的行为自然就应该是她的共性之一了。这就是木易在对龙三娘这个形象作评价时所说明的共性和个性的具体涵义。如前所述，龙三娘的这两个行动在本质上是属于完全对立的两个阶级的，它们是互不兼容的。试想，资产阶级的人道主义个性怎么能够表现"在我国无产阶级革命历程中"涌现出来的"新型人物"的共性呢？如果认为把这样的共性和个性硬统一到一个人物身上，才可能使形象典型化，那只能说明木易同志是在对马克思列宁主义关于典型化问题的观点进行歪曲和篡改。因为事情很清楚，这样"典型化"的结果，我们得到的绝不再是一个完整的形象，而只能是一个奇怪的分裂物。如果硬说在龙三娘这个人物身上体现了什么共性和个性的统一，那也只能说明这样的观点不过是哲学上的"合二而一"论在美学中的翻版罢了。

由木易对典型化规律的理解中，又牵出一个与此密切相关的大问题，即：如何才能塑造出有血有肉的英雄人物？

各个时代的英雄人物都是那个时代的先进阶级的理想人物。无产阶级的英雄人物，就是在无产阶级革命历程中站在前列的人物。在这些人物的身上，总是反映着社会发展的进步要求。他们的精神就是一种推动时代进步的思想或思潮。这也就是我们所说的时代精神。雷锋是在我们今天的现实生活中涌现出来的社会主义的时代精神的活的代表。现实生活是如此，作为"比普通的实际生活更高,更强烈,更有集中性,更典型更理想"(《在延安文艺座谈会上的讲话》《毛泽东选集》第三卷第八六六页。)的文学作品中的英雄人物就更应该如此。所以,我们在塑造革命的英雄人物时,除了在艺术上仍必须遵循典型化的规律外,还应该让他更能突出地体现这种时代精神。

可是,木易同志在这个问题上或明或暗表现出来的观点是什么呢? 他给我们开的塑造"有血有肉的英雄人物"的仿单不是别的,却是两种对立思想互相拥抱、"合二而一"达到所谓"无差别境界"的产物:龙三娘。前几年曾流行过这样一种资产阶级的理论:认为我们文学创作中的某些缺点,比如概念化(即"无血无肉")的倾向,是由于只写了英雄人物的阶级共性,而没有写出其具有"人情味"的个性的结果。他们提出的解决办法是:多写英雄人物的个人苦乐、思绪,亦即那具有"普遍性"的"全人类性"的东西。最近,以周谷城为代表的一些人则更加以总结和发展,提法也更为明确。比如,支持周谷城的金为民、李云初二人就公开说道,只是集中地表现出无产阶级彻底革命精神是不可能塑造出当代的英雄典型的,而必须同时表现出与亿万人所共有的精神状态,即"不仅有革命的,先进的,而且更有普遍常见的、平凡的人之常情"(金、李文章见一九六四年七月七日《光明日报》)。事有凑巧,《侗家人》里的龙三娘就"更有普遍常见的、平凡的人之常情"。而木易同志也就敏感地发现了这一点而大加称赞,誉为"有血有肉"。这实在就是周谷城"杂凑一锅"的"时代精神"论。看来,木易同志在塑造英雄人物问题上的观点,无论表现得如何隐晦,也没有跳出周谷城先生的掌心。

总之,贯串小说《侗家人》的思想是资产阶级的人道主义,而不是其他;尽管木易的评论中也标榜了一些"投身到火热的现实斗争中去"之类的革命词句,它中心要宣扬的却是不折不扣的资产阶级人性论。这样的小说,只能使人掉进迷魂阵;这样的创作理论,只能把人引入歧途。

谈《侗家人》的思想倾向

宁达功

原文载《云南日报》1964 年 9 月 7 日。

八月二十八日《云南日报》转载了小说《侗家人》和对这个短篇提出不同意见的两篇文章。和戈立同志一样，我也就小说《侗家人》的思想倾向谈谈自己的看法。

决定《侗家人》思想倾向情节之一，是龙三娘对县长女儿的救护与抚育。也正是在这点上，戈立同志否定了小说的思想性，说它"存在着严重的错误"。戈立同志说："龙三娘在血光刀影中救下了杀夫仇人的遗孤，并把她收养作自己的女儿。""收留杀夫仇人的女儿后，龙三娘对县长的遗孤比对亲生女儿更加爱护体贴。""可以明显的看出，龙三娘的感情，应该说，并不是坚定的革命者的感情。一个人爱什么人，憎什么人，保护什么人，杀死什么人，都有阶级感情的基础。"他并且怀疑："一心报仇的龙三娘在该时该地，这样做是不是可信的呢？"

我认为，龙三娘腰斩县长和救护其婴儿的行动，是发自于爱憎分明的感情的，这感情是劳苦阶级的感情。杀死县长，是为了报夫之仇，杀死了"卖人头发财，糟害侗家人的"伪县长，不就可以让许多孩子不失去父亲，让许多婴儿活下去吗？那么，为什么对一个毫尘不染，只会哇哇直哭的婴孩不加救护呢？龙三娘对女婴的救护，还发自于母爱，这种母爱也是以劳苦人民的感情为基础，并不是所谓"人类之爱"。劳动人民不会象万恶的统治阶级一样对仇人的子女来个斩草除根，龙三娘决不会把伪县长的女婴当作伪县长来开刀。只有反动的统治阶级对待劳动人民的子女，才会采取狠毒的斩草除根的手段，至少也是把他们看成贱种而残杀。龙三娘杀死伪县长和对其女儿的救护，转变了这个见世不久的女孩子的命运，使她从敌人的手中投入养活自己的阶级——真正的父母的怀抱，由伪县长的千金变为劳动人民的女儿。龙三妹不是一个勤劳勇敢的侗家姑娘吗？她不是在龙三娘的养育之下，成长为一个本领高强的撑山队员，保卫和建设着侗家人的幸福生活，让自己的青春发出劳动的光辉吗？龙三娘正是明白了"爱什么人，憎什么人，保护什么人，杀死什么人"，她才铲除了血债累累的贪官，收留了毫无罪愆的女婴。虽然她那时还只是绿林中的"母大虫"，阶级意识还非常模糊，然而杀死伪县长和收留其女儿，正是她爱憎分明的阶级感情的不自觉的表现。

那么，龙三娘对待龙三妹比对亲生女儿更加体贴和爱护应如何解释呢？我以为，一方面，这是由于龙三妹在家中的次序决定的，——年幼者，自然多受优待。但更重要的另一方面，则是龙三娘阶级感情更深一层的体现。龙三妹是龙三娘拼着性命救出来的，她对她不能不具有特殊的感情，超过一般对待子女的感情。因此，她自然将更深的爱——劳动母亲的爱灌注于她，也表现在巧言哄过龙三姐，说："三妹不是官家小姐，而是遭官家抢去的穷家姑娘。"其实，一个见世不久的婴儿，在穷家母亲的怀抱里长大起来，她和其他的穷家姑娘有什么区别呢？难道她不是真正的穷家姑娘吗？龙三娘救护和收留伪县长的女儿，决不是没有阶级性的慈爱心肠的流露；她对她的体贴和爱护，不是"要用自己的温情补足三妹失去的父亲的温情"，更不是什么"她因为杀死了三妹的父亲而心里不安的下意识的行动"，而是一个劳苦的母亲对女儿的无比深厚之爱的高度体现。

戈立同志还生怕龙三妹"知道养母就是杀父之人"。这倒是太过虑了。一个在侗家人家里长大起来的人，一个在姊妹的、阶级的友爱和母亲的慈爱中长大起来的人，难道她会怀念不曾给她任何直接影响的万恶的敌人父亲吗？敌人的反动是没有遗传性的。我们不能将敌人和敌人的子女等同起来，就是敌人子女，也不能一概而论。为什么救了一个世界对她说来完全是浑浑沌沌的婴儿，就不是一个坚定的革命者呢？虽然戈立同志也知道"县长的女儿不等于就是县长，敌人的女儿并不等于就是敌人"，可是他却对一个在穷苦的侗家长大起来的姑娘十分不放心。而且，这与他在文章后面所说的："这篇小说使人联想到，在农村中，有些年轻的社员说'地主么，他们从前是地主，如今不是和我们一样，都是社员了么！'"是如何自相矛盾。

　　社会生活是文学艺术的唯一源泉。作家要创造出好的作品，就必须深入生活，并且站在无产阶级的立场上，历史地、辩证地看待周围的事物，才能把握住生活的主流，抓住事物的主要矛盾和矛盾的主要方面，才能本质地、真实地反映一切都在发展变化的时代，反映出我们时代的长期的、尖锐的阶级斗争和生产斗争，塑造出典型的人物形象，教育和引导人们不断前进。但是深入生活、熟悉生活，不单是作家的事。进行文艺批评的人，他不能对生活一无所知，专关在房里读万卷书，闭门造车。戈立同志为了批龙三娘的"慈善心肠"，用三妹不打喜鹊，三姐不掏松鼠冬储的事例，证明龙三娘"慈善心肠"对年轻一代的遗害。关于这点，我的看法是这样的：这是小说作者从另一方面对龙三娘的衬托。这两个细节的描写表现了侗家姑娘的天真、善良，但更主要的是体现了她们的母亲传下的鲜明的爱憎。喜鹊，是人们爱护的雀鸟之一，人们相信它能够传递喜讯，因此从前还称它是灵鹊，认为它一叫，不来亲人，也来佳音。历史上还有鹊桥等种种美丽的传说。富于幻想，怀着鲜明的爱憎的侗家姑娘不打喜鹊，是合乎生活实际，适合人民的心愿的。假使她决然放枪，不但不能使她的性格增添光辉，而且许多人、特别是侗族人民会相信她会这样做吗？而对那吃麦的野兽，三妹就飞刀砍翻它，这是多么分明的爱和憎的对照啊！侗族姑娘鲜明强烈的爱憎，在对待动物的态度上也深刻地揭示出来了。三姐的不掏松鼠所藏的栗子，也可作同样的解释。这里，也许是戈立同志把松鼠当成了家鼠，才对这一深刻的细节描写得出否定的结论。

　　以上，是我就戈立同志的看法和《侗家人》提出的一点意见。我认为，这个短篇的思想倾向是好的，通过龙三娘这典型形象的性格的发展到成熟的过程，反映了侗家人深刻而强烈的阶级仇恨以及他们对敌的英勇的斗争，和他们在新的社会里如何忘我地劳动，并在阶级斗争和生产斗争中表现了崇高的英雄品质和革命精神。这样的作品，对读者是无害的，木易同志对它的评价，可以引导读者进行阅读，从而从它里边得到启发，受到教育。

　　下面，再就《侗家人》及对它的评价谈谈自己的一点认识。

　　我们在评论一篇作品的时候，不能不顾它所要表现的主题而提出过分的要求，不能撇开作品的主题作不切实际地指责，甚至把它完全否定。只有这样，才能掌握好文艺批评的尺度，对作品作出实事求是的公允的评价。

《侗家人》反映的是侗族人民的斗争和劳动，是歌颂他们英勇的反抗精神和劳动中的集体主义精神的，这些又是通过龙三娘这一形象来突出的。龙三娘救护、收留、抚育龙三妹这条线索无损于龙三娘这一形象的刻划。相反地，通过这条线索，通过各个情节正面侧面的描写，龙三娘这一形象成功地塑造出来了。我们不应作吹毛求疵的指责，不应按自己的意图要求把单纯的反映阶级斗争的场面去代替那些刻划一个富于性格特征的英雄形象的细节描写。否则，就会违背作者的创作意图，至少也是和他原来的艺术构思相龃龉的。我们的时代，是一个日新月异地进步着的光辉灿烂的时代，我们的生活是极丰富多彩的。作家可以运用各种文学形式从各个方面来反映我们时代的生活风雨，来描写各种人，各种事。文艺批评没有权利限制他们只写什么，不写什么，只要能真实地反映生活，能打击敌人，教育自己人的，就该写。文艺批评也没有权利限制作家只可以这样写，不可以那样写。只要写得好，无论选什么题材，用什么方法，都行。不然，就会束缚创作的手脚，给文艺创作带来不良影响。

关于小说《侗家人》的讨论引起读者广泛注意

——作协、云大、师院、部队文艺工作者先后举行座谈
本报编辑部连日收到来自省内各地大量来稿

本报编辑部

原文载《云南日报》1964 年 9 月 7 日。

关于小说《侗家人》的讨论目前已在读者中引起了广泛的注意和强烈的反应。

中国作家协会昆明分会、云南大学中文系、昆明师范学院文史系、云南人民印刷厂、昆明第一中学以及昆明部队的文艺工作者为此先后分别召开了座谈会。

本报在八月二十八日发表了有关《侗家人》的讨论文章以后，从二十九日开始，即陆续收到了来自昆明以及玉溪、澄江、楚雄、东川、曲靖、弥勒、开远、大理、文山等地的大量来稿。截至九月五日为止，所收到的来稿即近一百件。来稿的作者不仅有文艺工作者、大中学校的教师和学生，还包括了解放军战士、地质勘探工作人员以及供销社、人民法院、县文化馆和工矿企业的干部。

从各个座谈会和大量来稿中的情况看来，对于小说《侗家人》的评价存在根本的分歧。

有些同志在座谈会的发言和来稿中，对小说《侗家人》的思想倾向进行了细致的分析，认为这是一篇大肆宣扬资产阶级人性论、以阶级调和代替阶级斗争的作品。小说中的主人公龙三娘并不是"高大的革命英雄形象"。整个作品是对现实生活的严重歪曲。

有些同志又完全不同意上述意见，认为上述的批评是"不切实际的指责"，"是按一种固定的格式命令作者应该怎样写不应该怎样写"。这些同志认为，小说《侗家人》是一篇"绝妙的小说"，龙三娘是"刚柔兼备的英雄"，小说"以曲折的故事情节，新颖的构思，成功地塑造了龙三娘这样一个革命英雄形象，表现了侗族人民的革命精神"。

有些同志认为：小说《侗家人》的出现，是当前尖锐复杂的阶级斗争在文学艺术领域中的反映，是资产阶级文艺观向无产阶级文艺观的挑战。有些同志表示不能同意这种说法。认为小说的富于性格特征的语言，浓郁的民族色彩，引人注目的侗族地区的风土人情的描绘，都说明了这篇小说的出现，是作者深入生活，熟悉侗家人，在生活中探索、发掘的可喜成果。

无论持上述那一种意见的同志，他们在座谈会或来稿中，都一致希望这个讨论能深入开展下去，以便明辨是非，提高认知。有的同志还具体指出，小说《侗家人》虽然是篇仅有五千余字的短篇小说，但"麻雀虽小，肝胆俱全"，它所反映的很多问题,和目前正在全国范围内开展的关于周谷城的美学思想和影片《北国江南》的讨论,有很多是类似或相同的,深入开展小说《侗家人》的讨论,也是联系我省的实际参与周谷城的美学思想和影片《北国江南》的讨论。

关于小说《侗家人》的讨论,本报将继续开展下去。来稿中的各种不同意见,也将陆续发表。并希望读者继续来稿。

有毒的作品　有害的评论

张文华

原文载《云南日报》1965 年 9 月 25 日。

关于小说《侗家人》的讨论,已经引起读者的广泛注意。不少同志对《侗家人》作了正确的剖析,指出这篇作品大肆宣扬资产阶级人性论,以阶级调和代替阶级斗争,也有人认为《侗家人》的“思想倾向是好的”、“对读者是无害的”,还指责对《侗家人》的批评是什么“吹毛求疵”,什么“束缚作家的手脚,给文艺创作带来不良影响”(宁达功:《谈〈侗家人〉的思想倾向》)等等。这些“慷慨激昂”的同志,如此露骨地、公开地挑战,这样竭诚地维护应该唾弃的东西,是值得我们深思的:他们这样做到底是为了什么? 依了他们又将意味着什么?

《侗家人》的辩护者说我们“吹毛求疵”。这并不能保护《侗家人》不受批判。这篇小说远不是什么“疵”的问题,作品饱含着取消阶级斗争的毒液,危害非浅,难道我们不应该揭示出它的本质吗? 毛主席教导我们:“正确的东西总是在同错误的东西作斗争的过程中发展起来的。真的、善的、美的东西总是在同假的、恶的、丑的东西相比较而存在,相斗争而发展的。”(《关于正确处理人民内部矛盾的问题》)为着发展正确的东西,我们必须斗争,必须严肃地辨明是非,而绝不能被“吹毛求疵”说封住嘴。

一

《侗家人》的辩护者，首先对龙三娘杀掉胡麻子、收养其女一事大感兴趣，称颂备至。一飞说："这是出于迫不得已地克制住内心的激火，而显出来的一个女性本能的母爱"，宁达功更会迷惑人，说这种母爱"是以劳苦人民的感情为基础"，"正是她爱憎分明的阶级感情的不自觉的表现"，而龙三妹也因龙三娘用"爱"的泉水哺育，"由伪县长的千金变为劳动人民的女儿"。这样一来，龙三娘的形象在这些同志的心目中确乎立即高大起来了。可是，我们认为：龙三娘收养敌女对于复仇者来说，是带有根本性错误的行动；而作者对此赞颂、评论者对此称道更是不能容忍。其一，龙三娘复仇，是阶级敌人逼出来的。她受伪县长的迫害，怒火高燃，最后置敌于死地。谁都知道，带有自发性的农民武装反抗，他们对贪官污吏，对卖人头高升的刽子手，是恨之入骨的。作为旧社会里复仇者的龙三娘，却按捺住怒火，不再挥手横刀，相反，把挥刀的动作变为掏乳，用劳动者的乳汁去喂养官家后代。这是严重的违反历史的真实和生活的真实。龙三娘这样做，在当时是对侗族人民的背叛，也是对她自己复仇精神的背叛！而作者硬要这样处理，完全是为了宣扬他阶级调和的观点。龙三娘抚爱"祸根害种"，完全是作者的操纵，是作者强加给她的"善心"。其二，龙三娘把官家小姐收留在身边，当自己的养女，这在中国处于最黑暗、白色恐怖最严重的时候，在对改造阶级敌人还没有起码的力量（政权）的条件下，是养痈遗患的严重的错误办法，对于被压迫的侗族人民是极为不利的（不要忘记，那时龙三娘并不能算定一九四九年就会全国解放）。把"祸根"放在龙三娘身边，应该说无异于养虎伤人、育蛇毒己，我国民间寓言故事中，对此已有深刻的总结。其三，退一万步说，纵使有这样个别事件产生，是否一定要写呢？文艺创作而不是照象，作家应该选择足以表现生活本质的题材，象这样非本质的现象，完全可以不写。如果一定要写，作为革命的文艺工作者，作为人民群众的忠实代言人，就完全是另一种写法。但是，作品中对这样严肃的政治问题，完全撇开不顾，丝毫没有接触到思想斗争。试问，用龙三娘的感化真能把"伪县长的千金变为劳动人民的女儿"

吗？那些不顾事实的评论者,能在社会主义革命中找到这样的例证吗？必须看到:在当前国内外阶级斗争激烈、尖锐的情况下,一部分资产阶级知识分子,害怕革命,不敢面对现实,不敢通过阶级斗争改造自己成为工人阶级需要的人,而想用"人类爱"、阶级调和等腐烂得发臭的东西来冲淡现实生活中起伏曲折、剧烈复杂的阶级斗争。在文学战线上,这些人一方面通过艺术手段来塑造自己"理想"的人物形象,以寄托自己的感情、愿望;另一方面,企图通过这些形象腐蚀人们的心灵,毒化人民的思想,瓦解人们的斗志,以便按照他们的愿望改造党、改造社会。如果说龙三娘是作者理想的"英雄",即资产阶级人性的英雄,她用母爱这"万灵膏药"可以解决一切矛盾;那末,龙三妹则是作者通过龙三娘这"理想"人物"改造"世界的产儿,即出身剥削阶级的子女,可以不经过任何痛苦的改造就可以成为新人的艺术标本。她们都是作者在现实中无法找到,而不得不乞灵于艺术手段所臆造出来的形象。可见,作者的用意颇深。而小说的辩护者又施放烟雾,力赞三娘,目的正是企图用迷离恍惚的伎俩,来迷惑一切革命的人民,要他们向龙三娘看齐,放弃阶级斗争。事情很清楚:如果依了他们,放弃阶级斗争,那么,剥削者妄图恢复他们已经失去的"天堂"的阴谋就会得逞。因此,我们必须"向他们大喝一声,说:'同志'们,你们那一套是不行的,依了你们,实际上就是依了大地主大资产阶级,就有亡党亡国的危险。"(《在延安文艺座谈会上的讲话》)

作者既然要用资产阶级的世界观改造世界,当然就对党领导下的变革现实的伟大革命斗争不感兴趣。因此,《侗家人》里,用大量的篇幅在大写和自然斗争的幌子下,贩卖资产阶级人性论,而对党领导的阶级斗争只字不提,当然更看不到龙三娘是怎样在党的教育下、在阶级斗争中逐步成长的。很明显,这是对现实生活的严重歪曲!我们知道,侗家居住的山区,十余年来一直存在着激烈的阶级斗争。大家所熟知的坚强的无产阶级战士吴兴春,就是战斗在这些地区。他和当地人民一道坚决打击过地主、惯匪和反动组织"五堂公",并组织民兵武装与阶级敌人进行不懈的斗争。这些都是有案可查的。也正是在党领导下的这些轰轰烈烈的革命斗争里,从各族人民中涌现出不少坚定的革命战士。

可是，从《侗家人》里我们没有看到一点阶级斗争的影子，作者硬把火热的现实描写成似乎与世隔绝的"世外桃园"，没有一点时代气氛。由此可以窥见作者的脑子里极端缺乏阶级斗争的观点，缺乏党的领导的观念，或者是对这些不感兴趣，因为一写党的领导，一写阶级斗争，就不能宣扬他的阶级调和论啊！

辩护者们肯定这篇小说"有力"的论据之二，是龙三娘打虎救人的情节。他们认为这体现了"忘我的精神"，是"震撼着读者心弦"（木易：《读小说〈侗家人〉所想到的》）的地方。但是，我们读作品，不仅要看它写了什么，而且要看它如何写，并且一定要把局部的情节与整篇的思想倾向联系起来进行分析，只有这样，才能揭示事物的本质。"如果不是从全部总和、不是从联系中去掌握事实，而是片断的和随便挑出来的，那末事实就只能是一种儿戏，或者甚至连儿戏也不如。"（《列宁论文学与艺术》）试看作者是怎样写这个场面的吧：一个带有三个虎崽的母虎被卡在谷里，但谷口要留给老虎逃走，"因为老虎……和人一样，迫于无奈，会拼命反抗的。"果然，枪响虎伤，青年又堵住谷口，那虎就睁圆眼，呲钢牙，腾空扑来。为救人，龙三娘受了伤，失去一只胳膊。这里，明则写兽，实则写人！作者通过这事例，告诉人们：对凶恶的阶级敌人也"要留条后路"，不要一棒子打死，不要革命到底，因为人和兽一样，"迫于无奈，会拼命反抗的"。否则，只能象龙三娘打虎那样，不死，也要成残废。这，不是恰恰给龙三娘复仇救敌女、以及三娘用"爱"教女等情节作了补充说明吗？也许有人会说，这是写打猎常识呀！但必须提醒这些同志：作者为什么定要用心作这样的比照呢？你联系作品总的思想倾向考虑过这问题没有呢？足见作者是挖空心思地在每一个细节里，宣扬他的思想啊！

可见，小说的辩护者们最感兴趣的两个情节不仅不能帮他们的忙，相反，却说明了小说的思想倾向是极其恶劣的。

二

如上所述，《侗家人》是一篇带有根本性错误的作品。但是，一飞等同志却极力赞扬它，说："它以清新的格调、鲜明的笔触揭示了旧社会的阴森可怕，赞颂了新社会温暖如家,唤起了人们对现实的爱"云云。换句话说,这篇小说是能够为今天的社会主义革命和社会主义建设服务的。因之,我们必须进一步弄清楚《侗家人》到底在为什么人服务。

一九四二年,毛主席给革命文艺工作者明确地指出了方向:为工农兵服务。当时为工农兵服务意味着是帮助和鼓舞人们去进行反帝、反封建的斗争。在今天,就是要为社会主义时代革命的工农兵服务,为阶级斗争、生产斗争、科学实验三大革命运动服务,为世界人民的解放事业服务。今天工农兵需要什么呢?他们需要在党的领导下,坚持无产阶级专政,坚持兴无灭资的斗争,把革命进行到底,让共产主义在全世界实现。他们绝不需要放弃斗争、和敌人妥协投降、"合二而一"。然而《侗家人》却正是在高唱阶级调和的规劝歌。这怎么能反映工农兵的迫切需要,怎么能为无产阶级革命服务呢?毛主席说:"任何一种东西,必须使人民群众得到真实的利益,才是好的东西。"(《在延安文艺座谈会上的讲话》)显然,人民群众从《侗家人》里是得不到什么真实利益的。如果人们要仿效作者树立的龙三娘这个艺术标本,放弃斗争,中国很快就要改变颜色!不管辩护士们如何为作者的主观动机开脱,但作品在大众中产生的效果只能这样,绝无其它。基于这样的政治原因,我们对《侗家人》要彻底批判它!

一飞等同志对此重大原则问题全然不顾,从根本上抹煞了文艺必须服从于政治斗争的革命原则,脱离了今天的革命要求来评论作品,用封建文人评述文章的办法,说"《侗家人》写得不成功的原因在于立意的轻软,取材的偏僻,构思的疏略"。轻轻几笔,想把人们的视线转移,从而有利于毒品的偷运、销售。难道这是"一时糊涂"么?不,绝不是!我们知道无产阶级的文艺批评,是文艺界的主要斗争方法之一,是党指导和促进文艺繁荣的重要工具;同时,也是党对读者进行共产主义思想教育的重要手段。任务是极其重大的。这就要求我们牢牢地记住毛主席指示的原则:政治标准第一,艺术标准第二;是政治和艺术的统一,内容和形式的统一,革命的政治内容和尽可能完美的艺术形式的统一。只能用这样的标准,除此而外再没有第二个标准。而一飞等同志,却提出抽掉阶级内容的、实际上是资产阶级的"时代的经线与地方的纬线交织而成的一匹锦彩"作为文艺批评的标准。应当指出这是和党和毛主席提出的文艺批评标准相对抗的。

综上所述，我们认为小说《侗家人》是一篇饱含毒汁的作品，是在今天无产阶级专政的条件下，在马列主义思想占统治地位的条件下，资产阶级思想向无产阶级阵地进攻的表现，必须给予彻底批判。为小说的错误辩护的某些评论者，他们有的对无产阶级革命事业不负责任，有的颠倒黑白，混淆是非，这样的评论也是极其有害的。

《侗家人》是对侗族人民的丑化！

——一个侗族读者的来信

原文载《云南日报》1965 年 9 月 25 日。

编辑同志：

对于你报开展的这次讨论，我认为非常有意义，因为它接触到当前文艺战线上的重大问题。我看了《侗家人》，也看了全部讨论文章，我同意大多数同志的看法。作为一个侗家人，我不得不为自己的民族说几句话。我认为这篇小说确实存在着非常严重的问题，作者所制造的龙三娘的形象，是对我们侗家人的丑化。由于时间和能力所限，我只能就大家争论得比较厉害的细节，发表一点意见。

就说关于喜鹊和松鼠的事情吧！作者为了从龙三妹和龙三姐身上体现"母亲传下来的鲜明的爱憎"叫三妹不打喜鹊，哄三姐不掏松鼠过冬之食。这些描写果真"是合于生活的实际，适合人民的心愿的"吗？在我们家乡，我们侗族人民是非常恨松鼠的，这是因为它偷吃人们劳动的果实包谷，以及果树上的果实（板栗就是它的罪证之一）。每当夏秋包谷成熟的时候，农民们总是千方百计地想尽各种方法来预防松鼠的危害。他们有的用尖尖的杉树叶把包谷包裹起来，有的在包谷叶上撒下六六六粉或其它毒物。当侗家的老大妈们看到地里的尚未壮实的包谷被松鼠咬坏了时,她们便会用最凶的话来咒骂松鼠。总之,松鼠在侗家劳动人民眼中,并不是什么好的东西。同样,喜鹊也不受侗族人民的欢迎,侗家人的风俗正好和汉族相反,不是认为喜鹊一叫"不来亲人,也来佳音",如果走在路上听见喜鹊叫,会认为是不祥之兆,赶快讨厌地吐下一口唾沫。我也常看到家乡的小孩用弹弓打松鼠,放猪的人用鸟枪打喜鹊。这些并不会受到人们的非议,倒是很自然的。我不是称赞侗族人的这些习俗好,而是想说明:小说《侗家人》的细节描写,是如何和真的侗家人的行为相违背。

当然,这篇小说的严重问题主要的并不在这些细节上,而是通过它的人物活动,故事情节的展开,根本歪曲了侗族劳动人民的形象,丑化了侗族人民解放前后的生活。作者为什么写了龙三娘"挥手横刀"腰斩伪县长胡忘义后,紧跟着又就"粗布细褶裙揩净手上鲜血"来救护婴儿呢?在那种情形那种时候,我想三娘是不能够忍耐满腔的怒火而做出那种事情的。有人说这是"阶级的感情","革命的人道主义"的表现,真不知从何说起。毫无疑义,这是作者资产阶级人性论的表现,也是所谓的"母爱"的表现。这是作者对作品的人物和现实作了有意的歪曲和篡改。

再说龙三妹在解放后长大了,却没有劳动人民的气质。看不出三娘要她背叛自己的家庭出身,使她成为社会主义的建设者,而是对她娇生惯养,而这是肯定不能把她改造好的。也许有人说:当时龙三妹还很小,龙三娘从小就把她抚养起来,她不也就成了"穷苦人民的女儿了吗"?但是我们要知道,我们是生活在阶级斗争还非常复杂激烈的社会中,阶级敌人会利用各种机会和手段进行破坏活动。如果我们不注意这一点,我们就会上敌人的当,敌人就会钻空子。事实上,想不经过教育改造,不经过矛盾斗争,以编谎解决问题,这正是"合二而一"的阶级调和论的表现。

侗族人民和全国各族人民一样,在党和毛主席领导下,社会主义觉悟大大提高。他们忘我地进行着社会主义建设,和国内外阶级敌人进行针锋相对的斗争。他们懂得,幸福要经过斗争才能得到。然而,象龙三娘这样的妇人,龙三妹、龙三姐那样的女子,不能表现侗族人民的革命精神,小说《侗家人》歪曲了生活真实,是对侗家人的丑化!

中央民族学院中国少数民族语文系　拉席阿

一九六四年九月十五日

我对小说《侗家人》的看法

鹤　逸

原文载《云南日报》1965 年 9 月 25 日。

近日在报刊上读了不少批评小说《侗家人》的文章,有的否定,有的肯定。小说的情节,开端是写一个农村里的龙三娘,她杀死殃民的伪县长胡忘义,报了冤杀她丈夫的深仇积恨,胡家仅留下还在吃奶的女孩,涕哭不止。龙三娘把她抱了起来,把奶头塞进她的嘴里,并抱回家去,一直抚养她成人,成为一家人,取名三妹。否定的认为龙三娘不应抚养敌对阶级的子女,丧失了阶级立场,犯了修正主义的人性论和资产阶级的“博爱”、“仁慈”等人道主义的错误。我不同意这种看法,认为这种看法是太不了解我们党的阶级政策。党对反动阶级的政策是罪止其身,罚不及孥,例如对反动地主或反革命,最严厉的处分,也只镇压或处刑欠有血债的本人。对于他们的子女,若没参与他们父母的反动行为,是一律不处罚的,还给他们受教育的机会。长大成人若和他们的反动家庭划清界线,分清敌我,还准许他们参加相当的工作。胡忘义的幼女,只能说她是出身反动家庭,决不能就当她是反动分子,她父母双亡,仅留下她一人,既没有家属,也没有亲戚,无依无靠,甚至连饭也不会吃。任何人看见,也不会听她饿死,熟视无睹。因为培养下一代人,是社会共同应有的职责。反之,若视龙三娘当场也连这无罪的幼孩,也不分皂白,一齐杀死,固足取快一时。但是,在当时在场的人或现在的读者看来,也许又要批评她未免太残忍,违背了党的政策。

　　又有人拿《水浒传》宋江三打祝家庄，杀了全庄的男妇老幼，以及解珍解宝为报仇，杀死毛太公的全家，来责难龙三娘不应该留胡某的幼女不杀。不知这种不分有罪和无罪，一律滥杀，究属出于一时的冲动。并且《水浒传》那时的杀，是在作战，为肃清余孽，免除后患，杀是应当的。龙三娘的杀，既不是战争，一个幼孩也没有反抗能力，怎么能和时代不同，场所不同，对象不同的梁山泊上的英雄相提并论。试回忆一下我国解放初期的土改运动，肃反运动，对反动阶级的斗争，虽十分剧烈，但从没有杀过他们的家小，就可证明。

　　又有人批评龙三娘杀死胡忘义的动机，不是站在阶级仇恨的立场而是为报私仇，这是对的。但我们不要忘记了时代，那是在解放若干年前，那时僻远的农村，不但没有受过党的教育，甚至连解放两字，都很少听人说过。虽身受统治阶级的压迫和剥削，也只对压迫和剥削的本人，怀着无比的仇恨。但还没有提高到阶级对立的意识及须消灭敌对阶级的觉悟。现在拿"没有阶级立场"来责难龙三娘，也就等于责难二百年前的人不用马列主义的观点来分析问题，是同样的时代错觉。

　　龙三娘虽是这样，但她们农村人民对于敌我的认识却是十分清楚。试看作者所描写的龙三娘打老虎一段，她所以要参加集体去打虎的一段，就是因为老虎要糟踏庄稼，攫食家畜，是农村的死敌，所以她不惜丢掉她的左手，要和它决战，她这种为农村除害，不惜自我牺牲的勇气和精神，怎么能够给她硬扣上一顶"博爱"或"人性论"的帽子。并且恰和救出幼孩成一反比，可见她的内心，不是全无区别，一视同仁。

　　又有人批评所描写的龙三妹，她不去打喜鹊，和龙三姐不去掏松鼠的过冬料，也是犯了物我不分的"博爱"或"仁慈"的资产阶级的假人道主义。我也认为这种说法，也是由于不了解农村习俗所产生的误解。旧社会的农村习俗，一般多认为喜鹊叫是报喜，乌鸦叫是报忧，所以多喜欢喜鹊而讨厌乌鸦，也可以说是一种迷信。龙不愿去打喜鹊当然由于这种习俗或迷信的原因。她不掏松鼠的过冬料也是一样，山区人民多认松鼠是保护松树有益的动物，松树上常生一种钻心虫或白蚁，使松脂流出过多，缩短它的生命。有了松鼠食去这些害虫，松树便得着保护,她所以不打或不掏的原因,当然由于上述的习俗或迷信的原因。责难这种迷信的不对是可以的。但不应就断定她的不打或不掏的动机,全是出于她的"博爱"或"仁慈"。又一般所谓"博爱"或"仁慈"多是指的敌我不分,一视同仁的一种泛爱。说她是泛爱吗? 她又为何不去泛爱那在野地里偷苕的野物而要拔出板镰去砍死它。可见她决不是毫无分寸,泛爱一切。

最后,我们要问的,残害民命胡忘义是不是该杀? 若是该杀,即使出于为报私仇,也是不无意义。当反动时代,法律只为维护统治阶级利益的情况下,自己不去报仇,冤枉总是无处伸的,她挺身而出,杀死胡某,其客观的效果,至少是为人民除了一害。怎么能说她是不应该呢? 至于胡某幼女应该不应该杀? 为泄一时气愤,杀死也未尝不可,不杀也不见得就犯了很大的错误。但如前所说,若依据现行法律及党的阶级政策,应当杀的,应是触犯刑章当处死刑的人。一个幼孩既没有犯罪,自不应随便杀死她。她收养她,就抚养培植下一代说及为农村增加生产力,借以增加生产,也不见得就毫无意义。

至于龙三娘优待三妹过于她的亲生女儿——三姐,也说她是资产阶级的假人道主义。这也不正确。不知农村习惯,对于儿女,怜惜年岁小的过于年岁大的。又有母亲有两个儿或女,中有一个不是亲生的,她对待的方式有两种,一种是十分虐待,一种是故意表示大公无私,先人后己,对不是自己亲生的,反倒特别好些,借以博得邻里的称赞,也是有的。也不能因此就断定她是犯了人道主义的差错。

总之,龙三娘和龙三妹所作所为,虽不是全站在阶级的立场。但她们的爱憎是分明的,并且有一定的标准。就《侗家人》所述,归纳起来,她们的标准是:凡是有益于农村的事物,她们总是爱护。反面,凡是有害于农村的事物,她们总是斗争以至把它消灭。如三娘杀死胡某,三妹用板镰砍死野物是属于后者。如三娘抚养胡家幼女,三妹不打喜鹊,三姐不掏松鼠窝中的栗子,则是属于前者。爱憎的界限都是区别得很清楚的。怎么能够就一律判断她们都是出于仁慈或泛爱? 若说她们是泛爱,她们就不应杀死胡忘义或砍死野地里的野物?

虽是这样。这篇小说也不是毫无缺点的。第一、小说中所写的情景,一段是在解放前,二段以下是在解放后十有余年,其间年代距离较长,社会上的一切,是有很大的变化和动荡,可是,在作者笔端,所写解放后社会情况,却和从前一样,既没有出现新人新事,也没有阶级间的矛盾和斗争,一切人们都好象全站在阶级斗争的圈外,仍过着平静的生活,这也是不合实际情况,有逃避现实的倾向,不敢正视斗争。又篇中的三姐和三妹都是在新社会里成长的,同受着党的教育,应具有坚强意志和斗争精神的新女性的气概。为甚么还是那样温和和宽厚,全不能给人以一种新的印象。又篇中除去开端一章有对个人的斗争外,其余都是写的对物斗争,也就是只有生产斗争没有一点阶级斗争,这也是违背了客观的存在,故意歪曲了农村的新貌,以致没有一点新旧的对比,全失去了文艺应为政治服务的教育意义。作者似深受着前一时代屠格涅夫的《猎人日记》、契诃夫的短篇以及托尔斯泰描写农村风物的小品的影响,仍停留在旧现实主义的阶段。所以在他的小说里边,找不出一点积极的战斗的精神和气魄。是一个很大的缺陷。但却不是反动的作品。

一九六四年九月十四日于云南大学

积极为资产阶级服务的"超阶级"论

张俊芳　　彭安湘

原文载《云南日报》1964 年 9 月 15 日。

读了一飞同志的《〈侗家人〉的问题在哪里?》一文后,对于小说《侗家人》的评论,我们有与一飞同志不同的看法,现提出我们的浅见,与一飞同志讨论,并请同志们指正。

一飞同志的文章一开头就说:

"我觉得《侗家人》的优点是应该肯定的。它虽配不上时代高吭壮阔的主题歌,也可算一支精巧别致的小插曲。它虽没有轰轰烈烈错综复杂的斗争场景,但它以清新的格调、鲜明的笔触揭示了旧社会的阴森可怕,赞颂了新社会温暖如家,唤起了人们对现实的爱。"

从表面上看,一飞同志对《侗家人》的评价没有木易同志评价的那么高,实际上他的看法很明确,与木易差不多,一个认为"是值得一读的好作品","使你得到启发和鼓舞";一个认为是"一支纤巧别致的小插曲","唤起了人们对现实的爱"。果真如此吗？那我们就看看被一飞同志一再称道的龙三娘是什么货色。

据一飞同志说,十八年前,龙三娘在冷雾冲领着"棒老二"杀死了胡忘义,吓死了官太太,收留了官家小姐是"大快人心的举止",是"使龙三娘的正面形象树立起来"的根据。我们不能完全同意。杀死了冤宰了她的丈夫、糟害侗家人的伪县长胡忘义,这是事实,也是应该肯定的。但是她并没有因此而树立起来"正面形象"啊！龙三娘领着一伙"棒老二"在冷雾冲出没,吓得十八年前的肩挑小贩都不能"平安过岭去赶趟生意",也要"仰赖胡忘义的威风"。这难道是"劫富济贫"的农民军吗？不,这似乎是一群乌合之众,而龙三娘就是他们的头子,不是什么"正面形象"。她杀死伪县长胡忘义是出于个人私仇,而不是出于阶级的反抗。当然,这种复仇举动,对旧社会是有一定打击作用的,但仅仅停留在这一点上,而不把个人命运和整个被压迫阶级的命运联系起来,是不够的。十八年前的龙三娘,我们不能苛求,可是,十八年后的龙三娘又怎样呢？据我们看,其性格并没有什么发展,我们只依稀看到她为抢救一个"攀山队员"而失去了一只左手。难道仅仅这么一点"举止",就显示了龙三娘这一"正面形象"的光辉吗？既然龙三娘的性格没有什么发展,那么,一个只为个人复仇的龙三娘,就不配称作"正面形象"。

我们再看看龙三娘是如何处理官家小姐和教育龙三姐、龙三妹的。龙三娘在杀死了胡忘义、官太太被吓死之后,"叹口气"把从官太太怀里滚下的女娃娃抱起,"掏出乳头塞进小嘴,止住了乳娃的啼哭",然后带着女娃隐进箐林里。小说这样处理对吗？龙三娘"叹口气"意味着什么？是悔恨自己杀了自己的仇人呢,还是同情官家小姐的"不幸遭遇"？一飞同志认为："这是出于迫不得已地克制住内心的激火,而显示出来的一个女性本能的母爱。"龙三娘"内心的激火"
是什么?我们不了解它的含义,我们倒是理解"女性的本能的母爱"的实质的。
世界上从来就没有抽象的超阶级的母爱,只有具体的、阶级的母爱。否则,白毛
女为什么要那样百般地受地主黄世仁的母亲的折磨?就是出身于同一个阶级
的人,母爱也有不同的内容,不然,为什么贾政和王夫人不让贾宝玉和林黛玉恋
爱结婚呢?他们同是一个阶级出身的人都尚且如此,更何况是两个对立的阶级
呢?在阶级斗争的冲击下,哪有什么抽象的"母爱"!地主资本家对待工农群众
的子女有的只是棍棒和皮鞭。没有什么"母爱"、"父爱"。

　　一飞同志还为自己的论点作了进一步的辩护,他说:"我们首先不要忘记龙
三妹被救时是一个乳娃,在她身上尚未打上阶级的烙印,因为人的阶级性不是
先天的造就,而是后天作用的结果。"不错,龙三妹确乎曾经是一个女娃,但是,
她毕竟在社会上生活了十八年。无论新旧社会都存在着阶级和阶级斗争。而
阶级斗争又必然地要席卷到全社会的每一个家庭每一个人,想逃脱是逃脱不掉
的。正如鲁迅所说,生在阶级社会,而要做超阶级的人,就如同自己拔着自己的
头发要离开地球一样可笑。龙三妹生活在这样的环境里,也不可能不打上阶级
烙印。《侗家人》的作者违背生活的现实,编造了一个处在阶级斗争之外的一个
家庭和一些人物,决不只是可笑而已,也不是什么超阶级的,而是积极地参加了
资产阶级对无产阶级的阶级斗争,为资产阶级复辟服务。一飞同志还提出了这
样的设想:"假若龙三娘手刃县官之后,或把女娃也杀死,或把女娃弃置荒郊,岂
不成了一人有罪株连九族的封建法规了吗?"按照一飞同志的看法,龙三娘绝不
能杀仇人的女娃,杀了就是"有罪株连九族的封建法规",就会使龙三娘成了一
个"不堪设想的形象"。在我们看来,在当时龙三娘炽烈的复仇情绪下,在解放
前那样的环境中,而龙三娘等人当时又是一群没有什么斗争目标、斗争策略的
"棒老二",在那样的条件下,杀死女娃倒是合情合理的。留下女娃,不杀她,也
是可以。问题是如何写?如何教育她对待反动阶级出身的人,固然不能与阶级
敌人同等看待,但要教育改造他们,使他们站到劳动人民这一边来。

　　一飞同志还说:龙三妹"靠着龙三娘后天的培养,已完全脱离了她出生的阶

级"。不错,龙三娘是"培养"了龙三妹的。但龙三娘对龙三妹不是进行阶级和阶级斗争的教育,而是资产阶级人道主义的教育。请看龙三姐对老营业员说道:

> "小时候我不懂事,我欺侮过她。你不晓得,我阿爹是遭官家害死的。听人家讲她是我阿妈收养的官家小姐,我就恨死她啦!背了阿妈,我就打得她哇哇哭。我十二岁的时候,她九岁了。阿妈叫我上山去砍柴,留她在家剁猪菜。我不肯去,把扁担都踩断了,讲我阿妈有偏心。阿妈为难,就编个谎诳我说:'她不是官家小姐,她是遭官家抢去的穷家姑娘!'我相信了,也和阿妈一样可怜起她来。我教她做活路,教她唱歌,分好的送她吃,让好的给她穿戴,我们算是亲姐妹了。"

从这段话里,我们不难看到龙三娘是如何教育她的子女的:第一,龙三姐本来没有忘记阶级苦和阶级仇,龙三娘却撒了一个弥天大谎,用偷梁换柱的方法,把"官家小姐"说成是"被迫害的穷家姑娘"。龙三娘为什么这样做?据一飞同志说:一则因为三姐年幼,对她不可能解释更多的人与人之间的复杂关系;再则三妹处于"被侮辱"的地位。我们认为,一飞同志的这种看法是完全站不住脚的。作品明明告诉我们:当龙三姐知道她爹是遭官家害死,并且知道龙三妹是官家小姐的时候,龙三姐不是说,她恨死了龙三妹吗?这是什么恨,是阶级恨。我们怎么能说三姐年幼不能对她解释更多的人与人之间的复杂关系呢?按照一飞同志的逻辑,我们不禁要问:"年幼"的龙三姐,既然不可能懂得更多的人与人之间的关系,那么,一飞同志又为什么坚持要求她懂得"县长的女儿不等于是县长,敌人的女儿不等于就是敌人"这个道理呢?难道这个道理更容易懂些吗?当然不是这样,一飞同志之所以主张不让龙三姐懂得朴素的阶级的道理,而要她去懂一些当时真是"不可能懂得"的道理,无非是为龙三娘也是为《侗家人》及其作者作辩护而已。错误不可能因狡辩而变成真理,因此一飞同志的辩护也不可能有站得住脚的论据和理由。说什么龙三姐"欺侮"龙三妹,不知从何说起。第二,龙三娘不是严格的要求龙三妹,教育她,改造她,而是娇惯她,怜惜她,让她干轻微的劳动,穿金戴银。总而言之,无论在政治上,或是在生活上,龙三娘对龙三姐和龙三妹的要求都是不同的,真可谓"区别对待"。戈立同志认为这是"偏袒",而一飞同志认为这是"合情合理","一般常理","因为县长的女儿毕竟不是县长呀!"其实一飞同志并没有懂得"区别对待"的内容。所谓"区别对待",应该是教育她,改造她,使她脱胎换骨,以适应无产阶级的需要,决不能用"年幼"、"年长"这种超阶级的概念来代替它的具体含义。

事实上,龙三姐在龙三娘的教育下,竟相信了龙三娘的弥天大谎,原有的一点点阶级意识也被龙三娘的资产阶级的人道主义洗刷无余。她不再"欺侮"龙三妹了,她"教她做活路,教她唱歌,分好的送给她吃,让好的给她穿戴",于是她们"算是亲姐妹了","无差别境界"出现了,"合二而一"了。这大概就是一飞同志所称道的"新社会的温暖如家"了吧?

一飞同志还写道,"她(指龙三妹——引者)乐于助人、爱憎分明、尽职尽责的态度上再现了养母的光辉"。我们一再搜寻小说中龙三妹的优点,她都不配享有这样高的评价。难道她帮土产公司收购员担担担子,就是"助人为乐"吗?把收购员领到半路去撵山,就是"尽职尽责"吗?不打喜鹊而打野猪,就是"爱憎分明"吗?我们认为这不是什么革命的"光辉"。相反,倒是龙三姐和龙三妹再现了龙三娘的博爱主义的"光辉"哩。

我们认为,小说《侗家人》通篇贯串着阶级调和论,不妨我们再引一个例子看看:龙三娘告诫过年轻的撵山队员:"老虎中了枪不曾死,不能断它的逃路,要不,它和人一样,迫于无奈,会拼命反抗的。"这是什么意思?鲁迅主张打"落水狗"而龙三娘却要给老虎留一条生路,不然它"迫于无奈,会拼命反抗的"。这一描写就迫使我们去思索:是不是凡事不要做绝?要让敌人有一条逃路?不然就会"狗急跳墙",拼命反抗。问题并不在于如何打老虎,老虎可以有各种打法,问题在于:作者画龙点睛,说出了真正的意图:"迫于无奈,会拼命反抗的。"这和全篇小说的倾向是完全一致的。这是不折不扣的"穷寇勿追"论,要人民不要同帝国主义反动派作针锋相对的斗争。

也许,一飞同志会说:写老虎就是写老虎,怎么牵强附会,把老虎和美帝国主义联系在一起?我们要提醒一飞同志注意:情节的描写不是随意的,表现什么,不表现什么,都是主题决定了的,也是为作者的世界观决定的;写老虎的一段情节,作者的意图在于写人。小说里不是明明白白地写着:"山那边的两只老虎……""哼!肯尼迪这野货上台,比艾……",作者是这样写的,无须别人去"联系"。

也许,一飞同志还会坚持说:"穿插了龙三妹不打喜鹊而打野猪,龙三姐不掏松鼠过冬的板栗等情节,作者是为了表现侗族人民的风土人情。陪衬人物的性格特征,加浓地方色彩。"作者的意图我们不知道,不过我们只知道情节的描写对人物性格的刻划是有着重要意义的。高尔基说过:情节的发展,往往是"某种性格典型的成长和构成的历史"(《和青年作家的谈话》)。可是小说《侗家人》的这些情节描写并没有陪衬出龙三娘、龙三姐、龙三妹的正面性格的特征,相反,这些情节恰恰陪衬出了她们博爱主义的"光辉",塑造了三个概念化的资产阶级人道主义的模子。

我们知道,无论是地方色彩也好,风土人情也好,不仅是属于艺术形式的因素,而且更是从属于思想内容的因素。一个作家决不应该为写地方色彩,为写风土人情而写风土人情。一个作品所体现出来的地方色彩、风土人情实际上是服从于作品要表现什么样的生活,以及作家如何评价生活这一总任务的。如果撇开了这一点,盲目追求地方色彩和风土人情,那就会陷入形式主义的泥坑。应该说,《侗家人》所体现出来的风土人情和地方色彩是服从于它竭力宣扬阶级调和、阶级合作这一目的的。

人是现实生活的主体,文学作品的重要表现对象是人。作为小说的中心人物的龙三娘,既然是一个资产阶级博爱主义的化身,而龙三姐和龙三妹又再现了龙三娘的博爱主义"光辉",那么,小说是一支什么样的"新巧别致的小插曲",弹出了什么样的"幽柔的琶音",不是很清楚了吗?我们认为,在目前无产阶级和资产阶级之间的阶级斗争极为复杂尖锐的情况下,作者在资产阶级世界观的指导之下,违背现实生活的真实性,编造出小说《侗家人》,它的问题根本不在于一飞同志所说的"立意的轻软,取材的偏僻,构思的疏略",而在于它宣扬了积极地为资产阶级服务的"超阶级"论,严重歪曲了现实,调和了阶级斗争。它既不是"生活的清唱",也不是"健旺人民精神的毛细血管",人们读了以后,只能丧失斗志。因此,这篇作品必须加以严厉的批判。

拨开冷雾冲的冷雾

师立德

原文载《云南日报》1964 年 9 月 15 日。

在《边疆文艺》上初读到《侗家人》这篇小说的时候,觉得它题材新颖,构思奇巧。文笔简练,风格独特,仅感到朴实不足,造作有余。对主人公龙三娘、龙三姐、龙三妹,也会唤起敬佩之感,她们是颇具英雄气概的人物。她们粗犷剽悍的性格,对敌嫉恶如仇,对友舍生忘死的品质,真是可敬可爱。可是,在这些人物的关系上,却产生一种难言难状的模糊感觉。使人象嗅到一股窒闷心胸的气味。

我把这个看法,跟一位工人谈起来,他把这篇东西借去看了。第二天,他对我摇摇头说:"龙三娘,不是什么英雄,而是一个怪人!""为什么?"我们两人展开了一次讨论。这次讨论,澄清了我的模糊感觉。后来又有机会读到木易同志的评价,他的论点,他的赞美,我们决不能赞同。

关于龙三娘、龙三姐、龙三妹之间的微妙关系,在小说中是摆在一个重要地位的,但这又恰恰是评论者木易同志不能或不敢正视的问题。

当前,在哲学论坛上有人高唱"合二而一"的论调,来跟"一分为二"对抗;在美学思想上也有人认为"杂凑一锅"是美的真谛,在影片《北国江南》中,也大肆渲染"感情"的作用了,在这些不相类属的地方,却有多么惊人的不谋而合呵!它们都在不约而同地宣扬阶级调和论,都在企图平熄阶级斗争的烈火,他们把资产阶级人性论的货色,在巧装改扮之后,又抛出来了。在小说《侗家人》中,我们同样找到了这类东西。

木易同志在评论中曾经讲了一段作家、艺术家应当如何投入火热斗争，深入工农兵群众的话。我们以为：作为对读者负责，正确做好读者引路人的文艺评论工作者来说，也同样需要到工农兵群众中间去，了解他们的感情，知道他们的爱憎。这样，才能说出他们要说的话来，才能够代表他们说话。

什么样的形象　什么样的个性

主人公龙三娘是什么样的典型？她的个性是什么？木易同志认为，龙三娘是个"感情充沛，有血有肉的英雄人物"，她有"伟大的感情，高尚的人格和革命思想"，甚至还不吝惜文字推崇备至，说她"犹如熠熠闪光的宝石，照亮了我们的眼睛"，在被龙三娘的"光辉"照亮了的木易同志的眼中，龙三娘简直是一位尽善尽美，完整无缺的"光辉的高大的革命英雄形象"了。龙三娘的形象，真如木易同志所赞美的那样吗？事实远非如此。我们觉得龙三娘是个在塑造上充满矛盾的人物。由于这种矛盾的存在，使我们对这个人物的真实性，产生了很大的怀疑。在作者的笔下，她能"挥手横刀"杀仇人，她敢于"挥刀"杀死"四脚腾空"的老虎，但，这样一个泼辣、勇敢、具有强烈反抗性，敢于舍生忘死的人，怎么又会有一个和她多么不协调的个性呢！当胡麻子的血还在手上冒热气的时候，她就只轻轻地叹了口气，就把乳头塞进胡麻子乳娃的小嘴里了，这里没有犹豫，没有踌躇，没有恨！爱恨之间的距离，简直被作者消除了，一下子恨之刻骨，一下子又爱之若子。这里找得着的唯一解释，大抵是乳娃的"惨哭哀叫"触动了这个妇女的"母爱""人性"吧，但这又是什么阶级的母爱人性呢！另外，在这位强悍、勇敢的人的教导下，她的一个女儿，一个养女，对喜鹊、松鼠这类小动物都大施其仁慈了，如果把这也说成是爱憎分明的话，简直把这种崇高的感情庸俗化了。我们以为，龙三娘这个人物只不过是一个深染着对"芸芸众生"大发慈悲的虔诚佛婆，这样的人，称之为"革命英雄"，多么叫人难以置信呀，这颗"熠熠闪光的宝石"，原来是作者用刻刀雕凿出来的假宝石罢了。

不允许用资产阶级的人性论代替阶级论

这篇小说刻划的龙三娘这个人物，好象是阶级斗争性强，但当把通篇读完，阶级斗争的味道,却越来越淡了,甚至最后得出一个平和、轻松、"皆大欢喜"的印象。龙三娘这个富于反抗性的妇女,她的复仇心是强烈的;但阶级意识、阶级观念却是十分不清的。当她杀了冤宰她丈夫的仇人时,她又没有犹豫地将乳头塞进仇人的乳娃的嘴里。从龙三娘的这一行为来看,我们认为在她的心胸里并没有包容下整个阶级的仇恨,而仅仅是为发泄个人的私仇;因此,她的仇人死了,她的恨也就随之消失了。龙三妹不是胡麻子,当然不是阶级敌人,但龙三妹的生身父亲,有这样一段历史,绝不会不在她的身上留下影响,当这个人物成长成为一个"有本领、爱集体、守纪律、乐于助人的新型人物"时,我们却看不到任何思想斗争和思想改造,在作为直接抚养教导龙三妹的龙三娘身上,我们也没看出在这方面做了什么工作,相反的,她却用溺爱、偏袒、娇惯等作法来熏陶这个人物。这种作法,把阶级斗争置于何种地位呢?作者是不是向我们说,在这里是不必讲阶级斗争的,即使有一点阶级对抗的影子,也是可以用温暖慈爱等去加以调和的呢?你看!龙三妹不是成长得很好吗!我们从这一安排上,可以看出作者企图用"母爱"取消阶级斗争,宣扬"母爱"可以改变和感化阶级的对立。这是明显地在贩卖人性论的货色。从这里我们还可以看出作者也企图向我们证明不同阶级的人,不同的阶级意识,是可以和平共处的,可以通过爱的力量,把阶级矛盾调和起来的,这根本违背了生活的真实,这种阶级斗争调和论和矛盾融合论思想的危害是十分严重的。阶级矛盾本是不可调和的,而小说作者硬要去调和,那就只能起到松懈无产阶级斗志,为扩大资产阶级阵地打先锋的作用。

对《侗家人》的意见

沙　土

原文载《云南日报》1964 年 9 月 15 日。

我是一个文艺战线的门外汉,本来是不敢参加这样的讨论的。然而《侗家人》确实发人深思，而有关《侗家人》的讨论文章也使我特别感到兴趣。因此，我反复地读了几遍《侗家人》和所有的讨论文章，我不能不发表自己的意见了。

我觉得最具有卓越洞察能力、最具有说服力、最公平、最无偏见的还是一飞同志的文章。我完全同意一飞同志的看法。

《侗家人》是有缺点的。主要是由取材和立意方面的错误所造成的。龙三娘、龙三姐和龙三妹母女的特殊关系，不仅没有什么现实意义，而且必然要对龙三娘的英雄形象有所损害，使她为难，同时给反映阶级斗争的场面撒下了灰雾。所以我完全同意一飞同志的意见，《侗家人》的主要缺点在于立意轻软，取材偏僻，构思疏略。但是这篇小说仍然是可以读的，而且也不会给读者注入多少毒素，龙三娘虽然不是那样值得推崇的革命英雄人物，但是，她的形象仍然是可爱的。

龙三娘是爱憎分明的。她咬牙切齿地骂伪县长胡忘义"好呵！卖人脑壳发了财，又升官。冤宰我丈夫，糟害侗家人，你不还账就想走？哼！你变麻雀飞过坡，也从半天打你落。"并且挥手横刀，胡忘义那颗麻子点点的头飞落下来，滚进了草丛。真是大快人心，读者读到这里的时候，就好象亲眼看到了一个充满反抗精神，高大、坚强的侗家妇女站在面前，在这里不能不看到作者的才华。

戈立同志说，"一个人爱什么人，憎什么人，保护什么人，杀死什么人，都有着阶级的感情的基础。龙三娘为什么要从怀着满腔复仇怒火的'棒老二'手上救护阶级敌人的女儿呢？一心报仇的龙三娘在该时该地，这样作是不是可信的呢？"戈立同志好象认为龙三娘不应该这样作，即使这样作了也是不可信的。如果按照戈立同志的意见，龙三娘只有两个办法，或者让这个奶娃的小小的头也滚进草丛，或者丢在荒山野林不管。如果这样作又会给龙三娘的形象增加什么光辉？而读者和龙三娘一样，只憎恨那罪恶的伪县长和仗势吓人的县长太太，而对这个奶娃并不怀着敌意，因为奶娃是无罪的。一个人的阶级性不是在怀胎时期就形成了的，而是他的社会生活实践和所处的政治经济地位决定着他的观点、立场、生活作风、道德作风、意识形态、心理状态。十八年前的奶娃还不可能接受剥削和压迫阶级的影响，尚未打上阶级的烙印。龙三妹吃龙三娘的奶长大,在龙三娘的养育和影响下,完全可以确定她的劳动人民的属性,脱离剥削阶级的范畴。龙三娘、龙三姐和龙三妹的友好相处是可以的,不能把它看作为阶级调和,因为龙三妹不能代表剥削阶级,也不必让他们母女三人来一场阶级斗争,我们把龙三妹这样的人推到剥削阶级一边去,壮大阶级敌人的队伍有什么好处呢?

目前社会上,地富和其他剥削阶级的子女中,有一些之所以具有反动性,是因为他们和剥削阶级分子生活在一起,他们的利益往往和家庭的利益联系在一起,剥削阶级对他们进行反动教育的结果。党仍然要争取和团结他们,除了一少部分受剥削阶级影响极深,仇视党和劳动人民、拒绝接受改造的分子而外,党并不把所有出身于剥削阶级的人都看作剥削阶级分子,并不把他们全部当作敌人。共产主义事业是一个伟大的消灭剥削、消灭压迫制度的事业,在这个事业中必须认清谁是真正的敌人,谁是真正的朋友。我们不能把所有剥削阶级的后代永远都当作剥削阶级来看待,因为事物在运动,在变化,在发展。我认为文艺战线上的同志们,主要是塑造工人阶级和劳动人民的英雄形象,革命的老一辈怎样打天下,怎样创业,揭露阶级敌人丑恶本质和破坏阴谋。工人和劳动人民的子女怎样去继承革命先辈的事业,把革命进行到底。与此同时,穿插一点出身于剥削阶级的青年人如何在党的教育下背叛他们的剥削阶级家庭,成为党和劳动人民的好儿女的故事,这样做不是没有什么好处的,同时也是符合客观规律的。因为事实上,由于党的教育,有些出身于剥削阶级家庭的人,站在党和劳动人民一边。

是的,《侗家人》是只有五千来字的短篇小说,要叙述说明十八年长的历史时期的若干问题,的确是不容易的,这是许多问题交代不清的原因。损害龙三娘英雄形象的不是龙三娘收养了龙三妹,而是龙三娘如何教育龙三姐和龙三妹。如龙三姐不愿拿走松鼠过冬的板栗,龙三妹不愿打下喜鹊,这点确实是有向读者灌输资产阶级的人性论的思想倾向。其实,龙三娘应该正面教育龙三妹,让她认清胡忘义的罪恶,而龙三妹是在龙三娘的亲切扶育下成长,完全可以和龙三姐一样成为立场坚定、爱憎分明的新的一代。龙三姐和龙三妹的缺点虽然不直接影响龙三娘的英雄形象,因为不能把女儿的缺点完全推给母亲,但是这仍然和母亲的教养密切相关。作者在这些问题上的确值得深思。

我们认为《侗家人》是一株毒草
——部分读者对小说《侗家人》及为其辩护的种种论点的批判

原文载《云南日报》1964 年 10 月 30 日。

编者按：关于小说《侗家人》的讨论开展以来,本报编辑部收到大量来稿,大多数来稿是批判这篇小说的错误倾向的,指出这是一篇抹煞阶级斗争,宣传资产阶级人性论的坏小说,它的出现,是无产阶级和资产阶级之间的阶级斗争在文艺领域的反映,必须彻底批判,把这株毒草锄掉,变成肥料。也有少数来稿为这篇小说辩护。经过两个月来的热烈讨论,有的原来对小说持肯定意见的人现在认识有了变化,来信表示他原来的意见是"错误的",有的还寄来了自我批判的文章。

有的来稿,我们已经发表。因篇幅所限,大量来稿不可能一一刊登。为了使广大请者能广泛参加这一讨论,今天我们发表了一部分来稿的摘要,以后还要发表。关于《侗家人》的讨论继续进行,希望读者广泛发表意见。

歪曲生活真相为反动统治搽粉

云南机器厂工人先汝文

《侗家人》里描写了龙三姐不忍心掏松鼠藏下的过冬板栗,龙三妹不打喜鹊,而杀野物等情节。宁达功因此就断定龙家姐妹二人具有鲜明的爱憎。我认为这是荒谬的。任何野物,包括虎豹在内,都不能代替阶级敌人,任何佳禽,包括喜鹊在内,又怎能代表阶级弟兄呢？宁达功用人对自然界的动物的爱憎来取代人与人之间的由于阶级关系不同而产生的阶级的爱憎,这又是一种什么样的思想倾向呢？这难道不正是以博爱为标志的资产阶级思想的倾向吗？作者滕树嵩同志在作品里表露了这种思想倾向，评论者宁达功等人在评论文章中赞颂了这种思想倾向。这说明目前资产阶级思想观点，对我们文学艺术界还是很有影响的。我赞成其他同志的意见，龙家姐妹二人是生长在阶级社会里，她们俩或迟或早或多或少是会知道自己父辈如何死的，何况龙三姐已经知道了，而龙三妹在九岁时又被作为"官家小姐"被"欺负"！作者是怎样来处理这对双方都具有杀父之仇的特殊的姐妹关系呢？作者轻松愉快地让龙三娘编个谎"哄"龙三姐以后，她们就比亲姐妹还亲了。龙三娘的编谎当然又是"一个女性本能的母爱"再度发作了。但作者的这个"谎"，却编得不符合客观事实。许多人都知道宋朝王佐断臂的故事，金兀术逼死陆登，收养陆登的乳娃陆文龙，把他培养成个"本领高强"的武将，但后来他知道养父是杀父仇人后，就倒戈攻打金兀术，报杀亲之仇。旧时代的作家还流露一点生活的真实，"父爱"并不能调和民族的矛盾，何况在阶级斗争尖锐复杂的今天。可见作者的认识已退到什么时代了，这个谎不能说明其它的问题，只能说明作者调和阶级矛盾的愿望。一飞等为作者作辩护实则也是徒劳无益的。资产阶级的博爱被作者赋予龙三娘，又被龙三娘传给龙三姐和龙三妹，最后受到一飞等同志的赞扬，但我们决不容许资产阶级的博爱观贻害广大人民。

解放军战士徐之喜

宁达功说龙三娘杀胡忘义，收养敌人的女儿是"爱憎分明的阶级感情"。不错，她对敌人的女儿的"爱"，对她的处境的同情，正表现了对杀死胡忘义这一行为的"憎"。但这是哪个阶级的"阶级感情"呢！这又算什么"英雄人物"？说她是一个"杂烩"人物不是更合乎实际吗？

更使人难以置信的是，在解放前那样一个黑暗的旧社会里，一个杀了伪县长的寡妇，竟能带着两个小孩安然无事的生活下去。这根本是不可能的。在那个社会里，工人周开华（他的往事见《云南日报》一九六四年九月八日三版）一家因交不起租、还不起债，都要被地主阶级逼得东逃西跑，父亲最后被杀害，龙三娘不是什么交不起租,还不了债的问题,她杀了一个堂皇的、高升的伪县长胡忘义,国民党反动派不迫害她是不可能的。如果作者能站在正确的立场描写龙三娘杀了胡忘义之后,如何和国民党反动派斗争,揭示她由自发的报仇到自觉的革命的过程,也许还会有一定的教育意义,但是,作品里没有写这些,而只写龙三娘如何爱敌人的女儿,分好的给她吃,给好的让她穿、在"母爱"的教育下成了"撵山队员"。这是作者抹煞阶级压迫阶级斗争和劳动人民的革命精神的表现,实际上起了美化统治阶级、粉饰旧社会的作用;而突出了资产阶级的人道主义。这也正是作者创作意图的所在,是作者反动世界观的反映。

到底为哪个阶级说话

维西县四区卫生所倪念勋

一飞说:《侗家人》"揭示了旧社会的阴森可怕,赞颂了新社会的温暖如家"。但是小说恰恰没有写出胡忘义及统治阶级是怎样冤宰龙三娘的丈夫的,龙三娘的丈夫是穷人被冤宰的呢,还是和胡忘义有勾结的土匪"棒老二",因为和胡忘义闹内部矛盾而被杀,才引起龙三娘来报私仇? 小说里除了一句空洞的"糟害侗家人"的话而外,根本就看不到什么阶级压迫。相反,小说所揭露的倒是一场自发反抗(按作品描写可以作这样的了解)的"阴森可怕",只有站在地主阶级立场的人才会这样污蔑劳动人民。一飞所指的"温暖如家",就是龙三娘、龙三姐和龙三妹这个离奇的家庭。这是什么样的温暖,一个侗家妇女,收养了与自己有刻骨仇恨的敌人的子女,这在什么人看起来才是温暖? 劳动人民能同意这是温暖吗? 不,不能,这只有地主阶级、反动派的胡忘义之流才觉得是温暖,他们才会为龙三娘对敌人的女儿比自己亲生女儿还要亲的作为拍手欢迎,因为这样他们就能在我们新社会里找到"祸害根种"。这实际上就是说现在不需要再划分阶级了,大家都应平等相待一视同仁。什么样的班子唱什么样的戏,什么样的阶级说什么样的话,一飞以这样的角度来欣赏作品的成功,到底是在为哪一个阶级说话?

昆明读者黄仲丹

　　一飞说《侗家人》的症结所在是"立意轻软"。所谓"立意",就是作品的主题思想。我认为《侗家人》的"立意"不是"避重就轻嫣然一笑"的问题,既然是"粉饰矛盾斗争",它就是宣扬阶级调和的反动思想倾向。一飞说《侗家人》"揭示了旧社会的阴森可怕,赞颂了新社会的温暖如家"。这完全是为作品的反动倾向辩护所作的发挥。一飞所指的作品中所写的"旧社会的阴森可怕"只不过是龙三娘这一伙"棒老二"复仇雪恨,是人民群众中的个别分子对统治阶级的自发反抗,而不是统治阶级对广大的被压迫人民的经常的、大量的、惨无人道的迫害,这种辩护完全是站在反动立场上的诬蔑。作品所写的"新社会的温暖如家",不过是龙三娘母女与阶级敌人的后代"相亲相爱",是熄灭了阶级斗争的"恩爱",而不是人民在激烈的阶级斗争中结成的革命情谊,这完全是对新社会的歪曲。资产阶级作家通常总是把阶级斗争写得极其"阴森可怕",宣传阶级斗争的"残酷"和"不人道",而把阶级合作写得极其"温暖和谐",以此来鼓吹资产阶级的"人性爱",欺骗群众。《侗家人》正是这样的反动作品。

中共沧源佤族自治县委党校杨国儒

　　小说《侗家人》描写龙三娘和一伙"棒老二"在冷雾冲杀死伪县长胡忘义,表面看来似乎在反映激烈的阶级复仇斗争,但仔细一看,这完全是一个骗局。作者是"醉翁之意不在酒",他安排这个情节正是为了使伪县长的遗女即龙三妹这个"祸害根种"在一片恐怖中出现,以反衬杀死伪县长这一行动的"不人道",并为以后围绕龙三妹这个人物竭力向读者灌输"人性论"思想打掩护,使读者不知不觉地上作者预先设置好的圈套。由此可见,作者描写这场仇杀,不是为了歌颂它,而是为了反对它。小说的开头一节,是为作者宣传"人性论"的中心思想服务的,是掩盖作品反动本质的一件外衣。我们必须揭穿《侗家人》的这一欺骗手法。

昆明市西山区洪园小学石崇俊

一飞把《侗家人》称为"生活的清唱""幽柔的琶音"，并以此和"时代的先声""激烈的鼓点"并列，这意思就是说，没有无产阶级时代精神、不为社会主义服务的作品，也可以鱼目混珠，冒充为社会主义的文艺，在社会主义文学阵地上大摇大摆。一飞真是想得太好了，以为他的论调可以掩人耳目。这未免太无视群众的辨别力了。社会主义时代的读者真的这样好欺骗吗？真的是一飞眼中的"群氓"吗？不！在阶级分析的照妖镜下，已经照出了《侗家人》反对无产阶级的时代精神，而充分地表现了腐臭的资产阶级"人道主义"和"人类本能的共同之爱"等等。一飞的这些理论，完全是周谷城的反动理论在评价作品时的具体运用。

什么叫"琶音"呢，就是一种装饰音。按照一飞的说法，就是在阶级斗争中不应该排斥阶级调和，在歌颂无产阶级的革命精神中不应该排斥歌颂"女性本能的母爱"、"人之常情"等等反调，要把"人性论"和阶级论组合成"新时代的乐曲"才"合情合理"，这又是"合二而一"论的滥调。这就难怪一飞要说《侗家人》是合乎"情理"的，不错，它合的是资产阶级的"情理"。如果谁要求对龙三妹进行教育改造，让她在劳动中锻炼改造自己，一飞就认为是"不通情理"。请问这又是说的哪个阶级的话呢？

形象化的"合二而一"论

曲靖专区读者王岩

在关于小说《侗家人》的讨论中，有少数人为小说叫好。他们在叫好时暴露了他们的"合二而一"的反动观点。马克思主义教导我们，阶级斗争推动历史的发展；矛盾斗争，推动事物的前进。这里矛盾的斗争是绝对的，统一是暂时的。但是小说《侗家人》的作者及其肯定者，却只承认对立双方的存在，而不承认双方的斗争和革命的转化，而且在具体解决矛盾时，抹杀斗争，只谈一致，结果走上了掩盖矛盾、取消斗争、主张融合矛盾的道路。

就以龙三娘杀胡某收遗女这一节来说吧。起初，作者承认了矛盾双方的存在，再往下看，就没有了。看不到对立双方的斗争发展，只看到由于龙三娘的

"人性"，统一了矛盾的双方，矛盾"汇合"到"本能的母爱"当中去了。结果是龙三娘和官家之间的矛盾掩盖了，斗争被取消了，龙三娘一家人都融合在一起过着亲密无间的生活。

我们再来看看龙三姐和龙三妹之间的矛盾。当十二岁的龙三姐知道九岁的龙三妹是阿妈收养的官家小姐时，"就恨死她啦！"这样的矛盾结局是怎样的呢？没有两样，依然是按照"掩盖矛盾，取消斗争，对立双方融合在一起"的公式解决的。龙三娘编了个谎，就使两人相处得"比亲姊妹还亲"了。这简直是鬼话。事物根本不可能按照这样的公式发展！试问，十二岁的龙三姐听了大人编的谎可以受骗，那么，以后呢？十五岁或十八岁的时候，她还能受骗么？再说龙三妹吧！她是生活在有阶级的社会里的人。社会上被打倒的阶级还在企图死灰复燃地挣扎，资产阶级思想，封建残余势力还在顽固地散布它们的毒素，龙三妹这样的青年不会受到传染吗？一旦她知道了龙三娘是她的杀父仇人，她又会怎样想呢？总的一句话，她们之间的矛盾只能按照矛盾斗争的规律来求得解决，是不可能自相融合的。作者之所以要作这种不符合客观实际的描写，不难看出，其目的是为了宣扬"合二而一"思想，人为地掩盖矛盾，抹杀事物的本来面目。

解放军驻昆明部队某部艺锋

《侗家人》是以"母爱"来调和阶级矛盾的一篇反动作品，突出地表现在龙三娘处理龙三姐和龙三妹的矛盾上。当她的亲生女儿"恨死官家"时，龙三娘无动于衷，麻木不仁，还要编谎去骗龙三姐。在这里，所谓"人类之爱""人类共同的感情"终于主宰了一切，使两个对立的阶级情绪，通过"母爱"的联系"合二而一"了，互相"汇合"成一个"统一整体"进入"无差别境界"，没有斗争，没有阶级力量对比的变化，更没有经过斗争而发生转化。在这里，资产阶级的"人性"完全代替了阶级性，阶级调和、阶级汇合代替了阶级斗争。

龙三娘的赞颂者是什么感情

省计委文教处李有义

　　龙三娘砍杀了伪县长胡忘义之后，收养了胡忘义的乳娃。对作者强加给龙三娘的这种资产阶级"人性"，竟有人为之高唱赞歌，说什么这是"革命的人道主义"。试问：有这种和胡忘义站在一个立场，同情一个伪县长的女儿的"革命人道主义"吗？这明明是作者虚伪地臆造的资产阶级人道主义的表现。

　　宁达功又说龙三娘收养敌人的遗女，是她"爱憎分明的阶级感情的不自觉的表现"。请问：这又是什么样的阶级感情呢？一方是"靠卖人脑壳发了财"的统治阶级的代表胡忘义，县官太太；另一方是被"糟害"的被压迫的龙三娘，这两个在地位上根本对立的人物，有什么共同的"阶级感情"呢？就是龙三娘和龙三妹之间，一个有杀夫之仇、一个有杀父之恨，她们之间又能有什么共同的阶级感情呢？绝不可能有。因为她们没有共同的阶级基础。如果硬说有什么"阶级感情"的话，那只能是资产阶级用来骗人的什么"人性"和"人类共同具有的爱"，此外绝不会有什么"伟大"的"劳苦阶级的感情"（宁达功）。

　　鹤逸先生说得更奇妙，说什么龙三娘如果杀了龙三妹就是"未免太残忍、违背了党的政策。"试问鹤逸先生，你既然说龙三娘在解放前连"解放"两个字都很少听人说过，她又怎么懂得去按党的政策办事呢？鹤逸先生要别人不应该用"没有阶级立场去责难"她，而自己却要她去遵守党的政策，用党的政策去保护她，这不是自己打自己的嘴吗？鹤逸先生企图用"党的政策"来为作者的资产阶级"人性论"宣传打掩护，只能欲盖弥彰，暴露了鹤逸先生的虚伪面目。

云南大学陶学良

　　一飞在他为《侗家人》辩护的文章里说龙三娘是一个"刚柔并兼"的"女英雄"。所谓"刚"，即指龙三娘手砍胡忘义的脑袋；所谓"柔"，即指龙三娘收养龙三妹"是出于迫不得已地克制住内心的激火，而显示出来的一个女性本能的母爱"。这种理论是当年巴人的人性论的翻版。巴人说："母爱的依恋，生的欢乐，死的厌恶……都是人类所共有的。"在阶级社会里,存不存在象一飞和巴人所说的"人类所共有的""女性本能的母爱"呢？没有。毛主席早就讲过:"自从人类分化成为阶级以后,就没有过这种统一的爱"。"母爱"在阶级社会里是有阶级性的,都是服从阶级爱、表现阶级爱的一种感情。武则天为了自己掌权,就把她的亲生儿子作长久的拘禁,《红楼梦》中的王夫人,当她看见贾政憎恨宝玉不好好继承他的封建统治地位而打宝玉时,她并不站在宝玉一边去"爱"宝玉,而对贾政的打骂表示赞同,而《野火春风斗古城》里杨晓东的妈妈爱杨晓东,也是和她爱无产阶级的革命事业统一的,她为了革命事业的需要,宁肯自尽,也不愿做任何动摇儿子的革命意志的事。前一例是历史事实,后二例是现实的真实的艺术表现。它们都戳穿了超阶级的"女性本能的母爱"只不过是资产阶级骗人的谎言。然而《侗家人》则把劳动人民仇恨统治阶级的感情,和资产阶级的"母爱"感情"汇合"在龙三娘的身上,成了"刚柔并兼"的"统一整体"。作者塑造这样一个人物,是为宣扬两种对立的思想可以和平相处,阶级矛盾可以调和,这实际上是反对我们党进行"兴无灭资"的阶级斗争,麻痹人民的斗志。

云南人民出版社刘光怡、殷光熹

一飞所说的"刚柔并兼"式的女"英雄",无非是想说明:龙三娘杀了胡忘义是"刚",回心转意以忏悔内疚的心情去爱仇人的女儿是"柔"。这就是说,在一个"英雄人物"身上,可以并存两种不同的阶级感情,它们平分秋色,"和平共处"。这种"刚柔并兼"说,实质上就是"合二而一"的翻版,是资产阶级的典型论,即"英雄人物"的性格要有"双重性"或"多重性",才显示出人物性格和内心世界的"丰富性"和"复杂性"。

作者和一飞等人所欣赏的这种人物性格的"复杂性",其实质是什么呢？揭穿了,所谓"复杂",无非是说"英雄人物"身上非得有地主阶级、资产阶级或小私有者的心理不可,非得有各个不同阶级的思想感情的"汇合"不可,否则就不是"活生生的形象"。我们认为:劳动人民的精神世界从来就是丰富的,真正的英雄人物处于阶级斗争的最前线,他们面对着各种各样的矛盾,自然会有各种各样的想法,但这一切都是基于无产阶级的立场、观点,他们内心的丰富性、多样性,只能是劳动人民本身的东西,必须符合他们的阶级特点。但是《侗家人》的作者却抽掉了龙三娘这个人物性格的阶级基础,把资产阶级的"女性本能的母爱"硬塞到她的思想中去,把不同阶级的思想感情"合二而一",构成所谓"刚柔并兼",实质上是精神分裂的个性,以"人性"代替了她的阶级性,这样的人物不是无产阶级劳动人民的英雄人物,而是资产阶级的人道主义者。

也是争夺青少年的一场尖锐斗争

昆明市三百号信箱冯异

一飞为龙三娘辩护说,她不是偏袒龙三妹,"因为对于年幼的三姐不可能解释更多的人与人之间的复杂关系,只好说谎诳她。而这谎又是出在三妹被欺侮的时候,更可想而知了。"这完全是反对对青少年进行阶级教育的反动观点,年龄大小只有接受能力的不同,但决不能说:小孩子不能接受阶级教育。其实,十二岁的龙三姐已经懂事了,她懂得了什么叫"官家"、什么叫"穷人",她"恨死官家"就是阶级意识的表现,也是龙三姐与龙三妹之间产生的带有阶级性的矛盾。但是身为基层干部的龙三娘不是用阶级观点去处理这一阶级矛盾,而要编谎去诳三姐,说三妹是官家抢去的穷家姑娘,改变她的阶级出身,完全是为了扑灭三姐的朴素的阶级意识。这对龙三妹的个人历史是一种极不负责任的作法,这样的人物怎么能称得起立场坚定、具有革命理想的英雄人物呢? 作者是为什么目的而歌颂她呢?

玉溪一中杨彬

一飞说:对十二岁的龙三姐不可能讲清人与人之间的复杂关系,这实质上是主张以"母爱"来代替对青少年的阶级教育。我是一个教师,我清楚在小学阶段,教师就应该用适当的方式对青少年进行阶级教育,因为我们的社会还是一个存在有阶级和阶级斗争的社会,社会上的阶级斗争必然要反映到青少年当中来,青少年也是敌人和我们争夺的对象。文艺作品要为无产阶级培养青少年成为革命后代的政治服务,但是小说《侗家人》所宣扬的,不是阶级教育,而是什么"本能的母爱"等资产阶级思想,是极其反动的。

云南人民印刷厂工人文艺评论组

宁达功说:"敌人的反动是没有遗传性的";一飞说:"橘生淮南则为橘,橘生淮北则为枳";按照这种说法,我们今天的青年都是吃社会主义的饭长大的,那么,就不要改造剥削阶级出身的子女了,也不要对劳动人民的子女进行阶级和阶级斗争的教育了,不必请老工人回忆对比,讲厂史、家史,使青少年认识过去资本家地主的罪恶了,也不必进行"兴无灭资"的斗争了。这完全是一种抹煞阶级斗争的反动观点。《侗家人》正是取消阶级斗争,贯穿了资产阶级"博爱"的黑线的坏作品。

省人民广播电台李学彬

一飞说:三妹的衣着比三姐讲究,是人物性格不同,妹妹年纪轻,比姐姐爱打扮些。这是不正确的。讲究不讲究衣着,不是取决于年龄大小,而是取决于情趣和思想。追求衣着的漂亮,把自己打扮得花枝招展,正是龙三妹的剥削阶级的思想意识的表现。穷家姑娘,有一种勤俭朴素的美德,他们不会去追求穿着,只有那些满脑子充满了资产阶级思想的人才成天爱打扮。龙三妹的爱打扮,正是由于龙三姐、龙三娘"分好的给她吃,让好的给她穿戴"和以资产阶级的享受思想去教育她的必然结果。

龙三妹的形象不应赞美而要批判

解放军驻昆明部队某部代绍序

《侗家人》的一个主要特点就是抽掉现实生活中阶级斗争的内容,以达到宣扬阶级调和的目的,似乎阶级斗争也随着胡忘义的脑袋滚进草丛而消失了。从此以后,有的只是虎豹之类的动物,人们也只要对野兽去"爱憎分明"就行了。这一切在龙三妹的成长过程中,表现得更加突出。龙三妹是作为反动统治阶级的遗女在作品中出现的，是作品的中心人物。在阶级斗争尖锐的今天，这样一个人物，必然是资产阶级与无产阶级争夺的人物之一，资产阶级企图唤醒她的阶级复仇情绪，成为资本主义复辟队伍中的一员；无产阶级则要以阶级观点教育她，改造她，使她认清本阶级的反动本质，彻底背叛本阶级，站到无产阶级这一边来。因此人们有权要求作品回答：龙三妹在这一场斗争中是如何成长起来的，周围的人是如何得到教育的。尽管她父母死时，三妹还是个乳娃。但她生活在一个有阶级斗争的社会中，她不会永远是乳娃。《侗家人》的作者把龙三妹的成长完全归于根本不存在的与社会隔绝的"家庭"作用，归于超阶级的"母爱"。这样，作者也就偷梁换柱地以"人性"感化代替了脱胎换骨，以阶级调和代替了阶级斗争。

昆明市普坪村发电厂和民秀（纳西族）

一飞、宁达功都认为龙三妹是一个值得肯定的形象，理由是三妹是个"乳婴"，"毫尘不染"，"尚未打上阶级烙印"，就被龙三娘收养下来，所以她就成了"勤劳勇敢的""穷家姑娘"，已"完全脱弃了她出身的阶级"。一飞还搬出两千多年前晏子的"橘生淮南则为橘，橘生淮北则为枳"的观点来为龙三妹辩护。这就完全否认了马克思列宁主义的外因必须通过内因起作用的观点了。

在阶级社会中，人在任何时候都不可能不以某一阶级的一分子活动于社会。我们不能只看到"乳婴"，"毫尘不染"这一面，还必须看到这个"毫尘不染"的"乳婴"一定要在阶级社会中一天天地长大起来，而在她的成长过程中，给与她"后天培养"的，又何止龙三娘一个人，这一点难道还有谁否认得了么？但是一飞和宁达功都肯定龙三妹的成长过程中，除了龙三娘的"后天培养"外再没有其他的人了，更没有阶级影响了，资产阶级和一切敌人和我们争夺青年的阶级斗争，好象已不再存在。这样一来，教育青年，使青年成为无产阶级革命事业的接班人，岂不是成了不费吹灰之力的事，成了不必要的工作了吗？如果不是这样的话，所谓的凭空"转变了这个见世不久的女孩子的命运"，使"她脱弃出身的阶级"，成为"一个勤劳勇敢的侗家姑娘"的荒唐透顶之说，也就成了"无木之林，无源之水"。因此看来,一飞,宁达功二位不过是在阶级调和论作诡辩而已。

小说作者明明白白告诉我们,龙三姐十二岁的时候,知道阿爹是遭官家害死的",三妹是"阿妈收养的官家小姐",并因此就"恨死官家"啦,这个年幼还不懂得"人与人之间的复杂关系"的三姐,她已有了朴素的阶级意识,怎么能叫人相信三妹会不知道她的身世?又怎么叫人相信她在得知真情后会毫无所动?更怎么叫人相信各种反动分子不去拉拢她呢?那些"汉子们"说她是"祸害根种",当然并不是指这"毫尘不染"的"乳婴",而是指日后成长起来的龙三妹,而龙三妹之所以可能成为"祸害根种",不也是由于她和龙三娘、侗家人有杀父杀母之仇吗?小说回避了这些尖锐、严肃的现实问题,而一飞和宁达功等人则凭空给她戴上一顶"劳动人民的女儿""穷家姑娘"的帽子,为作者宣扬"合二而一"的阶级调和论辩护,这种做法,只是说明了辩护者的立场完全和无产阶级的立场相反。

推销毒品意味着什么

昆明市三百号信箱读者舒宜昌

沙土说《侗家人》"这篇小说仍然是可以读的,而且也不会给读者注入多少毒素"。又说龙三姐和龙三妹两个形象"确实有向读者推销资产阶级的人性论的思想倾向。"这是多么矛盾,多么不能自圆其说!

今天我们评价一篇作品,首先要看它对人民是有利、有益,还是有毒、有害,这是甄别香花和毒草的一个根本标准。既然《侗家人》"确实有向读者灌输资产阶级人性论的思想倾向",是有毒的作品,我们就必须铲除。而沙土却向别人推荐,说什么中毒也没有多少,应当容忍。这不是要让毒草的毒素"注入"人民的头脑,让毒草在社会主义文学阵地泛滥吗?这种文艺批评的立场,不是保护毒草推销毒品的反动立场是什么!

一个文艺批评者,是提倡作家以共产主义思想教育人民,还是提倡"向读者灌输资产阶级人性论的思想",这是一个立场问题,沙土把"有向读者灌输资产阶级人性的思想倾向"的《侗家人》,当作好东西向读者推荐,不能不是一个严重的错误。

究竟要塑造什么样的英雄形象
——《侗家人》的辩护者关于塑造英雄的"理论"实质是"写中间人物"的"理论"

师文兵　文朝北

原文载《云南日报》1964 年 11 月 14 日。

争论的实质

　　小说《侗家人》里龙三娘的形象，究竟应当怎样评价，是这次讨论中意见分歧的焦点之一。起初，有一些人，如木易同志等，把无产阶级立场丢在一边，而拜倒于龙三娘的脚下，高喊"英雄""英雄"；经过两个月来许多同志的批判，龙三娘的画皮已被剥去，现出了她的原形，原来是一个资产阶级人道主义和反动统治附庸"棒老二"的混合物，简直不伦不类，是社会主义社会里的渣滓。辩护者的种种理由也显然是站不住脚了。那么，是不是问题已经清楚，分歧已不复存在，继续讨论已没有必要了呢？不！围绕着龙三娘这个形象所展开的两种对立意见的争论，其意义要比如何评价这个具体形象本身深刻得多，所牵涉的问题也远远超出了评论这个具体形象的范围。我们还是重温一下作者和辩护者对龙三娘的赞语，再一次体会他们的深意吧！

　　在小说里，作者曾两次明确地说出了自己对这个心爱人物的评价：一次是通过营业员的口所讲的："好泼辣的妇女"，"又这样心慈"；一次是直接道出的："高高大大，正正直直地站着的侗家妇女"。木易把她概括为"感情充沛，有血有肉的英雄人物"，断言在社会主义的中国，到处都涌现着（出）龙三娘这样的新型人物和光辉形象"，并且指手划脚，下令似地说："塑造这些革命英雄形象，讴歌这些先进人物，永远是我们革命文艺工作者的光荣职责和神圣的任务。"能够说这些话不是提出了他们对于什么是新时代的英雄人物以及如何塑造新英雄人物的主张吗?

小说作者和木易同志对于塑造新英雄人物问题的见解是说得十分明确而肯定的。他们的"理论"和邵荃麟、金为民等人的"理论"不无联系;他们的见解和主张,邵荃麟、金为民都代为概括并加以系统化了。比如,木易大力称颂龙三娘"泼辣"而又"心慈"的性格,捧为"英雄",何以见得呢? 他没有说出多少道理,金为民却为这种赞颂提供了理论:"新人物的丰富的个性,有些我们觉得既不能算是缺点,毛病,但也似乎无法归入'无产阶级品质'里去",又说"不但新人物个性表现不能完全归入'无产阶级品质'中去,甚至有的也无法归入阶级性里去",认为英雄人物"或多或少地带有旧社会的习惯势力或小资产阶级的烙印"是"历史的真实"、"时代烙印"。从这些"理论"出发,赞颂龙三娘当然是"理所应当"的了。但是这就带来一个不可回避的问题:社会主义文学作品,到底是把塑造刘胡兰、琼花、李双双等真正的新英雄人物作为头等重要的事情,还是把塑造龙三娘这样的"英雄人物"、实际上是资产阶级、封建阶级思想的混合物作为头等重要的事情呢?

文学作品从来都是通过人物形象特别是正面人物形象来表明作者对现实生活的认识,体现一定的阶级的思想、感情、理想,达到一定的教育目的,为一定的阶级利益服务;文学武器掌握在哪个阶级中,就塑造哪个阶级所理想、所需要的正面人物形象。社会主义文艺要求塑造能体现无产阶级彻底革命精神的、具有共产主义远大理想和高尚品质,真正值得亿万人民学习的新英雄形象,资产阶级文艺则要求塑造能体现资产阶级人道主义、个人主义等腐朽思想的人物形象,不过在我国社会主义文艺占统治地位的条件下,他们口头上不这样露骨地说,而在创作实践中,却实实在在地在这样干,或者以塑造"有血有肉的新英雄人物"为幌子,鼓吹什么要描写"不好不坏、亦好亦坏"的"中间人物",实际上是资产阶级小资产阶级的人物,并把他们冒充为英雄人物,硬要塞给广大读者。这是社会主义文艺路线和资本主义文艺路线在当前条件下的斗争焦点,是关系到我们的文艺究竟是无产阶级的文艺还是资产阶级的文艺这样一个重大原则性问题，是不能不搞个一清二楚的。在关于龙三娘的形象的两种截然相反的评价的相互讨论中，木易等人所极力主张的，就是要求按照资产阶级的面目来塑造"英雄人物"，歪曲社会主义时代的英雄形象，和无产阶级的主张根本对立。这就是围绕龙三娘所展开的争论的实质所在。

所谓的"泼辣"和"心慈"是什么

木易等人赞扬龙三娘的"泼辣"和"心慈"，或者是"刚柔并兼"，认定这就是英雄人物的"伟大"和"高尚"之处。既然如此，我们就不能不看看这些话是什么意思，以及具有这些"品质"的"英雄人物"究竟是什么人物。

所谓的"泼辣"、"心慈"、"刚柔并兼"等等，是一种什么思想品德呢？它在现实生活中是把哪些现象和人物作为塑造的材料源泉呢？它的范围究竟是划在哪里呢？

这些问题，小说作者和木易等人虽然未作出系统的阐述，但是从他们所塑造所推崇的人物龙三娘身上，我们是不难了解其真谛的。他们抹煞了人的阶级性，不认为文学作品中的英雄人物，是一定阶级的代表和理想人物，而空谈什么"泼辣"和"心慈"的"高尚"。品德作为一种社会意识，也是有阶级性的，决没有什么各个阶级共同的品德和道德。列宁说：我们的道德"是为破坏剥削者的旧社会、把全体劳动者团结到创立共产主义者新社会的无产阶级周围服务的"；又说："我们不相信有永恒不变的道德，并且要揭穿一切关于道德的骗人的鬼话"，"我们的道德是服从于无产阶级阶级斗争的利益的"。（《青年团的任务》）龙三娘的所作所为，显然不利于无产阶级的阶级斗争，因而也就不值得称颂，更没有什么"高尚"之处。各个互相对立的阶级，有各自的道德标准，在无产阶级看来，对敌人不能讲"心慈"，对一切丑恶的现象也不能讲"心慈"，无产阶级的历史任务是消灭一切剥削阶级、剥削制度及其多方面的影响，消灭一切丑恶现象的根源。而在资产阶级看来，这种要把它送进坟墓去的行动，它是决不会称为"泼辣"的，这是阶级的本能。笼而统之提出一个"泼辣"和"心慈"或"刚"和"柔"的"高尚品质"来加以赞颂，到底是适应哪个阶级的需要呢？木易等人认为，任何人只要象龙三娘那样,为个人或为一伙人(管他是怎样的伙!)既杀仇人,又收敌女,"并兼"种种符合木易等人心意的行为,他们就能一无例外地得到"英雄"的头衔! 在木易等人看来,"革命英雄"不是指的那些具有鲜明的无产阶级的爱憎,"对同志象春天般的温暖,对敌人象冬天一样冷酷无情",为共产主义事业而披荆斩棘、一往直前的人物,而是没有坚定的无产阶级立场,没有鲜明的阶级的爱憎,或者没有任何觉悟,甚至是敌对阶级的人物。这并不是妄言,而是木易等人的"理论"的合乎逻辑的结果。既然他们不是用阶级的标准来衡量"英雄人物",不把"革命英雄"视作革命利益的最忠实的维护者和革命理想的体现者,而是用资产阶级人性论的眼光来看待人物的活动,来区别好与坏、美与丑、善与恶,怎么可能认识真正的革命英雄呢?《侗家人》不是已经把一个官小姐当作"革命英雄"来塑造来歌颂了吗? 揭开这个"理论"的盖子来看,原来他们称道的"革命英雄人物",却是一些小人物、灰色人物、封建阶级和资产阶级的人物或它们的混合物,如此而已。

木易等人大肆宣扬写龙三娘这一类的人物,在实际上不能不是否定真正的革命英雄人物形象,并把他们从社会主义文学中排挤出去,而以形形色色龙三娘式的混合物或资产阶级人物来取而代之,占领阵地。因为真正的革命英雄人物的思想感情,所作所为,是不符合他们的资产阶级人性论的框框的,他们是看不顺眼的。比如,李双双对她丈夫喜旺的一些违背集体利益的行为,坚持原则进行批评,而一当喜旺改正了毛病,提高了觉悟后,她又为他高兴;对假公济私的人,她坚决进行批判,只要他们认识错误,表示悔改,她就表示欢迎。正是这些大公无私、热爱集体的行为,使双双赢得了千百万人民的喜爱,向她学习。是不是也是因为双双具备了"泼辣"而又"心慈"的性格,所以才成为英雄人物呢?或者是认为她还不够"泼辣",也不够"心慈",因而不能称为英雄人物呢? 不管是哪一种理解,都是和社会主义时代千千万万李双双式的英雄人物的性格不相容的。为集体、为阶级、为社会主义事业所表现出的"泼辣"、"刚强",和为个人为报私仇所表现出的"泼辣"、"刚强",在本质上是不同的,不可同日而语。前者是社会主义的坚强的性格,后者不过是自己忠于自己罢了。凡是能够为维护社会主义利益而坚持原则斗争的人，往往对于自己个人的得失，倒是在所不顾的。

哪个阶级的"典型的个性化"

为了"指导"作家们创作既"泼辣"又"心慈"的革命英雄人物，木易还开出了几个处方。第一个处方是要像塑造龙三娘那样，不仅要有"典型的一般性"，而且要有"典型的个性化"。究竟是什么样的"典型"，又是怎样"个性化"的呢？

谁也没有说过，新英雄人物塑造不需要描写鲜明的个性，事实上，在社会主义文学作品中，也出现了多个性鲜明的无产阶级英雄形象，例如《红岩》中的许云峰、江姐，《红旗谱》中的朱老忠等等。问题不在这里，而在于要求什么样的"个性"，以及对英雄人物个性和阶级性的关系的理解。我们认为，任何人物形象的个性，都是阶级性的表现，英雄人物的个性，是无产阶级被彻底革命精神和高尚品质的外在表现，世界上没有脱离了阶级性的个性，也没有不表现阶级性的个性。列宁说："任何个别，都是一般"，不仅现象是表现本质的，而且假象也是"本质自身在自身中的表现。"（《哲学笔记》）毛主席教导我们："在个性中存在共性。"（《矛盾论》）木易说的"不仅是典型的一般性，而且是典型的个性化"是什么意思呢？原来他把一般性和个性当作了两个互不相干的东西。既然是文学典型，特别是英雄人物的典型，不言自明，他的阶级性以及所概括的同类人物的本质都表现在他的形象中了，亦即以他的个性形式形象化了。试问，在哪一部文学作品里，在哪一个典型人物身上，只是表现了所谓的"一般性"，又有哪一部作品里的哪一个典型人物身上，只是表现了所谓的"个性化"，而不表现他的阶级共性呢？木易是找不出这样的人物的。因为一般只存在于个别之中，任何个别都表现了一般。木易的这句话本是在称道龙三娘时说的，联系龙三娘这个具体形象来看，就更容易了解他所说的"个性化"是怎么一回事了。

前面分析过，木易对龙三娘的评价，是脱离了无产阶级的立场观点的，他对于典型的了解，也是不包括阶级性的内容的。正如金为民所论断的：英雄人物的个性中"必然会有其他阶级意识的影响，打下的烙印"，是"杂烩一锅"。（以上金为民的话均见《关于新人、英雄形象塑造诸问题的质疑》一文）既然是这样，他提出的"典型的个性化"就是指的那些"泼辣"、"心慈"、"刚柔并兼"等概念的个性化了,难怪他要把龙三娘捧得那么高,吹得那么大,因为由于她的出现,才使这些"理论"得到了印证。但是,这并不是什么"非阶级"或"超阶级"的"个性化",恰恰是资产阶级、封建阶级思想的"个性化"。龙三娘这个"典型的个性化"的人物,也不是没有表现她所属的阶级的"一般性",而恰恰是浑身都散发着资产阶级、封建阶级的腐臭味,这是许多同志已经分析和证明了的。

如此"深入生活"

木易所开的关于塑造所谓"典型性的个性化"的"英雄人物"的第二个处方是"深入生活",他说:"文学创作,只有在坚实的生活的基础上,在对人物深入了解的基础上,才能进行创造……"猛一看,这段道理似乎不错,再一想,特别是把这几句话和他大力推崇的《侗家人》联系起一想,原来木易所倡导的"深入生活",和党号召作家要无条件地全心全意地投入火热的斗争生活中去,有着本质上的差别。

差别之一是,党号召作家们到工农兵群众中去,到火热的斗争生活中去,首先是要求他们改造自己原有的世界观,改变原来的资产阶级或小资产阶级的立场、态度、作风、情趣,老老实实向工农兵学习。如果没有无产阶级和广大劳动人民的立场作为基础,是不可能和工农兵群众打成一片的,就无从"深入",也无从去熟悉,了解工农兵的思想感情,以及他们的高尚品质。认识新事物,表现新人物,首先需要的是作家要有对新事物新人物的强烈的爱,和他们站在同一个行列,和他们携手并肩与旧事物开展坚决的斗争,而决不能置身于斗争之外。而木易不厌其烦地强调"深入生活"对于创作的作用,却闭口不谈改造作家的立场、思想、感情总之是改造世界观对于创作的决定性影响,这等于是说,作家们可以不关心工农兵群众的革命斗争,不需要和他们同呼吸共命运,这样的"深入生活",只是要作家去寻找所谓"富于性格特征"的人物,搜集所谓"戏剧性"的材料。这样"深入生活"的结果,决不可能塑造出新英雄人物,只能是塑造资产阶级小资产阶级式的人物,或是"自我表现"式的人物。

木易也轻描淡写地说了一句"改造思想"，但按照他为作家们树立的榜样来看，描写龙三娘这样的"英雄人物"，作家们何需进行改造！可见他对"改造思想"的理解也是空泛的，并不了解它的内容是什么，也就无从引导作家去做了。

差别之二是：党号召作家们深入生活，是指的工农兵的斗争生活，是革命人民所进行的阶级斗争、生产斗争、科学实验三大革命运动的生活，而不是任何别的什么"生活"。革命英雄人物的精神面貌，是在一系列革命斗争生活中显现出来的，不到革命斗争的最前线去，从哪里可以找到英雄呢？一切脱离了火热的革命斗争生活的作家，他们就只能在自己的办公室里胡思乱想。木易在自己的文章中，虽然也在字面上不得不说一些诸如"无条件地深入到工农兵群众中去，到火热的现实斗争生活中去"，然而他的全篇文章的实质仍然是只说了这样一个公式：深入生活——搜集"泼辣"而又"心慈的材料"——创作如龙三娘式的"典型的个性化"的人物。既然作家不需要进行世界观的改造，不需要经过由一个阶级到另一个阶级的转变，而塑造龙三娘这样的人物确实也用不着这种改造和转变，在这种主张下，再谈什么"无条件地深入工农兵"呀！"投身火热的斗争生活"呀！不是十足的虚假和言不由衷吗？人们还可以问：既然你把龙三娘的形象说成是社会主义社会"最本质的东西"，是我们时代的"主要精神面貌"，她的所作所为是如何的"伟大""崇高"，那么作家要获得这样的形象，究竟是应当深入工农兵的斗争生活呢，还是需要深入资产阶级、封建阶级的生活？

总之，木易等人提出的虽不详尽但很扼要的关于塑造新英雄人物的"理论"，是适应资产阶级文艺需要的理论，是伪造英雄人物的理论，按照这个"理论"去办，必然地要把真正的、为千百万人爱戴的社会主义时代的英雄形象逐步排挤出社会主义文学，而代之以形形色色的小人物，灰色人物以至资产阶级、封建阶级的混合物，必然会把文艺队伍引到资产阶级的方向去，和这种"理论"作斗争，不是小问题，而是关系到社会主义文艺是否变质的根本问题，是文学艺术领域两条道路的斗争。这不是一般的分歧，而是究竟塑造那个阶级的英雄人物的根本分歧，是不能不彻底澄清的。

重评《侗家人》兼自我批评

沙　土

原文载《云南日报》1964 年 11 月 14 日。

　　报纸上开展的关于小说《侗家人》的讨论,对明辨是非、弄清问题的性质、提高识别能力显然起到了重要的作用。这次讨论是思想领域中的阶级斗争,不仅是我省文艺界的大事,而且是广大读者和人民所应当关心的事情。回忆一下,我在这次讨论过程中究竟扮演了什么样的角色呢? 九月十五日的报纸曾发表了我的一篇《对〈侗家人〉的意见》的文章。在那篇文中我轻描淡写地说了几句批评《侗家人》的话,说它有散布资产阶级人性论的思想倾向,但是我对《侗家人》基本上是肯定的,并且认为是可以读的,不会散布多少毒素;此外,还不分是非曲直地对一飞的评价加以颂扬,说他是"最有洞察能力、最无偏见、最有卓越的见解"。这样的言词,是无原则的捧场不说,更错误的是在向读者推销毒品,为毒草浇水施肥。我扮演了这样一个不光彩的丑角。随着讨论和批评的深入,我看到一飞的那些看法已被驳得体无完肤了,而我也有些沉重不安。我感到沉重不是因为惋惜一飞的那些错误观点,而是感到自己的言论有损于党和劳动人民的利益,痛感自己错误的严重。作为一个革命知识青年,应该服从真理,不应该坚持错误,所以我感到应该对自己的那些错误观点和立场进行自我批判。

　　我在《对〈侗家人〉的意见》一文中散布了些什么样的错误观呢?

　　第一,为官家小姐——龙三妹辩护,说她在十八年前是个奶娃,没有打上阶级的烙印,并说:"一个人的阶级性不是在怀胎时期就形成了的,而是他(她)的社会生活实践和所处的政治、经济地位决定着她的观点立场、生活作风、道德作风、意识形态、心理状态。"还说:"龙三妹在龙三娘的哺育和影响下完全可以确立她的劳动人民的属性,脱离剥阶级的范畴。"这些说法有的似是而非,有的是根本错误，都是在否认对龙三妹进行改造的必要性，和阶级调和论没有什么本质上的差别。

第二，为作者所塑造的龙三娘搽脂抹粉，说她"爱憎分明"，为她的资产阶人道主义的行为辩护。

第三，错误地颂扬了一飞的论点，推销毒品，把毒草说成是香花。

上述几点说明了我那篇《对〈侗家人〉的看法》有着严重的观点和立场的错误，所以必须加以批判。我的那些言论对党和无产阶级不利，而对资产阶级有利。作为一个共青团员，通过共青团"九大"文件的学习以后，我为我在报纸上发表的那些错误言论坐卧不安，剧烈的思想斗争使我久久地不能平静。我感到无论如何不能使自己的言论继续损害党和劳动人民的利益，我要进行批评，并借此表示我的态度。同时恳请广大读者同志批判，肃清我所散布的毒素。

（一）关于对龙三娘形象的评价问题。龙三娘是小说的主角，主角形象的成功与否是决定作品好坏的重要标志。因此，怎样评论龙三娘是评论作品的重要课题。对龙三娘的看法如何就决定他对这篇小说所持的基本态度。我曾说："龙三娘是爱憎分明的"，因而就自然地肯定了这篇小说"是可以看的"，"不会散布多少毒素"。但是，我的这一看法是完全错误的。龙三娘不是爱憎分明的"革命"的"英雄"，而是作者主观臆造出来的怪人，是对劳动人民形象的严重歪曲。作者把龙三娘打扮了一番，给她披上"革命"和"反抗"的外衣，给她配上一把大刀并且飞刀横手杀了一个伪县长胡忘义，作者以此来迷惑读者（我曾被此迷惑过），其实这只是在柱子上挂了一个羊头，而在桌面上卖的却是狗肉。龙三娘杀了胡忘义，血迹未干，立即抱起阶级敌人的遗女龙三妹，把自己的奶头塞进她的小嘴，并娇生惯养她，甚至比亲生女儿（龙三姐）更加宠爱三分。她还对龙三姐撒谎说龙三妹原本是穷人家的女儿，被官家抢去了，这是什么意思呢？实质上就是要龙三姐不要提起过去，掩盖过去的斗争和仇恨。作者通过龙三娘在说：忘记阶级斗争吧！忘记阶级苦，忘记阶级恨吧！只是没有这样明说而已，实质上就是这个意思。这难道不是资产阶级在争取青少年吗！龙三娘收养和宠爱龙三妹这是什么感情呢？是哪个阶级的感情呢？毛主席说过"世上决没有无缘无故的爱,也没有无缘无故的恨",难道龙三娘能无缘无故地去爱龙三妹吗?在作者和辩护士们不能回答这个尖锐的问题的时候,一飞等人就只能拿出资产级所经常惯用的"本能的母爱"来解释。此外,还能什么回答的办法呢?我跟在一飞的后面不加分析地摇旗呐喊,是完全走错路了。

我们再来看一看作者是怎样介绍龙三娘和那些"棒老二"的。"那时候冷雾冲经常有'棒老二'出没,生意人不敢单来独去",以致于使肩挑小贩要"仰仗胡忘义的势力和威风过岭去",这似乎是说龙三娘是拦路抢劫的强盗。

因而龙三娘不是什么爱憎分明的英雄,而是被作者歪曲了的怪人。小说《侗家人》是应该彻底否定的,是毒草,应该铲除。

(二)关于龙三妹有没有打上阶级烙印以及怎样来认识阶级和阶级斗争的问题。在这个问题上,我在《对〈侗家人〉的意见》一文中散布了错误的甚至是反动的观点,必须彻底清除。龙三妹是阶级敌人的遗女,这件事本身使她和反动阶级联系了起来。同时我们不能把龙三妹从社会中割裂出来孤立地去看。革命的文学家和革命的人民所热爱的是劳动人民及其解放事业,官家小姐不值得寄予同情。

龙三妹生在官家,在旧社会生活了许多年,是在轰轰烈烈的阶级斗争的社会里长大的,生活在阶级社会中怎能不打上阶级的烙印?从小说中可以看到,一九六二年的龙三妹仍然是娇滴滴的,十足的娇小姐味,没有看到她参加什么斗争,没有看到她对剥削阶级的官家、对伪县长胡忘义的罪恶有什么认识,更谈不上有什么恨,没有看到她对革命和对劳动人民持什么样的态度。而我却说:"龙三妹在龙三娘的哺育和影响下可以确立她的劳动人民的属性,脱离剥削阶级的范畴。"从哪一点说明了她已经确立了劳动人民的属性呢?从哪一点说明了她已经脱离了剥削阶级的范畴呢?我不能回答这个问题,作品也没有给我提供回答这个问题的可能性。现在看起来,我的那些说法是完全没有根据的。这不能不追溯到我的思想深处。我出身于一个剥削阶级家庭,虽然长期在党的教育下,阶级觉悟有所提高,决心和剥削阶级家庭划清界限,并清除其影响,彻底背叛剥削家庭,我加入了共青团,但是总有点感到自己很小的时候就离开了家,受剥削阶级的影响不深，因而放松了对自己的思想改造，进步很慢，所以在讨论中才犯这样的错误。通过共青团"九大"文件的学习，我大吃一惊，要赶快回头，加紧改造。千万不能上阶级敌人的当，千万不能放松对自己的改造，否则，就会成为阶级敌人的俘虏。

一飞等同志用了"南橘北枳"的成语来证明龙三妹没有打上阶级的烙印。他们说既然"橘生淮南则为橘"，"橘生淮北则为枳"，那么龙三妹生在官家，而长在龙家，所以她在龙三娘的影响下，便保险没有什么问题了。我是一个学习生物科学的人，我承认外界环境条件和生物体有着密切的联系，生物体受着外界环境条件的制约和影响。今天我们知道，橘和枳原是不同种的，古人关于橘化为枳的说法，是出于误解，并没有科学的根据。人却真是可以变的，既可以变好也可以变坏。但变得有一定的条件。龙三妹既然没有过脱胎换骨的改造，她怎么可能就变成劳动人民呢？相反，她的进一步变坏的条件倒是存在的。小说中描写了龙三娘对她的溺爱，没有教育改造，而处在阶级斗争环境中的龙三妹，不能不是阶级敌人所蓄意拉拢的对象。每个人除了受家庭的影响而外，还要受社会的影响。龙三妹所处的历史时期是阶级斗争的时期，解放前是中国人民在中国共产党导下进行轰轰烈烈民主革命的时期，解放后进行了一系列的民主改革运动和社会主义革命运动，这是改造社会的运动，同时也是改造人的运动。我们不可能设想阶级斗争的风浪不冲进龙三娘的家庭中去。但是在《侗家人》作者的笔下，龙三妹和龙家都没有受到一点影响，相安无事。很明显，这是在宣扬阶级调和论、阶级斗争熄灭论。这种宣传是不能得逞的。

列宁说："谁要说马上可以消灭阶级，谁就是骗子。"阶级不仅是一个经济范畴，而且是一个广泛的社会范畴，阶级的矛盾和对立也表现在政治上和思想上，思想意识方面的阶级斗争更是长期的、复杂的。存在决定意识。当前，中国社会仍然存在阶级斗争，因而社会意识也必定是阶级的意识。党教导我们：无产阶级和资产阶级在意识形态领域谁战胜谁的问题还没有最后解决，资产阶级思想还在毒害人、腐蚀人。《侗家人》的出现就是代表反动阶级的思想意识向社会主义文学阵地进攻。我决心加强思想改造，在党的教育下，跟着时代的步伐前进。

龙三妹是阶级融合论的产儿

杨肇焱

原文载《云南日报》1964 年 11 月 19 日。

　　龙三妹是小说作者精心设计的一个人物,企图以此展示所谓"母爱教育"的"伟大成果",从而否认阶级矛盾,兜售资产阶级人性论和阶级调和论,和青年革命化相对抗。但是,山雉充不了凤凰,贵族小姐扮不成社会主义的新人,只要我们拔去她伪装的羽毛,揭开她虚假的画皮,就不难看出她的真实面目和丑恶灵魂。

　　在作品中,作者给她安排了一个炫人眼目的出场。来一个"未写其形,先使闻声",让她象仙子一样飘然而至;接着就从惊魂未定的老营业员眼中,描绘她那华丽的服饰,非凡的容貌,借此激发人们对她的好感。作者是颇费匠心的。但正因此也暴露出了这位小姐的真相。请看她那身华贵的服饰,是象一个仆仆风尘的勤劳的攀山队员呢? 还是象一个浓妆艳抹、游山玩水的贵族小姐? 当然,解放后的侗族劳动人民,在党的领导下,生活有了很大改善,有这样的服饰倒不希罕,希罕的是穿着这样的盛装去攀山打兽,从事劳动生产。这符合劳动人民的艰苦朴素的生活作风吗? 只有那些围场打猎的贵族才会这样穿着的。显然,作者为了骗取读者对人物的美感,竟不顾人物社会的、阶级的差别,把贵族小姐的形象用来冒充劳动人民的形象。这不仅弄巧成拙,而且暴露了作者的资产阶级的审美观和不良用心。

　　我们再来透视这个人物的灵魂深处。作者是通过如下几件事情来展示人物的内心世界的,即给老营业员担担子,举枪不打喜鹊,飞刀砍杀偷苕的野物,半路上把板镰作为证据,给老营业员带去到她家作客,然后她转去守卡。这样几件事想不到竟为辩护者们捧上了天,称之为"乐于助人,爱憎分明,尽职尽责"

（见一飞文），又说"是龙三娘教育的结果，是龙三娘爱憎分明和崇高道德在年青一代身上的再现"。说是龙三娘教育的结果是说对了，作者正是把她作为龙三娘的"接班人"来塑造的，说是龙三娘"爱憎分明和崇高道德"的再现是说错了，这不是什么"崇高道德"的再现，而是资产阶级人道主义的"再现"，小说是通过对龙三妹的描写，企图进一步加强龙三娘的"光辉"。当然，要向社会主义时代的读者兜售一个资产阶级人道主义者和官家小姐，是并不那么简单的，作者不得不在她们身上披起伪装，龙三妹的有些行动，就是这种骗人的外衣，作者是把毒素掺在糖里一起卖的。但是，任何伪装是不可能不露马脚的，作者从他的资产阶级审美观点出发，对龙三妹尽力美化，以为这样读者也就会和他一样，也认为龙三妹是可爱的了。他哪里知道，无产阶级的审美观点正是和资产阶级观点对立的，龙三妹的矫揉造作的样子，在具有无产阶级思想的人看来，不但不觉得她是美的可爱的，相反，倒看出是一种小姐派头小姐风度，是资产阶级小资产阶级人物特具的作风。比如，小说中关于龙三妹砍翻野物又不高兴的描写，用意本在说明她的所谓责任感，作者是很欣赏她的那种感情的，但只要略加分析，就可看出这种感情的虚伪性。野物吃一点庄稼本是山区的常事，正当它偷食的时候把它砍翻，避免了更大的损失，总是个小的胜利吧！她没有必要地来一番内心的谴责，是为了自我安慰的需要和博得老营业员的称赞，对于进一步开展打兽活动是于事无补的。她的这种感情，和革命者站在革命立场上为自己的错误给革命事业带来损失而痛心的感情，是根本不同的。

有一些人对于龙三妹非常欣赏，有的人保护她不受批判，并且向批判者提出责难："说她是'泛爱'吗？她又为何不去泛爱在那野地里偷苔的野物而要拔出板镰去砍死它？"

保护者以为这一问是非常有力的，但是却正说明他是上了作者的圈套，或有意混淆视听。我们读小说，不能把人物活动割裂开来看，也不能只看人物做了什么，而不问其前因后果。作者明明安排了龙三妹在砍翻野物之后来了个"内心谴责"的情节，这很说明人物的性格，如前分析，这种为了自我安慰、自我欣赏的需要产生的自我谴责，是虚伪的，是"我"字当头的，它很合乎作为人道主义者的龙三妹的性格。作者描写她砍野物而又自我谴责,并不能得出"勇敢"或"爱憎分明"的结论,只能得出是不打喜鹊这种资产阶级人道主义性格的进一步发展的结论,正如从萧涧秋救济文嫂的行动中不能得出对烈士家属的关怀的结论,只能得出是为了"道德自我完成"的结论一样。万变不离其宗。资产阶级人道主义者可以做各种各样的事,但无论做什么,都离不开他的资产阶级人道主义的立场。作者是借着龙三妹这个形象,来兜售虚伪的人道主义和小姐们的"香风"臭气。而辩护者们竟把"爱憎分明"这一具有阶级内容的赞语廉价地送给她,不是故意鱼目混珠,便是对革命的无知。

最后,谈谈小说中那把一再出现(包括侧面提到、幕后暗示在内)的板镰。尽管作品中没有明确提到握在龙三妹手中的板镰,就是当年龙三娘用以杀死其生父的板镰,但从贯串全篇的思想黑线以及三娘斩虎断臂后的情节发展来看,从一般的艺术表现方法来看,完全可以判断,就是同一把板镰。那么这样安排的用意何在呢?显然是告诉人们,当年杀父的武器传到其女手中,已成了劳动工具和友谊的媒介了;也意味着:在"母爱"的光辉照耀下,阶级矛盾可以调和,武器、工具掌握在谁的手里都可以,反正什么都"合二而一"了。显然,作者这样不顾生活逻辑的安排,是别有用心的,在于说明杀亲仇人共聚之家的亲密无间和"无差别境界"的美满。作者就这样巧妙地散布了他的阶级调和论,也就是说通过龙三妹这个特制的样品,证实超阶级、超政治的"母爱""姐爱"可以融化阶级矛盾,从而否定党对剥削家庭出身的子女的团结、教育、改造的方针,为阶级敌人的复辟活动开辟道路。

综合上述分析,可以看出龙三妹并不是什么"人美心也美"的劳动人民形象,而是一个冒牌货,是一个剥削阶级"千金""小姐"的人物形象,在她身上散发着反动的"人性论"和"阶级调和论"的毒素。彻底剖析这个人物的表里,大大有助于我们增长鉴别鲜花毒草的能力。同时也有助于我们进一步深入探讨小说中的一些大是大非问题。

驳"《侗家人》无害"论

程章　傅文

原文载《云南日报》1964 年 11 月 24 日。

　　有一种人,为了给落后的以至反动的货色打掩护,总爱挂起"无害"的招牌,这种现象在近几年来的文艺论争中,就出现过好几次。这次在关于小说《侗家人》的讨论中,这种论调也钻出来了,一飞说:"它虽配不上现时代高吭壮阔的主题歌,也可算一支纤巧别致的小插曲",它是"不应该排斥"的"健旺人民精神的毛细血管";宁达功说:"这样的作品,对读者是无害的";鹤逸先生貌似"公允"地说道:"小说里边,找不出一点积极战斗的精神和气魄。是一个很大的缺陷。但却不是反动的作品。"如此等等,不一而足。

　　所有这些说法和看法,都有一个意思:《侗家人》无害。他们的言下之意是:既然如此,批判《侗家人》的资产阶级倾向就是多此一举,开展讨论更是大可不必的了。

　　现在问题已很清楚,《侗家人》是十分有害的作品,为什么有些人却认为它是"无害"的呢? 原来在这种"无害"论的背后,隐藏着一套资产阶级文艺观点和一条资产阶级文艺路线。

对谁"无害"

　　在存在着阶级和阶级斗争的社会里,任何脱离了一定的阶级利害来谈什么"无益""无害"的论调,都只能是骗人的鬼话。因为各个阶级有各个阶级的利与害,而没有各个阶级共通的利与害。无产阶级的利害和资产阶级的利害是根本矛盾的,是相对抗的,对资产阶级是"无害"的事,必对无产阶级有害。"无害"论者故意抹煞了这一阶级界限,用资产阶级的利害关系来冒充为各阶级共通的利害关系,正如他们把资产阶级的人性说成是普通的人性一样;他们以为,对资产阶级是"无害"的东西,对社会主义中国的工农兵群众也就是"无害"的了,这不是企图一手遮天的资产阶级的惯伎吗?

对于那些把自己的利害观建立在资产阶级利害关系的基础上的人说来,小说《侗家人》的"无害"是正确的。

实践告诉人们,在目前我国社会里,并不那么干净,还存在着被推翻了的反动阶级阴谋复辟的活动。资产阶级思想还对人们发生着毒害和腐蚀的作用,进行所谓的"和平演变"。资产阶级很懂得要在无产阶级专政的条件下进行复辟活动,是很困难的,为了造成对他们有利的条件,于是就无孔不入地散布形形色色的资产阶级思想观点,企图首先从思想上解除革命人民的武装,以便乘虚而入,这就是为什么他们要拼命和无产阶级争夺文艺阵地的道理。他们还本能地感觉到,在目前要公开反对文艺为工农兵服务、为社会主义事业服务是行不通的,没有地位的,而且是要成为过街老鼠的,他们就不得不以各种各样的伪装和各种各样的面目出现,以"写中间人物"、"写人之常情"、"写无益无害的作品"等等为标榜,实际上要把无阶级文艺路线取消,而代之以资产阶级文艺路线。由于资产阶级文艺思潮的猖狂进攻,当前文艺战线上的阶级斗争尖锐起来了,激烈起来了。《侗家人》正是适应了资产阶级实行"和平演变"阴谋的需要而出现的,是资产阶级文艺思潮的产物,是向社会主义文艺阵地进攻的一颗"炮弹"。这篇小说高举起资产阶级人性论和"母爱"的大旗,为资产阶级人道主义、个人主义唱赞美诗,对于资产阶级来说,它在资产阶级思潮的进攻中,是立下"功劳"的,当然谈不上有什么害处。而对无产阶级、对社会主义事业,它的危害却是十分严重的。

《侗家人》无害吗?

站在无产阶级立场来看,《侗家人》的严重危害是非常明显的,主要表现在如下几个方面:

首先,《侗家人》掩盖历史上和现实生活中的阶级斗争,宣传了阶级斗争熄灭的反历史唯物主义的观点。

人类自进入阶级社会以来，历史便是阶级斗争的历史。阶级斗争是推动历史前进的动力。到了社会主义的今天，阶级斗争仍然没有结束，正如党的八届十中全会所指出的："在无产阶级革命和无产阶级专政的整个历史时期，在由资主义过渡到共产主义的整个历史时期（这个时期需要几十年，甚至更多的时间）存在着无产阶级和资产阶级之间的阶级斗争，存在着社会主义和资本主义两条道路的斗争。"但是《侗家人》所告诉我们的是什么呢？虽然作者在小说的一开头写了一个不明不白的挥刀杀县长的场面，但读者根本无法了解那是一个什么性质的冲突，此后便把从解放前到解放后的十八年间的侗家山区，描绘成了一个宁静安谧的和平之乡。作者在这里对侗家山区的过去和现在作了完全歪曲的描写。生活在贵州黔东南苗族侗族自治州的袁梅同志列举了铁一般的史实（见十月二十四日《云南日报》三版），揭穿了作者及其辩护者的谎言。事实上，侗族劳动人民为了反抗历代封建王朝和国民党反动派的罪恶统治，曾经不惜鲜血和头颅，进行了持续不懈的斗争。压迫越残酷，反抗越坚决。这就是解放前侗家山区的真情实况。那么解放后又是怎样呢？谁都知道，无产阶级战士吴兴春同志就是长期生活在侗族苗族地区的，他同侗族苗族劳动人民一道与阶级敌人斗争的事迹已经脍炙人口。苗岭侗族地区能有欣欣向荣的今天，完全是党领导劳动人民进行坚决的阶级斗争和生产斗争的结果。身为侗族人的作者不可能不知道这些，却故意回避真实情况，而臆造了另外一个有如世外桃源般的侗族地区，这只能证明他在散播阶级斗争熄灭论思想，要人们忘掉无所不在的阶级斗争。其危害之大不是明摆着的吗！

第二，《侗家人》否认普遍存在的、无处不有的阶级矛盾，宣扬阶级调和论，和用阶级观点教育青年唱反调。

诚然，一篇短篇小说要写出十八年当中发生的种种事情是困难的。而且也从未有人要求作者在他的小说中遍写十八年来发生的事情。但是谁都知道，人是生活在社会当中的，他们无时无刻不面对着阶级斗争，他们的生活、他们的身上不可能没有阶级的特性和阶级斗争的烙印。只要是观点正确的作者，必定会在他的作品中这样或那样地反映出阶级斗争的波澜。而《侗家人》却把这互有杀亲之仇的龙胡两家合成了一个和睦的家庭,并且把它作为社会主义社会的"缩影"来加以歌颂,这就是在告诉读者,冤家宜解不宜结,人们还是"彼此相爱不分性别、不分等级地互相亲嘴吧,——大家一团和气地痛饮吧!"与此配合,作者借助于打虎时堵住了虎的退路,以致龙三娘断了左手的情节,从相反的一面向读者提出警告:互相拥抱是出路;如果坚持斗争,不留后路,狗急是要跳墙的。不信,请看龙三娘吃的苦头!作者认为象这样说还不够,甚至认为有必要替读者拟出一条取消阶级斗争的具体办法:对一个伪县长的遗女要救护,而且要比对待亲生女儿更亲,而且还要自欺欺人,不要泄露真象,不要再点燃阶级斗争的火炬,社会主义教育运动当中揭露出来的无数事实证明,被打倒的阶级敌人是不甘心失败的,他们把变天账、把仇恨传给下一代,他们绝不希望后代忘掉阶级斗争。不管作者主观意图怎样,《侗家人》客观上起了为资产阶级服务的作用,适应了帝国主义者们寄希望于我们的年青一代和平演变的需要!这样的《侗家人》,竟是无害的吗!

第三,《侗家人》通过龙三娘的形象大肆宣传资产阶级人性论,召唤读者以这个"英雄人物"为榜样。

正如许多同志指出的,龙三娘绝不是什么英雄。解放前,龙三娘是个连肩挑小贩都害怕的"棒老二"。她杀死胡忘义之后又对胡忘义的千金小姐表同情,使她立即背叛了自己。在资产阶级人性论者看来,这一行动使她升华到了了不起的精神高度,而无产阶级却认为她给自己脸上抹了黑灰。解放后,两个女儿长大了,她不仅没有对她们进行必不可少的阶级教育,反而给她们灌输了浓厚的资产阶级人道主义观点。这一系列的做法,都是与无产阶级革命英雄的思想感情格格不入的。龙三娘的形象令人想到资产阶级作家作品中的"英雄"们的伪善形象,是断断入不了无产阶级革命英雄之林的。如果读者们按照作者的意图向龙三娘看齐,那就会走上放弃阶级斗争的歧途,陷入资产阶级人道主义的泥坑。正当党号召作家们塑造无产阶级革命英雄和社会主义新人的光辉形象,用以教育和鼓舞人民众的时候,《侗家人》作者端出龙三娘这样一个"英雄"形象，并且得到一些人的颂扬和推荐，难道是事出偶然的么！《侗家人》，作为读者尤其是青年读者的一座错误的指路碑，难道也是无害的么！

非常有害的"无害论"

值得注意的是：所谓的"无害论"是在对《侗家人》的赞美诗不能继续唱下去的时候出现的。它在这时候出现这个事实本身，就说明了它所肩负的使命，和更为狡猾的特点。眼看在讨论批判中《侗家人》的外衣正被剥下来，小说所宣扬的反动思想暴露在光天化日之下，公开为《侗家人》张目、连声叫好的论调已被广大读者唾弃。正当这时候出现的《侗家人》无害"论，起到了赞美诗所不能起的坏作用，这种论调好象并不偏袒《侗家人》，他们希望借此蒙骗读者，赢得读者的同情和支持。可是为读者说话是假，为《侗家人》辩护是实；说《侗家人》有缺点是假，为《侗家人》喝采是实。请看看他们的文章，隐藏在这些假惺惺的空洞结论背后的，不都是实实在在的辩护词吗！且不说宁达功那样明显地反对批判《侗家人》，就是在一飞、鹤逸等的文章里，也都是把这篇小说的问题归结于写作上的疏漏或思考上的忽略，而对这篇小说歪曲历史、宣扬资产阶级人性论和阶级调和论等这一系列根本错误视若无睹。原来，他们不但以"《侗家人》无害"来为小说开脱，而且还要在"无害"的掩盖下，让读者继续喝无色的毒液。按照他们的打算，只要目的可以达到，采取什么说法是在其次的。但是，人们用阶级斗争的观念武装起来，就不会受骗了。

我们不能小看"无害论"的恶劣影响，不能低估它的毒害作用。他们为少数坚持资产阶级文艺思想的人运送去了"理论武器"，教给他们斗争的方式；他们还可能蒙蔽一些思想糊涂的人，使一些资产阶级情调的欣赏者找到一座由欣赏到醉心的便桥。因此，必须揭开"无害论"的盖子，再看一看它的实质。"无害论"者在为《侗家人》辩护的同时，借着这个机会端出了一套与无产阶级文艺观针锋相对的资产阶级文艺观，从理论的角度发动了新的挑战，在这一点上，他们是超过了小说《侗家人》，跨进了一大步了。

他们的错误文艺理论，可以从他们的文章中直接读到，还有一些意思，他们

没有清楚地说出,而邵荃麟、周谷城、金为民等却明白地说了出来。他们转弯磨角地说了很多话,清理一下,也无非是这样几点:

其一,他们认为大肆宣扬资产阶级人性论是理所应当的。他们说,社会主义社会中既然有资产阶级思想意识,那么资产阶级的反动性也是"时代精神",这种宣传是"不应该排斥"的。

其二,他们认为《侗家人》这样反动的作品于读者是无害的,意思是:可以听任资产阶级思想由存在而抬头,而泛滥,而占领阵地,最后取而代之,把无产阶级思想压下去。这正是有些人鼓吹的第一步"互相联系",第二步"占支配地位",他们打算得多美好啊!

对于这些有关文艺观的原则性问题,已有许多同志进行了批判,"无害论"者所持的论点已被驳得站不住脚。这里想谈的,是关于这些论调的创造者究竟是站在哪里说话的问题。

无论周谷城也好,金为民也好,他们未必对《侗家人》的创作表示过什么意见,甚至就不知道有这样一篇小说,然而《侗家人》却是实实在在地体现了他们的意图,印证了他们的"理论"。说《侗家人》无害的人,他们的话虽不全相同,但立脚点也是一致的。这说明,在文艺工作队伍中,在知识分子队伍中,还有些人并没有真正站到无产阶级和社会主义立场上来,他们身子在社会主义,可是思想还停留在过去的时代。毛主席很早就告诫我们:"我们是站在无产阶级的和人民大众的立场。对于共产党员来说,也就是要站在党的立场,站在党性和党的政策的立场。在这个问题上,我们的文艺工作者中是否还有认识不正确或者认识不明确的呢?我看是有的。许多同志常常失掉了己的正确的立场。"重温毛主席的这一段话,好象就是针对当前的情况说的。关于小说《侗家人》的讨论充分说明今天仍然存在着毛主席所指出的问题。

知识分子在没有得到根本改造以前,在立场上发生这样或那样的问题,是不奇怪的,只要能自觉地和自身的资产阶级思想感情作斗争,下决心和工农兵群众结合,加强自己的改造,这还不是最可怕的。最可怕的是舍不得丢弃那些资产阶级的东西,否认由于立场不同而产生的根本观点的对立这一事实,不感到思想改造的迫切和必要，因而更谈不上改造的决心。这种坚持资产阶级立场的人虽然很少很少，但是确实是有的。关于《伺家人》的讨论又一次证明，文艺领域的社会主义革命远没有完成，对资产阶级文艺思想的妥协，只能造成对社会主义文艺事业的危害；一切有志于为社会主义共产主义事业而奋斗的文艺工作者，只有在党的领导下，投入革命斗争，向工农兵学习，从立场上、感情上进行彻底的改造，完全站到无产阶级和社会主义方面来，才能写出受工农兵欢迎的作品，也才能为工农兵说话。

今天，中国人民面临着社会主义革命和社会主义建设的重大任务。革命的文艺工作者应当努力通过作品鼓舞人民的革命意志，把无产阶级革命进行到底。毛泽东同志一九四二年在延安文艺座谈会上讲话的时候指出，"我们要战胜敌人，首先要依靠手里拿枪的军队。但是仅仅有这种军队是不够的，我们还要有文化的军队，这是团结自己、战胜敌人必不可少的一支军队。"这是党对于革命文艺工作的高度评价。革命文艺工作者应当牢记自己的光荣使命，牢记自己是为谁服务的。革命的文艺工作者当非常明确地非常自觉地为社会主义时代的工农兵服务，为无产阶级政治服务。只有这样，我们的文艺工作才能无愧于伟大的革命时代，也才能够在社会主义革命事业中发挥战斗的作用。

什么人欢迎《伺家人》

——立此存照

原文载《云南日报》1964 年 11 月 24 日。

编辑同志：

关于小说《伺家人》的讨论，引起了我们的关心。《伺家人》的出现，确是当前尖锐复杂的阶级斗争在文学艺术领域的反映，对它的批判是一场尖锐的斗争。我请求报社一定要把这场讨论坚持到底。

有的人说,《侗家人》是"香花",龙三娘是"光辉的高大的革命英雄形象"。我想,实践是检验真理的唯一标准,现将我亲身看到听到的一点事实写给你们,让那些辩护人看看,《侗家人》究竟受什么人的欢迎,他们的言论和什么人的话相象。

报纸上开展讨论后,我曾把龙三娘的故事(照小说所写)跟一位老贫农讲了。他听后生气地说:"嘿!这是什么狗雄!真是一个怪人。"我问他:"怪在哪里?""怪在敌我不分。"他的立场是何等鲜明!

在他的这个队,我还看到一伙人也在读有关讨论《侗家人》的报纸,读报人读完小说后激动地说:"这真是值得一读的好作品!"听众也议论开了,一个说:"龙三娘多么慈悲呵!她救了龙三妹,真伟大!"另一个说:"是呵!做事不能做绝。受伤的老虎不能断它的逃路。不然,你就要自讨苦吃。"但有个青年提出了异议:"龙三姐恨得对,她娘不应该哄骗她呀!……"

当我找到队干部,研究了有关工作之后,从他那里弄清楚了读报人原来是个被管制生产的右派分子,说龙三娘"真伟大"的是一个富农,说"做事不能做绝"的是一个地主。提出异议的那个青年,是队长的儿子,队上的五好社员。

这难道不是事实胜于雄辩吗?真是什么藤子结什么瓜,什么阶级说什么话。由此我又想到,生产队里应该加强对这些地富分子右派分子的管理,不要让他们借着读报作反动的宣传。这是顺便说一说,以便引起有关方面的重视。

敬礼

施甸县由旺区法禅小学　黄英才

资产阶级寄予复辟梦想的人物

——评《侗家人》中龙三妹的形象

彭敏　向红

原文载《云南日报》1964 年 11 月 24 日。

小说《侗家人》对龙三妹这个形象着墨并不多，但她在作者的心目中却占有极其重要的地位。作者描写龙三娘砍杀胡忘义，意图是为了安排龙三妹的出场，让龙三妹以"婴儿"的"惨哭哀叫"来谴责杀死胡忘义的"不人道"和"残酷"，以唤起龙三娘的同情、怜悯，贩卖资产阶级的"人性"论。以后作者就围绕"拿这个祸害根种咋办？"的问题，去展现龙三娘、龙三姐的资产阶级人道主义精神，杜撰出冷雾冲的"太平景象"。这样，龙三妹就成了作者把他的"人性"论的黑线贯穿于整个作品的重要人物。作者在她身上也倾注了全部的感情，这突出地表现在龙三妹和龙三姐的对比描写中。在一褒一贬的字里行间，丑化了劳动人民，歌颂了龙三妹这个官家小姐。作者对龙三妹寄予这样的"深情厚意"，表明了她是作者的"理想"和"希望"所在。

对龙三妹这样一个人物，不少的同志已指出她是未经改造、就"和平长入社会主义"的官家小姐，但也有少数人极力为她辩护，说她是一个"勤劳勇敢的侗家姑娘"，"一个本领高强的撵山队员，保卫和建设着侗家人的幸福生活"；她的青春发出了"劳动的光辉"；（宁达功语）说"从她乐于助人，爱憎分明，尽职尽责的态度上""反衬了新社会巨大的教育作用"。（一飞语）千方百计地把"革命青年"、革命"接班人"的光荣称号戴在这个官家小姐的头上。

这些赞美证明了作者的苦心没有白费，她确实引起了少数人的共鸣，也俘虏了一些人。

鲁迅先生说："文学不借人，也无以表示'性'，一用人，而且在阶级社会里，即断不能免掉所属的阶级性"。(鲁迅:《"硬译"与"文学的阶级性"》)因此,我们在分析龙三妹是个什么样的青年形象时,就不能不分析她的阶级属性问题。这样"一个见世不久的婴儿,在穷家母亲的怀抱里长大起来",她和其他穷家姑娘有没有区别呢?我们说有。列宁在《共青团的任务》一文里说:"凡是在这个社会(指沙皇俄国——引者)里教养出来的人,可以说从吃奶的时候就染上了这种心理、习惯和观点——不是奴隶主,就是奴隶,或者是小私有者、小职员、小官僚、知识分子,总之是一个只关心自己而不顾别人的人。"龙三妹在旧社会生活了五年,在新社会的十三年当中,也仍然生活在有阶级和阶级斗争的社会里,她又未得到改造,作者甚至不容任何人碰一碰她,那么她就不能不打上她阶级的烙印。宁达功等人以胡忘义"不曾给与她任何直接影响"为"理由"断定她不会受剥削阶级的影响,是根本站不住脚的。剥削阶级的"心理、习惯和观点"并不一定要通过父母的影响才能在龙三妹身上打上烙印,通过别人的、社会的影响仍然一样。剥削阶级的"心理、习惯和观点",不会随着胡忘义被打倒而消失,他们的思想影响在很长的一段时间内还依然存在,无论什么人,如果不进行思想改造和锻炼,放松阶级警惕,都可能受到毒害,更何况是一个官家小姐!

从作品中的描写来分析,胡忘义"冤宰"龙三姐的父亲时,龙三姐至多是二至三岁,或者和龙三妹一样,是"一个见世不久的婴儿",但是当她"听人家讲起"她阿爹是遭官家杀害的时候,她就"恨死官家"啦,这也就是说:"听人家讲"这种影响,可以使龙三姐染上"奴隶"阶级的心理和观点,那么龙三妹会不会"听人家讲"她阿爹是被养母杀死从而产生对劳动人民的仇恨呢?如果龙三妹已得到改造,那可以另作别论,作品表明她并未得到改造,而又故意回避了这个问题,这就只能用资产阶级人性论来加以解释。连十八年后第一次到这里来的老营业员仍然从旁边听人家议论了龙三娘杀胡忘义的故事,可见人们并没有忘记,而是记忆犹新,龙三妹生活的十八年中,就没有"听人家讲"过她的身世吗?

另一方面,从龙三娘、龙三姐以及尚在冷雾冲生活的当年的"棒老二"们来说,他们也决不会象一飞、宁达功等人那样把龙三妹看作是一个"毫尘不染的""婴儿",而是把她当作"官家小姐"或"祸害根种"来看待的。龙三姐就把她看作

"官家小姐"因而才打她,龙三娘也把她当作"官家小姐"来"可怜"她,让她吃好、穿好。周围的人对她的这种看法和对待她的态度,也必然使龙三妹意识到自己的身世和身分,在她身上发生影响。这是任何人也否认不了的。而作者偏要掩盖、歪曲生活的真实,完全是为了他贩卖资产阶级人性论,企图调和阶级矛盾的需要。怎么能说龙三妹"和其他穷家姑娘没有区别"呢？龙三妹和劳动人民的子女之间存在着阶级出身的差异,剥削阶级的意识对她的影响是抹煞不了的。

承认剥削阶级思想意识对龙三妹的影响,并不就是把她和剥削分子等同起来。她是可以改造的。问题在于:小说作者通过一些精心的描写告诉读者,她并不需要改造,她的一切,从思想到作风,从头到脚都是完美的。这就把一切教育都取消了。实际上这只是作者的幻影,是脱离了现实生活的。阶级斗争的事实告诉人们,对于龙三妹这样的人物,是无产阶级和资产阶级争夺青年的一部分主要对象,无产阶级不去教育改造她,资产阶级和其他反动势力必去拉拢她。小说中描写的龙三娘对龙三妹的培养,就是资产阶级人道主义的传宗接代,在人道主义的"后天培养"下成长起来的龙三妹,怎么能"脱弃她出身的阶级",成为一个"保卫和建设着侗家人的幸福生活"的"勤劳勇敢的侗家姑娘"呢？

在我们国家,在党的英明领导下,资产阶级力图复辟的阴谋是很难得逞的。作者要杜撰出龙三妹这样的人物和冷雾冲那样"虚拟的理想现实",不只是为了"画饼充饥",他们是要企图通过文艺作品,通过龙三妹这样的人物来实现他们在现实生活中,用"枪杆子"所不能实现的"理想"和希望,是要用《侗家人》这样的作品,龙三妹这样的人物,去"启发和鼓舞"(木易语)人们去"可怜"龙三妹式的人,去效法龙三娘式的"英雄人物",忘记阶级仇恨,放弃革命斗争,去和资产阶级思想友好相处,最后让剥削阶级思想意识"占支配地位"。而那些为《侗家人》及龙三妹辩护的人,有的虽然是由于自己的错误思想和小说的观点产生了共鸣,但有的人则是因为这作品说出了他们的"心里话",龙三妹体现了他们的"理想"和"希望",才忍不住要出来"摇旗呐喊",还要号召作家去"讴歌""塑造"这样的"英雄人物"。对于这样的作品和形象,对于这样的评论,在阶级斗争尖锐复杂的今天,一切热爱社会主义事业的人们,是不能不引起高度的革命警惕的。

最近几年来,我们的国家涌现了成千上万革命的青年英雄人物,如雷锋、欧阳海、赵梦桃、董加耕、周明山等等,有不少作家以满腔的热情歌颂了这样的革命青年,塑造出了值得广大青年学习的形象,如萧继业、吴琼花、李双双等,只有这些人物,才是我们青年学习的榜样,他们的道路才是社会主义时代革命青年的道路。而小旺、萧涧秋、陶岚、龙三妹和龙三姐等,则是腐蚀我们青年的革命意志的形象,是资产阶级用来勾引青年走入歧途的诱饵,我们青年不仅不能向这些人物学习,而要对他们保持高度的革命警惕,努力学习马克思列宁主义,毛泽东思想,掌握无产阶级的思想武器,擦亮眼睛,揭露这些文学形象的反动本质,在斗争中锻炼提高自己,当好无产阶级革命事业的接班人。

《云南日报》关于小说《侗家人》的讨论专栏的第二个"编者按"

原文载《云南日报》1965 年 2 月 22 日。

关于小说《侗家人》的讨论,从去年八月二十八日开始,已经进行了五个多月。这次讨论是我省文学艺术领域的一场尖锐的阶级斗争,究竟是走社会主义道路,还是走资本主义道路? 究竟是为社会主义服务,为工农兵服务,还是为资本主义和封建主义服务? 究竟是坚持马克思列宁主义的阶级论,还是鼓吹资产阶级的人性论? 究竟是要无产阶级的辩证唯物主义的世界观,还是抱住资产阶级的反动的唯心主义世界观不放? 经过几个月热烈的讨论,许多同志发表了许多很好的意见,使讨论会收到了积极的成果。

在这次讨论中,广大工农兵读者和各个战线的读者表现了很高的政治热情,以战斗的姿态积极参加论战。编辑部一共收到参加讨论的来稿来信七百四十四件。其中绝大部分来稿对《侗家人》的资产阶级倾向和为《侗家人》辩护的各种错误论调作了尖锐有力的批判,少数为《侗家人》辩护的人以及在讨论初期认识模糊的同志,经过几个月的思想交锋,大部分人都改变了自己原来的看法,提高了认识,有的还作了比较深刻的自我批判。

现在,全国许多报刊对"各个阶级汇合的时代精神"、"写中间人物"等等文艺方面的资产阶级观点、修正主义观点和一些坏戏坏电影正在进行深入的批判,这表明,文学艺术领域兴无灭资的斗争正在深入开展。关于小说《侗家人》的讨论,只是我省文学艺术领域无产阶级和资产阶级之间的阶级斗争的一个回合,是在这个领域打退资产阶级的猖狂进攻并清除其思想影响的开始。这次讨论目前暂告一段落。但是和资产阶级文艺思想的斗争仍在继续着。我们一定要继续高举毛泽东文艺思想的红旗,坚持文艺为社会主义服务,为工农兵服务的方向,贯彻执行"百花齐放、百家争鸣"的方针,和资产阶级思想进行不懈的斗争。我们相信,只有在同资产阶级思想的斗争中,才能发展和传播无产阶级思想;只有在同毒草的斗争中,社会主义的香花才能更好地开放。

一次很有意义的论战

——关于小说《侗家人》的讨论的一点认识

方　戟

原文载《云南日报》1965年2月22日。

一

近几个月来,《云南日报》展开了关于小说《侗家人》的讨论。实际上,这个讨论,是文艺领域资本主义道路和社会主义道路之间的一场论战,是对资产阶级文艺思想和文学主张的批判的一个回合。在讨论中,两种思想两种观点都是鲜明的,斗争是尖锐而激烈的。小说《侗家人》和为它辩护的种种论点,力图把文艺队伍和广大读者引上一条资产阶级的道路,他们抹煞阶级矛盾,调和阶级斗争,站在资产阶级虚伪的人道主义的立场上,向无产阶级文艺思想发出了挑战。他们的谬论,当然不能不受到工农兵群众和读者的有力批判。许多同志发表了很好的意见,高举毛泽东文艺思想的红旗,从各个方面对《侗家人》以及为它辩护的论点,作了坚决的驳斥。现在,这篇小说的反动倾向和那些辩护词的错误性质,已经被彻底揭穿了。

然而,斗争还在继续着。资产阶级的文艺观点是资产阶级政治观点的反映,只要阶级还存在,阶级斗争还存在,文艺领域两条道路、两条路线的斗争也就不会熄灭。《侗家人》这篇小说所宣扬的资产阶级人道主义、人性论的思想观点,不仅作为一种文艺思想存在于文学作品中,而且也是一种社会思想,作为资产阶级世界观的一个内容,存在于不少人的头脑里。为什么对一篇小说会产生两种互相对立、根本不同的看法?为什么对龙三娘抚爱自己亲手杀死的阶级敌人的女儿这种行动,有的人说好,有的人说坏,有的人赞美,有的人憎恨,有的人欣赏,有的人批评?这并不是什么不可理解的事情。其根源盖出于世界观的不同,立场的不同,由此引出思想的不同,感情的不同。所以我们说:在关于小说《侗家人》的讨论中所反映出来的两种意见之间的斗争,是社会上阶级斗争的反映。

资产阶级世界观在这次关于小说《侗家人》的讨论中的一个突出表现是资产阶级人道主义。它是小说所宣扬的主要思想,以此来调和阶级矛盾,抹煞阶级斗争。它同时反映在木易、一飞、宁达功、沙土、鹤逸等人的文章中,成为这些为《侗家人》辩护的文章的一个主要立脚点。按这种资产阶级人道主义来看问题,认为似乎有一种抽象的共同的人性是全人类相通的,并且以这种普遍人性来作为道德和艺术的标准,而否认"人的本质,并不是个别的个体所具有的抽象属性。就其现实性来说,它是一切社会关系的总和。"(马克思:《费尔巴哈论纲》)还否认"在阶级社会里就是只有带着阶级性的人性,而没有什么超阶级的人性。"(毛泽东:《在延安文艺座谈会上的讲话》)他们主张超阶级的所谓"人类之爱",否认在阶级社会里,就只有阶级的爱,没有什么超阶级的抽象的爱,或者在伪装承认人的阶级性的掩盖下,力图证明还有既不属于资产阶级意识,又无法归入无产阶级品质的所谓"特征"。站在这种资产阶级人性论的立场，歌颂爱抚敌人的遗女的行动，证明这是"天生的母爱"、"泼辣而又心慈"等等，就不是什么奇怪的事了。

这种论调毫无新鲜之处，不过是资产阶级陈腐的骗人的鬼话的学舌。资产阶级文人以及修正主义者早就把这种调子唱滥了。远的不说，就以解放后文艺界揭露出来的例子来看，就有巴人等鼓吹在前，又有周谷城、金为民等人贩运在后。这种谬论的每一次抬头，都是在资产阶级向无产阶级发起猖狂进攻，因而阶级斗争变得激烈起来的时候；当前批判资产阶级文艺观点的论战，包括对资产阶级人道主义人性论的批判在内，也不能不从社会上阶级斗争形势的角度加以考察。

一九五九年到一九六二年，我国经济遇到暂时的困难，帝国主义、各国反动派和现代修正主义一再发动反华高潮，国内的阶级敌人又一次向社会主义发动进攻，出现了一场激烈的阶级斗争。一九六二年九月，党的八届十中全会向全党和全国人民发出了千万不要忘记阶级和阶级斗争的号召。在党和毛主席的领导下，全国人民有力地反击了资本主义和封建主义势力的进攻，煞下了那时的歪风邪气。党还教导我们，这一场阶级斗争并没有熄灭。无产阶级和资产阶级的矛盾，是当前我国社会的主要矛盾。社会主义和资本主义谁胜谁负的斗争，还需要一个很长的时间，才能最后解决。这种阶级斗争在文艺领域的反映，就是究竟是走社会主义道路，还是走资本主义道路；究竟是为社会主义服务，为工农兵服务，还是为封建主义和资本主义服务；究竟是坚持毛泽东文艺思想，还是鼓吹反动的资产阶级文艺思想。资产阶级人道主义在这时候抬头，不是偶然的现象，它是资产阶级用以毒害革命人民、麻痹革命人民、模糊人们阶级界限的一付麻醉剂。

以阶级斗争的观点来看待小说《侗家人》以及为它辩护的那些论调，就能深刻地知道它们的严重危害了。它们以人性论和马列主义毛泽东思想关于阶级斗争的学说相对抗，宣扬阶级斗争熄灭论，鼓吹"母爱"、"人爱"的"伟大力量"。这些论调的为资产阶级"和平演变"服务的实质，不是再清楚不过了吗！

二

这次关于小说《侗家人》的讨论,反映了工农兵群众和读者坚决反对资产阶级文艺观点的革命态度,同时也反映了评论者队伍中,有的人已经受了资产阶级思想的严重侵蚀,有的人完整地保存着一套资产阶级世界观,还有的人不同程度地受了资产阶级的思想影响。通过讨论,通过对资产阶级文艺观点的批判,使我们深切地认识到加强思想改造、实现革命化的迫切性。

深入工农兵,和工农兵结合,是改变立场,改造思想,加速革命化的必经途径。毛主席早在二十多年前就指出了这条道路,号召文艺工作者投身到工农兵群众中去,投身到火热的斗争中去。事实证明,今天这还是一个尚待继续解决的迫切问题。

这次讨论表明:文艺工作者如果把深入工农兵只是理解为寻找文艺创作的材料,那是很错误的。一个人如果立场不对头,思想感情不对头,而又拒不改造,他从工农兵群众中搜集来的材料,不可能是表现工农兵本质的典型材料,不可能是表现工农兵革命风貌的材料,而一定是些表面的、被歪曲了的材料。于是,便只能写出如《侗家人》这种歪曲工农兵形象的坏作品。因为"革命的文艺,则是人民生活在革命作家头脑中的反映的产物"(毛主席),没有无产阶级的立场、观点和思想感情,是断然写不出无产阶级的作品来的。要写革命的作品,作者必须革命化,必须建立革命的世界观。所以,深入工农兵的第一位的任务是改造思想,转变自己的立场和感情。当然,这并不是说,要等把世界观改造好了再去写作。但是,深入工农兵的过程,应当是一个转变立场和改造思想感情的过程,写作是这一过程的继续,并且是对自己思想改造的检验。凡是立志为社会主义、共产主义事业而奋斗的作家,总得在向马列主义学习、向群众学习、向社会学习的过程中,努力使自己原来的世界观不断得到改造,不断提高自己的社会主义觉悟,向着无产阶级世界观前进。如果没有这种要求,缺乏这种努力,写出来的东西就不可能是为工农兵的,也决不可能受到工农兵的欢迎。

文艺作品是要为社会主义事业服务的,它担负着改造社会、改造自然的使命。改造社会的什么东西呢？无疑是要改造那些资产阶级、地主阶级的旧东西，也就是要和它们作针锋相对的斗争，要把世界改造成为一个社会主义、共产主义的世界。靠什么去改造呢？文艺作品主要是用美的形象去影响人、教育人，鼓舞工农兵的斗志，擦亮工农兵的眼睛，促进革命的发展。如果作者头脑中装满了资产阶级的思想感情、艺术趣味、审美观念，要去担负这样的任务行吗？肯定是不行的。美的问题，从来都是一个阶级感情的问题。对于《侗家人》中龙三娘、龙三妹等人的形象，资产阶级认为是美的，无产阶级则认为她们很丑。作家如果没有从思想上来一番彻底改造，没有革命的自觉要求和决心，纵然他的意图是要促进社会主义事业，而结果却不能不是适得其反。这样的例子在我省文艺作品中决不是一个两个。既然欣赏龙三娘的"母爱"，就不能不和阶级论相冲突，也就不可能正确认识阶级斗争的现实；既然对龙三妹寄予满腔的同情，就一定会歌颂那些本来是应当批判的东西，就要和阶级斗争的现实生活相背离。在革命人民的内部，也会有少数的人丧失立场，经不起考验，做了资产阶级、地主阶级思想的俘虏，做出不利于社会主义、不利于革命的事情。这种现象也是可以写的。问题在于，这只能作为批判的对象加以描写，目的在于引起人们的警惕，和这种现象作斗争。作者的立场如果不对头，把本来应当批判的人物作为歌颂的对象，这就是在号召人们向动摇者学习，策动人们向资产阶级投降。这是一个原则问题。而要解决这个问题，是和改造思想分不开的。

　　无产阶级和农村的贫农下中农，他们所处的阶级地位以及党的领导，决定了他们有明确的阶级的爱憎，养成了无产阶级的思想感情，立场鲜明。正如这次讨论中有的工人、贫农、解放军战士所说的那样，他们一看或一听龙三娘的所做所为，就认清了这是一个没有阶级界限的人，她的形象是作者歪曲生活真实臆造出来的，没有现实的根据。就象在历次阶级斗争的风浪中一样，在这次讨论中，他们一听为《侗家人》辩护的文章，就嗅出了这些话不对头，不是味道。和工农兵结合，首先是从立场上、思想感情上来一个转变，把立足点转过来，由资产阶级小资产阶级方面转到无产阶级和贫农下中农方面来。"我们的文艺工作者一定要完成这个任务，一定要把立足点移过来，一定要在深入工农兵群众、深入实际斗争的过程中,在学习马克思主义和学习社会的过程中,逐渐地移过来,移到工农兵这方面来,移到无产阶级这方面来。只有这样,我们才能有真正为工农兵的文艺,真正无产阶级的文艺。"(《在延安文艺座谈会上的讲话》)

三

关于小说《侗家人》的讨论所出现的意见分歧,在很大的程度上是关于社会主义文艺究竟把什么人物作为主要歌颂对象的分歧,是什么人最有资格成为社会主义文学作品的主人公的分歧。这也是无产阶级文艺路线和资产阶级文艺路线的主要分歧点之一。

歌颂社会主义时代工农兵的英雄人物,塑造工农兵的英雄群象,是社会主义文艺的当然任务,而且是头等重要的任务,也是社会主义文艺区别于其他文艺的主要标志之一。而资产阶级文艺家则竭力鼓吹"写中间人物",企图以所谓"中间人物"来挤掉工农兵的英雄人物,以独霸文苑。在关于小说《侗家人》的讨论中,这种资产阶级文学主张是以"写各种人各种事"和写所谓"龙三娘式"的"泼辣而又心慈"的英雄等面目出现的。究其实质,这种论调和"写中间人物"的资产阶级观点如出一辙。

所谓的"中间人物",按照邵荃麟的解释和他所推崇的人物来看,原来是一些游离于社会主义和资本主义两条道路之间的动摇不定的人物,是身上有"几千年来个体农民的精神负担"的人物,是不革命或革命性不强的人物,是充满着资产阶级、小资产阶级思想的人物。《侗家人》辩护者虽然没有明确提出要"写中间人物"的主张,但是他们提出了歌颂那些貌似工农兵、而本质上是资本主义、封建主义混合物的人物的主张,并以此和大写英雄人物的口号相对立。

这些资产阶级观点,反映了他们是站在资产阶级立场上,用贵族老爷的眼光来看待社会主义的现实生活和革命的人民群众,把无产阶级、广大贫农下中农的社会主义积极性一笔抹煞,而用显微镜来寻找他们身上的所谓"旧的精神负担"。这就难怪《侗家人》的辩护者对龙三娘崇拜得五体投地,而且还不准别人用工农兵的英雄形象去代替。这是对社会主义现实和工农兵群众的极大污蔑和歪曲。在党的领导下,广大工农兵群众革命精神大大发扬,他们是社会主义事业的顶梁柱,在社会主义革命和社会主义建设中,表现出了坚定的信心和决心,和勇往直前的英雄气概;他们和资本主义势力、封建势力势不两立,坚决斗争,维护集体的、社会主义的利益,创造了和正在继续创造着伟大的业绩。为什么对于革命人民这种伟大形象视而不见,硬要把群众塞到"中间人物"的框框里去呢? 为什么不热情歌颂这种顶天立地的革命英雄,而硬要去歌颂那些资产阶级地主阶级的附庸呢? 主张"写中间人物"和"写各种人各种事"的人,不是站在和广大工农兵群众相对立的立场,又是什么呢?

这种企图用"写中间人物"、"写各种人各种事"的口号来代替大写英雄人物的任务的主张,其严重危害足以使社会主义文艺走上蜕化变质的道路。可以设想,社会主义文艺如果不去塑造群星灿烂的工农兵英雄人物的形象,不去反映社会主义时代的沸腾的斗争生活,不以社会主义共产主义的崇高思想教育人民群众。而是充塞着龙三娘式的人物,或别的坏书里的小人物,那还算什么社会主义文艺呢? 这样的文艺不是正好是资产阶级所祈求所希望的文艺吗?

"写中间人物"这种资产阶级观点对我省文艺工作的侵蚀,不只表现在对《侗家人》的错误推崇和错误评论上,更表现在许多作品和一些作家的创作思想上,所以,对这种观点的清算,是关于小说《侗家人》的讨论所不可能达到的,还有待于就其他更为典型地体现了这种观点的作品开展讨论来澄清。

让我们更高地举起毛泽东文艺思想的红旗,继续前进,在斗争中发展无产阶级、社会主义的、全新的文艺吧!

《边疆文艺》关于小说《侗家人》
讨论专栏的"编者按"

原文载《边疆文艺》1964 年第 9 期。

目前全国文艺界正在对周谷城的美学思想、对影片《北国江南》等问题展开热烈的讨论。八月二十八日《云南日报》密切联系我省的创作实际,开展了对小说《侗家人》的讨论。

《侗家人》是在本刊一九六二年十二月号上发表的。一九六三年三月号本刊又发表了木易同志的评论《读小说〈侗家人〉所想到的》,以后中国作家协会昆明分会编印的《会员通讯》一九六三年二、三期合刊号发表了戈立同志的《对〈侗家人〉的不同看法》一文,对《侗家人》和木易同志的评论进行了严肃的批评。但本刊当时没有就这一重要的问题及时展开讨论。我们认为:《云南日报》在当前展开对《侗家人》的讨论是十分必要、十分正确的。正如《云南日报》在按语中指出的:"从有关小说《侗家人》的争论中,反映出在怎样正确反映阶级斗争,怎样塑造正面人物,是党性还是资产阶级人性论,等等一系列带有根本性的问题上,都存在着根本不同的看法。就这些问题展开讨论有助于我们辨明是非,提高认识,也有助于加深对正在讨论的周谷城的美学思想和影片《北国江南》中所涉及的重要问题的理解。"

希望本刊的广大读者、作者,密切联系我省文艺创作和文艺评论的实际,积极参加这个讨论。通过这次讨论,辨清是非,提高认识水平,高举毛泽东思想红旗,坚决贯彻执行党和毛主席的文艺方针和路线,更好地深入工农兵斗争生活,与工农兵群众相结合,加强思想改造,使文学艺术更好地为工农兵服务,为社会主义革命和社会主义建设服务。本刊本期先发表郑云、魏浩同志的《小说〈侗家人〉宣扬了什么?》一文,今后将陆续发表有关评论《侗家人》的文章。

小说《侗家人》宣扬了什么？

郑云　魏浩

原文载《边疆文艺》1964 年第 9 期。

最近以来，全国文艺界，就周谷城的美学思想，金为民、李云初关于时代精神的论点，以及影片《北国江南》，展开了广泛热烈的讨论。讨论中涉及到美学思想、艺术理论、文艺创作中一系列重大的问题。同一个问题，争论双方却存在着根本性的分歧，同一部作品，却有绝然不同的评价。文章发表了不少，真理是越辩越明了。可以看出，讨论中贯串着两种世界观的斗争。

在 8 月 28 日的《云南日报》上，展开了关于小说《侗家人》（载《边疆文艺》1962 年 12 月号）的讨论。木易同志在《读小说〈侗家人〉所想到的》（载《边疆文艺》1963 年 3 月号）一文中，认为"这是一篇值得一读的好作品"。戈立同志在《对〈侗家人〉的不同看法》一文中，却认为："整篇小说显出了一种不好的倾向"。同一篇小说，评价却绝然不同。这的确是一个发人深思和值得探讨研究的问题。我们认为这个讨论很重要。诚如《云南日报》编者按中所指出的，从争论中涉及到怎样正确反映阶级斗争，怎样塑造正面人物，是党性还是资产阶级人性论等等一系列带有根本性的问题。我们不同意木易同志对小说《侗家人》的评论，而且认为这篇评论对读者是十分有害的。

下面就让我们来看看小说中是怎样反映阶级斗争，怎样塑造龙三娘这一人物形象，以及它到底反映了什么？

龙三娘是什么人？十八年前，她是侗族地区的一个"棒老二"。十八年后，她担任了生产队长。小说一开始就交代了十八年前的一段故事：伪县长胡忘义高升了，在他走马上任的途中，只听有人大喝一声："站倒！"于是迷雾中冲出一伙"棒老二"，当头的就是龙三娘。因为胡忘义"冤宰"了她的丈夫，当时便挥手横刀,杀死了伪县长,吓死了官太太。

龙三娘杀掉伪县长,吓死官太太以后,从官太太怀里,滚下一个哇哇直哭的女娃来。人们正在考虑"拿这个祸害根种怎么办?"龙三娘,走近来,插了刀,擦净手上鲜血,对"惨哭哀叫的乳娃娃叹口气,勾下腰去,将她抱起,掏出乳头塞进小嘴,止住了乳娃娃的啼哭。"写到这里,作者还担心读者看不清楚,便急忙借助小说里的小商贩,来说明心意:"好泼辣的妇女呵! 为大家除了一害。又那么心慈,把乳娃收留了。"通过这段绘声绘影的描写,龙三娘的面貌、阶级爱憎,已经分明。请看她对伪县长的遗孤,是多么"同情",多么"爱护",多么"仁义"! 请看,她在"祸害根种"面前不正是表现了超阶级的所谓"慈母之爱"?

这一情节的虚假性,很容易看到。这是作者故意安排的。作者安排这一情节的目的性很值得注意。作者为什么要编造这样一段离奇古怪的情节呢? 这一情节是一个虚伪的"阶级斗争"的幌子,却是整篇小说所描写的阶级调和论的张本。作者在小说的开头,便企图"巧妙地"以"人性论"来混淆阶级界限,模糊敌我观念。

紧接着,在小说的描写中,首先出现的是当年龙三娘收养的龙三妹。龙三妹和龙三姐,在作品中是主人公龙三娘的辅助形象。龙三妹和龙三姐,虽不是作者所要致力描绘的人物,但从两个人的身上,进一步突出刻划了龙三娘的思想和感情,从而突出作品的主题思想,即作者所要抒发的抽象的人性、博爱和阶级调和的思想。龙三妹见着喜鹊不肯开枪,龙三姐见着松鼠过冬的板栗不肯拿走等等,木易同志认为这是"富于性格特征的细节描写",并且很为欣赏。我们认为,正是通过这些描写,作者进一步烘托渲染了龙三娘的所谓"仁慈""爱一切""怜悯一切""慈悲为怀"的思想影响教育下的效果。尽管,作者在这里打了埋伏,使了"障眼法",例如,为龙三妹不忍心开枪打喜鹊找了借口:"一来队长有规定,不准乱开枪。二来嘛,喜鹊不是坏东西!"但是,从人物的意识中流露出来的那种思想感情是掩饰不住的。

以后,小说中通过一段打虎的描写,便十分露骨地利用资产阶级人性论这个武器恶毒地向马克思列宁主义的阶级论进攻了!

撵山队的一个猎人，向过去的小商贩今天的营业员，讲述了队长龙三娘领导打虎的故事：

……那次是晚间，把带有三个虎崽的母虎，卡在谷凹里了。本来事前安排过，谷凹口是给老虎让的逃路。因为老虎中了枪不曾死，不能断它的逃路。要不，它和人一样，迫于无奈，会拼命反抗的。响了枪，母虎受伤滚倒了，可是立刻又跃起来找逃路。拐了，我那时偏偏忘记了交代，想堵住出口，补一枪把虎打死。那虎睁圆绿阴阴的灯笼眼，呲出铜权牙，四脚腾空朝我扑来。亏得龙三娘看得清楚，两步飞到我面前，挥刀朝虎砍去。虎的一双前爪都遭砍掉，跌落下来倒了威。只是，龙三娘也滚在了一边。我们亮起火把去看，她也晕死在地上了。左手，齐齐的从肘拐处断了！

……

读者可以仔细地阅读这段文字。看一看作者为什么如此具体而微的描绘龙三娘打虎的情景，如此不惜笔墨的大作文章呢？难道作者是为写打虎而写打虎吗？不是的。作者的用意是力图格外鲜明地介绍龙三娘的所谓"打虎手法""打虎的经验"。同时颇有用心地隐喻不论对人或对动物，都不能斩草除根，不留逃路。这一段描述说明：第一，对吃人的老虎，特别是对待有虎崽的母虎，要"怜悯"、"心慈"，也要讲"人情"，也要讲"人道主义"；第二，虽然母虎不象喜鹊那样对人有益处，但是，打它时，也要三面张网，留条生路，不要逼之过甚，不能斩尽杀绝，否则"它和人一样，迫于无奈，会拼命反抗的！"结果，或咬去你的手臂，或咬死你，落得个两败俱伤！这里，作者为什么要把虎和人相比？无疑这是个隐喻。醉翁之意不在酒。

我们把这段描写再与龙三娘十八年前在斗争中的表现联系起来考察，我们就更会看出作者安排这一情节的用意了。十八年前，龙三娘虽然杀死阶级敌人胡忘义，因为"心慈"，没有斩尽杀绝，所以今天能和官家小姐处得亲密无间；十八年后，因为没有给怀有虎崽的母虎留条生路，（当然，事出并非龙三娘的本意，是由于猎人忘记了她的"打虎经验"所致）几乎送掉了性命！前后情节互相呼应，一正一反，相反相成，这样就把龙三娘身上体现的所谓"怜悯一切"、"爱护一切"的思想,进一步发展到给吃人的老虎留逃路,不宜过于激烈,否则两者皆伤,而应该"调和","调和"便可以"共处"。难道不是这样吗?

这是极其错误的。

我们懂得,一切资产阶级人性论者,都是在所谓"超阶级""超时代""全人类"等虚伪幌子的掩护下,大肆宣扬什么"共同的人性""共同的人情""人和人是朋友和弟兄"等等谬论,来麻痹劳动人民,欺骗劳动人民,使劳动人民无视阶级、阶级斗争的客观事实,从而达到放弃革命斗争,涣散革命精神的阴险毒辣的目的。当然,在今天若是毫不掩饰的鼓吹这种反动的思想,便很容易被人识破。于是,他们便采用各种迷惑人的手法,披着各自不同的外衣,来进行这种宣传。小说作者,便是采用所谓形象化的手段,小说的形式,在反映阶级斗争塑造"革命英雄形象"的幌子下,来进行宣传的。

虽然如此,马脚还是露出来了。例如这段打虎的描写就极不真实。人们会问:一个猎人见吃人的老虎不打死,那又为什么要打虎呢?难道只是吓唬老虎一下吗?还是要让吃人的母虎将三个虎崽养大后一起来吃人吗?看来,作者为了急于要通过这段描写来表达自己对阶级斗争的看法,表现自己的阶级爱憎,也就顾不得什么真实不真实了。

下面再看看作者是如何来描写龙家母女三人之间的关系的。

首先,我们可以看到龙三娘对待两个姑娘的态度很不同:她对伪县长的遗孤——龙三妹,是体贴入微、百般疼爱,甚至连她的亲生女儿龙三姐也自怨不如,埋怨龙三娘有"偏心"。附带申明一句:其实,小说中也直接暴露了作者对待两个姑娘的鲜明爱憎以及自己的审美观点。作者是这样描绘龙三妹的"……歪梳发髻,满插头饰,银项圈,银吊环,还戴着银手钏。上穿民族的绣花边服装,下身没系裙,穿的是客家姑娘时新穿的小筒裤。……她扬着细弯弯的眉毛,露出初剥壳的包谷那样的白牙齿。……"她走起路来,"发上的银花颤颤摇摇,象轻风摇曳花树一样。"而写到龙三姐时,却是"和她的妹妹长得大不一样:她的身胚壮实骨架粗,黑眼浓眉厚嘴唇。穿着也比三妹随便得多。……"

其次,当龙三姐知道了自己的父亲就是遭官家杀害,并且听人家讲三妹就是母亲收养的官家小姐时，她"恨死了"三妹。但是，龙三娘编了一段谎话，使官家小姐与自己的女儿之间的矛盾调和了，使她们俩变得"象一母所生，比亲姐妹还亲呢"！作者为什么要把互有"杀父之仇""杀亲之仇"的人安排在一个家庭里？这种安排是为了要说明作者的"阶级斗争"观。在作者看来，阶级矛盾不是客观的社会存在，而是个人与个人之间的"恩恩仇仇"，而这种"恩恩仇仇"不应该再进行下去，应该就此熄灭，就象龙家三人一样，和睦相处，仇人应该胜过亲人。如此，世仇就消灭了。换句话说，作者理解的"阶级矛盾"就调和了。应该看到，作者对龙、胡三人的关系的安排，是作者的世界观的表现，是为作者的"阶级斗争"观服务的。我们对此种关系绝不能就事论事，否则就会得不出正确的答案。或许会有人发问：那么龙家三人到底怎么办呢？还是互相个人仇杀吗？这样，就会被作者引入迷途。我们认为，作者是用龙、胡二家的矛盾、龙家三人的矛盾来歪曲社会客观存在的阶级、阶级矛盾、阶级斗争；用资产阶级的人性论，来代替马克思列宁主义的阶级论；用阶级调和的方法，来代替阶级斗争的方法。即是说，作者布了两个迷魂阵，用了两个连环套来迷惑读者。所以，应当指出，这是作者故意通过这种描写来宣扬自己的阶级调和论。不难看出，这样一调和，使两家的"恩恩仇仇"一笔勾销，矛盾双方便很自然地"统一起来"、"结合起来"、"合二而一"，变成"你中有我，我中有你"了！

这不就是：周谷城的所谓在一个时代中各种不同阶级的思想意识"汇合"吗？不就是他所说的"杂凑的一锅"吗？小说《侗家人》不正是体现了周谷城的"统一整体"论吗？

在小说第五节里，除了借助打野猪和打山羊的故事，再次张扬了龙三娘的"打虎经验"外，作者又将笔头轻轻一转，将龙三娘的"打虎经验"，与当前国际上的阶级斗争联系起来了。小说中这样写道：

"箐坡那边的几只老虎……"

"呵！肯尼迪这野货上台，比艾……"

"肯尼迪比艾……"，艾什么，作者没有写下去。但是，作者的用意何在？既然把肯尼迪比做山上的"野货"，那么按照龙三娘打野兽的方法，对待这个全世界人民的头号敌人,又该怎么打呢? 是不是也要运用龙三娘的"打虎经验"才合适呢?

小说结尾,还有这样一段描写:

"……去年我们侗家山包谷为哪样丰收? 这有道理呀! 对啦,就因为毛主席来到了寨金喀! 听说毛主席在寨金的鼓楼里,我们县长陪在他身边。火塘里煮起包谷油茶,毛主席吃一碗,夸包谷油茶好吃。添二碗,边吃边夸好油茶。又舀第三碗……。毛主席这样讲:'格老、罗汉、腊梅们! 应该多种包谷呵!'晓得不? 县长就传毛主席的话下来:'大办农业,种包谷,见缝插针……'"

这段描写,不但毫不真实,更为重要的是对我们党的政策,对我们敬爱的领袖毛主席的伟大形象,做了极其错误,极其严重的歪曲!

制定党的政策,是一件严肃而重大的工作。因为它联系着我们国家的政治、经济、文化等各项工作的发展和成就,关系着我国人民的经济和文化生活,关系着我国社会主义革命社会主义建设的前途和命运。革命的人民,都可以根据个人的感受和认识而清楚地了解到,党的任何一项政策都是根据我国广大人民的根本利益而制定的。党的任何一项政策都是"从群众中来,到群众中去"的。这是有目共睹的事实,是任何人也歪曲不了的!

但是作者竟编造出这样的故事来:由于毛主席连着喝了几碗包谷油茶,便让山区人民多种包谷。于是县长传达毛主席的话下来:"大办农业,种包谷,见缝插针……"

我们不禁要问作者:你的用意是什么呢?

我们的党以马克思列宁主义和毛泽东思想教育我们:要站在无产阶级的立场,以马克思列宁主义的观点来看待一切事物,要做一个彻底的革命者,要积极参加客观存在着的阶级斗争,要将革命进行到底。但是,小说《侗家人》的作者却公开宣扬资产阶级的人性论和阶级调和论来麻痹读者,毒害群众。

我们认为,小说《侗家人》,不但不是"一篇值得一读的好作品",而且是一篇有着严重毒素的坏作品!

　　当然，小说《侗家人》的出现，是并不奇怪的。因为国际国内还存在着尖锐、激烈的阶级斗争。任何一个阶级都有自己的世界观。任何一种世界观，都反映了一定阶级的利益和愿望。任何阶级总是力图根据自己阶级的利益和愿望来改造世界。毛泽东同志说："无产阶级要按照自己的世界观改造世界，资产阶级也要按照自己的世界观改造世界。"①因此，关于小说《侗家人》讨论的重要意义，也是很清楚的了。

　　最后应当指出，木易同志的《读小说〈侗家人〉所想到的》一文中对小说《侗家人》的评价是完全错误的。应当怎样正确评价文艺作品呢？毛泽东同志说："文艺评有两个标准，一个是政治标准，一个是艺术标准。"②但是，木易同志在评价小说《侗家人》时，完全无视小说的政治思想内容，着重赞扬小说"写得集中精练"，什么"仅仅有五千字，然而却概括了十八年的事"。而且特别欣赏小说中那些什么"富于性格特征的细节描写"。对小说的主人公大唱赞歌，说"她具有伟大的感情，高尚的人格和革命思想"。认为龙三娘是一个"革命英雄人物"的"光辉形象"，等等。这些赞扬的词句是根本与小说《侗家人》联系不起来的。实际上是讨论者将糟粕当成精华，为小说中表现的反马克思列宁主义的思想做了宣传。木易同志为什么这样欣赏小说《侗家人》，并且大力向读者推荐呢？这问题是很值得深省的。就这篇评介文章的社会效果而言，应当说，它是已经起到了十分有害的不良作用。

　　以上就是我们对小说《侗家人》的看法，写出来就教于同志们。

---

① 《关于正确处理人民内部矛盾的问题》，人民出版社，1957 年版，第 27 页。
② 《在延安文艺座谈会上的讲话》，《毛泽东选集》第三卷，第 849 页。

把《侗家人》从冤狱中解放出来

黔东南民族师范专科学校中文科七七级文学评论小组

原文载《边疆文艺》1979 年第 5 期。

小说《侗家人》，发表在《边疆文艺》一九六二年十二月号上。一九六三年三月，《边疆文艺》发表了木易同志的评介文章：《读小说〈侗家人〉所想到的》。一九六四年对周谷城的美学和电影《北国江南》、《早春二月》的围剿中，上述两篇文章，一并受到株连，打成宣扬"资产阶级人性论"的"反动作品"，含冤入狱。作者也因此而遭累。在粉碎"四人帮"以后的今天，运用马列主义的文艺理论，重新正确地、实事求是地评价这篇作品，推倒强加在它们身上的一切不实之词，把它们解放出来，是文艺界拨乱反正应办的一件事情。

《侗家人》被罗织的主要罪状有三条：一、龙三娘不应该将胡氏遗孤收留，收了就是"资产阶级人性论"。二、打虎三面张网，给虎留逃路是"宣扬资产阶级的人道主义"。三、龙家母女应该开展阶级斗争，不然就是"阶级调和"。事实是否这样的呢！我们认为这篇小说思想上是健康的，艺术上有可取之处。作者把爱憎凝聚在笔端，使作品具有浓厚的民族色彩，政策观念也很强。他以鲜明的笔触，明快的色调，热情地歌颂了侗家山寨在党和毛主席的领导下发生的深刻变化；歌颂了党的民族政策；歌颂了以龙三娘为代表的侗族劳动人民勤劳、勇敢、纯朴、善良的优秀品质。

《侗家人》没有从正面描写侗家山寨十八年来的阶级斗争历史，而是采取了写意的手法，描写了这一场社会变动的必然结果。作者抓住人物的本质特征，只是粗略地勾勒了一个轮廓。其中在龙三娘的身上笔墨花得多些，因而，她形象丰满，真实，有个性。她不是"三突出"宝塔上的"英雄人物"，而是千百个普通侗家妇女的典型。

　　小说一开头，龙三娘就活生生地站在读者的面前：带领一伙"棒老二"，手刃胡忘义，吓死官太太，然后救起了地上"哇哇直哭"的小生命。她的这一行动，许多人看了都为之感动，独有一些批评家竟认为"龙三娘所以要救这个无辜的小生命，是由于资产阶级人性所驱使"。并有人拿《水浒传》三打祝家庄李逵杀了扈太公一家来责难龙三娘，不该留下这个"祸害根子"。首先，我们认为，党的政策是"罪止其身，罚不及孥。"那种不分有罪无罪，统统格杀勿论的政策，不是无产阶级的政策。至于在《水浒》时代，作战中为了免除后患，由李逵这个鲁莽汉子来杀，那是李逵的个性所决定，杀，是在情理之中，人们不会埋怨他残忍，相反还觉得他可爱。但是不同的时代，不同的人物，由于性格的不同，他们的行动也往往各各有别，再说，场所不同条件不同，怎么能苛求他（她）们都采取一样的行动呢？同时，这个乳牙未生的小生命未省人世，思想上并未打上阶级烙印。她对整个社会未做过好事，也未做过坏事。龙三娘对她既无恨也无爱。龙三娘与她的关系并不属于敌对阶级，因此，救遗孤并不是什么"资产阶级人性"。这恰恰说明了龙三娘是非分明，既勇敢又善良。"一杀一救"正是从不同角度表现了龙三娘的性格，因而，她的行为是真实的，可信的。

　　为了表现新旧社会的变化，写出侗族劳动人民在不同社会的不同精神面貌，作者为我们描写了打虎那一段，鲜明地表现了侗族劳动人民的爱憎。为了打虎，龙三娘不惜丢掉左手，用血为青年换来了打虎的经验，她手断身残，"倒无忧无虑地说：增加你们五双手，能比我这老残废的一双手多撑几十年山，横打竖打都还得来！"读到这里，我们不禁掩卷而思：是什么样的感情促使她有这种忘我的牺牲精神呢？这应该是党的光辉照亮了她的心坎，才使这个普通的侗家妇女感到现实生活的美好，产生了一种为之奋斗的精神。如果说，冷雾冲，她手刃胡忘义是自发的，难道这打虎救人也是自发的而不是自觉的行动吗？我们认为，这一段描写有力地表现了主题。它告诉我们，翻了身的侗族劳动人民在党的民族政策的光辉照耀下，以主人翁的姿态，创造了新的历史。

　　可是，这段描写却被人斥之为"宣扬人道主义"，对敌人"怜悯、心慈"。真是欲加之罪，何患无词！任何一个稍有打猎经验的人都知道，打虎只能三面张网，留一条凹谷给它逃,然后再顺着凹谷追。"留逃路"并非"留生路",而是在不伤害人的情况下,将虎置之死地,这怎么能说得上是对敌人"怜悯"呢?我们绝不能离开生活的真实去牵强附会,捕风捉影。

作品对新旧社会、侗家劳动人民精神面貌变化的描写,还可以从龙家母女身上窥见一斑。

龙三妹在养母的教育下,有了遵守纪律,助人为乐,热爱集体,爱憎分明的品质。由于作品受篇幅所限,对龙三妹的教育过程不得不靠读者自己用想象去补充,但是我们可以看到她从九岁就学会剁猪菜等等劳动,这也足以说明龙三娘对她进行的教育。对于龙三妹与龙三姐有不同的分工,人们会发问:"龙三娘为什么对待敌人的千金比亲生的女儿好?""难道她家就没有阶级斗争吗?"其实,这个问题不难弄清,如前所说,三妹本不是阶级敌人,她在劳动人民的教育下,具有了劳动人民的属性。正如马克思恩格斯所说:"人们的观念、观点、概念,简言之,人们的意识,是随着人们的生活条件,人们的生活关系,人们的社会生活改变而改变的。"(引自《共产党宣言》)三姐和三妹是阶级姐妹关系,在姐妹间大的做重活、小的做轻活那是常情。至于讲究不讲究这是她们不同性格的表现,并非是龙三娘有"偏袒"。还有的人说:"虽然当初龙三妹是一张白纸,然而侗家山的十八年是阶级斗争的十八年,难道她就不会变坏吗?"我们说,三姐与三妹是同一母亲养大,在同一环境中生长,三妹有可能变坏,三姐也有可能变坏,或者二者不变坏,既然各种可能都有,那为什么不能允许作者这样写呢?为什么非要三妹反革命?让她们之间来一场阶级斗争呢?可见还是反动的"血统论"在作祟。这些人对龙三妹这样一个在劳动人民家庭长大的"可以教育好的子女"尚且不放心,而对那些在剥削阶级家庭长大的子女还放心么?还能团结他们么?

再则,作品情节发展,人物性格的形成是为主题服务的,我们不能苛求作者离开主题去斜出旁枝,或写些不是人物性格所能办到的事情。歌颂侗家山区的变化、歌颂党的民族政策、歌颂侗族劳动人民的优秀品质,从阶级斗争这个角度来表现固然可以,但从另外的角度又为何不可呢?为什么这样写就是香花,而那样写就是毒草呢？正如马克思质问普鲁士当局的"新报检查令"说的："你们并不要求玫瑰花和紫罗兰散出同样的芳香,但你们为什么却要求世界上最丰富的东西——精神,只能有一种存在形式呢？"对《侗家人》的评价也应如此。

　　当然,我们并不是说《侗家人》一点缺点都没有,我们认为症结主要在于龙三妹这一形象塑造上是否具有典型意义。因为,出身剥削阶级家庭的子女主要指那些在剥削阶级家庭长大的人,龙三妹的成份不应属于剥削阶级,因而,龙三妹形象的社会意义肯定就达不到作者预想的水平。同时,作品用理想化,写意化的手法,只写社会变动的结果,对于表现主题就显得力量不足,内容单薄。我们知道,内容通过形式而发光,而小说内容和形式没有很好的统一,因此,作品所反映的思想没有闪射异彩来。但是,它的根本思想是表现出来的,这是"棍子"打不倒、"帽子"压不垮的。这也是我们主张把《侗家人》救出冤狱的主要原因。

　　既然小说《侗家人》不是毒草,应予平反,那末《边疆文艺》一九六三年三月发表的评价文章《读小说〈侗家人〉所想到的》,当然理应一并平反了!

小说《侗家人》的作者藤树嵩同志致本刊的信

原文载《边疆文艺》1979 年第 5 期。

《边疆文艺》编辑部:

　　最近,接到贵省一些读者同志的来信,要我解答我在贵刊一九六二年十二月号所发表的小说《侗家人》中几个问题,现答复如下:

　　1.共产党不杀俘虏,这是人人皆知的政策。对于龙三妹这个小俘虏,更不能处以极刑。龙三娘当时虽还不懂得共产党的政策,出于人之常情,收容了她。用乳汁哺育她,这也是历史的真实。因为,没有一个剥削阶级的子女不是劳动人民的乳汁、血汗抚育大的(尽管形式有不同)。我写入小说,希望他(她)们知道这一点,别忘这一点。解放后,党和人民政府,不是把剥削阶级的子女都包了下来?抚养成人并给予一视同仁的出路?龙三娘给她一条生路,乃是情理中事,并不为过。解放后,党按政策给她一条劳动(参加撵山队)的出路,也不为"宽大无边"!

2.龙三妹在劳动人民家庭生活一十八年,从四九年十一月侗家山区解放,到作者写这篇小说的一九六一年,是十二年。到小说发表的一九六二年,是十三年。解放前龙三妹就在劳动人民家庭过了八年同等生活。到五二年侗家山区土改,则是十年。按政策,应划龙三娘、龙三姐的同样成份。她与龙三姐是阶级姐妹,不存在阶级调和问题,这是起码的政策界限,读者同志比我了解的更透彻。

3.从历史唯物主义的角度看龙三娘,解放前,她对子女的影响和教育,只能从朴素的阶级道德观念出发。因为,那时她还没接触革命,不懂得马列主义,还不可能对子女进行共产主义教育。倘若按一个今天的侗家妇女的觉悟写,既脱离历史,也失真。龙三娘的思想发展,不可能没有一个过程,才达到成熟。解放前的龙三娘,和解放后的龙三娘,受到革命熏陶和党的教育以后,就必然有区别。故她处理两姐妹之间的矛盾,只得编了个谎。其他枝节问题,恕不一一作答了。

《侗家人》是十多年前的习作,不足之处很多,敬请读者多加指正。

致以

革命敬礼

侗族　滕树嵩

一九七八年十月二十四日于凯里小高山下

第二章

关于诗歌《侗寨情思》的讨论和争鸣

1962 年 5 月 5 日，包玉堂在《广西日报》发表一首题为《侗寨情思》的诗歌，描写了侗家人的革命斗争历史和解放后新生活、新气象、新情感。1962 年 6 月 12 日，包玉堂又在《南宁晚报》发表了《侗寨情思》。该诗由《春景》和《老师》两首组成。前者抓取"勒勉口唱侗歌""罗汉伴吹木叶"的生活情节，展现了新生的侗家青年男女的爱情和崭新的精神风貌，诗歌明快亮丽，民歌特色十分浓郁。后者写一位十年前剿匪的解放军战士路过一所学校，看到了十年前提着灯笼带路的不识字的小姑娘成长为一名教师，作者以二人相逢的喜悦展示社会与人的历史性巨变的意图十分鲜明。但是，围绕着前者中的小伙子是否可以一边吹木叶一边与姑娘对唱，以及后者中二人的关系，特别是诗中的细节如结尾处师生同唱"社会主义好"的真实性问题，社会上展开了讨论。本章还原这一历史现场。

第一节　争鸣的缘起

《侗寨情思》（组诗）的发表引起了人们的广泛关注，但也不乏批评之声，主要焦点是"合情"与"合理"的问题。这一问题的本质是生活真实与艺术真实的问题。

1962 年 7 月，肖甘牛发表《诗要合情理》[①]，指出《侗寨情思》组诗的第一首《春景》中小伙子一面吹木叶一面和姑娘对唱的细节不合情理，理由是不可能在伴吹时一面口吹木叶一面和姑娘对答情歌。第二首《老师》上课时向窗外"惊叫"和"放声哈哈大笑"等细节"不顾教室纪律"，不合情理，理由是如果客人到学校访老师，老师正在课堂讲课，这时有两种情况：一是教师望见客人，用目光示意等到下课后会谈；一是教师轻步出教室，和客人悄悄说两句，叫客人在树下或会客室等候。在这里，肖甘牛以自己的生活经验提出了"不合情理"的文学真实问题。

---

① 　肖甘牛：《诗要合情理》，《南宁日报》1962 年 7 月 17 日，第 3 版。

不久,燃桂发表《合理与不合理——与肖甘牛同志谈〈侗寨情思〉》①一文,反驳肖甘牛的观点,从而在侗族情歌对唱仪式以及生活场景的真实性方面引发了争鸣。

第二节　争鸣的展开

1962 年 8—11 月,《南宁晚报》发表了冰峰、黄勇刹、亢进、陈笑、朱仁、肖甘牛、燃桂等人的十余篇争鸣文章。主要有:冰峰的《夸张基于生活——与燃桂同志商榷》②,亢进的《谁不合"情理"?——和肖甘牛同志商榷》③《批评不宜杜撰——再与肖甘牛同志商榷》④,朱仁的《既要合情也要合理——也谈〈侗寨情思〉》⑤,陈笑的《再谈〈侗寨情思〉——兼与燃桂同志商榷》⑥,肖甘牛的《在什么"特定条件"之下——与亢进同志商榷〈侗寨情思〉》⑦,黄勇刹的《木叶的语言——兼谈〈侗寨情思〉》⑧等。

争论的焦点主要集中在组诗的第二首《老师》中女教师见到老高后的一系列举动的"合情性"与"合理性",而问题的实质是怎样认识现实主义理论中关于生活真实与艺术真实的关系、偶然性与必然性之间的关系、典型人物与典型环境的关系,同时也涉及对唯物主义哲学范畴中的特殊性与普遍性关系的不同认

---

① 燃桂:《合理与不合理——与肖甘牛同志谈〈侗寨情思〉》,《南宁晚报》1962 年 8 月 3 日,第 3 版。
② 冰峰:《夸张基于生活——与燃桂同志商榷》,《南宁晚报》1962 年 8 月 3 日,第 3 版。
③ 亢进:《谁不合"情理"?——和肖甘牛同志商榷》,《南宁晚报》1962 年 9 月 4 日,第 3 版。
④ 亢进:《批评不宜杜撰——再与肖甘牛同志商榷》,《南宁晚报》1962 年 11 月 14 日,第 3 版。
⑤ 朱仁:《既要合情也要合理——也谈〈侗寨情思〉》,《南宁晚报》1962 年 9 月 4 日,第 3 版。
⑥ 陈笑:《再谈〈侗寨情思〉——兼与燃桂同志商榷》,《南宁晚报》1962 年 11 月 14 日,第 3 版。
⑦ 肖甘牛:《在什么"特定条件"之下——与亢进同志商榷〈侗寨情思〉》,《南宁晚报》1962 年 10 月 18 日,第 3 版。
⑧ 黄勇刹:《木叶的语言——兼谈〈侗寨情思〉》,《南宁晚报》1962 年 8 月 10 日,第 3 版。

识，这些都是重要的理论问题。

　　冰峰同意肖甘牛的意见，认为《侗寨情思》"是不合情理和缺乏真实感的"，他还反驳了燃桂关于文学艺术不是"自然主义地抄袭生活"，女老师的举动"是人物的性格和经历所发生的必然"的观点，认为不能把"特殊的一面"的偶然性当成必然性。冰峰观点的理论依据是："文学艺术作品中人物的描写，情节的构思，必须以生活为基础，必须符合生活逻辑。"朱仁与冰峰持相同的观点，认为艺术真实虽然高于生活真实，但必须以生活真实为基础。因此，他以教室纪律为真实性的标准，认为老师的举动虽然合情，但如果"照原样录下来"，只不过是"作者在构思上故意渲染"，"那才是既不合情，又不合理"。显然，冰峰和朱仁强调的是教室这一特定环境的生活真实，但并未考虑到人的心理受到意外触击时出现的非理性情形的特殊性，即只重视这一情节是否合理，而未注意是否合乎特定情境下人的心理反应，即人作为情感个体在特定事物刺激下产生的过激反应。而这一点恰恰是人的情感特性。

　　亢进从偶然性与必然性的关系角度，对肖甘牛的两篇文章提出反驳，认为诗歌是想"通过一个十年前的'一字未识的文盲'竟变成了'知识的传播者'的巨大变化……赞美了'社会主义好'"，"《老师》只是为上述主题思想服务的"。亢进更重视情节是否合情，认为"两位多年不见的亲人，一旦相见，而且是意外的相见，他们是常会闹出一些不合常规的'意外'的举动的，假如对这种'意外'相见的描写，也象跟天天见面的朋友那样，能说是'合乎情理吗'"。亢进显然注意和重视特定情境、特定人物、特定关系造成的"反常"举动的特殊性问题。他认为，在特定情境中，理是服从于情的。显然，从"合情"的角度而言，这一观点是很有说服力的。

　　但肖甘牛对亢进的观点提出反驳：其一，他认为杨老师与老高是"一般认识"，不会发生那样过激的情况，从"合情"上为"不合理"寻找证据是错误的。其二，他认为在老师上课这一"特定条件"下，老师的行为"会不会'必然发展'为诗中所说的老师那样的行动"是值得商榷的。他坚持认为，上课有特定的纪律约束，老师不可以做出与上课无关的举动。对此，亢进又发表《批评不宜杜撰——

再与肖甘牛同志商榷》,指出肖甘牛应该"艺术地研究,而不应当杜撰",以只言片语判定人物关系是"一般认识",并据此判断老师的举动"不合情"。

参与讨论的陈笑持一种折中的观点,他肯定《侗寨情思》"基本上是真实地反映了生活",却又认为"有某些地方写得不合理不恰当"。这里的"不合理不恰当"指的同样是老师见到老高时的过激反应。后来,陈笑又发表《再谈〈侗寨情思〉——兼与燃桂同志商榷》,则批评了燃桂的《刻舟求剑式的批评》①,认为燃桂"为这位女教师反常举动的辩解,是牵强附会的,而且与自己所引述的'典型环境中的典型性格'的原则相矛盾"。他认为燃桂没有"很好理解典型性格与典型环境的关系"。虽然他承认"这位教师的性格及由此性格所表现出来的举动,是合情合理"的,却认为"作者忘记了违反了人物当时所处的特定环境"。在这里,陈笑强调的仍然是对教室这一"特定环境"的不同于燃桂的认识。由此,讨论实际上转向对教室这一环境的不同认知,以及由此出现的老师行动是否合理的判断。所以陈笑才指出不能因此"忽略女教师在课堂上举动表现的不合生活实际的另一面"。而这样的讨论,实际上又回到了前述的如何理解现实主义理论中的典型环境与典型人物、偶然性与必然性关系等理论出发点上。

在讨论中,黄勇刹的观点值得重视。他不同意肖甘牛的观点,一针见血地指出肖甘牛不熟悉侗族的生活。他从同样受到批评的《春景》谈起,认为关于侗族"对歌"这一细节"不但合情也是合理的。枯鱼会写牛会唱,木叶会说人语有何妨",坦言"看了甘牛同志的批评,反而觉得他不大熟悉这方面的生活,有些分析似乎有点舍本逐末"。他认为,《老师》一诗如果从"特定的性格的实际出发,反而感觉作者构思的出奇就在于'不合理'这一点上。'不合理',但却非常合情,由于这种合情是非常式的",反之"'合理'是合理了,就是不大合情。不合情的作品,即使很合理也不一定有感染力的"。黄勇刹的分析无疑充分注意到了人的心理情感受到意外触击时的过激反应导致的"不合理",认为正是"不合理"才反映了二人之间的情感程度。这种"不合理"恰恰是"合理"由心理刺激导致

---

① 燃桂:《刻舟求剑式的批评》,《南宁晚报》1962 年 10 月 20 日,第 3 版。

的合理行动。正如黄勇刹指出的：“燃桂同志的分析既重合情也兼合理。甘牛同志的分析似乎合理但不大合情。”

其实，肖甘牛的观点较为机械、教条，他重视了一般性而忽视了特殊性，过分强调教室这一“特定环境”，而忽视这一“特定环境”中每时每刻都在起伏变化的人的感情的存在，过分强调了环境对人的制约，或者夸大环境对人的制约力，想象式地强调教室这一“特定环境”的约束性，而这本身也是对生活真实的违背。

因此，这场讨论反映出来的更深刻的问题则在于，文学作品难道只能表现一般性而不能表现特殊性吗？是应将特殊性置于一般性、将偶然性置于必然性的发展进程中，还是应将其独立出来？此外，即便承认老师的举动“合情”但“不合理”，也存在着依据当时的政治标准和价值规范对现实生活中的偶发事件进行价值判断，并依据是否符合政治标准和思想行为的社会价值规范，判定其是否典型、是否可以上升为艺术真实的问题，而这是简单化、机械化的。这一点实际上已经溢出了生活真实与艺术真实、偶然性与必然性关系的哲学范畴。值得庆幸的是，讨论并没有将“合情”引向“资产阶级人性论”。

第三节　包玉堂的调适

上述讨论对包玉堂产生的影响是直接而深刻的。这种深刻影响直接体现在包玉堂1973年出版的《天河两岸》诗集中。在诗集中，《侗寨情思》（六首）分别为《侗寨晨歌》《龙坪抒情》《鼓楼情思》《风雨桥》《老师》《老歌手和夜明珠》。其中，1962年5月5日发表的《侗寨情思》变更为组诗中的《鼓楼情思》，而原载1962年6月12日《南宁晚报》的《侗寨情思》中的《春景》被删除，比《春景》争议更大的《老师》却保留下来。

首先，《春景》的被删除，可能与肖甘牛的观点有关。肖甘牛针对“勒勉口唱侗歌，罗汉伴吹木叶”指出，“伴吹者只能顺着唱者的唱腔调和情感来吹奏，不可能在伴吹时一面口吹木叶一面和姑娘对答情歌",并且"此诗第四、五、六节,全是勒勉和罗汉在此时,你两句我两句对唱起来","这就是不合情理的"。如此说来,《春景》中的违背生活真实的"不合情理"就被坐实。但是,这一细节也可以解读为罗汉一开始用木叶为姑娘伴吹,后来则停下伴吹,与姑娘对唱。如此,《春景》的缺点仅仅是缺少了一个过渡的交代。不过,对诗歌而言,这个交代是非必要的。

此外,从读者的角度看来,《春景》极具民族风格和地域色彩,在明媚的春光中,男女青年劳动归来途中的对答、伴唱、对唱,呈现了侗族民间审美化、艺术化的生活景观,二人的欢乐喜悦的心情则是对一个民族新生活的映射。但是,若如肖甘牛所言,那么,这种非真实的民间审美化、艺术化的生活,则又会让读者产生误读。

这可能是该诗被从《侗寨情思》中删除的直接原因。其实,如前所述,即使存在这一问题,包玉堂也完全可以修改其中的细节。因为,单就诗歌而言,《春景》在《侗寨情思》(组诗)中,是最有民间生活的艺术魅力的。

此外,《老师》中的"我"和"女教师"的关系、老师停下课来与"我"对答、诗歌结尾全班同唱"社会主义好"的"合情不合理"的真实性问题,也是人们关注的一个焦点。但包玉堂对《老师》进行了多处修改,如"曾经提着小灯笼",改为"曾经背着糯米饭"。这一修改无疑是出于对真实性的考虑,显而易见,"提着小灯笼"去剿匪既容易暴露目标,又会给土匪提示。包玉堂还对"她就是那个'快乐的小鸟'?! 十年前是个一字未识的文盲,如今变成了文化知识的传播者"进行了修饰,改为"她就是十年前那个'快乐的小鸟'?! 当年一字未识的文盲,如今在新的学校里把书教",这一修改使诗句更简洁,韵律更整齐。这是诗歌艺术性问题。因诗歌前面写女教师在黑板上画拖拉机,女教师显然不是音乐教师,所以导致诗的末尾"她激动得把指挥棒一扬","满室学生齐声唱起"社会主义好……"显得在逻辑上不合理,这是身份错位带来的现场失真,必然使得诗歌备受质疑。而修改后的《老师》中,"老师正在黑板上画拖拉机"变成了"老师正在黑板上抄着歌儿",这样就确定了女老师的音乐老师身份,于是"她激动得把双手一扬"，学生们齐唱"社会主义好"便"合情合理"了。

此外，要破译为什么删除《春景》保留《老师》的密码，1962 至 1973 年的时代语境是一把钥匙。在生活真实与政治正确上，《春景》主题思想的倾向和强度，与其他篇章都一致，因此，日常生活的审美化、艺术化的牺牲是值得的。而《老师》中最后一句"满室学生齐声唱起'社会主义好……'"显然在政治上是无比正确的，因而《老师》得到保留也就不难解释了。

我们相信，如果包玉堂重新修改，《春景》这首既借鉴了侗族民歌传统，又表现了侗族人民新生活，同时又极具民族生活情趣、地域文化特征的诗歌，会成为一首经典之作。

第四节　《侗寨情思》争鸣史料

侗寨情思

包玉堂

原文载《广西日报》1962 年 5 月 5 日。

在那烽烟迷漫的年头，
老猎手走上鼓楼，
擂响那牛皮大鼓，
隆隆的鼓声呵，震得山发抖！

为了解放，为了自由，
侗家人呵，刀枪紧握在手，

奔出古老的鼓楼，
跟着党,投入火热的战斗……

在这和平建设的时候，
鼓楼上常常聚着老歌手，
弹响怀里的牛腿琴，
叮咚的琴声呵,满寨飘悠悠！

谈古论今,品茶沽酒，
歌兴浓时,齐颂粮油丰收，
歌声唱到毛主席，
油灯开出红花朵,象个小绒球……

呵,古老庄严的鼓楼，
象一座宝塔直耸上云头，
你是侗家性格的化身吗？
阳光照在你身上,一片金溜溜！

呵,古老纯朴的古楼，
象一位猎人高高仰起头，
你是在向北京眺望着吗？
满腹感激的情思,象泉水奔流……

侗寨情思

春　景

原文载《南宁晚报》1962 年 6 月 12 日。

正是春光明媚时，
插罢春秧回寨去，
走过茶林如漂海，
走下山坡似踩云梯。

扬起一阵笑声，
象银铃滚动在云里；
舞动美丽的百褶裙，
惊呆了山泉里的鲤鱼。

勒勉口唱侗歌，
罗汉伴吹木叶，
侗歌道破心中的秘密，
木叶吹出胸怀的情意。

"你看那路旁鲜花，
哪一朵开得最美丽？"
"最美丽的一朵呀，
开在勒勉的心窝里！"

"罗汉栽秧栽到白云里,

幸福的种子栽在哪块田里?"

"你那美丽的心田,

是我播种幸福的园地!"

"要想谷子丰收,

千万莫让水田干裂;"

"我将用心的泉水,

日夜灌溉,滋养幸福的种子。"

正是春光明媚时,

栽罢春秧回寨去,

姑娘银饰叮当响,

小伙子木叶吹得更甜蜜……

老师

十年前剿匪过侗寨,

这里是遍地野草;

十年后再到这里来,

草地变成了小学校。

我们好奇地走进校门,

课堂里一片静悄悄,

老师正在黑板上画拖拉机,

学生们张着小嘴在下边瞧。

当老师把拖拉机画好,

回过头来，微微含笑，

她的脸儿多熟悉呵，

我不觉一阵心急跳！

正当我回忆她的名字时，

她却忽然惊叫："老高！"

看见我疑惑的神情，

她忍不住放声哈哈大笑：

"怎么？你忘了？

我就是十年前的杨娩姣，

曾经提着小灯笼，

带领大军把残匪搜剿……"

呵，想起来了！想起来了：

她就是那个"快乐的小鸟"？！

十年前是个一字未识的文盲，

如今变成了文化知识的传播者！

望着她幸福美丽的笑脸，

多少思绪在我心上缭绕：

一个古老而多难的民族，

走上了新生幸福的大道……

我们含笑向她祝福，

祝她栽培的民族鲜花朵朵茁壮，

她激动得把指挥棒一扬，

满室学生齐声唱起"社会主义好……"

《老师》（修改前后对比，括号内为修改后的诗句）

十年前剿匪过侗寨，
这里是遍地野草；
十年后再到这里来：
草地变成了小学校。

我们好奇地走进校门，
课堂里一片静悄悄，
老师正在黑板上画拖拉机（老师正在黑板上抄着歌儿），
学生们张着小嘴在下边瞧。

当老师把拖拉机画好（当老师把歌曲抄好），
回过头来，微微含笑，
她的脸儿多熟悉呵，
我不觉一阵心急跳！

正当我回忆她的名字时，
她却忽然惊叫："老高！"
看见我疑惑的神情，
她忍不住放声哈哈大笑：

"怎么？你忘了？
我就是十年前的杨娩姣，
曾经提着小灯笼（曾经背着糯米饭），
带领大军把残匪搜剿……"

呵,想起来了! 想起来了:

她就是那个"快乐的小鸟"?!（她就是十年前那个"快乐的小鸟"?!）

十年前是个一字未识的文盲,（当年一字未识的文盲）

如今变成了文化知识的传播者!（如今在新的学校里把书教）

望着她幸福美丽的笑脸,

多少思绪在我心上缭绕:

一个古老而多难的民族,

走上了新生幸福的大道……

我们含笑向她祝福,

祝她栽培的民族鲜花朵朵茁壮,

她激动得把指挥棒一扬,（她激动地把双手一扬）

满室学生齐声唱起"社会主义好……"

诗要合情理

肖甘牛

原文载《南宁晚报》1962 年 7 月 17 日。

诗要合情理。不合情理的诗,读者必认为不真实而予以否定。

6 月 12 日《南宁晚报》刊有《侗寨情思》组诗。第一首《春景》的第三节写"勒勉口唱侗歌,罗汉伴吹木叶。"伴吹者只能顺着唱者的唱腔调和情感来吹奏,不可能在伴吹时一面口吹木叶一面和姑娘对答情歌。可是,此诗第四、五、六节,全是勒勉和罗汉在此时,你两句我两句对唱起来。这就是不合情理。

第二首《老师》,也是不合情理。

大家都有这个经验:客人到学校访老师,老师正在课堂讲课。这时有两种情况:一是教师望见客人,用目示意,等到下课后会谈;一是教师轻步出教室,和客人悄悄说两句,叫客人在树下或会客室等候。可是,作者不这么做,在第四节写着:

> 正当我回忆她的名字时,
> 她忽惊叫"老高!"
> 看见我疑惑的神情,
> 她忍不住放声哈哈大笑。

教师在"静悄悄的"教室里上课,忽然向室外"惊叫",又"放声哈哈大笑",接着又纵声大声说话:"怎么? 你忘了? 我就是……"不顾满室学生,不顾教室纪律,这老师真正岂有此理!

客人也太不懂教室纪律了,居然在教室外向教室内讲课的老师谈话,而且祝起福来。

此诗最后一节写着:

> 我们含笑向她祝福,
> 祝她栽培的民族鲜花朵朵茁壮。
> 她激动得把指挥棒一扬,
> 满室学生齐声唱起:"社会主义好……"

这位老师"在黑板上画拖拉机",大概是上图画课或语文课吧? 教师对教室外客人惊叫,大笑,大谈以后拿着指挥棒一扬,就把这堂课改为音乐课。这教师真正岂有此理!

作诗,需要缜密构思。

夸张基于生活

——与燃桂同志商榷

冰　峰

原文载《南宁晚报》1962 年 8 月 3 日。

　　文学艺术是社会生活的反映，这种反映是允许运用虚构、夸张的手法的。但虚构和夸张必须以生活为基础，否则，读者必认为不合情理。

　　包玉堂同志的《侗寨情思》组诗，在人物的描写和情节的构思上，我认为是不合情理和缺乏真实感的，特别是《老师》一首显得更为突出，因此我基本上同意肖甘牛同志对这首诗所提出的批评意见。当我读了《老师》这首诗，觉得很难相信生活中会有这样的老师：当她正在一片静悄悄的课堂里上课的时候，看见来了一位客人，就惊叫"老高！"并且"哈哈大笑"起来；还丢开满室张开小嘴凝神听课的小学生不管，大声和客人扯谈；末了这位老师还"激动地把指挥棒一扬"，叫满室学生"合唱《社会主义好》"。在这种场合下，这位老师的这些举动，不把满室小学生吓懵、弄得他们莫明其妙、以为老师发疯了才怪呢！如果说这就是燃桂同志所指的生活中的"特殊的一面"，那也不过是极为个别的怪现象。这种极个别的怪现象，决不能作为文学艺术作品的典型。如果硬要把这些极个别的怪现象当作典型反映出来，那么燃桂同志所强调的文学艺术不是"自然主义地抄袭生活"，而是"比生活更高、更典型"，不正是"岂有此理"吗？

　　《老师》中的这位老师在课堂上的行动和语言的表现，燃桂同志说"这是人物的性格和经历所发生的必然"，我不同意这种说法。因为不管这位老师的经历如何、变化多大，她毕竟是一位人民教师；虽然她和她的客人一别十年，久无音讯，相遇突然。但"在这样特殊的条件下"，作为一位人民教师，她决不会象诗中所描绘的那样，不明了自己的职责，忘记了自己当时在做些什么？不遵守课堂纪律，不懂得应该如何去处理公事和私事之间的关系，以致在行动上"必然"出现一连串的怪现象。我认为抛开人物所处的社会地位、社会经历，抛开人物活动所处的具体时间、地点和条件，只抓住人物经历中的某一方面的变化，和人物在生活中偶然发生的个别事件，去侈谈人物的性格，以及人物活动的"必然"，以为这就是深入全面的"具体分析"，而实际上只不过是一种主观片面的想象罢了，它与生活逻辑是不相符合的。

　　文学艺术作品中人物的描写，情节的构思，必须以生活为基础，必须符合生活逻辑。遵照这一原则去构思、写成的作品，才算是合情理的，反之就不合情理。所谓"合理与不合理"，我是这样来理解的，我很同意肖甘牛同志的"诗要合情理"的说法，我并不感到这一说法有什么片面与行不通的地方。燃桂同志之所以认为这个说法片面、行不通，我想是由于燃桂同志对肖甘牛同志的说法作了机械的了解，以为合理就是和实际生活一模一样。如果是这样来理解，那么写作可不必拿笔而应该拿照相机了，可是照相机照出来的东西也不可能和实际上一模一样的呵！如果是这样来了解，必然会把象肖甘牛同志的诗句《瑶山香草》："映绿了辽阔的万里长空，染香了朵朵飘浮的白云"，看成是不合情理的描写了，而我却认为这样描写是合情理的。因为作者并没有离开香草本身所具有的一般特征：绿色、有香味，去作任意的想象和夸张，这样的描写是符合生活逻辑的，是人们在实际生活中可以感受得到的。假如上述句子作者是用来描写黑煤堆，那就不合理了。其所以不合理，并不象燃桂同志所理解的那样，是它在艺术上的创造、变化，而是它那脱离生活、违反生活逻辑的描写。试想，黑煤堆怎会"映绿了辽阔的万里长空，染香了朵朵飘浮的白云"呢？这样来描写黑煤堆岂不令人喷饭！象这样脱离生活、违反生活逻辑的描写，即使在艺术上有"惊人"的创造与变化，也不能引起读者感情的共鸣，达不到感化、教育读者的目的，而"文学艺术生命"就更无从谈起了。

木叶的语言

——兼谈《侗寨情思》

黄勇刹

原文载《南宁晚报》1962 年 8 月 10 日。

一、鱼会写信牛会唱

在文学作品里，几乎没有一样东西没有人的情感和人的语言。最突出的例证，当然首推童话，寓言，和民间故事。童话里的老虎，有时会和猫师傅对话；寓言里的狐狸，有时会向母鸡唱情歌，民间故事里的石头，有时也会对鲁班诉苦，真是光怪陆离，无奇不有。不信你看《枯鱼过河泣》，这就是用寓言手法写成的一首古代民歌。

> 枯鱼过河泣，
>
> 何时悔复及，
>
> 作书与鲂鲔，
>
> 相教慎出入。

一条被人捉去晒干的鱼儿，本来是没有生命了，但当它再被人携着过河时，不但复活起来，而且还会哭诉自己的不幸遭遇，甚至会写信给自己的朋友们，教戒他们"前车可鉴，莫蹈覆辙"。这是什么道理？如果说枯鱼根本不会复活，怎么还会写信呢？真正岂有此理！然而，这首歌还是从古流传到如今。近代民歌里的牛马可谓之苦矣，但当他眼见牧放自己的人"喝得碗干肚又饥"的苦情时，也会唱起苦情歌：

> 苦忧忧，
>
> 我苦不比你苦愁，
>
> 我苦还有草坪在，

你苦餐餐苦菜菀。

难怪牧歌里还有"牛在岭尾叹大气,牲畜为我叹苦愁"的唱法! 细看,牛为什么会有人的感情和人的语言呢? 如果要拿生活的真事来论证,也确是岂有此理。

不过,尝过一些写作苦头的人,仍然不想拿"岂有此理"的疑问去否定这种微妙现象的存在。有时还会为这种似乎出乎意料之外,却在情理之中的奇特而感到韵味无穷。

二、木叶的语言

"近水知鱼性,近山识鸟音",我们彩调团有个琴手黄荣光同志,不但知鱼性和识鸟音,而且还晓蛙鸣,只要他走过塘边学蛙叫,寂静的池塘就会奏起蛙的音乐来。这一来,他才慢慢的看,慢慢的选,那只肥大钓那只,真是"寅时钓蛙卯时煎"。我很幸运地参加了他几次的劳动和享受。总觉得这个琴师自有他的生活乐趣。但是,他就是不懂吹木叶,每逢和他爬山过岗,他总爱听我的木叶曲。木叶和我的交情是很有来历的。早年,在那爱情的季节——歌圩上,不会吹木叶的男女们是很难"摘片木叶信口吹,我俩成双不用媒"的,所以我也糊里糊涂学会了。如果说绣球仅会脉脉含情的话,悠扬的木叶声就是最善于抒情的语言了。木叶可以独立抒情地吹奏,木叶也可以跟歌伴伴奏,不论独奏也好,伴奏也好,总是蕴藏着多情的语言的。所以,我觉得玉堂同志在《侗寨情思》《春景》所写的一唱一吹,一问一答的诗情,不但合情也是合理的。枯鱼会写牛会唱,木叶会说人语有何妨? 看了甘牛同志的批评,反而觉得他不大熟悉这方面的生活,有些分析似乎有点舍本逐末。

三、重合情也兼合理

关于《教师》这首诗,乍一看来,似乎不合课堂规则的理,但一经从那"一别十年"又重逢的特定环境和"快乐的小鸟"的特定的性格的实际出发,反而感觉作者构思的出奇就在于"不合理"这一点上。"不合理",但却非常合情,由于这

155

种合情是非常式的，难怪最后那句"满室学生齐声唱起'社会主义好'……"虽然有点斧凿痕迹，也还说得过去。反过来说：如果这老师循规蹈矩地"以目示意"那就不是诗中所写的教师了。那样处理，"合理"是合理了，就是不大合情。不合情的作品，即使很合理也不一定有感染力的。何况，这位教师的合理问题并不是什么根本讲不过去的呢！

燃桂同志的分析既重合情也兼合理。甘牛同志的分析似乎合理但不大合情。也可能是他忽视合情的特点了吧！

谁不合"情理"？
——和肖甘牛同志商榷

亢　进

原文载《南宁晚报》1962 年 9 月 4 日。

近来，肖甘牛同志很关心文坛、关心后辈，曾大胆地提出过一些有益的见解，受益不浅。但，读过两次对包玉堂同志的组诗《侗寨情思》的批评后，却不敢赞同。

肖甘牛同志一再批评《侗寨情思》"不合情理"。我觉得，要弄清是不是合情理，首先就要弄清什么是"情理"。所谓"情理"，据我的理解，就是在特定条件下的必然发展。比如人要吃饭，对健康人来说，这是合乎情理的，但对一个动了手术的病患者，也说他必得一日三餐，那就不合情理了。同是人吃饭，为什么会有不同的"情理"呢？是因为条件变了，因而"情理"也得变。肖甘牛同志的批评，就犯了这种不顾条件的毛病。以包诗《老师》为例，明明写的是两位一别十年、意外相逢的战友的"情理"，肖却用"大家都有这个经验"的一般对待"客人"的"情理"来套，发现对不上时，就大喊"不合情理"，从而就"予以否定"，这种不顾条件、用甲套乙的批评本身，不正是"不合情理"，应该"予以否定"吗？试想：假如有谁硬用李四的面貌去套张三，发现不合，就认为李四的面貌与人类不同，对这种批评，有谁会认为它有"缜密构思"呢？

由于条件不同，同是一样事情而产生不同"情理"的先例，在古今中外的文学作品中是俯拾皆是的。信手举个例子：梁、祝的爱情结局，是双双殉情，这在他们的特定条件下，是合乎"情理"的；而唐明皇亲自下令，在他的马前勒死了他最心爱的杨贵妃，在"六军不发无奈何"的特定条件下，这种爱情结局，也不能说是不合"情理"的。同样，教师见客人，在不同的条件下，就会有不同的见法，有不同的"情"，就会有不同的"理"，假如不顾条件的不同，凡是教师会客，都只准她们"用目示意"或"轻步走出教室，和客人悄悄说两句话"，而不许她"忽然惊叫'老高'""忍不住放声哈哈大笑"，这就象只准爱情结局只能是双双殉情，而不能是一方牺牲一方的那样。在这里，"情理"的改变是由条件决定的，离开了特定条件下的特定"情理"是没有的，没有什么抽象的"情理"其实，大家也"都有这个经验"：两位多年不见的亲人，一旦相见，而且是意外的相见，他们是常会闹出一些不合常规的"意外"的举动的，假如对这种"意外"相见的描写，也象跟天天见面的朋友那样，能说是"合乎情理"吗？

还有，肖甘牛同志在第二次文中，虽然也承认"当然，这种放肆(?)的教师也有"，但又提出"何必写诗来歌颂她呢？"这种不宜歌颂的提法，也是不妥的，因而它误解了《老师》一诗的主题思想。读罢全诗，谁都可以理解，作者写这首诗的目的，是想通过一个十年前的"一字未识的文盲"竟变成了"知识的传播者"的巨大变化，来歌颂"一个古老多难的民族，走上了新生幸福的大道"，从而赞美了"社会主义好"。这不是一首表现先进人物的人物诗，也不是在歌颂"老师"，《老师》只是为上述主题思想服务的。退一步讲，就假定它是表现先进人物的，也不能仅凭违反了课堂纪律这一点，就否定她不是个先进教师。做为工人阶级英雄典型的保尔·柯察金，不也发生过冬尼亚恋爱、甚至想自杀的行为吗？我们能仅凭这一点，就否定保尔不是个英雄吗？

既要合情也要合理
——也谈《侗寨情思》

朱　仁

原文载《南宁晚报》1962 年 9 月 4 日。

　　包玉堂同志的《侗寨情思》组诗发表，引起了读者的争论，争论的焦点是情理问题。作为一个门外人，我也说几句外行话。

　　我认为情与理实质上是生活现象与生活规律的关系。它们既是矛盾的，又是统一的。所谓矛盾，就是说生活现象是多种多样、千变万化的，它比生活的一般规律要复杂得多；所谓统一，就是说尽管生活现象的多种多样与千变万化，但却受着客观环境的制约，有一种不以人们的主观意志为转移的必然趋势，有着共同的逻辑。这种关系反映在创作上，就是生活的真实与艺术的真实的关系。艺术的真实应当高于生活的真实，但是艺术的真实必须以生活的真实为基础，从而构成情与理的严密的辩证关系。如果认为情与理是绝对对立的或者互不干涉的，那就无法理解了。

　　在文学作品里，木叶是可以有语言的，它可以被人"吹出满怀的情意"来，这是无须怀疑的，也是无容非议的。肖甘牛同志在批评《侗寨情思》不合情理时，并没有对木叶的语言感到奇怪，而是认为"伴吹"为什么尽是"你两句我两句对唱起来"？我是基本上同意肖甘牛同志的意见的。既然上面明明写的是"伴吹"，下面的实际内容却又都是对唱，前后意思完全变了样。

　　当然，"伴吹"可以转化为"对唱"，但何时转，在什么地方转，作者并没有点出来。在这方面，白居易的《琵琶行》值得借鉴。该诗中先是琵琶女用琴声来"似诉生平不得志"，然后"沉吟放拨插弦中，整顿衣裳起敛容"来倾吐自己悲欢离合的身世，接着白居易也托出自己满腹的辛酸与不幸的生涯，最后又是转急凄凄的弦声,引起了"满座重闻皆掩泣",使人既能听到嘈嘈切切的琴音,又能听到语重唧唧的唉叹,诗中情景的几度变化在字里行间一目了然。而《春景》给人的印象是闻不到"伴吹"的曲调,只听到对唱的歌声。

第二首《老师》问题就更多了。不能否认作者的原意是企图从一角来反映出"一个古老而多难的民族,走上了新生幸福的大道"——不仅政策上、经济上得到解放,而且文化上也在欣欣向荣。但是作者笔下的老师——文化知识的传播者,在"一片静悄悄"的课堂里正在上课,忽然主动惊叫室外的来客,甚至"放声哈哈大笑"高谈阔论起来,扯谈了一阵之后,也不知一堂课上完了没有,只因客人祝福了几句,她便"激动得把指挥棒一扬",正在听课的学生也就齐唱起《社会主义好》来了。这种举动,使人感到她不象老师,倒有点象集市上鸣锣聚众的膏药叫卖者,也有点象舞台上的杂耍表演者。

也许有人要问,在课堂上有没有老师突然惊叫的事情呢? 我认为是可以有的,但必须有极为特殊的原因。比如电影《为了和平》里就有这样一个场面:一个富有高度民族气节的老师(大学教授)正在讲课,突然大群日本鬼子兵象野兽般从门口冲进来,于是老师振臂高呼,号召同学们起来救亡图存。这种情形不但不使人们感到老师的表现反常,反而会感到这才是"人物性格和经历所发生的必然"。可是《老师》里的老师,仅仅是突然遇见"一别十年"的朋友,即使是多么"快乐的小鸟",也不应违反课堂纪律,置正在听课的全室学生于不顾。

如果真有这样一位不自觉的老师,作者照原样录下来,认为虽不合理,但很合情,那么,这种所谓"合情",只不过是自然主义的描绘而已;如果事非如此,而是作者在构思上故意渲染,那才是既不合情,又不合理了,又怎能谈得上"既在情理之中,又在情理之外呢"?

肖甘牛同志提出的两种情况,我认为是合情合理的,因为学校的老师就是老师,老师的性格千差万别,平时的言行举止各不相同,但老师应遵守的规矩(尤其是课堂规则)却是大同小异的。所以,在上课中遇到来访的客人,必然是以目示意或悄悄告之等候,而不是当场高声惊叫,哈哈大笑,随便扯谈,挥棒叫学生唱歌,把听课的学生突然当作迎宾的乐队。须知,"一别十年"也好,"快乐的小鸟"也好，随随便便违反课堂纪律的老师是很难博得学生的好评的。这种如此放肆的所谓"老师"只能是老师队伍中的怪人，又有什么值得当成典型来书写呢？

无产阶级的文学作品，是对人民进行社会主义与共产主义教育的一种工具，因此，它必须既合情，也要合理，才能引导人民朝着正确的方向前进。如果离开了人们生活的正常轨道，去猎取一些"非常式"的怪象，把它表现在作品里，认为这样可以"合情"不必"合理"，就能有感染力，反之，如果遵循生活的逻辑，只能使作品"合理"而不"合情"，就没有感染力，都不是创作上的光明大道。因为合情与合理并不是不可调和的，也不是互相分割的，而是对立的统一体。所以，任何"非常式"的特定环境与特定性格，都必须既要合情，也要合理。否则，任何"惊人"的创造也不会有真正的感染力，而且还会或多或少地损害了文学艺术的生命呢。

《侗寨情思》的得失

陈　笑

原文载《南宁晚报》1962 年 9 月 4 日。

作为一个从未写过诗，而且读诗甚少的读者来说，本不该在此谈起诗来。但读了《侗寨情思》及其所引起的争论，又有所感，既然有感，就暂且凑合几句，作为门外之门外谈吧！

有人说：诗，要有丰富的想象，大胆的夸张，不宜拘泥于生活的细枝末节，甚至有时会出现一些千奇百怪的独特的构思现象，离开想象和夸张，诗就失去飞翔的翅膀，激越的情感，动人的力量；诗，又要有高度的真实性，是彻头彻尾的生活的产儿，必须植根于生活之中，任何游离于生活之外的主观臆造，离奇的凑合，怪异的叫喊，都是与诗相去万里的，不是诗。基于这一看法，平心而论，我认为《侗寨情思》既不宜全部肯定,也不该一概否定,应给予具体分析,恰当评价。

先看《老师》一首。作者写一个"十年前是个一字未识的文盲,如今变成了文化知识的传播者"。这一变化是惊人的,反映出侗寨人民生活的巨大变化,从整首诗来说,有其积极的现实意义和无可怀疑的真实性。必须肯定这一点。至于诗中的具体描写,细节的构思和安排,就要具体分析了。作为诗的主人公女教师的"快乐的小鸟"的特定性格,与朋友阔别十年重逢,而又是偶然相见的特定境遇,感情的激动是可以想见的,因而惊叫起"老高","忍不住放声哈哈大笑",最后"她激动得把指挥棒一扬,满室学生齐唱起'社会主义好……'",这种感情的倾泻是很自然的,合情合理,符合人物性格,无可指责。如果抽去了这些激动情绪的描写,诗就会变成干巴巴的解说了。从这一角度来看,诗是真实的。但是,诗作者忘记了这位女教师所处的特定环境,没有缜密地考虑到她正在课堂上讲课的特定时间,这不能不是构思的一处败笔。有些同志只强调人物特定的情感,不承认人物此时此地表现的不合理,不合生活的真实,牵强附会地给予肯定,是很难令人同意的。固然,诗要注重人物情感的抒发和渲染,可以虚构,不是自然主义地抄录生活,但是,不等于说可以抒写生活中没有或不可能有的怪异现象,否则,诗就不成其为诗了。人们常说的文艺作品比生活更高更集中更典型,是指在生活真实的基础上,概括、提炼生活的高度和功夫,而不是任由作家主观地捏造一些违反生活规律的奇怪莫测的现象和事件。这是诗与生活间真与不真的辩证关系。我想,在评价一首诗时,不应忘记这一点。

至于另一首《春景》,构思是巧妙的,在一定程度上创造出幽美的意境,写的也颇为动人。从全诗看来,安排是合理的,作者着意于中间三节的一问一答,一唱一吹,而没有局限于"伴唱"的意思,因而使诗更富于诗意,更形象生动,这确是诗之成功所在。如果只是"伴唱",诗就会逊色得多。但是,作者在第三节中"伴唱"二字用的确是不当,使人容易误解。因为"伴唱"和"对唱"毕竟是不相同的,尽管它没有构成影响全诗失败的缺点,但也不能勉强把明明是不对的说成对的。黄勇刹同志说"木叶也可以独立抒情地吹奏,木叶也可以跟歌伴伴奏"是正确的,但不能由此而否定"伴奏"与"独伴"的区别。同时,在童话、寓言里"枯鱼会写牛会唱"，可以人格化，赋予人的思想感情，也没有人怀疑，但那是另一回事，不能搬过来解释《春景》用词不当的错误。肖甘牛同志并不是否认木叶的作用，只是说："伴吹者只能顺着唱者的唱腔调和情感来吹奏，不可能在伴唱时一面吹木叶，一面和姑娘对答情歌。"他的意思很明显是在"伴唱"二字上面。我觉得肖甘牛同志指出这点是对的，并没有使人"觉得他不大熟悉这方面的生活，有些分析似有点舍本逐末"，反而觉得黄勇刹同志的分析无的放矢，机械搬用。

总的说来，《侗寨情思》基本上是真实地反映了生活，但也有某些地方写得不合理不恰当，我们既不能一概否定，也不能全盘肯定，应该实事求是地具体分析，恰当对待，给予正确的评价。

什么"必然"使学生为老师的高兴而歌唱

刘文强

原文载《南宁晚报》1962 年 9 月 4 日。

在《侗寨情思》组诗中《老师》一首，作者对主人翁——女教师的动作描绘，燃桂同志说这是"人物的性格和经历所发生的必然"，我觉得这是不符合逻辑的。这个非常快乐的、剿匪时带路的、由文盲成为教师的小姑娘的这种性格和经历，怎见得在上课时遇见一位旧朋友就必然会产生不正常的行为呢？而那些正在专心听课、与老师忽遇故知的心情完全无联系的学生，突然为老师的高兴而服务而高歌"社会主义好"，又是什么"必然"所引起的呢？相反的，我觉得如果按照这位姑娘的性格和经历来看，她从小在革命队伍里受到长期教育与锻炼，应具备有最基本的工作责任感，而不应产生这种不正常的现象才是合适的。

合老师的情不合学生的情

流　飞

原文载《南宁晚报》1962 年 9 月 4 日。

《侗寨情思》中《教师》这首诗,黄勇刹同志认为是合情的,我不否认合乎教师的"情"这一点,但是全班数十名学生并非完全是"快乐的小鸟"般的性格,更不会和这位客人"一别十年",客人的到来对于学生们毫无关系,学生们只会对老师的举动莫名其妙,而绝不会也像老师那样激动起来,于是就不可能由于老师心血来潮,教鞭一挥,便来个《社会主义好》的大合唱,作者硬把女教师的心情强加到正在专心听课的学生们的头上去,这是不合乎学生们的"情"的。

就算生活中有这样的教师,也不宜在文学作品里反映出来。课堂纪律不只片面去管束学生,对老师也是一种约束。

在什么"特定条件"之下

——与亢进同志商榷《侗寨情思》

肖甘牛

原文载《南宁晚报》1962 年 10 月 18 日。

亢进同志提出:"所谓情理,据我的了解,就是在特定条件下的必然发展。"我认为提得好,抓住了关键,只要"特定条件"解决了,《侗寨情思》关于"老师"的争论也可解决了。同时,亢进同志提出这个问题,给我们搞创作的一个有益的启示：违反了特定条件是断断不可。

宋江被阎惜娇用梁山书信来要挟，在这特定条件之下，他只好杀了惜娇。武松发现哥哥被嫂嫂毒死，在这特定条件之下，他手刃了嫂嫂。亢进同志所举的梁祝殉情，唐明皇勒死杨贵妃，都是在特定条件之下才产生这种行动。

我们研究《侗寨情思》里的老师，是在什么特定条件之下呢？

十年前："曾经提着小灯笼，带领大军把残匪搜剿"（附谈：提灯笼剿匪，参加过剿匪的同志认为不真实）。她带领大军，而不是带领老高一人。老高仅是大军中之一员。她在剿匪途中，和老高有什么特殊的经历？ 或是婉姣受伤，老高背过她？ 或是老高受伤，她曾照顾，十年来生死存亡念念于怀？ 或是两人在千辛万苦中捉住一个匪首？ ……他们两人任何一件不平常的经历，在诗中没有半言只语提及。照诗看来，他们只是在剿匪途中一般的认识而已。

现在：老师杨婉姣在"静悄悄"的课堂中上课。课堂里有几十小学生。老师向外"惊叫"，可否引起小学生骚动？ 小学生会不会跑来窗口向外瞧？ 在此情况下，老师会不会接着"放声哈哈大笑"和纵声谈话？ 老师大笑大谈，教室秩序会不会更乱？ 老师一指挥棒一扬，满室学生，能不能"齐声唱起"歌来？

过去：一般的认识；现在：老师正在教室上课，在这种"特定条件"之下，会不会"必然发展"为诗中所说的老师那样行动？

让我们好好研究这个"特定条件"吧。

最后，我特别声明：上面我随手举的不平常的经历，只是例子而已，就是两人曾经同在溪边玩石子或爬上树摘山果吃……都行。不声明，又会有人说我用框框套套了。

再谈《侗寨情思》
——兼与燃桂同志商榷

陈　笑

原文载《南宁晚报》1962 年 11 月 14 日。

本不打算再谈《侗寨情思》了，但读了《刻舟求剑式的批评》（见《南宁晚报》10 月 20 日）一文后。觉得仍有谈的必要，也请晚报编者给一隅之地，以便和燃桂同志商榷，并借此向燃桂同志求教。

（一）

文学作品中的典型性格，必须符合于典型环境，是典型环境中的典型性格。这一点似乎争论的双方都是承认的，没有什么分歧。但当具体分析《侗寨情思》时，意见却是针锋相对的，可见对"典型环境中的典型性格"这一原则，还没有统一的认识。这大概是双方争论的焦点之一。

燃桂同志尽管在文章的开头正确地提到："文学必须描写典型环境中的典型性格，没有了典型环境，典型性格就是架空的，无所依凭的，因此也就不能说服人，感动人。"但是，当他具体分析到《老师》一诗中女教师性格表现的三个"可能"时，却否定了自己前面提出的理论基础。不错，《老师》中所写的是小学校。这位女教师也"可能是图画教员，又可能是语文教员，甚或兼教音乐"。但是我们应该注意到，她不可能在一堂课里同时上几种科目的课，这是一般的常识。因此，燃桂同志认为这个"给人物的特殊行动设下第一个可能"的说法，显然是不成立的，不符合实际的。其次，这位教师确是"由一个目不识丁的小姑娘变成了教师"，她也有"小鸟一样快乐的性格"，可能会在十分激动和高兴时"哈哈大笑"，或指挥学生"齐唱社会主义好"，但这种表现必须受到一定环境条件的制约,不可能在任何地方任何场合都能有如此的举动和表现,也就是说不可能出现在课堂上的特定环境。不承认这一点,实质是否定了"典型环境中的典型性格"的说法。因此,人物特殊表现的"第二个可能"又是不能成立的,不切合实际的。同时,作为十年前亲密的朋友,十年后偶然重逢,而双方又有着巨大的变化,感情的狂澜是可以想见的,这是人之常情。但是,就算我们凭着多丰富的想象的翅膀,想象出他们多么亲密的友谊,内心掀起多么巨大的狂澜,也不能离开当时人物所处的特定环境——课堂,和人物特定的任务——上课,而出现这种反常的,难以置信的表现和举动。因此,这"第三个可能",同样是不能成立,脱离生活的实际的。

由此看来,燃桂同志为这位女教师反常举动的辩解,是牵强附会的,而且与自己所引述的"典型环境中的典型性格"的原则相矛盾,离开了列宁关于文艺作品"全部关键在于个别的环境"这一指示,不能自圆其说。同时,燃桂同志引用的例子,不但不能为他的分析作证,而且正好驳倒了自己的分析。《乡村女教师》中的瓦西里耶夫娜正在课堂上课,看门人说有一个"等了三年"的人要见她。当时她内心确是"感到一阵一阵的酸","愈来愈跳的厉害",可是她并没有放弃职责,扰乱课堂秩序,而是"竭力沉住气,使自己的声音合乎节拍"。这是妙笔生花的心理描写,合情合理,这一典型性格的心理分析,完全符合当时的典型的特定环境,无可指责。但是《老师》中的教师却与瓦西里耶夫娜相反,放纵自己的感情,放弃职责而"哈哈大笑",任性指挥学生高声"齐唱社会主义好"。这不就是一个很好的反证吗?至于《牡丹亭》中的杜丽娘为追求自由的爱情而因情致死,《五朵金花》中的男主人公为寻找心爱的情人而闹了不少笑话,确实离奇而又合理,夸张而又真实,但不能拿来解释这位女教师表现的不合理。因为她们的特定环境不同,描写手法也有很大的差异。因此,燃桂同志的引例不能驳倒肖甘牛同志的意见。相反,却为肖甘牛同志的意见做了有力的引证。

燃桂同志用了相当长的篇幅,引了不少的经典理论,举了不少的例子,企图详尽地为《老师》的缺点辩解,但到头来却事与愿违,适得其反。其原因在于,燃桂同志并没有很好理解典型性格与典型环境的关系,并不是说口头上不懂得这一理论,而是说在具体运用时离开了它,因此,自然得出错误的结论。我觉得这位教师的性格及由此性格所表现出来的举动,是合情合理,可以说是人物典型的性格所决定的典型的表现。但作者忘记了违反了人物当时所处的特定环境。如果作者把人物放在另一个场合,即另一个环境去表现,那就符合"典型环境中的典型性格"的描写。这就是《老师》的缺点所在,是无法否定的,任何辩解都是徒劳的。

(二)

《侗寨情思》争论的另一个焦点是:艺术的真实与生活的真实的关系。我同意冰峰同志的看法:"夸张基于生活。"但夸张不等于艺术,仅仅是艺术反映生活的一种表现手法。艺术的真实必须植根于生活的真实,生活中没有的现象,艺术中就不可能有所反映,在某种意义来说,有什么样的生活,就有什么样的艺术。即艺术取决于生活,但艺术的真实却高于生活的真实,比生活更集中更典型更强烈,艺术反映生活不是消极的机械的抄录生活的真实,否则,艺术将失去其存在的意义,这一生活真实与艺术真实的辩证关系是众所周知的,也为古今中外的伟大作家和作品所证实了的。燃桂同志所引的鲁迅关于艺术创作的典型化方法,及所举的例子,无疑是一个很好的说明。但当投到《老师》中的一些看法,我却不敢赞同。

《老师》所描写的女教师的"快乐的小鸟"的性格,是生活中存在的,她的"哈哈大笑",也是生活中具有这种性格的人所常有的;她从文盲变成传播知识的教师,也是不用怀疑的,生活中可以遇见很多这样的人。同时,作者通过这样一位女教师的描绘,从而赞扬侗族的新生,抒写热爱我们新生活新时代的感情,也是无可厚非的。我同意燃桂同志这一分析,单从这一点来说,诗是符合生活真实的。但他不应该忽略女教师在课堂上举动表现的不符合生活实际的另一面。照理说,像她这样从小受到革命锻炼的人,今天又是一个人民教师,况且又正在课堂上课,不管当时心情如何激动,也不应该不可能出现不正常的表现。正如有的同志说:这种举动,使人感到她不像老师。这就看出不是生活中的真实,退一万步来说，就算在生活中偶然出现这种怪现象，也没有描写的必要。因为不但不符合艺术反映生活的典型化概括化的原则，而且有损于人物形象的真实性，会削减主题的教育意义，失去艺术的感染力，也可以说在艺术上也是不真实的。

至于燃桂同志说："文学作品应该描写正在成长中的英雄，一切英雄都有个成长的过程，他们不可能没有缺点和错误……"这是生活本身所决定的，相信没有人否定它，在讨论的文章中也没有发现这种说法，因此，不需要在概念和原则上兜圈子。但如果想以此来解释女教师举动的脱离生活真实，那是说不通的。因为这不是有没有缺点的问题，可不可以描写缺点的问题，而是符不符合生活真实的问题，两者不能混为一谈。

燃桂同志最后说：要从实际出发，要注意特殊情况。这是值得我们铭记住的，只可惜燃桂同志也有点忘记了"从实际出发"，女教师在课堂的特殊举动，并没有促使她非这样不可的"特殊情况"。

批评不宜杜撰

——再与肖甘牛同志商榷

亢　进

原文载《南宁晚报》1962 年 11 月 14 日。

肖甘牛同志在《在什么"特定条件"之下》一文中云：由于他在《老师》一诗中没有找到"片言只语提及"娩姣与老高"两人任何一件不平常的经历"的描写，因而就断定他们是"一般认识而已"。这种逻辑，未免欠通。须知，没有用文字直接"提及"，并不等于没有描写。乐府《陌上桑》岂不也"没有片言只语"提及罗敷的容貌，既没写她的鼻子眼睛如何，也没有写她的身材手脚如何，可是，作者通过"耕者忘其犁,锄者忘其锄"的描写,却使读者完全可以想象出罗敷之美。同样,《老师》一诗虽没有正面写"回想十年前……"之类,但却巧妙地通过对他们意外相见时反常行为的描写,从侧面烘托出了他们过去的"不平常"的友谊。试想,假如真象肖甘牛同志断定的那样,"老高仅是大军中的一员",他俩仅在"剿匪途中"有一些"一般认识",那么,经过十年的变化,他们偶然碰面,娓姣能那样激动吗? 恐怕就是老高主动打招呼(他也许早就把她忘了),她也要想很久才能认出他来,或者,就根本认不出来了。而诗中描写的在他们意外相见时一眼就能认出、而且出乎寻常的激动,这种描写的本身,不就是用烘托的手法告诉我们:这是一对很熟的老朋友,由于多年不见,意外相逢已使他们忘了所处的环境,竟"惊叫老高""哈哈大笑"起来。这种表现手法,和《陌上桑》的写罗敷容貌颇为相似,即所谓"不着一字,自得风流"。可见,作者有意识地留下空白,让读者用想象去填补,这种表现手法,绝不是什么"断断不可",倒正是增强了诗的艺术性。何况,《老师》一诗的主题是在表现一个古老民族的变化,而不是在于着重表现老师这个人物,更不是为了描写老师与老高的友谊故事,因此,在一些不必要的地方,作者只做一些必要的交代(如写明十年前他们曾在剿匪中并肩战斗过),就足以够了。否则,作者真遵照肖甘牛同志的办法,用大段的篇幅写上"回想当年剿匪时,老高负伤我服侍""同在溪边玩石子,爬上果树摘果吃"等等,岂不成了蛇足? 我想,就是肖甘牛同志自己,搞起创作来,恐怕也不会在无关主题的地方大花笔墨吧!

在评价作品时,总应在做过艺术分析、研究了作者为什么要这样写而不那样写之后,再"照诗看来",否则,看到作者只写了某一方面没写另一方面,就认为"不合情理",是不能够使人信服的。假如肖甘牛同志的逻辑能够成立,那么,只写了"耕者""锄者"等的反常行为,而没正面写罗敷之美的《陌上桑》就成为不可解释、"不合情理"的作品了。

是的,是要好好研究一首诗的"特定条件",而且应当是艺术地研究,而不应当杜撰(什么地方曾有"片言只语提及"他们是"一般认识而已"了呢?)。

最后申明一点:我肯定《老师》一诗,并不等于就认为它是拔尖之作,不过,好不好是一回事，可不可以这么写，又是另一回事。说它不是很好的作品，我是同意的，但说它"岂有此理""断断不可"，是无论如何说不过去的。我是后辈，懂的不多，在艺术上很想聆听肖甘牛同志的指教，但也希望肖甘牛同志在评价一首诗时，特别是要"予以否定"时，能熟读作品，掌握分寸。

第三章

关于小说《美丽的南方》《故人》的讨论和争鸣

《美丽的南方》和《故人》是陆地创作的两篇优秀小说。但是，当时人们却围绕着小说中知识分子形象塑造、小说主题等展开了激烈讨论。

第一节 《美丽的南方》的出版及反响

1960 年出版的《美丽的南方》是壮族作家陆地的代表作，同时也是壮族文学史上第一部长篇小说。这部以广西农村土地改革为题材的小说，通过贫苦农民韦廷忠的苦难家史，描写了中国农民从奴隶到主人的翻天覆地的巨变，展示了世世代代受剥削、受压迫的农民如何在党的领导下，与地主阶级进行尖锐而复杂的斗争，终于取得胜利的伟大历史进程，历史、客观地"反映了土地改革时期中国农村的阶级矛盾、阶级斗争、阶级变化和历史趋势"[1]。

小说发表后在广西文坛引起了较大反响。吴慧的《〈美丽的南方〉读后》[2]，蓝山的《美丽的南方　美丽的人——长篇小说〈美丽的南方〉读后》[3]，曾庆全的《〈美丽的南方〉艺术浅赏》[4]，方芳、柳蓉的《真实的人物形象——谈〈美丽的南方〉中的主人公韦廷忠》[5]等评论文章，依据当时的批评规范，对小说的主题、人物以及地方和民族特色进行了充分肯定，但评论重点放在了作者对阶级斗争的反映和把握。小说的时代特征和文学批评的时代特征都表现得十分充分。而且，阶级斗争的力度并未因为空间的"边远"而减弱，政治因素（阶级斗争）被放在了首要位置。

吴慧认为，《美丽的南方》"准确地把握住了这一政治斗争的特殊性，通过一

---

① 李鸿然：《中国当代少数民族文学史论》，昆明：云南教育出版社，2004 年。

② 吴慧：《〈美丽的南方〉读后》，《红水河》1960 年第 6 期。

③ 蓝山：《美丽的南方　美丽的人——长篇小说〈美丽的南方〉读后》，《广西日报》1961 年 8 月 14 日。

④ 曾庆全：《〈美丽的南方〉艺术浅赏》，《广西文艺》1961 年第 8 期。

⑤ 方芳、柳蓉：《真实的人物形象——谈〈美丽的南方〉中的主人公韦廷忠》，《广西文艺》1962 年第 1 期。

系列生动的艺术形象和曲折的情节发展,比较全面而集中地表现了这场猛烈的阶级斗争,反映了广西农村在党领导下所发生的深刻变化,为这一具有历史意义的伟大变革留下了深刻动人、值得纪念的一页","在不同程度上塑造了一些具有典型意义的人物形象","不失为一部具有民族特点和地方色彩的好作品"。蓝山评论中的阶级斗争之"弦"绷得似乎不那么紧,他将《美丽的南方》称为新中国成立以来"僮族①人民文学长篇创作的第一个丰收,是民族文学艺术事业中一个可喜的、新的胜利",原因是这部小说"比较全面、深刻地反映了僮族人民这场铲除封建制度根基的斗争。它描写了僮族人民的阶级觉醒和英雄人物底成长的复杂曲折过程,同时,也刻划了卷入这场庄严的斗争中去的各种类型的知识分子出身的人物,展示了……他们的命运和前途"。蓝山认为,小说"绝不是一册土改文献,而是一幅反映这一伟大斗争的人物、场景的活的画卷",陆地是按毛主席所说的"革命的文艺,应当根据实际生活创造出各种各样的人物来,帮助群众推动历史前进"进行创作的。但蓝山同时也指出,"有的同志反映说,读完了作品的大部分,对土改干部中谁是党、团员还欠清楚"的原因,是没有"通过运动与党的力量"把人物新的精神面貌表现出来,特别是"对党的领导力量表现得还不大鲜明、突出",对人物精神世界也缺乏"更深透、细致的刻划"。这些不足,成为日后批判的焦点问题。

在肯定性的评论中,曾庆全从艺术风格和艺术成就的角度,高度肯定了《美丽的南方》取得的成就,称其"以清新的抒情风格和柔缓的调子,以及南国风光和风俗的逼真描摹,构成了作品独具的民族特色和地方色彩,给读者以诗意般的美感,丰富了我们百花争艳的文学园地"。

---

① 　编者注:"僮族"应为"壮族",后同。

第二节　评论的转向与争鸣的焦点

　　梁唐的《如何评价艺术形象——对〈《美丽的南方》艺术浅赏〉的几点异议》①，白芷的《试谈韦廷忠——兼与梁唐同志商榷》②，谭树平、茹萍的《也谈〈美丽的南方〉——与曾庆全同志商榷》③等，却对《美丽的南方》提出了不同意见。这些意见主要集中在三个方面：一是小说虽然涉及土地改革时期农村尖锐激烈的阶级斗争以及复杂的阶级关系，却没有正面、直接去描写和表现阶级斗争；二是小说主人公韦廷忠的思想性格发展过程存在问题；三是小说中知识分子地位界定存在问题。在一段时间里，围绕这三个焦点问题，评论者进行了广泛争鸣。

　　第一，关于阶级斗争如何表现的问题。在对阶级斗争的表现形式上，曾庆全认为小说作者有意不去直接表现激烈、尖锐的矛盾冲突，描写阶级敌人的"毒辣阴谋"，而是用"抒情的、柔缓的、比较细腻的侧面的生活调子和感情抒发"，这是一种艺术策略，并不是作者没有注意到阶级斗争的复杂性、尖锐性，而是有意"强调出艺术创造的'含蓄'之功，它无限地丰富，扩大了作品形象境界的容量，饱和着更加丰富的内容"，"从而诱发读者的想象，以获取更丰美更有意义的艺术享受"。这样，小说"表现的是严峻的生活激流，却荡漾着松快的气氛和幽默情味。这样的描绘，就以它徐缓的节奏、柔和的色调、抒情的风格而引人入胜了"。曾庆全还进一步从艺术技巧的角度指出，作品"省去了大量的笔墨，剧烈的斗争场景，尖锐的敌我矛盾，但依然传达出了特定环境中的生活真实，表现了初解放时某些偏远少数民族地区的环境气氛。而作品的风格基调却仍然保持

---

① 　梁唐：《如何评价艺术形象——对〈《美丽的南方》艺术浅赏〉的几点异议》，《广西文艺》1961 年第 12 期。

② 　白芷：《试谈韦廷忠——兼与梁唐同志商榷》，《广西文艺》1962 年第 2 期。

③ 　谭树平、茹萍：《也谈〈美丽的南方〉——与曾庆全同志商榷》，《广西文艺》1962 年第 2 期。

得比较完美"。在这里,曾庆全把陆地不去浓墨重彩地直接描写激烈的阶级斗争,看成一种艺术构思和有意识的艺术表现方法,是符合小说创作实际的,同时,曾庆全认为韦廷忠是一个"忠厚、淳朴、郁闷、幽默和机智"的"个性化"人物,陆地"通过他旧社会奴隶生活的概括,在新旧交替日子里的矛盾阵痛,以及飞跃成长的短短历程,富有典型意义地揭示了南方广大农民的命运",也符合创作的实际。从批评方法的角度看,评论者正确使用了现实主义理论方法,并且结合了少数民族地区的实际情况,因此较为客观、准确,具有很强的说服力。

谭树平、茹萍与梁唐的观点基本相同,他们不同意曾庆全说小说没有突出斗争是作者有意"隐藏""含蓄"的观点,认为小说的最大问题是"没有把阶级敌人的恶毒嘴脸充分揭露,没有把中心人物韦廷忠的转变的关键情节展示给读者,因而读者就无法根据人物行动去想象和推测人物所没有做到和说到的东西"。小说不是含蓄而是含糊,不是简洁而是空泛,并没有表现出"严峻生活激流"。显然,他们的出发点都是典型的阶级斗争理论。

第二,韦廷忠形象的典型意义和真实性的问题。韦廷忠的形象塑造是争鸣的焦点。陆里指出,《美丽的南方》以细腻的笔触和曲折的情节发展,不仅真实地反映了壮族地区土地改革这一极为深刻、复杂的历史事件,而且通过这一惊心动魄的阶级斗争,揭示了壮族人民生活命运的实质和特征;韦廷忠这一形象在"解放前后的不同境遇,以及他的觉悟和成长过程,有着极为深刻的社会意义和现实意义","概括地体现了解放前僮族贫苦农民的悲惨痛苦的命运,和解放后僮族贫苦农民的新生和幸福",他那种"勤劳淳朴,忍辱负重,而内心也蕴藏着反抗的烈火"以及"怕老虎打不死,倒反受害"的性格,都是"僮族人民当时所处的特殊的生活环境和社会条件所决定的",从他身上可以看出"僮族人民勤劳朴实、忠厚善良的性格特色"[①]。由此可见,在陆里看来,小说不但反映了阶级斗争,而且也塑造了符合生活真实和人物性格特征的典型形象,他的分析对那些试图偏离文学轨道的评论是一种拨乱反正。

---

① 陆里:《僮族人民生活的真实反映——谈几篇具有民族特色的小说》,《广西文艺》1963年第 3 期。

　　作品人物塑造的典型性得到一些评论者的肯定,有评论者认为作者一方面
突出了韦廷忠的善良、忠厚、淳朴、勤劳的优良品质,以及他在地主的凶残压迫
下,内心埋下阶级仇恨的火种;另一方面也写出了这一人物的"闷葫芦"、稳重扎
实的性格特征,显现他自己的个性①。曾庆全将韦廷忠的性格发展分为"奴隶"
"转变""勇士"三个阶段,指出作者尊重主人公的性格逻辑,"他虽然一步一步地
跨得不小,飞跃向前,同时也节奏起伏,波澜层层,显出了他前进的复杂性和曲
折性。人物进步虽快,却是性格内在逻辑发展的必然结果,并不简单化,表面
化"。白芷也认为,韦廷忠原是"忠厚诚实、勤俭质朴、忍让怕事而内心又蕴藏着
反抗烈火的农民","解放后……逐渐提高了阶级觉悟,克服了性格中忍让怕事
的消极因素,成长为一个扎实稳重、具有斗争性的党员干部。在他身上,反映了
这一类劳动人民的性格特征,概括了这一代南方农民的命运,是一个富有典型
意义的形象"。在进一步分析时,白芷认为小说"能够紧紧抓住人物的性格特
征,从发展中去描写,让人物性格随着土改运动的进展而逐步发展变化。虽然
人物性格的发展是缓慢的,不是一触即发的跳跃式的发展,但却是真实感人、符
合人物性格发展的规律的。同时,作者刻划这一人物性格,着重透过人物日常
的言谈举止,用细腻而抒情的笔触揭示人物的心理活动和内心世界,微妙深刻
地表现出人物性格特征和变化过程"。

　　这些观点都是遵循着现实主义典型理论的基本原则得出的客观、科学的结
论。这一点,也体现在白芷对梁唐观点的反驳上。白芷明确指出韦廷忠的性格
发展变化的脉络是清楚的,白芷同意曾庆全将韦廷忠性格发展分为三个过程的
分析,并且在曾庆全文章的基础上进一步详细地论证了这三个过程。白芷认
为,梁唐之所以否定韦廷忠及整部小说,是因为梁唐"不理解作者的创作意图,
不对人物性格特征作具体的分析,而是拿自己的框框去套人物"。白芷进一步
指出,"生活是繁杂的,生活中的人不但有阶级的不同,就是在同一阶级里,也有
着脾性、气质、心理、习惯、爱好以及思维方法、言谈举止等等性格的差异……除

---

① 《讨论〈美丽的南方〉来稿综述》,《广西文艺》1962 年第 4 期。

了阶级共性外,人物性格的多样化,有各种类型的典型形象"①。

此外,方芳、柳蓉在指出小说"没有紧紧地抓住韦廷忠转变的这一关键,更深刻地发掘人物新的品质"的"缺点"的同时,也肯定"作家对这一人物形象的塑造是比较成功的","无论是写人物的外貌,或是揭示人物的内心活动,或者表现人物的矛盾斗争,都借助于细致准确、形象生动的描写手法","'使读者看到世世代代受剥削和迫害的农民如何在党的领导下跟地主进行了尖锐而复杂的斗争终至获得了胜利'的创作意图"。这样的评价也符合小说的基本情况,其观点与曾庆全的文章大同小异。

梁唐的《如何评价艺术形象——对〈《美丽的南方》艺术浅赏〉的几点异议》一文肯定了曾庆全的文章在改变"目前评介文学作品的文章艺术分析很缺乏的情况"方面所具有的价值,同时也基本认可韦廷忠的生活经历了三个阶段,但认为作者"没有深刻地揭示韦廷忠性格上的变化","人们看不见他性格发展的脉络与迹象","无论在那一个阶段,廷忠的性格都没有得到深刻的统一的表现",这一人物还没有被"塑造成一个有血有肉的活生生的人物"。梁唐所依据的同样是马克思现实主义典型理论对人物形象塑造的规范,但他却认为"一个人物在艺术上的塑造成功与否,主要得看他在特定的场合下,他们的行动、谈吐是否是他性格所可能发生的,而不应该由作家的安排或作品结构情节需要他这样做这样说",这一点与曾庆全完全不同。特别是他对韦廷忠自身思想和性格的复杂性、多重性以及内在的矛盾、冲突所表现出来的"人物性格的多样性"以及作者的动机表示怀疑,认为"人的性格无论如何多样,都不能脱离其基本性格特征,只能服从它、围绕它来描写,而不能违背它"。梁唐还认为银英憧憬爱情的心理是"典型的资产阶级知识分子才会产生"的,所以,小说人物形象塑造上的缺陷是"作家的生活基础还不够深厚,对于自己所要描写的人物还不熟悉,这些人物没有在作家的构思过程中站立起来",而"人物过于庞杂也是使人物塑造失实的原因之一"。另外,梁唐认为小说的情节结构"没有很注意人物性格的发

①　白芷:《试谈韦廷忠——兼与梁唐同志商榷》,《广西文艺》1962年第2期。

展"，从而显得粗糙、散乱。

梁唐、陆里、白芷等人对《美丽的南方》人物形象塑造的评价，都基于现实主义的典型原则，梁唐认为作者干预人物性格的自身发展逻辑，而陆里、白芷、方芳却认为韦廷忠性格的发展特征，特别是新中国成立后的成长"缓慢"恰恰是人物自身性格所决定的。白芷认为梁唐对典型化理论有片面理解，即忽视阶级共性基础上人物性格的多样性、复杂性。

也有的反对者单纯从阶级论的角度来谈论韦廷忠的典型性问题，认为韦廷忠"忧闷有余"，"火力不足"，"既不真实，也不够典型"，像这样一个"缺少农村无产阶级的魄力和气度的人，怎么能表现农民阶级的力量和智慧、以及向封建地主阶级的冲击精神呢？ 又怎么能达到成为一个共产党员及乡农会主席的水平"[1]？ 有人甚至提出"韦廷忠不能成为僮族人民、尤其作为一个僮族贫雇农阶级的典型人物"，只能算是一个"善良忠厚的、横遭压抑的受苦人的典型"[2]。谭树平、茹萍也指出"软塌塌的韦廷忠"代表不了勇敢顽强、富于反抗性的壮族人民。很显然，这里的"壮族人民"是被抽象化的壮族人民。

对于这些批评，有人指出"不能离开对具体作品的艺术分析，去要求作品中的人物形象变成各种思想概念的简化化身"，"生活的复杂性决定了文艺创作典型的丰富多采，绝不是一个民族、一个阶级只有一个典型。我们不可无视作品的艺术构思，无视作家的生活经验和艺术方法"[3]。这些论者所坚持的是现实主义典型性的普遍性与个性相统一的理论原则。

总之，双方的争论实质上是两种不同典型观、阶级论与非阶级论之间的论争。

第三，知识分子在小说中的地位与形象塑造问题。人们通常把小说中的知识分子分成三类：第一类是愿意全心全意为人民服务，决心在运动中锻炼自己

[1]　《讨论〈美丽的南方〉来稿综述》，《广西文艺》1962年第4期。
[2]　潘荣才：《〈美丽的南方〉的成就与不足——记一次读者座谈会》，《广西日报》1962年4月9日。
[3]　潘荣才：《〈美丽的南方〉的成就与不足——记一次读者座谈会》，《广西日报》1962年4月9日。

和改造自己的青年学生;第二类是正在锻炼和改造着的知识分子;第三类是抗拒改造,终于成为时代垃圾的知识分子。小说塑造了农则丰、马仔、苏嫂、赵三伯、丁老桂和银英等知识分子形象。这也是本时期少数民族小说中唯一的"知识分子群像"。吴慧认为,这些形象"所留给读者的印象也还有其亲切可感的片断"。有人认为傅全昭和冯辛伯是两个富有意义的典型形象,"反映了知识青年一代在那新旧交替时代的成长过程和发展方向。这对今天的广大青年,是有其现实教育意义的。它有力地启示着:知识分子只有投身到工农群众的斗争生活中去,与工农群众相结合,同甘共苦,才能得到锻炼、改造、成长"[①]。

对上述观点,也有人提出反对意见,除了认为知识分子形象塑造不成功外,还聚焦作品"是否夸大了知识分子在土改运动中的作用,而相对地贬低了农民群众的自觉性的问题"[②]。反对者如谭树平、茹萍就指出"由于作品中处处表现了不是群众教育知识分子,而是知识分子在'开导'劳动群众,因而没有取得预定的更好的效果"。曾庆全也认为陆地的笔墨过分地移到知识分子上,削弱了农民阶级人物的思想生活描写,等等。无疑,陆地是站在知识分子启蒙的立场上的,而反对者则站在了相反的立场上,认为陆地与时代政治规范存在有限度的背离。

1962 年 4 月《广西日报》和《广西文艺》分别发表潘荣才的《〈美丽的南方〉的成就与不足——记一次读者座谈会》和《讨论〈美丽的南方〉来稿综述》,对讨论中的不同观点进行了总结和概括,给这场讨论画上了句号。

---

① 《讨论〈美丽的南方〉来稿综述》,《广西文艺》1962 年第 4 期。
② 潘荣才:《〈美丽的南方〉的成就与不足——记一次读者座谈会》,《广西日报》1962 年 4 月 9 日。

第三节　关于《美丽的南方》争鸣的思考

关于小说《美丽的南方》的讨论在壮族文学史以及少数民族文学批评史上具有重要意义。本次讨论基本上是在文学的范畴内进行的，因此，无论是批评者还是反批评者，大都能够从艺术角度对小说进行分析和评价，客观上体现了文艺调整时期相对宽松的政治文化语境。例如，曾庆全运用马克思现实主义文艺理论，立足小说文本，客观、公正地予以评价，特别强调小说在地方特色和民族特色方面的突出贡献，认为小说"以清新抒情的笔墨，着意描绘出一幅幅的风景画和一卷卷的风俗图，把作品的地方色彩和民族情调渲染得更加浓郁"。曾庆全在肯定小说总体成绩的同时，还从人物形象不鲜明、不深刻等方面指出了小说存在的缺点。

需要指出的是，对典型理论持不同见解的评论者之间的争论，对我们全面、深刻理解马克思现实主义理论具有一定的启示意义。

讨论中有两种值得重视的倾向：一是对小说忽视党的领导，没有正面表现阶级斗争的尖锐性、激烈性的批评，二是对知识分子在土改中的作用和地位被夸大的批评。这两种倾向都具有特定时代政治文化规范的印痕。二者都是对"阶级斗争""思想改造"的时代共鸣的直接反映。后者的情况更为复杂，涉及新中国对"五四"以来以知识分子为主体的启蒙主义的重新认识和评价。庆幸的是，这场讨论是在 1962 年"文艺调整"较为宽松的时代环境中进行的，因此没有遭到《侗家人》那样的厄运。

第四节　对《故人》的批判

陆地的《故人》发表于《广西文艺》1962 年第 11 期。小说以抗战至新中国成立前的战争年代为背景,叙述了青年知识分子李冰如与黎尊民的爱情悲剧和分别 12 年后的悲剧性重逢,反映了作者对战争与爱情的思考。

杨自堪在《阳关大道与独木小桥——〈故人〉读后》①中,对小说塑造的三个人物,特别是黎尊民这一悲剧人物进行了肯定,认为作者在歌颂献身革命事业的陈强的同时,更重要的是批判了只顾追求个人幸福的黎尊民和李冰如。该文还指出,塑造知识分子形象是陆地创作的主要特点。这篇小说使人"看到二十多年前知识分子不同的思想动态和生活道路,历史安排了他们不同的结局,让读者从中去回顾过去,审视人生"。此外,天宇的《爱情至上的悲剧——读陆地的新作〈故人〉》②、刘硕良的《喜读〈故人〉》③也认为陆地批判了"爱情至上","告诉我们:离开了革命,一味去追求个人幸福,追求美满的爱情,最后终究是要破产的",还"有力地暴露了美帝国主义和国民党特务共同勾结的罪行"。

对"爱情至上"的批判,无疑符合那个时代的政治规范和道德标准。然而,客观地说,小说在揭示战争对人性和爱情的戕害的同时,也流露出对真挚爱情的肯定和对爱情悲剧的叹惋。这种具有内在张力的价值观显然与阶级性占压倒性优势的时代语境格格不入,这就为后来的批判埋下了悲剧的种子。

"文化大革命"时期,《故人》与《美丽的南方》《瀑布》《节日纪事》《中途》《一对夫妻》等一同遭到了批判。

1979 年,梁超然的《拨乱反正话〈故人〉》④、扬戈的《把颠倒了的是非颠倒过来——为短篇小说〈故人〉平反》⑤二文发表后,《故人》得到了平反。

① 杨自堪:《阳关大道与独木小桥——〈故人〉读后》,《南宁晚报》1962 年 12 月 26 日。
② 天宇:《爱情至上的悲剧——读陆地的新作〈故人〉》,《广西日报》1963 年 1 月 10 日。
③ 刘硕良:《喜读〈故人〉》,《广西文艺》1963 年第 2 期。
④ 梁超然:《拨乱反正话〈故人〉》,《广西日报》1979 年 3 月 3 日。
⑤ 扬戈:《把颠倒了的是非颠倒过来——为短篇小说〈故人〉平反》,《广西文艺》1979 年第 2 期。

第五节　《美丽的南方》与《故人》的争鸣史料

《美丽的南方》读后

吴　慧

原文载《红水河》1960 年第 6 期。

以广西农村土地改革为题材的长篇小说《美丽的南方》,在《红水河》上连载完了。小说从一开始刊登,就引起了广大读者的关注和欢迎;它不仅忠实地记载了广西土地改革这一伟大历史事件,生动深刻地反映了在这个伟大的历史变革中,各种各样人物的精神面貌,显示了农村阶级关系的变化。和我国别的一些反映土地改革的小说一样,在不同程度上塑造了一些具有典型意义的人物形象,表现了广西土地改革极为深刻、复杂的历史特点。因此,尽管这部小说写成的时间较晚,但却仍然不失为一部具有民族特点和地方色彩的好作品。

广西地处祖国南疆,是大陆解放较晚的地区之一。解放前,政治、经济、文化等各方面都比较落后,特别是受帝国主义、封建军阀和官僚地主阶级的残酷统治,人民的灾难、痛苦更加深重,因而阶级矛盾也显得复杂和突出。尽管在第一次国内革命战争时期,这儿曾经受到大革命风暴的影响,孕育过革命的种子,但是因为黑暗的统治势力太强大,封建地主阶级所散布的宿命论观念对劳动群众的思想影响,也比较深沉,虽然已经是相当尖锐的阶级矛盾,也由于年长月久,受压迫的人民群众形成了一种太多的忍受命运摆布的习性,暂时淹没了他们正义的抗争性格。就是那个在大革命风暴影响下,曾经扛过革命红旗的赵三伯,也不能不是如此。这就表明:这个地区是有着多么尖锐,而又十分复杂的阶级斗争关系！

不仅如此，同时还因为这儿解放较晚，地主阶级有可能狡猾地采取各种方式转入隐蔽的状态，一面和帝国主义、蒋介石匪帮残余取得联系，一面继续恫吓和迫害农民，作垂死挣扎。正是在这样一种特殊环境下，两个敌对阶级的斗争就不能不显得微妙而曲折。正如小说里描写的那样，行将就木的地主阶级不甘死亡，采取各种办法，伪装"开明"，企图拉拢和收买农民，破坏斗争。而在农民方面呢？他们虽也迫切要求摆脱地主阶级的压迫，然而却又暂时不敢相信能够从根本上打垮并消灭地主阶级；因而对运动抱着怀疑和观望的态度。土改队刚来的时候，韦廷忠就这样说过："地主老财好比这地边的大树，能把他拔掉了好是好，免得它遮了阴，害了庄稼。只是树根扎得太深啦，一时拔不倒。"这种情况，对土地改革工作队是一个严重的考验。不能够充分地认识这一客观形势而用经验主义眼光看问题的工作队长冯文，在这场考验就碰了钉子；他几乎走进地主阶级布下的"和平土改"的圈套里去。然而，地主阶级所摆弄的圈套，只能够暂时地欺骗冯文和一些缺少实际斗争经验的知识分子干部，并不能欺骗善于联系群众、善于从阶级观点和工作实践中发现问题的优秀干部像韩科长、杜队长、区振民、李金秀等人。甚至就是第一次下乡参加这场火热斗争的大学生傅全昭、冯辛伯等，只要他们真正努力把握住阶级观点、群众路线，在工作中也能够表现出一定的政治敏感性。当冯文领导的走过场式的"访贫问苦"结束，而要马上转入"划阶级成份"的阶段时，他们也能够觉察出这种轻率的作法"不对头"，所以，尽管工作初期有着一些不深入的"飘浮"，使工作接近了"和平土改"的边缘，但是，在上级工作团抓紧各队进行一次反"飘浮"的整风运动以后，工作队干部就很快地深入群众，和农民"同吃、同住、同劳动"，工作便很快地深入了。各级干部在群众中交了朋友，傅全昭还认了一个遭遇悲惨命运的老寡妇作为干妈。于是，农民群众都把工作队当做亲人，进而和地主阶级真正地划清阶级界线，开始自觉地参与土地改革的斗争。

领导与群众相结合，群众自觉地掌握了自己的命运，积极地投入斗争，这是土地改革过程中产生的新形势。它体现着被压迫、被奴役的人们觉醒后的不可抗拒的力量，极其猛烈地冲击着还受地主欺骗、利用的人们，唤醒他们的阶级觉悟。而同时，地主阶级面临着这种急转直下的严重局面，狗急跳墙，便不择手段的杀害农民群众，阴谋指使逃入深山里的政治土匪准备进行新的暴乱，这就促使这场你死我活的斗争趋于尖锐和表面化了。但，地主阶级的这种罪恶活动和卑鄙、毒辣的手段，不仅不能恫吓有了觉悟的"奴隶"，相反，更加速了"奴隶们"消灭地主阶级的愿望和要求。小说中着力描写的农民韦廷忠，就是在地主阶级杀害他的妻子、暴露了使他意想不到的阴谋以后，才愤然觉醒，成了消灭地主阶级的最主要、最可靠的力量的！

　　就是这样，小说《美丽的南方》准确地把握住了这一政治斗争的特殊性，通过一系列生动的艺术形象和曲折的情节发展，比较全面而集中地表现了这场猛烈的阶级斗争，反映了广西农村在党领导下所发生的深刻变化，为这一具有历史意义的伟大变革留下了深刻动人、值得纪念的一页。

　　一本以土地改革为题材的小说，很自然的应该描写农民群众的活动，创造他们的领袖人物的形象，才能更好地表现在这场尖锐复杂的阶级斗争中，农民群众如何受到启发教育而自觉地形成战斗的队伍。这部小说对于韦廷忠的着力描写，意义就在此。

　　小说里的韦廷忠，人们把他叫做"闷葫芦"，从这个富有性格特征的浑名里，也就可以想象他的为人。在这个人物身上，充分地体现着农民阶级痛苦的命运。他原先也出身于自给自足的中农家庭，只是在罪恶的阶级社会里，他的父亲受了地主覃俊三的陷害，被迫失去了自己的土地和生命。于是这个自给自足的中农子弟，一下子就沦为覃俊三的"奴隶"。当初，他也曾经打算摆脱覃家的束缚。然而，为了怜悯比他更为可怜的妻子（这是覃俊三不怀好意地"赏"给他的），使他本来就具有的忠厚、本分的性格，还更加上了一重近似于懦弱的善良。这样，在他的身上不仅有着中国农民在长期残酷的阶级压迫里打下的灾难深重的烙印，同时也体现着劳动人民那种忍辱负重而又富于阶级同情的本色！就因为这样，所以在大风暴即将到来之际，在某些问题面前，他表现过过多的疑虑和左顾右盼，但总的方向却仍然是比较明确的。他并不是懦弱和无能，杜为人就说过:"廷忠比则丰扎实","要打比方起来,则丰可能是柳树,容易抽得活,可不一定坚实;廷忠倒是一株松柏,经得起风吹雨打"。因为他是在风雨中熬过来的,所以,当斗争还处在"山雨欲来"的状态时,他当然不能像农则丰那个"猛张飞"式的人那样,一下子就闯了出来。这正是韦廷忠的特点。也正因为他有这个特点,所以他的觉悟程度和斗争积极性表现得出奇的曲折、缓慢,这样,从他身上反映出来的斗争形势,才显得艰巨和复杂。特别是他真正彻底觉醒的过程,也才愈益符合毛主席所说"严重的问题在于教育农民"这句话的真理性!通过他显示出来的农民群众的斗争,才不是一般化、简单化,也才能够更充分地反映这场阶级斗争的丰富的内容。

当然,韦廷忠形象的塑造,也并不能完全代替整个农民阶级的群众性的活动,因此,小说还描写了一帮农民积极分子,如农则丰、马仔、苏嫂、赵三伯、丁老桂和银英等。虽然这些人物形象的描写,无论在他们的阶级特征上,在个性刻划方面,都没有韦廷忠来得丰满和鲜明,但其所留给读者的印象也还有其亲切可感的片断。这在反映群众力量的雄厚和斗争气氛的迅猛强烈上,也是有作用的。

如果说,小说在创造农民形象方面,表现了作者对人物描写的多样性,那么,在刻划地主阶级时,却又表明了作者很注意描绘这种人物的独特性。虽然在他们身上并没有费多少笔墨,只是随着故事情节的发展和斗争形势的映照,而那个拿着"隐身草"作幕后策划者何其多的阴险性格和杀人不见血的地头蛇覃俊三的丑恶形象,也就略具轮廓了。这样描写,不仅写出了两个身份和性格都不相同的地主阶级分子,而且比较可信地概括了在土地改革这样的特定环境下,地主阶级进行反革命活动的阶级本质。

为了更有说服力地表现决定这场斗争胜利的保证,小说也十分注意正确地表现党在斗争中的领导作用。在小说里出现了许多党的工作者:从冯文、杜为人、韩光到郑少华,甚至省委书记贺寒桥也一再出场(这是别的描写土地改革斗争的小说所没有的),这就体现出这场斗争的严重性和艰巨性;但同时也充分表明:党在这场斗争的领导力量多么雄厚和坚强有力!毫无疑问,这样处理不仅是必要的，而且也是构成这部小说的另一特色，即：通过纠正冯文的经验主义错误，表现杜为人的深入了解和放手发动群众的经验，反映了党的方针、政策和领导思想在实际斗争里愈益成熟。这对于比较全面地完整地表现土地改革的伟大历史意义，极为重要。这里值得提到的，是关于冯文和杜为人两个各具性格特征的人物描写。读小说时，看到冯文满口的"经验证明"，谁也会感到这位呆气十足，把事物看得一成不变的人物是多么的简单可笑！而杜为人呢，可就不同了：他一出现，就带着一种令人深思的，冷静观察的实事求是精神，表现出一个中队领导人应有的素养和风度；在组织和领导群众斗争上，其虑事周密、掌握分寸，充分显示了他的沉着、稳健和胸有成竹。虽然，对这个人物的形象塑造，还没有达到更为丰满的程度，但也准确地写出了这是经历过一定实际斗争，因而在思想上、作风上相当成熟的领导干部。

此外，这部小说也以相当篇幅，描写一群形形色色的知识分子，他们的性格和形象，都各具特征，如：单纯而直爽的冯辛伯，热情而能干的傅全昭，爱娇而稚气的柳眉，"失去了冬天"的丁牧，空虚而无聊的钱江冷，孤寂而颓丧的徐图以及公子哥儿似的王代宗，"不堪设想"的黄怀白等等，这些人，大部分在火热的生活斗争中得到锻炼和改造，而王代宗、黄怀白却被抛出生活轨道，终于成了时代的渣滓！通过对这群知识分子的描写，生动地表现了这场火热斗争对知识分子锻炼和改造的深刻意义。小说里关于冯辛伯的描写，从他深入韦廷忠的家庭，下决心在牛栏面前弄个铺位贯彻"三同"，跟韩光科长学会做群众工作，跟韦廷忠学会做庄稼时开始，直到后来为了下河抢救农民群众的小孩而献出自己的青春和生命为止，动人地描写了这个青年知识分子毫无愧色的一生，从他身上，比较真实而令人信服地说明了实际生活斗争在转变和建立无产阶级世界观、在培养全心全意为人民服务的新风格、新质量上，起着多么重大的作用！

另一个，学医的女大学生傅全昭，从工作队下乡开始，就以她对新鲜事物的热情，对农民群众诚挚的阶级友爱，表现出她那明朗可喜的性格特征。不过由于后来全书发展的主要情节里，她的活动都并不太突出，同时，她和杜为人隐微的爱情表现得不那么明朗，所以也就难以从中显示出性格上更为深刻的变化。

而如果能够把这个人物性格的发展在后半部里提高一步，使她的形象更加丰富、充实，则其所具有的现实意义和教育作用，就会更加强烈一些。

读这部小说时，似乎感到前一部分情节开展得缓慢，差不多占全书三分之一的篇幅，都是详尽而全面地介绍人物和环境特点（虽然也穿插着一些情节发展）。作为一种反映比较大规模的斗争所必要的"蓄势"，表现斗争的"山雨欲来风满楼"的景象；这种长篇小说里所常有的艺术结构，也成了这部小说的艺术特色。尽管在描写上还不很简洁，但从整个作品的内容看来由于逐章情节的曲折多变，斗争局面的错综复杂，富有南方的民族特色的诗意画面给予读者以美的感受，却又显示出这种写法也有一定的优点，是值得进一步研究和学习的。

总的说来，作品形式的结构和创造，取决于艺术内容的要求。这部小说的阶级斗争特点一开始有点像"密云不雨"，所以小说的描写的调子，也不能不这样。而等到群众被充分地发动起来，地主阶级的阴谋粉碎时，那种疾风骤雨的迅猛形势，和前面沉重缓慢的拍节形成强烈对比，艺术效果才具有突出的鲜明性！而要在艺术结构上很好地体现出这一点，却又是和作家对整个作品的题材内容的深刻理解和充分把握分不开的；小说《美丽的南方》在整个长篇结构上这种比较成功的处理，也显示了作家有着完整的构思和相当巨大的魄力。

此外，小说里充满着僮族人民生活色彩：那繁富而浓郁的春节气氛，肃穆而明丽的寒食景色，以及长岑乡的朝霞、麻子畲的黄昏，都是一些富有诗意的抒写。这一切，构成了这部作品艺术创造上的成就。虽然有些篇章、片断的地方风物的描写，还没有和政治斗争生活交溶得和谐无间，但这对于美丽的南方的地域环境的必要渲染，也是有光彩的。作为一种优美的风俗画来看，它确也生动地显出了南方风物的丰富和美丽的面貌；特别是在这里，作家把对于乡土的热情倾注于笔下，娓娓动听地通过那么一些动人心弦的故事——韦廷忠的身世和命运，他和玉英的曲折的爱情等等，反映着社会生活的发展变化的趋向，也是有深刻意义的。而当伟大的土地改革运动胜利完成，"奴隶们"翻身作了土地的主人以后，美丽的南方才更加显示出它十倍、百倍的美丽！

美丽的南方　美丽的人

——长篇小说《美丽的南方》读后

蓝　山

原文载《广西日报》1961 年 8 月 14 日。

以革命的文艺来较全面、较大规模地反映僮族人民各个时期的斗争现实，早已是人们迫切的愿望了。大家知道，僮族人民是长期生活、斗争在祖国美丽的南疆的英雄民族，在解放斗争的途程上经历过许多艰辛无比、可歌可泣的岁月，而在解放后各个社会改革运动中，僮族人民又创立了许多丰功伟绩，在党的亲切关怀与坚强领导下，培育出了成千上万的共产主义英雄战士，他们今天已成为社会主义建设各个方面的栋梁。即使有的斗争过去了，然而庄严的史实，英雄的形象仍然闪耀人间，令人久久不能忘怀。人们热切地希望，我们的作家、艺术家、诗人应该更多更及时地象毛主席所教导的，把这些斗争的现实"集中起来，把其中的矛盾和斗争典型化，造成文学作品或艺术作品……推动人民群众走向团结和斗争，实行改造自己的环境。如果没有这样的文艺，那末这个任务就不能完成，或者不能有力地迅速地完成"。

僮族作家陆地同志所著《美丽的南方》的出版，可以说，在这方面做出了不小的贡献。《美丽的南方》是解放以来僮族人民文学长篇创作的第一个丰收，是民族文学艺术事业中一个可喜的、新的胜利。

《美丽的南方》以解放初期广西僮族地区土地改革运动为题材，比较全面、深刻地反映了僮族人民这场铲除封建制度根基的斗争。它描写了僮族人民的阶级觉醒和英雄人物底成长的复杂曲折过程，同时，也刻划了卷入这场庄严的斗争中去的各种类型的知识分子出身的人物，展示了他们所受到的考验、他们的命运和前途。作者比较成功地塑造了象农民韦廷忠、土改工作队长杜为人，以及队员中刚从大学来的知识青年傅全昭、冯辛伯等人的形象,也比较生动地描绘了几个资产阶级知识分子如大学教授徐图、黄怀白以及画家钱江冷等。这些形象给人的印象都是比较鲜明的。由于作者注意到人物形象的创造,所以读完作品之后,就使人深切地感到,《美丽的南方》绝不是一册土改文献,而是一幅反映这一伟大斗争的人物、场景的活的画卷。

当然,艺术作品不能为了写人而写人。必须是通过人物形象使人们能更准确地去理解生活,去取得教育,去吸取前进的动力。毛主席说:"革命的文艺,应当根据实际生活创造出各种各样的人物来,帮助群众推动历史前进。"也就是这个意思。《美丽的南方》可以说是在这个原则指导下来创造它的艺术形象的。

韦廷忠是这部作品中的主人公。他是一个从奴隶的深渊中得救的劳动者的典型。长篇的故事情节就是围绕着韦廷忠这个人物的新生过程来开展的。因此,在这篇短文里想着重谈谈这一个艺术形象的典型意义。

韦廷忠从小苦大仇深、含冤负屈。地主覃俊三是他的杀父仇人同时又是长期压在他头上的一块沉重的大石。在残酷的剥削下,韦廷忠苦熬苦挨了三十年,半生象个"闷葫芦",过着牛马不如的生活。直到来了共产党,才把他从危亡中抢救过来,给他指出了新生的道路。韦廷忠的命运有着广泛的代表性,他的性格有着鲜明的阶级特征。因此,也可以说,这个形象是农村广大劳动阶级命运的一个缩影。

小说从开始,就显示了韦廷忠的性格特征:他勤劳、朴实,但生活却异常困苦;他郁悒多愁,闷声闷气,"象个不晴不雨的天气",但不是对一切都冷淡的厌世主义者;他对同命运的人有着深厚的阶级同情,但当这种同情被抑制得无法显示时,他就陷入深沉的痛苦与矛盾之中;他对生活有过"幻想",希图"老老实实地干活,安份守己,为的避免东家的辱骂,让自己安静地过日子",但这种幻想却是可怕的。他始终摆脱不了覃俊三的手掌心。因而,在那个"想做奴隶而不得"的时代里,他只能"象走到蒺藜地,揪开了这个刺,又被那个刺挂上了,心里挺烦乱"。就这样,生活象一头野兽在他那坎坷的心田上踢踏着、蹂躏着,使他尝尽酸辛,无法憩息。痛苦、忍受、幻想、忧郁纠缠在一起,怎样也排解不了。这种精神状态，被烙上一个多么深刻的阶级压迫的印记呵！

诚然，有压迫就有反抗。但是，反抗表现在韦廷忠身上却有如一块沉默的火石，不经过猛烈的敲击是无法发出火花来的。

也许会有人说，一个劳动者的性格是否被表现得太软弱了呢？但是，如果记住恩格斯那句话，我们就会深信作者的艺术创造是忠于历史真实的。恩格斯说："主要的人物事实上代表了一定阶级和倾向，因而也代表了当时一定的思想。他们行动的动机不是从琐碎的个人欲望里，而是从那把它们浮在上面的历史潮流里汲取来的。"韦廷忠的思想言行正是历史潮流的产物。这个历史潮流特征之一，就是半封建半殖民地的奴化思想正在侵蚀着中国的劳动阶层，使中国人民中一部分人陷于彷徨苦闷之中。韦廷忠正是其中一个有代表性的典型人物。他反映了农民的历史活动所处的各种矛盾状况。

当然，性格依历史条件的变化而变化。但是主观意识总是落后于客观现实的发展。如果没有受到最新的思潮的冲刷，没有为物质条件的激烈影响与震动，则固有的思想意识的转变就不是那么容易的。这一点在韦廷忠接触到土改工作队时的表现显得特别鲜明而具体。他这时性格的主要特征就是对工作队、对土地改革的冷淡与怀疑。"三十年风水轮流转，……穷人是要交好运了"，这句话对他无动于衷。冯辛伯启发教育他，开始时他也想过："到底谁养活谁呢？"然而总还是想不通。当杜为人在贫雇农大会上宣布要揭露覃俊三的罪恶，打退地主的进攻，号召贫雇中农与地主分家，普遍发动报上当时，韦廷忠却"觉得事情不一定非这样那样不可，以为能拖过去就拖过去吧。反正覃俊三罪恶也不止害他一家人，让别人去揭发他、斗争他好了，少他一人不算什么"。作者通过杜为人给这种人下了一个恰当的判断：

> "这些老实人总是不见棺材不流泪的。要拿出本事来叫他们看到了，他才跟上来。只要他一跟上来，就会踏踏实实的干了。对他们这号人要特别耐心。"

事实的确是这样。小冯的启发教育，就象块石子抛进一口平静的池塘，水波漫漫地荡漾开了，韦廷忠考虑多一些了。不过，在考虑中，却是顾虑重重的。

一方面,老婆收藏有地主分散的东西,怕受连累,另方面,也是更重要的方面,他害怕"蜂蜜还拿不到,先把人给螫了"。直到地主阶级向农民发起了新的"挑战"——韦廷忠的妻子被毒死了!这个"挑战"立刻象一把沉重的铁锤在韦廷忠这块火石上给了猛烈的一击:疑惧的乌云消散了,火花迸发了!这下子,韦廷忠才"象醒过来的醉汉,象放下了担子的挑夫,显得异乎寻常的明朗、坚定,精神显得挺振奋,好象是决心豁出来了的临阵的勇士"。

韦廷忠转变了。他终于挖出了穷根,吐完了苦水,他要决心为阶级弟兄报仇雪恨:"我不干就不干,要干起来,就是要凭着良心,不能是三心两意。"多么坚定、有力的声音!潜流的泉水要喷发了!韦廷忠代表着自己的阶级一步一步走向新生的坦途。

当然,即使到了这个时候,韦廷忠虽有了明确的敌我观念,爱憎也分明了,但还不是我们理想中的英雄。作者进一步深刻地揭露在韦廷忠身上残存的私有制思想意识,那些足以影响一个无产阶级战士成长的朽物。这就是他还不懂得使革命思想永不褪色的一件有效武器——批评与自我批评。他一听到小冯说要大家相互提意见时,他提出这样的看法:"各人的伤疤各人还不肯碰哩,人人有脸,树树有皮,谁情愿让旁人揭短呀?你叫我帮别人做什么,我从来都不计较,你要我伤情面,可是不好开口。"小冯回答得真好:"这是旧社会的规矩……"显然作者十分注意到,韦廷忠的成长还有一个过程呢。而这个过程是一个农村小私有者要无产阶级化所必须经历的。下面几个客观因素大大地促使韦廷忠走完这个过程。小冯的英勇牺牲;省委书记对他的热情慰问和鼓舞;最后一次歼灭战,逮捕了国民党特务何其多和地主爪牙梁正等。在这条斗争道路上韦廷忠不断地得到了提高,终于参加到劳动人民的先锋队伍里,成为一个光荣的共产党员。当本乡土改工作一结束,韦廷忠本着革命到底的愿望,他毅然地背起行装,随着工作队走上新的战斗岗位去了。我们完全深信,在未来的新的战斗中,韦廷忠将以更完美的英雄形象出现在我们的眼前。小冯在他的遗书中曾预言过:"廷忠这个受过生活的无情折磨的农民,一如经过风霜的松柏,它是比较坚实的木材。应该成为农村中建设社会主义大厦的支柱。"是的,当小说结束的时候,正是主人翁新的生活的开始。

作者成功地创造了这个人物,当然不仅仅由于作者付予这个形象以特定阶级的本质特征,把它当作一个阶级特征的集合体,一种阶级概念的具体化。要是这样的话,那是谈不上什么典型创造的。因为典型创造“是同创造个别性格的能力分不开的,是同通过这些性格的命运、行为和活动来揭示复杂的和多方面的生活联系和生活关系的能力分不开的”。韦廷忠所以是一个典型正因为他不仅是一个阶级的类型,而且是个具有个别性格的人,他有自己独特的与别人不同的命运和欲望。而这种独特的性格正如恩格斯说的,“不仅表现在他做的什么,而且表现在他怎么样做”,作者正是根据这个原则,用了比较概括的、凝练的手法,通过一些典型细节的描写,突出了韦廷忠的性格,给人以比较生动具体的感觉。比如说,韦廷忠思想感情上那种比较沉重的无可言状的负荷以及那憨态可掬的诚朴与单纯,都是与别人不同的。例如,他一方面曾因那个不足月就生下来的孩子“发生了猜疑”,又因孩子长着一个与覃俊三的朝天鼻相似的鼻子而“增添了更多的疑惑与委屈”,夫妻常常因此吵架;另方面他对这孩子却有着仁慈的抚爱,年关时节,精打细算要给孩子多做点吃的,给孩子缝件新衣穿,免得别人闲话。小冯的英勇牺牲大大感动了他,他诚心诚意表示,让孩子给“扛幡”都行。按民族习惯来说,这是极难做到的一件事。象这些极富于个性特征的描写,在整部作品中是不少的,这些都是作者塑造人物成功的地方。还有,尽管这部作品以写人物为主,但并不是一部单纯的人物传记,而只是选择了一些典型的画面来突出人物活动的面貌;不追求人物活动的所有完整的过程,却强调作为时代音响的记录。

最后,想谈谈作品中一些不足之处。我们已知道,人物性格的形成是依据于历史环境条件的。韦廷忠的成长的决定条件是党领导的革命的群众运动。因此,人物的新的精神面貌必然是通过运动与党的力量发生关系的。然而作品中对党的领导力量表现得还不大鲜明、突出,所以在一定程度上使人物性格的成长与党的作用的密切关系也就得不到最深刻的展示。比如土改工作中发动象韦廷忠这种落后层是一件艰巨而又细致的工作,面对这种情况,党组织如何多方研究,定出决策,指派自己的成员或助手去千方百计地完成任务,没有得到更多的艺术表现。所以,有的同志反映说,读完了作品的大部分,对土改干部中谁是党、团员还欠清楚,我看与上述原因有关。再从对整个人物性格的着色来看,真正激动人心、生动具体的场面还不够多。对好些富有戏剧性的巨大情节及其所必然引起的人物精神世界的巨大震动,也缺乏更深透、细致的刻划。因此艺术感染力也就显得不够十分强烈。象阿桂被害死,斗争覃俊三大会前后,韦廷忠入党等,这对韦廷忠来说都是极不平凡的时刻。但作者或则简单地透过别的人物一些片断印象去表现人物性格,或则比较一般地去描写人物本身。这都在一定程度上减弱了人物对前者所能引起的共鸣。以上意见不知对否? 愿得到作者、读者同志们的指正。

《美丽的南方》艺术浅赏

曾庆全

原文载《广西文艺》1961 年第 8 期。

生活千姿万态,作家个性各异,在艺术海洋里,永远找不出完全同样的两件作品。即便是"乱真"之作,那也只能"乱"而并不是"真"。这样,人们才能获得丰富多采的美学享受,文艺园地也变得万紫千红。僮族作家陆地同志的《美丽的南方》以清新的抒情风格和柔缓的调子,以及南国风光和风俗的逼真描摹,构成了作品独具的民族特色和地方色彩,给读者以诗意般的美感,丰富了我们百花争艳的文学园地。

自然,"风格——这是内容的内部规律,这种规律表现在'外形变化的规律'中——在作家所特有的艺术表现的多种特点中"①。即使《美丽的南方》在自己

---

① 引自"现代文艺理论译丛"第一辑第 158 页。人民文学出版社 1961 年 3 月北京第一版。

的风格特征上，还不表现得那么鲜明，但它还是相当充分地体现在艺术描写、情节结构、人物和风物的刻划诸多方面，从而显示出作家观察生活、感受生活、剪裁生活、表现生活的个性特色。

一

土地改革，这是暴风骤雨式的阶级决战。一般说来，作家要相当完美准确地表现这一虽然不长但却猛烈的生活历程，实在不大便于让主人公们唱抒情曲，在文静的生活气氛中，在日常的交往里，以柔缓的节奏和宁静的调子，表现性格的发展和事态的演进。但《美丽的南方》却是侧重于这一生活进程的抒情侧面，不大着重震撼人心的冲突提炼，豪迈奔腾的场面渲染和强烈紧张的情节铺陈。它以象戏剧中"暗场"一样的方式，处理了相当多的高潮场景和尖锐的情节冲突。在章与章之间的巨大"空白"中，蕴蓄着这些被隐在幕后了的故事和场景。作家在行将展现的强烈生活矛盾的边缘，发掘着人物的抒情性格，描绘着他们侧面的生活。比如在廿一章之后，按照情节发展的逻辑进程，艺术渲染的必然趋势，应该马上揭开斗争恶霸地主覃俊三的高潮场景，阶级敌人的毒辣阴谋要再一次痛快淋漓地当众披露，广大群众，特别是中心人物韦廷忠，应该在这个斗争的高潮里激起金光迸射的性格火花，显示出飞跃的发展。总之，此时此地，似乎应该酣畅淋漓地渲染出一幕惊心动魄的史诗性的画面。然而在作品里，却丝毫不曾出现在廿二章，而是隐藏在这两章之间。《美丽的南方》就是这样省略了情节的高潮，壮阔的场景，尖锐的冲突。笔锋所到，抒情的、柔缓的、比较细腻的侧面的生活调子和感情抒发，就娓娓而来，源源地流泻。这也许就是它结构情节，素材的一个特色吧。这种艺术描写方式的突出优点，在于强调出艺术创造的"含蓄"之功，它无限地丰富，扩大了作品形象境界的容量，饱和着更加丰富的内容。试想，斗争地主覃俊三的场面，如果写成百十人的控诉，各色人物的反应，气氛的渲染，场景的变化，情节的推进，多么广阔的生活内容呵。而这一切，都被省略地处理了，显得多么简洁！作家充分信任读者的生活经验和艺术联想，留给读者以再创造的广阔天地，从而诱发读者的想象，以获取更丰美更有意义的艺术享受。从这方面来说,作品所表现的这一个艺术特点,正是它独到的优点。

紧张的冲突,强烈的行动情节,高潮场面,都只存在于读者的联想中,于是,作品的直接描写所提供的形象画面,人物生活,思想行为,感情气质,便别具一番风味了。还是看看廿一章的描写吧,笔墨自然也花得相当多,酝酿气氛,衬托环境,几乎是波澜迭起,层层而来。但是,这一切都不是高潮,不是贯穿的强烈的行动情节,相反,处在这个环境中的人物,他们都只在生活急流的背面,吐露自己抒情的声音。我们看到,赵三伯坐在竹丛边跟小孩们一道天真地编着山歌,韦廷忠正为自己要当众说话而焦虑耽心,画家钱江冷却专注地构思一幅人民的控诉,俞任远感叹着"政治是一门不可捉摸的学问",黄怀白竟发泄出教师"就象蜡烛,照亮了别人,毁灭了自己"的没落哀鸣。而杜为人呢,他还在全面指挥之余,娓娓而谈,发表了关于"风景画"的美学见解,以及作家必须深入生活,向群众学习的议论。显然,作家的笔触,是在探索人们的生活侧面,感情细流,而且尽量让他们的感情和声音,思想和行动,更富于抒情色调和哲理意味。这样,表现的是严峻的生活激流,却荡漾着松快的气氛和幽默情味。这样的描绘,就以它徐缓的节奏、柔和的色调、抒情的风格而引人入胜了。

许多时候,本来已是生活的侧面了,如果在行动细节中写出来,也只是舒徐柔和的抒情调子,而作家也不愿意放在正面来描写。象小冯与李金秀的微妙爱情关系,自然是土改生活洪流中的一朵浪花,作品也并没有通过情节描绘来加以表现,而是让小冯死后,柳眉和全昭发现他的日记,满怀感情地读了出来。这里回忆式的调子,散发着生活的哲理味和抒情味,把读者带入了深沉忆念的境界。看来,作家相当善于在这种柔美的天地里去联缀生活的诗意,从小冯的爱情插叙,引出苏嫂和廷忠新的关系。如果说,小冯和金秀的"悲剧"结局,曾在人们心底荡起深深的叹惋之情,那么,廷忠和苏嫂悲苦剧交织的"重园"抒情,就使我们为他俩的幸福而强烈地激动,并从而提升到对新生活的热爱。这儿,我们看到一个现象,就是作品的抒情,常常渗透着一股悲剧的气息,丰富了作品的感情色彩,更深地揭示了生活矛盾,但是,抒情的基调却一直保持着清新健康。也可以说，这是《美丽的南方》的抒情风格的一个特征。

作品在塑造典型环境，烘托环境气氛时，也尽量使用着类似的表现和结构方式。象帝国主义反动派的大本营——天主教堂，就只在一处叙述中一笔带过，再也没有写出那儿的任何活动。贯穿全书的三个"政治匪徒"，不曾一次正面露头。何其多这个特务分子，也只是勾画了他那"开明绅士"的假面貌，却不正面接触他的罪恶勾当。覃俊三、赵佩珍毒害韦大娘的惊人情节，也是在若隐若现中加以透示……。这一切幕后活动，隐蔽的人物，却又明显地构成了长岭和岭尾的精神威胁，使得这儿的空气特别僵冷恐怖，正象纹丝不动的浓云中饱和着水分一样，只是让人们感到而不能看到了吧。这样的描写，省去了大量的笔墨，剧烈的斗争场景，尖锐的敌我矛盾，但依然传达出了特定环境中的生活真实，表现了初解放时某些偏远少数民族地区的环境气氛。而作品的风格基调却仍然保持得比较完美。

二

作品描绘了相当多各具个性的人物，韦廷忠则是全书的关键。通过他旧社会奴隶生活的概括，在新旧交替日子里的矛盾阵痛，以及飞跃成长的短短历程，富有典型意义地揭示了南方广大农民的命运。他有着清晰的个性：忠厚、淳朴、郁闷、幽默和机智。在他身上，具有广西僮族人民的民族性格和横遭压抑的贫雇农的阶级特征。他不在强烈的冲突，生活激流的漩涡中，以自己的惊人行动来展示性格，因此，读者看来，就不是在集中的情节和场面中，纵深契入性格的各个方面，一起揭示；而只有当我们鸟瞰式地俯视到了作品相当长的一段内容，看到了人物活动广阔领域，才获得这一性格的动人印象。韦廷忠性格的揭示，可分为三个阶段。在这三个段落里，气氛和节奏不同，描写手法也有区别，不过都是服从作品的风格基调和形象塑造的任务的。

第一章到第七章，作家企图全面而简炼地概括韦廷忠前半生的经历和性格，他的奴隶地位和悲剧命运，从而显示出旧中国南方农民的普遍遭遇和他们所处的典型环境。可见，作品虽以土改运动为中心，实际上笔触已伸入到遥远的过去,它的艺术意义已不限于描绘土改了。有人以为作品前面展开太缓慢,拖沓,如果理解了作家这一创作意图,也就不必多加指摘了。在这一段描写里,作家的笔触,有如"飞花点翠",在日常生活,人们的交往,不显眼的工作中,午夜或黄昏里,几乎不动声色的点出人物个性各个细微的方面。第一章开头,看到韦廷忠闷声闷气的神气,就明白他淳厚、郁闷不过;从他不声不响地自愿捡柴和主动帮助苏嫂去找死牛的举动,看出了他那诚恳朴实、济人之急的优良品性;后来从他责怪农则丰"爱管闲事"的话,听出他怕事、拘谨、竭力安分守己的讯息;透过他对韦大娘爱护中显得心事重重的神态,看到了他忍受不幸,克制感情,自我牺牲的精神;当他说出"老鼠也会欺负人"时,一缕深蓄的不平之气,似乎也会借题发挥;他蛮认真地讽刺花心萝卜的流气,攻击他想贪便宜,捡死牛头时,几句嘲讽性的双关话,又表现了他幽默而带点刺儿的性格特征;在几处山野田间,他听到一阵飘来的情歌,油然涌起童年牧歌般的美好记忆,原来他也是个善于细腻抒情的人;他午夜不成眠,赶墟空手回,想把日子慢慢地过得好些,但"好象走到蒺藜地里,揪开这个刺,又被那个刺挂上了"的心,却又是一颗道地的苦难佃农的心……自然这串串的声容态势,不是在贯串性的大动作、情节和场面中刻划出来的。韦廷忠温闷有余,火气不足,他半生牛马生活所塑成的性格气质,就在这种片片飞花,随意点落的情状下获得表现。不过,作家并不限于使用一种手法,第一章关于廷忠与阿桂交织着悲喜成分的结合,以及他那苦难身世的回叙,则是使用第三者叙述笔调。第三章前段,廷忠和玉英童年时代富有喜剧色彩的生活,则是以插曲性的动人描绘,别具抒情牧歌风味的调子表现出来的。这些情节衔接对照,悲喜剧的气氛,幸福和灾难,就显得特别鲜明强烈。

从第七章土改队踏入长岭乡开始,到二十章韦大娘遭害身死,韦廷忠"豁了出来"决心斗争为止,写他处在新旧时代交替,两个阶级最后决战的紧张时期,各种矛盾、犹疑、苦恼、悔恨,集中一人之身的复杂心理状态。地主覃俊三的压榨迫害,造成了旧生活的因袭重担,党的真理的诱拔,新生活的曙光,一旦投射到他的内心深处,于是就反复交战:决心似乎闪现了,却又蓦然幻灭了;精神好象振作了,却又消退了;欲前又止,止而复前;反复思索,反复追求,这真是一个紧张的时刻呵！适应这种生活感情，作家采取了反复点染的手法，笔触深入到人物感情波浪的底层，通过他的家庭日常生活，对妻子、对孩子的态度变化，对工作队的感情加深，对自己悲剧命运的追究、怀疑，对地主阶级剥削压迫逐渐加强的憎恨；想挺起腰来，却又软了下去，再又亢起身来；想斗争，痛快地出一口冤气，却又顾虑重重，隐忧不已。通向新生的艰难步子，移动了，又象停在原地。这样一段缓慢（相对地看）、反复、曲折的生活经历，矛盾的思想过程，作家正以反复点染之笔，此处浓墨一点，彼处淡墨一染，点处似乎使人物加大了步子，染处又似乎抹去了前进的足痕。自然，作家于这种比较琐碎的点染之中，又不时在"精当"之处，渲染一番，从而把作品的抒情境界和艺术感染力量，升华起来。第十七章廷忠姐弟俩的元宵絮话，那么幽凄的环境衬托，情深而激动的往事回忆，苦难生活和斗争感情的交织闪现，有着强烈的扣人心弦的诗情力量。当姐弟俩仿佛意识到"三十年风水轮流转，我看穷人是要交运了"的黎明时刻，作家插进了深含哲理意味的笔，写出"门口的童子鸡小声的啼叫了"这一象征性的细节，烘托出这天将亮、人将醒的微妙境界，真把读者引入了清新广阔的幻想天地。

韦大娘遭了暗害，韦廷忠是"见了棺材流了泪"。从二十章起，他在深沉的痛苦中，突然"象醒了过来的醉汉，象放下了担子的挑夫，显得异常的明朗、坚定、精神显得挺振奋，好象是决心豁出来了的临阵的勇士"。此后，他每一次出场露面，一步一个脚迹，声色最不惊人，步子跨得却不小。作家主要以跳跃式的重笔渲染，来表现他每个段落飞跃前进了的性格特征。作品的节奏显然加快了，气氛比较紧张热烈，正面的场景情节也较多地出现。不过，哲理的、抒情的意趣却并没有稍减。因为，这一段跳跃式的浓重渲染，也是在骨节眼上用笔加墨，而作品的骨节眼依然不在尖锐重大紧张宏伟的场景，而在于这些场景外围或背面的插曲、次要行动、抒情的领域。韦廷忠还是没有在任何敌我斗争的惊心场合露出性格火花，他只是在开会中出主意，发表中肯的意见；在顾不得个人家庭生活的状况下忙碌不已；在拒绝接受好田好房的时候，才能觉察出他由普通的苦难农民，从犹豫动摇飞跃成为共产党员。自然，作家细腻的笔触，也不会不描摹他个性气质的次要的一面,憨厚得到了羞涩,朴实到怕当众说话,抹不开、甚至怕见上级领导,不习惯革命的批评方式,主人翁的自信心还不稳定。这一切大都是在正面渲染之余,又用几笔淡墨染出来的。所以,他虽然一步一步地跨得不小,飞跃向前,同时也节奏起伏,波澜层层,显出了他前进的复杂性和曲折性。人物进步虽快,却是性格内在逻辑发展的必然结果,并不简单化、表面化。

发掘人物的抒情气质,哲理意趣,把他们放在生活的侧面加以描叙,在作品的各个人物塑造上,几乎是同样的。比如,僮家姑娘银英这个次要人物,也只是围绕她追求理想的婚姻、"不落夫家"的线索进行描写。当然,形势的发展,她也投入了反封建的阶级斗争,但却始终不在这种斗争的正面场合出现。她的出场,几乎全在风趣、开朗、抒情的歌声画面中。她健美、聪明、天真、泼辣、甚至相当粗犷,柔中湛露刚气,她出口便成幽默、讽刺、或者情深的歌句;她乌黑的发辫,鲜艳的头巾,灵动闪光的眸子,却又内蕴着纯洁严肃的心。这一切外形和内心上的特征,作家不在贯串性的情节中加以表现,而是在一些抒情的劳动画面、古话细节、或者旁人的打趣、插话中加以点染。于是在柔和优美的色调中,在抒情的天地里,描出了这个性格鲜明的僮家少女。至于那一大群知识分子,从第七章他们进入长岭乡后,作家展开了艺术上的双线描写,以几乎超过描写农民觉悟过程的笔墨,写他们在前进中的变化,顺应他们的心理面貌和性格气质,抒情的、哲理意味的情调就特别浓厚。不过,他们更多地是处在生活的侧面抒发吐露的。作家的性格描写,决定了作品的风格气质。感情节奏,从而在描绘出典型性格和重大生活的同时,给我们以独特的抒情诗般的艺术享受。

三

《美丽的南方》以清新抒情的笔墨,着意描绘出一幅幅的风景画和一卷卷的风俗图,把作品的地方色彩和民族情调渲染得更加浓郁。作家使用的艺术笔墨,也变幻多采,时而情景融汇,时而临摹、素描,或是大块点染,或是工笔细勾,或风景和风俗交织描绘,或各自独立成景,手法变化多姿。因而展现在我们眼前的南国风光,也就千姿万态了。我们看到,作家有意地随着时间向前推移,从残冬、春节、初春、春浓、春深、春暮到初夏,在那大自然的调色板上,点染着那些最醒目、最生动的花花草草,描绘着那高大的榕荫,那挺拔的木棉,苍翠的橄榄林,飘着白帆的邕江,新绿的甘蔗田,星星点点的菜园瓜架。不仅如此,作家更以工笔写生的本领,把同一花木,比如木棉吧,它在残冬、初春、春浓各个节令的不同生意和形态,尽量准确地细腻地描绘了出来。而且,有几处集中特写镜头和结尾时开庆祝大会的别致场面,就把作品的抒情风格和民族色调给大大地加浓了。这一切风景风俗的描摹,组成了僮锦式的鲜艳大块,但又没有僮锦那么工整的线条,图案化的花纹,从而显出作品艺术描写的生动活泼,流畅多姿。

冷风细雨的残冬,作家只聊聊几笔:

"……空中飘着牛毛一样的雨雾,风大一点给刮跑了,风一静,这些雨丝就在树叶、草堆、牛背落下,积成一层湿湿的茸毛。树枝子的蜘蛛网成了银色的网罩;远山和树林罩着轻纱似的烟雾,老不见消散……"。

笔触细腻,色调淡朴,而在空蒙的淡墨水彩中,又有几缕精细的钩描:"湿湿的茸毛"、"银色的网罩"、"轻纱似的烟雾",这是多么精微之笔!而这不过是近景或中景,那远山和树林,就把这幅小画的境界给无限地扩展了。作家在这凄迷的背景里,进行了富有地方情味的风俗素描:当我们听到"看牛轮"的"梆梆"脆声,"竹丛里发出轧轧的声音";看到冷风中一群农民围在塘边一堆野火旁谈天;铜绿似的池塘里,窜下水去寻食的红冠西洋鸭子,这南方的"严冬",该有多么诱人!

有时候,作家以体验者的身分,向读者进行娓娓的介绍,笔墨质朴而精炼。象第七章韦廷忠赶墟回来时,那夕阳斜晖,那榕林绿蕉,扛着木犁的男人,挽着篮子的妇女,篮子里放着门神、香烛、春联,孩子们玩着纸糊狮子头、泥塑小公鸡,跟在后头,跑在前边。那熙熙攘攘,田园牧歌般的风光,真是饱和诗情画意。第十六章春节、元宵风俗的描叙,更注入了作家亲切的乡土之情和深沉的阶级感情。当描述到那悠久古朴的民族生活情调时,作家沉醉了;当笔锋调转,接触到备遭剥削的农民生活时,又是那么深沉地揭出他们"守火盆"、"睡冷觉"的愁闷心情。作家介绍了劳动人民"过了年初一"就脱鞋子下田的沉重负担,也分析了那里"不落夫家"的社会心理原因。这一切,仿佛使人进入了僮族人民的村墟和院落,感受到了他们的欢乐和痛苦,陶醉在他们淳朴、优美的风土人情之中了。

作家相当注意描写从不同人物的眼中去看景物,从而让人物面对景物发抒各人的感情调子,表现出人物的性格气质,也突出了地方风物的某些特征。王代宗特别欣赏木棉挺拔高傲的特点,并把自己个人英雄主义之情寄托在木棉树上;丁牧对这里的冬意淡薄作了哲理诗意的联想:"我们失去了一个冬天!"柳眉捡着一堆鹅卵石子,准备留作纪念;黄怀白特别精心修润龙木骨手杖,想把它带回北京;钱江冷由喜欢排骨萝卜汤到构思"人民的控诉";杜为人与傅全昭珍重南国红豆的象征意义……这一切这有含蓄性的细节描写,更融着情和景,使得作品的抒情意趣更为深刻、隽永。

如果说作家在描绘不同节令的风景画面时,多以"移步换形"、"散点透视"的手法进行,而第廿五章清明暴雨场景的描摹渲染,则在"移步换形"的原则下,又"分头特写",在大块的"散点"之中,又有纵深的"焦点透视"。我们从这些南国清明暴雨景色的描绘中,不能不感到作家精微而淋漓的笔触,确实具有独到的艺术意义:

> "将近十来天没有下雨,地面发干,玉米的叶子都卷了,今天天气特别闷热。一早起来,树梢、水面都定定的,没见纹丝波动。在太阳光下,不干活,汗珠子也会悄悄地在鼻尖,额前渗出来。"

亚热带的清明季节,完全象北方的浓夏了。暴雨前夕的沉闷气压,描绘点染得特别精确。"天阴沉沉地铺着云层,太阳时隐时现。山鹰在翱翔,鸣叫"。接着几笔就把气候的飞快变化写了出来。天空和大地,动植万物,都似乎烦躁不安。接着就是由远而近的雨势:

> "太阳忽然被云彩遮住了。远远的天边轰隆隆地响着雷声,云头从东边涌上来。……南面的山峰已经被雨雾笼罩住了。就象天空挂下一匹灰白的帐幕似的。鸟雀都往树林飞来了。"

这还只是对面的雨，鸟雀还在向近处的树林飞，"山雨欲来风满楼"的气势，被浓重地渲染着。接着暴雨袭到了头顶：

"大雨的前锋已经到了，地面上劈劈拍拍地落下粗粗的雨点，象一面筛眼似的。……大雨正在摇撼着天地。树木、芦苇、庄稼，都在风雨里摇摆，颤慄，麻雀躲到屋檐下唧喳地叫唤。天空一闪电过后，一声霹雳立时在附近打下来，仿佛要把天地劈开来似的。随即前面不远的一棵高大的橄榄枝被雷极了，巨大的树枝倒下来，半边的树身露出一大块裂口。"

真是天摇地动，雷电交加，"狂风骤发，大雨倾斜"，"不分天地，不辨西东"，好一幅泼墨浑洒的清明暴雨图！接着，雷隐风止，"一阵瓢泼的密雨"后天空静下来了，山洪就"奔腾咆哮"起来。那种壮美的景象，写得相当传神。现在，作家又描出了另一付生意清新的图卷：

"天空露出太阳，在东边现出一道鲜明而美丽的长虹，……田里都注满了水，庄稼有的倒伏了，瓜棚有的倾斜了，树叶涂着一层泥沙，有的草根挂在树枝上。鸭群在注满了水的鱼塘里嬉戏，鼓着翅膀呷呷地叫。被阻的人们又在田里和道上出现了。"

前面一气奔泻，使人紧张得透不过气，这儿的宁静柔缓，就特别逗人喜爱。从静到动，又从动到静，中间一段，写得惊天动地；从沉闷阴郁，到万籁不安，再到天清地静，只有燕子、鸭群、人们的来往，点缀着生意盎然，但是特别宁静的原野。这幕"清明暴雨"的出色渲染，应该在我们文学艺术作品同类景象的描写中，获得它隽永的艺术地位。

与前面雨景特写交相辉映的，是二十九章"庆祝胜利大会"的场景处理。前者是自然风光的出色摹写，后者是新时代风俗人情别开生面的编排抒情。长岭、岭尾两村的土改胜利了，人们正当天黑下来的时候，"提着风灯，拿着火把，带着电筒，在青色的星空下把通往长岭村来的几条小道点成几条火龙。山歌这里唱那里和的，在旷野里显得更为高吭"。醒狮队、铜鼓舞、山歌联唱、老头青年合奏着"八音"，在这个会场上，没有人来作开场白、谈话，总结过去、激励未来。有的只是纵情的欢笑，喧闹的乐声，优美的歌唱。赵三伯上台唱了当年的革命歌,韦廷忠甚至不唱则已,一唱就心儿飞到遥远童年时代的喜剧气氛中去了,他竟然唱出了一曲深沉真挚的爱情歌。这个会,抒情气息压倒了热烈的激情气氛,作家是把古朴优美的僮家"歌墟"的传统,点铁成金地融会到"庆祝大会"中来了。特别是苏嫂、廷忠,在一片热闹声中,却散步在清幽柔美的静处,继续回味他们几十年来不曾忘却的絮话和情歌;杜为人和傅全昭也在这"歌墟"里倾谈爱情的"文章的开头",就使得极富诗意的"庆祝大会"的场面,染上浓郁的民族情调和地方色彩了。在风物人情、风景风俗的描绘叙述或抒情方面,作家的确给了我们以极具民族情调的艺术享受。

四

如果我们不把优点绝对地看成优点,而是采取面面纵观的态度,那么,作品避开高潮场面、尖锐情节的正面描述,作家喜欢发掘人物的抒情性格等等,既造成作品的独特风格,也同时带来了某些美中不足。读过作品,总不大容易记得起某些人物的清晰面貌,他们突出的性格特征,他们最感人的气质和思想,特别是韦廷忠这样的中心形象,也有同样感觉。为什么呢?末始不是他们一直行动得比较琐碎,思想得平凡,不在强烈的情节甚至细节中展示性格的原因所致吧?他们的抒情和幽默虽被点染出来了,但缺乏深刻显现抒情和幽默的行动和语言,就自然不够深刻。我们感到韦大娘死后,关于廷忠态度的突变,几句叙述形容,就比较有分量。此后交出地主的东西,在会上出主意等几个情节的刻划,跟省委贺书记的见面,在庆祝胜利大会台上唱爱情歌几处描绘,就鲜明感人一些。而前面大半部的描写则比较逊色,原因也许就在这里。

次之,作品的抒情风格和哲理意趣,虽然充溢在全书的字里行间,但仔细体味,这种风格意趣,更多地只在许多细节的片断之中,而不是象人体的养分一样,融合贯通于全身的筋骨,因此,读过作品以后,总感到这种风格调子不够深沉、稳健、雄厚,多少有点漂浮。这与作家观察生活、理解生活、认识人物、把握人物、描写生活和人物的深度是不无关系的。

再次,作品从第七章以后,进行双线发展企图同时完成两群人物形象的塑造。不过，作家显然把笔触过分地移到知识分子一条线上去了，相对地削弱了农民阶级人物的思想生活描写。于是，我们看到知识分子去启发、教育、改造农民的地方多，农民怎样教育、启发、帮助、改造知识分子的地方就少。如果这也算是缺点的话，那就牵涉到艺术技巧和思想认识两个方面了。

此外，个别人物思想缺点的过分强调，还缺乏根据，不大可信。象冯文特别主观，甚至讽刺小冯深入韦廷忠家劳动，对傅全昭的负责求实精神出奇的轻蔑。这些，使读者不大容易理解。当然。这样的同志，生活中肯定是有的，问题是要适当发掘出产生这种思想情绪的具体根源，比较简单的"经验证明"一句口头禅是太淡薄了。还有，某些双关性的话语，有过于隐晦的地方，象钱江冷被调南宁去搞"土改画展"时，她交还《苦难的历程》给傅全昭，后者从书页里翻出一张金色的鹰爪花瓣，不觉低语道："她没有读完！"看来，如果没有读过《苦难的历程》，对这儿含蓄的双关语，是煞费苦心的。作家可又迫使读者不能不去思索。含蓄和双关，如果变成隐晦和冷僻，那就"差之毫厘"了。

总之，《美丽的南方》以它的独到优点，较好地反映了广西僮族人民土改时期的生活历程，纵然它的革命理想精神还似乎不够浓，但却进行了较细致的现实主义的描写。因此，它的许多方面的成就，都是值得我们好好学习、好好消化的。

如何评价艺术形象

——对《〈美丽的南方〉艺术浅赏》的几点异议

梁　唐

原文载《广西文艺》1961 年第 12 期。

陆地同志的《美丽的南方》是我区解放后第一部长篇小说。它的出版对我区文学创作来说，是一个新的收获，也是一个有力的鼓舞。到现在它出版已经两年了。两年来,它越来越多的受到区内外广大读者的注意,产生了不小的影响。正是由于这样,在它出版两年后的今天,我们来探讨一下它在艺术上的成败得失,看它有哪些可供我们吸取的经验,而哪些方面又是我们之后创作中应该避免的地方是很有意义的。

前些时候在《广西文艺》今年第八期上,读到了曾庆全同志的《〈美丽的南方〉艺术浅赏》一文,应该说,这是一篇颇有分量的文章。庆全同志从几方面来分析了《美丽的南方》的艺术风格与艺术成就,这些分析当然是有他的根据的。纵然一些分析看来还不是那么中肯,还不能令人完全同意,还不能成为定论,但是庆全同志的探讨精神是值得学习的,特别是目前评介文学作品的文章艺术分析很缺乏的情况下,就更值得我们欢迎了。

庆全同志对于这部作品的艺术成就的探讨,引起了我的兴趣,这里不揣冒昧,想坦率地谈谈自己读后的一些印象,并想对庆全同志的文章提几点异议,一则是商议不同,二则也是向大家求教,希望得到指正。

一

“文学是人学”,高尔基这句名言,启迪着文学作品必须描写人这一真理。因之,一部作品的成功与否,很大程度上决定于它的人物的艺术塑造上。庆全同志在文章中对于人物塑造的艺术评价是前后矛盾的。他在文章第四部分分析作品的缺点的时候,几乎完全地否定了自己文章第二部分的意见。他说:

> 读过作品,总不大容易记得起某些人物的清晰面貌,他们突出的性格特征,他们最感人的气质和思想,特别是韦廷忠这样的中心形象,也有同样感觉。

这样就把他文章的第二部分关于人物形象的成功的肯定意见全部给否定了。我们可以看出这段评价并不是什么“美中不足”的问题了。因为读过作品后,人物的面貌、性格特征、气质和思想都没有给读者留下清晰的印象,连中心人物也如是,这就不能说作家的人物塑造很成功或者达到了作家自己的主观愿望了。那末,在庆全同志文章的矛盾的分析中,我们同意那一个意见呢? 照我认为,不用作什么掩饰,庆全同志后面的分析才是我所同意的。也就是说作家在《美丽的南方》的人物塑造中,确实还不能说是很成功的。

我们不妨从作品的具体表现看看。

作家在后记中把自己的创作意图告诉了我们,他在作品中主要是表现了两种身份的人物:一是"从奴隶变成主人"、以韦廷忠为代表的农民群;一是"各级干部"与"新旧交替的时代"中的知识分子们。我们按照作家提供的线索,对这两种身份的一些人物进行一些简略的分析。

韦廷忠这个人物是作家企图着重表现的。庆全同志所说的"是全书的关键",可能就是看到了作家的这个主观意图吧。

庆全同志的文章,把韦廷忠的性格分为三个阶段。简单来说是奴隶阶段的韦廷忠,转变阶段的韦廷忠,"决心豁出来了的临阵的勇士"的韦廷忠。我以为,韦廷忠这个人物的生活的确是经历过这几个阶段的,但是他的性格并没有经历过这几个阶段的发展。因为作家在这几个阶段中没有深刻地揭示韦廷忠性格上的变化,人们看不见他性格发展的脉络与迹象。无论在那一个阶段,廷忠的性格都没有得到深刻的统一的表现。

对于这个人物,作家的主观愿望可能如庆全同志所分析的那样,企图赋予他忠厚、淳朴、郁闷、幽默和机智的性格的。但是庆全同志的结论:"韦廷忠温闷有余,火力不足,他半生牛马的生活所塑成的性格气质,就在这种片片飞花,随意点落的情状下获得表现",则又是过誉之词了。在我看来,廷忠这一人物的性格描写,更多的只成为作家主观意图的图解,生活气味不浓,描写不统一,不自然,行动与语言都比较生硬。读来并不亲切感人,不觉得他是一个熟悉的陌生人。也就是说,作家虽然在某些片段上企图表现人物的某些性格特征,但还没有塑造成一个有血有肉的活生生的人物。

我总这样认为:一个人物在艺术上的塑造成功与否,主要得看他在特定的场合下,他们的行动、谈吐是否是他性格所可能发生的,而不应该由作家的安排或作品结构情节需要他这样做这样说。这正如恩格斯所说的,人物性格的刻划"不仅表现在他做什么,而且表现在他怎么样做"。但是《美丽的南方》对于韦廷忠这个人物的描写,无论是在哪一个阶段的描写,多是不从他的性格出发,与性格的发展相符合的,而是作家在要求他做什么说什么。譬如在奴隶阶段的韦廷忠,他性格的基本特征作家给我们的印象,似乎是他的闷葫芦、胆小怕事,诚恳老实。可是在第四章里,当韦廷忠赶牛车去拉茅草的路上,作者却让他只因花心萝卜"几乎要翻倒"就开怀欢笑起来,笑出了泪水,谈笑风生,说着"坐牛车都坐不稳,还想骑马"这样油滑的话和银英、花心萝卜开玩笑,和苏绍昌做眉眼(交换眼色),这段描写就与韦廷忠的性格极不统一,显得很生硬不自然。又譬如,韦大娘受骗收下了地主的一些贿物,并代地主收藏了一些东西,这在韦廷忠性格塑造中显然是一个重要的事件。但当已经知道土改工作队就要下乡进行土改的韦廷忠,了解了妻子这件事情之后,只是淡淡地说了一句"你就爱贪小便宜"就过去了。那末,作为一个胆小怕事的性格又表现在哪里呢? 难道当时他不怕工作队来了进行土改会牵连自己吗? 而且他还十分关心的问"腊肉(贿物之一)放在什么地方,别叫老鼠拿去过年了",这一反应,也显然不合韦廷忠的性格与此刻心情的。因为廷忠素性是宁愿自己吃点苦,也不肯向人赊借的人。为什么此刻对覃俊三的贿物会这样坦然接受呢,此外,廷忠这个人物,有时候似乎有很高的阶级觉悟,但有时却是相反。譬如他曾经说过:"要是还让梁大炮、赵佩珍这些人把持农会,就是真的分钱也分不到我们这些人。"又说过:"地主老财好比这地边的大树,能把它拔掉了好是好,免得它遮了阴,害了庄稼。只是树根扎的太深啦,一时拔不倒。"可是到后来小冯给他也做了很多工作,他对于阶级剥削仍然无知。这就难怪读者对于廷忠这个人物没有清晰的印象了。诸如此类的描写,在韦廷忠这个形象塑造中是类见不鲜的。这些描写,破坏了廷忠这一人物性格的完整统一。

或许有人会说,这是人物性格的多样性吧! 但我以为,人的性格无论如何多样,都不能脱离其基本性格特征,只能服从它、围绕它来描写,而不能违背它。正好象"精神胜利法"是阿Q性格的核心一样,阿Q的拧小尼姑的脸也好,赌输了钱自打嘴巴也好,与小D的龙虎斗也好,老子先前比你阔多了也好,都不能脱离他的基本性格特征——精神胜利法、妄自尊大而出现。看来庆全同志的文章,以十二分赞赏的口吻所推崇的所谓"片片飞花,随意点落的情状"(大概是指片段的表现人物性格的手法吧?)在《美丽的南方》中并不是运用得很成功的,并不是值得我们欣赏与效法的。它无助于人物性格完整与统一的刻划,它给读者的印象是不自然也没有立体感。这不能不说是败笔。

　　庆全同志的文章以次于分析韦廷忠性格的篇幅,简单地分析了银英这一次要人物的性格,以论证《美丽的南方》在人物塑造上的成就。应该说,银英这个人物,从次要人物这一角度来要求,她的性格刻划比廷忠在某些地方要稍胜一些的。但是也不能认为是很成功的。我且举两段关于银英的心理描写来看看:

　　　　解放以后,听人说,往后结婚,是由个人自愿,做父母的人不得强迫了。这样,她更是放了心,不再为那个冤家牵肠挂肚的了。不过,人的心情总也没有平静的时候。这头心事放下了,另一头心事却又涌上来:"到底找个什么样的人呢?"这个思想又缠着她,她知道,也看得见,她的背后是有好多炽热而爱慕的眼光追随着她。她自信要是在他们当中选择一个,比到田里摘瓜还容易。正是因为这样,她就不急于要找个什么对象。(重点笔者所加)

我们很难想象这是一个僮族农村姑娘的心理活动,只有典型的资产阶级知识分子才会产生这样的心理。这样的描写,在艺术上看,显然是不符合人物的性格特征的。此外作家在描写"不落夫家"的社会心理时,似乎是为了从侧面加深银英这个人物性格刻划吧。但是这种思想情感的描绘,也很难说是切合一个农村姑娘的心理的:

　　　　这些不落夫家的人,是基于这样一种观念的:她们认为这是妇女们一辈子当中最宝贵,最自由,但又是最短促的时光,既摆脱小姑娘时代受父母严厉管教的束缚,又暂时的没有家室儿女的拖累;如果抓不住这机会来享受,等到一有了孩子,做了母亲,就是脖子套上了辕轭,只得在人生的长途作悠长而无止境的沉重的跋涉了。

这种思想,简单的来说就是"及时行乐"而已。这和曹操的"对酒当歌,人生几何"和《古诗十九首》中的"昼短苦夜长,何不秉烛游,为乐当及时,何能待来兹"的思想又有什么区别呢?这样的描写,不仅无补于人物性格的表现,而且反而破坏与模糊了人物性格的表现。这显然也是人物性格描绘的败笔。至于对于这种思想的评价则又牵涉到作品的思想性的问题了,这里限于论题,不多谈了。有机会的话,再另文谈谈《美丽的南方》的思想性。

农民群的其他人物,如则丰、苏嫂、马仔、丁桂、赵三伯等,或比较零碎片断或失之平面,没有深入他们的灵魂去发掘,没有描绘出他们成长的过程,他们心灵的历程,因此没有成为给他人以深刻印象的形象。

对于小说另外的一群占着重要篇幅的人物——知识分子的形象,庆全同志没有进行具体的分析(想来可能是有点不方便吧!)只是笼统地作如下评述:

> 至于那一大群知识分子,从第七章他们进入长岭乡后,作家展开了艺术上的双线描写,……写他们在前进中的变化,顺应他们的心理面貌和性格气质,抒情的、哲理意味的情调就特别浓厚。……给我们以独特的抒情诗般的艺术享受。

这段评价虽然比较抽象空洞,然而我们也看到了庆全同志是如何赞赏它的成就了。当然作家对于知识分子的描写,比起农民群来,艺术上或许好一些,就是说在某些片断描写和人物的语言上是比较自然一些的。但是作家的笔触仍然没有深入到人物灵魂的深处,写出他们灵魂深处的波澜。描写的还比较一般化与表面化的。性格气质与感人的地方都不突出。也只是看到这些人在"做什么",没有看到他们"怎么样做"。至于这些人物的思想高度如何,则本文不拟涉及了。

那末,为什么《美丽的南方》在人物塑造上会出现上述缺陷呢?我以为这未始不是由于作家的生活基础还不够浓厚,对于自己所要描写的人物还不熟悉,这些人物没有在作家的构思过程中站立起来的缘故吧。由于这样,人物的行动、语言就没有他的性格特征。这种情况下作家虽然尽了自己最大的努力,企图给人物一些独立性的东西,如冯文的"经验证明",黄怀白的"不堪设想",王代宗的对英雄树的称羡等,然而这些东西或没有用在节骨眼的地方,或成了赘疣,因而使人感到没有什么必然性,不仅无助于性格的表现,反而得了简单化与生硬的印象。甚至使人感到这些人物好像舞台上面的小丑,或者象提线木偶戏中的角色。作家在后记中写到自己怎样写这些人物时，就透露了造成人物塑造有着这些缺陷的原因。作家说：

> 当时正是南方溽暑的季节，每天就在小小的纸窗下，对着发黄而多烟的煤油灯，顶住炎热和蚊蝇的烦扰，专心致志地和自己幻想中的人物打交道：分配他们工作，安排他们命运，分给他们以悲喜（重点笔者所加）

这里可以说明了上面的意见。可以看出，作家对于自己的人物并不是很熟稔的，因此不得不借助于幻想；因此他们的工作、命运、悲喜情感的表露，都不是人物性格自然发展的结果，而是作家分配、安排给他们的。这样塑造出来的人物，就难免会有上述种种缺陷而使人感到不真实了。

其次，作品的人物过于庞杂也是使人物塑造失实的原因之一。作品中说得上是较重要的人物就有三十多个。这样作家的笔触就不能集中，出现了照应不暇的情况。我们可以看到在很多场合里，特别是人物出现较多的场合里，作家的笔墨就只能分散了：某某在作什么，某某又如何，某某怎样。这样写来，就难免显得平面化与表面化了。原因当然还有其他，这里只择主要的来讲了。

二

作品的情节结构，是人物性格成长的历程与展开人物性格的艺术手段。这里也想说说自己对于作品情节结构的一些粗浅的印象。

庆全同志认为作品是"在日常的交往里，以柔缓的节奏与宁静的调子，表现性格发展和事态的演进"的，并认为这是"结构情节"的特色。我以为这个评价也是值得商榷的。

上面说了，作品的情节结构是人物性格成长的历史与展开的艺术手段。那么，衡量一部作品的情节结构的成功与否，应该看它是否完成了人物性格的刻划，各种人物在情节结构的开展中完成了它的发挥历史。上面关于人物形象塑造的商兑中，我们已经可以看到一些了。在《美丽的南方》里面，整个作品的情节结构的进展，是没有很注意人物性格的发展的，一些主要人物已如上述，而一些次要人物性格发展更可以说明这个问题。最突出的是王代宗、黄怀白、丁桂、赵三伯等人,他们在作品中象一些舞台上的龙套,打两个筋斗之后就过场了。王代宗、黄怀白莫名其妙地露了一下丑态,就因学校"三反"事起,就调走回到学校去了,不了了之。这样的人物的性格是不完整的,这些性格的不完整,说明了作品的艺术结构的不完整,还有丁桂、赵三伯,在我们的不知不觉中,突然成了农会的主要领导人;画家钱江泠,虽然没有读完《苦难的历程》,但在总结评模时也得到了表扬……诸如此类的情况,就显得作品结构极不完整,说明了作家在构思情节安排结构时,是没有胸有成竹的,因此显出松散与粗糙的迹象。

作品情节结构的松散、粗糙,还表现为一些事件的前后的组织欠严密。这里为省篇幅,我只举两个例子:

其一,关于赵三伯的历史,在十八章通过苏伯娘对全昭的叙述,已经作了一清二楚的交代了:"赵三伯那时也最爱说爱闹的,一开大会他就扛大旗,领大伙上区去游行。"可是在二十八章土改将要结束的时候,赵三伯把保存了二十五年的大旗交给杜为人时,杜为人才恍然大悟地"激动"说"好!你是个老农会会员哪!"很难想象,一个这么出色的工作队队长,被人"觉得他有一股力量,操纵着周围的生活"(徐图与丁牧的感觉)的人物,对于这个十五天后就要成为农会的民政福利委员的积极分子的历史,竟是这样的一无所知。这只能是结构情节上面的问题。

例之二,关于苏新,在第十六章已经由苏伯娘亲口告诉我们,他就要回来了,"是在出高丽参的那个老远地方当上志愿军啦!"可是,就在这不久后的第十八章这样描写:

> 苏新的来信,使得做母亲和老祖母的人喜出望外,真象从地里刨出了金子,从河里捞得了珍珠的一样。老祖母乐的不知怎样好,一边听着全昭念的信,一边抹着快乐的眼泪,还连声感激地说:"还当上了志愿军,真是祖宗保佑罗!"

明明在前面早已知道苏新的消息并且知道他要回来了的,而后面又是才知道这回事。苏新的信也是从他离家讲起,前后竟有这样的矛盾。这若是在古代竹简为书的时代,真有脱简之嫌了,可是这是现在,脱简的现象是不会再出现了的，就只能是情节结构上的紊乱与粗糙的现象。象这样的情况，就不可能用得上庆全同志的所谓"柔缓的节奏"或者是"反复点染"，"结构情节"的"一个特色"的评语了。这只能是艺术上的粗糙、散乱的表现。

此外，书上出现不少跑过场的人物，如韩光、苏绍昌等等，这在书上不仅不起什么作用，在结构上则成为一种赘疣了。这也是结构上的败笔吧！

三

最后谈谈风景画与"抒情风格"问题。

毫无疑问，作家在南方的自然景色的渲染上是颇费一番苦心的。这些风景画也为作品带来了较浓厚优美的地方色彩。但我觉得在这些方面所花的笔墨往往过多了一些，而且不能随时注意把环境的描写与人物性格的刻划有机地结合起来，有时处于游离状态，就不能不影响了人物性格的刻划。

至于"抒情风格"问题，我以为作家是很注意从这方面去渲染的。但是抒情往往追求得过于细腻，有些抒情描写与人物的性格故事情节的要求都不必要，结果倒成了赘笔。这种性质的抒情并不占少数。譬如在冯辛伯死后，倒插一段他的爱情生活，这对于死去的冯辛伯并没有什么好处，而且这样一般化的描写也没有给活着的李金秀的性格增添什么光彩；而杜为人与傅全昭的所谓爱情的文章的开头，其实也不能说有什么顶出色的深邃的思想内蕴于其中，艺术的描写也不是很成功的，特别是傅全昭与杜为人第一次见面的浪漫蒂克的气氛的渲染，更不能说是很健康的。此外傅全昭的没有名字的信与药方，银英对苏新的情感，虽则为作品添了一些抒情色彩，然则没头没尾，描写不深刻，也不能从情感上给读者什么高尚的启示。这些，又牵扯到作品的思想性问题了，不如就此打住罢。

以上限于水平，只能将自己读后的印象写出。印象，就难免有偏颇的地方，但为了探讨问题，以有利于我区文艺创作，所以仍不避浅陋把它提出。引玉之砖，虽则本身无用，但引玉也总算有它存在的用途吧！

也谈《美丽的南方》

——与曾庆全同志商榷

谭树平　茹萍

原文载《广西文艺》1962 年第 2 期。

曾庆全同志的《〈美丽的南方〉艺术浅赏》一文（载《广西文艺》一九六一年第八期。以下简称"曾文"），启发了我们对《美丽的南方》的艺术鉴赏能力。但是，对曾文的一些论点，我们总觉得很难取得一致的意见。这里，不妨把我们的意见提出来，希望得到曾同志和其他同志的指教。

一

曾文认为，作家没有把斗争的高潮描写出来，"而是隐藏在两章（指作品的第二十一与二十二章）之间，……这种艺术描写方法的突出优点在于强调出艺术创造的'含蓄'之功，无限地丰富、扩大了作品的形象境界的容量，饱和着更加丰富的内容"。什么是含蓄呢？比方说，作家所描写的是平凡的社会生活场景，但这平凡的社会生活场景却不是毫无意义的生活琐事，而是有比较深刻的社会生活内容。在这种生活当中的人物，作家给以笔酣墨饱的描写，提供给读者一条理解作品人物行动的重要线索，使读者沿着这条线索，可以想象得更多，更广阔，即使是人物没有做到的或者没有说到的，读者也可以作出合理的想象和推测。这才是真正的含蓄。它和含糊是完全不同的。我们看《美丽的南方》的廿一章吧。正如曾文所说的，"按照情节发展的逻辑进程，艺术渲染的必然趋势，应该马上揭开斗争恶霸地主覃俊三的高潮场景，阶级敌人的毒辣阴谋要再一次痛快淋漓地当众揭露，广大群众，特别是中心人物韦廷忠，应该在这个斗争的高潮里激起金光迸射的性格火花，显示出飞跃的发展"。但是，这一重要情节却没有出现。正如一个在沙漠里跋涉的又饥又渴的人,看见前面出现了一座村落或城市,距离又这么近,这是多么高兴呀!于是加劲迈步,看看要到了,这村落或城市却消失了,啊哈,原来是海市蜃楼,多么失望呀!在作品的高潮中,不仅要再一次暴露敌人的罪恶,而且要暴露得更深刻更全面。人的智慧总是在矛盾斗争中产生和表现出来的。因而作品中的高潮,不仅是最吸引人的章节,而且是作者教育读者最有效的章节。在故事情节的高潮里,作者不仅为他笔下的人物安排下决定性的一步,给人物性格最高度最强烈的表现机会,而且往往是作品最精彩的章节,读者总是在这些章节里受到最强烈、最深刻然而又是最生动具体的教育。《美丽的南方》的作者企图通过陪场的手法去让读者充分发挥丰富的想象力之前,由于没有把阶级敌人的恶毒嘴脸充分揭露,没有把中心人物韦廷忠的转变的关键情节(这是一条理解作品人物的重要线索)展示给读者,因而读者就无法根据人物行动去想象和推测人物所没有做到和说到的东西,去创造更广阔的天地。

再说,《美丽的南方》是反映僮族地区的土改运动的第一部长篇小说,如果读者没有在僮族地区生活过,他们将如何去想象和推测这场尖锐斗争的场景呢?要是他们用汉族地区的土改斗争情况去填充的话,会不会产生不符合实际的假想呢?即使是生活在僮族地区的读者,要是他们没有参加过这种斗争,没有这种生活的经验,这种"紧张的冲突,强烈的行动情节,高潮场面",又如何"存在于读者的联想中"呢?何况,在阶级压迫的社会中,各人所有的遭遇即所谓命运不相同,因而在阶级斗争的风暴中,必然会表现出各种千差万别的性格。文艺作品和其他社会科学对于社会历史的反映的不同,正是由于文学要求作家通过自己所创造的艺术形象,在给读者以艺术享受的同时,使读者受到思想教育和生活教育,而不是要求作者去给读者出填充题,让读者根据自己的生活经验和思想水平去给作品填充。受过党十年来教育的读者,当然知道韦廷忠必然会觉醒过来,并和群众一起把覃俊三们打倒,知道恶霸地主覃俊三等必然会被打倒。这已经不是作家主要责任。作家的主要责任是告诉读者,韦廷忠如何由奴隶变为主人;覃俊三们如何被打倒了;站起来了的人们经过这一场斗争有了什么改变和认识等等。作者和他的作品失却了这样一个表现人物、教育读者的好机会,我们认为,这不是作品内容更丰富了、扩大了,而恰恰表现了作者在这方面的生活经验的贫乏。因而这决不是曾文所认为的"含蓄",而是含糊。这种省略不是"简洁",而是"空泛"。如果反过来,作者把这些高潮描写出来,作品一定会取得更大的效果。这不是说非高潮情节,就不能表现人物性格,而是作品没有出现真正的高潮,并为读者提供一条理解人物性格的重要线索,因而,使作品中的人物形象不鲜明,给读者的印象不牢固。结果"作家企图'探索人们的生活侧面,感情细流,而且尽量让他们的感情和声音,思想和行动更富于抒情色调和哲理意味'",既表现了"严峻生活激流,却荡漾着松快的气氛和幽默情味"的目的,就没有完全达到。

二

下面我们来谈谈韦廷忠这个人物形象。

韦廷忠是贯串全书的中心人物,也是作者所苦心提携的人物。作者用了三分之二的篇幅不紧不迫地刻划他的奴隶和"半奴隶"生活,细细地塑造他的善良、忠厚、淳朴、勤劳和"闷雷不雨"的性格,给读者留下一个善良劳动人民的印象。但是我们却不敢同意曾同志的意见,即认为在韦廷忠身上"具有广西僮族人民的民族性格和横遭压抑的贫雇农的阶级特征"。因为我们都知道,历史上,僮族人民,尤其是这一民族的贫雇农阶级,他们不仅是善良、忠厚、淳朴而勤劳的,而且是勇敢顽强、富有反抗性的。譬如大革命时代的韦拔群及其所领导的农民起义军,都是尽人皆知的。如果说,大革命失败以后,由于黑暗势力太强大,迷信宿命思想对他们有深沉影响,没有更多地看到他们反抗的烽火,那也不能说他们反抗的火种已经灭掉了。事实上,只要反动统治势力稍有削弱,只要党的"真理的诱拔,新生活的曙光一旦照射到他们的内心深处",他们就会群起拔刀,怒不可止地和阶级敌人拼杀,把他们打倒下去,建立起自己的新生活。但是在韦廷忠身上,我们几乎没有看到这种气质。在廿章里,当阶级敌人毒死了他的妻子以后,作品是这样写的:

215

廷忠和则丰听见是赵佩珍过来，都站起来，为这意外的事件震惊了。

廷忠恨恨的咬了咬牙，但是没有说出话来……廷忠一脸的愁云。

当大家决定把死尸作为阶级敌人阴谋毒辣的罪证的展品时，作者又这样描写廷忠：

"我没有二话，杜队长怎么说就怎么办！"

这些描写固然比以前的言行有份量，但这些份量都是很少很轻。此时此刻的廷忠是知道他和阶级敌人已处在"不是你死，就是我亡"的关头了，他的心里的思潮，该是起伏得多么厉害呀！血的教训，使他认清了敌人的毒辣，从而促使他由软弱、迟疑到坚定地反抗，并把自己的一切怒火喷向敌人。这一情节对廷忠这个人物来说，该是他转变的关口，是他后来成为一个共产党员，成为众乡亲爱戴的重要原因。但是，作者没有这样做，作品没有让他去这样表现在读者面前。这样，尽管作者用了一连串"口气很坚定"，"象醒了过来的醉汉，象放下了担子的挑夫，显得异乎寻常的明朗、坚定，精神显得挺振奋，好象是决心豁出来了的临阵勇士"等等大堆形容词来渲染他转变后的精神面貌，但读者仍不能确立起真正认识了敌人、真正在飞跃变化的韦廷忠的形象。为什么？因为他这些转变，缺乏内在的逻辑性，缺乏充分的描写，因为读者后来看到的韦廷忠仍然是个软塌塌的韦廷忠：

廷忠很平静，以前那种愁云反而少了。"他逼得人这样，我也顾不得什么了！"

多么软弱无力呀！好象他在跟一个背信弃义的知己决裂，在万分舍不得的情况下分手一样。加之作者后来一再强调他的羞涩、憨厚、朴实、怕当众说话，怕见上级领导，不习惯用革命的批评方式和主人翁的自信还不很稳定等，读者总觉得他的变化不大，在哀其不幸的同时，也恼其不憎，怨其不狠；觉得他有些迟钝。即使是他转变后的言行，也多是他的善良淳朴的品质发展，没有足以说明他在飞跃。如他把地主覃俊三疏散的物资交了出来，他那种"吃稀粥屙硬屎，就不爱贪人家的便宜"；那种不愿按大家评定领取他该领取的胜利果实，免得"为了这点东西弟兄们伤了和气"的善良行为，还没有足以说明他认识到革命是为大家,作者就让他参加了党,当上乡长兼农会主席,不是过于简单了一点吗?总之,读者看不出在韦廷忠这个翻了身作了主人的奴隶更光辉的一面,读者甚至觉得他比苏嫂还要差一点。因此,我们认为廷忠不能成为僮族人民、尤其作为一个僮族的贫雇农阶级的典型人物。要说他是一个典型人物的话,我们倒觉得他是一个善良忠厚、横遭压抑的受苦人的典型。他象盏桐油灯,很难把它点燃,即使点燃了也不很亮。他又象一条熟铜制的弹簧,受压力很大,反抗力却不大;象一只湿过水的爆竹,晒干了也不很响。虽然他转变后,"一步一个脚迹",但也象一个大病刚好的人,一旦离开病床,在旷野里散步时那样,周围很开朗,自己也觉得很愉快,脚步很轻,但迈步时却有些颤抖。之所以这样,究其原因,是作者思想站得不够高,对人物的缺点强调得过分了一点,满足于人物的善良、淳朴、耿直的品质,认为他已达到一个共产主义战士的思想水平。土改胜利了,不管对群众或对群众的新领导们,作者没有引导他们向更远的革命前途瞻望,就醉心于胜利而欢欣了。这又表现了作者思想的局限性。文学作品是时代的产物,它不仅反映出时代的过去和现在,而且也应该指出时代的未来,预示人物的努力方向,以引导人们不断革命,不断前进。我们以为,这种要求并不过高。这样看来,人们行动的零碎,缺乏高潮中那种感人的行动,缺乏内在性格发展的必然情节,人物思想平凡,一般化,这是作品人物性格、人物形象的致命伤。曾同志所热烈赞赏的"省略","简洁"和节省笔墨,都是不太合适的。

对于人物性格的描写,读者的要求是鲜明、生动、有个性,但是应该是在尽量短的篇幅内完成。《美丽的南方》用了三分之二的篇幅来描写韦廷忠在转变前的生活和性格,这不能不认为开展得缓慢了一点,而后来的转变却又不很起色,这就使作家所企图塑造的一个从奴隶到主人的人物形象,没有完全达到读者的要求。

三

上面谈了这么多意见,并不是就说《美丽的南方》不值得肯定,作品还有它独到之处的。作品除了基本上达到作者在后记中所说的创作目的外,(至于作者试图说明知识分子必须参加实际斗争，向工农学习；劳动群众知识化的目的，由于作品中处处表现了不是群众教育知识分子，而是知识分子在"开导"劳动群众，因而没有取得预定的更好的效果)作品中充满抒情描写，那散发着强烈的乡土气息的风俗习惯，那听起来简直象和家乡的朋友们交谈似的语言，真正令人感到亲切，感到陶醉。我们在读这本书的时候，总觉得其中故事，曾在我们的家乡发生过似的。这种感人的艺术描写，都大大增强了作品的感染力。总之，《美丽的南方》仍不失为我国土改运动的一面镜子，读者从中是可以"窥见这一时代的步伐的"，得到一定的思想教育的。

真实的人物形象

——谈《美丽的南方》中的主人公韦廷忠

方芳　柳蓉

原文载《广西文艺》1962 年第 1 期。

韦廷忠——是长篇小说《美丽的南方》中的主人公。作家对这一人物形象的塑造是比较成功的。

小说第一章开头，介绍了地点环境之后，紧接着用白描的手法，为我们勾勒出这个人物的第一眼印象：

"……一个四十来岁的人，拿着粪箕慢吞吞地来了，不急不忙地捡着路边还冒着热气的牛粪。粪太多了，粪箕装不完，他折下路边的树枝子往牛粪上先插个标，表示有了主，回头再来把它弄到粪堆去。……"

寥寥数笔，就把一个农民的劳动习性，鲜明地描绘出来了。使韦廷忠一出场，便给人以深刻的印象。这就显示出作家对生活观察的细致，表现的准确了。由此我们再深入到以后的每一个章节里，便越来越明显地感到，作家正是用这样熟练的描写手段去刻画人物形象的：无论是写人物的外貌，或是揭示人物的内心活动，或者表现人物的矛盾斗争，都借助于细致准确、形象生动的描写手法。

　　在小说二十章以前的韦廷忠，是一个贫苦老实、奴隶性很重的人物。作家从第一章起，就描写他为人忠厚、勤苦、老实而又胆小怕事。作家通过许多小事情表现了人物的这些性格特征。我们看到他，自愿去抱柴火，又热心地帮苏嫂到山谷里去扛死牛。但碰上什么别的大事，他可是一个十足的"闷葫芦"。他有一套过日子的办法，就是老老实实地劳动，别触犯谁、得罪谁。他也不喜欢老婆爱贪小便宜的行为，但也只说几句就算了。作者从这些小事中很真实的写出了一个既老实又带有农民共有的私有性的农民素质。这样地表现人物，深刻而又有分寸，使人信服。作家在第一、二章基本交代了这个人物和环境的关系后，便用回忆的笔法，写出了形成这些性格的历史原因。第二章后半节和第三章是回述韦廷忠父子两代的悲惨遭遇的故事。作家在这里明显地指出了：农民世代深受地主阶级的残酷剥削压迫，使得他们"虽受了不少冤枉气，也忍受下来，不敢反抗，老老实实地干活，安分守己，为的是免得东家辱骂，让自己安静地过日子就好了"。这是由于千百年来封建统治阶级利用宿命思想，来愚昧农民的结果。小说写到这里，又点出了虽然此地已告解放，并经过了清匪反霸等政治斗争，但农村中的封建政权尚未打倒，地主、豪绅、流氓兵痞、土匪等还在帝国主义代理人的阴谋指挥下联结着，企图武装暴乱，进行反革命复辟，而且，再加上土改前夕地主阶级使用了种种威胁利诱的奸猾手段，这样，阶级觉悟尚未提高的广大农民便在土改初期不能很快地起来与地主阶级作坚决斗争。作家是如此细致真实地把这些客观存在的现实，通过韦廷忠这一代表人物加以鲜明深刻地体现了出来。正因为如此，韦廷忠的胆小怕事等性格才有了最充分的内在依据，也才使人信服。他确是个老实怕事的农民，不敢讲半句闲话。工作队来了，问他些什么情况，最多只是敷衍两句。若再问下去，他便疑虑起来："为什么她老问这个？是不是她听到了什么人讲我同覃俊三家来往的话？"由于他老婆收了覃家的几件东西，常常心惊胆跳，生怕露了马脚。于是一面埋怨老婆，一面又感到非常苦恼。这种复杂矛盾的心情，是作家通过细致的心理描绘突出地表现出来的。

韦廷忠尽管是一个老实贫苦、奴隶性较重的人物，但仍然可以看到他性格里有着一种隐藏的反抗意识。这乃是他最本质的一面，作家在揭示他的性格的短处的同时，在许多章节中尽力展示出他的性格的主要倾向和主要本质。当然这些主要品质都刻上了他的性格上的一切特征。勤劳、忠厚、急于人难、潜在的反抗等等便是他的主要性格特征。正因为他具有这些主要特征，才使得他成为一个有生命的整体，并带有鲜明独特的个性。当然，这一切在二十章前的描述中并不占有很明显的主导地位。因为作家是在描写一个转变典型，所以，作家便安排了他父子两代的遭遇，自己年轻时代追求美好幸福生活的失败，以及数十年现实生活的压迫，痛苦生活的磨折，反动的封建阶级的种种麻痹欺骗等等，这样，才使得这一人物有较浓厚的宿命观念和奴隶性，因而，他便不能很迅速地正确理解土改的意义：仅认为土改是地主挨斗，却不知道土改能打倒数千年的封建压迫和剥削，使自己翻身作主。作家在生活中观察到了这些当时土改斗争前期普遍存在的事实，因而便忠实地通过韦廷忠这个人物再现了这一生活的真实。

随着土地改革的开展，这一场大革命风暴不断冲击着韦廷忠自以为万分坚固的"不管无用闲事"、"认命过日子"、"少讲话"的"避风塘"；党的光芒又打开了他那久已封闭的心灵，点燃了他内心反抗的火种。在严峻的阶级斗争面前，在老婆的棺材面前，由于党的教育，他的一切旧有的束缚被冲破了，于是我们便看到了这个人物性格的"质"的飞跃；于是廿章前还不是占最主要地位的一切本质的优秀性格升华了，成为了他的性格中最主要的一面。终于他转变了，开始懂得了事物的真正意义，他成了一个新型的、革命的、生气勃勃的贫农形象。韦廷忠的这一转变过程，作家是用大量的富有本质意义的细节来表现的。这里，我们看到全昭对韦廷忠的初步谈话；看到冯辛伯住在他家中，他由惧到爱，由熟识到知心，"肯和小冯谈些什么事了"的变化；又看到杜队长对他的启发，他大姐赶来启发他大胆斗争等等。但是这一切，还是不能够使得这一人物真正觉悟起来,他还不能挺身而出和地主阶级进行坚决斗争,还在等待、观望,也就是说他内心还存在着疑虑。饱尝世间辛酸痛苦的老实庄稼汉啊!他还怕人民政府呆不长;还怕山上土匪作祸害;还怕地主的势力……象这样的人产生这种种的顾虑,是合情合理的。作家就是如此真实动人地一步一步地、委婉曲折地去揭示他的内心世界;也是这样一步一步地描写他转变所必经的复杂斗争过程。由此,就使人感到强烈的艺术力量。从这里可以看出作家在塑造韦廷忠这个人物形象时用的委婉的细致的手法。他不忙于用一些尖锐的重大事件来表现人物,而总是通过一系列的生活小事、通过表面上看起来不那么强烈但实质上却足以揭示人物性格的许多细节(充满思想冲突的生活细节)层层深入地来表现人物的各个方面的。当作家逐步地完满地揭示了人物性格的大部分乃至全部分后,在大量的"量变"的基础上,安排下一两个重大的事件,使得这个有着坚实转变基础的人物性格,能够按照逻辑的必然性发生"质"的飞跃。这是指作家通过韦廷忠老婆被覃俊三阴谋杀害的重大事件,韦廷忠在事实面前,在党的不断教育之下,真正地觉悟了,认识了土改是一场尖锐的你死我活的阶级斗争,认识了地主阶级的毒辣、阴险、吃人的本质。于是,韦廷忠彻底地转变了。作家用这么一段形象的文字,生动鲜明地描绘了他转变后的精神面貌:

"……象醒过来的醉汉,象放下了担子的挑夫,显得异常明朗、坚定,精神显得挺振奋,好象是决心豁出来了的临阵的勇士。他这一表现,在大家的眼前仿佛是阴霾的天气忽然变成大晴天。"

至此,人物便向前跨进了大大的一步。他战胜了私有观念,交出了地主利诱的物资,又主动地提出解决山上土匪的建议,而且自觉参加到反封建斗争中来……最后他终于成了一个共产党员,成了一个土改革命中的积极干部。小说写到这里,便完成了刻画人物、表现主题的任务,达到了作家"想通过韦廷忠这个人物从奴隶变成主人"的故事,"使读者看到世世代代受剥削和迫害的农民如何在党的领导下跟地主进行了尖锐而复杂的斗争终至获得了胜利"的创作意图。

我们认为,这个人物基本上是塑造得成功的。但也有其不足的地方。如在二十章以后,还没有紧紧地抓住韦廷忠转变的这一关键,更深刻地发掘人物新的品质。尽管作家在后十章中也通过一些事件来刻画他转变后的性格,但不难看出,有许多地方乃是过去韦廷忠性格的重现。尤其是在第二十三章结束的几行描写:

> "廷忠和小冯回到自己的家,推开门,冷清清的,老鼠在墙根吱吱乱跑。韦大娘抱怨声没有了,福生轻轻的鼾声声也听不见。他点上松明,只见自己的影子在壁晃动。心里顿然涌上一股空虚、冷落和寂寞的滋味。"

这是对于人物性格刻画的败笔。作家这样写也许是为了给韦廷忠和苏嫂的结合布下隐喻,但我们想,作家是完全可以选择其他的细节描绘来完成这一任务的,何况,作家的这一段描写,不但无助于人物性格更深刻更丰满的揭示,相反的却损害了转变后人物的精神面貌的主要方面——明确和坚定。

上面所述,就是我们对韦廷忠这个人物形象的看法,不知其他读者以为然否?

试谈韦廷忠

——兼与梁唐同志商榷

白　芷

原文载《广西文艺》1962 年第 2 期。

人物形象,始终是作家创作的轴心。作品所反映的社会生活、思想意义都得通过人物形象体现出来。一部作品的成败得失,往往就在于人物形象塑造的功夫。作家陆地的《美丽的南方》得到读者的欢迎,也是由于作者在小说里塑造出成功的艺术形象,其中以韦廷忠这一中心人物的创作尤为成功。

韦廷忠,是《美丽的南方》的中心人物,也是作者着墨较多的一个人物。他原是一个忠厚诚实、勤俭质朴、忍让怕事而内心又蕴藏着反抗烈火的农民,解放后,面对着新社会的现实,尤其随着土改运动的开展,在党的教育下逐渐提高了阶级觉悟,克服了性格中忍让怕事的消极因素,成长为一个扎实稳重、具有斗争性的党员干部。在他身上,反映了这一类劳动人民的性格特征,概括了这一代南方农民的命运,是一个富有典型意义的形象。

作者在塑造这个成功的形象中,能够紧紧抓住人物的性格特征,从发展中去描写,让人物性格随着土改运动的进展而逐步发展变化。虽然人物性格的发展是缓慢的,不是一触即发的跳跃式的发展,但却是真实感人、符合人物性格发展的规律的。同时,作者刻划这一人物性格,着重透过人物日常的言谈举止,用细腻而抒情的笔触揭示人物的心理活动和内心世界,微妙深刻地表现出人物性格特征和变化过程。

韦廷忠性格发展变化的脉络是清楚的,前后连贯,而且是统一的。但是梁唐同志却认为:"作家在这几个阶段中没有深刻地揭示韦廷忠性格上的变化,人们看不见他性格发展的脉络与迹象。无论在那一阶段,廷忠的性格都没有得到深刻的统一的表现。"因此,在梁同志"看来,廷忠这一人物的性格描写,更多的只成为作家主观意图的图解,生活气味不浓,描写不统一,不自然,行为与语言都比较生硬。读来并不亲切感人,不觉得他是一个熟悉的陌生人"。(见《广西文艺》1961 年第 12 期:《如何评价艺术形象》一文)照梁同志的见解,韦廷忠这个形象似乎毫无可取,是不真实的失败的形象。这种看法显然是不公允的。梁同志不理解作者的创作意图,不对人物性格特征作具体的分析,而是拿自己的框框去套人物,这样做,只会导致人物创造的同一化。我认为生活是繁杂的,生活中的人不但有阶级的不同,就是在同一阶级里,也有着脾性、气质、心理、习惯、爱好以及思维方法、言谈举止等等性格的差异,因而也就决定了反映生活的文学作品中的人物形象,除了阶级共性外,人物性格的多样化,有各种类型的典型形象。这虽然是一般的常识,但在评论文章中却常有人忽略它。因此,要客观地正确地评价人物,必须对具体人物作具体分析。那么,就让我们来看一看韦廷忠这一人物形象,究竟是成功的还是失败的呢?

我同意把韦廷忠的性格发展分为三个阶段。小说第一章至第六章，即土改队到来之前，为第一阶段。这一阶段概括了韦廷忠前半生的性格特征。通过他主动拾柴火，帮助苏嫂扛牛的细节（第一章），写出他质朴诚实、乐于助人的性格品质；从他讥笑花心萝卜假装大便去找牛头（第四章），看出他为人正直，对坏人所持的态度，也可以说是他内心蕴藏着的反抗烈火发出的一点火花，这是他性格的一面。当他知道妻子接受地主的贿物时，他说："你就是爱贪小便宜。"又问是否有人看见。这里表现出不愿与地主交往，不同意妻子的行为的正直品质，又反映了他忍让怕事的一面。从这些地方已经可以清楚地概括了韦廷忠前半生的性格，但梁唐同志却责难"作为一个胆小怕事的性格又表现在那里呢？""难道当时他不怕工作队来了进行土改会牵连自己吗？""为什么此刻对覃俊三的贿物会这样坦然接受呢？"我们说，他就是因为胆小怕事、怕牵连自己、不坦然接受，才埋怨妻子"你就爱贪小便宜"，才发出"你从他家拿出这些东西来，有人看到了吧？"的忧虑，才说出"我看那些布不能给小孩做衣服"，"工作队这两天就下来了。还不知有什么事呢"的话。梁同志的责难是没有依据的，没有对作品进行细致的分析研究。廷忠的性格是统一的明确的，符合生活的实际，真实可信，并不是作者主观意图的图解。从第二章也可以看出这种性格形成的原因，是他一家悲惨遭遇和他所处的环境形成的，符合"典型环境的典型性格。"

象韦廷忠这一类型的农民，在旧中国受到窒息般的摧残，只能成为"闷葫芦"，没有发展他们性格的土壤。然而，历史的车轮永远向前滚动，随着新社会的到来，在翻天复地的土改运动中，在党的教育下，他们会逐渐觉醒，性格中消极的一面会被克服，光辉品质的一面将得到发展。当然，这中间需要有一个过程，思想觉悟的提高，性格的发展不会是突变的。有些人是跳跃式的变化，有些人则是缓慢的甚至是一步一回头的发展，韦廷忠是属于后者。小说第七章到二十章，即从土改队到长岭乡至韦大娘遭害身死，是韦廷忠性格发展的第二阶段。这一阶段，作者对韦廷忠性格的描写十分细致真实，不避困难，不走捷径，紧紧把握人物性格发展的逻辑，合情合理地写出人物前进的每一个脚印。韦廷忠的觉醒是缓慢而艰难的，但也是一步一步向前走的。当土改队到来，全昭问他山上土匪和地主有没有勾结,清匪反霸斗争地主是不是彻底时,他的回答只是"不知道";当土改队给他治好孩子的病时,他虽然从内心里感激,认识到土改队待人好,但还不敢吐露真情,不相信土改队的力量;小冯在他家住,反复启发他,向他说明地主剥削穷人的道理,他只是"唔唔地点头,似信不信地听着",不过这时已经开始有些觉醒了,脑子里老想着"到底谁养活谁呢"的问题;他姐姐鼓励他,杜队长找他谈话,启发他,虽然唤起他内心对地主阶级的仇恨,但他还有顾虑,"怕老虎打不死,倒反受害";当杜队长在大会上作动员,宣布报上当的政策,用地主剥削农民的悲惨事例启发群众时,有不少人行动起来了,但他还拿不定主意,说:"我来不来不会是少一个多一个的。"直到妻子被害,地主阶级的毒手再一次伸向他时,在惨痛事实的面前,才觉醒过来,点燃他内心蕴藏的烈火,才"象醒了过来的醉汉,象放下了担子的挑夫,显得异乎寻常的明朗、坚定,精神显得挺振奋,好象是决心豁出来了的临阵的勇士"。缓慢,反复思虑,顾虑重重,欲进又止,一步一回头,初看起来仿佛写得很拖沓沉闷,但只要仔细将这些性格发展过程和前一阶段"闷葫芦"性格连起来看,就会发现作者独到的创作意图,了解到这是"闷葫芦"性格发展的必然规律。韦廷忠这种人,"只有见到棺材才流泪",只能这样发展而不能那样发展的道理,如果把他写成则丰、马仔那样,就会离开了人物性格自身发展的规律,就会写不出"这一个"来。可见作者不但写出了"做什么",也写出了"怎样做",自然合理,亲切感人。

小说第二十章是廷忠性格发展的转折点,自此以后,则是第三个阶段,往后,他身上那种忍让怕事、犹豫徘徊的消极因素被克服了,提高了阶级觉悟,敢于斗争,成为一个"不干就不干,要干起来,就是要凭着良心,不能三心二意"的坚定人物;在会上出主意,发表正确的意见;从怕在大会上讲话,怕见上级,到敢于在会上向何其多作坚决的斗争,终于成长为一个共产党员。在这一阶段中,人物性格发展的步伐加快了,但也保持着性格的特色,他那憨直朴实的性格还是异常鲜明。也许,有些人认为写的不够强烈,气氛不够浓,没有把韦廷忠写成一个雷厉风行、举止激烈、锋芒毕露的人,因而说这个形象不成功。我认为作者不那样写,而是这样写,正是符合人物性格的特点和发展规律,否则有会把人物写成"个性消溶到共性中去"的危险，使人物性格前后不统一。从这里也可看见作者的匠心。

综上所述，我认为作者对韦廷忠这一形象的塑造是成功的，为我们创造了一个个性鲜明、血肉丰满的典型的艺术形象。同时，作者遵循人物性格发展的逻辑，从发展中去进行描写，使人物性格步步得以深化，这种方法是值得我们好好学习的。

讨论《美丽的南方》来稿综述

原文载《广西文艺》1962 年第 4 期。

编者按：本刊自从讨论长篇小说《美丽的南方》以来，收到了很多来稿，因限于篇幅，不能全部发表，现就来稿中的几个主要问题，综述如下，供读者和作者参考。

韦廷忠形象的典型意义和真实性问题

不少来稿认为，韦廷忠的形象体现了一代僮族贫苦农民，在党的领导、教育下得以成长的过程，是具有典型意义的。同时指出，韦廷忠形象的特点不在于他的高大巍伟、光芒四射，而在于象他这样一个秉性忠厚、纯朴善良、祖祖辈辈被地主阶级压迫和剥削得透不过气来的贫苦农民，终于站起来了的过程，明了这样一个真理：农民唯有在党的领导下，才能彻底翻身，掌握自己的命运。还有来稿认为韦廷忠形象的塑造，是符合典型环境中的典型性格这一艺术规律的；其性格的成长、发展，是自然的，符合逻辑的。这些来稿作了这样的分析：韦廷忠出身于中农家庭，自父亲被地主覃俊三陷害而家破人亡后，十五岁就被迫做了地主覃俊三的长工，受尽打骂、侮辱。由于中农家庭出身的影响，使他身上带有小生产者的弱点："虽然受了不少冤枉气，也忍受下来，不敢反抗，老老实实地干活,安分守己,为的是免得人家辱骂,让自己安静地过日子就好了。"他和玉英的爱情也由于覃俊三使他沦为奴隶而被破坏。到了三十三、四岁的时候,覃俊三为了遮丑,把自己玩弄而受孕了的小丫头阿桂嫁给他。他后来风闻这件事后,造成他与妻子感情的隔阂,但为了同情与自己一样受压迫的瘦弱妻子,每每与妻子吵架时,总是采取忍让的办法。他对妻子受辱的怀疑,使他增加了一种精神负担。同时又受迷信宿命思想影响较深(如孩子有病就去拜神;认为贫富是命定等),看不见自己贫困的真正原因,以为老老实实地辛勤劳动,节食俭用就可以使生活逐渐好转起来。土改队来到时,他还盘算着小生产者致富的道路:"……一只猪……要养到明年五月节再卖,就可以凑够买只小牛来养,碰上好运气,不发瘟,后年就能开犁。以后每年省下牛租,日子就好过些了。"这就是韦廷忠在未经党的教育和斗争锻炼前性格的矛盾:一方面忠厚、老实、善良,具有劳动者的好品质;另一方面又有小生产者的特点,企图发家致富。因此,在一场暴风骤雨的阶级斗争即将来临的时候,他的斗争积极性和觉悟程度必然表现得比较曲折和缓慢,正如他对则丰所说:"……你们闹吧,我来不来不会是少一个多一个的。"但他那长期所处的受压迫受剥削的奴隶地位,使他并非对什么都是"闷葫芦",他能清醒地分辨是非,敏锐地发现一些一般人不大注意的问题,如对原来农会主席苏绍昌的正当不满;对民兵队长梁正的怀疑、警惕;对妇女主任赵佩珍的厌恶;知道傅全昭等是真心诚意来帮助自己翻身的,所以,当梁正指使梁上燕等到工作团去"请愿"时,他到了半路想想,觉得不大对头就溜走了。他对斗争并不是漠不关心,当老婆扯腿叫他不要管别人闲事时,他就明确地回答:"看是什么闲事。"他一经党的启发教育,真正觉悟了的时候,他的斗争性表现得坚实、持久。他的妻子被地主覃俊三阴谋害死后,他就抛弃了一切顾虑和精神负担:"他逼得人这样,我也顾不得什么了!"他没有在斗倒覃俊三后就停下来,而是为本阶级求解放而继续斗争,他说:"我不干就不干,要干起来,就是要凭着良心,不能是三心两意。"因此,在继续对何其多展开斗争,要推翻整个地主阶级的时候,他表现得非常主动、积极,派人去瓦解地主何其多组织的政治土匪,充分表现出了他的聪明才智。揭露和审判何其多和梁正等反革命的阴谋和罪恶活动时,他自然地走近桌边讲话,建议召开全乡大会斗争何其多,再也看不到他原来那样严重的自卑心了。由此看来,韦廷忠形象是有着典型意义而又真实可信的。

有些来稿不同意上述看法,主要认为,象韦廷忠这样一个深受地主迫害的人,是应该具有强烈的反抗性的。可是,现在作品中的韦廷忠,"忧闷有余","火力不足"。因之,这一人物形象既不真实,也不够典型。还有的同志认为,象韦廷忠这样的受苦人,在党的教育下,是会较快地觉悟过来而走上革命道路的。正如毛主席所说:"他们是农民中极艰苦者,极易接受革命的宣传。"这是佃农的最本质的一面,也就是雇农的共性。然而,作家却忽视了人物的这一本质的、革命的一面,而过分强调了人物的非本质的消极的一面,强调了人物的"奴性",淋漓尽致地描写了韦廷忠的本份、忍让、迷信和麻木。在韦大娘被害后,韦廷忠对敌人有了深刻的认识,照理,他就应该在以后的土改斗争中大大发挥作用,展示他的性格。然而,他这个农民的领导人物,还是不大争气,尽管在一些重要场合露过脸,也出过主意,但仍是躲躲闪闪,忸忸怩怩,开会不敢讲话,主持会议也推三推四,更不敢伤人情面,开展批评与自我批评。甚至在故事结束时,还是那么幼稚被动,说"公家的事以后还是则丰他们多管好了"。象这种缺少农村无产阶级的魄力和气度的人,怎么能表现农民阶级的力量和智慧、以及向封建地主阶级的冲击精神呢? 又怎么能达到成为一个共产党员及乡农会主席的水平?

其他人物形象塑造问题

许多来稿认为,小说还比较成功地塑造了农则丰、马仔、杜为人、冯辛伯、傅全昭等人物形象。其中有些同志在分析杜为人(党的领导者形象)时认为:作家在处理这个人物时,紧紧把握住一个领导干部在思想上比普通干部更深刻、更复杂、想得更多,看得更远但又不以领导者自居,而植根于群众之中的原则,去挖掘一个党的领导者的内心世界,从而成功地塑造了这个党的领导的光辉形象,热情地歌颂了党的领导的正确和伟大。有些同志又认为:作家以饱含激情的笔触,塑造了两个富有典型意义的傅全昭和冯辛伯的形象。在他们身上,反映了知识青年一代在那新旧交替时代的成长过程和发展方向。这对今天的广大青年,是有其现实教育意义的。它有力地启示着:知识分子只有投身到工农群众的斗争生活中去,与工农群众相结合,同甘共苦,才能得到锻炼、改造、成长。但也有的同志认为,作家塑造的韩光、区振民、徐图、苏新、梁上燕、郑少华等人物是失败的,因为他们都是某种概念的化身,没有血肉,显得苍白无力。

在一些来稿中还谈到了关于冯辛伯的死的处理,认为冯辛伯是在柳眉对匪徒赵光甫的老婆做了许多思想工作,赵光甫仍然犹豫不决,不肯下山的情况下死去的。这就给读者一个印象:用冯辛伯年青的生命去促使赵光甫快些下山自首,好象是为了以免时间拖长,影响"五一"前完成分田工作计划似的。同时,用一个革命者的生命去换取一个普通匪徒的新生,也太没有原则了。有的同志甚至认为,"这在艺术上是一个多么大的损失!"是"多么残酷的人道主义在腐蚀我们的文学"。也还有同志认为,冯辛伯的落水死亡,现实生活中的确可能发生这样的事,但作者将它安插在这部小说中,则是"有意造成他和金秀的恋爱悲剧和追悼会上的悲哀、沉重的气氛,又能说明什么问题呢?"

关于冯文的描写,有的同志认为过于夸张了。冯文不但主观到不近情理,而且这么严重的缺点长期以来得不到党的批评和纠正,一直要到"群众请愿"后才将他作调职处理,这更使人不能相信。

对于苏嫂这个人物形象,有同志认为,作家虽以仅次于描绘廷忠的笔墨去塑造这位饱经世故的农村寡妇,同时又是军烈属的妇女形象。但她的性格和成长过程,是缺乏内在逻辑的,使人感到突兀,不能令人信服。本来这样的妇女成为农协会的副主席,生活中就存在着的,并且本身很有思想意义。但由于作家没有通过连贯的感人的行动、语言去表现人物,因而使之人物形象模糊,没有立体感。同时,有同志认为,作家在处理她和韦廷忠的关系上,于情理上也说不过去。纵然是爱情的烈火长期在他们身上旺盛地燃烧着,但也决不会当公审大会一结束就同居了,而且是秘密的,并没有通过合法手续,就连工作队的干部和家里母亲也不知道。这样处理,是有损人物形象的。

小说的情节结构问题

不少来稿认为，为了表现主人公韦廷忠的特殊命运和性格，作品就得细致地介绍他的身世经历，揭示他性格中的种种弱点和这种弱点对他的阻碍；为了突出土改斗争的复杂性，就得详尽介绍故事的背景；为了表现知识分子的思想改造，就得介绍他们的不同的个性等等。这一切就造成了前十六章甚至说前廿章的结构特点：情节发展缓慢、静止、零碎甚至拖沓，活象被堵塞的流水，反复迂回。这种布局，如果是为了后面的情节发展造成蓄势，形成对照的话，那是无可厚非的，但廿一章后，韦廷忠似乎是觉悟了，不过从情节的发展中，却看不到这个"临阵的勇士"的大胆英勇的行动，作者并没有把他放在矛盾斗争的尖端，充分揭示其闪光的智慧和惊人的魄力，仍是把他放在斗争的角隅。因此，情节发展仍是缓慢的，性格也未能充分展开，因而这样的情节结构，不仅限制了人物性格的充分展开，也妨碍了群众力量的表现，这是值得商榷的。但有人认为，这种艺术描写的突出优点是"强调出了艺术创造的含蓄之功"。而另外一些同志又不同意这种说法，认为这种含蓄是不宜提倡的，尤其是在反映象土改这样重大题材的作品里。有同志还认为，作品中没有表现出土地改革中异常激烈的斗争场面，使没有经历过这样斗争的读者是无法作艺术联想的，就是经历过土改斗争的读者，因地区的差异，也不能联想出作品所省略去了的斗争场面，这怎么能如曾庆全同志所说："会扩大艺术境界，丰富内容？"同时认为，高潮场景的章节，是作品情节结构的关键章节，人物性格的发展就决定在这些节骨眼的章节里，而作家没有在高潮中对韦廷忠这样的中心人物作深刻细致的刻划，就使人物形象模糊淡薄了，这种"省略"未免可惜。

还有同志认为，第廿一章是作品的高潮，但作家却没有去描写这个高潮，而让它轻轻地滑过去了。他们认为，这时的韦廷忠，应该经过天南地北地回想一夜，应该想起旧日的苦难，想起老婆的惨死，去追求这一切一切的根源。这样回想的结果，他必然会因自己过去喝尽苦水，却不知其苦而懊悔，由此而更加坚定自己的斗志。只有这样描写，他那"象醒过来的醉汉"，"决心豁出来了的临阵勇士"的形象才是真实的。但作家没有揭开中心人物丰富而又激动的、惭愧而又欣喜的这种内心世界,反而让杜为人亲自去动员苏伯娘明天上台倒苦水、斗地主。因而这不能不说是情节结构上、人物刻划上的败笔。这一章的后部分,是农民当家作主掌握自己命运的悲喜交错的时刻,但是在作品中看到的不是群情激昂、苦泪纵横的"骚动起来了"的场面,而是对作品对人物无关痛痒的事情的描写。作家虽然在这一章的结尾写着"会场中掀起一阵暴风雨般的怒吼",但这"怒吼"除了几句口号,再没有什么有血有肉的内容。作家没有去描述农民那血泪史的控诉,反而津津有味地议论文艺批评与艺术创作的理论;不去挖掘韦廷忠和广大农民愤怒而欢畅的内心世界,反而让黄怀白泄发没落阶级的"不堪设想"的长吁短叹;不去细致地描写有血有肉的阶级斗争内容,反而过多地唱山歌、叫口号。这些同志认为,这种分散的手法,却有人赞扬为"片片飞花,随意点落",是不恰当的。

　　有同志认为作品省略了高潮的充分描写,带来了严重的缺陷。第一,使一场其势如暴风骤雨的土改运动,显得异常平静、柔缓!作品几乎没有让正面力量与反面力量、正面人物与反面人物进行面对面的斗争、冲击,就轻易地让正面力量获得胜利,这样,就把一场错综复杂、你死我活的阶级决战,简单化、表面化了。第二,使人物失去了最高度最强烈最集中地表现性格及其主要精神面貌的机会,以致人物性格不能在"斗争的高潮里激起金光迸射的火花,显示出飞跃的发展",因而面貌不清晰,主要性格特征不突出。第三,使作品的情节没有起因、发展、高潮;没有一条由始到终紧抓人心的贯串线,缺乏悬念,从而违背了一般作品情节结构的规律。

　　有的同志还提出,有些情节的安排和处理,是不够真实的。如处理敌人害死韦大娘,以促成韦廷忠转变的情节,是无法说服读者的。人们不禁要问:如果韦大娘没有遭毒手,韦廷忠是不是还会转变和觉醒呢?这,在作品中,人们是无法找到答案的。同时,从另一方面看,覃俊三为什么要害死韦大娘呢?一则,覃俊三根本就没有暗害韦大娘的必要,因为她并不掌握敌人什么特别不可告人的材料;二则,由于作者还没有充分展现韦廷忠性格能以发展和转变的内在必然性。所以，这样来安排情节是非常牵强的。再如对于山上土匪的处理，也由于没有对人物进行细致的刻划，仅是通过小冯救护赵土匪的儿子而死亡的情节，作为问题的解决，同样也没有揭示事物的本质。因为如果没有这一事件的发生，人们就根本看不到赵土匪有任何转变的可能。

关于作品中的细节描写

一些来稿认为，小说中关于人物、环境的一些细节描写，对丰富人物形象，增强环境的真实性、地方特色等方面，起了很好的作用，但同时也对作家某些细节的选择、描绘，提出了自己的意见。如有的同志说，韦大娘由于被敌人佩带麝香而至死是不真实的，因为第一，麝香这贵重的东西只有覃俊三这样的人家才有，若放在韦大娘身上被发现的话，会马上被追查出来的。事实上，当人们一经在死者身上发现了麝香之后，便毫不怀疑地肯定了是覃俊三干的。同时，一贯阴险狡猾的覃俊三，决不会愚蠢到这种地步；第二，韦大娘也决不会麻痹到这种地步，因为麝香的气味很大。在这个细节的处理上，但也有同志认为，韦大娘的死和别的作品所描写的同类故事颇为不同，她既不是被明枪屠杀或暗刀砍死，也不是服毒身亡或上吊自尽，而是被敌人用麝香坠胎而死，而麝香是广西山区的特产，因此，作家这一细节的选取，是富于地方特色的。

关于杜为人出场的描写，有同志提出，他那害怕打针的懦弱表情和对全昭的暧昧态度，与他作为党员领导者的高大形象是不符合的，这种描写是对人物形象的一种损伤。

僮族人民生活的真实反映
——谈几篇具有民族特色的小说

陆　里

原文载《广西文艺》1963 年第 3 期。

　　近年来,我区的小说创作,有了进一步的活跃,产生了一些具有民族特色的作品,涌现出一些很有写作前途的新人;而过去已经致力于小说创作的同志,在近年间也有了大步的跨进,有了新的提高和新的突破,其中以僮族人民现实生活为题材的,有长篇小说《美丽的南方》,短篇小说《水坝》(1962 年《民族团结》十月号)、《老游击队员》、《板雅坡上》(以上二篇见作协广西分会编的《短篇小说选》)等。这些小说创作,内容丰富多彩,艺术创造上各有不同,是我区小说创作的题材、样式、风格"百花齐放"景象的一个具体反映。这些小说发表之后,受到读者的普遍欢迎,《美丽的南方》还在读者中引起了热烈的讨论。说明这些小说引起了读者浓厚的兴趣,有着强烈的反响,也是读者十分重视和关怀有关反映僮族人民生活的小说的一个很好的佐证。其所以能够这样,是因为这些小说在思想内容、人物性格、语言、人情习俗、地域风光等方面,具有不同程度的民族特色的原故。

一

　　文学上的民族特色,是一个民族长期形成的,并有为自己喜欢的一系列的独特性。这些独特性是通过作品中的民族的内容和民族的形式,有机地统一而表现出来的。其中民族内容起决定作用。有人把民族特色只看成形式问题或者过分强调了形式,都是不够恰当的。这些小说的一个突出的内容,就是反映解放前后两个不同的时代里,僮族人民的不同境遇,以及反映出解放后在党的领导和教育下，他们的觉悟、转变和新的一代的成长。同时，它们在反映这一内容时，是通过对社会生活的真实、深入的描绘，并生动地刻画了一些人物形象和他们不同的性格特征来表现的。特别可喜的是，这些小说在表现这一内容时，都各有其独到之点，各有其吸引人、感染人、教育人之处。

《美丽的南方》是我区解放后的第一部长篇小说，也是反映僮族人民生活和斗争的比较巨大的第一部作品；它以细腻的笔触和曲折的情节发展，不仅真实地反映了僮族地区土地改革这一极为深刻、复杂的历史事件，而且通过这一惊心动魄的阶级斗争，揭示了僮族人民生活命运的实质和特征。

小说的主人公韦廷忠是一个富有典型性的形象，他的解放前后的不同境遇，以及他的觉悟和成长过程，有着极为深刻的社会意义和现实意义。他的家庭原先是自给自足的中农，但在罪恶的阶级社会里，地主覃俊三嫁祸陷害，弄到家破人亡，于是这个中农子弟，自己年轻时追求美好幸福的生活破灭了，一下子沦为覃俊三的奴隶，受尽残酷的压迫和剥削。更加不幸的是，在解放初期，地主阶级还狡猾地采取各种方式转入隐蔽的状态，一面和帝国主义、蒋介石匪帮残余取得联系，继续恫吓和迫害农民；一面采取各种办法，伪装"开明"，企图拉拢收买农民，破坏斗争。所以，当土改队刚来的时候，韦廷忠还抬不起头来，最后他的老婆不得不又被覃俊三阴谋杀害。但是，时代变了，韦廷忠在惨痛的事实面前，点燃了他内心蕴藏的烈火，站立起来了，同时在党的培养、教育下，这个被人们称为"闷葫芦"的奴隶，以自己的积极行动投身到反封建斗争的前列，成了"农村中建起社会主义大厦的支柱"。所有这一切，不仅说明了土地改革的艰巨、复杂，"严重的问题在于教育农民"，同时，从这个人的遭遇和他的觉悟成长过程，概括地体现了解放前僮族贫苦农民的悲惨痛苦的命运，和解放后僮族贫苦农民的新生和幸福。

如果说《美丽的南方》是从尖锐、复杂的阶级斗争中，描绘年长一辈的蜕变、成长，那么《水坝》和《板雅坡上》则是在劳动生产斗争中，描绘新的一代的思想觉悟和道德品质的成长。

《水坝》中的六婶，是一个"刘三姐"式的劳动妇女。对这一人物形象，作者采取了第一人称的方式,运用了纵深的联系描绘和概括性的叙述介绍的手法加以刻画的;既有横断面的整体照顾,又有纵深面的重点突出,读来历历在目,亲切感人。同时,作者以"我"为向导,以水坝着眼,通过六婶的言行举止,反映了僮族妇女在解放前后的不同境遇,并且通过她的对坏人坏事进行斗争,维护集体利益,反映了僮族妇女政治上的成长,以及精神境界、思想觉悟的提高。

她原是人们在背后说的"灶里的蟋蟀",(嘲笑新媳妇年小、貌丑,而又多嘴)由于土司老爷横蛮地修了一条水坝,说是要镇压刘三姐变成的铜鼓山,这样,干涸了的溪流,以及由此而加重了的挑水、舂米家务劳动,压得她喘不过气来。后来,她和全村妇女把这条有害的水坝变为有利,修起了水碾和水枧,摆脱了沉重的挑水、舂米负担,积极投入劳动生产,同时她爽朗直率、疾恶如仇,为维护集体利益,维护保证供应水利的堤坝,进行了坚决的斗争;她的劳动斗争,提高了她的地位,因而她的过去不敢在厅堂大笑,不敢在长辈面前大步走路的神态没有了,完全是一派新型妇女的姿态。从这个人物身上,我们可以看到,这是社会主义建设中新成长的僮族妇女形象的生动的概括,是僮族妇女解放、自由和幸福的标志。

从《板雅坡上》,我们还可以看到,由于年青一代新的社会主义劳动态度和新的道德品质的成长,在对待爱情和劳动,处理个人和集体的关系时,以劳动和集体利益为第一的崇高行为。作者在这一小说中,以劳动为基础,以爱情为线索,通过人物的内心活动和斗争,比较细致地刻画了牙田这一青年的形象。小说一开始,作者首先把他放到歌圩盛会上,着意从他的山歌对唱中,对兰花的神态中,表现了他的单纯、憨直和朴实的性格。接着,作者又以层层点染和相互交织的笔法,由他的看见副社长黄光将兰花的头巾抢去这一细节,(僮族青年男子表示爱情的一种方式)开展故事,铺述情节,不仅描绘他的种种苦恼心情,("心乱得像一团絮麻",看见黄光和兰花在屋里谈话,"掉头便向外走";为粮食分红的事,黄光和兰花批评他,认为他们一唱一和,自己倒霉,等等)同时还描绘了他的矛盾斗争。(为了修建水库,忍痛和兰花去找黄光商量;为了试验碎裂岩石,耐心和黄光在一起工作,等等)最后,通过黄光的几则日记,真相大白,误会消失，牙田和兰花约会在欢乐的幸福中，完成了牙田这一人物形象的塑造。虽然，这一人物形象还不够丰满、扎实，但还是比较鲜明地体现了僮族人民新的一代，在党的关怀和抚育下，新的社会主义劳动态度和新的道德品质的成长。

　　以上所谈到的，反映两个时代中僮族人民不同的生活和斗争，以及他们的觉悟成长，是这些小说反映僮族人民现实生活的突出的内容。这样的内容是由僮族人民的现实生活所决定的，是僮族人民新的现实的具体反映。正因为这些小说比较深刻地反映了僮族人民的生活和斗争，并生动地刻画了一些正面人物形象和他们不同的性格特征，所以也就透露出僮族人民的历史特点和民族特色。同时，这些正面人物不仅保持了僮族人民长期以来所富有的忠厚朴实、勤劳勇敢的性格，而且在新的历史和社会条件下，也在逐步地发展和变化着。

　　《美丽的南方》的韦廷忠，是一个横遭压抑的僮族贫苦农民的形象，从他身上，我们可以看出这一类僮族人民的性格特征。他勤劳淳朴，忍辱负重，而内心也蕴藏着反抗的烈火，但在觉醒之前，他身上最突出的思想是宿命论和"怕老虎打不死，倒反受害"。这两者都是僮族人民当时所处的特殊的生活环境和社会条件所决定的。解放前，僮族人民长期处于封建地主阶级的残酷统治之下，灾难、痛苦十分沉重。尽管这里曾经受到大革命风暴的影响，孕育过革命的种子，但是黑暗的统治势力太强大，封建地主阶级所散布的宿命论观念对劳苦人民的思想影响，也比较深沉，所以年长日久，受压迫的人民群众形成了一种太多的忍受命运摆布的习性，暂时淹没了他们正义反抗的性格。同时这里解放较晚，地主阶级有可能狡猾地采取各种方式转入隐蔽状态，继续恫吓和迫害农民，作垂死挣扎。因此体现在韦廷忠身上的，他虽也迫切要求摆脱地主阶级的压迫，然而又不敢相信能够从根本上打垮并消灭地主阶级，所以反复思虑、前顾后盼，欲进又止，觉悟成长显得出奇的曲折、缓慢，也显示出他的性格的曲折和复杂。但是，在生活实践中，在他老婆又被阴谋杀害的惨痛事实面前，他慢慢地觉醒过来了，最后终于走上了反抗的革命的道路。他有如一只引子很长的爆竹一样，不是一点就响起来，必须点到它的中心才能爆出火花。这是韦廷忠的性格特点，但从他身上也可以看出僮族人民勤劳朴实、忠厚善良的性格特色。

《老游击队员》中的阿木老爹,又有别于韦廷忠的性格特征。他诙谐幽默、倔强耿直、勇敢机智、疾恶如仇。在解放战争时期,他当过游击队员,曾扮成"江湖老"去侦察敌兵的情况。由于他的灵敏机智,混过了敌兵的戒严、搜查,出色地完成了侦查任务。解放后他又忠心耿耿地协助边防战士完成了消灭匪特的任务。从这一人物身上,不仅体现了僮族人民和边防战士之间的团结协作、亲密无间,还体现了僮族人民对祖国的无限忠诚。如果说韦廷忠是一个横遭压抑的、具有"闷葫芦"式的性格,那么阿木老爹却是敢于反抗邪恶、心地善良、富有韧性和乐观精神的性格,这就使僮族人民富有忠厚朴实、勤劳勇敢的性格,更发出了新的光辉。

当然,社会发展了,人民所处的环境条件不同了,人物的性格也在变化着。《水坝》和《板雅坡上》活跃的人物,他们的命运同社会主义革命和社会主义建设步调结合起来了,这就使得他们的性格比之过去的一些人物更富有生机。比如六婶爽朗直率、嫉恶如仇,在坏人坏事面前毫不示弱,充满了胜利信心,并喊出:"你要动一动,拼命也顶住"的话。只有在共产党领导下的劳动妇女才能说出这样的话;牙田憨直、朴实、勤劳,能以社会主义的正确态度对待爱情和劳动,不计较个人得失,这也是只有在我们这个新的时代才可能出现的。但是,这些作品,由于它们比较真实地表现了僮族人民的现实生活和他们的心理状态,塑造了具有民族特点的性格。因此它们的内容也就闪现出自己民族的特色来。

二

语言是文学的建筑材料,每个民族文学都是用自己民族的语言创造出来的,民族形式无疑是用语言固定下来的;只有用自己民族的语言来写作才能成为自己民族的作家,唯有群众的语言才能创造出群众所欢迎的民族形式。同时,语言是民族间互相区别的重要标志,民族特有的生活色彩和心理素质,也首先是表现在民族的语言上。周扬同志说:"语言是文艺作品的第一个因素,也是民族形式第一个标志。"很好地运用民族语言创作的文学作品,是比较容易传达出民族特有的生活色彩和心理素质的。这些反映僮族人民现实生活的作品,由于有的吸收了僮族人民的许多生活用语,运用了他们的表情达意的方式,这就使作品更增加了真实感,更富于民族地域和生活的色彩,给人以清新的别具一格的印象。《美丽的南方》中就有不少这样生动的语言,例如:

"你怎么啦? 跟这个天似的,又不暗又不雨的?"

"那,怎么也合不来呢? 是火不够劲烧不着湿木头吧?"

"也不易呵! 老人说的,'冬过就年,讲过就钱',这几天也还发愁呢!"

"一点点烟有什么关系嘛。人说,受得住烟气才养得鸡鸭呢!"

"好人有什么用,'人直人穷,木直木穿空',这世界好人就要吃亏。"

"你不能到处去找吗? 真是叫猫去取火,见了火就忘了回了。"

"风水八字固然要紧,有好风水八字,要是叫灾星进了门,也是会克扣掉的。"

"可不是怎的,这一下子兴起自由来,正是'瞌睡碰上枕头',正合适了。"

"'跳槽的马'不怕,抓住了缰口,它就乖乖地任你摆布了。"

"他,同米粉一个样,软的立不起来,银英这号女子不会要他的。"

"谁想,也是白想,再怎么自由也好,蒸发糕没有媒(霉),总是发不起来。"

"我是对谁也不能轻信,吃甘蔗吃到一节剥一节,走一步看一步。"

"当然罗,地主老财好比这地边的大树,能把它拔掉了好是好,免得它遮了阴,害了庄稼。只是,树根扎的太深啦,一时拔不倒。"

"你去吧,请杜队长想个法儿吧,我们的人,脑筋真是跟半年不下雨的地一样的,你拿镘头刨也刨不开。"

"我看他,就是赵三伯讲的,白耳朵的公鸡,阉不变。"

"我们有句俗话:'翻风不怕冷,单怕日头猛。'这两天热得好闷人,准会要下大雨了。"

"不,不要。这玩意旁人是帮不了的。我们土话说:'低头就见茅草,霎眼就成情人。'什么话嘴巴不好说的,眼睛都能说得出来。"

"你替他们担心,真是'雨过送蓑衣',用不上。他们成天在水里玩,野鸭还赛不过他们呐。"

"什么样的虫子总是要蛀什么样的菜根的,豺狼要吃肉,果子狸就要吃水果,变不了。"

这些语言,比喻丰富,形象鲜明,有的不仅表现了人物当时的心理状态和个性特征,有的还传达出了人物生活环境的特点。虽然与此类似的比喻或成语,在汉语中并不少见,在各个民族的文学中,也有程度不同的加以运用,但是由于增添了与僮族人民的生活密切相连的内容,又用来表现他们的生活,就非常生动、鲜明,而不落俗套。

在《板雅坡上》和《水坝》中,对民族语言的运用,某些地方也是有特色的。比如歌圩中的山歌对唱;用来比喻人物和心理状态的事物:"灶里的蟋蟀"、"挑水舂米,不去不去,挨打受气,不去不去"、"清明拜枋脚,意在食"等等,在僮族人民生活中是司空见惯的。它们对状物言情,都能给人们可以触摸的形态感。

还想提到的一点是,在描写僮族人民生活和斗争的小说创作中,有的以富于民族特色的语言传达出民族的精神面貌见长;有的在语言的运用上虽略逊色,但能精雕细刻地描绘人物的性格和民族的精神特质,也是值得赞赏的。但是如果能够兼而有之,既有富于民族特色的语言,而又能生动细腻地刻画民族的不同人物的性格,多方面地表现民族的精神面貌,这就更能够得到广大读者(包括本民族读者)的喜爱。

三

人情习俗、地域风光在反映民族生活和斗争的作品中,也是不可忽视的一个方面。它不仅能够加强描写的真实感,使作品所展示的人物性格、生活环境更加逼真,更可触摸,使人有如身临其境,留下极深刻的印象;而且它还会赋予作品以特别的艺术吸引力,给作品带来独特的艺术风格,为艺术的园地增添异彩。一个民族、一个地方往往都有不同于别个民族、别个地方的最迷人的人情习俗和地理风光,很好地表现这些不同,就能使作品蕴有别具一格的风韵,散发浓郁的乡土气味,使本民族读者感到异常的亲切,别个民族读者更会觉得特别新鲜。比如梁斌同志就说过:"地方色彩浓厚就会透露民族气魄,为了加强地方色彩,我曾特别注意一个民族的民俗。我认为民俗是最能透露广大人民的历史生活的。"又如周立波的《山乡巨变》、老舍的《茶馆》、李季的《王贵与李香香》,使我们看到湖南、北京、陕北各地不同的风貌,被大家认为带有亲切的乡土气息,就因为在作品中熟练自如地表现了当地的风土、人情、习俗和生活。

在反映僮族人民现实生活和斗争的小说创作中,《美丽的南方》以清新抒情的笔触,描绘了僮族地区的习俗情景,有如一幅幅的风俗画、风景画,令人感到十分亲切和向往。

作者在这一作品中,有意随着时间的推移,从残冬、春节、初春、春浓、春深、春暮到初夏,不仅点染了高大的榕树、挺拔的木棉、苍翠的橄榄林、新绿的甘蔗田和星星点点的茶园瓜架等,还描绘了岭尾村的月夜、长岭村的朝霞、麻子畲的黄昏,以及那熙熙攘攘的赶墟归来,那繁富而浓郁的年节气氛、肃穆而明丽的寒食景色和那富有新时代风俗人情的"庆祝胜利大会"等,的确真实而生动地显出了南方风物的丰富和美丽的面貌。而所有这一切,作者是交织并融汇在那么一些动人心弦的故事——韦廷忠的身世和命途,他的觉悟和成长等等,反映着僮族人民社会生活的发展变化之中的。在里面,不仅仿佛使人进入了僮族人民的村墟和院落,感受到了他们的痛苦和欢乐,陶醉在他们淳朴、优美的风土人情之中,而且当土改胜利完成,奴隶们翻身作了土地的主人以后,也会感觉到,美丽的南方更加美丽。

对风土人情的描绘,《水坝》和《板雅坡上》的作者也是比较注意的。

《水坝》注入了作者亲切的乡土之情和深沉的阶级感情,描述了富有民族色彩的刘三姐变成铜鼓山的古老传说,新媳妇上轿哭嫁的哭嫁歌,光唧光唧舂米声,摇晃的挑水的姿势,以及六婶像刘三姐变成的铜鼓山一样,守护着堤坝,是那样的自然、严谨和前后呼应。而《板雅坡上》,作者也选择了富有民族特色的画面,比如歌圩的盛况,僮族男青年表示爱情的"抢头巾",秋收时的击敲铜鼓、讴歌作乐等,来开展故事和刻画人物,使我们不但从作品中看到了人物的精神面貌,也看到了浓厚的僮族人民的人情习俗。

以上作品,对人情习俗、地域风光的描绘叙述,为作品带来了浓厚优美的地方色彩,注入了别具一格的风韵,供我们学习和借鉴的地方是不少的。尤其《美丽的南方》,有的把风景和风俗交织融汇,进行了富有南方韵味的描绘,有的从不同的人物眼中去看景物,表现了人物的性格,也突出了地方风物的某些特征,更是情景交融,饱和着诗情画意。比如作品开头描写的冷风雨雾的残冬,那"湿湿的茸毛"、"银色的网罩"、"轻纱似的烟雾",这是多么逼真、精微!而在这凄迷的背景里,我们又听到"看牛轮""笃笃的梆声","竹丛里发出轧轧的声音","鸭子呷呷"的叫声;看到一个拾牛粪的人"折下路边的树枝子往牛粪上先插个标",一群农民在鱼塘的围堤下烤火谈天;同时也感觉到农民们为渡过年节和覃家老爷还没打倒的郁闷心情。又如王代宗特别欣赏木棉挺拔高傲的特点,把个人英雄主义之情寄托在它的身上,而自我陶醉;丁牧对这里的冬天情意淡薄,失掉兴趣,作了自我感叹的联想:"我们失去了一个冬天!";杜为人和傅全昭特别珍重南国红豆的象征意义等等。可惜,有些篇章或片断的景物描写,还不能和政治斗争生活融合起来,或者和渲染气氛、烘托情节、表达人物的感情活动等结合起来;有的着墨过多,有的甚至处于游离状态,不能不感到有些不足之处。

近年来这些反映僮族人民现实生活的小说的发表,以及它们的受到读者的欢迎,是小说创作重视反映僮族人民生活的一种具体表现,也是我区小说创作"百花齐放"和不断提高质量的一个方面的反映。虽然这些小说在艺术处理上仍然还有某些不足之处,除上面所提到的以外,如《美丽的南方》的后半部,结束过于仓促,在结构上就不如前半部严整,人物、情节也不如前半部动人,艺术处理也比较粗糙,因此,整个作品前后不甚统一,缺乏艺术作品应有的浑然一体、一气呵成的完整感觉。《水坝》中,六婶这一人物所以这样先进的历史原因和思想基础,即她的成长线索描写得比较简略,作为对先进人物更高的概括和典型化来说,是不够的,因而也就减弱了作品的艺术力量。《板雅坡上》,牙田和兰花的精神面貌和他们相互间的内心感情,仍然描绘得不够细致、真实和深刻,消失误会也描写得过于简略,这就不能不减弱了小说情节的感人程度。所有这些是颇令人感到遗憾的。像这样一些缺点，相信我们的小说作者在今后的创作中，是会逐渐克服的。愿我们的小说作者进一步努力，创造出更多更好的反映僮族人民现实生活的小说来。

（本文有删节）

南方土改运动的生动描绘

——重读长篇小说《美丽的南方》

谭绍鹏

原文载《广西文艺》1979 年第 1 期。

　　陆地同志的长篇小说《美丽的南方》，是一部以广西土改斗争为题材的比较好的作品。它记录了南方土改斗争复杂艰巨的历史情况；描述了贫苦农民在党的领导教育下对封建地主阶级展开的英勇斗争；塑造了土改运动中，由奴隶变成主人的农民形象；反映了知识分子在土改运动中的思想改造，刻画了形形色色的知识分子的形象，使南方土改运动得到了艺术的再现。作品发表后，曾受到了读者的欢迎和好评。今天，重读这部作品，仍深感有重新评价的必要。下面仅就作品的人物塑造，谈点个人的看法。

　　土地改革，是千百万贫苦农民在中国共产党领导下为求翻身解放的翻天覆地的伟大革命运动。因此，刻画在土改斗争中的农民形象，就成了这类题材作品的主要任务。根据这一要求，《美丽的南方》的作者在小说中刻画了一群既有共性又有个性的农民形象。农则丰，是土改斗争中先进分子的形象；丁桂、赵三伯，是有着强烈的阶级意识，又老于世故的老农民形象；银英、马仔是易于接受新思想，敢说敢做的青年积极分子……。然而，作者所苦心孤诣、精雕细刻的则是一个在党的耐心教育下，由奴隶变成主人的贫苦农民——韦廷忠的形象。

韦廷忠的家本来是中农。十三岁那年,地主覃俊三制造了一场冤案,夺了韦家几亩好地,害得韦家家破人亡。从此,韦廷忠被迫到了覃家当长工。到三十几岁的时候,覃俊三将一个被他奸污怀孕了的丫头阿桂配给他做妻子,韦廷忠从此又做了覃家的佃户。毫无疑问,韦廷忠悲惨贫困的命运,是地主覃俊三压迫剥削的结果。可是,覃俊三是个非常阴险狡猾的家伙。他侵夺韦家的土地,打的是为韦家出头打官司的幌子;强迫韦廷忠到覃家打长工,披的是收养孤儿的慈善家的外衣;为了掩盖他奸污丫头的罪行,而把丫头配给韦廷忠,也被他说成是关怀下人成家立业的善施。象韦廷忠这样一个十几年"同几头牛一起过日子",半辈子只知"老老实实地干活",为生活而奔波愁苦的朴实农民,对于覃俊三要的这些阴险手段,是不容易看出来的,谁养活谁的道理,在这样一个具体环境下生活的韦廷忠,也是不容易弄清楚的。加上在土改运动中,覃俊三又要弄拉拢胁迫的手段,通过阿桂给了韦家一些小恩小惠,并为他分散收藏财物,这又给韦廷忠背上了一个沉重的包袱。韦廷忠这一番复杂的生活经历和小说中人物之间错综复杂的关系,决定了韦廷忠这个人物性格的复杂性。在他身上,除了有着一般农民那种勤劳、善良、淳朴以及迷信命运等等性格特点外,对于土地改革,还存在着极其矛盾的心理状态。一方面,由于他所处的经济、政治地位,必然地具有推翻封建制度,分田分地,改变生活现状的朦胧要求;另一方面,由于对覃俊三的面目尚未看清,对自己痛苦的根源尚未找到,因而阶级觉悟不高,犹疑观望,必存顾虑。作者在描绘韦廷忠身上所具有的老农民的一般性格特征的同时,紧紧抓住他在土改运动中的矛盾心理,着意描画了这个人物在党的教育下,在尖锐复杂的斗争中逐渐觉悟成长的过程。

土改运动开展前,展现在读者眼前的韦廷忠,面无表情,动作迟钝,象个"闷葫芦"样,半天不说一句话。平日"虽然受了不少冤枉气,也忍受下来,不敢反抗,老老实实地干活,安份守己,为的是免得东家辱骂,让自己安静地过日子"。这是一个"石滚子底下的谷芽"——在地主阶级长期压迫下压歪了的形象;是地主阶级的鞭子残酷抽打下有苦而说不出苦,也不敢诉苦的牛马般的奴隶形象。

随着土改运动的开展、深入和党的教育,韦廷忠的思想也不断在复杂的矛盾斗争中逐步发展、变化。土改的暴风雨即将来临了，当他听到农会宣布明天要集中欢迎土改队到来的时候，他却淡淡地说了一句："明天我还得去圩场买油盐呢。"他真的这样麻木不仁，没有一点土改分田的要求吗？不是的。回家后同妻子的谈话就泄露出了内心的想法。他说："要是还让梁大炮、赵佩珍这帮人把持农会，就是真的分田也分不到我们这些人。"土改分田嘛，当然是好事。就是信不过当头人的地主狗腿们能做出这种好事。后来，土改工作队果然来了，而且凑巧又是同韦廷忠赶圩时同路来的。当他断定了这是到他家乡的土改工作队时，乐意地为他们带路。路上他看到一个队员手里的油瓶弄脏了裤子，还主动地把油瓶拿过来放在自己的担子上。这个细节，非常传神地表现出一个老实农民对土改工作队的好感。然而，他没多说一句话。他还要看一看，工作队是不是真正为贫雇农办事，看清了事实再说。日久见人心，时间稍长，工作队的一言一行都被他看在眼里。他认识到了"人家是一片好心"，是为贫雇农翻身来的。因此，当他被坏人欺骗到工作团请愿，半路上听到这是为了赶走工作队时，立即偷偷溜了回来。在工作队的启发教育下，他开始懂得一些谁养活谁的道理了。可是，要斗地主，他还有重重顾虑。用他自己的话说，一是工作队好是好，"就不知能不能长"？二是联合起来斗争好是好，就怕"一人一个心眼，不会都同我一个样"；三是"地主老财好比这地边的大树，能把它拔掉了好是好"，就怕"树根扎的太深啦，一时拔不倒"，到那时候"蜂蜜未拿到，先把人给螫了"！还有一点是斗地主分田地好是好，就是妻子替覃家收藏了财物，会不会连累到自己？这些思想，在韦廷忠心里激烈地斗争着。这是一代老农民身上的革命要求与落后保守思想的痛苦的矛盾斗争。韦廷忠之所以在较长时间中未能取得这一斗争的胜利，关键在于对覃俊三的真面目没有完全看清楚。他被害得家破人亡到底同覃俊三有什么关系？覃俊三为什么要把阿桂给他做妻子？福生到底是谁的孩子？地主给他的小恩小惠到底是好心还是坏意？正是在这个节骨眼上，作者根据阶级斗争的必然规律，精心安排了这样的情节：覃俊三为了灭口，狠毒地害死了阿桂。通过这一案件的追查，一切问题都弄了个水落石出。覃俊三的老账新罪一起被揭发出来。铁一样的事实摆在韦廷忠的面前，使他明白了自己大半生的痛苦,就是地主阶级压迫、剥削和欺骗的结果。新仇旧恨,促使他彻底转变了过来。其后,他积极参加了斗争,成长为为人类解放而斗争的共产党员。一个从奴隶变成主人的农民形象就这样塑造出来了。

这样一个有血有肉的形象,却被诬为丑化了的农民形象,实在没有道理!关于农民问题,毛主席有过大量的论述。他老人家辩证地看到:一方面,由于农民处于政治上被压迫,经济上受剥削的地位,具有强烈的革命要求,"没有贫农,便没有革命"。另一方面,由于几千年来反动阶级政治上的压迫和精神上的奴役,由于分散落后的生产方式和可怕的千百万人的习惯势力,形成了他们的散漫性、保守性、封建迷信等等缺点。因此,"贫农和中农都只有在无产阶级的领导之下,方能得到解放"。毛主席曾严肃地指出:"严重的问题是教育农民。"在土地改革运动中,毛主席还发出号召:"工人阶级应当积极地帮助农民进行土地改革。"根据毛主席的这些论述,我们可以清楚地看出,作者对韦廷忠形象的塑造,是有其充分的理论依据的。再则,广西地区的土地改革,还有其本身的特点:经济文化特别落后,帝国主义的侵略魔爪曾经长期伸进这个地区,由于解放较晚,国民党溃退时,又留下了大批土匪特务,这就使得这个地区土改运动期间阶级斗争形势更加尖锐复杂。处于这样尖锐复杂的阶级斗争典型环境中,韦廷忠这一形象,在农民群众中是有它广泛的代表性的。小说的作者在深厚的生活基础上创出的这一人物形象。其真实性是不容置疑的。其次,这一形象的塑造,也完全是从表现、深化主题的需要出发,通过对韦廷忠痛苦而复杂的生活经历的描写,揭示出土改运动不止是单纯的斗地主分田地的经济斗争,而且还是在中国共产党领导下的中国人民同帝国主义、国民党反动派以及一切残余反动势力枪对枪、刀对刀的政治斗争,千百万贫苦农民要真正获得翻身解放,就非得把土地改革这场斗争进行到底不可的真理。作品中对韦廷忠觉悟、成长过程的细致刻画,生动形象地体现了只有在中国共产党的领导下,土改运动才能取得彻底的胜利,贫苦农民才能获得翻身解放的真理。主题立意的深刻,也说明了刻画韦廷忠这一形象的重要意义。

一些论者认为这样写了韦廷忠的缺点,写了他的转变过程,就是往农民脸上抹黑。这个问题必须弄清是非。毛主席说过："人民大众也是有缺点的，这些缺点应当用人民内部的批评和自我批评来克服，而进行这种批评和自我批评也是文艺的最重要任务之一。"这里说得非常清楚，对人民的缺点一是应该写，二是写的目的是为帮助人民克服缺点，取得进步。"作为观念形态的文艺作品，都是一定的社会生活在人类头脑中的反映的产物。革命的文艺，则是人民生活在革命作家头脑中的反映的产物。"既然现实生活中人民群众也是有缺点的，它就必然反映到文艺作品中来，否则就会背离生活的真实，削弱了作品的感人力量。况且，人民群众身上的缺点，并不是人民群众自己的罪过，而是剥削者、压迫者"在人民中所遗留的恶劣影响"，这就更有必要写。只要我们在描写这些缺点时，把它与产生这些缺点的社会根源联系起来，就会引起人们对被压迫者的同情，激发人们对压迫者、剥削者的愤恨，并从而产生克服、改正这些缺点的力量。鲁迅先生所塑造的《阿Q正传》中的阿Q和《故乡》中的闰土的农民形象，就是采取了上述做法而收到巨大的社会效果的。《美丽的南方》在描写韦廷忠的缺点时，除了采取这种写法外，还描写了他在不断克服这些缺点中的不断进步，这是无可厚非的。在这个问题上，所谓的"三突出"的"创作原则"曾给我们制造了极大的混乱。按照这样的原则，作品的主要人物一定要"完美无缺"，一出场就"光彩照人"，甚至可以不顾历史环境，不顾生活的真实，无限地拔高。谁要是写了主要人物的缺点，写了他们的转变、成长过程，谁就是往工农兵脸上抹黑，就是歪曲工农兵形象，就要挨棍子。这种所谓原则，根本否定了生活是创作的源泉的原理，割断了文艺典型与现实生活的关系。在他们的这种"原则"的指导下，只能产生恩格斯所挖苦过的那种"飘浮在云雾中的"脱离现实生活的人物。歌剧《白毛女》中的老农民杨白劳，原是在地主的逼迫下喝卤水自杀的。这一形象曾教育、激励了多少被迫害的人们！但在"三突出"的"创作原则"下一"突出"，芭蕾舞剧中的杨白劳却变成了单枪匹马地和地主干仗。这么一改，这个形象的真实性便被掺了假。

《美丽的南方》除塑造了以韦廷忠为代表的农民群象外，还用了相当多的篇幅描写了知识分子在土改运动中的思想改造，刻画了形形色色的知识分子的形象。全昭从一个人道主义者的医科学生,成长为一个坚定的革命者。冯辛伯从一个科学救国论者的工科学生,成长为一个阶级论者,成为农民口中"我们农民的好兄弟",并为人民献出了自己年轻的生命。柳眉刚到阶级斗争的前线,一听到枪声就吓得大哭起来,但在斗争的风雨中,这一娇嫩的幼苗也长成了挺拔的小树。诗人丁牧原来有着严重的知识分子优越感,在斗争中终于发现了劳动人民的聪明智慧,从而纠正了自己的阶级偏见。画家钱江冷则沾染着浓厚的资产阶级生活作风,整天要吃猪骨炖罗白补充营养,在同农民长期的生活和斗争中,也克服了自己的缺点。愈任远、徐图两位老教授,在斗争中也认识到"喇嘛入教要在头上烧七个疤,基督信徒要受洗礼,干革命也难免要思想改造"的道理,自觉地进行锻炼改造。他们都在不同程度上取得了进步,跟上了革命的步伐。然而,少数知识分子却走着与此相反的道路。黄怀白是个坚持反动立场,死抱着自己的政治历史包袱不放的老知识分子。他把农村生活,把劳动人民和土改斗争一律视为"不堪设想";王代宗则是个满脑子资产阶级个人主义的知识分子。他自比红棉,要高人一等。他们都拒绝同农民结合,拒绝接受党的教育,终于在斗争的洪流中被冲刷掉了。

作者笔下这一知识分子群象,是栩栩如生的,亲切感人的。然而,这些描写在"三突出"的"创作原则"下,也被视为"美化资产阶级知识分子","宣扬知识分子领导土改,否定党的领导"。这真令人不可思议!不错,土地改革时期我国的知识分子,大部分是出身于非劳动人民家庭和受过长期的资产阶级教育的,他们不同程度地抱有资产阶级、小资产阶级的偏见。但是,他们之中大部分是倾向革命的,愿意进步的。党的政策是"好好地教育他们,带领他们,在长期的斗争中逐渐克服他们的弱点,使他们革命化和群众化。"毛主席还指出:"战争和土改是新民主主义的历史时期内考验全国一切人们、一切党派的两个关。"正是在党的这些政策方针的指导下,大批的知识分子参加了土改工作队。我们从作品中也可以清楚地看出,作者也正是按照党的政策方针,对工作队中的知识分子进行了很有分寸的描画。所谓美化资产阶级知识分子,否定党对土改的领导等等罪名,纯属诬陷不实之词。相反,通过对土改斗争中知识分子所取得的思想改造成果的描写,恰恰表现了党对土改运动的正确领导以及土改斗争所取得的又一丰功伟绩,真实地反映了土地改革那一历史时期生活中的又一个重要方面,丰富了作品的主题思想。

从上面的分析可以明显地看出,《美丽的南方》的创作,是在毛主席有关土地改革的一系列正确论述指导下进行的,是在作者长期参加土改斗争的深厚的生活基础上进行的,因此我们说,它是南方土改运动的生动描绘,而绝不是什么射向土改运动的大毒箭。

当然,小说是存在缺点的。主要表现在对韦廷忠的转变过程描写较多,而对他作为农村新主人的性格则略嫌刻画不足。此外,土改工作队长杜为人这一人物也写得不够理想,过多地强调了他的个人作用,未能通过这一形象充分地反映出党的领导与群众的鱼水关系。土改中知识分子的群象也着墨过多、过浓,相对地削弱了对主要人物形象的塑造。虽然有着这些缺点,但是,由于作者经历长期的土改斗争实践,有较充实的生活基础,因而每一个人物都写得个性鲜明,富于真实感。这与关起门来,照公式去套,去"突出"而捏造出来的千人一面的虚假的"英雄人物",是根本不同的。我们之所以肯定《美丽的南方》,其主要之点也正在这里。

（本文有删节）

爱情至上的悲剧
——读陆地的新作《故人》

天　宇

原文载《广西日报》1963 年 1 月 10 日。

从广州开来梧州的轮船靠岸了。眼前,帮陈强提箱子上码头的挑夫,正是十二年前在这里护送陈强奔赴革命的同学黎尊民。他，当年是个翩翩的少年，又是学校的篮球选手；而如今，"原先那篮球选手的体魄，那青春焕发的目光，已经这样疲惫迟钝，同打过霜的草木似的，枯黄，憔悴。"为什么呢？小说《故人》就是这样地把我们带进了"遥远的记忆的森林"，让我们目睹了一场悲剧。

悲剧的主人公黎尊民，是个善良、正直、有正义感、乐于助人的青年学生。他对学校开除进步同学表示过愤慨，不怕沾上"莫须有"的瓜葛，去为一位因"共党分子"的罪名而被迫"提前毕业"的同学抬行李离开学校。他追求过进步，读过进步书籍，但当他和李冰如相爱之后，就被这位广西豪门巨宅的小姐、崇真女中的校花，喜欢音乐的美人儿迷住了。这个时候，在他的心灵中，只信奉一个"上帝"，这就是"活生生的爱情"。他说："我这个人嘛，两句话说完：爱情不马虎，其他无所谓。"就这样，他把一点点追求进步的愿望，也当作是个"没有能力养活的孩子"过继给人家了。他俩悠然自得地先后进了中大，一个学建筑，一个学英文；一个有好的球技，一个有好的嗓子；都是学校的风头人物，又是形影不离的情侣，颇得一些人的羡慕。太平洋战争爆发后，黎尊民的家产全部毁于战火。李冰如也被母亲叫回香港，要她跟黎尊民断绝关系。但是，这位脾气比黎尊民倔强的小姐，并不是那么好征服的。她逃出了家庭，和黎尊民双双飞往重庆，同居起来了。为了生活，李冰如到伪国防部外事室当翻译去了，黎尊民也找到了一个轮船公司办事员的职务。然而，他们的爱情却从此走向破灭了。李冰如成了伪国防部在宴会和舞会上应酬美国顾问的工具。在一次大醉之后，当她发现自己被奸污时，就离开了黎尊民，去向不明了。黎尊民也因为"莫须有"的罪名，被关进了集中营，受尽了痛苦。这两位爱情至上主义的信徒，落得了一个悲剧的结局。直到解放后，黎尊民才重见天日。

这个悲剧告诉我们：离开了革命，一味去追求个人幸福，追求美满的爱情，最后终究是要破产的。这个悲剧的主人公所走的道路证明了这一点。他把爱情看作是"上帝"。为了虔诚地侍奉这个"上帝"，在国难深重的日子里，把革命的孩子过继给人家，让别人去抗日，让别人去革命，而他却企图在这炮火弥天的国土上，建立起一座与世隔绝的爱情的金字塔，最后换来的是一个悲剧的下场，多么深刻的教训啊！从作者批判地写出主人公的这些遭遇中，我们得到了这样的暗示：对于一个革命者来说，爱情只能放在革命之下，而不能放在革命之上。这个认识，对于今天的青年一代在处理爱情确立自己的生活道路的时候，是有积极的意义的。

但是，这个悲剧的意义还不仅仅在于此。作者在批判爱情至上的同时，有力地暴露了美帝国主义和国民党特务共同勾结的罪行。李冰如被奸污而下落不明，黎尊民被关进集中营而受尽折磨，激起了我们无比的仇恨，鞭策我们今天为保卫祖国和建设新生活而更英勇的奋斗。

看得出来，作者在艺术上是下了一番功夫的。小说的情节很生动，故事的发展主要是通过作者对往昔的回忆，但也有眼前作者同主人公的会见、谈话，穿插起来，显得曲折多姿，颇能吸引人。在细节的选择上，很注意能有助于人物性格的刻画和情节的开展。比如黎尊民寄给陈强一本《解放文选》，并在这本书的扉页上写道："这孩子，我这儿养不活了，让我过继你；愿它得到长大！"这个描写，不但显示了黎尊民乐于助人的性格，同时也是他的一个宣言书，表示为了爱情，置革命斗争于度外，并为以后他在军统秘密集中营里遭到严刑的逼供的情节埋下了伏线。在对照，暗示等手法的运用方面，也很成功。如十二年前后在梧州码头的相送相迎，假伙计、真挑夫，以及作品结束时，服务员经陈强纠正后说："哦，已经是新的一天了。"等等，处处都安排的巧妙，令人回味无穷。最后，在作品的气氛上，小说写的虽然是一个爱情的悲剧，也暴露了美蒋反动派横行霸道、暗无天日的旧世界，但读后并不使人感到压抑、沉重，读者在对自己人的责备、同情和对敌人的憎恨的同时，也感到生活在新时代的愉快和幸福。

（本文有删节）

喜读《故人》

刘硕良

原文载《广西文艺》1963年第2期。

　　陆地同志的新作《故人》发表了。当我刚听说这篇作品的梗概，还没有拜读它的时候，心里是有过些问号的：一个短篇要概括地写二三个人物的半生遭遇，能不能写得深刻呢？用倒叙回忆的写法，会不会象有些不成功的电影、小说那样，流于俗套呢？……可是，当我一接触到作品，这些问号很快就消失了。应说，《故人》是一篇写得出色的作品。首先值得肯定的是，小说中所刻划的三个人物形象，特别是黎尊民的形象是相当鲜明的。

　　黎尊民是作品中的主角，对于这样一个悲剧性的人物的全部遭遇，作者是以"我"——陈强和黎尊民本人的回忆的形式叙述的。这种形式在短篇小说中如果运用不好，很容易失之于概念化，或者是繁琐、冗长，人物形象不明。我们现在读到的《故人》，由于作者注意了在行动中、在矛盾冲突中刻划人物的性格，并且巧妙地进行了剪裁，这两个毛病都避免了。黎尊民半生经历的事情那么多，作者不是什么都写，而是着重描述了那些最有动作性，最能表现人物性格和主题的情节。当学校一位同学，因为写了讽刺国民党政府强迫人民为蒋介石祝寿的文章而被学校开除的时候，黎尊民挺身去为他送行，并说："学校对待学生这样，我就看不下去。"只这一件事，就把黎尊民的正义、善良的内心生动地表现出来了。当然，有一定的正义感不就等于有了革命的觉悟，对某些现实的不满，也不等于对丑恶的社会制度有了科学的认识。黎尊民尽管有正义感，也不满某些现实，而且阅读进步书籍，接触进步同学，但却不愿意参加有组织的进步活动，他认为"人多嘴杂，不如一个人清静"，开会不过是"纸上谈兵，有什么用"。资产阶级家庭出身的黎尊民把自己的注意力集中在他的"上帝"——爱人李冰如身上去了,连一个"孩子"——《解放文选》也"养不活",把它"过继"给了陈强。后来他虽也帮助过陈强脱离虎口,却始终没能走出追求个人幸福的庸俗、狭窄的天地。在他看来,爱情高于一切,爱人就是主宰自己的"上帝"。为了"接触到活生生的爱情",他把进步书籍扔到一边,钻进教堂去读圣经。他认为陈强追求的"也是科学的、现实的真理,可惜,眼前只是一片渺茫的希望",陈强批评他只顾眼前的需要,他还不以为然地说:"用两条腿走路的人,要想成仙,恐怕不容易修炼吧。"他对自己的人生哲学,也用两句话作了简明的概括:"爱情不马虎,其他无所谓。"精神状态是这样庸俗、卑微,怎能走上革命的道路呢?

在以上这一部分,也就是陈强的回忆部分中,作者主要是通过一些典型情节表现了黎尊民的浓厚个人主义思想和革命的矛盾,这个矛盾以个人主义思想的占上风而解决了。黎尊民和豪门小姐李冰如狂热地爱恋着,表面看去是很幸福的,然而在腐朽黑暗的旧社会里,即使不革命,不去和旧势力博斗,想寻找个人的安乐窝也不过是幻想而已。在小说的第二部分,也就是黎尊民自己的回忆中,作者主要描写了他和陈强分手后的遭遇:日寇入侵,家庭破产,父母反对,美帝国主义和国民党特务迫害……一连串的打击,把黎尊民的美梦彻底粉碎了。他不仅失去了最心爱的人,连自己也被无辜地关进了集中营。惨痛的事实虽然激起了他对恶势力的愤恨,也终究只能后悔而已,悲惨的结局是无可避免的了。直到贵阳解放,黎尊民才重见天日,回到梧州,而"原先那篮球选手的体魄,那青春焕发的目光,已经这样疲惫迟钝,同打过霜的草木似的,枯黄,憔悴。"

可以看出,作者对黎尊民,自始至终是放在矛盾冲突中来刻划的,前一部分主要是写他和革命的矛盾,而后一部分主要是写他和旧势力的矛盾,由于他没有参加革命,尽管获得了一时的幸福,在第二个矛盾中也必然落得一个可怕的下场。这个逻辑,不是作者在理论上向我们宣示,而是通过对人物行动的刻划,对典型环境的描写,使人自然而然地得出的结论,所以,读了使人感到真实可信。现在三十岁以上的知识分子大概都能回忆起,在学生时代,象黎尊民、李冰如这样的人物确实是存在的。他们出于一种朴素的正义感,或是其他动机,对革命事业并不反对,甚至还有所帮助,但总以不损害自己的根本利益为前提,一旦要丢开眼前的现实利益去献身革命就不愿意了。这种人有的后来走上了反动的道路,有的庸碌无为地度过了一生,有的则成了冷酷无情的旧社会的牺牲品。黎尊民就是属于后一种类型。

李冰如和她的爱人——黎尊民基本上是同一类型的人物,作者在她身上着墨不多,但主要的性格特征还是表现出来了。她忠于爱情,沉缅于个人的幸福,当个人和家庭发生矛盾时,也能在一定程度上进行反抗,甚至当陈强因革命事发逃到梧州时,她也能同爱人一道,真诚地帮助他离开险境。这个人物的心灵还是比较单纯的。当然,她对革命本身并没有什么兴趣,她要求参加"抗先"歌咏队也不过是个人爱好或者为了出出风头而已。就是这样一个女青年,逃脱了封建家庭的牢笼,却逃不脱帝国主义分子的毒手。在实际接触社会生活以后,李冰如对现实开始不满了,但是各方面的局限,使她只停留在消极不满的阶段,最终还是摆脱不了为旧社会吞噬的命运。作者对李冰如的刻划,有些地方是很出色的。采用的手法不是平板地叙述,而是在节骨眼上表现人物的性格。就以人物的出场来说,作者先写了她给黎尊民的充满着小资产阶级情调的信,接着又通过黎尊民的口作了一番形容,然后是写她的照片,这样一渲染就使读者未见其人,先闻其声了。李冰如到底是个什么样的人呢?直到陈强在医院里探望黎尊民,黎尊民谈起考大学的事,说"上帝还没有批准",陈强惊奇地问"上帝是谁",房门一开,娇滴滴的李冰如,这才和读者直接见面了:她不等黎尊民介绍就和"密斯特陈"打起招呼来;她那"清脆而流利"的话语;那"落落大方"的打扮;她带给病人"娇嗔地"一瞟和礼物——一束箭兰和晚香玉;一篮杨桃、龙眼和木瓜;然后是对黎报考大学所发表的一番议论、对自己的志向的清谈,以及不禁哼起"梅娘曲"——这些描写,作者只用了不多的笔墨,加上前面的渲染,就把李冰如的性情、爱好和政治倾向都活灵活现地表现出来了。

无论是对黎尊民或者是对李冰如的刻划,作品给人一个深刻的印象是人物动作性很强,富有立体感。我曾经这样想过:如果把这个短篇改编成电影,有些段落是可以直接搬上银幕的。这是小说创作值得发扬的一个优点。成功的小说不应该只是平板地叙述故事和人物语言,而应该更多地在动作中、在富有戏剧性的行动中去展示人物的性格，使人不仅听到人物的声音，而且看到人物栩栩如生的形象。

同黎尊民、李冰如相反的另一个人物是陈强。这是作品中富于积极意义的正面人物形象。作者写他主要是为了牵引出人物故事，并用来同黎尊民对比，从而烘托出作品的主题，而不是作为主角来写的。从这一角度来看，陈强是基本上写成功了的。也许有人会提出这样的问题：黎尊民并不是没有一点正义感的人，陈强为什么不帮助他走上革命道路呢？应该看到，陈强对黎尊民不是没有帮助的；值得引人深思的倒是：象黎尊民这样的人，经过陈强的帮助，当时有可能走上革命道路吗？作品现有的描写是真实的，合乎人物性格发展的逻辑的，如果黎尊民在陈强的帮助下走上了革命道路，那《故人》这篇小说也就不存在了。当然，陈强这个人物的刻划也有不足之处。照我看，不足之处有二：一是有的地方对黎尊民还不够热情。当陈强听到黎尊民的谬论之后，感到愤怒、不以为然是很自然的，但没有更亲切地耐心帮助他加以深刻分析批判；一是在和黎尊民重逢，听到黎表示羡慕，甚至带点恭维的话的时候，陈强还可以表现得更谦虚一些。我想在这两点上如能稍加充实，并不会占很多篇幅，那么陈强这个人物就有可能显得更加可亲了。

从作者所塑造的三个人物形象中，我们可以明显地看到作者的态度是十分鲜明的：作者一方面极力歌颂了献身革命事业的陈强，而更重要的是批判了追求个人幸福，不愿参加革命的黎尊民和李冰如。从而告诉人们这样一条真理：知识分子必须跟着党走革命的道路，否则，是没有前途的。在旧社会，黎尊民式的悲剧固然不少，就是在今天，追求个人幸福至上的人也不是完全没有的。因此，小说所揭示的这一主题不仅反映了历史的真实，而且在今天仍然有着重大的现实教育意义。有人说，作者刻划黎尊民，主要是为了揭露腐朽黑暗的旧社会，引起读者对黎尊民的命运的同情。我以为这种说法是不够全面的。作者在批判黎尊民不走革命道路的同时，对旧社会的确作了有力的揭露，我们读了自然会引起对美蒋反动派的愤恨，而作者对于黎尊民遭受美蒋反动派迫害也的确是寄予了深切的同情；但我以为，作品更主要的方面，还是对黎尊民这种个人主义思想给予善意而严肃的批判,这可以从作品对主人公黎尊民"哀其不幸,怒其不争"的态度中看得出来。至于有人认为作品的主人公不是正面人物,因而怀疑作品的积极意义,我觉得这种看法也是片面的。毫无疑问,社会主义文艺应当努力塑造鲜明的正面英雄人物的形象,但具体到每一篇作品,并非都要正面人物为主人公。问题的关键首先不在于作品是着重写正面人物还是反面人物或者比较消极的人物,而是作者刻划人物的态度和作品所表现的主题。只要作家的指导思想正确,作品的主题富有积极意义,题材的选材应该多种多样,表现的角度应该新颖别致。《故人》的成就的一个重要方面正是以一种不一般化的艺术手法选取题材,表现了知识分子的不同命运,既控诉了旧社会的阴森黑暗,又启示人们全心全意跟着党走革命道路,激起人们更加仇恨旧制度,更加热爱新社会,从而达到了向读者进行社会主义思想教育的目的,整个作品的格调是昂扬的、向上的,寓意也是深邃的,怎么能因为作品没有以正面人物为主人公就怀疑它的思想意义呢?

《故人》的富有积极意义的主题之所以能够得到深刻的体现,除准确地把握住人物形象塑造和独到地选取题材之外,还和作品的结构严密,作者的善于编织故事分不开的。

这篇小说一开头就能紧紧地抓住读者:……一艘从广州开来的轮船,停泊在梧州码头。十二年前离开这里去投奔革命的"我"——陈强凯旋归来了。他的"心情如同江水,涌起一个又一个浪花",正在这时,出现了一个殷勤的挑夫把他的行李搬走了。这挑夫"那走方步的脚,好象在什么地方见过,是中学的同学,还是家乡的亲戚? 一时又想不起来。"这一怀疑就把读者的兴趣给激起了。

接着,是在招待所里的故人相遇。这里,作者只简单交待了那位"挑夫"——黎尊民的家庭出身以及和"我"的关系,又提出了一个问题:当年"是个翩翩的少东,又是我们学校的篮球选手。怎么会变成这样狼狈呢?"这一提问进一步增加了读者的好奇心,但作者还没有立刻交待出读者急于想知道的一切,而是很从容地描述了这一场不寻常相遇的眼前局面,然后送黎尊民出门,从那走方步的脚,"把我引入了遥远的记忆的森林",从而铺叙开了故事。

　　整个故事是由两个回忆段落组成的：第一个回忆是陈强当晚在招待所想起的。这段回忆中交待了陈强和黎尊民的交往：主要是学生时代的生活到码头送别的"戏"演完为止。那时的黎尊民还有着"篮球选手的体魄"，"青春焕发的目光"，他还沉醉在甜蜜的爱情生活之中呢！这段回忆完了之后，作者描写了当晚陈强"怎么也不能入睡"的情形，又提出问题："这梦一样的过去，怎么会变成今天这样的现实呢？"还写到了黎尊民的二次来访，这一切似乎是一个间歇、缓冲，实际上是作者在为故事的进一步展开制造蓄势。黎尊民的来访，把读者带入了第二个回忆，即"我"转述黎尊民自己的回忆，这一段回忆是前半部故事的继续展开，着重描写了黎尊民夫妇在残酷的现实社会中追求个人安逸和幸福的美梦破灭，即回答了前面所提出的问题。整个故事以广西解放，黎尊民带着贵阳市军管会签发的通行执照回到梧州为止。

　　这两个回忆既有段落间离，又紧密联系在一起，囊括了整个故事，内中情节迂回曲折，波澜层迭，而又不流于繁冗杂芜，读起来并不使人感到枯燥沉闷，而是很能引人入胜的。

　　作者对于故事情节不仅巧于剪裁、组织；而且也工于细节的点缀安排，使它们充分发挥了锦上添花的作用。就以《解放文选》这本书来说，作者在作品中曾经三次提到：一次是黎尊民把它"过继"给陈强，表现黎尊民连进步书籍也不敢看了；一次是陈强经梧州逃脱国民党特务的追捕时，陈强提到这本书不知怎的给弄丢了；最后一次是这本书原来落入了国民党特务的手中，他们抓住这个把柄对李冰如进行威胁，李冰如起初还以为是黎尊民真有一个孩子过继在别人那里，及至黎尊民说明真象后才大吃一惊，这本书终于给他们带来了一场横祸。这样富于匠心的安排，一次给一次埋下伏线，不仅在结构上严密无缝，前后呼应，而且对人物性格的发展，也起了推波助澜的作用。这样的例子不只一处。象吃糖这样的细节，作者也都注意了使它为展现主题和塑造人物性格服务。第一次是陈强吃热恋中的黎尊民的糖，那时陈强吃起来感到带有苦味；后一次是两人重逢，陈强请黎尊民吃糖，在陈强来说也许是无意的，而在感伤中的黎尊民可联想起往事了，这时黎尊民吃糖感到什么滋味呢？作者没有写，但聪明的读者是不难想象的。其它象梧州码头的分别和相逢,李冰如的两封信,一前一后,都颇有匠心。这样的细节的安排,既有助于增强作品故事的脉络联系和情节的起伏变化,又有利于刻划人物形象,应该说是运用得很老练,也很成功的。

最后,还应当提到《故人》的语言是颇具特色的。由于作者对知识分子的生活相当熟悉,人物的语言写得十分熨帖,鲜明而富于个性。象李冰如给黎尊民的前后两封信,就很符合人物的身份和心情。另外,作者对环境的描写也很能表现当时的时代气氛和色彩。

总之,《故人》的创作给我们提供了许多值得学习的经验。这是陆地同志在病中奋力创作的硕果,也是广西小说创作不可多得的佳作。欣赏之余,我们更是多么衷心地期望老作家们写出更多更好的作品来啊!

第四章

关于小说《欢笑的金沙江》及『如何正确对待矛盾』的讨论和争鸣

《欢笑的金沙江》出版后，曾一度受到人们的高度评价。但是，随着政治语境的变化，以及《边疆文艺》"如何正确反映边疆民族生活""如何正确对待矛盾"等问题的讨论的展开，围绕着《欢笑的金沙江》进行了持续的讨论和争鸣，直到1976年才结束。

第一节　《欢笑的金沙江》："兄弟民族文学"的"可喜的收获"

李乔是彝族著名作家，1930年开始文学创作，1955年有长篇小说《欢笑的金沙江》第一部《醒了的土地》出版，20世纪60年代，第二部《早来的春天》、第三部《呼啸的山风》先后出版，在这三部曲中，第一部反响最大，艺术成就最高。之后，李乔创作的传奇小说《彝家将张冲传奇》引起了重视，曾获得1984年全国少数民族文学创作优秀奖。李乔还有短篇小说集《挣断锁链的奴隶》《一个担架兵的经历》，其中《一个担架兵的经历》获得1979年全国少数民族文学创作一等奖。

1956年，杨仲明的《读〈欢笑的金沙江〉》[1]发表在《云南日报》的"书刊评价"中，该文推荐了《欢笑的金沙江》，这是目前见到的最早的关于李乔的小说评论。

此外，禾子、斯光的《可喜的收获——读〈欢笑的金沙江〉》[2]也是《欢笑的金沙江》较早的评论。他们从"各兄弟民族已经出现了自己的作家，以自己的作品在祖国的文艺大花园中斗奇争妍"的兄弟民族文学的整体性高度，称赞《欢笑的金沙江》是兄弟民族文学的可喜的收获。该文深入分析和全面总结了《欢笑的金沙江》的主题、人物形象塑造、小说情节结构等要素，认为"除了在塑造人物上，取得了以上的成就外，在描写凉山彝族人民的生活、风俗习惯各方面也都是

---

[1]　杨仲明：《读〈欢笑的金沙江〉》，《云南日报》1956年5月21日。

[2]　禾子、斯光：《可喜的收获——读〈欢笑的金沙江〉》，《边疆文艺》1956年第7期。

很细腻真实","真实地反映了凉山当时的现实斗争的。彝族人民自己的作家描写了自己的生活变革是难能可贵的",从而指出了《欢笑的金沙江》作为彝族文学与其他民族文学的不同之处和在少数民族文学史上的地位。

除上述评论外,《欢笑的金沙江》也引起更多人的注意,出现了诸多肯定的声音,例如冯牧的《谈〈欢笑的金沙江〉》[①]、秦虹的《更好地反映农村的火热斗争生活——近三年来云南小说创作巡礼》[②]。《十年来的新中国文学》和《中国当代文学史稿》也都充分肯定了小说在思想和艺术上取得的成绩。

《十年来的新中国文学》在评价《欢笑的金沙江》时指出小说"写出党的民族政策的伟大","也描写了当时彝族的社会风习和被压迫的奴隶生活。这个作品可以说是写得朴质无华的"。该书还谈到了李乔的短篇小说集《挣断锁链的奴隶》,并对李乔短篇小说的创作题材、内容、主题进行全面的总结和概括,指出李乔的"多数作品也是写奴隶们的痛苦生活和要求解放的愿望和行动,也写出了彝族奴隶社会的阶级关系和觉醒中的奴隶的精神状态"[③]。

《中国当代文学史稿》同样肯定了《欢笑的金沙江》"有力地表现了党的民族政策的正确和伟大"的主题。但是,与《十年来的新中国文学》不同的是,该书还进一步指出这部小说"批判了不顾实际情况盲目冒进的大汉族主义思想"[④]。显然,在对待大汉族主义这一问题上,《中国当代文学史稿》比《十年来的新中国文学》的要求更为严苛,这也在相当程度上体现了时代政治话语对文学研究话语的规约。这一点,也体现在《中国当代文学史稿》对小说主题的"上纲上线":该小说"证明了小说能够为党服务的目的,回击了右派分子"。除此之外,《中国当代文学史稿》还对小说中的阿火黑日、沙马木札和磨石拉萨、丁政委四个人物形

① 冯牧:《谈〈欢笑的金沙江〉》,《文艺报》1959年第2期。

② 秦虹:《更好地反映农村的火热斗争生活——近三年来云南小说创作巡礼》,《边疆文艺》1963年第4期。

③ 中国科学院文学研究所《十年来的新中国文学》编写组:《十年来的新中国文学》,北京:作家出版社,1963年,第64页。

④ 华中师范学院中国语言文学系:《中国当代文学史稿》,北京:科学出版社,1962年,第434页。

象进行了详细分析，认为小说"在人物形象塑造方面取得了一定成就"，具有"浓郁的民族特色"，"语言朴素清闲"。

　　客观地说，李乔的《欢笑的金沙江》在 20 世纪 50 至 60 年代最受关注的，的确是其宣传党的民族政策的力量——"政策过江"，这在诸多歌颂党的民族政策的作品中独具一格，并且与国家意识形态导向高度一致。另外，李乔成功塑造了彝族人民的形象，展示了彝族古老的风俗文化和民族性格，这也是小说引起人们重视的原因之一。正如冯牧所指出的，李乔在"描写这些人物的时候，充分地显示了他对于彝族人民独特的生活习惯、他们的性格和心理特征的广博而深刻的理解；在一切叙述和描写中，他根本不需要借助于任何所谓'民族色彩'的过分的渲染和装饰"。

第二节　"如何正确对待矛盾"对
《欢笑的金沙江》的强制阐释

　　在 1957 年前后，《欢笑的金沙江》也曾作为如何表现社会矛盾、阶级矛盾以及如何对待和解决矛盾的样本成为争鸣的对象。例如，1956 年，洛汀发表《为了歌唱新的边疆》①一文，对云南 1956 年前的创作情况作出了这样的总结："尽管我们的专业作者和业余作者们过去在反映边疆各族人民生活与斗争的创作中取得了很大的成就，但就整个情况来说，还远远地落在边疆现实斗争的后面，反映的面还不广，题材范围也狭窄，一般还停留在过去的水平上。"在谈到这一问题时，洛汀批评李乔的《欢笑的金沙江》仅从马克思"人是社会关系的总和"和边疆民族地区矛盾的一般属性和类型出发，没有正确地反映出彝族内部的阶级矛盾，孤立地强调了边疆人民与帝国主义蒋介石集团的矛盾；"从奴隶主和奴隶身

_____

①　洛汀：《为了歌唱新的边疆》，《边疆文艺》1956 年第 8 期。

上都体验不出什么阶级矛盾","还没有创造一个充分个性化了的令人难忘的兄弟民族艺术形象出来"。这一脱离彝族特定历史时期社会组织形态,单纯从阶级斗争理论出发对小说的指责,与当时"百花齐放"时代的繁荣景象下阶级论被淡化的整体语境格格不入,由此也引发受到"百花齐放"时代鼓舞的评论者的反驳。而李乔自己也站出来,以《如何正确对待"矛盾"》进行反批评。他指出,矛盾有主次,"民族内部的矛盾被历史上遗留下来的民族隔阂掩盖着",因而"在特定历史条件下,处于次要地位"。而这种次要矛盾,并不是李乔关注的重点。

吴庄虞、张保华等发表《再谈"如何正确对待矛盾"》[1],认为如何正确对待矛盾的问题"已经涉及到一个文学艺术如何反映边疆的社会生活斗争;如何歌唱边疆各民族的人"的"重大的有广泛意义的问题"。文章同意李乔的观点,认为洛汀"也许是不很了解彝族的历史特点,借着一般的论点来推论","犯了脱离具体作品的毛病"。

松涛在《致李乔同志》[2]中赞同洛汀的观点,认为李乔的小说有四种基本矛盾。他提出两点意见:第一,把丁政委过多地安排在会议室交代政策,忽视了在复杂环境中去表现他复杂的内心世界。这一形象感染力不强,正是由于没有把他放在矛盾的焦点上。第二,注意到了矛盾的主次之分,而忽略了矛盾的相互制约性,使人觉得下层被压迫、被剥削的历史根源揭示不深。不难看出,松涛对矛盾的分析虽然有内在的逻辑性,但同样忽略了彝族特定的历史生活和李乔的创作意图,脱离了小说本体。

李乔对批评者的观点并不赞同,他在《如何正确对待"矛盾"》中进行反批评。他指出,第一,矛盾有主有次,"在解放前夕,和解放初期,边疆的主要矛盾是各民族与帝国主义蒋匪帮的矛盾,民族内部的矛盾被历史上遗留下来的民族隔阂掩盖着"。第二,上层人物"在一定时期,在本民族中有一定的地位,同群众有一定的联系,在群众中有一定的威信,虽然他们和本民族的群众有矛盾",但

---

[1] 吴庄虞、张保华、郭世修,等:《再谈"如何正确对待矛盾"》,《边疆文艺》1957 年第 7 期。
[2] 松涛:《致李乔同志》,《边疆文艺》1957 年第 7 期。

这个矛盾尚未尖锐地凸显出来，"要求还没有解放的奴隶的活动'不从属于奴隶主'，'应该拿出历史主人翁的气魄来'，也是决不可能的"。第三，从实行的民族政策来看，"在解放初期，是实行民族团结，'通过上层，发动群众'"。党的这种政策，是长期的民族工作的结晶，是针对彝族同胞的特殊社会环境提出来的。李乔的反驳显然是有说服力的。

1957 年，洛汀又发表《关于反映边疆创作中的几类矛盾》[①]，将之前的批评上升到典型化的高度，试图用被曲解了的"典型""本质"提升对李乔的批评层次，以求对小说进行全面否定。他指出，《欢笑的金沙江》没有运用"典型化"的方法"对凉山地区的奴隶生活作出较高度的艺术概括，以展示现实在革命发展中的规律和方向，没有更深一步揭露生活现象中的本质和内在意义"，没有揭示出"次要矛盾"。进而，他认为作品还没有达到应有的高度。

无疑，洛汀的两篇评论具有明确的目的，所使用的方法也十分明确，即用被误读和曲解的典型理论，以"本质"和"意义"作为绑架工具，站在阶级论和政治规范的立场，从边疆民族地区社会矛盾的总体类型的一般性特征和规律出发，以先入为主的民族内部必然存在激烈矛盾冲突的二元对立阶级观，对小说进行了误读。

围绕"如何表现矛盾"的争论，是李乔小说研究中的一个不小的插曲，而奏响这支曲子的，正是 1957 年反右斗争扩大化这一时代背景对文学功能的多重赋魅。在批评者看来，仅宣传党的民族政策是不够的，表现社会矛盾，特别是阶级矛盾，与宣传党的民族政策同等重要。这样，对阶级斗争的过度强调，就逼迫作家将阶级斗争放在首位，为了突出表现阶级矛盾，可以根据现实需要对民族客观历史和生活进行符合时代政治规范的"强化"和"拔高"，以此达到为现实政治服务的目的。由此，我们看到，在诸多政治规约（并非固定的，而是动态的和难以把握的）下，作家的创作是多么艰难。而李乔如果真按洛汀的设计去"表现"彝族内部的阶级斗争，那么，政策还能否"过江"？这恐怕是洛汀所没有想到

---

① 　洛汀:《关于反映边疆创作中的几类矛盾》，《边疆文艺》1957 年第 7 期。

的。但是,从洛汀的批评中我们也不难发现,即便是顺应时代政治文化语境的规约(如对阶级斗争的无限强调,对阶级矛盾的刻意突出),但真要使自己的批评多少具有客观性和科学性,还必须熟悉少数民族的生活,增加对少数民族历史生活、风情习俗这一维度的相关知识。

第三节　《早来的春天》与李乔的自我修复

1962 年,李乔的《早来的春天》(《欢笑的金沙江》的第二部)出版了,再次引起人们关注。在这部小说中,李乔显然接受了教训,在如何反映矛盾方面向主流话语靠拢,从而赢得了人们的赞誉,而实际上,《早来的春天》在艺术上不及《欢笑的金沙江》。

余仁澍的《喜读〈早来的春天〉》[1]、王左生的《题材与生活——略谈〈早来的春天〉》[2]首先对这篇小说进行了肯定。这部小说在内容上是对《欢笑的金沙江》的延续,因此,民主改革这一彝族现代重大历史事件是小说的主题。正如余仁澍所概括的:"作家面向着自己民族历史的急剧转变时所发生的事件的广大图景,对凉山彝族人民的觉醒和要求解放的澎湃的呼声,对彝族奴隶与奴隶主及一切反动势力间错综复杂的阶级斗争,展开了广阔的描写;深刻而生动的表现了凉山彝族——这个古老的民族,通过民主改革走上未来幸福的不平坦道路的特殊过程;表现了这个历史过程中直接参加这个伟大变革的各阶层人的心理,特别是挣断锁链,获得解放的广大奴隶要求改革的焦灼心理。"王左生则从题材与生活的角度,称李乔写的"凉山千万彝族兄弟命运的事"是作者既熟悉又重大的题材。因此,李乔塑造出了"一系列比较真实而生动的艺术形象","比较生动而深刻地反映了凉山这一翻天复地的变化",同时,"以朴实而准确的笔触描绘了彝族独特的风习和凉山自然景物的特色"。

---

① 余仁澍:《喜读〈早来的春天〉》,《边疆文艺》1962 年第 8 期。
② 王左生:《题材与生活——略谈〈早来的春天〉》,《云南日报》1962 年 9 月 6 日。

　　然而,《早来的春天》中对民族内部矛盾的展示,并不意味着是对《欢笑的金沙江》的检讨,而是从奴隶制"直过"到社会主义的彝族现代民主意识觉醒和阶级意识复苏,在民主改革这场彝族历史重大转型中的真实表现。

　　正因如此,萧祖灏在《从〈早来的春天〉谈民族新人形象的塑造》[①]中专门讨论小说中的"民族新人形象"时,认为挖七、金古阿略、果果、阿火黑日、俄西、阿罗、洋芋嫫等一系列觉醒了的奴隶形象,"标志着作者创作道路上取得的新成就,是一个可喜的收获"。该文还赞扬作者在"表现民族性格""彝族人民心理的共同实质""浓厚的民族生活色彩"方面做出了贡献。应该说,这篇评论是为数不多的重点讨论李乔小说民族特色的成果。萧祖灏对"政治叙事学"中以"民族特色"为核心的批评标准和范式有更为明显的自觉意识,也有比其他人更为积极的态度,同时又能以历史主义的客观态度捕捉到彝族历史转型中"新人"形象的政治意义和文化意义。这也就是说,在萧祖灏看来,《欢笑的金沙江》中的彝族人形象还不是"新人",因为民主意识和阶级意识都没有觉醒,这也等于否定了洛汀脱离彝族历史和文本对李乔的批评,因此这篇评论具有较高的学术价值。同样,秦虹在《更好地反映农村的火热斗争生活——近三年来云南小说创作巡礼》[②]一文中,也认为《早来的春天》保持了《欢笑的金沙江》朴实自然的特点,同时"塑造了具有新思想,新性格的奴隶群像",其中,挖七"是一个正在成长中的民族新人形象"。秦虹认为,作者对民族下层民众的观察"比过去深入了",并且特别指出《早来的春天》由第一部中主要表现民族矛盾而转向表现阶级矛盾,"真实地纪录了凉山彝族人民,由解放初期到民主改革这一革命转变的史实,这是一个重大的贡献"。

---

① 萧祖灏:《从〈早来的春天〉谈民族新人形象的塑造》,《边疆文艺》1963 年第 5 期。
② 秦虹:《更好地反映农村的火热斗争生活——近三年来云南小说创作巡礼》,《边疆文艺》1963 年第 4 期。

第四节 《欢笑的金沙江》争鸣史料

为了歌唱新的边疆

洛 汀

原文载《边疆文艺》1956 年第 8 期。

在向社会主义进军的战鼓声中,云南边疆发生了巨大的变化,这个变化,已经不同于作家们笔下的过去的边疆了,云南的文学艺术工作者们,面临着新的形势和新的情况,生活本身向作家们提出了新的要求和新的任务。

随着内地的合作化高潮和边疆大部分地区土地改革的胜利,民族关系和阶级关系起了根本性质的变化,新的生活面貌新的民族关系出现了,某些多民族合作社的组成,进一步加强了民族团结;某些阶级分化尚不显著的民族,将超越几个历史阶段逐渐走向社会主义;某些地区第一个本民族的党支部的建立,第一个矿厂的诞生,意味着各民族工人阶级的成长,这真是又一次翻天覆地的变化,而这一个深刻的变化,并没有及时地得到艺术的反映,尽管我们的专业作者和业余作者们过去在反映边疆各族人民生活与斗争的创作中取得了很大的成就,但就整个情况来说,还远远地落在边疆现实斗争的后面,反映的面还不广,题材范围也狭窄,一般还停留在过去的水平上。因而以多样性的题材,从各个不同的角度,采用各种体裁和文学样式来反映今天的边疆,表达少数民族走社会主义道路的决心和迫切愿望,表现那些激动人心的新人新事,应该是我省文艺工作者首要的任务之一,全国人民是多么需要知道这个已经起了深刻变化的云南边疆呵!

　　近年来，云南的作家们不断地创作了一些比较优秀的小说、诗歌和电影剧本，把边疆的真实面貌揭示了出来，帮助读者摆脱了长期以来受反动文人的恶意歪曲和大民族主义者的偏见的影响，纠正了某些读者把边疆当成恐怖野蛮和不毛之地的印象，表达了少数民族解放以后对党和祖国的热情与忠诚，描写了他们在加强民族团结和巩固国防方面的英雄事迹，使内地读者更加热爱自己的兄弟民族，向往于祖国壮丽的边疆，沟通了各族人民的友谊，这是近年来云南作家们的主要功绩，也是这些作品和电影受到全国广大读者、观众热烈欢迎的根本原因。

　　既然今天生活本身向作家们提出了反映新的社会主义边疆的任务，那么，我希望作家们在过去所获得的成就中，在过去的生活基础上，再前进一大步。我们看问题的方法、观点和角度应该和过去有所不同了吧：那些美丽而纯洁的瑶族少女莎丽亚们，苗族少女红花（蓝蒡）们以及拉祜族的小民兵们都已经成长了，成为今天边疆社会主义建设的主力军；那些把解放军当成自己亲生儿女看待的傣族米涛们，已经或者即将是合作社的第一批社员了；那些生龙活虎般的边防战士在艰苦的战斗考验和正规训练中更加成熟了，为祖国建立了新的功勋，我们的作家们难道不关心自己作品人物的命运吗？这样说是不公道的，问题或许是阔别太久了，当年作家笔下的民兵英雄今天也许是党支部书记，作者碰到了他可能一下子不认识了，旧的标尺，已经不能十分正确地衡量新的现实，所以有再认识的必要，面对着边疆不断涌现的社会主义新人，面对着这些桃李争艳的祖国民族大家庭的花朵，作家的责任更重大了，为了今后更好地创造出少数民族的社会主义新人的艺术形象，我提出一点个人的意见和看法，来求教于作者和读者们。

　　正如民族问题学家们所指出的，每一个民族都有它自己的特点和特色，我们在民族工作中忽视了民族特点，就要犯错误，但在文学艺术领域内，这个问题还要复杂得多，不仅要表现民族特点，还要通过艺术自身的特征来表现这个民族的特点。不仅要注意各个民族的共同特点，还要区分这个民族和那个民族的不同的品质特点，就是同一民族中的上层人物或普通人物，也以各自不同的个性来体现自己的民族特点的。但是我们过去的一般作品中的人物(这些作品较多,不必举例了),往往缺乏个性化,某些作品,初看起来虽然人物有了个性,但如果剥去了作者给主人公们所穿的民族外衣,改掉了人物的少数民族姓名和口语,大部分仍然像一个汉族(我要声明,并非所有作品都如此),我们也比较难于区别一个傣族米涛和哈尼族或彝族老大嫫的性格究竟有什么不同之点。我认为,一部作品的民族特点,不能孤立地依靠故事情节,主要是通过艺术形象的个性化来表现的,苏联《共产党人》杂志 18 期关于典型问题的专论指出:文学艺术有它自己的特征,艺术家是通过具体感性的给予人美感的典型形象来表达社会关系的。马克思主义美学要求作品人物深刻的个性化,要求塑造把一般体现于个别之中的典型。所以我们如果创造出把一般体现于个别之中的少数民族的艺术形象,那末,这些艺术形象必定同时具有他们的各自的民族特征,一定是黑格尔老人所说的"这一个"而不是那一个了,即使同一民族,西双版纳的傣族青年和德宏地区的景颇族青年也有所不同了,只有这样,才能创造具有个性化的少数民族社会主义新人的艺术形象出来,也只有这样,我们才可以通过各个典型人物,看出不同民族在不同地区走不同道路奔向社会主义的面貌和气概。

这里,我抽出来谈一谈关于创造少数民族上层人物形象的一些问题。

在反映民族关系的作品里,民族上层人物有其一定的地位,据我看来这是曲折历史的客观的情况所决定的,一方面,他们大部分人和本民族的人民有着各种社会联系,他们往往是本民族中的一个方面的代表,代表本民族和别的民族打交道,另一方面,他们又是本民族的上层利益的拥护者(指一般的上层人物而言),他们和人民群众有着阶级的距离,和人民群众的根本利益是有些出入有些矛盾的。解放前后,边疆人民与帝国主义蒋介石集团的矛盾、民族与民族之间的矛盾,民族内部矛盾,都是有机地错综复杂的交织在一起的,这些矛盾不能不在上层人物身上体现出来,甚至有时矛盾的焦点集中在上层人物身上,所以反映边疆的作品,故意避开上层人物是不对的,不全面的(当然,也有些作品是完全不需要上层人物出场的)。过去我们有些作者,在描写上层人物时举棋不定，存在着很大顾虑，由于对党的民族政策的精神领会不深，怕犯错误，就丧失全面干预生活的勇气，虽然看到了民族内部阶级矛盾的迹象，也不敢碰动它，他们的笔触只局限于民族的外部矛盾和我们对上层的长期团结教育这一方面，甚至单纯为团结而团结，不是通过帮助改造教育上层达到各民族爱国大团结共同走向社会主义的目的。虽然，边疆人民和帝国主义蒋介石集团的矛盾是主要矛盾之一，但怎能孤立地片面地只表现其中的一、二个矛盾呢？过去有些作品十分出色地从民族和民族、部落和部落之间矛盾的解决，表现了我们对美蒋残匪间谍特务们的胜利，在今天看来，就有点不够了，经过和平协商的民主改革，民族内部阶级关系起了深刻的变化，绝大多数与人民有一定联系的具有不同程度爱国主义思想的上层人物，是愿意服从和满足本民族人民群众的社会主义利益和愿望的。而政府呢？在政治上和生活上都很关心照顾他们。但也有个别地区少数不明大义的上层人物，在反革命分子的阴谋策动下，走上了背叛和危害本民族人民利益的道路，其结果必然为本族人民唾弃，以失败而告终。所谓和平方式，并不是意味着没有斗争，没有矛盾与冲突，事实上各个上层人物的转变的具体过程是十分复杂的，阶级矛盾也以另一种方式出现，否则，今天边疆的深刻变化就成为不可理解的事情了。所以，今后在涉及民族问题的作品里，作者完全有必要考虑把上层人物放在一个比较正确的位置上，在描写他们的政治态度时，既要表现他们的进步性（爱国主义思想等等），也不抹煞他们的阶级局限性。"人是社会关系的总和"（马克思），民族上层人物，他们有极复杂的社会关系，在这些复杂的社会关系中，我们必须正视他们和人民群众的关系（阶级关系），他们对本族人民社会主义利益关心的程度就是人民群众拥护他们信任他们的程度。过去我们有些涉及上层人物的作品，不适当地夸大了个别上层人物的作用，孤立地描写了上层人物的活动，很少写作为推动历史前进的基本力量的人民群众的活动，即使写了一、二个普通人物，从这些普通人物身上也体现不出群众的力量来。这些缺点，就是像在《欢笑的金沙江》这样比较优秀的作品里，也不难找得到，在这部作品里的主角，彝族奴隶主沙马木札和磨石拉萨，虽经作者着力刻画，还是缺乏个性化，我们几乎只能从外形上来区别他们，作者虽然塑造出像阿火黑日这些奴隶的形象,但他们的活动不仅很少而且还是从属于奴隶主的活动的,看不出历史主人翁的气魄和力量。从奴隶主和奴隶身上都体验不出什么阶级矛盾。我这样说决不会抹煞《欢笑的金沙江》的艺术成就,这部作品比较全面地完整地展示了一个民族聚居区(凉山地区)在一定历史时期的复杂的斗争图景,它标志了彝族作家本人在反映现实的广度和深度上前进了一步。但严格说来,到目前为止,不论以上层人物活动为主的作品也好,以普通人物活动为主的作品也好,我们还没有创造一个充分个性化了的令人难忘的兄弟民族艺术形象出来,这一点读者们恐怕都有同感吧! 那末,我们今天提出过去不够的地方,也不会怪我吹毛求疵吧!

　　过去在反映边疆各族人民生活与斗争的作品中,还有许多与典型问题有关的问题,只好留在以后再谈了,但不论问题有多少,其根源恐怕只有两个,一个是作家们深入生活不够,这个问题当然是老生常谈,而且也适用于任何作家,可却是铁的事实,有些个别作家下去了,生活不习惯,又受到了语言的限制,只听听汇报,走马看花一番,又上来了,没有建立生活根据地,或者说生活没有生根,当然,难免只见树木不见森林,而边疆的异地风光,少数民族的奇风异俗那么吸引人,而且这些东西又恰恰满足了个别作者的猎奇心理,就是这些东西阻碍了某些作者进一步的去研究和分析生活,阻碍我们进一步去探索事物的本质,同时文艺领导机关也没有在这方面认真组织力量,有计划有重点地帮助作家深入生活,给予具体的领导和指引。我认为,昆明军区政治部文化部很重视组织与领导这一方面的创作工作,并且做出了成绩,是值得我们注意的。另一个问题还是作家们受了政治水平和艺术技巧的限制,虽然学习了民族政策,但不能全面领会其真正的精神实质,对民族政策中的某一原则某一条文作了机械的理解,为了怕犯错误,就不敢大胆地正面地接触生活中早已存在着的矛盾与冲突,有的还不能更好地对生活作艺术概括的能力,同时,我们的知识也不广博,对于各个不同民族的社会历史、生产力状况没有多大研究,对于民族心理的特征和生活斗争的特点,很少下苦功考察,就是对他们的风俗习惯也还停留在表面认识上,因而不可能掌握其各自的民族特征。所以也不可避免地出现了缺乏个性

化和民族特点的人物,不可避免地在反映现实时带有片面性了。不知我这种看
法对不对,希望能得到作者和读者们的补充和指正。在这里,我衷心地祝贺作
家们担负起反映社会主义边疆的这一艰巨而光荣的任务,在"百花齐放,百家争
鸣"方针指导下,我们完全有信心在不久的将来高兴地看到作家们取得新的艺
术上的成就!

致李乔同志

松　涛

原文载《边疆文艺》1957年第7期。

读了您的长篇小说,《欢笑的金沙江》之后,三月又在《边疆文艺》上读到您
的短文《如何正确对待矛盾》,我有一些肤浅的意见,愿意提出来和您商榷。

我们知道生活中总是充满着矛盾的,没有矛盾就没有事物的发展,矛盾普
遍地存在于事物的内部。但对于事物内部的多种多样的矛盾都是复杂地交织
着、相互制约着这一点还谈得不多。如您的长篇小说中所反映的凉山彝族人民
的生活,其中就有四种基本的矛盾,即是:第一,彝族人民和国民党残余势力的
矛盾(这里不能简单地划为民族矛盾);第二,彝族部落之间的矛盾;第三,奴隶
主和娃子的矛盾;第四,彝族与大汉族主义的矛盾。这些矛盾不仅相互交织着,
制约着,而又各自有其不同的表现形式,它们既反映在上层人物沙马木扎和磨
石拉萨身上,也反映在娃子阿火黑日身上;既反映在他们各自的意识和行动中,
也反映在他们之间的相互关系中。当然,分析这些矛盾时,必须首先弄清那是
主要矛盾和矛盾的主导方面。同时,还必须了解各种矛盾的不同的存在形式和
表现形式,只有这样,作家才能把握事物本质及其发展的规律和方面。您在短
文中,正确地指出了当时彝族人民生活中的主要矛盾是第一种矛盾,在长篇小
说中也如实地反映了它,但是对于纠缠在这些矛盾中的阶级因素却分析得不

够。在阶级社会里,阶级矛盾是最基本的矛盾,所以阶级斗争是阶级社会发展的动力。这矛盾制约着其他一切矛盾,并且在其中都有不同程度的反映。例如:彝族人民和大汉族主义的矛盾,其中也有统治者与被统治者之分。凉山彝族的阶级矛盾也表现在黑彝、曲洛、锅庄娃子与安家等相互之间,是复杂而又尖锐的。要知道在某一特定时期,对抗性阶级矛盾虽然居于次要地位,但这并不等于对抗性不复存在了。了解这一些就使我们有可能正确地反映出事物的普遍性和独特性。您在短文中曾引用一位不知名的将军的话,说:"在民族地区谈阶级矛盾,是失去了阶级立场。"我以为这话说得含糊了些,因为主要矛盾和次要矛盾;矛盾的主导方面和非主导方面,在一定的条件下是会发生变化的。例如:凉山彝族人民生活第一种矛盾基本解决后,那么阶级矛盾便要尖锐起来,随着矛盾的主导方面也要发生转变。至于"通过上层,发动群众"是解决矛盾的途径和方法,而这一方法又是由矛盾的特殊性所决定,它丝毫不意味否认上层和群众之间的矛盾存在这一事实。相反,如果不认识各种矛盾的特殊存在形式和运动形式,便不能正确地执行党的"通过上层,发动群众"的指示。

文艺作品不是用论证的或者是形象图解的方式去说服人,而是借助于艺术形象的生动性和明确性去感染人。艺术形象的中心是人。人是交织着人生的复杂关系的焦点。文学家或艺术家所认识的人,比生物学家、政治家所认识的人要复杂的多。文学家不仅只是看到肖象特征,而且还要看到表现在思想,行动以及与一定生活环境相联系的性格特征。通过文学作品中的人,应该使读者窥视到社会生活的缩影。作家总是借助形象来表现社会生活面貌。马克思把人物定为"社会关系的总和"。可见,人是社会生活中各种矛盾反映的焦点。您说洛汀同志在这里是搬用教条,但我以为他是说对了的,因为人总是社会性和个性的统一体。

关于如何正确对待矛盾的讨论,对于文学创作和理论研究、批评都有很大的帮助,虽然这个命题也可以算在哲学范畴之内。

此外,读了您的长篇小说之后,我认为基本上是成功的,但也有两点意见,愿意提出来和您讨论:

　　第一，您把丁政委过多地安排在会议室里交代政策，忽略了在富有典型性的环境中去表现他复杂的内心世界。例如：丁政委和母亲哥哥见面，原是非常富有戏剧性的会见，但却被简单化了。这里我很同意禾子和斯光两人的意见，他们在《可喜的收获》一文中说："……作为人。具体的人，丁政委的思想感情面貌，却过于拘谨，丁政委回到凉山来了，但在作者的笔下似乎感触不大；母亲和哥哥过江来了，丁政委除了见面时说了几句普通的安慰话外，就再没有更多的深入接触；听说到两个部落的战争，丁政委从政策上考虑得多，而作为一个目睹过两个部落械斗的惨重景象的人的感情，却没有得到更深刻的描绘，因而出现在作品中的丁政委给人们艺术感染力量是不够强烈的。"（见《边文》五六年七月号）但在同一篇文章中他们又说："作者把他（丁政委——松）放在一个尖锐的矛盾焦点上，通过这一人物的心理斗争，刻画出了久经锻炼、原则性高过于一切的党的优秀民族干部形象。"把前后两段引文对照起来一看，很容易发觉其中有着严重的矛盾，因为他们错误地分裂了艺术形象的完整性、割裂了形象的思想性和艺术性两个统一的原则。丁政委应该是一个值得令人模仿、效法的人物，您在塑造这一形象时也有着这种美好的政治意图，但这种意图却没有得到艺术的表现。读者所感觉到的与一个汉人的干部差别不大，政策原则精神多过于人情味。我以为您放松了丁政委和哥哥母亲见面的心理活动是很可惜的，象这样富有生活内容，而又是能表现人物性格特征的细节描写应该多一些，深一些。我以为，丁政委这一形象感染力量不强烈，正由于您没有把他放在矛盾焦点上，使一个富有生活激情的人不能激动起来的缘故。

　　第二，凉山彝族人民生产水平低下，这就决定了奴隶主和奴隶之间的物质生活方面有某些共同之处，但奴隶是没有人身自由，他们任人自由买卖，乃至鞭打、杀害，他们的劳动也是被迫的。物质生活的某些相同之处，并不能改变奴隶的阶级地位，或是调和两者之间的利益冲突。两个不同阶级必然会有不同的生活要求和愿望。再说彝族的风俗习惯传统精神也是以各种方式，通过阶级的心理和意识反映出来。总之，生活在这个奴隶社会的人，总是带有阶级的烙印。您描写了奴隶主和奴隶对土改有不同的态度，沙马木扎很害怕土地改革，害怕斗争黑彝,而阿火黑日却盼望着共产党能领导他们进行土地改革。也写了他们对党的态度有所不同,但大抵都是由怀疑而转为相信,显得一般化了些。甚至连沙马木扎和磨石拉萨两个奴隶主,在思想感情上,在服饰上都很相近,而区别很小。

沙马木扎非常信任阿火黑日,当他高兴的时候,他"赏赐"给阿火黑日老婆,然而这一切被描写得那么真诚,我想不是任何奴隶都能享受到这种待遇,奴隶主总是喜欢忠实于自己的奴隶,喜欢那些能为他挣得更多财富的奴隶。作为要求解放的,有着新生活理想的阿火黑日当然不会拒绝,但他的要求远远不能是局限在这一点上。在这个现象后面有阶级思想的分歧、有人物性格上的冲突,它是社会的矛盾和冲突的反映。您注意到了矛盾的主次之分,而忽略了矛盾的相互制约性,使人觉得下层被压迫、被剥削的历史根源揭示不深。

以上是我的一些零星的感想,如有不对之处,盼望能得到您的指正。

再谈"如何正确对待矛盾"

吴庄虞　张保华　郭世修　肖容华　刘汝騠

原文载《边疆文艺》1957 年第 7 期。

洛汀同志写了一篇名为《为了歌唱新的边疆》的文章,发表在《边疆文艺》56年 8 月号上。文章对《欢笑的金沙江》也提出了批评的意见。而李乔同志又写了一篇名为《如何正确对待"矛盾"》的文章,发表在《边疆文艺》今年 3 月号上。这篇短文专门提出了反批评。虽然我们还不知道洛汀同志后来的意见如何。但就两篇文章的分歧看来,已经涉及到一个文学艺术如何反映边疆的社会生活斗争;如何歌唱边疆各民族的人上新问题。这是一个重大的有广泛意义的问题。但是,洛汀同志的批评在很大程度有教条主义的缺点;而李乔同志的意见是实际的有说服力的。双方意见的不同点有两个:一是洛汀同志认为在《欢笑的金沙江》中,没有正确地反映出彝族内部的阶级矛盾,孤立地强调了边疆人民与帝国主义蒋介石集团的矛盾（这里是以民族间的形式表现出来的）。李乔同志则认为，矛盾有主次之别，"在解放前夕，和解放初期，边疆的主要矛盾是各民族与帝国主义蒋匪帮的矛盾，民族内部的矛盾被历史上遗留下来的民族隔阂掩盖着。"二是洛汀同志认为，对上层人物的刻画只表现了他们的进步性，忽视了他们的阶级的局限性；而在奴隶的形象上，又"看不出他们的历史主人翁感和力量，体验不出什么阶级矛盾。"而李乔同志的意见是，上层人物"在一定时期，在本民族中有一定的地位，同群众有一定的联系，在群众中有一定的威信，虽然他们和本民族的群众有矛盾"，但这个矛盾尚未尖锐地突出来。"要求还没有解放的奴隶的活动'不从属于奴隶主'，'应该拿出历史主人翁的气魄来'，也是决不可能的。"我们同意李乔同志的具体分析。并且还想做几点补充说明。第一，中国的社会发展不平衡，到现在还存在着一部活的社会发展史，即同时地存在着不同历史时期的民族。在《欢笑的金沙江》里的彝胞，就是正处在历史上说的奴隶社会的民族。奴隶社会是历史上第一个有阶级的社会，当然有其固有的内部的阶级矛盾。但这种矛盾的尖锐程度，不完全和解放前的地主与农民阶级的矛盾相同，也不完全和资本主义社会的资本家和工人阶级的矛盾相同。因为虽然奴隶主占有奴隶，利用奴隶劳动，互相不能通，甚至奴隶主对奴隶有生杀之权。但是由于他们的生产力落后，生活方式极其简单，奴隶主对奴隶的剥削和压迫又不是那么厉害，反映在思想意识上也就不是那么激烈和尖锐了。边疆人民和帝国主义蒋介石集团的矛盾是主要的，也就是说民族间的矛盾是主要的。第二，从事实上看，就是在国民党统治的几十年中，彝汉互相仇视，即使到了解放初期，还是彝族的奴隶主和奴隶集结成一体和汉族对立的问题（这里是以和党对立的形式表现出来的）。凉山附近几县就曾经发生过彝胞骚乱的事件（当然有土匪在捣鬼）。反之我们并没有看见过奴隶反抗奴隶主的起义运动。也就说明了上层人物在其本民族中的号召力之强，也说明了奴隶的觉悟不是一下子就提高了，有所谓历史主人翁之感。第三，从党的民族政策来看，正如李乔同志说的，"在解放初期，是实行民族团结，'通过上层，发动群众'"。就是到了今天，开始逐步地实行民主改革的时候，党的政策还是"不斗不分，奴隶和奴隶主两利。"党的这种政策,是长期的民族工作的结晶,是针对彝胞的特殊社会环境提出来的。我们应该相信党的政策的正确,按照党的政策办事。第四,还要探索一下作者的意图。我们认为作者的艺术意图,是要揭露造成彝汉不团结的历史上的根本原因,是反动统治者的大汉族主义政策。另一方面号召彝族同胞在党的领导下,和各民族兄弟般地团结起来。作者的意图不是表现民族内部的矛盾,唤醒奴隶起来向奴隶主斗争。这样的主观意图是正确的。其所以正确,并不是说作者有这样的个人"自由"和"权利",而是因为这一意图符合客观的需要,符合生活的真实。也许洛汀同志认为,艺术家应该更高地来看现实。是的,应该这样。但不管是如何的高法,总不能高得不符合现实,甚至不符合现实的规律吧!最后附带说几句,李乔同志的分析为什么会是正确的呢?因为李乔同志是一个彝族同胞,亲身经历了这种历史时期,熟悉具体情况,从实际出发,就得出了正确的结论。而洛汀同志也许是不很了解彝族的历史特点,借着一般的论点来推论,说"人是社会关系的总和",刻画彝族的上层分子,当然就应该是多方面的了。这种论点和推论本身都是不错的,只是在彝族身上就不十分妥帖了。或者说这样一般地来批评《欢笑的金沙江》就不对了。这里需要看到这部小说是反映解放初期的社会生活和斗争,它完成了它负担的任务。在今天看来不对的问题,在当时却是对的,我们不应该责难它,从这个意义上来说,洛汀同志的批评,又犯了脱离具体作品的毛病。

(本文有删节)

关于反映边疆创作中的几类矛盾

洛　汀

原文载《边疆文艺》1957 年第 7 期。

去年我在《边疆文艺》(8 月号)上写了篇题为《为了歌唱新的边疆》的论文。

当初，我不打算而且也没有必要对文中所涉及的某些作品作具体分析，只是抽出几个问题来抛砖引玉而已。今天边疆少数民族地区经过了和平土改和民主改革，阶级矛盾已非主要矛盾了，但为了有助于进一步探讨与此有关的作品，仍有必要对于几类矛盾的认识，对于上层人物的作用，作一些补充的说明。

云南解放初期，有不少文艺工作者感到写少数民族上层人物是一个难题，很不易掌握好，深怕不小心就触犯民族政策，不仅是汉族作家有种种顾虑，少数民族作家也诉过这个"苦"。在我后来所接触到的一系列优秀作品和部分来稿中，确有对上层人物举棋不定的情况，我并不是说这种作品写的不好，比方《欢笑的金沙江》成就很大，但也有不足处。如果说西盟地区瓦族[①]的阶级分化不显著，那么，李乔同志在解放后的第一个短篇《拉猛回来了》是无可非议的，但到了《欢笑的金沙江》，触及了凉山彝族奴隶制，情况就大不相同了，作者在这部作品中虽然出色地抓紧了敌我矛盾这一条主线，写出了上层人物爱国主义的一面，进步的一面，但几乎是到此止步了，没有勇敢地深刻地来揭露一些业已存在的次要矛盾（包括内部阶级矛盾），因而影响了作品的深度，影响到所创造的人物形象的完整性。所以我认为这类作品有必要考虑一下把上层人物放在一个比较正确的位置上，在描写他们的政治态度时，既要表现他们的进步性——爱国主义思想（在敌我矛盾中），放弃剥削走社会主义道路的可能性（在内部矛盾中）——但也不必抹煞他们的阶级局限性、两面性。我记得今春出席亚洲作家会议的部分作家在昆明分会会员的见面会上也提到了这个问题，有一位同志也认为写少数民族上层人物最好要全面，不要片面（大意），我完全同意这种看法，我个人以为这是一个比较正确的原则，对于凉山地区的奴隶社会来说也是适用的，绝对不是什么新的清规戒律。

解放初期在云南所表现出来的几类比较突出的矛盾中，当然还有主要与次要之分，边疆各族人民与帝国主义蒋介石残部的矛盾是敌我矛盾，也是主要矛盾（某些人把主要矛盾看成是民族矛盾，那是敌我不分、主次不分的结果），如果

---

① 编者注："瓦族"应为"佤族"，后同。

"不加分析的把几种矛盾并列在一起"就错了,不过当时存在着的几类矛盾并不是孤立的,主要矛盾与次要矛盾有机地错综复杂地交织在一起,作为一个作家,在极为复杂的社会现象中,不该单纯地片面地只写主要矛盾,最好把生活的全部复杂性在作品人物身上和人物所行动的历史环境中体现出来。我说这些矛盾不能不在少数民族上层人物身上体现出来,有时矛盾的焦点集中在上层人物身上,不是没有根据的,第一、有大部分上层人物,他们和帝国主义蒋介石残部有不可调和的矛盾(主要矛盾),而对我党的民族政策不够了解。再加上历史上留下的民族隔阂(大汉族主义引起的地方民族主义),所以和我们对敌斗争的基本利益虽然一致,但也有一定的距离,而这个"距离"正是敌人从中取利、挑拨离间的空子。同时,他们和本民族人民有各种社会联系,往往是某一民族的代表人物,公众领袖,代表本民族和别民族打交道,因而,在他们身上也流露着民族之间的矛盾;而我们为了改善民族关系,加强民族团结,首先要争取上层,通过上层发动群众,来共同进行对敌斗争,这又离不开上层人物。在那时候,阶级分化已显著的民族地区,阶级矛盾并非熄灭,而是作为次要矛盾存在着,并且也发展着,但又被敌我矛盾和民族外部矛盾或部落与部落间的矛盾掩盖着。这就是解放初期云南民族地区上层人物所处的历史环境和历史地位,如果我的观察和分析不是十分错误的话,那么为什么不能说有时候(不是任何时候)矛盾的焦点集中在上层人物身上呢? 当初,即使次要矛盾被主要矛盾掩盖了,但总掩盖不了一个观察锐利的作家的眼睛呵! 掩盖了的矛盾并非就没有必要在文学作品里同时表现出来。作家不仅要正视主要矛盾,也要正视次要矛盾(特别是很快要转为主要矛盾的那种次要矛盾),不论那时候主要矛盾是敌我矛盾,但只要阶级分化比较显著的民族中,每个不同阶级出身的人物,即使他们在某一问题上的根本利益是一致的,基本态度是一致的,但其中也仍然包含着某些不一致的东西,比方这个民族内部上下之间对敌人的决绝态度和对我党我军的信任程度也不尽同,这种不同是由于双方所处的阶级地位不同决定的,他们的性格不可避免打上了各自不同的阶级烙印。在写敌我矛盾的作品里有必要把这种"不同"恰如其分地表达出来。无论奴隶与奴隶主,都不是超阶级的,列宁说过:"没有一个活着的人，能够不站到这个或那个阶级的方面来，能够不以该阶级的胜利为快乐，以其失败为悲痛，能够不对于那些阻碍这个阶级发展的人表示愤怒……。""人"既是社会关系的总和，凉山地区也不能例外，作家就得正视其中的阶级关系。我们绝对不会无理地要求某一作者把解放初期边疆少数民族地区写成阶级斗争很尖锐的状态，不过是要求作家有预见性，矛盾会转化的，这个转化不是从天而降的，作品要为日后的阶级关系深刻变化打好基础。

要求有关作家正视民族内部矛盾，并不意味着要作者在民族地区伪造什么奴隶暴动，以抽象原理图解阶级矛盾。文学作品中打在奴隶与奴隶主身上与性格上的烙印，并不妨碍作者写好敌我矛盾。同样，我提出避免不适当地片面地夸大上层人物的作用，避免孤立地描写上层人物的活动，正视推动历史前进的基本力量的人民群众活动，从奴隶身上体验出他们历史主人翁的气魄和力量来，绝对不是要求作者在作品中以虚构代替生活真实。在这一点上，我和去年4月间云南日报上杨仲明同志对《欢笑的金沙江》的意见一样，他也认为奴隶群众的活动写的少而弱，奴隶主和管事的活动写得多，因而感到"描写彝族人民英雄的形象是不够的"。实际上，这个问题关联到创作方法了，也和作家世界观有点分不开了。在社会主义现实主义作家的笔下，无论人民群众处于怎样劣势地位，甚至在以帝王为中心人物的历史小说里，人民群众的历史主人翁气概，和潜伏在他们身上的巨大无比的力量，充分地流露在作品里（如《彼得大帝》）甚至构成了整个作品的基调。使推动历史前进的主力照亮着整个作品。因而要求作者端正奴隶的历史地位，难道这就是教条主义？作协重庆分会的《欢笑的金沙江》讨论纪要内，在肯定了它的成就同时也指出："我们团结少数民族的上层，是要通过上层发动群众，不是为团结上层而团结上层，应该把群众写成主角、英雄"（见1955年作家通讯）。我认为这是一个现实主义作家要考虑的问题。有些东西，自然主义的作家是永远看不到的，自然主义作家只有很可怜地停留在五光十色的外表现象上，甚至陶醉于某些假象里面，没有办法透过复杂的现象的铁幕去认识生活里本质的东西。不能从社会历史发展的角度，和阶级的观点来艺术地表现错综复杂的生活的画面。

凉山彝族奴隶制,不同于罗马帝国时代的奴隶制,由于生产力极为低下,主奴生活水平悬殊不大,而民族矛盾(与大汉族主义矛盾)在历史上又经常处于紧张状态,民族内部部落与部落间打冤家频繁(本质上是争夺奴隶的战争),阶级矛盾也相对地被各种因素掩盖缓和,又由于自然环境的限制,奴隶们难以组织大规模的斯巴达克式的暴动,集体逃亡也不可能,局部的少数人的自发反抗,立即被镇压下去,解放以后专家们的调查材料和工作报告都指出:凉山奴隶主的剥削与压迫是极为残酷的(这里恕不举例了),奴隶主(黑彝)和奴隶(白彝)的等级制也极为严格,奴隶主对奴隶操有生杀之权,奴隶只是作为一种"会说话的工具"而存在,作为奴隶主财产的一部分而存在。但另一方面,又因为凉山劳动力缺乏,奴隶主不可能滥杀奴隶(少了一个奴隶,也就丧失了一份财产),为了防止奴隶逃亡、自杀、怠工、毁坏生产工具(这些奴隶中间有一部分是被掳掠去的汉族农民,故阶级矛盾中还有民族矛盾),又不得不采取分化方法,提拔一些忠于自己的奴隶,给以土地、家室,施些小恩小惠来提高奴隶劳动兴趣,在表面上,是奴隶主维持了奴隶全家最低生活费用,给人以共甘同苦的假象,当个别奴隶受别的部落欺辱时,奴隶主会挺身而出,甚至不惜引起流血斗争,这又往往造成我们好心肠作者的某些错觉。当然,实际情况还要复杂得多,不少现象容易模糊我们的视线,使我们难于透视奴隶的眼泪、奴隶们心灵上的创伤,然而,我们难道因而得出结论说凉山阶级矛盾不那么厉害?凉山奴隶们只有奴性十足不可能有主人翁气概?奴隶活动就只能从属于奴隶主?如果真的生产力与生产关系相适应,我们又何必多此一举进行民主改革解放奴隶呢?而解放了的奴隶又何必向中央慰问团控诉过去非人生活的痛苦呢?过去奴隶们这种非人生活是否可以不必在作品里适当地表现出来?有些作者对民族政策恐怕做了教条主义的理解,以为写出了内部矛盾就会丧失立场,岂知我们在政策上的某些做法,按政策办事,并不等于限制一个作家全面地正确地反映客观世界,更不是要作家放弃他本人的无产阶级观点和立场来反映民族地区的全部复杂的斗争生活图景,更不是要作家在触及奴隶与奴隶主关系时贬低当时的阶级矛盾。现在看来,很明显,在《欢笑的金沙江》中,虽然亦写了内部矛盾的某些方面,但多少贬低了当时的阶级矛盾。哪怕这是次要矛盾，但它存在着、发展着、变化着，就不能不和当时的主要矛盾有机地联在一起，并发生作用，这就使本来可以写得更好的作品，受到了来自作家本人的人为限制。我说这部作品之所以取得成就，是因为它充满了凉山的生活气息，有吸引人的细节的真实，整个作品建立在忠实于现实生活的基础上，作者较好地达到了这一点（这是一个作品的现实主义基础）。可惜的是作者没有充分利用这一优良基础，冲破因袭生活的重围，运用全部典型化的手法，对凉山地区的奴隶生活作出较高度的艺术概括，以展示现实在革命发展中的规律和方向，没有更深一步揭露生活现象中的本质和内在意义。文学作品要避免成为生活复制品，高尔基认为艺术文学比现实部分更为高级，一个作品的艺术概括越深广，其真实性与现实性也越突出。而这一点，也是我个人对《欢笑的金沙江》这个优秀长篇感到还没有达到应有高度的地方。

第五章

关于小说《悬崖上的爱情》的讨论和争鸣

扎拉嘎胡的《悬崖上的爱情》是"双百"方针的直接产物，也是揭示社会生活矛盾和反映现实生活中存在的问题的优秀小说。但是，小说发表后，围绕"爱情""人物""主题"三个方面，评论界对其展开争鸣和批判，观点几乎一面倒。

第一节　批评的缘起

在 1957 年《草原》第 12 期上发表的扎拉嘎胡的《悬崖上的爱情》可谓生不逢时，一问世就被打成"毒草"。《草原》1958 年第 1 期对其进行了集中批判。代表文章有刘棘、仁毅的《它的"重量"在哪里？——读〈悬崖上的爱情〉》[①]、何朗华的《读〈悬崖上的爱情〉》[②]、刘大松的《描写爱情的作品究竟应该给读者一些什么？——谈谈〈悬崖上的爱情〉的爱情描写》[③]以及《草原》编辑部的《我们的检讨》[④]。

在 1957 年反右斗争的特定政治语境中，《悬崖上的爱情》自然被纳为批判对象。《草原》编辑部的《我们的检讨》更是体现了当时文学领域对那些因大胆干预生活而被指认为有右派倾向作品的一体化的价值导向和话语范式，认为《悬崖上的爱情》是在"只有敢于揭露（实质上是夸大和捏造）共产党员的缺点，才配称为大胆干预生活的作品"的错误主张影响下创作的，作品中对小资产阶级知识分子党员"我"的描写，破坏了人物的典型意义，歪曲了党，歪曲了现实，宣扬了资产阶级的色情化。此后，王文建、张俊良的《〈悬崖上的爱情〉读后》[⑤]，王捷的《评〈悬崖上的爱情〉》[⑥]，海舟的《来自排字车间的一封信——评〈悬崖上

---

① 刘棘、仁毅：《它的"重量"在哪里？——读〈悬崖上的爱情〉》，《草原》1958 年第 1 期。
② 何朗华：《读〈悬崖上的爱情〉》，《草原》1958 年第 1 期。
③ 刘大松：《描写爱情的作品究竟应该给读者一些什么？——谈谈〈悬崖上的爱情〉的爱情描写》，《草原》1958 年第 1 期。
④ 《草原》编辑部：《我们的检讨》，《草原》1958 年第 1 期。
⑤ 王文建、张俊良：《〈悬崖上的爱情〉读后》，《草原》1958 年第 2 期。
⑥ 王捷：《评〈悬崖上的爱情〉》，《草原》1958 年第 2 期。

的爱情〉》^①等以"群众运动"的方式对小说进行了更为深入的批判。

第二节　对小说真实性和思想倾向的否定

刘棘、仁毅、何朗华认为,首先,小说反映的内容缺乏真实性,小说塑造的三个人物形象都违背了生活的真实。其次,小说歪曲和丑化了共产党员的形象——生活中的共产党员怎么会是这个样子? 其中,何朗华认为小说的女主人公是一个资产阶级浪漫主义的女性,崇尚恋爱至上,乐于玩弄男性;莫赫尔是一个灵魂空虚、不学无术、卑鄙无耻、下流至极的角色;胡德格成天只晓得看书、工作,死气沉沉,活像个小老头。小说中的机关"乌烟瘴气,漆黑一团","领导干部(如莫赫尔)腐化堕落;中层干部则阳奉阴违,吹牛拍马(以前对女主人摆架子的人,也客气起来了);下级干部呢? 不是思想腐朽,就是冷冰冰,只会工作,不会谈爱情"。进而,何朗华反问:"难道我们的生活是这样的么? 难道不是对现实的歪曲么?"刘棘、仁毅的《它的"重量"在哪里? ——读〈悬崖上的爱情〉》也发出同样的质疑,他们认为小说出现"失重"现象的原因在于作品的真实性问题。作品中的"我"被描写为"小资产阶级歇斯底里的胡思乱想,吠声吠影,聪明反被聪明误的滑稽,一切都从个人得失,名利出发,丝毫没有革命修养,处理同志间的关系不是依着革命的原则,而是庸俗的小市民的世故";莫赫尔"丧失了应有的领导原则;并且还想怂恿别的同志跟他一起走下坡路","破坏别人的爱情和幸福;在生活上又是个腐化透顶的奢华者";胡德格"在工作上是个能手,在爱情上却是个白痴",关键在于,这样的人怎么会是共产党员呢? 王文建、张俊良在《〈悬崖上的爱情〉读后》中对小说充满疑问:小说"不仅不能从思想上给我们以启发和教育、从艺术上给我们以美感,反而使我们感到很不舒服,不对味儿",认为小说的缺点和错误表现在"不仅没有真实地反映了现实,而且歪曲了生活的

---

① 　海舟:《来自排字车间的一封信——评〈悬崖上的爱情〉》,《草原》1958 年第 3 期。

真实,夸大了现实生活中阴暗的东西"。需要指出的是,王文建和张俊良并不反对去表现社会中消极的东西,但是却认为"整个问题的关键,在于作家的主观态度,就是说,看作家站在什么样的立场和抱着什么样的目的来对待它"。王捷在《评〈悬崖上的爱情〉》中直接认定"《悬崖上的爱情》是一株毒草","有这么一个女干部(也就是小说里的第一人称"我"),她本来有一位很中意的情人,俩人在旗里,以后被调到盟委工作时,一直相爱着,由于这个女干部对爱情的态度是庸俗的,以及被一位盟的工商处长别有用心地从中挑拨,使她逐渐疏远、抛弃了自己最满意的情人,躺到这位处长的怀抱里。后来,她发现这位处长骨子里很卑鄙,加之这位处长政治上的堕落,因而受到处分时,她觉醒了,悔恨自己过去太荒唐,并请求过去的爱人给予宽恕"。这是一个好题材,但小说却"捏造了三个虚假形象,间接诬蔑了共产党员这个光荣称号","一个革命作家,首先应当正确对待现实生活中的阴暗面,揭露阴暗面应当有一定的目的,不要欣赏,也不要为了揭露而揭露,否则就会把读者带入迷途"。尽管小说中莫赫尔这个老党员作为贪污堕落的典型最后受到严惩,作为自由主义知识分子的"我"也幡然醒悟,在一定程度上体现了小说作者的价值观,但是,小说男主人公的身份、心理、性格和行动的"典型性"在同期全国被批判的作品中也"名列前茅",严重挑战了当时的文学和政治规范。

此外,在讨论中,还有人提出污蔑共产党员的严肃政治问题。例如,刘棘、仁毅在《它的"重量"在哪里?——读〈悬崖上的爱情〉》就指出:"为什么,这样两个人物偏偏都是共产党员? 我们想只不过是作者要这样安排而已。作者的企图很明显,是要'欲抑先扬',为了把两个人物写得最丑,于是就先巧妙的打扮一番,以便揭下美的面具来丑的更可恶;这就是要把矛盾暴露的更突出,为了叫作品更耸人听闻,作者便表现出所谓大胆'干预生活'的勇气,只好让糟透了的人物挂上党的名衔,让党员做下流胚:这是一回事。显然作者是在牵人就事,当然这不会是真实的。我们共产党员也不是没有糟透了的人物,但绝不会在作者的笔下三个典型人物中就有两个。在作者写这篇作品(五七年八月)时之前不久,有一些作品,是尽心要这样写共产党员的,这不能不说是一股歪风吧。"但小说中的爱情描写问题似乎更为人所关注,这一问题便被边缘化了。

第三节 对小说爱情描写的否定

批评者认为,小说中有大量资产阶级的色情描写,思想情绪阴暗,缺乏文学作品应有的教育意义。刘大松在《描写爱情的作品究竟应该给读者一些什么?——谈谈〈悬崖上的爱情〉的爱情描写》中,针对小说中莫赫尔和"我"在梦中第一次性爱的细节描写指出:"这段对于情欲大胆地、赤裸裸地描写,除了挑逗起性爱的冲动之外,读者还会得到什么有益的东西吗","写爱情作品的目的该是同写其他主题一样,激起读者对生活的热爱、美化读者的心灵,绝不能不要时代情感。只写纯粹的'爱'的需求的精神状态,有什么社会意义呢"。何朗华的《读〈悬崖上的爱情〉》同样认为作品存在"肉麻""淫污"的"赤裸裸自然主义的描写"。他认为作品中的"我"是一个资产阶级浪漫主义的女性,恋爱至上并且玩弄男性并不值得同情。何朗华质问,这样的"淫污"描写"能给读者,特别是青年读者以什么样的影响呢?我们不主张谈情说爱象开讨论会那般严肃、紧张,然而我们也应该反对这种赤裸裸自然主义的描写"。

应该说,小说在爱情描写上尺度之大,确实让同时代作家们的爱情描写黯然失色。但这让 20 世纪末的作家不齿,才是值得研究的学术问题。

第四节 编辑部的"检讨"与"读者来信"

可怕的不是针对作品本身的批评和争鸣,而是脱离作品的追问。例如何朗华在《读〈悬崖上的爱情〉》中指出:"经过了轰轰烈烈的整风运动以后,经过了尖锐的反右派斗争以后,居然还出现了这样的作品,这的确不得不令人深思!"王文建、张俊良在《〈悬崖上的爱情〉读后》中也称:"在反右派斗争胜利后的今天出现了这样的作品，是不能不令人深思和重视的。"这种"深思"和"重视"无疑是致命的。《草原》编辑部意识到了问题的严重性，于1958年第1期发表了《我们的检讨》一文，希望尽快将这把越烧越旺的火熄灭。

《我们的检讨》回应了上述批评，称"文艺界反对丁、陈反党集团的斗争，取得了重大的胜利之后，当我们内蒙古自治区文艺界在党的领导下，展开为捍卫社会主义文艺路线而斗争的时候，本刊在去年12月号上发表了一篇含有毒素的，歪曲、丑化党员老干部的小说《悬崖上的爱情》。这篇小说能够在毛主席指示了识别鲜花、毒草的六项标准之后，在反右派斗争取得了决定性的胜利这样情况下，得以发表，这说明了我们所犯的错误是如何严重。没能遵循党的指示，坚守社会主义的文艺路线，恰恰相反在这一时期放出了毒草，这是不能令人容忍的"。接着，对作品中的人物形象、爱情描写和对社会环境描写进行了全面批判，自我发问："在这些人的周围，我们所看到的是什么呢？那就是理论不能联系实际的盟公安处、官僚架子十足的盟政府秘书长，错误提拔贪污分子的盟委会……从党的领导机关到盟政府，盟公安处……完全允许坏分子自由走来走去。这就是作者为他的人物安排下的'典型环境'！这种严重歪曲现实，丑化党员形象是非常错误的。"但在结尾却"甩锅"给扎拉嘎胡："我们希望扎拉嘎胡同志能够和我们共同来正视这个错误，以改正错误的精神严肃的对待自己、同时我们也希望广大读者与作者同志给予批判和指教。"这种"机智"让人发笑。

为了营造批判的氛围和表达《草原》的坚决态度，《草原》编辑部接着又发表了未署名的《读者来信》和署名"工人海舟"的《来自排字车间的一封信》。前者的作者声称"我是一个不懂文艺的人"，对小说中莫赫尔的共产党员身份十分气愤："我真不明白，作者刻划了这个丑恶的家伙之后，不给他加上个共产党员的称号，不给他按个抗日老干部的身份，不叫他参加旗委，也不封他当局长当处长的话，就不能表达主题吗？我想不是这样。作者如果是为了批判这种对待恋爱不正确的思想的话，我想，这篇小说没有达到作者的目的。"作者的理由是不容置疑的："党是纯洁的，党吸收每一个党员时，都是经过再三考查后才吸收入党的,并且经常地对党内不正确的现象展开斗争,使党更加纯洁。"作者接着追问:"象文中的女主人翁和莫赫尔这些人物能是共产党员吗?把这样的人写成共产党员是不合事实的,同时侮辱老干部,损害了党在群众中的影响。退一步说,假如真的有这两个共产党员做了这场坏事的话,作者也应当从写作目的来考虑。把这种极其个别的现象加以夸大能有什么好处呢?显然是没有好处的。"

后者是《悬崖上的爱情》的排版车间工人,其批评具有前置性:"工人们在休息时对这篇小说的内容描写上展开了讨论和批判:一致认为这是个有毒的作品,内容也是极不真实的。作者对爱情这样的描写,只能起着引导读者,特别是青年读者走向堕落和道德败坏。这样的作品人民是不需要的。""令人难忍的是,扎拉嘎胡在这篇小说里描写了好几个共产党员,都有不同程度地进行了歪曲和丑化。""现实生活真象作者描写的那样吗?完全不是。我们的现实生活是万紫千红、丰富多采的,生动感人的新事物到处皆是。既然如此,那么扎拉嘎胡不去写这些,却荒唐地捏造了一件这样有趣的'事实',应作何解释呢?"

至此,对《悬崖上的爱情》的讨论和批评由排版工人画上了句号。

第五节　对《悬崖上的爱情》讨论和批判的思考

在对扎拉嘎胡小说《悬崖上的爱情》的批判上,有几个问题值得思考。

一是该小说是"双百方针"提出之后,与刘宾雁的《在桥梁工地上》、王蒙的《组织部新来的青年人》、李国文的《改选》等,同属于"干预生活""揭露生活的阴暗面"文学思潮中的优秀作品。作者创作的意图是呼应整风,"反对形式主义、教条主义、官僚主义"的新导向。这说明,扎拉嘎胡的小说创作是与时代文学和意识形态导向相一致的。同样,该小说受到的批判,也恰恰是国家意识到对"阴暗面"的揭露的负面效应而采取的反拨措施在文学领域的反映。因此,对扎拉嘎胡小说的批判本质上并不是因为扎拉嘎胡的小说自身出了什么问题,而是国家意识形态在短暂的"放开"后的收紧。这也从一个侧面印证了少数民族文学与国家意识形态一体化的程度。但是，在反右斗争结束后还出现如此多的批判声音，说明时代政治的思维惯性并没有因为文艺界反右斗争结束而终止，那些追问为什么会出现这样的作品的评论者，或许还在这种思维惯性的推动下，仍然对批判有着强烈的热情。

二是就文学自身而言，小说涉及如何表现阴暗面，以及如何判断作者的立场等与政治关联度较高的非文学问题。正如论者所说，作品中的三个人物都不是"新人"，特别是老党员莫赫尔以及"我"和胡德格身上鲜有那个时代主流小说昂扬向上的精神风貌和思想特质。作者对机关工作作风的描写与王蒙《组织部新来的青年人》有异曲同工之妙。但问题的关键并不在这里，而是对新生活中的"阴暗面"如何表现的尺度问题。可以肯定的是，小说所描写的"阴暗面"肯定存在，但为什么被指认为"不真实"，这里便涉及如何认识社会现实生活中的"阴暗面"问题。"阴暗面"是个别的、局部的而不是整体的，这是人们的基本判断。表现了阴暗面的作品适用于马克思现实主义文艺理论关于作品的真实性、普遍性与特殊性、个性与共性的原则和标准。然而，"阴暗面"是政治问题而不是文学问题。

三是对爱情的描写及其尺度问题。爱情本就是本时期文学的"雷区"，《悬崖上的爱情》不仅闯入这个"雷区"，而且对一些细节的详细描写，正好进入现实主义典型理论所反对的"自然主义"范畴。同时，国家意识形态对社会主义道德的理想化建构，也明确将单纯的爱情（性爱）纳入资产阶级和小资产阶级情调的范畴，这也是社会主义新文学必须遵守的统一规范。而扎拉嘎胡的《悬崖上的爱情》恰好触碰了这三个底线。

第六节 《悬崖上的爱情》争鸣史料

读《悬崖上的爱情》

何朗华

原文载《草原》1958 年第 1 期。

　　看完《草原》十二月号的小说《悬崖上的爱情》后,心里仿佛压着个铅块,沉甸甸的,不知道作者在这篇小说里是要赞扬什么？否定什么？说明什么问题？

　　这篇小说是用日记的形式写成的。内容也很简单,描写着一个三角恋爱的故事。在一个机关里,一位叫莫赫尔的首长,看上了一位年轻的女干事;但这位女干事拒绝了他的爱,却与另一位叫胡德格的年青人相好起来。后来女的调到胡德格工作的地方,这该说会使他们的爱情得到发展和巩固;然而却相反。因胡德格工作太积极,以至连爱情也抛之脑后,而且常和另外一个女同志在一起工作,以至使这位女主人感到心灵上的空虚,产生了嫉妒。恰好这时莫赫尔也来此地工作,而且经过努力,能和这位女主人在一起。终于这位女主人爱上了莫赫尔;可是不久根据揭发的材料,这个莫赫尔是一个"大老虎"。女主人在这种紧张的情势中,忙着给胡德格写了封检讨书,表示忏悔,并要求和胡恢复关系。小说到此结束了。

　　这里有几点值得和作者商榷的地方。

　　首先来谈谈小说的女主人吧！作者似乎给她以无限和深刻的同情。说她是一位共产党员,渴望进步,希图捕捉自己所需要的东西。开始她讨厌莫赫尔的垂涎,看不惯莫赫尔的一切,而爱上了胡德格。她为什么爱他呢？因为胡德

291

格在会上领头给她提意见，说她不朴实，脱离群众，而且帮她找错误的根源。后来她果然进步了，因此，她感激他，爱他。胡德格是农村长大的，家里很穷，但她并不考虑这些，因为她懂得在真正的爱情里，金钱不能起支配作用。

可是后来呢？她变了。仿佛革命工作破坏了他们（她和胡）的爱情；因为是胡德格只忙于工作，不懂得生活，而使她那热情奔放的少女的心弦上感到空虚；因为外面的压力太大，她经不起别人的诱惑。总之，环境使她窒息，使她堕落的。

其实问题何尝是如此呢，我们从她身上看不出一点共产党员的表现；至于爱上胡德格，不过是一种幌子，装装门面而已。是她那腐朽的资产阶级思想，侵蚀着革命队伍。不信，且闻闻她身上的臭味吧。

眼光短浅，心胸狭窄，使小心眼儿，这就是她的个性。胡德格工作忙，没有陪她去看电影，她会生好久的气；胡德格和别的女同志在一块工作，她会无端的吃醋。有一次莫赫尔告诉她，说胡德格和娜仁挂（机关女干部）一起玩去了，她是怎样想呢？在日记上写道：

"没等他说完，我就象触了电一样，心房立刻都紧张起来了，我恨娜仁挂，这个不道德的家伙，她和胡德格的关系就是不正常的。那次她母亲给她寄来的奶皮和奶油，娜仁挂把一多半给了胡德格；前几天胡德格病了，我每次去看他，娜仁挂差不多都在那儿。我真是个傻瓜……"

在她看来，男女之间除了爱情以外，就不该有友谊似的。

她玩弄爱情的手法也很高明，在她身上根本找不出一点女性淳朴的情操。她说胡德格是个无耻的人，脚踏两只船；其实这脚踏两只船的正是她自己。她那资产阶级的虚荣心更加露骨，看看她的日记吧！

"每当我拿起草稿从人们身旁走过时，我感到很骄傲，我肩负着重要的工作啊！所以显得这么重要，就全是莫处长的关怀了。

"每次会上莫赫尔的嘴总离不开我的名字。以前向我摆架子的那些人，现在似乎也客气起来了。来到工商处好象身份也提高了一步，沉闷的情绪消失了。

　　"这时,我才看出,他们俩(莫赫尔和胡德格)相差那么悬殊。一个是哔叽制服,头发梳得光光的,吊眼睛斜飞过去,看起来真精明强干;而胡德格呢,旧棉衣,光头,显得那么笨,虽说大眼睛,却充满了失意和迟钝。他们俩现在就差得这么远,将来更就无法设想了。职务,它有多大的力量啊! 它是富裕、安逸生活的唯一源泉啊!"

　　这就是她赤裸裸的自白。大抵由于地位、金钱的魔力吧,使这位女主人最后爱上了把高尔基说成"英国作家"的莫赫尔,爱上了她生平最讨厌的莫处长。于是在她的心神里,胡德格的影子逐渐被莫赫尔所代替,她需要莫赫尔比需要胡德格多得多。因此听了别人说"你们俩(她和莫赫尔)配合得真好"的话以后,夜里睡得很舒服,而且作了个滑稽梦。谈话一直到深夜三点,谈得很投机,不但对莫赫尔没有反感,而且产生了较好的印象。莫赫尔身上撒着香水,她不愿意责备他,反被香味陶醉了。

　　再看这位女性的色情狂热到了如何的程度吧。在一个处女的心里,竟会做那样粉红色的春梦。她梦见莫赫尔抚摸她的隆起的乳峰,解她的腰带,在静谧中他享受了那种神秘的肉欲的快感,醒来时果然莫赫尔来了,她仍旧钻进被子里(真不知是什么意思)。莫赫尔靠近她坐着,神秘的望着她悄悄地笑。她这时写道:

　　"我闭着眼睛,静卧不动。莫赫尔站起来,走动几步,然后躺在我身边,亲着我的脸,我没反抗。当他的手触向我的乳房时,我猛一惊,坐起来了。"

　　够了,已经能够清楚的认识这个女人的面貌了。她是一个资产阶级浪漫主义的女性,几十年以前"莎菲女士"那种恋爱至上以及玩弄男性的精神在她的心房里复活了。试问,这样的女人有什么值得同情呢? 对于她周围的环境有什么值得责难呢?

　　其次我们再来看看莫赫尔吧。莫赫尔是工商处处长,共产党员;然而他却又是一个灵魂空虚、不学无术、卑鄙无耻,下流到了极点的角色。不是么,他竟会把高尔基说成英国的作家,他常常大吃大喝,身上还要撒香水。他的寝室呢,布置得象皇宫一样,墙上挂了许多画,而且多是美人图,桌子上还要放两张裸体扑克。这已够腐化的了。在他的生活中，除了女人以外，就找不到别的什么，为了向女方献殷勤，一味的奉迎。有一次女干事汇报不出问题，莫处长不但不批评她，反而说群众保守落后。三反中他们在一起工作，工作自然好办，正如女主人所说：

> "由我起草写成报告后，由莫处长来批示。这些材料只要写成，百分之百的都通过，莫处长顶多在个别词句上修改一下，也还通过我；只要我少许坚持，他也就不动了。"

结尾作者来了个三百六十度的转折，说他是"老虎"，这也说得过去。不过，象这样的人，却能长期留在党内，担任重要职务，而且任所欲为，真有些使人想不通。

再次，看看作者所歌颂的胡德格吧。胡德格是一个年青人，可是成天只晓得看书、工作，死气沉沉，活象个小老头。为了工作，对于爱情似乎也很淡漠。女主人在日记上写道：

> "胡德格和过去一样，更热情了，不同的是他的工作比过去更忙。从我来这里半个月里，除了看几次电影，到西山公园去玩一次，其余的时间都用在工作上了。"

又有一次女主人买了两张电影票，想和胡德格去看电影，可是胡德格呢，连礼拜六的晚上都还在整理材料，甚至还说："我都忘了是礼拜六，所以没有给你说一声。"

仿佛革命工作象一条天河似的隔离了他们之间的爱情，这位女主人不由得在人地生疏的环境中感到孤独；而胡德格呢，则是由于太热衷于工作的原故，所以眼巴巴地望着自己的爱人倒在别人的怀里去了。难道我们的生活是这样的么？难道不是对现实的歪曲么？

最后，这篇作品的语言也非常不健康，充满了色情的描写，全篇都象在唱着一支软绵绵的曲子。且看下面一段对话吧：

> "我一天不见你，简直就活不下去了。"莫赫尔终于说。
> "我……也……是……"我的心情很激动，浑身的血液在紧张的沸腾、

跳荡,以后的谈话我记不清了。只模糊的记得下面一些话:

"我们要成为夫妇……"

"我们结婚……"

"我太爱你……"

"……永远在一起……幸福……"

突然他使劲的抱住我,吻我,我没有反抗,只说了句:"不要太冲动了,理智些。"

看,这是多么肉麻的场面啊,然而作者还嫌不够,于是有了更细致的描写了一场荒淫的梦。

作者为什么要写得这么淫污呢?这能给读者,特别是青年读者以什么样的影响呢?我们不主张谈情说爱象开讨论会那般严肃、紧张,然而我们也应该反对这种赤裸裸自然主义的描写。

总之,看完这篇小说以后,给我们的印象是:在这个政府机关里是乌烟瘴气,漆黑一团;领导干部(如莫赫尔)腐化堕落;中层干部则阳奉阴违,吹牛拍马(以前对女主人摆架子的人,也客气起来了);下级干部呢?不是思想腐朽,就是冷冰冰,只会工作,不会谈爱情,一幅老气横秋的样子。看看,把我们的社会说得多么阴暗可怕呀!

在现实生活中,这种个别现象也许是有的。但文学作品不是照象,甚至把个别现象加以夸大,这样就不能表现社会本质的东西,就会失去文学作品的教育意义。

经过了轰轰烈烈的整风运动以后,经过了尖锐的反右派斗争以后,居然还出现了这样的作品,这的确不得不令人深思!

描写爱情的作品究竟应该给读者一些什么？
——谈谈《悬崖上的爱情》的爱情描写

刘大松

原文载《草原》1958 年第 1 期。

读了《草原》1957 年 12 月发表的扎拉嘎胡同志的小说《悬崖上的爱情》以后，感到有一个问题需要提出来，同作者和读者研究。就是：描写爱情的作品，究竟应该给读者一些什么呢？

作者可能是为了加强作者的"真实感"是用捡了一本日记开头的。因此"特别吸引了我"，"于是一口气把它全部读完了"并且"我想，把它发表在报刊上会有益处。"这里，作者告诉我们：他自己是非常欣赏这个主题的。这个开头，对我们虽不陌生，但的确加强了作品的"真实感"，我的粗通文学的爱人读了以后就对我说："原来这是真的！"（她指的是：是生活现象的自然主义的记录，不是文学创作）

接着，作者就用了一万五千言"抄"下了"日记"。简单的情节是这样：

一个旗委女青年干部跟盟委一个青年干部胡德格相爱着，女青年干部是个自由主义的知识分子，经胡德格的帮助，找到了错误的根源，她很感激他。后来出了一个贪污堕落的抗战老干部莫局长，企图挖他们的墙角，百般挑唆，又由于"我"的思想不健康，制造出一个并不存在的"多角恋爱"，作者曲折地描写了一个女青年怎样"考验"未婚夫的思想、行动。最后，莫局长受到严惩，胡德格发表了作品，并接任了莫局长的职务，"我"醒悟了，立即悬崖勒马，求胡宽恕。——这就是《悬崖上的爱情》。

这篇描写爱情的小说所表现的倒不公式化、概念化，主题，也不是无情的爱情，并不是不近人情的爱情故事，作者对爱情生活，特别是对"我"的心理是相当

理解的,但是,其教育意义何在呢? 特别是"我"的"滑稽梦"的爱情描写,是相当肉麻的:

　　深夜,我坐在莫赫尔的寝室里,……莫赫尔站起来,将门由里面插上锁,便走过来,一把拉住我躺在床上,他抚摸我的手、脸,一直到头发。我悄悄地躺着,任凭他摆布。他亲我,我闭着眼;于是他的手触向我的乳峰,并解我的腰带。我吃惊地坐起来,红着脸指着电灯说,"看,那么亮。"莫赫尔跳下来,把电灯闭上了。在静谧的夜里,……在莫赫尔男性的粗气中,我与我的处女别离了……。

这段对于情欲大胆地、赤裸裸地描写,除了挑逗起性爱的冲动之外,读者还会得到什么有益的东西吗?

　　我们说,写爱情作品的目的该是同写其他主题一样,激起读者对生活的热爱、美化读者的心灵,绝不能不要时代情感。只写纯粹的"爱"的需求的精神状态,会有什么社会意义呢? 对灰色的精神状态细致的,赤裸裸的坦露,效果是不会好的。作者绝不该将任何生活现象的"真实"都象镜子的折光一样地写进作品中来,这正象单纯的一堆粪不能入画一样,难道,作者的思想感情不应该比人物的思想感情高一些吗? 我们说,性欲和爱情绝不是同等的东西,爱情只有"人"才能有,其他动物只能有性欲,所以,我认为低级的、粗野的东西,不应该正面地介绍给读者。

　　另外,谈一下作品所安排的环境和塑造的形象。由盟委到旗委,由旗委到公安处。领导干部,不是贪污堕落的老党员局长,就是"哼! 哈!"的官僚主义者,或者是架子那么大的秘书。作者为什么单单选取这样的一个所谓典型环境呢? 卑鄙的、不懂装懂的,说"高尔基这英国作家真是好"的莫赫尔是个抗日老党员,自由主义者的"我"也是个党员。作者又为什么把这些典型人物都安排上一个"党员"的光荣称号? 并极尽丑化之能事呢? 更重要的一点:党员满天飞,怎么见不到党的组织的领导呢?

《悬崖上的爱情》读后

王文建　张俊良

原文载《草原》1958 年第 2 期。

　　任何一部好的文学作品，都应该是通过作家所塑造的真实而感人的艺术形象，再现生活，成为某一方面的"生活教科书"。然而，当我们读了发表在《草原》（五七年十二月号）上的扎拉嘎胡的短篇小说《悬崖上的爱情》后，不仅不能从思想上给我们以启发和教育、从艺术上给我们以美感，反而使我们感到很不舒服，不对味儿。因此，我们认为这篇小说本身存在着一定的缺点和问题，在这里把我们的一些肤浅的看法，提出来和大家商榷。

　　《悬崖上的爱情》是五七年十二月份与读者见面的，并且在作品中所叙述的又是发生于"一九五一、五二年的"事。我们认为社会主义现实主义的作品，一定要在现实的革命发展中，真实地反映生活，描写事实，以社会主义精神鼓舞和教育读者。从这个基本要求出发，我们认为在《悬崖上的爱情》中，不仅没有真实地反映了现实，而且歪曲了生活的真实，夸大了现实生活中阴暗的东西。

　　小说描述了一个年青姑娘在处理恋爱过程中的一些波折的故事。

　　一个故事情节的展示，人物性格的刻画与发展是一个中心问题，作品中的人物应该是具有典型性的，应该是从生活中来的，也就是说有现实生活做它的基础，但扎嘎胡笔下的人物便没有做到这一点。让我们首先来看看作品中的女主人翁"我"吧："我"是一个年青姑娘，共产党员，盟委宣传部干部，这个人最初给我们的印象是好的，工作上肯求改进，在对待爱情这个问题上的思想情感是健康的，她对于自己有一个"认真工作的爱人……感到幸福"，在对待她母亲的劝告，也表现了新中国青年应有的恋爱观："在真正的爱情里，金钱不能起支配作用"。也批判了莫赫尔在友谊上的那么低级情调："我不懂你提出的交朋友的

298

含义？我们都是党员，难道有比党员更高一层，更亲密的友谊吗？"使人奇怪的是当她调到盟委工作以后，在这个问题上的认识，态度发生了变化（我们不否认人们的思想意识时刻在发展着、变化着），而是说变化的突然、奇怪。她竟抛弃了将要达到结婚程度的爱人，而和她一向"最讨厌的人"，也就是她"真见够了的莫赫尔"相爱了，这是怎么回事呢？在作品中我们见到的原因有二：首先是出于"我"对自己的爱人胡德格的不信任；其次是由于莫赫尔的引诱和破坏。"我"对胡德格的不信任是出于一种纯粹的猜疑和嫉妒，在"我"看来胡德格和娜仁挂之间的经常联系，"偷偷和别人来往"，这是对爱情的不忠实和不专一的表现。因而，她便认为"胡德格居然能欺骗我，我为什么不给他点回击呢？""我又何必这样傻气呢？"当胡德格没有向她"投降"的时候，便决定给"胡德格以道义上的压力"，也就是那个回击——"你有女朋友，我也可以有男朋友"——就这样，她和胡德格从思想上逐渐疏远，从关系上逐渐变坏，而和莫赫尔的关系却渐渐由反感、厌恶，而"产生较好的印象"，以至于从思想情感上"需要莫赫尔比胡德格强烈得多了"，因而，觉得过去自己太傻气，今天才看出，他们俩相差那么"悬殊"。悬殊在什么地方呢？"一个是哔叽的制服，头发梳得光光的，吊眼睛斜飞过去，看起来真精明强干；而胡德格呢？旧棉衣、光头……他们两个现在就差得这么远，将来就更无法设想了。职务，它有多大的力量啊！它是富裕、安适生活的唯一源泉啊！亲爱的妈妈，你老真有远见……"这是"我"在工商系统的打虎队长汇报会上的新发现，一个共产党员在运动中不仅没有受到教育，反而把"哔叽制服"、"旧棉衣"、"职务"、"安适生活"作为自己处理爱情的基础，甚至觉得过去对艰苦、朴素的胡德格的热爱，似乎是着了魔。另外，对于她一向厌恶的莫赫尔的挑唆，甚至被事实证明莫赫尔在骗她时，还不能正视现实，却仍然对胡德格采取无情的报复，抛弃了胡德格，和莫赫尔许下了海誓山盟"……永远在一起……幸福……"还有那个足以让人肉麻以至恶心的梦后，觉得"莫赫尔钻进了我的灵魂；感到更可爱了"。紧接着，莫赫尔来到了"我"的宿舍，并且真的"躺在我的身边，亲着我的脸，我没有反抗，当他的手触向乳峰时，我猛一惊……"便一下子认识到莫赫尔是个坏家伙，并在莫赫尔被撤职反省之后，马上写信给胡德格"要求他饶恕我并愿恢复关系"，这样一系列的突然变化是多么的不协调，不真实。

作品中的另外一个主要人物莫赫尔，也是一个共产党员，还是"抗战的老干部"，现在又是政府机关中的领导干部，他们从这个人物身上可以看到的是些什么东西呢？是卑鄙，无耻。他为了达到自己不可告人的目的，采取了种种卑鄙的手段，对同志进行恶意的诽谤，对同志的友谊、幸福进行了不人道的搅扰和破坏。当"我"焦急地等着胡德格一同去看电影时，他却别有用心地笑着说："啊！你等他呢！他早就和娜仁挂走了。"在"我"和胡德格情感上有些小裂痕时，莫赫尔不仅不以领导者的身份去给她以一定的帮助，反而挑拨说："哼！我早就看出你们两个合不来，你聪明、爽快，文化比他高；胡德格从小长在农村，穷孩子，没见识，又笨又固执。这怎么能行呢！"更可恶的是他竟然无耻地想在和"我""相恋"的过程中奸侮她！

他的思想实质的另一方面是虚伪、庸俗，"不懂装懂"，无知到令人发笑的程度，竟把高尔基说成是英国的作家，还厚颜的让人家"好好读读"他的作品。做为一个领导干部竟认为"群众保守落后……脑瓜最简单……"，在增产节约运动中大吃二喝，不仅不考虑同志的意见，反而得意忘形地说："哎，运动是运动，该吃还得吃。这些都是用我工薪买的，光棍一条，不吃干啥？"与此同时，在资产阶级激烈战斗的回合里，我们不仅没有见到这位领导干部考虑和进行工作，而整天千方百计地为自己卑鄙企图挖空心思。因而对运动漠不关心，只觉得"这打虎打的玩的时间都没有了"，而厌烦地发起牢骚来——"不知啥时才结束"。这就是莫赫尔对工作所采取的态度。

现在，让我们来看看他的私生活吧！在莫赫尔的房间里我们看到的是"美人图"、"钢丝床"、"缎子被和苏联毛毯"，在桌子上"摆满了苏联点心"、"裸体扑克"等等，在小说里，作者做了这样的批判："这与共产党员的身份多么不相称。"并给这个腐化堕落的人物，安排了因贪污堕落而受到撤职反省处分的结局，我们是无可非难的，问题在于他是怎样堕落到这个地步！

作品中的正面人物胡德格，好象是被作者肯定的人物，但，他给人们的感觉，并不怎么亲切，是一个缺乏人情味的、概念化了的人物，我们一见到他就是在工作,写总结,写材料,见到自己的爱人也只会问工作,也没有一点温存,作者把他写得呆头呆脑,对于"我"的思想变化竟一直没看出来,也更没有能以党员的觉悟去帮助党员的爱人。更奇怪的是当他发现了"我"和莫赫尔的关系后,作者要他去走《怎么办?》这部小说中的主要人物罗普霍夫的道路,当然,罗普霍夫在处理爱情的问题上所走的道路,是唯一正确的,只有那样,他的妻子薇拉·巴甫洛夫娜才会得到真正的幸福。在二十世纪的今天,胡德格(尽管这个人物的刻画并不深刻)与十九世纪的罗普霍夫所处的具体环境,和两者所接触的具体人物,毫无相同之点。当"我"处在危险的边缘——在今天和一个贪污堕落分子在结合——不仅不去搭救,而是要去走自己的罗普霍夫的道路,这是种什么思想感情? 首先使人难以理解。

作品中出现的,在作者笔下所描绘的党委或政府机关干部尽是些什么样的人呢?"我"是在处理爱情问题上变化无常,工作上一遇到困难或者是一点不顺利,就"伤心","孤独";莫赫尔更是思想上卑鄙无耻,生活上腐化堕落,工作上轻视群众,敷衍塞责的自私自利的人;就是被作者肯定的正面人物胡德格,最后也让他在爱情上盲目的去走罗普霍夫的道路;甚至在作品中一些极次要的人物,公安处第一科长,工商处的两位科长,盟府秘书长以及其他一些其他人物,作者也把他们描绘成"看人下菜",不负责任,阿谀奉承的人,而且,这些人物一直活动在全国人民进行着轰轰烈烈的增产节约运动与打退资产阶级猖獗进攻的三反斗争的具体环境里。我们不禁要问,我们今天的(就是五一、五二年也可以)干部或党员会尽是这样一些人吗? 我们不能不说在作品的艺术形象的整体中渗透着作者对于我们的现实生活的歪曲和嘲笑,更严重的是作者把我们党描绘成个什么样的。从莫赫尔的堕落中不难看出:一个久经锻炼的领导干部的堕落党是负有严重责任,党的领导不仅没有去了解莫赫尔的思想堕落的情况,更没有及时地去教育他,反而从职务上提拔了他,最后在足有三十多人检举了的贪污堕落的事实后,党才被群众捏着鼻子拉出来,匆忙地去处理莫赫尔,这分明不是在批判莫赫尔的堕落,而是歪曲了党。

当然,作者去反映我们生活中的缺点、错误及不健康的东西是可以的,因为

"文学艺术作品在真实的描述社会和人民的时候，既要展示社会主义现实的积极的、光辉和鲜明的方面——社会主义现实的基础，也要反映对缺点的批评，以及对妨碍我们一往直前的消极现象的揭发和谴责"，就因为"在生活中在现实中，除了积极的东西以外，总还有消极的东西，杂草往往同鲜花生长在一起"①。然而，整个问题的关键，在于作家的主观态度，就是说，看作家站在什么样的立场和抱着什么样的目的来对待它！

我们觉得，在反右派斗争胜利后的今天出现了这样的作品，是不能不令人深思和重视的。

评《悬崖上的爱情》

王　捷

原文载《草原》1958年第2期。

登在《草原》1957年12月号上的小说：《悬崖上的爱情》是一株毒草。

小说的情节不太复杂：有这么一个女干部（也就是小说里的第一人称"我"），她本来有一位很中意的情人，俩人在旗里，以后被调到盟委工作时，一直相爱着，由于这个女干部对爱情的态度是庸俗的，以及被一位盟的工商处长别有用心地从中挑拨，使她逐渐疏远、抛弃了自己最满意的情人，躺到这位处长的怀抱里。后来，她发现这位处长骨子里很卑鄙，加之这位处长政治上的堕落，因而受到处分时，她觉醒了，悔恨自己过去太荒唐，并请求过去的爱人给予宽恕。

无疑问，作者选择这样的题材是可喜的现象。特别是在今天，当内蒙古文坛上还缺少这朵花的时候。问题是在于作者选择这一题材的意图和目的。记得有人这样说过："爱情永远是青年生活中的重要课题，爱情主题的现实主义文

---

① 赫鲁晓夫：文学艺术要同人民生活保持密切的联系。

学作品能帮我们认识生活、培养共产主义道德和批判资产阶级的恋爱观",这些话我认为是对的。那么,《悬崖上的爱情》给了我们些什么呢?看了这篇小说的人不能不提出这个问题。作为一个革命文学的爱好者,《草原》的一个读者,愿意先提出我的反映。尽管《草原》的编者对这篇小说有推崇之意,尽管我从来没有敢对文学作品流露过个人见解。

我愿先谈谈小说里的三个主要人物——"我"、莫赫尔和胡德格。至于小说在提供艺术形象上简单,后半节的情节有所牵强,文字不干净等,还没有引起我对作者的过多责难。

"我"是一名共产党员,是小说里唯一的主角,是被作者在小说里放到一个让人同情的位置上。作者是通过"我"对自己在爱情上所犯错误的认识,进而达到教育读者的目的。我们不妨就来表表小说是如何揭示这一主题思想的。

"我"刚被调到旗里工作时,还是一个很幼稚、无知的女孩子,她不懂怎样去做工作,只知道"我宁肯多花钱也要穿的讲究些"。后来经过党的培养和共产党员胡德格的具体帮助,她逐渐成长起来。大概就是这样的情况下,"我"才被接受为中国共产党员(小说里没有明显提出这一问题)。

按说,"我"入党后,不论在工作,生活或其他方面,应该有显著的进步,然而,完全相反,她在工作上丝毫经不起困难,只要碰个小钉子就会坐下来;她对个人问题的处理比一般群众都不如。明知道爱人胡德格对自己很忠实,可是当别人挑拨说,胡德格与另一个女同志关系不清时,她就深信不疑,既不调查也不分析,而是采取一系列的报复行动。这就给别有用心的挑拨者——盟工商处长莫赫尔有机可乘。逐渐,胡德格在"我"心目中的影子,就被莫赫尔代替了。甚至在一次工作会议上,作者对"我"的心理做出了这样的叙述:"胡德格来参加工商系统的打虎队长汇报会了,他就坐在莫赫尔身旁了。这时,我才看出,他们俩相差那么悬殊。"

"一个是哔叽制服,头发梳得光光的,吊眼睛斜飞过去,看起来真精明能干;而胡德格呢,旧棉衣,光头,显得那么笨,虽说大眼睛却充满了失意和迟钝。他们俩现在就差得这么远,将来就更无法设想了。职务,它有多大的力量啊!它是富裕、安适生活的唯一源泉啊！……"

从这以后，"我"一天不见莫赫尔，"简直就活不下去了"。做梦也是和莫赫尔在一块胡缠，干着无耻的勾当。用"我"自己的话来说，就是"莫赫尔似乎钻进了我的灵魂。"这就是作者笔下的一个共产党员的形象，多么虚伪啊！

更让人不解的是：当"我"认识到自己爱情问题上犯了错误以后，她深深痛惜的是个人得失问题，一心向往的是要求胡德格饶恕自己，恢复关系；至于由于自己乱搞恋爱关系所造成的恶劣影响，为此给工作带来的损失，却一点也没有察觉到。再说对自己所犯的错误，也只认为是胡思乱想的结果。这就是作者所给予这个共产党员的灵魂。象这样一个龌龊的灵魂，怎么让人同情呢？又如何达到教育人的目的呢？我不知道作者是怎样构思的。

我们再来看看莫赫尔这个形象。他身负着国家的要职，为了追求一个女同志，竟采取了各种阴险毒辣的手段，破坏他人的幸福。他竟毫不顾及党和人民的重要委托，常常拿工作当儿戏，去换取一个女同志的欢心，以满足个人的可耻的欲望。当然，在我们这个拥有六亿多人口的伟大国家里，谁也不能主观的说没有象莫赫尔这样一个存在的余地，所让人遗憾的，这又是一个共产党员，还是一个参加过抗日战争的老干部。莫赫尔写给"我"的第一封求爱信里边这样说，"尊敬的×××同志：我爱你，我实在是爱你！当然我知道，现在向你提出这件事，应当说荒唐，荒唐极了，但我已无力再沉默。可必须说明，我这绝不是向你求爱。我要求，恳切的要求你，我们做个好朋友，终身的好朋友。从打认识你，我的心血一直在沸腾，在激荡。如果你承诺与我的友谊，它会象灯塔一样，照亮我的前程，我会象雄鹰般翱翔；要是拒绝我，我知道我将痛苦一生！莫赫尔上"。对一个共产党员，这样无情、露骨的描写。继又叙述：他是个不学无术的人，连高尔基是哪一国人都不知道。在他的卧室（办公室的套间）里，挂满了美人画；在他和"我"鬼混的那几天，满身洒了香水。这就是一个经过抗日战争的老共产党员吗？这几年来，他一直靠吹吹拍拍搞工作，一直在干着卑鄙的勾当，不仅没有受到党组织的指责、批评，时代的朝气和环境对他的冲击，反而还被由旗工商局长提升为盟工商处长。请看看，这就是莫赫尔走过的一条路。

　　第三个主要人物是共产党员胡德格,这是小说里唯一的正面人物。只有通过他,我们才能学到要学的东西,也只有通过他,我们才能听到时代的脚步声。可是怎么样了呢?很失望,作者能仍然把他描画成一个灵魂干枯了的人。小说里很抽象的说,胡德格工作的很好,肯帮助人!他的特点是艰苦朴素,特别是人品老实。难道这就够了么?莫赫尔的恶劣作风和工作上一贯不负责任,胡德格不是不知道;"我"在爱情问题上的错误行为,胡德格也是知道的,作为一个优秀的共产党员,对这两个人的错误,并没有坚持原则,通过斗争帮助他们认识错误,改正错误,而是采取了消极冷漠的态度。同时当胡德格相信"我"的骗话,以为"我"的苦闷真正是因为担当不了工作而造成时,只是这样说:"你说说好吗?尽我力量帮助你。"瞧瞧这话多么软弱,多么无力,真让人不敢相信是从一个共产党员的嘴里说出来的。另外,作者既要通过胡德格的思想、行为、行动来感染读者,可是又把它放到小说里一个受气的地位上,让人看了哭笑不得。如果说这就是一个共产党员的形象,那么我说作者只给了他一个共产党员的外形而盗窃了他的灵魂。

　　小说不仅仅是捏造了三个虚假的形象,间接诬蔑了共产党员这个光荣称号。

　　"我"在工作上碰了许多钉子,很苦闷,很伤心,进而感到孤独。就在这时,过去和"我"在一个旗工作过、并且曾热烈追求过"我"的莫赫尔出现在"我"的面前,他刚被调任为盟的工商处长。虽说这是"我"过去最讨厌的一个人,然而为了工作,"我"只好硬着头皮靠近这个人,主动争取到他领导下的工商处去帮助开展学习,要不没法开展工作。这样一来,对莫赫尔老早就想破坏"我"和胡德格的关系,以达到他的卑鄙的欲望这一阴谋给了一个好机会,使莫赫尔的阴谋活动能够较顺利地进行下去,最终造成"我"在爱情问题上的悲剧。

　　如果说"我"在最初到过的公安处、盟政府不被冷待,这些机关的首长热心帮助她开展工作,帮助她克服工作中的困难,那么"我"怎么也不会主动要求到工商处去。彼此之间接触少,加之莫赫尔就是"我"最讨厌的一个人,莫赫尔总有天大的阴谋,也难有实现的机会。这就是作者向我们交代"我"的爱情悲剧产生的主要根源。

再看看小说背景的描写：当时盟里正在开展增产节约和三反运动。公安处在学习阶段是空谈理论不联系实际，如果有人不赞成这种学习方法提出意见时，领导学习的负责同志就会以好奇的眼光对待你，尽管你是上级派来的人。这就表明了这个机关对运动的态度，他们不是在搞运动，而是在过关，当然也就谈不到什么效果了。工商处的打虎斗争进行的很激烈，每夜要打到十二点，可是负责领导这一斗争的莫赫尔，却在全心全意地和一个女同志胡搞，对工作根本无所用心，再说他也是一个被反的对象，这就很难让人相信工商处的运动是健康的，相反的给人另外一种印象，工商处的运动过火了。以上就是作者对这个盟的增产节约和三反运动的评价。如果说，这两个机关不能代表整个盟的面貌，那么作者为什么要单单提出这两个机关来呢？

也许作者会反问："我在小说前面已经加了说明，这是一个真实的故事。为了把一件事情说清楚，难道就不能提出一些阴暗的东西吗？"我不反对作家在作品里写阴暗面；不过我认为一个革命作家，首先应当正确对待现实生活中的阴暗面，揭露阴暗面应当有一定的目的，不要欣赏，也不要为了揭露而揭露，否则就会把读者带入迷途。退一步说，这篇小说真的就是一个女干部的日记。那么作者在把它公布以前，也不考虑一下它的作用吗？何况还进行过加工呢？

我记得周扬同志在作协党组召开的会议上曾这样指出（大意）："我们的文学不应当片面的反映生活，我们既要歌颂光明，也要揭露黑暗。但问题是怎样写。不在斗争中，不用阶级观点去看，什么是光明面，什么是阴暗面是分不清的。"他又说："我们从来没有说不写阴暗面，而是第一，不要夸大，不要看错。第二，不要欣赏，而是要消灭它。写阴暗面也要看清是不是给人以信心，如果人死了能鼓舞勇气，不是我们颓丧，这样的死，作品是要描写的，这就是为了高尚的理想而牺牲。"

总括起来说，《悬崖上的爱情》是一棵毒草，整个作品的思想情绪是阴暗的。小说没有给人以乐观、鼓舞人们在社会主义道路上前进。它不是对生活中的丑东西进行鞭挞，而是在很大程度上歪曲了生活，夸大了生活的阴暗面，丑化共产

党员,丑化领导干部。最后我想引用毛主席解释文艺作品是什么的一段话送给扎拉嘎胡同志:

"作为观念形态的文艺作品,都是一定的社会生活在人类头脑中的反映产物。革命的文艺,则是人民生活在革命作家头脑中的反映产物。"

写成于 1957 年 12 月 25 日

(本文有删节)

它的"重量"在哪里?

——读《悬崖上的爱情》

刘棘　仁毅

原文载《草原》1958 年第 1 期。

当我们翻开五七年十二月号《草原》的时候,高兴地看到有扎拉嘎胡的小说《悬崖上的爱情》。于是,我们就最先来读它。一遍、两遍……不知道是一种什么情绪代替了我们最初的高兴……。

我们依稀觉得这篇东西,缺少了什么,并且还是顶重要的什么。没有它,这作品也就象人到了高空一样会发生"失重"现象。它的"重量"在哪里?

说出来很简单,这就是作品的真实性。真实性应该是一切文艺作品的生命,没有了它,当然一切真正的文艺就不会存在;缺少了它,那么一切文艺作品的价值也将降低。因为这样,文艺作品就失掉了感人的力量,其教育作用也就会因之而减少以至消失,而这恰是文艺作品的重要使命。

还是让我从具体的分析开始吧。

文学作品的主要对象是人,是以人及其活动为中心展开的生活画面。那么我们就先来看看这篇作品中的人物。

"我"是这篇作品的女主人翁。我们刚和"我"接触时，还觉得"我"不坏。当"我"由旗委调到盟委工作时，同志们都来送别；在乡下工作中，"我"有一段进步的过程；"我"爱上了一位很好的同志——胡德格，对一个不好的人莫赫尔"讨厌的直发呕"；"我"几次拒绝这个人的求爱，并且能说出"我们都是党员，难道还有比党员更高一层、更亲密的友谊吗？所以我说，我们都作个好党员，比任何好朋友要高贵得多"这样有觉悟，有原则性的话；在爱情上，"我"没有接受她妈妈落后的意见，"我"知道："在真正的爱情里，金钱不能起支配作用！"

可是，这个人到了新的工作岗位上，碰了一下钉子，便气馁了，感到"整扭、伤心"，想起从前在旗里"说句话多么受重视"。

尤其在爱情上，当"我"受到莫赫尔的挑唆，便对胡德格和娜仁挂产生疑惑，甚至嫉妒地想到"你偷偷的和别人来往，我又何必这样傻气呢。"于是，这个人便开始走下坡路了，和她过去十分讨厌的人来往。我们很难想象一个共产党员由好到坏怎样蜕化得这样快，"我"过去所应有的共产党员修养在哪里？接着，"我"愈发对胡德格和娜仁挂的接近（甚至是在工作上所必须的联系）敏感起来，流过酸心的泪水，报复心就更强烈了，她又想到："胡德格居然能欺骗我，我为什么不给他点回击呢？"怎样"回击"呢？只不过是向泥潭中更深的陷下去。"我"对莫赫尔的腐化堕落甚至都置若罔闻，没有做一点点原则上的斗争，在莫赫尔的领导下，"从此，工作越忙，我越感到无限幸福。"因为只要"我"写成材料，莫赫尔就"百分之百的都通过"，"我"可以在"人们身旁走过时"，"感到很骄傲"，"我"肩负着一项很重要的工作任务啊"，莫处长对她处处的百般宠幸，被她看成是"莫处长的关怀"，这就是"我""无限幸福"的有限的一点内容。

后来，在"我"的眼中变化是那样的大啊，在哔叽制服和旧棉衣，光光的头发和光头，精明强干和笨对比之下，莫赫尔终于代替了胡德格的位置，甚至"我"自白的说："职务，它有多大的力量啊！它是富裕、安适生活的唯一源泉啊！亲爱的妈妈，你老真有远见……""我"和莫赫尔相爱了，"我"不反抗他对她的吻和任意摆布，在"我"自己都感到羞耻和无聊的梦中，莫赫尔钻到"我"的灵魂中去了。

最后，当娜仁挂结婚了，莫赫尔被撤职后，"我"于是忙着写信要求胡德格饶恕她并愿意恢复他们很久就相爱的关系。而胡德格的小说，也是起了一定"作用"的！

这是一个什么样的人物呢？我们在她身上能嗅到那点共产党员的气息呢？在这样人的身上，我们只能看到小资产阶级歇斯底里的胡思乱想，吠声吠影，聪明反被聪明误的滑稽，一切都从个人得失，名利出发，丝毫没有革命修养，处理同志间的关系不是依着革命的原则，而是庸俗的小市民的世故。……这居然是位共产党员？！

再来看莫赫尔。他是抗战的老干部，有"听来很辉煌"的历史。可是，他因为群众不能欣赏"我"的真才实学，而辱骂"群众向来就是保守落后"，是"脑瓜最简单的人"；他在背地里冷讽工作好的同志，丧失了应有的领导原则；并且还想怂恿别的同志跟他一起走下坡路。作者为了嘲弄他"不懂装懂"，甚至让他把高尔基说成是英国人，而又大发一通高见；又叫他扮演个下流胚，不惜采用任何手段向"我"去求爱，破坏别人的爱情和幸福；在生活上又是个腐化透顶的奢华者；最后，作者又给他安排下被撤职反省的下场。

我们很难相信，一个共产党员老干部，竟然成了这样腐朽透顶的"粪土之墙"，坏到这样的程度！即使在几年前"三反"，"五反"的时候。

为什么，这样两个人物偏偏都是共产党员？我们想只不过是作者要这样安排而已。作者的企图很明显，是要"欲抑先扬"，为了把两个人物写得最丑，于是就先巧妙的打扮一番，以便揭下美的面具来丑的更可恶；这就是要把矛盾暴露的更突出，为了叫作品更耸人听闻，作者便表现出所谓大胆"干预生活"的勇气，只好让糟透了的人物挂上党员的名衔，让党员做下流胚：这是一回事。显然作者是在牵人就事，当然这不会是真实的。我们共产党员也不是没有糟透了的人物，但绝不会在作者的笔下三个典型人物中就有两个。

在作者写这篇作品（五七年八月）时之前不久，有一些作品，是尽心要这样写共产党员的，这不能不说是一股歪风吧。

在文学作品中，人物的表现是要通过情节的展开而显示出来的。这篇作品的情节是怎样展开的呢？我们看得出来作者是花了很大的心思的，因为这里面有很多人为的障碍和人为的巧合。作者为了使"我"多走些路,使故事曲折离奇,于是摆出来胡德格和娜仁挂的谜,谜底吗,即使"我"那样敏感也猜不出来,也问不成,话到嘴边上又收回去,甚至一而再。胡德格在工作中最善于发现许多新情况,也没有发现"我"的狐疑,也不道破这个谜底。多巧妙啊! 再来看更巧妙的巧合:"我"出外检查工作到处是不如意,公安处的科长、盟政府的秘书处长都瞧不起她,于是,只好遇到莫赫尔。但是,莫赫尔已经让作者把他搞臭了,很难使人相信这样人居然能由旗工商局长继而担当盟工商处长? 能的,答案在这里,是作者要这样任命的。当然了,没有莫赫尔出现,故事该如何构造和发展呢? 显然,这是在牵事就人。其他这样障碍和巧合的细节,不去一一列举了。

是的,"无巧不成书"。但"巧"的太多了,破绽很容易被看出来。文学作品中,有很多情节是很巧的,具有偶然性,但情节的偶然性,必须是现实生活的集中结果,必须达到一种艺术的真实。不这样是行不通的。无论安排得如何巧妙,也是弄假成不了真的。

从这篇作品所表现的具体的事情来看,也有不真实的地方。象莫赫尔的生活是那样的铺张浪费、奢侈腐化,还居然是工商系统增产节约办公室的主任,这该怎样解释呢? 而且,他的问题又蒙混那么久。莫赫尔不是单身只影,他生活在革命的大家庭中;然而,作者却把他隔离在一个非常狭窄的小圈子里,几乎让他和另外别的人、别的事物绝缘了。不是吗,在那轰轰烈烈的增产节约运动中,对莫赫尔却没有产生丝毫影响,他象是一个置身高空、神仙一般的主任在审视他所领导的工作,他自己可以为所欲为,旁若无人。莫赫尔就这样被作者"神化"了,悠然地从剧烈的现实斗争中游离出去,专门扮演爱情故事。

作者在情节安排上,把矛盾的解决都放在作品的最后部分。娜仁挂和胡德格是姑舅亲,莫赫尔被撤职,"我"转变。这样的矛盾解决太突然和仓促了,于是情节的开展形势便急转直下,一触即逝,草草收场。在这里,莫赫尔的下场,"我"的又一个转变,都显得是在故意做作,只得如此安排而已。因此,人们又有了怀疑。

作者是用日记体的形式来写这篇小说的。可是我们又觉得运用的不是那样应心得手,看不出来这象个日记,从形式上和内容上看都不象。假如不用日记体的形式,倒更利落些。当然,前面捡日记的一段,便可省去了,免得生硬和造作。

作者想,把他的小说发表在报刊上,"会有益处"。是的,作者的企图是要告诉我们这是"悬崖上的爱情"。作者要通过什么告诉我们这个严正的问题呢?当然要通过他的人物和故事。可惜的是由于人物和故事都缺乏真实性,没有坚固可靠的生活真实的根底,因之,大大减弱了这篇作品的思想意义。作者并没有讲清楚这场爱情的利害,因为他把人物和故事交代的并不清楚。莫赫尔草草得到个下场,"我"恋爱对象的草草转移和最后就那样又转变了。就是胡德格,作者描写他也不是按照人物自己性格着色,而涂抹上些不三不四的东西,损害了人物形象。如:胡德格在工作上是个能手,在爱情上却是个白痴;胡德格对"我"在爱情上也不是十分负责的,一见面就问工作上的困难,没有别的话可说。人们不由得要问:他们过去是怎样爱上的?并且达到要结婚的程度?这岂不也是"悬崖上的爱情"吗?胡德格在写给"我"的信上这样说:"……我看过车尔尼雪夫斯基的小说《怎么办?》,在咱们这问题上,我愿走罗普霍夫的道路。"《怎么办?》是十九世纪先进青年的"圣经"。今天,共产党员再以它做准则处理生活,显然是有些落后。这不能怪胡德格,这该由作者负责。

通过这些,我们要问:作者是怎样认识和反映我们的现实生活的呢?作者告诉给我们的是什么呢?

最后,顺便提一下"我"自己都感到"羞耻和无耻"的那场梦。我们认为是不应该那样细致入微、露骨、大胆地写那些荒唐的行径的。把那些不应该写到纸面上来。那场梦说明什么呢?没有那场梦又会若何损害呢?记得陈登科在今年四月曾写了两篇东西,其中写有类似的事情,遭到了大家的批评。我们想扎拉嘎胡同志不会不知道这件事的吧。假如说运用日记体写东西有这个方便,能够更确切和逼真地反映出更隐秘和细微的东西,我们想这应该把"我"的思想、心理活动写得更深刻更真实才好,何必在荒唐的梦上用功夫,甚至象煞有介事似的……作者尽心要吸引人的,应该说这反映了一些不健康的思想,给了人以不美的"享受",这是真正的、优秀的艺术作品所不允许的!

读完这篇小说,我们衡量不出来它的"重量",虽然它占有了十二月号《草原》的好大一部分，我们费了好大的力气。

作为两个读者，我们很大胆地写出我们的意见，愿向其他的读者和这篇小说的作者请教，愿和大家一起去寻找它的"重量"，我们想这会是有益的。

一九五七年十二月十三日于内蒙古大学

我们的检讨

编辑部

原文载《草原》1958 年第 1 期。

文艺界反对丁、陈反党集团的斗争，取得了重大的胜利之后，当我们内蒙古自治区文艺界在党的领导下，展开为捍卫社会主义文艺路线而斗争的时候，本刊在去年 12 月号上发表了一篇含有毒素的，歪曲、丑化党员老干部的小说《悬崖上的爱情》。这篇小说能够在毛主席指示了识别鲜花、毒草的六项标准之后，在反右派斗争取得了决定性的胜利这样情况下，得以发表，这说明了我们所犯的错误是如何严重。没能遵循党的指示，坚守社会主义的文艺路线，恰恰相反在这一时期放出了毒草，这是不能令人容忍的。

造成这一错误的内在因素，主要的根源在于编辑部本身存在着脱离政治的倾向，片面强调作品的艺术性，而忽视了作品的思想内容，和它的社会效果。《悬崖上的爱情》就从这个缝隙中钻进了《草原》。这一沉痛教训，是不能不引以为戒的。我们抱定正视错误，坚决改正错误的信心和决心，改进编辑工作，使刊物真正做到：使那些健康美丽的花开放出来。对既已放出的毒草，及时地组织力量进行分析、批判，最后加以根除，在斗争中吸取教训，提高识别鲜花与毒草的能力，用毒草做为粪肥，更好的让各种花儿在草原上，"争娇夺艳""万紫千红"的齐开放。

扎拉嘎胡同志在过去几年中，曾为我们写过一些较好的作品，也曾热情的反映过我们内蒙古自治区新的生活。但他在《悬崖上的爱情》上犯了错误,这一错误的产生是和前一个时期在全国风行一时的"大胆干预生活"论调的影响分不开的。在这种理论影响下,会出现过这么两种主张,一种是"在我的作品中绝不写进一个共产党员";另一种则主张"只有敢于暴露(实质上是夸大和捏造)共产党员的缺点,才配称为大胆干预生活的作品"。我们认为扎拉嘎胡同志的《悬崖上的爱情》,就是在这错误主张影响下产生出来的作品。

作者也许可能在最初构思这篇小说时,是想通过对小资产阶级思想的批判,给人们一点"益处",但作者在自己笔墨下却是默认和欣赏了小说中的女主人的"我"的命运,而另一方面便大大的丑化了党员领导人的形象,在扎拉嘎胡同志笔下所描绘的党员几乎都被歪曲和丑化了。

象《悬崖上的爱情》中所写的那样抗战老干部、尤其是蒙族①的党员老干部:莫赫尔,他是一个贪污腐化、卑鄙无耻之徒,作者竟给这个流氓加上了抗日老干部、旗委委员、旗工商局长,后又提升为盟工商处长……这么多的光荣的经历和重要的职务,是值得深思的。

其次,作品里的中心人物:"我"这个小资产阶级知识分子,也是作者本想针对她的资产阶级恋爱观加以批判的典型人物,但作者以自我欣赏的心情,精雕细刻之后送给读者的却是一个怪样的人物。既做为一个典型的小资产阶级刻划的,却又在这个伪建国大学教授的女儿,娇养惯了的小姐头上标了一个共产党员的名签,这真是令人莫解的,这样做不只是破坏了人物的典型意义,更重要的是歪曲了党。难道党组织会接受这样一个未经改造的小姐入党么!

我们再看一看作者所歌颂的胡德格,究竟是什么样的人物呢?他对贪污腐化、辱骂群众的人不加以干涉,直到莫赫尔对他的未婚妻施以欺骗、挑拨并侮辱的时候,还是不闻不问和平相处,这么一个毫无党性,毫无原则的书呆子,怎么会做为人们学习的榜样呢?

在这些人的周围,我们所看到的是什么呢?那就是理论不能联系实际的盟

---

①　编者注:"蒙族"应为"蒙古族",后同。

公安处、官僚架子十足的盟政府秘书长，错误提拔贪污分子的盟委会……从党的领导机关到盟政府，盟公安处……完全允许坏分子自由走来走去。这就是作者为他的人物安排下的"典型环境"！这种严重歪曲现实，丑化党员形象是非常错误的。

另外，应该指出的是：扎拉嘎胡同志在作品中还宣扬了资产阶级的色情货色，写下了一场自以为滑稽，其实是荒淫无聊的梦。

我们希望扎拉嘎胡同志能够和我们共同来正视这个错误，以改正错误的精神严肃的对待自己、同时我们也希望广大读者与作者同志给予批判和指教。

读者来信

原文载《草原》1958 年第 2 期。

编辑同志：

我看了《草原》1957 年 12 月号里面的一篇小说——《悬崖上的爱情》，感觉有些意见提出来和你们研究。

这篇小说是用日记的形式写一个正在恋爱过程中的女子，因为抱着资产阶级、小资产阶级的思想情感来对待爱情，所以疏远了和自己心爱的人的关系，险些儿上了一个坏分子的当。看来作者的目的可能是批评这种在爱情上不正确的思想。但是这个目的在文中表现得并不明显，另外一部分与主题无关的东西却占了很长的篇幅。

文章的中心人物有两个，这两个人是主要批判对象。其他的人物大都是官僚主义、马马虎虎，或者是并没有对这种坏现象做斗争的人物。关于其他人物如何我们可以不必管它。因为作者是通过一个较落后的人的日记来表达的，可能是受了形式的限制，不易表达得全面。但是文中主要人物的刻画是作者费过心血的。这些人物写得如何，决定整个作品的成败，有必要研究的。

本来以资产阶级的思想感情对待爱情是一种不好的社会现象，是应当批判的。但它并不是党员中存在，非党员中不存在或者非党员中较少的现象。相反的是非党员受党的教育受党的考验少，产生这种现象会多些。作者开头就把这个女人写成共产党员。

小说中另一个主要人物是作者百般丑化的莫赫尔。这个家伙根本没有群众观点，根本没有受过革命教育的气息。如文中用莫赫尔的嘴说："群众向来就是保守落后，根本不懂什么真才实学，谁给他一点小恩小惠，向他笑一笑，拍拍肩膀就认为是知心人，群众脑瓜子最简单……"这个家伙非常无知，如文中莫赫尔说："高尔基这个英国作家……"作者还用许多笔墨把莫赫尔刻画成无原则、卑鄙无耻。文中还有一段迎合低级趣味的梦和一段叙述。这段叙述中说："时钟打过十二点。我闭上眼静卧不动，莫赫尔站起来走动几步，然后躺在我的身边，亲着我的脸，我没有反抗，当他的手伸向我的乳峰时，我猛一惊坐起来了。这时，寝室很黑，不知什么时候他把灯闭了……"

在大约一万多字的小说里，作者费了四五千字刻画成的卑鄙无耻的莫赫尔，没有给他按上反动身份罪恶历史，反而说他是共产党员、抗日老干部、旗里工商局长，参加旗委，后来又提拔为盟里的工商处长。

我真不明白，作者刻画了这个丑恶的家伙之后，不给他加上个共产党员的称号，不给他按个抗日老干部的身份，不叫他参加旗委，也不封他当局长当处长的话，就不能表达主题吗？我想不是这样。作者如果是为了批判这种对待恋爱不正确的思想的话，我想，这篇小说没有达到作者的目的。

党是纯洁的，党吸收每一个党员时，都是经过再三考查后才吸收入党的，并且经常地对党内不正确的现象展开斗争，使党更加纯洁。象文中的女主人翁和莫赫尔这些人物能是共产党员吗？把这样的人写成共产党员是不合事实的，同时侮辱老干部，损害了党在群众中的影响。退一步说，假如真的有这两个共产党员做了这场坏事的话，作者也应当从写作目的来考虑。把这种极其个别的现象加以夸大能有什么好处呢？显然是没有好处的。

作者的艺术技巧是很好的，在心理描写，人物刻画方面都很细致。正因为这样这篇文章给读者的毒素也更多。所以我希望编辑同志对这篇文章能给读者些什么再作一下研究，把文章中存在的问题告诉读者。

编辑同志，我是一个不懂文艺的人，上述意见难免有不正确的地方，不过我想一个读者对人民的刊物应当抱爱护的态度，有意见就大胆地提出来，如果是不对的意见提出以后得到了指正也是有益的。所以我就大胆地写了这封信给你们。

读者　庶人
1957 年 12 月 20 日

来自排字车间的一封信

——评《悬崖上的爱情》

工人　海舟

原文载《草原》1958 年第 3 期。

当十二月号《草原》的稿子下到排字车间时，为了不误出版日期，排字工人集中力量突击了这个活。首先把文章中需要的字提前交到铸字车间铸了出来。在工段长分稿时把《悬崖上的爱情》这份稿件交给了小韩去排。小韩接到这个稿子的时候很高兴，把文中的名字"莫赫尔""胡格德""我"码了很多"连串字"，这样可以提高排字效率。在排字的当中，排前一小部分小韩和往常一样，手象穿梭似地排的很快；可是当排到文章的中间时，小韩就不由地放慢了排字速度，心想：不对呀！文中的事实和描写使他莫明其妙了：

……墙上挂了很多画，多是美人图。绸丝床上的缎子被和苏联毛毯，摆的很整齐，看来是才整理过。紧靠床的桌子上，摆满了苏联点心，旁边倒放着两张裸体扑克……。

我问:"现在正开展增产节约运动,你买这些东西干什么。"

莫赫尔答:"哎,运动是运动,该吃还得吃。这些都是用我工薪买的,光棍一条,不吃干啥?"

小韩排到这里,愣了半天:这段话的意思不是在教人们腐化堕落吗? 真有这样的共产党员吗? 还是个抗战老干部——工商处处长。特别是小韩排到下一段时,当时的思想真好象坠入云里云雾中去了:

深夜,我坐在莫赫尔的寝室里,……莫赫尔站起来,将门由里面插上锁,便走过来,一把拉住我躺在床上,他抚摸我的手、脸,一直到头发。我悄悄地躺着,任凭他摆布。他亲我,我闭着眼;于是他的手触向我的乳峰……。

时钟打过十二点。

我闭着眼,静卧不动。莫赫尔站起来走动几步,最后躺在我身边,亲着我的脸,我没有反抗。……

这那里是什么社会主义的文学作品啊? 简直和资产阶级的作家先生们所描写的黄色艳情小说没有丝毫区别,文中充满了淫荡的词句。

小韩非常爱好文艺作品,他看过很多描写爱情的小说,但象《悬崖上的爱情》这样内容不健康的作品却是第一次看到和第一次排到,也就难怪他思想上有这样的感觉了。

工人们在休息时对这篇小说的内容描写上展开了议论和批判:一致认为这是个有毒的作品,内容也是极不真实的。作者对爱情这样的描写,只能起着引导读者,特别是青年读者走向堕落和道德败坏。这样的作品人民是不需要的。

令人难忍的是,扎拉嘎胡在这篇小说里描写了好几个共产党员,都有不同程度地进行了歪曲和丑化。读者从文章中看到的莫赫尔,不用说他的党性如何,恐怕就连最起码的人格都没有。莫赫尔是一个不学无术的下流痞,他穷奢极欲、过着荒淫无耻的生活,为了追求玩弄女性,甚至往身上洒香水。

现实生活真象作者描写的那样吗? 完全不是。我们的现实生活是万紫千红、丰富多采的,生动感人的新事物到处皆是。既然如此,那么扎拉嘎胡不去写这些,却荒唐地捏造了一件这样有趣的"事实",应作何解释呢?

我们认为:今天的文艺作品,应该以社会主义精神来反映我们新时代的新面貌,应该以社会主义精神教育和鼓舞人民勇往直前,从而激起人们对生活的热爱,对未来的向往。正因为这样,人民迫切需要我们的作家(业余作者)越来越多地写出能够反映新时代的优秀作品。目前我国正在进行着富有历史意义的扫盲运动,无论是城市、农村、牧区,人们已经越来越多地摘掉了文盲帽子,看书、读报已成为他们日常生活中不可缺少的必需品了。这些有强烈地求知识要求美感的人,正在渴望地张大着两手向辛勤劳动的作家要创作、要产品;他们不仅要的是数量,而更重要的是质量;一切粗糙、变质的产品,人们是不需要的。

我们可写的东西是太多了,全区各地每天都在出现着可歌可泣的英雄、模范和先进人物,他们在不同的工作岗位上,生活上,有着许多可以供人们学习或仿效的光辉榜样和生动事迹,人们愿意从作者的作品里知道这些事。这是作家和业余作者应该尽到的责任。为了不使他们失望,作者就必须深入实际,投入到群众的火热斗争中来——为工农兵服务。

我国的文学艺术事业在党的正确领导下,文艺创作在面向工农兵、为工农兵服务以及在推动社会主义革命和社会主义建设的事业中起到了巨大作用,取得了辉煌成就,鼓舞和教育了千千万万的人民为祖国的富强而在辛勤地劳动、英勇地战斗着,这是铁的事实,是不容否认的。但另一方面应该看到:我们的时代正在一日千里的速度前进着,第二个五年计划正在开始执行,展现在我们眼前的是一片壮阔而美丽的图景,她是那么惹人喜爱。然而我们文学艺术的发展比起祖国建设事业来,速度还是慢的。这就需要我们天才智慧的作家和业余作者们加强学习、彻底改造思想,快马加鞭地和时代前进的车轮并驾齐驱,让我们的作品象芬芳、灿烂的花朵一样,在人民的心中枝叶茂盛地开放起来!

第六章

关于小说《在茫茫的草原上》的讨论和争鸣

1956年，《在茫茫的草原上》（上部）在《草原》第9—12期连载。1957年4月和1958年9月，该作分别由作家出版社和人民文学出版社出版单行本。1959年，作家出版社重印该书，同年，内蒙古人民出版社推出《在茫茫的草原上》（上部）蒙古文译本。该小说发表和出版后，在文学界引发广泛讨论。1963年，小说的修订本《茫茫的草原》由作家出版社出版。因《在茫茫的草原上》（下部）的手稿在1966—1976年间丢失，迟至1980年，重写的《茫茫的草原》（下部）才在《奔马》文学丛刊发表。1988年，人民文学出版社出版了《茫茫的草原》（上、下部），这部历时近三十年的长篇巨著终于完整地呈现在世人面前。

《在茫茫的草原上》（上部），一经面世便以浓郁的草原气息、鲜明的民族性格、恢宏的革命历史叙事，引起文坛的广泛关注，一时间好评如潮，但随着评论的深入，质疑的声音也不断出现，于是引发了针对该小说的争鸣，不同观点激烈交锋。主流意识形态话语占据着天然的优势，对作者读者影响较大，促使玛拉沁夫对作品进行了修改并以《茫茫的草原》重新出版。2021年，初版《在茫茫的草原上》入选作家出版社《红色经典初版影印本文库》，从而还原了这部少数民族经典之作的原貌，但是，那场论争仍值得重新思考。

第一节　《在茫茫的草原上》（上部）的出版与最初的好评

《在茫茫的草原上》（上部）出版后，引起文坛关注，袁瑷的《玛拉沁夫的长篇新作——〈在茫茫的草原上〉（上）》①、温松生的《草原上的史诗——〈在茫茫的草

---

① 袁瑷：《玛拉沁夫的长篇新作——〈在茫茫的草原上〉（上）》，《读书月报》1957年第6期。

原上〉》①、胡朝阳的《一幅鲜明的战斗油画——读〈在茫茫的草原上（上部）〉》②、王志彬的《〈在茫茫的草原上〉值得一读》③、魏泽民的《漫谈〈在茫茫的草原上〉的爱情描写》④、孟和博彦的《动荡的草原、光辉的道路——评〈在茫茫的草原上〉（上册）》⑤、卫真的《〈在茫茫的草原上〉的爱情描写应该肯定》⑥对《在茫茫的草原上》进行了积极评价。

王志彬认为这是一部"故事紧张、曲折和绚烂动人的传奇色彩"的"优秀长篇小说，是值得大家一读的好书"。王志彬对小说中描写的爱情故事、塑造的一系列"各阶级、各阶层的栩栩如生的人物形象"、蒙古族"独特的风俗、爱好和习惯"以及草原生活气息给予了充分肯定。该文还敏锐地发现和指出了小说自然景物描写的象征意蕴，对后来的研究具有启发意义。

在众多的评论中，孟和博彦对《在茫茫的草原上》的高度概括和理论分析具有代表性。他称赞《在茫茫的草原上》是内蒙古文学创作中的可喜收获。首先，孟和博彦结合小说的时代背景，指出《在茫茫的草原上》"是一部反映内蒙古察哈尔草原人民在党的领导下，在内蒙古自治区运动及解放战争初期所从事的革命斗争的作品。这部作品真实地描绘了当时的历史图景"。"我们看到了在动荡的察哈尔草原上勇敢、纯朴的蒙族人民在寻求自由解放的途程中所经过的曲折而复杂的斗争的道路，我们也看到了蒙族人民的革命斗争的发展与胜利，同党的领导是多么密不可分"。他还从形象塑造的角度，分析并肯定了小说中的铁木尔、沙克蒂尔、莱波尔玛、贡郭尔等人物形象，认为沙克蒂尔、莱波尔玛同样是两个个性鲜明的人物形象。孟和博彦对小说的主题的正确把握和高度概括，

---

① 温松生:《草原上的史诗——〈在茫茫的草原上〉》，《草原》1957 年第 10 期。
② 胡朝阳:《一幅鲜明的战斗油画——读〈在茫茫的草原上〉(上部)》，《杭州日报》1958 年 11 月 12 日。
③ 王志彬:《〈在茫茫的草原上〉值得一读》，《内蒙古日报》1959 年 6 月 8 日。
④ 魏泽民:《漫谈〈在茫茫的草原上〉的爱情描写》，《草原》1959 年第 9 期。
⑤ 孟和博彦:《动荡的草原、光辉的道路——评〈在茫茫的草原上〉(上册)》，《文艺报》1959 年第 24 期。
⑥ 卫真:《〈在茫茫的草原上〉的爱情描写应该肯定》，《草原》1959 年第 9 期。

为后代学者所沿用。

第二节　不同声音背后的话语与权力

　　然而,对《在茫茫的草原上》的评价也有不同意见。这些意见主要集中在以下三个方面：一是爱情描写是否具有自然主义倾向（主要是莱波尔玛的"放荡"与"正派"问题）；二是汉族干部洪涛的典型性问题（如何看待汉族干部与大汉族主义的问题）；三是作品是否具有狭隘的民族主义倾向（如何认识铁木尔对汉族干部的排斥和自己身上的"民族热"问题）。这些问题在 1959 年 6 月 17 日和 25 日内蒙古作家协会理论批评组召开的两次《在茫茫的草原上》座谈会上得到集中讨论。

　　在爱情描写是否具有自然主义倾向的争论中,反对者认为小说"为描写爱情而写爱情","有严重的自然主义倾向","乱糟糟男女关系决不是值得赞美的爱情"。孟和博彦等人对上述观点持反对意见,他结合蒙古族历史状况和具体生活环境指出,莱波尔玛和沙克蒂尔由于"社会的原因,使他们不能结合在一起","对他们的姘居不能看做是一种庸俗的勾当,因为决定沙克蒂尔与莱波尔玛这种同居的是那个给人以重压的封建制度,他们的关系是值得人们同情的"。他还进一步指出,"生活本身的逻辑是错综复杂的,每个人总是从各个不同的道路接近革命的,沙克蒂尔与莱波尔玛正是反映了这种情况"。卫真也将作品还原到蒙古族历史的具体语境之中,他指出,小说的"爱情描写,使我们看到当时的社会环境及一般穷苦人民悲惨生活和他们所遭受到的压榨与蹂躏","这些爱情描写是有着更为深广的社会意义的"。

　　为什么会出现两种截然不同的意见？

　　首先,对《在茫茫的草原上》爱情描写进行否定的,几乎都是汉族学者或评论家,丁尔纲提出的"会造成对蒙族人民风俗习惯的误解",恰恰说明人们不了解特定历史时期蒙古族的民间婚姻习俗。而赞同者,都是对蒙古族历史和生活习俗比较熟悉的研究者,如达斡尔族评论家孟和博彦以及其他蒙古族学者。因此,谁更了解蒙古族的习俗是不言而喻的。

其次,玛拉沁夫的《在茫茫的草原上》中大胆、率真的爱情描写,冲击了当时社会主义道德观的价值底线,也突破了 20 世纪 50 年代文学对爱情描写的规约。所以,对蒙古族历史和生活不了解的评论者,并不关心小说为什么这样写,而在意写了什么。而对蒙古族历史和生活习俗比较熟悉的研究者,观点则恰恰与之相反。

《在茫茫的草原上》是否具有民族主义倾向是当时争论较大的问题。一部分汉族评论者认为小说具有狭隘的民族主义倾向,主要表现在小说批评了汉族党员干部洪涛,把他写成了不懂民族政策、民族习惯,具有大汉族主义思想的干部,丑化了汉族党员干部。此外,作品中的铁木尔动不动就说"他不是自己人""他不是喝察哈尔的水长大的""我们察哈尔人""我们蒙古人",并且把汉族人与蒙古人对立起来,这是狭隘的民族主义。但同样,达斡尔族学者孟和博彦和特·赛音巴雅尔、哈·丹扎拉森等蒙古族学者都认为看不出来作者有民族主义情绪,或者认为"依此就推断作者是用民族主义情绪来反映当时的生活也是不够妥当的"。

两种不同民族身份形成了两种话语,这在本质上是大汉族主义和狭隘的地方民族主义的交锋。

在汉族批评者看来,小说应该描写蒙古族如何在汉族党员的领导下开展民族解放斗争,洪涛应该是一个没有缺点的党的领导者,铁木尔应该是一个接受党的教育,不断改正自己身上的缺点,走上革命道路的蒙古族青年。这本身就是用革命领导权和党员身份来遮掩自己居高临下的大汉族主义思想。因此,围绕《在茫茫的草原上》是否存在狭隘的民族主义的问题之争,恰恰是大汉族民族主义思想在作祟。但需要指出的是,无论是对大汉族主义的批判,还是对地方民族主义的指责,都与国家意识形态对两种民族主义的原则立场保持了高度一致,这也是少数民族文学在民族主义问题上比较稳定的评价标准。然而,进一步考察会发现,争论的双方对各自身份与话语权力的申张倾向较为明显,这也说明，地方民族主义总是与大汉族主义纠结在一起的。

关于党的领导问题也是关于《在茫茫的草原上》的一个争论较多的问题。小说描写了处在多种选择中的蒙古族经过激烈复杂的斗争，将本民族的独立与解放与中华民族的独立与解放融合在一起，最终走上了中国共产党领导的全民族解放之路。这是一个重要的历史方向的现代性选择，它符合历史，本身就证明了中国共产党的凝聚力。但是，作者之所以没有将洪涛塑造成一个完美的共产党员的形象，就是因为在 20 世纪 50 年代初，在民族地区，大汉族主义仍然存在。为此，党曾不间断地对在民族地区开展工作的汉族干部进行监督，对违反民族政策的现象进行了及时纠正和处理，从而确保了党的民族政策的执行，特别是各民族对党和社会主义的认同。因此，将洪涛塑造成一个成长中的汉族党员干部形象，是具有典型意义的。然而，人们对玛拉沁夫的这一良苦用心却忽视了，从而使得小说中汉族干部洪涛这一形象在小说中的"艺术位置"定位导致对党的"领导"描写的淡化成为人们的共识。这样，党的领导问题与纠正大汉族主义混合在一起，就使问题变得极为复杂。

而事实上，《在茫茫的草原上》中，铁木尔的成长和蒙古族的觉醒以及铁木尔乃至蒙古族最终选择了跟随中国共产党走上全民族解放之路，是对党的领导力量的最好证明，而小说中玛拉沁夫正确地理解党在内蒙古自治运动中的民族政策，也使小说中对党的领导的描写十分客观、真实，这也是这部小说成为经典的原因之一。

第三节　对《在茫茫的草原上》的
修改、评价与反思

鉴于上述争论，玛拉沁夫对《在茫茫的草原上》进行了修改，将其改名为《茫茫的草原》，并在 1959 年 1、2 月号的《草原》上连载。1963 年，作家出版社出版了《茫茫的草原》。

　　玛拉沁夫在《茫茫的草原》中,彻底删除了洪涛这个人物,同时对被指责的"自然主义"的爱情描写进行了删节,对铁木尔的"民族主义"思想和行为进行了尽可能的规约。可以说,《茫茫的草原》在小说人物形象塑造的典型化、小说艺术结构方面,比《在茫茫的草原上》有较大提高,虽然在小说中有意识地融入了一些蒙古族民间口头文学如"赞歌""民歌",但对莱波尔玛爱情描写的删减和对铁木尔民族主义意识的抑制,在一定程度上淡化了整部作品的民族气息。

　　学界对《茫茫的草原》给予了及时关注。巴图的《读〈茫茫的草原〉(上部)》①、马白的《明确阶级观点　加强阶级分析——读〈茫茫的草原〉(上部)札记》②、丁正彬的《茫茫草原上的革命风暴》③、奎曾的《草原上一场激烈复杂的阶级斗争——评〈茫茫的草原〉(上部)》④、李亦冰的《更上一层楼——从〈在茫茫的草原上〉到〈茫茫的草原〉》⑤都肯定了修改本强调了阶级对立,增加了对民族解放运动中各个阶级的动向的阶级分析,突出了阶级斗争的主线,突出了人物的阶级性,增加了民族风俗习惯的描写,以长篇小说的形式,概括了内蒙古民族解放运动中的两条道路斗争,"描绘复杂的社会现实","在蒙古族现代文学史上这是第一部"⑥。

　　应该指出的是,这些评论一方面受到了当时已经趋向于极左的意识形态评价标准的影响,另一方面对《茫茫的草原》的人物形象分析、艺术结构分析,特别是对小说中浓郁的民族生活气息的肯定,还是比较符合实际的。

----

① 巴图:《读〈茫茫的草原〉(上部)》,《草原》1964 年第 1 期。
② 马白:《明确阶级观点　加强阶级分析——读〈茫茫的草原〉(上部)札记》,《内蒙古日报》1964 年 3 月 22 日。
③ 丁正彬:《茫茫草原上的革命风暴》,《草原》1964 年第 6 期。
④ 奎曾:《草原上一场激烈复杂的阶级斗争——评〈茫茫的草原〉(上部)》,《草原》1964 年第 6 期。
⑤ 李亦冰:《更上一层楼——从〈在茫茫的草原上〉到〈茫茫的草原〉》,《草原》1964 年第 6 期。
⑥ 马白:《明确阶级观点　加强阶级分析——读〈茫茫的草原〉(上部)札记》,《内蒙古日报》1964 年 3 月 22 日。

　　但是，现在来看，修改后的小说彻底剔除了洪涛这个人物，将苏荣放在了党的领导者的位置，与原来的版本相比，一方面在民族地区工作的汉族干部与少数民族交往交流交融并成长的情节消失了，另一方面，被动简化了中国共产党领导下的蒙古族革命历史。至于"净化"了莱波尔玛的爱情描写，在一定程度上减弱了小说的人性深度。

　　当然，修改后的《茫茫的草原》结构线索和思想主线的确都更加清晰了。对于这一修改的得失，近些年已有研究者有所关注，在此不赘述。

第四节　《在茫茫的草原上》争鸣史料

玛拉沁夫的长篇新作

——《在茫茫的草原上》（上）

袁　瑷

原文载《读书月报》1957 年第 6 期。

　　这是一部值得欢迎的优秀作品。

　　小说描写解放战争初期内蒙古人民的斗争生活。以一支内蒙古人民的革命武装——明安旗骑兵中队的建立、发展与壮大，作为它描写的中心内容；同时又通过这支革命武装与牧民的广泛联系，展示了草原生活的多方面的图景。——这生活是动荡、混乱而又丰富多采的，它交织着痛苦和希望，迭换着如漆的黑暗和黎明的曙光。

　　国民党反动派蓄意的阴谋破坏活动，使得这片草原上的人们为争取民族解放而进行的斗争,变得更为复杂和艰苦,情节的开展是曲折引人的。

作者笔下的一些人物,写得栩栩如生。如作品的主人公——勇敢、豪放的青年牧民铁木耳,英明、沉着、具有巨大威信的官布队长,温柔、热情的年轻寡妇莱波尔玛,以至于阴险、狡猾的国民党特务刘木匠,都是跃然纸上的人物。

作品描写了内蒙古人民独特的风尚、爱好和生活习惯,闪耀着鲜明的民族色彩。使用的语言也比较生动、形象,带有某些牧民语言的特色,这也增强了作品浓郁的草原生活气氛。

作者玛拉沁夫十五岁就参加了军队,跟着一支内蒙古人民的骑兵部队活跃在辽阔的内蒙古草原上。显然,这部小说正是和他丰富的生活体验分不开的。作者也具有较为纯熟的艺术技巧。不难看出,作者从中外许多优秀的作品中特别是从当代伟大作家萧洛霍夫的作品中,汲取了不少可贵的创作养料。

座谈《在茫茫的草原上》

原文载《草原》1959年第8期。

时间:1959年6月17日第一次会,6月25日第二次会

地点:中国作家协会内蒙古分会会议室

参加者:哈·丹必扎拉森　特·赛音巴雅尔

巴拉塔	陶格图木	翟奎曾	丁尔纲
翟胜健	王家骏	马 白	雷成德
侯广峰	弓惠英	汪浙成	肖 平
王贤敏	郭 超	韩燕如	孟和博彦
邓 青	张士耕	(按签到顺序)	

孟和博彦 这次讨论玛拉沁夫同志的小说《在茫茫的草原上》,是我们作协分会理论批评组成立后的第一次活动。我们所以要召开这样的讨论会是因为

过去我们的评论工作不甚活泼，另外，最近在编写《内蒙古文学史》当中，对这部小说有了不少的争论，过去也有些不同的看法，这次意见的分歧点是比较明确了。讨论这部作品对我们内蒙古的文学创作实践有很大的现实意义，这仅是一个开始，以后还准备继续组织类似的讨论会。相信通过这种形式的讨论，定会使今后的评论工作活跃起来。

雷成德　首先应该说明，"我对这部小说所反映的历史时期的情况了解的不够，现在就我个人认识到的谈一谈：我认为这是一部比较好的作品。作者对蒙族人民的生活是熟悉的，并把握到了生活中主流的本质，写出了抗日胜利后察哈尔草原的两条道路的斗争。反映了决定内蒙古人民历史命运的问题；同时作者也企图表达蒙族人民如何在党的领导下走向新的生活；而且在一定程度上表达了这一点，这是可以肯定的。作品的重点是描写蒙族人民在党的领导下进行两条道路斗争的。但在反映党的领导上还存在一些问题，作品中缺乏一个完整的党的领导者的形象。上部中写了三个共产党员：苏荣、洪涛、官布，苏荣在作品中作用不大；官布是当地的第一个共产党员，他是如何从政治上引导群众的，这一点写得是不够的；至于洪涛，读者也不能认为他是一个党的领导。

洪涛的描写是不够真实的，作者把他作为批判对象来写的，这样便不能完成预先构思的主题思想。洪涛做为一个先遣党员、当地的党的领导，他没有领导群众，这势必给读者造成这样一个印象："群众起来斗争只能是自发的"。而事实却不是这样。洪涛在作品中应该起到党的领导作用，但他开始被安排在"地下式"之中，所以没有起多大作用，接着他当了官布中队的政委，他在讲从猿到人的政治课时，差一点被战士打死，从此之后，他在战士中失去了威信。按作者所描写的，洪涛过去很好，来到察哈尔就坏成这个样子。作者没有交待出这个人物为什么会不安心工作，我们也找不到原因，他为什么一来到这里就变了呢？我们不否认有某些个别的党员可能动摇、蜕化，是可以写的，但要写出原因，否则人物性格的变化就失去了他的说服力。我不反对在作品中写各式各样思想的人物，写这样或那样的党员。在一篇具体作品中写哪种党员更能反映历史真实，更能体现党的领导，这是值得考虑的。

官布在作品中起的作用也是不大的,起作用较大的是铁木尔。也许这是长篇小说的一部分,但只从上部中一些决定性的事件,往往是铁木尔起核心作用,如组织部队,追击国民党匪徒方达仁,都是铁木尔提出来的。这就涉及作品是用什么思想来安排这两条路线斗争的问题,如果把这些共产党员人物抽掉,作品就不能很好的解释党的领导。另外作品中的铁木尔是有民族主义情绪的,但是作者从未在作品中做过严肃的批评。

这部作品在艺术技巧上、语言上以及抒情笔触的运用都很好,可以看出作者对草原深厚的爱。

翟胜健 这部作品基本上是成功的。关于对主题思想的分析,我同意雷成德同志说的那一点。

这部作品所反映的两条道路的斗争。其中一条是以刘峰、贡郭尔为代表的走国民党的道路;还有一条是以其木德为代表的民族主义道路,两者的本质都是反动的;另一条是跟共产党走的道路;其中还可以看到这样一种倾向,便是以铁木尔为代表的单干的道路,看来虽然是四条,实际上只有两条道路。在内蒙古大学讨论时,有人认为这部作品对阶级矛盾写得不如《草原烽火》。我认为当时主要是武装斗争,建立军队的问题,对阶级斗争的描写当然不是重点,这不是一个缺点。当时在察哈尔草原,我们的力量不是占着强大的优势,但我们可以从这部书中看出即将到来的胜利。作品反映出了这一重大事件,是应该肯定的。

我认为在艺术技巧上,这部作品的优点很多,描写得很细;人物的心理描写比较入微;语言很生动,合乎人物性格和身份;抒情的景色和人物的情绪结合得很好;人物形象写得活,特别是反面人物写得细。

作品中还存在着一些缺点:第一,没有从发展中写人物:如铁木尔有民族主义情绪,散漫、不遵守纪律,但没有看到他的成长,其中莱波尔玛和斯琴是有变化的,但又缺乏基础,斯琴最初被贡郭尔侮辱、损害,她却没有一种反抗精神,后来一下子就变得英勇了。第二,正面人物不够高大丰满,反面人物倒写得比较好。另外有的人物是多余的:如欧阳,她仿佛象《林海雪原》中的白茹,欧阳的出现无助于主题,和战争的气氛不协调;第三,关于党的领导问题,也有问题,在两条道路斗争中,党的领导很少体现,只有一个检查团,但只写了三言两语。如果把洪涛看作是党的领导者,那当然是失败了。洪涛这个人物,单做为一个被批判的知识分子来说,不一定是失败的,但具体在这部作品中,就值得考虑了;第四,爱情描写问题,我认为男女关系是可以描写的,但问题在于怎么写,我觉得作者的态度是有点欣赏这些事情,上部书前后写了共有 20 多次有关这方面的情节。写这些对主题、对人物性格究竟有多大关系呢? 我们"内大"有些同志这么说:这是自然主义的描写。扣帽子倒大可不必,但这确是一个问题。也许作者是为了写得不死板、不一般化,不过这有点太不一般化了;第五,对敌我两方的描写,我认为有些不均衡,反面人物写的细,正面人物就显得太粗。

翟奎曾　我觉得这部作品生活气息很浓厚,并且含有浪漫主义的气息,不干巴。从作品中可以看出,作者仿佛在探索:怎样从各个角度反映生活的创作方法。

这部作品完成于 1956 年,1952 年我们在学校学习的时候,就读到了玛拉沁夫同志写的《科尔沁草原的人们》那篇小说,当我们读了《在茫茫的草原上》的时候,感到作者在艺术上有了很大的进步。

这部书基本上是肯定的,分析这部作品的成败,我想多从主人公方面来考察更好一些。下面谈谈我的看法:

铁木尔这个人物民族主义情绪很浓厚,无组织,无纪律,这样一个人物要变成一个革命战士,是要对他作很多很多的工作;但作者在作品中对他的批判是不够的。当时蒙族人民对成吉思汗的崇拜情绪是存在的,这种情绪对当时内蒙古民族解放斗争,是有它的作用,但强调得过分了,它就会影响在党的领导下进行民族解放斗争的正确的一面。

有的同志说,这部书对党的领导写得不够,主要是洪涛这个人物。在党的领导问题上,我认为这部书反映出了党的领导,铁木尔一开始就在党的周围,但洪涛没有教育铁木尔,反而通过铁木尔批判了洪涛。党的领导所以薄弱的主要原因,是整个作品没有出现一个完整的党的形象。苏荣出现以前在卷一里,洪涛多少还起了些作用,如讲政治课、买枪,在卷二里苏荣一出现,党的领导便落到苏荣身上。另外在卷一中官布是做为党的领导形象出现的,在主要关头起了不小的作用,但在卷二里官布当了盟长之后,只出现了一次。

对洪涛的描写如果作为批判对象写,是成功的,作为一个打前站的先遣党员来写,是不合适的。

这部作品中对妇女的描写,我认为年青寡妇莱波尔玛的本质是好的。她对沙克蒂尔是深爱的,国民党匪徒要侮辱她,她反抗了,并因此失去了她的小儿子;斯琴是被侮辱、被损害的人。有人说,"作者在侮辱女性。"我觉得这种说法是不妥当的。

总之这部作品,它表现出作者艺术上的成就,这是我们内蒙古在解放后,用长篇小说反映蒙族人民生活斗争较早的一部作品,并且有一定的分量,这都是应该肯定的。

肖平　这部小说在党的领导上写得不够,这个意见我同意。评论洪涛这个人物,我们倒不是从他的职位高低来说,因为他在这部书中是代表党的力量。如果离开书,从现实生活去考虑,这里只写了一个旗,当然其它旗也可能派一些党员去工作,不过读者不容易想到这点。

官布中队一开始民族主义情绪很严重,无组织、无纪律,但后来如何通过党的教育成长起来的?作者没有交待。如果把这一点体现出来,意义就相当大了。

民族解放斗争和阶级斗争是不能分开的,这部作品却表现得不够;作者是不是有意识地强调了统一战线的一面,而忽略了阶级斗争的这一面?统一战线是又团结,又有斗争的。这部书里有些人物应当表现出阶级仇恨,如铁木尔、斯琴,应该有阶级仇恨,但作者描写得不明显。洪涛对贡郭尔的态度,作者做为统一战线的问题,批判了洪涛,但我认为洪涛是对的。

我很喜爱这部作品,打开书一气就看完了,尤其在文学语言上作者下了很大的工夫,蒙族人民的生活气息很浓。另外,我觉得有些事件写得有点粗,本来还可以往详细写的。

从小说的结构来看，铁木尔做为主要人物有点不太合适。因为在两条道路斗争中起主要作用的不是他。

雷成德　做为一个大部头的小说，用这么一个人贯串是可以的。

第二次会

汪浙成　〔书面发言〕我认为这是一部瑕不掩瑜的作品，有缺点，但优点是主要的。它真实的反映了抗日胜利以后内蒙古人民的逐渐觉醒过程，深刻的展示出敌我双方在草原上所进行的复杂的殊死的拉锯式的斗争。从政治战线、思想战线一直到军事战线，暴露了敌人的凶狠残暴，批判了民族上层分子两面派的手法，通过一系列具体生动事实，指出了一条革命真理：没有党的领导，蒙族人民要自己解放自己，是不可能的。

下面我谈谈小说的不足之处：一，有的人物，特别是正面人物不够饱满、结实，例如：官布，他给人的印象是模糊的；莱波尔玛在本书的上半本，她是一个放荡不羁的人，而下半本，似乎变成具有正义感的为"自己民族解放"的女战士，而在爱情上，也仿佛一翻前往的变成一个矢志不移，一往深情的优美而崇高的女性。我觉得莱波尔玛，从宝音图的姘妇到被称得起"伟大的，圣洁的女性"，中间是缺乏可信的思想基础的。南斯日玛的形象，也有类似的毛病；第二，关于私生活的描写。有的同志说写的多了些，我觉得这不是从文学角度提问题，不能从数量上看，应该从质量上，从内容上着眼。描写是为了什么目的？在小说中，有的男女关系，作者是肯定的，有的是否定的，因此我不同意有的同志说的，作者是在欣赏这种风流韵事的说法。例如莱波尔玛和沙克蒂尔的关系，是作者所着力歌颂的、肯定的，然而，我们透过他俩的爱情看不到更为深广的社会意义，在这里，作者仿佛有点为了描写爱情而写爱情，这种爱情上的纠缠，它对加深主题没有多少关系；相反的，分散了读者对作品主题思想、主要人物的注意力，我觉得这是得不偿失的；第三，民族关系的问题。这里指的是蒙古族和汉族之间的关系。《在茫茫的草原上》作者是企图表现从抗战胜利后到内蒙古自治区成立这一阶段的历史，可以这样说，这是一部史诗式的作品。既然如此，读者就有权力要求作者真实、全面的反映历史面貌。在蒙族人民解放斗争中,是得到了汉族劳动人民的无私帮助的,《草原烽火》写得很好,但在这部作品中,便显得不够。洪涛是处于被批判的地位;欧阳是一股小资产阶级知识分子气味的人。写民族团结不一定非得有汉人出现不可,可惜的是,作品中连蒙古族和汉族团结相互支持的气氛、背景都是十分淡薄的。

我想产生缺点的原因是作者思想修养和生活积累的问题。作者没有站得比现实更高,去对描写对象作入微的观察和分析,因此,有的人物,就刻划得比较肤浅,性格发展缺乏逻辑性。如斯琴在流产之后从贡郭尔家里拼死拼活的逃出来,当听到莱波尔玛说铁木尔打算与南斯日玛结婚的消息,她绝望了,要想自杀,这是可信的;然而作者却把她送回了贡郭尔的家去。这不仅不合情理,更重要的是损害了斯琴的性格。

王家骏 我只打算谈一个问题,就是关于对党的描写。

《在茫茫的草原上》所要表达的思想,作者在卷一第十章中通过两条河的比喻,已经明白的告给我们了:反映历史的真实,描写两条道路的斗争,描写人民在斗争中的觉醒,在党的领导下逐步走向胜利。两条道路的斗争离不开党,没有党的领导就不能把人民领上正确的道路。通过艺术形象正确的描写了党的领导与否,这直接决定着对作品成败的估价。

对党的领导的描写,在上次发言中有不少是趋于否定的,雷成德同志通过对洪涛和铁木尔两个人物的分析,不仅否认了作品中党的领导,更说铁木尔起了决定作用,代替了党的领导。如果这个论点站得住脚的话,那么这部作品不仅没有表达出作者的主观意旨,而且歪曲了历史。因此,基本上肯定这篇作品的意见也就不成立了。

不可讳言,作品对党的领导的描写是有缺点的,而且是很严重的缺点,这集中表现在对洪涛的描写上,他是党第一个派到草原,来领导斗争的干部。他没有执行党的团结民族上层的政策,对组织起来的群众也没进行有效的教育,如果做为一个个别党员,作家这样描写是无可非议的;然而作为作品中以党组织的代表出现的人物,这显然不典型,有背真实。这只是事实的一面,而且是不很重要的一面，如果我们平心静气的分析、研究，就不难看到它的另一面：首先在卷一中，作者并没有把洪涛当做否定的人物来处理，他只是一个有较严重缺点的干部，除了他做了不少错事，也做了些对党极为有利的工作，建立了军队，给国民党匪徒以有力的打击，扩大了党的影响。也许有人会说："这不是他的功劳，这是群众的要求，是铁木尔提出来的"。我们应该承认，作为党的代表，接受了群众的正确意见，并认真去做，难道这不是党的作风吗？怎么可以说与他无关呢！第二，在卷一里除了洪涛，另外还有一个党员官布，他虽然不是党的领导人，但他是一个主要干部，他的作用是和党分不开的。他和洪涛一样存在着缺点，但在建军和出击匪徒方达仁当中，他是相当充分地代表了党的意志的；第三，在卷二里洪涛实际上已不居主要领导地位，真正代表党的是苏荣政委和洛卜桑。作为艺术形象这两个人物还不够丰满，但在主要的政治行动方面，他们充分体现了党的意志，纠正了洪涛的错误，贯彻了团结民族上层的政策。组织武装，团结民族上层分子、打击国民党匪帮。扩大党的影响，这是党对蒙族人民领导的主要方面，从这三方面的具体分析，尽管党的领导表现得还不够有力，但从基本方面看来，党的领导终于是表现出来了。因而说这部作品在描写党的问题上完全失败，恐怕不合事实的。

作者有没有狭隘民族主义思想呢？是的，这部作品中在不少地方强调了铁木尔的作用，但能不能说这是宣传民族主义的情绪呢？这个理由也是不充分的。党从来也没有这么说过："只准党员讲正确的话，不允许群众说出真理，群众说出了党员没有想到的正确意见，就是群众领导了党。"党之所以伟大，正在于它善于集中群众的智慧。问题在于作者对作品中的主人公一些错误行为，采取什么态度。铁木尔离开集体去单干，作者有力的批判了这点，铁木尔被捕则更是对他这种行为进一步的指责；当然在上卷中有对铁木尔应该批判，而批判得不够之处，但在关键性的问题上是没有错误的。怎么可以武断的说作家是用民族主义来代替党的领导呢？

《在茫茫的草原上》关于党的领导的描写，虽然应指出它存在着严重缺点，却不能一笔抹煞。

雷成德　我上次的发言,不是说这部作品里没有党的领导,是说写得不够成功,还存在着一些问题。王家骏同志刚才对洪涛这个人物的评价,理由是不充分的。在卷一中他被安排"地下式"之中,建军时没起什么作用;卷二中起的作用也不大。建军时铁木尔的作用,比官布大;在军队中官布的作用比洪涛大。洪涛做为官布中队里的政委、党的代表,在战斗中不起什么作用,这些我自己没有闹清是共产主义是民族主义?

王家骏　我们的分歧应该明确,党的领导是作品中的薄弱环节,这一点是相同的。对洪涛这个人物我的意见:在卷一中是有毛病的党的领导人,有时体现了党的领导,官布也这样,如果根本否定了这个人物,那么党的领导也就不存在了;第二,书中所表现的两条道路,两条路线的斗争,是党在其中起决定作用呢? 还是民族主义思想浓厚的铁木尔起决定作用呢?

雷成德　洪涛这个人物写得不真实,但不是说在他身上看不到党的影子;洪涛是有尾巴主义的,铁木尔在某些事件中起了决定作用。另外,群众能不能说出真理,这是用不着争论的,但我们谈的这个问题和这有所区别,我认为在作品中塑造代表党的典型人物形象,应该比群众高,党应该体现群众根本利益。

陶格图木　我突出的感到有这么几个问题要研究:一,作品中民族主义的力量写得太过火,不次于共产主义的力量,铁木尔那么英勇,忠诚,力量在于民族主义,这不符合事实;二,洪涛这个艺术形象,前后是统一的,但作为党的领导形象出现,是失败的。他象一个刚出校门的学生,如果说他是个党员,只能是个预备党员,发动群众,团结民族上层分子、建军什么也没有做好,而后来在铁木尔和欧阳之间进行挑拨,简直品质上大成问题;三,爱情的描写,不是为了展示人物性格,男女关系写得很乱;四,我感到民间谚语用的过多,有点俗了。

丁尔纲　这部书,我觉得它有很大成就,也有很大缺点:第一,作品的基本倾向是好的,在解放战争时期,草原上的敌我斗争,对内蒙古人民来说是决定民族命运的关头,作品写出了党给蒙族人民指出了真正民族解放的道路,内蒙古人民拥护共产党,拥护民族解放,打击敌人。这就是作品的基本倾向。第二,作品刻划了一些比较成功的人物,尽管铁木尔个人物还有缺点,但基本上是成功的。瓦其尔的形象十分成功,无可指责。反面人形象:贡郭尔、刘峰写的却很细,落笔不多的其木德,达木汀安奔、笃日玛也是比较真实动人的;第三,作品在表现民族性格、民族风习上和民族语言特色的掌握上,都有一定的成就。这些都受到读者的欢迎。

小说的缺点也有三方面——优缺点都是三个,这倒不是为了凑数,而是巧合。这些缺点也是严重的:首先是对党的领导的表现有严重的问题。除开洪涛这个人物写得不真实,另外表现党的领导薄弱的地方,是党在纠正洪涛的错误也不彻底,显得很被动。作品中对有着浓厚的民族主义情绪和无组织无纪律的铁木尔,也是这样,好象党领导不了他们。但我不同意说这篇作品在描写党的领导上没有一点成就,作品中对党的根本路线的反映还是真实的正确的;第二,作品中流露了狭隘民族主义的情绪。这表现在对汉族人民在蒙族人民解放斗争中作用的估价上。蒙古族和汉族人民是共同命运,共同作战的。乌兰巴干同志在《草原烽火》中真实地反映了这种血泪中结成的友谊,但玛拉沁夫同志却避开了这个主题。作者只写了两个汉族干部,一个洪涛,一个欧阳。欧阳是个充满小资产阶级浪漫蒂克的女孩子,洪涛在作品中是当成大汉族主义的代表加以批判的。这里作者无形中流露出"他不是自己人""他不是喀察哈尔的水长大的"这种狭隘民族主义的情绪。象洪涛这样的人在现实生活中是有的,但这不是广大汉族干部本质的东西,作家反映这一现实时,就该撇开这非本质的现象,否则起码要犯自然主义的错误,如果单独的看来这种情绪并不是十分露骨的,只要和作者对党的蒙族领导干部的态度加以比较,这种情绪就明显了。需要说明的,这只是一种情绪和倾向,而不是统贯全书的基本思想。第三,在爱情的描写上,有严重的自然主义的倾向,作者抱着肯定和欣赏的态度反复描写莱波尔玛,这个形象比较追求的主要是肉欲的满足,她爱沙克蒂尔什么呢? 除了有力的拥抱和无忌的放纵之外还有什么? 沙克蒂尔对莱波尔玛是非常坏的,他一方面和邻村女人发生关系,一方面又和莱波尔玛好。如果他真爱她,为什么不和她结婚呢? 因为她是寡妇吗? 因为家庭的反对吗? 家庭对他有什么束缚力呢? 旺丹已打开一个缺口了,他就不能打开第二个缺口吗? 作者对这些加以肯定,的确是不健康的,会造成对蒙族人民风俗习惯的误解。而那些自然主义的描写也严重的冲淡了主题思想,破坏了人物性格。

这部作品成就和缺点都是大的方面,大的问题,缩小那一点,都是与实事求是的精神不相容的。

韩燕如 内蒙古革命一开始就是在党的领导下,蒙古族和汉族人民并肩作战的。党派一个汉族干部到少数民族地区去工作,是很慎重的。举出一件小事,如在抗日时期,派一个人到少数民族地区去,党首先要告诉他:"进蒙古族老乡家不能提马鞭子,进蒙古包不能从右面掀门帘"等,象这样小事党都交待得很清楚。在解放战争时期,象察哈尔那么一个重要地区,党能派一个象洪涛那样干部去吗?洪涛这个人物不真实。我看到洪涛这个人物就看不下去了,只看了半本。

在作者思想中丝毫没有民族主义情绪?我想玛拉沁夫同志也不能说没有的。

侯广峰 作品中体现党的领导不够成功,不只是洪涛这一个人物,而是其中所有党员形象都不够有力。艺术不在于作者的说明,应该通过具体形象去感染读者。正因为洪涛这个人物有缺陷,党的工作没展开。铁木尔的形象也比较差,他的民族主义情绪没有得到克服,党的领导者和其它人对他这种情绪都没有进行过批判,他象一匹草原上的烈马,想怎么干就怎么干。

表现在爱情上作者浪费不少笔墨,但没有斗争。任之由之,矛盾斗争象蜻蜓点水,一点而过。没有斗争,就没有艺术魅力。瓦其尔一家,矛盾尖锐,两个儿子走两条道路,从这一家可以看出国民党给草原带来的灾难,所以给读者的印象是明显的。

马白 我对丁尔纲同志的发言,提出几点不同的意见,丁尔纲同志谈的是在作品中找党的路线、方针政策,这一点不一定正确,恐怕直接去找条文不妥当,对具体作品要做具体的分析,还是应该从人物形象去分析。另外关于作品中的民族主义情绪,我的意见不在于要把汉族干部写成象大恩人似的,这篇作品中的党的领导体现在派进去的汉族党员干部,这个人物身上。如果把这一个人物写得糟糕,这样就找不到蒙族人民觉醒的根了。

特·赛音巴雅尔 对民族主义情绪这个问题,有些地方我还有不同的意见,现在还未考虑成熟。至于拿《在茫茫的草原上》和《草原烽火》来比,这不太合适,因为作品所反映的环境不同,一个是蒙古族和汉族杂居区;一个是牧区。

陶格图木 如果责难作者为什么把汉族党员写得这么坏? 这样提问题是不好的;应该提的是为什么要把洪涛写得这么坏? 安排这样一个人物对作品的主题思想有无好处。

作者是不是有严重的民族主义情绪,我还没看出来。

邓青 党的领导写得薄弱,这一点大家的意见都是一致的,又说在一定的程度上体现出了党的领导,真实地反映出了那个历史时期的本质的东西。这些感受我们是怎么得来的呢? 并不是从抽象的条文得来的,而是通过具体的艺术形象,人物形象当然是艺术形象,但这不是艺术形象化的全部,如大的方面的描写,官布中队和十二师消灭方达仁匪帮的场面,在这之后,牧民们说:"我们的扎冷光用嘴打土匪呢。"以及成千成百的牧民到哈布嘎去,认领自己被方达仁匪帮抢劫去的东西,听十二师的宣传,看内蒙古文工团的戏等等,这些诸如此类的描写,也不能抛到形象化之外的。从这些场面里我们可以感受到党的领导力量,牧民们跟谁走的问题可以看得明明白白。全书始终贯串着这种气氛,所以当我们读完了这部小说的时候,会得出这样的一个结论:内蒙古人民在党的领导下正向新的生活迈进;而不会由于反面人物写得细致,得出另一个结论来的。当然,如果把正面的人物,党的领导人的形象写得深厚、高大,这个主题思想就更会突出,感染力就更会强烈。

对洪涛这个人物的分析,我同意大家的意见。关于女性的描写我还有些不同的看法:莱波尔玛这个人物,我觉得是成功的,我们应该抛开表面的东西,看到她的本质,这个人物是复杂的,除了她在生活上有些放荡之外,她是勤劳、坚韧的,从她的身上可以看到内蒙古妇女在旧社会中所受的苦痛,以及蒙族妇女那种勤劳、坚韧的性格,她为了三个孩子日夜的劳碌着;她对沙克蒂尔的爱情是真挚的——在这一点上,不能生硬的要求她象《小女婿》中的香草那样"我爱他身强力壮、好劳动",我爱他如何如何,她对沙克蒂尔的爱,也表现在对第三个小儿子的关心上,当她抗拒国民党匪徒对她的侮辱,失去了她的三儿子,她愤怒了,她要为儿子报仇,她变得英勇了,自发的参加了革命工作。这和主题思想恐怕不是无关的。当然,我不是赞成作品中关于性方面的描写。我们从这个人物身上得不出:蒙族人民的男女关系很乱的结论,就象看了《五更寒》中的小破鞋一样,谁也不能说汉族的男女关系很乱。《在茫茫的草原上》作者对这个问题是明确的,蒙族人民也是反对这些的,不然沙克蒂尔的母亲就不能被卡洛气死,沙克蒂尔也不会用枪打死卡洛。

作品中某些地方是流露着民族主义的情绪,但不能把洪涛做为批判的对象、纠正洪涛错误的又是党的蒙族领导干部,这些就是当做民族主义情绪。洪涛即使写成蒙族党员,依然是失败的,因为把一个打前站的先遣党员,安排成被批判的对象,势必要损害主题思想。

苏荣和洛卜桑的出场,交待的过于简单了。没有从他们的行动中描写、刻划,这也是没使他们站起来的原因之一。

总之这部小说,首先是应该加以肯定的。

哈·丹必扎拉森　我同意应该肯定这部作品,主题思想倾向是好的,艺术技巧在蒙族青年作家中也是较成熟的。

对党的领导的描写是不够的,尤其对洪涛这个人物的安排是不好的。关于民族主义情绪问题,我认为是比较复杂的,民族地区的历史情况就是如此,民族主义的情绪逐渐改变这是一个过程。这部书的上部写得民族主义情绪很严重,下部这些情绪可能逐渐的改变。总之说作者有民族主义情绪,我是不同意的。

孟和博彦　这两次讨论会开的很好。大家都本着畅所欲言的精神阐述了自己的意见。由于时间的关系,可能有些同志的发言受到一些限制,有些分歧看法未能更充分展开争论。考虑到同志们的工作都较忙,座谈会就至此结束,如有补充意见可写成文章或书面意见,采取笔谈方式,使讨论更加深入。

这次讨论中,基本肯定了这部作品,认为它是一部真实地反映解放战争初期,蒙族人民在党的领导下所进行的民族解放斗争的一部优秀的作品,但同时也存在着较大的缺点。我觉得这个意见是比较中肯的，我同意这种看法。我觉得这部作品的优点还是很多的，由于时间我不准备谈更多的意见，只补充两点：

（一）关于时代背景问题。几个同志在发言中都谈到了对当时的历史背景不了解。因此在评价它时有一定局限，我想这个意见是很重要的。当一个批评家在评价一部作品时，他是会去翻历史有关资料的，但做为一般读者来说，他只希望能够通过作品知道他所要知道的一切东西。我们读过许多古今中外大作家的作品，象《三国演义》、《战争与和平》、《静静的顿河》等，似乎并没有提出过这样的要求。这是因为他们已经把他所要表达的东西都向读者告诉清楚了。关于这方面，我觉得《在茫茫的草原上》是有一定缺点的，作者对于当时的历史背景未能做更充分的表现，这就显得人物的活动与时代的联系不够紧密，时代的气氛不够浓烈。因此对有些人物为什么在当时会表现出各种不同类型的思想，表现的就不够。但依此就推断作者是用民族主义情绪来反映当时的生活也是不够妥当的。我们知道，整个解放战争是反帝反封建性质的，而蒙族人民的革命斗争则带有民族解放斗争的性质。就这个特点来看，作者基本上是表现了这个历史特点，这一点是应该给予肯定的。

（二）关于典型人物与典型环境的结合问题。在讨论中争论最多的要算洪涛这个人物。认为这个党的形象刻划的很不成功。当然，我们不能要求凡是作品中出现的共产党员都必须是很理想的，完全符合党员八条标准，毫无缺点的人物。在现实生活里，个别糟糕的党员是有的，在文学中完全应该揭露和批判这些坏现象。但这应该取决于作品本身的要求，我们知道，艺术的真实必须符合于生活的真实，但一般的生活真实，并不等于艺术的真实。这就是说，文学必须要创造典型，要把典型人物安置于典型的环境之中。这样看来，象洪涛这个人物，出现在作品中所表现的那个特定的历史条件下，也就是正当蒙族人民决定跟着谁走的这样一个关键的时刻，洪涛这个人物的出现是否具有充分的说服力是值得考虑的。有的同志提出，这个人物缺乏真实性恐怕就是这个道理。

以上这些意见不一定很全面。现在作者正在写《在茫茫的草原上》的第二部，我们予祝作者在下一部的写作中将获得更大的成就。

草原上的史诗
——《在茫茫的草原上》读后

温松生

原文载《草原》1957 年第 10 期。

在美丽而又宽广的草原上,不知道曾经产生过多多少少可歌可泣的英雄事迹。为了保护草原,追求自由,多少英勇的蒙族人民贡献出自己宝贵的生命。

一九四六年间,生长在茫茫的察哈尔草原上的蒙古族人民,为了寻求蒙族解放的道路,他们战胜了重重困难,建立起自己的军队,和黑暗的反动统治者展开了复杂而又尖锐的斗争,玛拉沁夫的《在茫茫的草原上》,就是反映这场复杂的矛盾和斗争的一部优秀作品。

一九四六年,抗日战争结束以后,人们都希望过两天安乐的日子,然而国民党反动派和全国人民的想法却不一样,他们认为反人民战争对国民党反动官僚资产阶级是最有利可图的事业,于是,他们便积极地准备着发动对人民解放区全面进攻,企图消灭共产党,建立它在全国的黑暗的独裁统治。当时,在草原地区的蒙族人民也不能幸免这场灾祸的降临。《在茫茫的草原上》这部作品就是以这样的时代为背景,以铁木尔和斯琴为贯串人物展开主题的。

铁木尔,这个纯朴的青年,他从小就没有父母,寄居在猎人道尔吉老头家里,长大成人后,道尔吉还教会他一身打猎的本领,他以为从此就可以和道尔吉老头一起快乐的生活,恋爱着心爱的人斯琴。然而不幸得很,他在抗日战争时期,被日本人拉到外地去当劳工,后来遇到了八路军才恢复自由。抗日战争结束,他好不容易回到了自己阔别多年的家乡特古日克村,过了两年流浪生活的他,第一步踏进自己的乡土,首先使他知道的并不是什么新奇的消息,而是他心爱的人斯琴已被贡郭尔扎冷占去,这不能不给他在精神上一个很大的打击,使他好象身在家乡而得不到温暖,他会一度为失去了自己心爱的人而感到沉痛,但他并不因此而消沉,他始终相信斯琴是爱他的,所以他还是深深地爱着她。作者一开始,就用这样跳动的笔调开门见山地把铁木尔这个人物的精神面貌烘托出来,使人觉得作者对这个人物描写得深刻而又生动,从而热爱这个人物。但是,同样是生长在草原上的人,由于阶级厉害关系,而每个人的想法是不相同的。同样是住在察哈尔草原的特古日克村里,然而由于是扎冷,贡郭尔却有自己的想法,他为了巩固自己对草原上人民的统治地位,他窝藏特务分子刘峰,和国民党反动派互相勾结,连成一气,接受了国民党所委派的团长职责,在刘峰的策划下,于是以保护本旗旗民为幌子,组织了所谓明安旗保安团。为了加官进爵,可耻的贡郭尔还把自己玩弄过的斯琴去"招待"暗藏的反革命分子刘峰。从这里我们可以看出,当时国民党反动派裙带之风也吹到了这个圣洁的草原,象贡郭尔这样一个"团长"也会如法炮制,什么卑鄙的事情都干得出来,作者用锐利的笔触勾画出了贡郭尔丑恶的嘴脸。这一伙匪徒,他们为了建立保安团的威信,还用阴谋使方达仁匪部化装成八路军,到处强奸、烧杀、抢劫,以破坏八路军的名誉,麻痹牧民们的思想,并企图激起蒙古族人民对共产党的怨恨。一方面,贡郭尔的保安团又象煞有介事的追在方达仁匪部的屁股,向草原人民吹嘘,说这次方达仁匪部完全是由他们击败的。但是,事实终归是事实,虚伪是经不起时间考验的。在这个时候,蒙古族革命者官布,眼看自己的同胞遭受到这场灾祸,不能不激起他以及党的地下工作人员洪涛和一些有正义感的青年牧民,在一个打猎归来的深夜,组织了起来,拿起枪杆来向土匪方达仁战斗,给了方达仁匪部一个沉重的打击,这个事实不但教育了牧民们和反统治者非展开武装的斗争不可,而且也使他们从此由轻信而鄙视贡郭尔,所以他们说"明安旗保安团是用嘴来打土匪的",这句话对贡郭尔讽刺得淋漓尽致。铁木尔在这场战斗中,也显示出了他那胆量大,能沉着的猎人性格,立下了不少功劳。作者在这部分文字中间,创造了官布、洪涛、铁木尔等人的光辉形象,反映出人物心理随着斗争而深入的活动,推动了故事向前发展。我认为,在贡郭尔招兵买马和官布组织武装这段描写,作者把故事安排得很有条理,他不仅善于透视生活中具有本质意义的矛盾和冲突，而且善于艺术地表现这些矛盾冲突。使人读到官布组织武装那一段，觉得作品的情节发展得这样自然，好象是必然的趋势，紧密地体现出"用武装的革命反对武装的反革命"这一格言。再者，当方达仁匪部被击退后，贡郭尔便来找官布合作，这个狡猾的狐狸就乘机钻进了革命队伍。他一方面盗窃情报给刘峰，一方面在官布面前表示自己对革命的忠诚，作品步步深入，作者对贡郭尔的阴谋揭露无余，使人读到这里对贡郭尔和刘峰这个人物恨之入骨。作者对官布和洪涛的描写，也是很生动的，官布的内心也交织着这样一种矛盾，他为了扩大自己的队伍，虽然知道贡郭尔不是好人，但在那种情况下，好象又不能不团结他，这个矛盾在官布的内心冲击着。作者把官布这个人物写得有血有肉，栩栩如生。对于洪涛这个革命知识分子，作者也很别致地通过上政治课那个场面把他那知识分子的弱点作了恰如其分的批判。洪涛，他虽然在草原上住了不少日子，但他的理论与当时的实际情况没有很好的结合起来，所以他在建军会议上不得不犹豫，而因此引起了青年牧民们对他的不满。又如，当他上政治课的时候，没有很好地了解当地民族习俗，居然说他们最尊敬的祖先成吉思汗也是猴子变的，以致当堂受到战士们纷纷的反对。所以作者后来通过苏荣政委批评他没有注意团结蒙族上层人物，说他工作存在着不少缺点。读到这里，在党号召知识分子思想改造的今天，特别发人深省。在这里，我也想谈谈这部作品对男女爱情的处理，就以铁木尔和斯琴来说吧！铁木尔并不因为斯琴被贡郭尔蹂躏而消灭对她的爱，当斯琴由贡郭尔家回到自己的蒙古包的时候，她充满了乐观，这个复活了的"小燕"又重新回到铁木尔温暖的怀抱，重续他们两人的爱情。沙克蒂尔当部队撤离草原的当夜，他还和南斯日玛依依不舍，情话绵绵。这里充满了人情味，使人谈到这里并不觉得干燥无味。同时，作者描写洪涛时欧阳庆中那隐隐约约的爱情，也写得合乎一个知识分子的特性。

另外，我还觉得，作者对铁木尔这个人物的处置也相当大胆。他写出了铁木尔那种鲁莽，对革命的认识的模糊，所以后来他离开了革命队伍，和沙克蒂尔回到村中想单独地和敌人作战。这里作者写出了他那天真，近乎幼稚的行为，从铁木尔这个人物的性格发展看来，他之所以离开革命队伍，这并不是什么值得惊奇的事情。

　　这里，我还想回转头来谈谈刘峰这个暗藏的反革命分子，他以木匠的身分为掩护，利用牧民们缺乏辨别好人与坏人的能力，用小恩小惠不知麻痹了多少人，做下了多少滔天的罪行。尤其是在作品的后半部，当洛卜桑部队为了更好的打击敌人而暂时退出草原这一段时间，国民党反动派开进了特古日克村，这个又改名为张木匠出现的特务分子刘峰，为了更好地潜伏在草原上，为了使瓦其尔这个想明哲保身的巴彦更信任他，他和反动派团长郑山对瓦其尔施用了酷刑后又假意来作成救他的好心人。在作品中，我觉得作者刻画刘峰这个反面人物没有一点概念化的描写，而是通过一些必要的情节来突出这个人物的性格。我想，这和作者熟悉生活，仔细地观察人是分不开的，所以他在作品中能够刻画出各种不同类型的性格，通过艺术形象，真实地、历史地反映这场尖锐的阶级斗争。

　　除此而外，我不得不补充一词，我觉得作者不但细腻地刻画出苏荣那刚毅的性格，而且对洛卜桑的形象写得也很鲜明。苏荣，由于她那丰富的斗争经验促使她一踏入草原就感到洪涛的工作有许多缺点。她不但能够帮助同志，而且她在部队中上下级的关系搞得也很不错，她虽然是一个女同志，但她那刚毅的性格使得洛卜桑从此对女同志的态度不得不由粗暴而变为温驯。洛卜桑一进入草原，他吸取了洪涛的教训，首先就团结草原上的上层人士。他的确是一个富有作战经验的师长，他知道，撤退就是进攻敌人，消灭敌人，所以我认为作者描写当时洛卜桑他们从察哈尔南部草原转移到北部沙漠地带是合乎我们党当时的"敌进我守，敌退我追，敌避我打"的战略思想的，能够正确地表现政策和真实地描写生活。

　　最后，我觉得作品中充满了浓郁的草原气息和蒙族文学传统色采。当你读着这本作品的时候，你好象身临那绿色海洋一样的草原，看到草原上的花朵象星星似的在阳光底下闪耀着金色的光芒。现在出版的虽然是这部作品的上部，但在上部里面乐观的气氛是相当浓厚的，使你读完上部就可以看出国民党反动派一定被消灭在这茫茫的草原上。这是一本值得一读的作品。

《在茫茫的草原上》的爱情描写应该肯定

卫　真

原文载《草原》1959 年第 9 期。

不少同志对《在茫茫的草原上》的爱情描写采取否定的态度。有的认为这些描写与主题无关，"为写爱情而写爱情"；有的认为"有严重的自然主义倾向"，责备作者把男女关系写得太乱；有的甚至说，作者本人是欣赏这些风流韵事的——这就不仅否定了作品中的爱情描写，而且进一步涉及到作者本人的为人了。

虽然这些同志也都承认这部作品"基本上还是好的，应该肯定的"等等；但如果爱情描写确是如此的乱七八糟，那就势必会引起对全部作品的评价。因为，如果我们将这些爱情描写完全删去的话，那恐怕这部作品的存在意义也就值得考虑了。

我以为分析一部作品的爱情描写，首先有两点须加以注意：其一，爱情产生于热烈的感情而不是产生于严峻的理智。用实验室里化验药品的方法来检验它的思想性，恐怕是困难的。爱情有没有政治思想内容？当然有，但这是就它的整个倾向来说的，而不是某个细节。其二，特定的历史时期社会环境有特定的风俗习惯，爱情的表现形式也不会完全一样。如用今天的眼光去观察分析是容易出偏差的。前一时期有些同志对苏联优秀影片《共产党员》看法不同，分歧点不也是在这里吗？

引起大家意见最多的是年青的小寡妇莱波尔玛。出于作品最初曾经说过这样一句：她的"丰满的乳""跟许多男人的胸脯贴靠过，"并说她曾和贡郭尔的仆人宝音图有过来往；于是有的同志就抓住这点来加以发挥，认为她是个"放荡不羁的女人"，"追求的主要是肉欲的满足"，因此不配被称做"伟大的圣洁的女性"，并进一步否定了她对沙克蒂尔的真诚的爱，以及她后来的投身到斗争中去的行动。但如果不是抱着先入之见，而是很客观很认真地读完这部作品的话，我想决不会得出这样的结论。依我看来，作品中莱波尔玛的形象还是相当美好而动人的。作品重点描写了她的孤苦的生活、她对沙克蒂尔的爱以及她那善良而倔强的性格。她给读者的印象首先是这些，而决不是什么"跟许多男人私通"乱七八糟的东西（事实上作品也没有描写这些）。我想，谈作品中的爱情也好，分析人物形象也好，若不首先注意作品的整个倾向和大的方面，而只是抓住某一细节（或某一句话）的话，是不能作出正确的论断来的。

在那样一个社会环境中，作为一个贫苦的年青寡妇，莱波尔玛的生活相当悲惨。她孤独地住在一个蒙古包里，自己要谋生，还要照管几个孩子，操劳终日，深夜还不能休息。终于，她跟一个年青人沙克蒂尔相爱了，并且生下了小儿子布尔日固德。是的，作品说她从前曾"和许多的男人的胸脯贴靠过"，可是自她出现在我们面前之后，除了沙克蒂尔就再也没见她跟谁乱搞过。她对沙克蒂尔的爱是不是就没有思想基础，仅是"有力的拥抱和无忌的放纵"呢？我想这也不是符合事实的。作品明白告诉我们，沙克蒂尔年轻漂亮，对她又百般温柔体贴，如果他们能够结合成一个家庭那有什么不好呢？有人曾引用铁木尔劝她结婚，她笑了笑回答说："惯了！"进而责备她是想乱搞的；也有的同志这样地问道："沙克蒂尔既然爱她，为什么不和她结婚呢？"这样谈是比较容易的。要知道，沙克蒂尔是个巴彦的儿子，而莱波尔玛呢？则是个穷苦的小寡妇。莱波尔玛很清楚她自己悲惨的处境，所以当沙克蒂尔没奈何地告诉他父亲已给他娶了南斯日玛时，她没有哭闹，而且说："我明白自己是一个什么样人：我是一个薄命寡妇，有三个孩子的寡妇，我有家；可是你呢，年青，漂亮，家里又有钱……是呵，一个人一种命运……"这难道还不清楚吗？有的同志曾说莱波尔玛有点象《静静的顿河》中的阿克西妮亚，可是她没有阿克西妮亚那泼辣放肆的一面。她并没有跟南斯日玛去抢男人，象阿克西妮亚对安娜那样；而是能很和善的跟她一道照料着他。这其中，包含着多少爱，包含着多少说不出来的苦处啊！她爱沙克蒂尔是那么热烈，又那么深沉。她这样一个善良而又愁苦的女人，难道不引起我们的同情吗?

　　正因为她始终爱恋着沙克蒂尔,正因为她不是那种"只以肉欲为满足"的下贱的女人,所以她才尽力设法不让国民党匪军糟蹋自己,以致忍心献出了自己的小儿子。要知道,作为一个母亲,对儿女的爱要胜过一切,何况这个小儿子还是她跟沙克蒂尔爱情的结晶! 后来过不多久,沙克蒂尔也被打伤了。于是她把对爱人对儿子的爱,变成了对国民党匪徒的仇恨(她对铁木尔说:"我心里记得清清楚楚,是谁摔死了我的孩子……又打伤了沙……")从而挺起胸膛参加到战斗的行列中来,难道这又不是很可称赞的勇敢的行为吗? 怎么能说她和沙克蒂尔的爱情只是"乱糟糟的男女关系而决不是什么值得赞美的爱情"呢?(见魏泽民文)

　　正是在这个意义上,作者歌颂了她,我认为并没有什么不妥的地方。

　　至于斯琴,她是一个被侮辱被损害了的形象,她之所以到贡郭尔家,完全是被迫的,这已为大家的公认,不必多言。但有人对她"肚子一天一天大起来"表示不满,而责问道,"既然斯琴那样钟情于铁木尔,为什么又那样顺从地给贡郭尔当小老婆呢?"

　　首先斯琴的怀孕并不等于她甘心当贡郭尔的小老婆。要知道在那种情况下,妇女要保持自己的贞操,是很不容易的,笃日玛就有例在先。即使是那《白毛女》中坚强反抗黄世仁的喜儿,不也还是给他糟蹋了吗? 可见,怀孕与否是不能归罪于斯琴。其次,斯琴的性格中确有顺从的一面,但并非不可理解。必须注意这个事实:蒙族妇女过去所受的压迫是极其深重的,她们往往都是世世代代当奴隶,又受着宗教思想的支配。一个人到了伤心极点时会哭不出声音来。多年来的残酷的压迫统治会使人在性格上起变化的。因此当斯琴一出场时,我们感到她那么阴郁,这不是没有原因的。但作品也还是写了她反抗的一面,那是由弱而强的。她打了国民党特务刘木匠算是第一次反抗行为,她小产后有了新的希望,就能冒着危险,深夜逃出来找铁木尔。很多人责备作者不该写她失望后再回去,自然也可以那么写,但我认为现在这样写更合乎她的性格。她之所以逃出来,是希望铁木尔带她远走高飞逃脱这个黑暗的环境。现在,既然铁木尔已经快娶别人（她当时听莱波尔玛说），她还有什么依靠呢？她不回去又怎么办？只有两条路：一是立即自杀，另一条是躲在莱波尔玛家或者到父亲那儿去。但是后一条路实际是不存在的。因为作为一旗的扎冷，贡郭尔当时在村里有着很大的权势，当时广大牧民从心目中就是对扎冷服从的。试想一个已经被扎冷抢了去并已怀过孕的女人，会在村里躲得下去吗？那是无论如何也不行的。至于前一条路，她确是回去拿铁尔木的"合德"刀自刎了，只是因为遇到了笃日玛这才被救，她被劝说继续活下来了。

作品写她和铁木尔的爱情，其意义是比莱波尔玛与沙克蒂尔的爱情是更加明显的。她能与铁木尔结合，这意味着她自身的解放。同时，作品也还进一步将她引到斗争的道路上去。她曾经怀疑过："我的手也能够杀人吗？"但当她知道她心爱的人铁木尔已经被捕了，她对铁木尔的爱情也就化成力量毫不犹豫地放火烧死了匪军团长。由此看来，不能说作者是为写爱情而写爱情、与主题无关的。

此外通过这些爱情描写，使我们看到当时的社会环境及一般穷苦人民悲惨生活和他们所遭受到的压榨与蹂躏。斯琴的性格为什么会变得那样忧郁？莱波尔玛为什么会失去了儿子？这些都不正是对贡郭尔及国民党匪徒的直接的控诉？作品里曾经明白地告诉读者，当铁木尔想起斯琴的不幸遭遇时，"仇恨的矛头又冲向了贡郭尔"（54 页）在其它几个着墨不多的女性身上，如南斯日玛与笃日玛，我们也可以看到这一类的仇恨的种子。她们给我们的印象都是悲苦的善良的，但又是倔强的。她们构成了作品中的广阔的社会生活图景，代表着广大牧民迫切希望解放的要求。这些爱情描写是有着更为深广的社会意义的。

自然，我并不是说《在茫茫的草原上》所有的爱情描写都十全十美，确实也还是存在一些缺点的，如性的描写过于细腻了些等等。但是我以为它的主要的大的方面还是好的，是符合于人物性格的发展有助于主题思想的展开的，并认为作者的态度也相当严肃而明确，既不是什么"抱欣赏的态度"，也没有什么严重的"自然主义的倾向"。因此我肯定这部作品的爱情描写。

漫谈《在茫茫的草原上》的爱情描写

魏泽民

原文载《草原》1959 年第 9 期。

很早,读过了玛拉沁夫同志的长篇《在茫茫的草原上》,当时就想写一点感想,提出一些看法,但因只看了上部,没有对整个作品作整体的了解,就提出看法,惟恐太片面,对创作不利;其二,自己的思想矛盾重重,时而觉得尚好,时而又表示不满意,因此就一直未有动笔。现在内蒙古作协分会组织对该作品的讨论会,趁此机会提出自己的意见。我只打算谈谈《在茫茫的草原上》的爱情描写。

众所周知,在社会上孤立生活的个人是不存在的。人总是在一定的社会关系中生活着、斗争着。男女之间的爱情也是社会关系的一种,由于社会不同,那么作为社会关系一种的爱情关系,其性质也不同。在封建社会中是"夫唱妇随"的爱情关系;在资本主义社会中是建筑在金钱的基础上,互相玩弄的爱情关系;在社会主义社会中男女间的爱情则是平等的、友爱的、高尚的……。因此,作为反映现实生活的文学必然也要有"爱情描写"。这样,对男女之间"爱情生活"的描写也就构成了文学作品的有机组成部分。成功的作品,爱情的描写也总是成功的。我国文学史上为我们提供了许许多多范例,古代的有"宝玉与林黛玉的爱情"、"张生与莺莺的爱情"、"梁山伯与祝英台的爱情"……现代的有"白毛女与大春的爱情"、"王贵与李香香的爱情"、"小二黑与小芹的爱情"等等,正是这些高尚的道德灵魂、纯真的爱情打动着千万个读者或观众的心。可见,一部作品,爱情写的好坏也关系着整个作品的成败。好的爱情描写,就有助于成功的塑造人物和完美的表现主题,反之,坏的爱情描写,将有损于作品的人物形象和主题。

玛拉沁夫同志《在茫茫的草原上》，比较细腻的描绘了察哈尔草原人们的爱情生活，而且在全书中占去老长的篇幅。究竟描写的怎样？这是值得商榷的。

在作品中，作者主要是描写了铁木尔与斯琴的爱情，沙克蒂尔与莱波尔玛、南斯日玛的爱情。此外，有一些描写就超过爱情范畴了。作者把这两组人物的爱情关系描写的怎样？为了回答这个问题，我们首先必须弄清评价一部作品爱情描写优劣的客观标准。

我觉得衡量一部作品的爱情描写好与坏，要看看①作者为什么要描写它，要在作品里起什么样的作用，起到了这样的作用没有，如果起到了，起的作用大不大，好不好？（是不是构成整个作品有机的组织部分。）②看看作者以什么态度写的，会把读者引向哪里？即文艺作品的社会效果问题。我谈《在茫茫的草原上》的爱情描写，立脚点也就在这两个地方。

首先谈谈沙克蒂尔与莱波尔玛的爱情，莱波尔玛是个可怜的寡妇，作者是通过铁木尔与她的会面介绍给我们的。她是一个年青的寡妇。她与沙克蒂尔同居生了第三个孩子布尔日固德。何止沙克蒂尔，作者告诉我们"她的丰满的乳房跟许多男人的胸脯贴靠过"。当铁木尔劝她找个男人时，她却温柔的笑了笑说，"惯了"。这就是我们起初见到的莱波尔玛。

沙克蒂尔是健壮的小伙子，瓦其尔巴彦的二小子，他娶过两房老婆，头一个得病死了，第二个跟村外一个青年相好，夜里逃走了。现在他正在跟白音宝拉格村一个女人勾搭，但是本村的小寡妇莱波尔玛又经常拉他去同居，恋于爱情，这位青年"眼圈都发青了"，但又经常向着"一缕强烈的引诱人的灯光"走去。当他与南斯日玛结婚以后，他仍然与莱波尔玛保持着暧昧关系，在行军途中偷偷的跑回来，坐在老牛身旁与情妇莱波尔玛窃窃私语，直到最后他们的关系也没有断，特别是当沙克蒂尔受伤，他的妻子南斯日玛来接他，而莱波尔玛企图挽留那一细节，真叫人费解。作者是这样描写的："……她们二人对他的疼爱是完全相等的……""命运好象故意要弄他们似的，使他们的关系总是不能完全断绝。她刚刚收回自己那件汗衫，没成想又得叫他带走这个枕头。一个枕头倒不是什么珍贵物品，但是她与他枕着这个枕头曾经度过多少个夜晚啊！……"写这细节目的是什么？或是赞美他们的纯洁的爱情，或是颂扬他们忠诚的心，真是不得而知了。我总这样认为，乱糟糟男女关系决不是什么值得赞美的爱情。但是，作者在写这一细节时笔调是那样的轻松，而且总是以客观的欣赏态度写的。作者，如同爱着他笔下的人物一样，也在赞美着他们之间"火热般的爱情。"她在结尾的时候，作者是这样赞颂着小寡妇莱波尔玛："伟大的纯洁的母性呵！"既是伟大的圣洁的母性，那么她跟许多男人"私通"是如何解释呢？

沙克蒂尔是逐渐成长起来的青年战士，健美、勇敢而又多情。在作者的笔下是那样可爱，但奇怪的是，为什么他跟这个女人勾搭，又跟那个女人睡觉，在作者看来理当如此，不足为怪呢？我看，无论怎么说，他背着自己的妻子与莱波尔玛来往，放下自己的情人又与南斯日玛拥抱，对于这个可爱的人物来说是不得当的。虽不提高到"道德败坏"的高度去讨论他，但毫无疑问却伤害了这一人物形象。有人会说，他与莱波尔玛的感情不是深沉而真挚的吗？但是，对于有着乱糟糟关系的沙克蒂尔、莱波尔玛来说，要说他们的灵魂是高尚的、纯洁的、伟大的，就显得太勉强了。

要说是最美丽的一对儿，算是铁木尔和斯琴了。可是结果怎样了，斯琴由于贡郭尔扎冷的逼迫，而"肚子一天天大起来了。"在扎冷家里她又是那样的柔顺。既然斯琴那样钟情于铁木尔，为什么又那样顺从地给贡郭尔当小老婆呢？

铁木尔回来了。她渴望着见到他，但是又被羞耻折磨着、痛苦着。小产后"给她生的欲望"，仿佛污点都没了，并逃了出来，这都是可以理解的。可是逃出后，听铁木尔娶了南斯日玛，又甘愿忍受贡郭尔扎冷蹂躏，这就叫人看不下去了。难道这个美丽的"小燕"就这样没有骨气吗？就这样寡廉鲜耻？更奇怪的是，她之所以与铁木尔重归于好，是因贡郭尔把她放回的缘故。这显然是不妥当的。试问，如果贡郭尔不撒手怎办呢，莫不说要给贡郭尔扎冷当一辈子小老婆？有人会说，她之所以到此地步，是因她相信命运的结果。可是，为什么她跟铁木尔一和好，就那样勇敢了，"小燕活了"而什么也不怕了呢？这是爱情的力量啊！可是，贡郭尔没得她之前或者贡郭尔没撒手之前，她与铁木尔不是同样具有深厚的感情吗？铁木尔同样的存在而且她那样钟爱着铁木尔，为什么又那么甘愿牺牲肉体和灵魂而苟全性命呢？看到这些地方，作者无论怎样描绘斯琴的美丽也是不能说服读者的。

铁木尔是草原上的雄鹰，是个民族英雄，但在爱情上也是有问题的。他爱斯琴没有跟南斯日玛结婚。但为什么又与小护士欧阳接吻呢？

从以上的分析看来，《在茫茫的草原上》就没出现一对儿象样的爱情，仿佛察哈尔草原上没有真正的"爱情"似的，描写那些草原上的蒙族青年，沙克蒂尔、莱波尔玛、斯琴，把铁木尔也放在里边，没有一个囫囵人物。我曾反复的酌摸，作者描写这些是不是为了反映那个时候草原人们的旧习，通过这些关系的描写反映出她们"火热般的爱情"。如果是这样的话，而采用这样的办法，伤害了草原人们的形象就太不分轻重了。如果不是，为什么描写这些乱纷纷的暧昧关系就叫人无法理解了。诚然，描写这些是可以的。但是为什么又要写它，写它对整个作品有什么价值，作者抱着什么态度去写，都要考虑周严的。如果有损于人物形象（当然不利于主题思想），那样描写就没有必要了，至少说这样描写不够妥当。作品里写了这些，而且篇幅很长。问题不在于写了这些，而是在于写这些而持的态度，把人物间的真正爱情和乱糟糟的关系同样的赞美、肯定，这样就叫读者就分不清好与坏了。

有人会说："现实生活提供的材料就是那样啊，为什么不可以那样表现呢？"我认为，艺术的真实是不能违背生活真实，但是决不是说艺术真实就等同于生活真实。如果那样的话，小说家，戏剧家就太多了，何必创造呢？这意思就是说，艺术一定比生活"更高、更集中、更理想、更典型"。艺术毕竟是艺术，而不是照相，因此，那种对生活的自然主义的摹写不是我们需要的。

有人会提出这样的看法："作品反映的主要东西很多，为什么单单对爱情发生兴趣呢？"我认为这一点很重要。我们知道文艺作品是给人民群众看的。是"生活教科书"，读者可以通过阅读文艺作品受到教育、开阔眼界、认识生活的。读者在《在茫茫的草原上》这篇小说里，不仅了解到草原卷起的革命风暴，而且可以了解到蒙族人民的生活，心理和性格。因此，这样的爱情描写就要在读者群众中造成影响的。

读《茫茫的草原》(上部)

巴　图

原文载《草原》1964 年第 1 期。

玛拉沁夫同志所著的《茫茫的草原》(上部),经作者修改,现已重版。我以极大的兴趣一气读完,并且把初版的《在茫茫的草原上》也同时读完。《在茫茫的草原上》(上部)共 23 章,修改重版的《茫茫的草原》(上部)共 20 章,新本比旧本少三章,新本的第六章是新添写的。两本相比,新本不论从书的结构上看,也不论从文字上看,读起来都更顺畅了。新本改动较大的情节是把旧本上的党的地下工作者洪涛改为内蒙古自治运动联合会的工作队,并且由一个蒙古族的共产党员苏荣率领。这样的改动,便于故事的发展和情节的安排。这本书所展开的场面比较大,故事情节比较曲折,涉及到内蒙古人民革命斗争中许多重大问题,写出了不少栩栩如生的人物,文笔也较顺畅,读起来很吸引人。

这本书描写了察哈尔草原的一支骑兵部队的成长,反映了内蒙古人民在党的领导下,拿起武器,打倒敌人,解放自己的革命斗争。书中的主人公铁木尔及其他重要人物,如官布、爬杰等人,都是在武装斗争中成长起来的,故事也是以内蒙古察哈尔草原上的革命的人民与反革命之间的阶级斗争为中心展开的。本书一开头就点出了铁木尔等人模糊地看到以贡郭尔为代表的内蒙古反动封建上层,非常注意建立军队,掌握武装,意识到局势的严重性;同时也朦胧的意识到自己掌握武装的重要性。正在这个革命的人民选择革命道路的紧要关头,党的工作队来到了察哈尔草原,来到了铁木尔的家乡图古日克村,引导他们走上拿起武器、进行斗争的革命的道路,国民党反动派和内蒙古反动封建上层,充分的了解到武装的作用和军队的重要性,国民党特务刘峰对贡郭尔说:"看我们能不能……立刻聚人集马,把保安团建立起来。只要有了保安团,我们就什么都能抵挡得住。"（《茫茫的草原》(上部第一百一十四页)敌人就这样开始建立了保安团，来巩固他们的统治。与此同时，察哈尔的人民在苏荣的领导下也建立了一支部队，进行革命斗争。于是一支革命的武装与另一支反革命的武装，展开了你死我活的斗争，察哈尔草原的命运将取决于这两支武装力量较量的结果。内蒙古人民是被压迫者，帝国主义、封建阶级和国民党反动派，用武装来压迫和剥削内蒙古人民，要想得到解放，就得推翻他们，以兵还兵，以牙还牙，武装起来，打倒敌人，解放自己。这是天公地道，理所当然的事情，这是我们内蒙古人民所走过的正确的革命的道路。《茫茫的草原》(上部)正是反映了我们人民的这个英勇战斗的历史。今天回忆我们自己走过的历史道路，在心里真诚地欢呼：被压迫民族的武装斗争革命万岁！

《茫茫的草原》(上部)所反映的阶级斗争，符合"每一个现代民族中，都有两个民族"这一真理。这是列宁在《关于民族问题的批评意见》上说的(见《列宁全集》第 20 卷第 15 页)。一个民族划分为压迫阶级与被压迫阶级。一个蒙古民族划分为压迫阶级与被压迫阶级，而这两个阶级之间的矛盾是敌我性质的对抗矛盾，有你没我，有我就没你，二者不共戴天。贡郭尔和铁木尔都是蒙古人[①]，但属于不同的阶级，他们之间，没有共同的利益，不能为友，只能为敌。贡郭尔要压迫铁木尔，铁木尔就要反抗贡郭尔的压迫。再看看属于汉族的匪特刘峰和属于蒙古族的扎冷贡郭尔，则同流合污，一起反革命；同样是属于汉族的张彪和属于蒙古族的铁木尔，则团结一致，一起闹革命。这一事实证明了另一个真理，就是不同的民族实际上是有阶级统一性的。不管有多少种民族，他们的风俗、习惯和语言、文字多么不同，但一划分为阶级，就一分为二，统一成为压迫阶级和被压迫阶级。阶级统一性是第一的根本的，而民族的差别性是非常根本的第二位的。这是马克思列宁主义民族观的根本的观点。铁木尔起初只有一个简单的概念就是把人划分为好人和坏人，而且只是承认在八路军里才有好汉人。以后随着革命斗争的发展，他的认识也进一步地提高，得出汉人有好汉人和坏汉

---

① 　编者注："蒙古人"应为"蒙古族人"，后同。

人之分。他对蒙古人的看法也是如此,说贡郭尔是坏人,因为贡郭尔压迫人,还抓他去当伪军,再进一步,他就不知道是怎么一回事了。苏荣领他到图古日克村头,指给他看村的一头是贡郭尔的豪华的住宅,另一头是劳动人民的破旧的蒙古包,他才有了同一蒙古人里有穷有富的看法,进而能把穷人与好人、富人与坏人联系起来看了。铁木尔的政治觉悟,还未高升到阶级觉悟的水平上去。可见自在的阶级上升到自为的阶级是多么不容易呵!这里,作者一环扣一环地细致地描写了主人公的觉悟提高的过程。

《茫茫的草原》(上部)所写的阶级敌人是狡猾的,阶级斗争是复杂而曲折的。阶级敌人用亦柔亦刚,软硬并用的反革命两手策略,破坏革命。贡郭尔的父亲普日布这只老狐狸,看到苏荣等人要到他家,他一方面集合起几十个骑马带枪的人,聚众示威,来一个下马威,同时又安排了献马礼,来一个措手不及,让工作队接受他的礼物,借以混淆他与工作队的界限,企图鱼目混珠,上他设下的圈套,这些鬼计,都被苏荣这个干练的共产党人击破了。作者也精心地安排了贡郭尔这个披着"民族"外衣的反革命分子,和苏荣所领导的革命部队联合的情节。这既符合当时内蒙古革命的历史事实,也符合错综复杂的阶级斗争规律。

这本书的第一百九十二页上写的贡郭尔利用年轻牧民们的民族情感,挑拨蒙古族人民与八路军的关系一节写得很好。这不但反映了历史的真实,同时对教育青年一代又有积极意义。故事是这样的:贡郭尔施展阴谋,号召牧民们起来打八路军时,有些青年人听信了敌人的谎言,愤然跟着贡郭尔走。他们有的人说:"为了蒙古族,死也心愿"。敌人利用了年轻人的民族情感,以"民族"作幌子,挑拨蒙古族和汉族的民族关系,达到反革命的目的。幼稚的人们,上了当,误入歧途,走上了身败名裂、危害民族的道路。一个人对自己的民族有感情,是正当的,应该的。但民族情感必须以阶级情感作基础。不以阶级情感为基础的民族情感是空的,靠不住的,容易被敌人利用,日本帝国主义利用过它,国民党反动派利用过它,民族分裂分子利用过它。封建上层、民族败类,常常以"民族"、"复兴民族"等作幌子,诱骗群众,维持其统治。当他们这样作达不到目的时,就连这些幌子也都扔掉了,去投靠帝国主义、反动派或其他什么主子,心甘情愿地当奴才。贡郭尔即是其一。从《茫茫的草原》（上部）可以清楚地看到，只有马列主义、毛泽东思想武装起来的共产党人和革命者，才是真正为蒙古民族的解放服务的，他们才有真正的民族情感。这本书还体现了团结绝大多数、孤立极少数反动分子共同对敌的党的统一战线的政策。初拓民族地区的革命工作，民族政策和统战政策至要，不讲政策，就分不清敌我和主要敌人与争取对象之间的界限。

小说的主人公铁木尔是个贫苦牧民，当过二年伪军，解放回家。这个人写的很生动，他勇敢、朴实、性格粗犷，是个很可爱的人物。组织军队他带头，反动分子宝鲁企图哗众叛变，他挺身而出，平息风波。当攻打方达仁匪部时，铁木尔单枪匹马，去歼七个匪徒，打死了六个，打昏了一个又不打死，等他苏醒以后才打死。又在第二百四十二页上，铁木尔奉命，冲过敌人去宝源送信时，他用镫里藏身的办法，骗过敌人，但他的爱惹事闯祸的性格，促使他直立马上，挥帽呼喊，向敌人开玩笑。这些，虽简单又可笑，但可说明铁木尔勇敢、粗犷的性格。

铁木尔渴望蒙古民族的解放。当他在外游荡了二年回到家乡时，心情沉重，思想复杂。整个民族和他个人的前途都茫茫然。他一进村就看见一个老太太在祈祷，他想祈祷做什么？祈祷能够复兴民族搭救我们的人民吗？这些问题对铁木尔都是未知数。他有一个"要为民族干点儿事"的善良的信念，但他脑子里想象的民族是抽象的，其中有铁木尔，有官布、斯琴，也有贡郭尔。他想复兴蒙古族，但复兴又是什么意思，他又不知道了。他在革命斗争中，经过党的教育，逐渐地了解了自己是为穷苦牧民的解放而奋斗，但离了解内蒙古人民的解放，必须在中国共产党的领导下与汉族人民共同奋斗，才能取得胜利的道理还很远，离了解内蒙古人民的革命是中国革命的一部分，中国是蒙古人的祖国的道理，也还很远。因之在部队后撤，离开他家乡时，误解苏荣、官布扔下家乡不管，不敢打敌人，就自动离开部队，回家乡打敌人去了，他以为只有这样才是为蒙古民族，才对得起家乡，才算勇敢。结果上了敌人的当，终于被俘。总之作者比较深刻地刻划了铁木尔既有解放民族的政治热情又有胡涂观念，既很勇敢又有一点狭隘，既要革命又不愿背井离乡的复杂、矛盾的个性。一个青年牧民从不革命到革命，从不懂革命到懂革命，从有一点民族革命的要求，到阶级解放的要求，是个人生观的根本的革命过程，又是实践——认识——再实践——再认识的革命发展的过程，《茫茫的草原》（上部）中的铁木尔正在走着这个过程的第一步。我们预祝铁木尔胜利地走完这一艰难而又光荣的征途，由一个民族战士成长为一个无产阶级战士。

《茫茫的草原》（上部）也有一些缺点。主人公写的还有些浅、轻，不够深、重。如在山里整训部队时，坏分子宝鲁策动叛乱之际，铁木尔只是放空枪，镇息骚乱。这不够狠，应该打死祸首，这就更符合铁木尔勇敢、粗犷的性格，而且更突出了他的这些优点。这是一个最紧急的关头，青红皂白，好汉懦夫大分野的时候，也是立主人公的好机会。立主人公主要立什么？我看主要是立革命性，立阶级立场。这一根本的方面立起来了，其他方面就好立了，因此，如把铁木尔在阶级立场的坚定性上，革命性上重重的、深深的描一笔，就是个顶天立地的形象了。斯琴这个人物，革命性、阶级仇恨心太弱，没有反抗精神，对贡郭尔只有恨而无仇。以后贡郭尔放她，她就骑马狂跑。作者想是借此举动，表现她的一些潜在的个性，这虽还可用，但无甚力量。有些情节可有可无，无关大局，有了反倒显得生硬，如铁木尔与女护士欧阳庆中的一段爱慕的故事，不太必要，没有倒还自然一些。有些地方描写得过分了一些，有的词句用得不当，男女关系写的粗了一些。我不懂文学艺术。故对艺术风格，无言可发，只是觉得玛拉沁夫同志的作品，读起来顺嘴，故事情节安排的自然，读者不为之捏一把汗，调子明朗轻松，这是他的优点。我觉得玛拉沁夫同志有时刻划人物的阶级性、革命性，不够深刻，因此他的作品里主人公就显得轻一些浅一些。我看这是他的作品的主要缺点。

现在只看到了《茫茫的草原》的上部，可能在不久的将来，一定会看到中、下部。上部只是一个开头，而且是一个良好的开头，主要部分还在后头，相信一定会看到写得更好的《茫茫的草原》的中、下部。同时也热切地希望铁木尔、斯琴等人物，生长发展成为坚强的无产阶级革命战士，成为共产主义化的民族干部。

（本文有删节）

草原上一场激烈复杂的阶级斗争
——评《茫茫的草原》（上部）

奎　曾

原文载《草原》1964 年第 6 期。

　　蒙古族作家玛拉沁夫的长篇小说《茫茫的草原》（上部）初版于一九五七年（原名《在茫茫的草原上》），是内蒙古当代文学上出现得最早的一部长篇小说，也是我国兄弟民族作家创作的最早的长篇小说之一。这部小说出版之后，引起了读者的热烈反响，内蒙古文艺界曾为此组织过多次的讨论。现在，作者对部分人物和故事作了较大的改动，最近已由作家出版社重新出版。我认为它在思想性和艺术性方面、民族化和群众化方面，都较之初版有所提高、有所增强，值得向读者推荐。

一

　　"一千九百四十六年的春天，察哈尔草原的人们生活在多雾的日子里……人们困惑地、焦急地期待着晴朗的夏天！"长篇小说一开始就以草原上的茫茫大雾，象征性地勾勒出作品的时代背景和环境气氛。当时，经过八年的艰苦抗战，日本侵略者已经投降，灾难深重的草原刚刚苏醒，蒙古族人民和全国人民一样，渴望着和平和民主的生活。但是，万恶的国民党反动派在美国帝国主义的指使下，却在全国范围内发动了反人民的内战，战火重新燃烧到内蒙古草原。这样，阶级斗争的风暴席卷内蒙古，在蒙古族人民面前提出了"何去何从"的问题。当时，在内蒙古存在着两条道路：一条是以蒙古族广大劳动人民为代表，他们在中国共产党的领导下，同汉族和其他兄弟民族一道，坚决反对美国帝国主义和国民党反动派的武装进攻，保卫革命胜利果实，并主张实现民族区域自治和民主改革,将民主革命进行到底,另一条则以蒙古族少数反动上层人物为代表,他们勾结美国帝国主义和国民党反动派,出卖民族利益,破坏革命运动,以继续维持其封建特权统治。长篇小说《茫茫的草原》卷一第十章,用两条河流作比喻,象征性地描写了这两条道路的斗争:

> 从此草原上出现了两条河流。
>
> 这两条河千变万化,一天一个样。今天你看见东边那条水又深,流又急,不分日夜,哗啦哗啦直叫喊,而西边那条却是水又浅,流又缓,好象一条晒干的蛇皮;但是你过两天再来,就会看见完全相反的现象:西边那条喧闹起来了,而东边那条却变得无声无息。……
>
> 天底下,有造福于人民的河流,也有给人民带来灾难的河流。
>
> 人们终究会看出这两条河流中,哪条属于前者,哪条属于后者;同时还可以看到这一条会变成大河,用它的汁浆灌溉这无边的草原。而那一条小河会慢慢干涸下去,最后赤裸裸地露出丑陋的河底。

作品里所描写的官布骑兵中队和贡郭尔的明安旗保安团,就是草原上的这"两条河流"——两条道路的代表。作品通过男女主人公——特古日克村的穷苦牧民铁木尔和猎人的女儿斯琴的悲欢离合的经历,很巧妙地表现了这两条道路之间的斗争,写出如何这一条慢慢变成了"大河",而那一条却赤裸裸地露出了丑陋的"河底"。

官布骑兵中队,是特古日克村的一群穷苦青年牧民为了保卫胜利果实,在中国共产党(以内蒙古自治运动联合会①工作组苏荣等为代表)的影响、推动与领导下组织起来的一支人民武装。他们是蒙古族人民利益的真正的代表者,走的是内蒙古民族民主革命的正确的道路。他们起初虽然还比较幼稚、缺乏严格的组织纪律和军事训练,并且还带有一定的狭隘的民族情感,但是经过党的耐心启发和事实的教育,他们终于锻炼改造成一支人民的铁骑兵,成为人民解放

---

① 内蒙古自治运动联合会,是在中国共产党的领导下,根据毛主席的民族平等和民族区域自治政策而于 1945 年成立的一个革命组织。它的任务是实现内蒙古的民族区域自治,到 1947 年内蒙古自治区成立后,即宣告结束。

军内蒙古骑兵部队中的一部分。当国民党匪帮方达仁部队冒充"八路军"来到草原上烧杀抢掠时，他们虽一时曾被假象所蒙蔽，但马上便识破了敌人的阴谋，毫不犹疑地立即进行追击，将敌人围困于哈登浩树庙，若不是贡郭尔从中破坏，完全可以将敌人全部歼灭。

和官布骑兵中队相对立，贡郭尔所组织的明安旗保安团则是国民党（以暗藏特务刘峰为代表）的反动地方武装。贡郭尔在日伪时期是警察大队长，现在是明安旗的扎冷①，掌握着全旗的实权。他组织反动地方武装的目的，表面上讲什么"保护旗民""保护民族利益"，实际上却是为了配合国民党的进攻和镇压人民的革命运动，好维持自己的反动统治。他不但把国民党特务刘峰暗藏在家，并接受国民党团长的封号；而且暗中还和方达仁匪军勾结起来，和他们合演了一场保安团追打"八路"军的双簧，以破坏共产党、八路军的威信，收买人心，扩充自己的势力。以后，他还在刘峰的指使下，使用两面手法，和官布中队搞"联合"，在哈登浩树庙放走了方达仁匪军。无怪牧民们说："我们的扎冷是在用嘴打土匪呢！"这是人民对他的裁判，也是作者对他的鞭挞。

内蒙古是一个民族地区。由于国民党政府大汉族主义的压迫和反动的民族上层分子的挑拨，那时蒙古族人民对汉族人民采取不信任的怀疑态度。他们把共产党、八路军看成是"汉人的"，主人公铁木尔就是因为"八路军中没有蒙古人"而离开队伍回到家乡来的。一种单纯的、危险的"民族热"在蒙古族青年们心中燃烧着，国民党匪徒和贡郭尔扎冷就利用这种"民族热"反对共产党、八路军，进行反革命活动。这样，解放战争初期内蒙古草原上的两条道路的斗争，由于民族问题而显得格外的复杂。长篇小说《茫茫的草原》没有回避这种复杂的矛盾和斗争，而是通过生动的具体描写，显示了民族矛盾实质上是阶级矛盾这一真理，用阶级和阶级斗争的观点及阶级分析的方法处理和解决了作品中提出来的问题。小说卷一第五章通过内蒙古自治运动联合会工作组组长、政治工作干部苏荣带领铁木尔在丘陵上俯瞰特古日克村贫富不均的情况，借苏荣的嘴讲

---

① 扎冷，察哈尔的一种旧官衔。一族之长不叫王爷，而叫安奔，其次就是扎冷。

了下面的话：

> "这里居住的都是我们蒙古人——蒙古民族,但是,看吧,一个人种、一个民族从来就不是个统一体。蒙古人当中有压迫者,也有被压迫者,由于他们所处的地位不同,他们所想的、所干的,也就不同。我们不能笼统地说为了蒙古人、为了蒙古民族,重要的是为哪些蒙古人,为什么样的蒙古民族? ……"

是的,为哪些蒙古人,为什么样的蒙古民族,这正是当时内蒙古自治运动中两条道路斗争的实质。小说真实地反映了内蒙古自治运动联合会成立后一年间在察哈尔草原上所开展的革命宣传活动和组织工作,指出只有在中国共产党的领导下,粉碎美国帝国主义和国民党反动派的武装进攻,实行民族区域自治,和汉族及其他兄弟民族一起共同建立自由、民主、繁荣、富强的新中国,这才是蒙古民族求得解放的唯一正确的道路。生活在解放战争初期茫茫大雾中的蒙古族人民,就是这样在中国共产党(通过内蒙古自治运动联合会)的领导、教育和帮助下,提高了阶级觉悟,分清了敌我,找到了正确的方向,走上了革命的道路。长篇小说《茫茫的草原》所描写的这个题材和主题,无疑是很有意义的。

二

长篇小说《茫茫的草原》为我们塑造了那个时期的形形色色的人物:从青年牧民到民族上层分子,从自卫军①骑兵师长到女护士,从国民党特务到匪军团长。他们互有特点,各有自己的独立性格。而作品的故事情节,也就是在这些人物错综复杂的关系中展开的。

作品的主线是男女主人公铁木尔和斯琴的悲欢离合的遭遇。作品一开始,青年牧人铁木尔回到家乡,发现自己的情人斯琴被贡郭尔扎冷所霸占,并且已经怀了身孕;无限的仇恨撕裂着铁木尔的心,他决心要报仇。矛盾就这样迅速地展开了。围绕着铁木尔和斯琴,作品展示了敌我双方矛盾和斗争的图画:一

---

① 内蒙古人民自卫军,是解放战争初期在中国共产党领导下的内蒙古人民武装,以后成了人民解放军内蒙古部队的一部分。

方面是内蒙古自治运动联合会的工作组来到村里，他们通过官布团结、争取了铁木尔，建立了自己的人民武装；另一方面国民党特务刘峰也来到贡郭尔家，唆使贡郭尔组织了保安团。两支武装在方达仁匪军骚扰草原时表现出不同的立场和态度，贡郭尔一方失败了。于是他就采取更为阴险狡猾的办法，以守为攻，主动地和官布骑兵中队"搞联合"，并且为了缓和阶级矛盾，将被他蹂躏得奄奄一息的斯琴放送回家。这样，铁木尔和斯琴终于又团聚了。但是，这时的铁木尔已经是一个觉醒了的阶级战士，他并不以获得个人的幸福为满足。他对斯琴说："……我怎么能够只因为跟你团圆，就把受苦受难的牧民弟兄们忘掉，把对敌人的血海深仇忘掉呢？难道你是叫我把这支枪扔到湖里，关起家门，只是咱们两个人安安乐乐的过日子吗？"在他的帮助与鼓励下，曾经信赖过"天命"、怀疑过自己的手"也会杀人吗"的斯琴，终于也变成了英勇的战士，参加了革命斗争。在斯琴得悉铁木尔被国民党匪军逮捕之后，极度的痛苦和愤恨在她胸中化成一团复仇的烈火。她"知道靠难过是报不了仇，解不了恨"，于是就回到村里，把住着敌人的三座蒙古包从里面点着了火，烧死了全部的敌人。

与男女主人公的命运相联系，和敌我矛盾双方相呼应，作品还别具匠心地安排了所谓走"中间道路"的瓦其尔一家。瓦其尔是当地的著名的巴彦（富户），他的大儿子旺丹是贡郭尔手下的"得力帮手"，过去是日伪警察，现在是跟着刘峰干见不得人的勾当；他的二儿子沙克蒂尔却是铁木尔的好朋友，是官布骑兵中队中的一名战士。两条道路的斗争，就这样富于戏剧性地反映到这个家庭中来。小说卷二第八章通过瓦其尔挂旗子受国民党匪军毒打的典型细节，深刻地揭示了这个守财奴貌似精明、其实愚蠢的"中间道路"可悲而又可笑的实质。瓦其尔的遭遇证明了在激烈的两条道路的敌我斗争中，是没有什么"中间道路"可走的。蒙古族人民，包括一切正派的民族上层分子在内，只有坚决跟着共产党走，才是唯一出路。

恩格斯在给拉萨尔的信中曾说："主要人物，事实上是代表了他们那个时代的一定的思想。他们的行动动机，不是从琐屑的个人欲望里，而是从把他们那浮载起来的历史潮流里汲取来的。"长篇小说《茫茫的草原》共写了二十多个人物,除了前面已经提到过的铁木尔、斯琴、贡郭尔、瓦其尔、苏荣、官布、刘峰、方达仁等人物以外,象沙克蒂尔及其情人莱波尔玛、旺丹及其女人卡洛、贡郭尔的父亲普日布、官布的妻子托娅、骑兵师师长洛卜桑,以及汉族战士张彪和女卫生员欧阳庆中等人物,也都写得栩栩如生,性格鲜明,各有其一定的作用。限于篇幅,这里只谈谈主人公铁木尔的形象及其意义。

一打开书,铁木尔最初出现在我们面前时,是一个勇敢、正直的小伙子。他在呼和浩特当兵时曾经接近过八路军工作人员,懂得了一些平等民主的粗浅的革命道理。但是他具有较浓厚的狭隘的民族主义思想,只因为"八路军里没有蒙古人",他就抱着"复兴民族"的理想回到家乡来了。斯琴的被霸占激起了他对贡郭尔的仇恨,但一开始还仅仅是从个人出发的,并没有意识到这是一个阶级对另一个阶级的斗争。后来经过官布、苏荣的耐心启发和帮助,他这才懂得了不能笼统地说"复兴民族",而要有阶级观点。于是他成了官布骑兵中队中的一个骨干分子,这可以说是他性格发展的第一阶段。但是,粗犷、勇猛而性急的铁木尔不习惯于革命部队的组织纪律,特别是一见到敌人(国民党匪军),他就要冲杀一场而后快。当骑兵中队在追击方达仁残匪时,他觉得"这样黑压压一片地跟着敌人屁股后头跑"不解决问题,于是就单枪匹马,不告而别,带着六颗子弹,一个人从另一个方向去和敌人搏斗,消灭了七个匪徒。他的勇猛是可嘉的,但他的无组织无纪律的行动是严重的。官布给了他"三天不许参加战斗"的处罚,他老老实实地执行了;但是三天过后派他到宝源送急信时,在路上他却又因为和敌人开玩笑而故意暴露了目标。后来当上了班长,他还擅自夜间准沙克蒂尔的假,放他回村与情人莱波尔玛幽会……这些都说明,铁木尔还不是一个真正的革命战士,正如苏荣在初见面时所想的:"把这样特殊性格的人,完全改变成一个革命的战士,还需要作许许多多的工作呢!"这可以说是他性格发展的第二阶段。正因为他勇猛善战,嫉恶如仇,却又带有狭隘的民族情感,缺乏严格的组织纪律和集体观念,所以到了因战略关系我军暂时向北撤退以后,他就拉着沙克蒂尔离开队伍回到家乡来了。"铁木尔扛枪杆、干革命,为的是牧民。"他自以为很正确,而且回到村里后也确实组织了游击武装。但是他是怎样指挥的呢？第一次在路上伏击敌人，他们本来可以获得全胜，但是铁木尔性急，为了速歼敌人就让沙克蒂尔带人上山，以致使沙克蒂尔负了伤。第二次更严重的是，当铁木尔接到情报，知道大批敌人已经进村时，他不是去很好地组织力量，共同对敌，而是坚持个人暗杀的办法，"干脆就象猎人打猎那样，每个人走每个人的路，每个人找每个人的'野物'"，"谁愿意怎么干，就怎么干吧！"结果，他不但没能杀死敌人，而且自己也被擒了。到这里，他才开始意识到自己是错了，责备自己"你为什么离开了集体，离开了部队"。这是他性格发展的第三个阶段，小说上部到这里也就结束了。

铁木尔的性格有其一定的典型性。它告诉人们，要把这样的人改造成为真正的无产阶级革命战士，并不是轻而易举的。作品一方面歌颂了他正直勇敢的劳动牧民的优秀品质，同时也用事实批判了他身上存在的狭隘的民族主义思想和无组织无纪律、缺乏集体观念的错误行动。不过应当指出，这些是他前进过程中不可避免的缺点，将这样的人改造成真正的革命战士，这正说明党的力量的伟大。

三

在谈到《茫茫的草原》的人物形象、特别是谈到体现党的领导作用的人物形象的时候，有必要提一提小说的初稿——《在茫茫的草原上》。

在小说的初稿中，出现得最早、在书中占有重要位置的一个共产党员，是洪涛。他原来是北京大学的学生，爱幻想，好写诗，是一个知识分子出身的革命干部。党派他来到了察哈尔草原，担任了官布中队的政委。但是，由于他的思想并未得到彻底改造，在工作中就忽左忽右，犯了一系列的错误，后来受到上级党严厉的批评。象这样的党的领导干部，在生活中不是绝对没有的，在作品中也不是绝对不能写的。但问题是：在小说初稿中，他却是作为党派到草原上来"打前站"的唯一的一个汉族党员干部，担负着极其重要的工作，在书中直接体现着党的领导作用。这样，洪涛这个形象就缺乏典型性了。读者对初稿的意见，主要就在这个地方。

修改稿最大的变动,就是彻底删去了洪涛这个人物,而让原来仅在卷二一度出现过的骑兵师女政委苏荣代替了他的位置,并且把党的领导力量描写为一个内蒙古自治运动联合会工作组(其中还增写了张彪等几个汉族干部)。修改稿正面描写了以苏荣为首的这个工作组如何在村子里积极开展革命工作,宣传党的政策,用阶级观点教育和启发铁木尔等青年牧民,和贡郭尔进行了面对面的斗争。现在修改稿中所改写和增写的那些章节(如卷一第四章铁木尔初见苏荣、第五章苏荣向铁木尔谈阶级对比、第六章工作组访问贡郭尔等),都是很重要而且是很生动的。作为一个体现党的领导作用的女政治委员,苏荣既勇敢果断,又稳重沉着,"在她身上,既有牧民妇女的勤劳传统,又有沙漠人民的刻苦能力,既有一个政治工作人员的涵养和原则性,又有一个知识分子的热情和幻想"。这么一改,党的领导作用的确大大加强了,我以为这是修改稿最成功的地方。

修改稿的第二个特色,是突出了人物的阶级性,并适当地增加了蒙古族和汉族民族团结的描写。这也是十分重要的。例如对铁木尔,初稿中过分地强调了他的狭隘的民族主义思想,而对他的阶级觉悟描写过低;现在修改稿不仅描写了苏荣对他的启发,他对张彪的好感,而且还交代了过去他曾救过一个名叫百顺的汉族少年。这就使主人公的思想境界提高了一大步。又如对瓦其尔的二儿子沙克蒂尔,初稿中只描写了他走向革命,而没有交代其阶级思想根源;现在修改稿写出了他是私生子,在家中的地位向来低人一等,被看成跟牧工一样的人,瓦其尔之所以收留他,只不过是因为他有一双勤劳的手罢了。这就把沙克蒂尔跟他哥哥旺丹截然区分开来,怪不得他们分道扬镳,走上了互相对立的两条道路。而瓦其尔的"慈祥善良"的面纱,也被"顶用"这两个字彻底撕了下来。

修改稿的第三个特色,是增加了民族风俗习惯的描写。例如卷一第六章关于"看套马"和"献马"的描写,既表现了普日布和贡郭尔的阴险狡诈,又表现了苏荣以及张彪的机智勇敢,同时也富于民族特色,恰好和卷二的洛卜桑摔跤及那达慕大会上的赛马相呼应。这是敌我双方公开较量的第一个回合,其紧张程度不下于后来的作战。作品写得有声有色，生动逼真，是全书中出色的章节之一。

修改稿的第四个特色是减少了关于爱情纠纷的描写。在这部小说的初稿中，男女关系描写得过多过细并且过乱了些，因此引起了读者的一些意见。现在修改稿也在这方面作了删改（不过似乎还可以删改更多一些），特别是删去了最后一段歌颂莱波尔玛的文字，我认为是很好的。

此外，修改稿还对某些原有人物的性格作了更进一步的刻划，如官布的妻子托娅、贡郭尔的父亲普日布等，但可惜他们在卷二没有得到相应的发展。

从以上这几个方面来看，修改稿确比初稿大有进展。这是值得祝贺的事。

四

《茫茫的草原》在艺术表现上有它自己的特色。作品的故事情节是多线索发展的，但是它们却与男女主人公的命运紧紧联系在一起，并且突出了两条道路的斗争。而这些，几乎都发生在一个小小的特古日克村内，甚至反映在瓦其尔的一个家庭之中，这说明作者在构思小说的人物故事时，是煞费了苦心的。故事情节的典型化，才使得长篇小说表现出茫茫草原上两条道路斗争的复杂面貌。

其次，作品描写了众多的形形色色的人物形象。作者既善于把人物放到矛盾和斗争中去描写，同时也善于选择富于典型意义的细节，刻划人物的思想性格。这样的例子是很多的，前者如铁木尔的出场，后者如瓦其尔的做旗子，都很有特点，富于表现力量。

第三，作品擅长于用景物描写来比拟、象征和烘托人物和事件，使得小说非常生动、形象，很吸引人。《茫茫的草原》中有许多很出色的关于草原景物的描写，但是作品并不是为写景而写景，而是具有一定的用意的。例如卷二第五章斯琴从贡郭尔家被放出来以后，作品用富于浪漫主义的笔触，痛快淋漓地描写了斯琴骑上骏马，奔驰到高高的山丘之上，在她的脚下，是旭日、雄鹰、一望无际的绿油油的草原。这种大自然的壮丽景色，衬托出她获得自由后愉快喜悦的心情。而同一草原,到了下面第八章写战士们往北撤退时,"牛车的行列长长地,长长地,就象一条没头的绳子般在草原上爬行着",周围景色却又显得多么的凄凉。至于用茫茫大雾象征人们的苦闷心情,用夜间受了伤的野狼的嚎叫隐喻贡郭尔失败后的坐卧不安,其用意就更加明显了。

第四,作品自始至终充满着感情的色彩,语言有着强烈的抒情性,风格清新、流畅、优美,有些地方简直可当作抒情散文来读。作者对草原的讴歌,洋溢着革命浪漫主义的气息。例如小说结束时那一大段抒情独白:

呵!壮阔、无边的草原!你那千万条凸凹不平的山、岭、沟、坡,是伟大的力的源流呵!即使在严寒的冰雪天,它们也穿过冻裂的地层,向这里的人民吐放滚滚的热流!是它,滋养着这里的人民;是它,陶冶着这里的人民。自古至今,我们的人民——草原的儿女,曾经蒙受过多少灾难。然而他们依然生存下来了。严寒,只不过是在他们那粗糙的手背上,留下几条冻伤的痕迹,但是没有能够把他们的生命窒息;荒火,只不过是烧毁这里的几根枯草,但是第二年青草长得更茂盛,花卉开得更鲜艳!

呵!草原——我们慈爱的妈妈!为了你,你的儿女们在战斗着、前进着,虽然他们身上血迹斑斑,但是他们充满了胜利的信心!他们站在你那壮阔的身躯上,迎接着黎明的曙光!

歌颂草原,其实也就是歌颂祖国和人民,歌颂革命的明天。因此,这些浓郁的抒情文字不仅给人以美的享受,而且还强烈地引起读者感情上的共鸣,鼓舞人们信心百倍地奋勇前进。

此外,作品还大量运用和提炼加工了许多蒙古族民间的谚语、成语,既富于表现力,又具有浓厚的民族特色。这表明作者在学习民间语言上是取得不少成绩的。

《茫茫的草原》重版了。尽管它也还存在着某些不足的地方,但较之初稿确有了很大的提高。这不能不和作者玛拉沁夫同志这几年的刻苦学习、努力钻研,在思想上艺术上的提高有关。《茫茫的草原》共有三部,现在和读者见面的还只是上部;我们盼望作者将茫茫草原上这一场激烈复杂的阶级斗争描写到底。

1963 年 8 月

更上一层楼

——从《在茫茫的草原上》到《茫茫的草原》

李亦冰

原文载《草原》1964 年第 6 期。

　　最近读了《茫茫的草原》，与几年前读过的《在茫茫的草原上》相比较，觉得无论是思想性或艺术性都有显著的提高。因此，重写本比原版本可以说是"更上一层楼"。

　　首先，在重写本中，党的领导这条线索加强了。我们知道，抗日战争胜利后，内蒙古地区的革命运动面临着全面开展的新形势，两条道路的斗争十分尖锐和复杂。在这动荡的年月中，中国共产党领导内蒙古人民走上了民族解放和区域自治的正确道路。因而，反映这一历史时期革命斗争的作品，能否正确地表现党的领导，是真实地、艺术地再现这场斗争的重要关键。但不可讳言，原版本关于这条线索的描写是不够鲜明和正确的。其中，做为党的领导者形象的洪涛有着严重的缺点，特别是这个人物的行动也没有能够体现出党的领导作用。而重写本对这方面的描写则突出和加强了。党派到这个地区打"前站"的，已不是某一个人，而是由苏荣率领的包括蒙古族和汉族干部的工作队。他们来到这里，不是采取洪涛那种"地下式"的工作方法，而是开展了多方面的工作：当敌人蠢蠢欲动的时候，工作队及时地提出了建立革命武装的问题，结果以组织青年人进山打猎的方式，成立了骑兵中队，把枪杆掌握在人民手中；在建军的同时，发动和组织了开始觉醒的蒙古族牧民群众；正确地执行了党的民族政策，团结和争取了民族上层分子,建立起民族统一战线,反对共同的敌人。

上述种种活动,主要通过苏荣这个人物体现出。这个艺术形象塑造得很成功,她的行动有力地体现出党的领导作用。因此,在重写本中,用苏荣来代替洪涛,这一改动是恰当的。在苏荣身上,既有蒙古族人民所固有的优秀品德,又有党的领导者的英雄气概。书中通过一系列的情节和场面,把这个党的工作人员的敏锐的政治嗅觉、机智勇敢、沉着善战的本领,栩栩如生地呈现出来。她一到这个地区,首先抓住建立武装问题,引导群众以武装的革命反对武装的反革命。同时,她又重视对群众的启发教育工作,她运用特古日克村鲜明的阶级对立的事实,对铁木尔进行了阶级教育,把这个蒙古族青年由民族觉醒引导到阶级觉悟的道路上来。特别能够突出这个人物特征的是,第一卷第六章中的描写,这是苏荣初次和反动的民族上层分子贡郭尔交锋,在这表面平静实则异常激烈的斗争中,苏荣以她的智慧和沉着戳穿了敌人的阴谋,把他们所布置的显示"实力"的武装示威,一变而为宣传党的政策的群众大会;又巧妙地将贡郭尔所献的骏马,转送给那几位贫苦的"祝词家",结果使敌人狼狈不堪,不知如何是好。在重写本中,作者所增添的这许多笔墨,使这个人物站立起来,真实生动地塑造出一个坚强的领导者的形象,而又通过这个人物充分地体现出党在这场斗争中的领导作用,从而使这条红线鲜明突出了。这是重写本的重要成就之一。

其次,在重写本中,阶级观点和阶级分析方法较前鲜明了。在这一时期,草原上的这场波澜壮阔的斗争,就其实质来说,是一场阶级斗争。因此,反映这一重大题材,必然要求作者处处以阶级观点和阶级分析方法来描写事件和塑造人物。可以看出,作者重写这部长篇的时候,在这方面加重了笔墨。譬如对大牧主瓦其尔的描写,增加了不少细节,而这些细节恰恰突出了作为大牧主的瓦其尔的阶级本质。这是一个表面上"慈悲"、"善良",内心十分吝啬的守财奴的形象。对他来说,只要能够保住金银和牛羊,可以不惜一切。当他看到大儿子旺丹,经常在夜间用军衣给家里包来几十块银大洋时,他不再反对他到贡郭尔手下当差,而且鼓励他"好好干"。他所以没有把私生子沙克蒂尔赶走,所以对铁木尔表示"关怀",因为在他看来,这两个青年是"顶用"的劳动力。瓦其尔以他有这样三个青年而洋洋得意："我有几箱金银，和上万头五种牲畜，再有他们这样三个青年，就是到深山荒野去过日子也不为难了"（第 21 页）。另外，他对待小羊倌百顺的手段，更是他视财如命、阴险毒辣的有力证明。当小羊倌把他的羊放牧得如小牛一般壮时，瓦其尔曾给过他一碗白面条，叫过他两声"孩子"。而当百顺冻坏了脚不能出工时，瓦其尔不管他的死活，狠心地把他赶了出去。重写本所增加的这些描写，把瓦其尔这个大牧主伪善、凶残的阶级本质淋漓尽致地刻划了出来。

另一方面，在这里，同时还穿插了铁木尔救助汉族小羊倌百顺的情节，表现出不同民族的同一阶级弟兄间的友情。这方面使用的笔墨虽然不多，但也是感人至深的。此外，在工作队中，不仅有蒙古族干部，同时也包括了汉族干部，这种安排有力地表明了蒙古族和汉族人民团结一致，共同为全中国各族人民的解放而奋斗的事实。

再次，在重写本中，民族特色更加浓厚了。《茫茫的草原》可以说是一幅内蒙古革命斗争的历史画卷。它真实生动地展现出察哈尔草原人们的苦难生活以及他们的反抗斗争，反映出这一民族这一地区既同于全国又别于全国的特殊复杂的斗争历程。这构成了作品民族特色的主要内容。在这一基础上，作者又多方面地渲染了民族色彩。

"马和歌声是蒙古人的两只翅膀"（第 292 页）。重写本第二卷第七章增添了对于"马"和"歌声"的渲染。在牧民传统的集会"那达慕"大会上，不仅有二百人组成的马头琴乐队，汇成音乐的海洋，而且描写了更为吸引人的赛马场面，群众的热烈欢呼和期待，参加比赛者的神采奕奕，都跃然纸上。

又如，第一卷第六章"献马"场面的描写，这是民间艺术家的精采表演，它显示出蒙古族人民"能歌"的天才和智慧，以及草原人民对马所特有的感情。同样都是"赞马歌"，而五位"祝词家"所唱的则各具不同的特色和风格。这些歌词的确令人陶醉和赞美。

另外，在这广阔的画幅中，作者也给我们增添了几幅旧时代的画面，它使我们看到过去，特别是蒙古族老一代人民所承受的精神苦难。象刚盖老太太围着蒙古包边走边念经的场面,看到这里,不由得使人感到心情沉重。刚盖老太太受了一辈子苦,但终究不明白受苦的原因,更不知道如何才能摆脱苦难,只好在这"奄奄一息的生命中",祈求着渺茫的来世。但革命风暴起来了,它将把种种苦难扫除净尽,包括人民的精神苦难。譬如巴拉珠尔大夫,他和刚盖老太太同样是受精神奴役的老一代,然而,巴拉珠尔大夫参加革命不久,虽一时还改不掉念经的"神圣的习惯",但他已经开始发生怀疑。可见,随着革命的深入,蒙古族人民也将摆脱掉精神上的枷锁。

这些画面的增添,不但多方面地反映出蒙古族人民的生活面貌和风俗习俗,而且使整幅画卷的民族色彩更加浓郁。

以上几点,是阅读当中感到改动比较好的地方。其他方面的改写还不少,就不在此一一赘述了。

最后,从"精益求精"的要求出发,感到书中还有一些不足之处。首先,书中的阶级感情虽较原版本有所加强,但尚不够深厚。这主要表现在对劳动人民所富有的阶级感情,以及他们所固有的优秀品质,挖掘得不够深透,如对斯琴这个人物的描写,就是如此。其次,书中对于一些不必要的生活细节,描写还嫌过多。

从原版本问世到重写本出版,中间经过了几年的时间,在这期间,作者做了认真的修改,这种严肃而谦虚的创作态度,也是值得我们学习的。

1963 年 11 月

茫茫草原上的革命风暴

丁正彬

原文载《草原》1964 年第 6 期。

玛拉沁夫同志的长篇小说《茫茫的草原》(上部)是一部比较深刻地描写解放战争时期内蒙古人民革命斗争的作品。这部书的出版,是内蒙古文学创作上的一个重要收获,也是我国少数民族文学创作上的一个新收获,从全国来看,象这样生动地反映这个时期人民革命斗争的长篇,还是不多的。

作品通过内蒙古察哈尔草原人们的生活和斗争的描绘,反映了抗日战争胜利后内蒙古各阶层人们的思想动态和革命斗争的历史图景,比较深刻地展示了内蒙古人民革命的历史道路。抗日战争胜利后,内蒙古和全国其他地区一样,存在着两种命运、两个前途、两条道路的斗争。一条是以内蒙古封建上层分子为代表的向帝国主义和国内反动派妥协投降的道路;另一条是在中国共产党领导下,以内蒙古工人、农民、牧民、革命知识分子为主体的,联合内蒙古各革命阶层,各民族人民,坚决反对帝国主义和国内反动派,彻底解放内蒙古各民族的革命道路。这时期的两条道路斗争特别激烈尖锐,因为这是关系到内蒙古的前途和命运的重大问题。但形势是有利于革命方面的。这是由于内蒙古广大工人、农民、牧民长期以来过着被压迫被剥削的痛苦生活,迫切要求推翻阶级压迫和民族压迫,他们坚决拥护中国共产党的革命道路。这时党领导的革命统一战线形成并壮大起来,党对民族上层分子作了许多争取、团结的工作。民族上层分子当中,有些人由于他们的阶级立场所决定,还看不清楚内蒙古民族解放的正确道路,在革命风暴到来的时候,他们怀疑,动摇,甚至于逃避;但是真正甘心投靠国民党反动派,充当蒋介石走卒的,只是民族上层分子中的少数人。这就是说走反革命道路是极少数的分子。根据这种形势,党坚决领导了内蒙古人民革命运动,于一九四五年十一月成立了"内蒙古自治运动联合会",随即在锡林郭勒和察哈尔地区展开工作。《茫茫的草原》所描写的正是"内蒙古自治运动联合会"领导下的察哈尔草原人民的革命运动。贯穿全书的主线是革命与反革命两条道路之间的一场激烈的斗争,作者没有把这场斗争简单化,而是站在无产阶级立场,用马克思列宁主义的阶级观点,深入地多方面地正确表现出这场斗争的复杂尖锐状况。察哈尔人民所经历的斗争历史,正是内蒙古人民革命历史的缩影。作品通过对斗争中的各阶层人物的描绘,真实生动地展示了内蒙古人民革命斗争的历史道路,令人信服地表明了:内蒙古人民的革命斗争,必须在中国共产党的领导下,实行放手发动群众,团结一切可以团结的人,以革命武装反对反革命武装,同敌人进行针锋相对的斗争的策略;同时要正确地解决民族问题,才能取得革命的胜利。因此,小说《茫茫的草原》(上部)不仅全面而深刻地反映了解放战争时期我国人民革命的共同道路,而且还具有民族的特点和地区特点。

作品是通过四条线索的相互交错发展来反映内蒙古人民革命运动中两条道路的斗争的。

一条是表现党对内蒙古人民革命事业的坚强领导的线索。在小说中有内蒙古党组织的领导同志,有"内蒙古自治运动联合会"等,都是体现党领导的,但从作品的艺术形象中直接表现出来的是共产党员苏荣和官布。他们最初领导工作组在察哈尔开展工作,后来又领导了骑兵中队,在这场激烈尖锐而又复杂的斗争中,一直站在斗争的最前列,组织并指挥着战斗。他们的活动,充分体现了党的领导作用。苏荣的形象,在作品中尤为绚烂光彩。她曾在党的教育培养下,经历过较长期的多次革命斗争的锻炼,是一个有较强的领导能力的党的工作者。在察哈尔那种复杂的形势下,她能作出正确的分析判断,执行党的指示,为工作组计划了三项工作:宣传政策,发动群众;建立一支革命武装;对民族上层进行工作。这些工作一一都完成得很顺利出色。在发动群众、教育群众的工作中以及和贡郭尔会见的那一场惊心动魄的斗争中,表现出她一个革命者扎实、深入的工作作风和坚定立场与高度机智相结合的特点。她不仅是一个枪法很准的英雄战士,还是骑兵中队的政委,同时也是能烧茶干活的普通劳动者。作品从多方面来揭示这个人物的性格,塑造了一个党的领导者的丰满而又高大的艺术形象,从而深刻地表现了党的领导作用。苏荣这个形象是比较鲜明的,小说中党的领导的描绘也是成功的。

作品的另一条是牧民们为自己阶级和民族的解放而进行斗争的线索,这就是铁木尔、斯琴、莱波尔玛、沙克蒂尔等劳动人民的生活和斗争。他们都是受尽了反动统治阶级压迫剥削的穷苦人民,有着强烈的革命要求,在小说的上部里,他们才跨出了第一步,只认清了蒙古民族的最凶恶的敌人是国民党反动派,而对本民族内的阶级压迫,就不甚清楚。但他们在民族解放的斗争中,走的是拥护中国共产党领导的革命道路。他们同工作组、骑兵中队有着密切的联系，他们当中有的就是骑兵中队的成员和英勇的战士，这条革命的道路是他们的阶级地位所决定的。作品在广阔的社会生活背景和剧烈的阶级斗争的基础上，细致地描绘了他们在这场复杂尖锐的斗争中思想觉悟不断提高的曲折历程，从而使这些形象概括了较为深广的社会内容。

铁木尔是一个勇敢、倔强、粗犷的青年牧人，抗战时期被贡郭尔抓去当了兵。抗战胜利后，他拖着强烈的"为蒙古民族出力"的愿望回到察哈尔草原，积极参加了骑兵中队。当国民党匪军进犯草原、杀害人民时，他认清了蒙古民族的敌人是国民党反动派。为了民族利益，他英勇战斗，消灭敌人。但对于自己民族内部的阶级界限，他是不十分清楚的。他虽然有一种自发的对贡郭尔的阶级仇恨，却没有清醒的阶级觉悟，当苏荣给他指出不能笼统地说："为了蒙古人，为了蒙古民族，重要的是为哪些蒙古人，为什么样的蒙古民族"时，他自发地"指了一下特古日克湖岸的贫民区，'为了那些蒙古人，那个蒙古民族'"。这还是朦胧的阶级意识。但此后他也能把蒙古人中的穷人和富人分别开来，自己就是为家乡的穷苦老百姓而出力的。这种狭隘的思想使他误认为部队后撤是扔下家乡老百姓不管，不为蒙古族老百姓出力，于是自动脱离部队，逃跑回家，企图靠个人力量想和敌人硬拼，去"为民族出力"，结果遭致失败，被敌人俘去。作者在这里既反映了产生于一定历史条件下的所谓"民族热"对于青年的思想影响，同时也有力地批判了这种"民族热"不能使自己的民族得到真正的解放，不能寻求到民族解放的正确道路。铁木尔这个艺术形象具有一定深广的社会内容。

斯琴是受压迫最深沉、苦难生活最惨重的底层劳动妇女。她的父亲是贡郭尔的雇工，与她同劳动共甘苦的青年铁木尔又被贡郭尔抓去当兵，而自己亦被贡郭尔霸占侮辱。这一家人的遭遇，典型地反映了广大牧民在封建特权阶级统治下所受的剥削压迫的深重。在这样沉重的打击之下，她几乎被逼成了"狂人"。为了铁木尔，她仍忍受着辱骂和鞭打，挣扎着活下去。抗战胜利，铁木尔还乡，工作队来到草原，使形势起了变化，贡郭尔被迫放她回家，从此她脱离了苦难生活的深渊，过着比较自由的生活。但是没有民族的解放，不打倒人民的敌人,灾难又会重新落在她身上的。因此,她就参加了铁木尔所组织的打击国民党匪军的战斗,在战斗中"冒着被污辱和被杀害的双重危险"留在村里担任探听和传送情报的工作。当她知道铁木尔被匪军抓走以后,不禁爆发出复仇的怒火,发出"我要去杀死那些豺狼","报不了仇,解不了恨"的豪壮誓言,终于烧毁了住着敌人的三座蒙古包,使草原上出现了三堆熊熊的大火,这是斯琴觉醒的火焰,也是斯琴复仇的火焰。不难看出,她在斗争中定会迅速提高阶级觉悟。斯琴这个艺术形象在一定程度上反映了蒙古族劳动妇女那种传统的勤劳善良的品质、不屈不挠的顽强精神。

如果说斯琴是代表劳动妇女中纯朴善良、不屈不挠的一面的话,那么莱波尔玛则是代表劳动妇女中勇敢乐观、热情爽直的一面。莱波尔玛虽然穷困到在严冬缝补衣服时都只能赤着身子的地步,但她没有丝毫灰心、丧气、失望等等念头,有的是充满了对生活的希望和信心。她的生活真是灾难重重,既有三个孩子,却又是年轻的寡妇。万恶的蒋介石匪军还不肯放过这个多灾多难的劳动妇女,他们想侮辱她,未成,就杀害了她的小儿子。在这些不幸事件的打击之下,她不但没有悲观绝望,反而爆发出强烈的仇恨火焰。她从这些事件中认清了蒙古族人民最凶恶的敌人是国民党匪军,就积极参加了斗争。在斗争中坚强不屈,英勇无畏。斯琴和莱波尔玛都是小说中着力描绘的人物形象,在他们的形象中比较深广地概括了蒙古族劳动妇女的苦难生活和潜藏在他们内心中的反抗力量。这样的艺术形象,在其他作品中还是不多见的。

以瓦其尔、达木汀、齐木德等为代表的民族上层分子的动态是小说的第三条线索。他们的身上都具有剥削阶级的贪财、伪善、狡猾等本质特征,这种阶级地位决定了他们在政治上的态度,为了保持住自己的财产和地位,因而他们在革命与反革命的斗争中企图走中间道路或旁观等待。大牧主瓦其尔把他的两个儿子放一个在国民党的军队里,放一个在共产党的军队里的办法以及在革命与反革命力量拉锯战中作一面八路军旗一面国民党旗的行动,充分地表现出他的两面派的政治态度。但当八路军转移后,瓦其尔遭到国民党匪军的酷刑拷打、几乎丧失了性命的事实,又说明了中间道路是走不通的。

　　达木汀和齐木德是遭到统治阶级内部实力派的排挤打击而走向开明的，又加以党对他们进行了许多争取、团结的工作，最后终于投靠革命力量。这些民族上层分子的形象，真实反映了抗战胜利后这阶层人们复杂的思想动态，同时也有力地说明了蒙古民族要得到解放，免除民族压迫，只有在中国共产党的领导下才能实现。通过这些人物投靠革命力量的曲折历程，证明了党对民族上层分子的政策是英明正确的。

　　小说的另一条线索是以贡郭尔和国民党特务为代表的反革命力量。贡郭尔是反动的民族上层分子，日伪时期他投靠日本帝国主义，担任日伪警察大队长，作恶多端，民愤极大。抗战胜利后，他又投靠国民党反动派，妄想实现其封建特权的反动统治，和特务刘峰勾结，利用一部分青年的"民族热"，打着为蒙古民族的旗号，建立一支反革命武装，对八路军工作组进行示威挑衅，抢劫人民财物，窜通国民党匪军屠杀草原人民，并借此挑拨蒙古族人民与八路军之间的关系。这些恶毒的阴谋都一一失败以后，他又接受特务指示，伪装投降革命，与八路军"合作"，干着打入革命内部来破坏革命运动的卑鄙勾当。这个罪大恶极的民族败类的一切花招，终久会被觉醒了的人民所揭穿的；这个阴险狡猾的敌人，也一定会受到革命人民的惩办的。

　　《茫茫的草原》（上部）通过上述四条线索错综交织地展开了内蒙古革命运动中两条道路斗争的全部复杂的生活图景，表现了抗日战争胜利后内蒙古的民族民主革命运动发展到了一个决定性的阶段，它使每一个阶层卷入了斗争的波涛，它触及到每一个人的思想深处。和前几个革命阶段比较起来说，这是更为广泛、更为深刻的一次革命。小说比较全面而深刻地反映出了这次斗争的丰富内容，因此，是一部具有比较深广的思想内容的作品。

　　读罢《茫茫的草原》（上部），一方面为内蒙古文学有这样的新成就而欢欣鼓舞，一方面也感到作品还有不足之处，这主要表现在描写劳动人民的篇章中，对他们的阶级本质方面的东西写得还不够深，因而他们的革命精神也还不是那么光彩照人。可能这是一种苛求。本着知无不言精神，提供作者参考。

1963 年 11 月

第七章

关于长诗《大苗山交响曲》《元宵夜曲》的讨论

苗延秀(1918—1997)，侗族诗人。1945 年发表了《红色的布包》，从此走上诗坛。1953 年他根据民间叙事诗创作的叙事长诗《大苗山交响曲》和 1960 年创作的长诗《元宵夜曲》，引起争鸣并遭到批判。本章对此进行回顾和总结。

第一节　《大苗山交响曲》《元宵夜曲》的批判与平反

苗延秀在《大苗山交响曲》的前记中说，"我写这篇《大苗山交响曲》的方法，是把我熟悉的和工作中所丰富、理解了的苗族人民的生活、历史、及流传在大苗山、三江一带的少数民族中的民间故事、民歌，和我个人的生活，斗争经验以及我在共产党领导之下搞了几年民族工作的体会，加以概括描写"，目的是表现"封建帝皇时代少数民族的反抗民族压迫斗争，歌颂民族英雄，号召民族团结"。应该说，他的创作目的是十分明确且有生活积累做基础的。但是，作者的主观动机与文学生产、读者评价并不能等同，特别是在不同历史时期的特定政治文化语境和批评规范的影响下，对作家作品的评价会大相径庭。《大苗山交响曲》和《元宵夜曲》受到的批评和之后的平反充分印证了这一点。

1960 年，《红水河》发表陈昌的《评苗延秀的〈大苗山交响曲〉和〈元宵夜曲〉》[①]。该文以"党要求我们的文艺为工农兵服务，为政治服务，以此团结和教育人民，推动历史前进"的最高政治规范，从主题思想、人物形象、爱情描写三个方面，全面否定了这两部叙事长诗。

陈昌认为，虽然《大苗山交响曲》试图"表现封建帝皇时代少数民族的反抗民族压迫斗争，歌颂民族英雄，号召民族团结的主题"，《元宵夜曲》也"企图通过一对侗族青年的爱情遭遇来反映少数民族人民反对统治阶级的斗争"，但是，由

---

①　陈昌：《评苗延秀的〈大苗山交响曲〉和〈元宵夜曲〉》，《红水河》1960 年第 4 期。

于作者受"资产阶级个人主义思想"以及"资产阶级世界观"的影响,两部长诗中的英雄人物都是一些"极端的个人主义者"。在陈昌看来,作品中所创造的英雄形象,"实质上是一个脱离群众的、为了个人利益而牺牲群众利益的,精神状态低下的极端个人主义者。这是一个歪曲了劳动人民精神面貌的形象",因此"读者不但不能正确的认识历史上的英雄人物,并得到鼓舞和教育的力量;相反,由于作者给这样的'英雄'披上了一件劳动人民的外衣,它很容易迷惑读者;特别是对于那些识别力不高的人来说,就更可能受到资产阶级极端个人主义思想的毒害"。陈昌进而断言"苗延秀同志的创作已经走上了危险的歧路"。

陈昌认为,苗延秀笔下的极端个人主义者,在爱情方面,"必然是自私的、虚伪的、和不健康的",其"所谓'爱情',是毫无社会意义的,甚至比为恋爱而恋爱的爱情至上主义者还要低下。他所写的爱情实际上是资产阶级形形色色对待两性关系的种种手段,是资产阶级鸳鸯蝴蝶派的末流和变种"。陈昌对诗中的爱情进行了定性,认为"作品中主人公对待爱情的态度是虚伪的和自私的","兄当和别烈之间是没有什么真正的感情的,他们互相欺骗,互不相信,要挟对方",因而断言"兄当和罗铁塔爱的只不过是美的躯壳而已,这正反映了作者资产阶级唯美主义的观点","作者在这里宣扬的不正是资产阶级的那种尔虞我诈,虚伪自私的爱情观点吗? 这和历史上劳动人民的爱情观点是完全不符合的"。在陈昌看来,苗延秀应该去描写"互相信赖,坚贞不二的美德","通过爱情表现主人公的优秀质量,高尚的情操,这样才能唤起人们最美好的感情,提高人们的精神境界,给人们一种生活的鼓舞和力量",因为这才是社会主义需要的爱情和爱情观。

陈昌的观点和逻辑表面上看并没有问题,但认真思考不难发现,他完全脱离了作品反映的时代生活,并对爱情做了简单化处理,或者说是简单化地用社会主义的价值观去臧否苗延秀长诗中的爱情描写,根本没有理解苗延秀新旧社会对比的价值观念。

此外,陈昌认为,虽然苗延秀认为自己的作品"深刻地反映了侗族人民反封建和反对民族压迫的斗争和社会生活",但事实上,"在《大苗山交响曲》里,

在仅仅写到的一点民族压迫斗争中，也是非常片面的，把敌我斗争当作互相
欺骗"，"从作品中，我们看不到苗族人民的斗争性，和苗族人民群众的伟大力
量，看不到苗、侗、汉各族人民共同反抗封建统治阶级的真实的斗争情况"，并
且断言"历史上是有民族战争的，但从实质上来看却是这一集团与那一集团
利益的冲突。因此那些压迫剥削者、侵犯少数民族人民的人，应当是各族人
民的共同敌人，我们无论什么时候都要共同团结起来，打倒反动统治者。作
者那样高喊'我们苗家爱自由，我们生活在我们的土地上，不许别人侵犯'，显
然是不正确的，从辩证唯物主义的历史观点来看，即使在过去，民族之间的斗
争也不是孤立的"。

在上述观点的基础上，陈昌对《大苗山交响曲》和《元宵夜曲》盖棺定论："通
过以上的分析，我们可以看到，苗延秀同志创作的这两部长诗，宣扬了资产阶级
极端的个人主义，撇开阶级斗争的主要矛盾，而去写儿女情；主人公的思想、风
格卑劣低下；不顾历史真实，歪曲了苗、侗族人民的英雄形象，也歪曲了苗、侗族
人民反抗压迫的斗争生活；宣扬了狭隘的民族主义思想。"那么，是什么导致这
个问题出现呢？在陈昌看来问题相当简单：苗延秀的阶级立场和世界观出了
问题。

从学术史的角度来说，对《大苗山交响曲》和《元宵夜曲》的批判话语体现了
极左政治思潮对少数民族文学的影响和规约，反映了一体政治思潮和特定语境
中少数民族文学的处境。

1979 年，王一桃发表《不能把香花当毒草——重评〈元宵夜曲〉》[①]一文，对
《元宵夜曲》遭到的不公正批判进行了拨乱反正式的"重评"。王一桃针对作品
受到的指责，如"歌颂的两个主人公不是劳动人民"，在罗铁塔身上"看不出劳动
人民的品质"，珍珍只有"外在的美，没有灵魂深处的美"，他们的爱情"自私，虚
伪，不健康"，"歪曲侗族人民的形象，歪曲侗族人民反抗压迫的斗争生活"，"宣
扬地主资产阶级的人性论"，"存在着一种错误的创作倾向""是一株'毒草'"等

---

① 　王一桃：《不能把香花当毒草——重评〈元宵夜曲〉》，《广西文艺》1979 年第 2 期。

逐一进行了驳斥。王一桃指出,作品中"两位主人公罗铁塔、珍珍都是勤劳淳朴的劳动人民",作者"不仅写了人物的外在美,而且写了人物的内在美,也就是灵魂深处的美"。王一桃认为作品反映了广西侗族人民的反封建斗争和社会生活,内容是健康的,主题是积极的,创作倾向是正确的。这一评论还原了《大苗山交响曲》和《元宵夜曲》的本来面目,重新确立了这两篇诗作以及诗人在侗族文学史上的地位。

第二节 《大苗山交响曲》《元宵夜曲》争鸣史料

评苗延秀的《大苗山交响曲》和《元宵夜曲》

陈 昌

原文载《红水河》1960 年第 4 期。

苗延秀同志的文学创作活动,主要是从解放后开始的。到现在为止,他除了写有《英雄树》、《花山行》、《下放诗抄》、《生产乐》等短诗外,还发表了《大苗山交响曲》(一九五四年新文艺出版社出版)和《元宵夜曲》(在一九五九年四、六、七、八月号《红水河》上连载)两部长诗。我们觉得这两部长诗存在着一种错误的创作倾向,它所宣扬的思想是与我们的时代精神相违背的。党要求我们的文艺为工农兵服务,为政治服务,以此团结和教育人民,推动历史前进。根据这个精神,来研究一下苗延秀同志的创作倾向,我们想,对作者和读者是有帮助的。

下面我们主要分析《大苗山交响曲》和《元宵夜曲》这两部作品。

一

苗延秀同志在《大苗山交响曲》的前记中说："我写这篇《大苗山交响曲》的方法，是把我熟悉的和工作中所丰富、理解了的苗族人民的生活、历史、及流传在大苗山、三江一带的少数民族中的民间故事、民歌，和我个人的生活，斗争经验以及我在共产党领导之下搞了几年民族工作的体会，加以概括描写而产生……"他企图通过这个故事，"表现封建帝皇时代少数民族的反抗民族压迫斗争，歌颂民族英雄，号召民族团结的主题"。在他的《元宵夜曲》中也是企图通过一对侗族青年的爱情遭遇来反映少数民族人民反对统治阶级的斗争的。如苗延秀同志说的，《大苗山交响曲》是作者根据民间故事和自己的生活经验概括写成的。《元宵夜曲》则是作者根据自己的生活积累创作出来的。因此，我们就从创作的角度来加以评述。

为了分析方便，我们先从作者塑造的人物谈起。因为读者是通过作品中的人物形象所揭示出来的精神面貌受到感染、鼓舞和教育的。

《大苗山交响曲》中的英雄兄当是个什么形象呢？作者说他是"人人都说他好，个个都说他是苗家的'桑'（英雄）"，"是我们大苗山的太阳"，"能召唤千百个山头的苗寨……联合抵抗官兵……是一个干活很能干的人。"可是从整个故事来看，兄当并不是什么英雄，而是一个极端的个人主义者，被歪曲了的劳动人民的形象。他所念念不忘，梦寐以求的却是要"寻找一个能够配得上他的赛过天下的美丽的姑娘"！为了达到这个目的，他几乎整天到处游荡，跋山涉水到处寻访，见人说："你见不见个把很好的姑娘，配得上我这样美的人，来跟我结婚，在这个天下来同我作伴，才满我的意。"当他找了几个姑娘都不满意的时候，"回到自己的家里头来，饭也不想吃，粥也不想吃。他自己纳闷：走这样多地方，没见过好的，这一世恐怕就这样子白过了"。后来兄当终于打听到红花寨头的妹妹，是一个"窈窈窕窕活象个仙姑"的"漂亮"女人。为了获得这个美女，为了要在"拉鼓会"上用芦笙来吸引这"美人"的注意，在农忙的时候，他丢开生产不顾，请一帮青年人为他砍竹子来准备做芦笙；当谷子成熟了的时候，他不去收割，而翻山越岭,走了两天去找最好的芦笙师傅来教他吹芦笙。芦笙师傅请回来了,他就召集全寨的群众来商议,怎样来为自己做芦笙;"拉鼓会"到了,"……兄当热水去洗脸,把脸洗得洁净,把手也洗得白青青的,就穿上绸子的裤,穿上夹衣,裹一件小背心在里头,穿上鞋袜,带上那金柄的宝剑挂在身腰上,围上了那两条蓝布和黑布的头巾,挂上了十五个颈圈,十七个手圈,那手圈好象黄线卷在胳膊上一样,装起来连那向上飞的八字浓眉和乌黑的眼睛都变成金黄色的了。他那粉红的手指头洗得很干净,带红带黄的口唇象五月天刚好要熟的杨梅……"然后"他召集整个寨的人召集了一天,为他去吹芦笙。连那很穷的住在谷仓底的老汉他都去找"。有一个贪财的郭鲁不愿去,他就用钱财来拉拢。我们认为,勤劳是我国人民群众的优良传统,他们常年累月的在土地上耕耘着,劳动成为他们生活中最主要的内容;兄当既然是一个劳动人民,为什么他这样不关心生产,甚至把生产抛开一边,而为了一个女人耗费了全部精力呢?从这些情节看来,兄当丝毫没有劳动人民的气质,完全不象一个劳动人民,而是财主家庭的花花公子。

在《元宵夜曲》中,罗铁塔是一个铁匠,靠帮工过活的,但是我们也看不出劳动人民的品质。吴长友被地主纵犬咬伤后,罗铁塔将他救回家,心情本来应当是十分沉重的,可是就在当天晚上,吴长友躺在床上痛苦的呻吟着,而罗铁塔却和珍珍在一边调情。在整个故事中,作者几乎完全没有描绘罗铁塔的劳动生活,也看不到他为群众做了一些什么好事,而是整天想着象"芙蓉花一枝"的珍珍,甚至"一日离她百日愁,烧坏铁炉懒得修"。为了这个女人,"死在黄泉心也甘"。如上所述,尽管作者自以为写的是劳动人民,而实际上却是披着劳动人民外衣的极端个人主义者。其实,劳动人民并不是这样的,只有那些饱食终日,百无聊赖的剥削阶级才会那样的去追求女人;他们不会有什么高尚的理想的。在劳动人民看来,爱情只不过是人们生活中的一部分,并不是人生的一切。除了爱情之外,人们还要进行阶级斗争和向自然作斗争。

也许,作者会说:我写的是封建帝皇时代的生活,是根据流传已久的民间故事创作的,并没有歪曲劳动人民的形象。

但是我们认为,作者写《大苗山交响曲》和《元宵夜曲》时是在社会主义时代,那就应该用历史唯物主义的观点去研究历史,分析历史,进行创作。对待民间文学,我们应该按照毛主席所指示的:"剔除其封建性的糟粕,吸收其民主性的精华。"我们要继承祖国的文化遗产,但不是毫无选择的继承,而是继承其中优秀的部份。整理民族民间文学的目的,是为了革新和创造新的民族民间文学。苗延秀同志以自己的观点来套民族民间文学,违反了历史唯物主义的观点。事实上,历史上真正的劳动人民的英雄,也有"舍己为人"、"见义勇为"、"路见不平、拔刀相助"等美德,绝不会象苗延秀同志所塑造的兄当和罗铁塔那样充满极端个人主义思想的人。这样的英雄又怎能代表人民的意志和愿望呢？又有什么值得人们崇敬的呢？

自古以来,真正的英雄是和人民有血肉般联系的。各族人民根据自己的劳动生活和历史斗争经验所创造的英雄形象,都是深深地置根于人民的生活斗争和历史土壤中的,这就使得这些英雄形象具有不朽的生命力,具有永远使人民感到亲切的生活内容和思想光辉,具有足以代表人民和鼓舞人民的勤劳、勇敢等崇高品质。

在苗延秀同志的作品中所塑造的英雄又是怎样的呢？我们并不否认在苗延秀同志的这两部作品中,从表面上看也写到了群众,但只不过是一种点缀而已,实际上这些英雄都是脱离群众,不与群众共患难共命运的,写到的群众又都是为主人公的利益而服务的。上面说到兄当兴师动众为自己找爱人就是一例。另外,让我们再看看当人民遭受危难的时候,兄当是怎样对待的吧:

"兄当跨在白马上,背着银弓白箭,站在岭顶高头,向各旃兵马说一句:

我们自家的人受了难,

母女被人强奸死在屋里头,

我们寨上的人,

愿意自己放火与官兵同归于尽,

雪洗这世代难忘的深仇!

> 我们要把左乌寨官兵团团围困，
>
> 烧不死他们也要叫他们死在我们的里头。"

作为英雄的兄当，他不是奋不顾身的与敌人斗争或想尽办法去解救人民的苦难，而是用火烧，使人民与敌人同归于尽，这难道是对人民热爱、为人民的生存和幸福而斗争的英雄吗？既然他不愿为群众牺牲，他又怎能代表群众的意志和愿望，他又怎样称得上英雄呢？当敌人挑拨他与人民的关系，人民对他产生了误会，到处流言蜚语，说他是个害人精，亲戚朋友甚至父母见了都避开，"兄当和别烈，象长在一株枫木树上的野藤，孤单的寄生在丛林里边。"这时候，兄当不是积极去解除误会粉碎敌人的阴谋，而是毫无警觉的，把自己与群众隔离开来。"兄当和自己的爱人，仍旧种田种地在自家山里头，象一对'努星'①永不分离"。兄当这个"英雄"就是这样生活在狭窄的"爱情"天地里的。

在苗延秀同志的作品中，人民群众只不过是群氓。是一些毫无主见、任人摆布的人。在《元宵夜曲》中，许多群众都为了罗铁塔和珍珍而受尽折磨，甚至流血牺牲。如罗铁塔为了使珍珍能从包城军家逃跑，便用同村的一个姑娘配凤去陪嫁；结果他们两人逃逸了，偏把配凤丢下，使配凤惨遭折磨，"奸淫罢了坐热锅"而死。他们设计逃走的事全村人民事前都不知道，但当包城军率领家丁来要人时，全村男老小却为了他们两人的事与包城军进行了一场惊天动地的大血战！

苗延秀同志创造的英雄，就是这样脱离群众、不与人民同患难共呼吸的孤独的英雄，为了自己，而不惜牺牲人民群众的英雄。

我们看到民族民间传说中的英雄，虽然是神奇伟大的英雄，但他同时也是一个普普通通的勤恳朴实的劳动者，他的精神面貌，他的品格都是高尚无瑕的。比如《百鸟衣》中的古卡，本领很大，但又是一个十分出色的劳动者。正因为这样，所以不但在它产生的时代对人民起过鼓舞教育作用，就是在现在和将来也能够永远保持着艺术生命和思想力量，不断给人民美感

---

① 努星：鸟名，成双成对经常在一块。

享受和思想教育。

苗延秀同志所创造的英雄兄当又是怎样的呢？尽管作者把他说成是："一个干活很能干的人，种庄稼、栽杉植桐，样样都行。"但他却终日游荡，找不到"美人"，连人生都感到没意思了。当他听说别烈因吃一块鸡骨头咔在喉咙死去时，他不是难过，而是首先要去取回订情的宝剑，可是宝剑随人埋进坟里了，他竟无情的亲手挖开坟墓。坟挖开后别烈就复生了，然而兄当并不为此而高兴，相反却把她当作"押变"①用洒尿、拿污水给她喝来试她。且不说这些情节是如何的荒唐怪诞，就以品质来说，我们也看不到兄当有那些劳动人民所具有的高尚和优美的地方。

通过上面粗略的分析，我们看到在苗延秀同志作品中所创造的英雄形象，实质上是一个脱离群众的、为了个人利益而牺牲群众利益的，精神状态低下的极端个人主义者。这是一个歪曲了劳动人民精神面貌的形象。

通过这个形象，读者不但不能正确的认识历史上的英雄人物，并得到鼓舞和教育的力量；相反，由于作者给这样的"英雄"披上了一件劳动人民的外衣，它很容易迷惑读者；特别是对于那些识别力不高的人来说，就更可能受到资产阶级极端个人主义思想的毒害。

二

由于苗延秀同志作品中的英雄人物都是一些极端的个人主义者，因此，在对待爱情方面，也必然是自私的、虚伪的、和不健康的。

我们从来也没有反对在文学中表现爱情，也正如同没有人反对在我们的生活中有爱情一样。事实上，作品中也常写恋爱。但是，历来的作品写恋爱的意义从不在于恋爱本身，而在于对压迫者的反抗，对不合理的旧制度、旧思想的反抗，在于互相信赖，坚贞不二，自我牺牲的精神。在我国的古典文学当中，就有很大一部分作品，是通过爱情的主题，反映了人民对幸福生活的渴望和对封建

---

① 押变：苗族的鬼。

礼教的斗争。如《梁山伯与祝英台》、《白蛇传》等都是这样。梁山伯和祝英台，是处在一个没有婚姻自主的时代，他们之间的爱情越描写的深刻，就越能反映对封建制度的反抗，越能激发观众的同情和对旧制度的仇恨。可见文学作品中写爱情并不是目的，而是表现主题的手段。

但是在苗延秀同志作品中所写的爱情是怎样的呢？它又有什么社会意义呢？

首先，我们觉得，作品中主人公对待爱情的态度是虚伪的和自私的。如：兄当和别烈玩了三天，最后分别时，别烈却说："我哩没有得到你的知心话，你也没有得到我的真实话。"甚至说：如果兄当变了心，她就要"率四五万人来到你的家——来打你的房子，你所有的家当就要精光，这样子没有什么好下场。"后来别烈死去，兄当不是伤心难过，而是设法去挖坟要回定情宝剑；别烈复生他又洒尿，拿污水给她喝。当别烈要求相信她，请求他不要再怀疑她的时候，他也不加考虑。当他们结婚后，别烈的母亲向他要嫁妆钱时，他不给，还说："若是舅爷要牛，叫他磨剑利一点，磨枪利一点，上到松约来，打了再要。"兄当为此，反脸无情竟和别烈娘家的一百八十个寨亲朋断绝往来。

由此可见，兄当和别烈之间是没有什么真正的感情的，他们互相欺骗，互不相信，要挟对方。作者在这里宣扬的不正是资产阶级的那种尔虞我诈，虚伪自私的爱情观点吗？这和历史上劳动人民的爱情观点是完全不符合的。在历史上许多写爱情的作品里，都表现了互相信赖，坚贞不二的美德，可是作为党员作家的苗延秀同志，却不去写真正的爱情，这不正说明苗延秀同志宣扬的是什么货色吗？在这一点上，苗延秀同志描写的所谓爱情，竟连古人写的爱情也不如。

我们觉得，在我们社会主义时代，要歌颂真挚的爱情，要通过爱情表现主人公的优秀质量，高尚的情操，这样才能唤起人们最美好的感情，提高人们的精神境界，给人们一种生活的鼓舞和力量。苗延秀同志作品中表现出来的观点是不符合上述原则的。他强调了外在的美，而忽略了灵魂深处的美，把外在美当作唯一的取舍的标准。

兄当立志要寻找赛过天下最美的姑娘，罗铁塔爱珍珍是因为她美得"象朵鲜花"。让我们看看作者理想中的美是什么吧？

别烈这个美人是这样的：

"这姑娘是能卡的女，名叫别烈，那个真正的好，穿裙特别齐，身材粗不
粗，细不细，窈窈窕窕活象个仙姑，她的指头尖又细，嘴唇白带红；那乌黑的
眼珠，亮晶亮晶的象鱼眼一样明媚……"

再看珍珍是个什么样子：

"那珍珍，好个样，脸儿白白象月亮，眉毛弯弯柳色青，十指尖尖如春
笋，牡丹花鞋色色新……"

"那珍珍花裙轻绕绕，脚如仙步轻飘飘，那半露酥胸的黑衣上，颈圈儿
象明月闪闪亮，那刚洗过的少女的脸，象昙花一样洁白芬芳……"

这是珍珍的外貌。再看她的举止：

"那姑娘，嘴儿巧巧轻轻闭，眼睛儿悄悄朝外望，珍珍没有哥和弟，姗姗
走来把客请……"

从这些描写中，我们看到了这样一个形象：这个姑娘雪白的脸，柳叶眉，尖
尖如春笋的手指，樱桃小嘴，窈窈窕窕活象个仙姑，走路是姗姗而行，脚如仙步
轻飘飘，花裙轻绕绕……这不过是封建贵族大家闺秀或者资产阶级的小姐写照
罢了。那里象劳动人民家庭中的姑娘呢？至于她们灵魂深处是个什么样子，作
者却完全不顾。这种选择对象的标准，在劳动人民生活中是不存在的。劳动人
民是唾弃这样的美人的。别烈自己就讲过，为什么劳动人民不要她，是因为：
"讲我大哥是寨里的头人，怕我跟我哥哥一样能说会武，人家才不敢要，讲有钱
来讲，是我们的哥哥头一名，我家的房子是楼房……这样子人家才不敢要。"原
来劳动人民所唾弃的，竟是英雄兄当所追求的。兄当为了满足个人主义的欲
望，只要是外表美的他就要，甚至不管阶级出身，可见他们的"爱情"并不是建立
在劳动和斗争的基础上的。苗延秀同志撇开灵魂深处的美；而在那里苦心孤诣
的创造外在的"美丽"形象。从这里可以看到兄当和罗铁塔爱的只不过是美的
躯壳而已，这正反映了作者资产阶级唯美主义的观点，也正是苗延秀同志作品
中所谓爱情的基础。

长诗中还宣扬了资产阶级庸俗的爱情观点。让我们看看作者对罗铁塔和珍珍两人如何调情的描写吧:罗铁塔救回吴长友后,因为天黑就住在吴长友家里,珍珍这时竟置父亲的死活不顾,而和罗铁塔眉来眼去勾搭起来。"饭菜香香酒儿甜,饭香酒甜乐不过家里有一位好少年。""巧珍珍,脸红好比炉火烧,心腾好比万马跳,"这真象一位从未见过男子的深闺小姐,一见了之后,就意马难拴,甚至想尽办法去试探、勾引,"园边蝴蝶翩翩飞,飞来飞去又飞回。珍珍接过衣服调转身,脸儿笑笑说一声:花儿长在山岗上,蜂不来采怎奈何,芙蓉花好在树梢,你不来攀我勾腰。"这是什么话,这不是十足卖弄风情的女郎么?罗铁塔又怎样呢?他却在偷看珍珍的"半露酥胸",最后竟"手粗心细胆儿壮,抱着珍珍走廊站","右手抱着珍珍肩,左手勾着珍珍腰,轻言低语开脸笑"。珍珍呢,也一点不次于罗铁塔,"巧珍珍,回转身,猛然紧把铁塔抱:你是鸟来我是窝,鸟窝永远两不离……"作者念念不忘的写搂呀,抱呀,这一套,甚至珍珍伪嫁到包家,在"狼窝里"生死危在顷刻时也还是"珍珍投到罗铁塔的怀抱","罗铁塔,双手紧把珍珍抱"……这那里是劳动人民的爱情呢?可见作者用自己资产阶级的思想强加在劳动人民的身上,把劳动人民丑化到何等程度了。

综上所述,苗延秀同志作品中的所谓"爱情",是毫无社会意义的,甚至比为恋爱而恋爱的爱情至上主义者还要低下。他所写的爱情实际上是资产阶级形形色色对待两性关系的种种手段,是资产阶级鸳鸯蝴蝶派的末流和变种。

三

在阶级社会里,在反动统治时代,最基本的矛盾就是压迫和被压迫、剥削和被剥削之间的矛盾。苗延秀同志在《大苗山交响曲》的前记中也写道:"大苗山中,流传着两句山歌:'苗家苦处实在多,讲起苦情泪成河',这深刻形象地反映了历代的反动统治阶级对苗族人民压迫的残酷性;也正因此,在反动的统治阶级方面又有这样两句谚语:'苗子三十年一小反,六十年发一次苗疯'。这虽然充满了诬蔑的意味,但却也反映了苗族人民由于不堪忍受反动统治阶级的民族压迫而勇敢的不断反抗。因此,这篇《大苗山交响曲》,就是这种历史时期的民族压迫制度下苗族人民斗争生活的反映。"对《元宵夜曲》，苗延秀同志也曾自诩为"深刻地反映了侗族人民反封建和反对民族压迫的斗争和社会生活"。一个无产阶级作家，在反映过去的历史生活的时候，真能够抓住阶级矛盾，表现人民的斗争精神，和伟大的力量，这是十分正确的。

那么，在他的作品中所反映的阶级斗争究竟是怎样的呢？

在《元宵夜曲》中，作者也通过主人公讲出一些如何受压迫、要斗争的词句，和地主包城军破坏罗铁塔与珍珍的婚姻；但是我们从全书中所看到的却是主人公"爱情"的悲欢，是一些不可理解的所谓爱情，阶级斗争只不过是遮盖爱情的薄薄的面纱而已。《元宵夜曲》故事开始，吴长友因借牛被地主放恶狗咬得身负重伤，本来通过这件事应激起吴长友和群众的愤恨，团结起来向地主进行斗争。可是作者却避开了这一主要矛盾，仅是借这一事件来使罗铁塔和珍珍相识，以后就完全纠缠在罗铁塔与珍珍的"爱情"上，看不到吴长友与群众的半点反抗。可见地主纵犬咬伤吴长友这个充满着阶级仇恨的事件，只不过是作为罗铁塔与珍珍相识的媒介物而已。从人物身上那里表现出阶级的感情来呢！？

在《大苗山交响曲》里，在仅仅写到的一点民族压迫斗争中，也是非常片面的，把敌我斗争当作互相欺骗。官兵为了侵占大苗山，一次又一次的用计把兄当调开。最后他们之所以能侵入大苗山，是官兵收买了一个雇竹[①]挑拨群众和兄当的关系，而暗中把兵运进去的。兄当攻打古州夺回被掳的姑娘时，也是用欺骗的方法假装送粮送礼。这样来写阶级斗争，不能不是把民族斗争、阶级斗争简单化的结果。在敌人侵占山寨时，看不到苗族人民丝毫的反抗，而任由敌人烧杀，奸淫掳掠。兄当这个"能召唤千百个山头的苗寨……联合抵抗官兵"的英雄，在官兵面前竟无能为力，他没有想办法率领本民族的人民联合起来抵抗官兵。从作品中，我们看不到苗族人民的斗争性，和苗族人民群众的伟大力量，看不到苗、侗、汉各族人民共同反抗封建统治阶级的真实的斗争情况。

从我国历史来看，由于汉族统治阶级在经济上的优势地位，因而形成长期

---

①　雇竹：卖盐的人。

统治国家政权的局面。封建统治阶级为了镇压各族人民,往往制造民族矛盾,达到分而治之的目的,因而在历史上汉族和其它民族之间,是存在着隔阂的事实的。这实质上是阶级斗争在民族问题上的反映。其实,汉族人民和其它民族人民之间,是不存在什么根本利益的矛盾的。文学作品应当怎样来反映这个问题呢? 是片面的强调本民族的团结呢? 还是强调各族人民的共同团结呢? 是强调民族间的矛盾,还是强调阶级矛盾呢? 看来苗延秀同志所采取的是前者而不是后者。

作者在《大苗山交响曲》的最后,叫出了这样的口号:

"我们苗家爱自由,

我们生活在我们的土地上,

从不侵犯别人,

也不许别人来侵犯我们,

假若有谁来侵犯我们的话,

我们誓死为他而战"。

而在一九五九年完成的《元宵夜曲》中,也提出了同样含义的口号:

"我们要生存,要自由,

不怕刀砍和杀头,

我们要生活在苗岭山,

要永远团结和斗争"。

历史上是有民族战争的,但从实质上来看却是这一集团与那一集团利益的冲突。因此那些压迫剥削者、侵犯少数民族人民的人,应当是各族人民的共同敌人,我们无论什么时候都要共同团结起来,打倒反动统治者。作者那样高喊"我们苗家爱自由,我们生活在我们的土地上,不许别人侵犯",显然是不正确的,从辩证唯物主义的历史观点来看,即使在过去,民族之间的斗争也不是孤立的。

四

通过以上的分析,我们可以看到,苗延秀同志创作的这两部长诗,宣扬了资产阶级极端的个人主义，撇开阶级斗争的主要矛盾，而去写儿女情；主人公的思想、风格卑劣低下；不顾历史真实，歪曲了苗、侗族人民的英雄形象，也歪曲了苗、侗族人民反抗压迫的斗争生活；宣扬了狭隘的民族主义思想。这些错误倾向的存在，不能不涉及苗延秀同志的阶级立场和世界观问题。我们现在就从这个角度来探讨。

首先，谈谈作品的主题。我们知道作家总是从自己的阶级立场出发，从阶级的爱憎出发，用自己的阶级观点来观察和认识事物的。因此，作品的主题，往往最集中地表现出作家的思想、阶级立场和阶级观点。从苗延秀同志在《大苗山交响曲》前记中说的话，证明作者是知道只有表现阶级斗争这样的主题才有积极意义，才会受读者欢迎。但是从作品产生的效果来看，如我们上面所分析的，作者没有将这个积极的主题表现出来，反而把阶级斗争当作一种点缀，是披在"爱情"外面的薄薄的面纱。产生这样的结果并不奇怪，这恰恰证明了作家的世界观对创作是有决定作用的。一个作家的思想如果没有改造，他的脑子必然充满着资产阶级的东西，那么，尽管他有好的愿望，总会自觉或不自觉的表现在作品中的。俗话说"文如其人"就是这个道理。苗延秀同志的两部长诗中所表现出来的资产阶级个人主义思想，正是他的世界观在创作上的反映。

我们知道，作家选择生活，选择自己作品的主题，经常要受他本人的阶级立场和美学观点的直接影响的。一个作家，他选择这一组生活现象而不选择另一组生活现象；他看中客观现实的这一侧面而忽略另一生活侧面；他喜欢塑造这一形象而不愿意塑造另外一些形象。这一切都由作家的世界观所决定的。作为一个无产阶级作家，他写什么，爱憎何在，歌颂和暴露的对象在那里，以及这一切问题应该怎样处理，都决定于阶级立场和写作的目的，都和世界观有直接关系。

苗延秀同志的创作活动主要是新中国成立后才开始的。我们新中国成立的十年，是光辉灿烂的十年，是充满着英雄奇迹的十年。我们英雄的工人阶级和劳动人民，在伟大的中国共产党的领导下，彻底消灭了国民党反动派，取得了民主革命的最后胜利，社会主义革命和社会主义建设顺利的进行，第一、第二个五年计划都提前完成了,在党的社会主义建设总路线光辉照耀下,社会主义革命正在日益深入,社会主义建设正在分秒不停的飞跃,全国人民为摆脱一穷二白的面貌而奋勇前进,亿万人民正以坚强的双手,无穷的智慧,创造最新最美的历史,具有共产主义风格的英雄人物千千万万,英雄事迹到处传颂。这是壮丽的崭新的时代!这是诗的时代!我们时代的文学任务就是要以全副热情歌颂肯定新生事物,歌颂新英雄人物的成长,歌颂他们的胜利。早在十八年前,毛主席就教导我们说:"革命的文艺,应该根据实际生活创造出各种各样的人物来,帮助群众推动历史前进。"作为一个党员作家,是应该遵循毛主席的谆谆教诲,义不容辞的担负起这个任务的。但是苗延秀同志的作品如何呢?要么是宣扬资产阶级的个人主义,宣扬庸俗的色情的"爱情",再不就是象《花山行》那样咏叹古代的英雄,象《生产乐》那样抒发个人失意的感情。他所宣扬的这些思想,都是与我们时代精神相违背的。这正说明了作者的资产阶级世界观在作品中顽强的表现。

在作家所塑造的英雄形象上也可以看出他的世界观。因为,人所热爱所追求的是什么样的生活?他把什么样的生活看做是美好的?这就是他的理想。这种理想体现在他所写的人物和人物的关系上面,有些人物和人物的关系是他所喜欢的,有些人物和人物的关系是他所不喜欢的。在苗延秀同志的《大苗山交响曲》中他所喜欢的歌颂的是兄当和别烈;在《元宵夜曲》中他所喜欢的歌颂的是珍珍和罗铁塔,作者本想把他们写成出身于劳动人民,充满勇敢精神的英雄。(别烈除外)罗铁塔是铁匠,兄当是劳动人民,珍珍是"三个石头砌个灶"的贫雇农的女儿。但我们从作品看来,这些人物从生活到思想都不是劳动人民的样子。苗延秀同志把贵族小姐式的姑娘称为"美人",说成是劳动人民;把极端个人主义者称为"英雄",这样颠倒黑白,混淆是非,不正是资产阶级世界观作祟的结果。正如高尔基所说的:那是作者"脱离生活的主观臆造,用自己的错误的思想感情、立场、观点去代替人民群众的思想感情、立场和观点。把自己的思想感情和主观编造的故事,硬加到劳动人民身上的结果"。

再看看作者的艺术趣味。这方面的问题自然和作者的思想感情有关,和世界观也是密切联系的。苗延秀同志竟然那样欣赏和赞颂那个"窈窈窕窕活象个仙姑"的寨头的女儿，在农民被地主纵犬咬伤、极度悲愤的情况下，他感兴趣的竟是男女的私情，他对少女感兴趣的是"半露酥胸"，对落后的庸俗的甚至色情恋爱方式竟然那样写得津津有味；对地主包城军奸污妇女的兽行又作了那样细致入微的描写。什么"抱着配凤床上滚：'我本想吃天鹅肉，天鹅飞走吃鸡粥'……捞她的衣服塞她的嘴，扯她的裙子拉她的腿"，这种趣味不仅十分庸俗，而且是对劳动人民的丑化和侮辱。这种艺术倾向是作者资产阶级人生观在作品中的表现。因为人们的世界观和艺术观是一致的。

从选择题材上也可以看到作家的世界观的缺陷。我们主张题材的多样化，不能强迫一个作家非写某一题材不可。不过从题材的选择和处理也能看出一个人的思想。为什么苗延秀同志那样热衷于历史传说故事，而对于劳动人民进行的翻天覆地的阶级斗争和轰轰烈烈的社会主义建设无动于衷呢？难道说他脱离生活么？不完全是，我们知道苗延秀同志曾在三江、大苗山工作过两三年，一九五七年又下放到三江参加劳动将近一年。说完全没有接触生活是说不过去的，主要原因是什么呢？因为他自己的世界观没有彻底改造，要表现新事物是有困难的，要塑造具有共产主义风格的人物是不容易的，他便走一条"轻便"的道路，写历史题材。其实，如果世界观不改造，任何题材也是写不好的。

如果说，以上的分析还不足以说明问题，那末让我们再举一个例子。这对了解苗延秀同志的世界观和他的创作倾向是有帮助的。一九五八年春，苗延秀同志下放三江劳动时给《红水河》编辑部寄了一首诗《生产乐》（这首诗后来编辑部提出意见和作者共同修改后发表在五八年四月号《红水河》上）。原诗是这样的：

> 伴山梅林溶水长
> 舍职落户社为家
> 春风吹红桃花面
> 佳节来尽浪掏沙

浪里掏沙筑水堤

万亩良田洲上辟

积肥万担田中倾

赛过神仙万户侯

赛过神仙万户侯

赶牛扶犁在洲头

渴了共饮江边水

与尔同消万古愁

苗延秀同志把下放当作"舍职",好象是封建时代的官宦被革职被贬一样。说什么"舍职落户社为家",就是说自己被贬,因而落户到农村,作一个归隐的陶渊明,逍遥自在,不为功名利禄烦恼,这种生活"赛过神仙万户侯"。"万户侯"何所指?既然他把下放当作被贬,"万户侯"自然是指在城里工作的负责干部了。"赶牛扶犁在洲头","与尔同消万古愁",就是把自己的失意心情寄托在农事活动上。可见作者的思想感情与我们时代有多么大的距离。我们广大人民群众正在轰轰烈烈地建设社会主义,个个精神奋发,斗志昂扬。我们时代欣欣向荣,生气勃勃,而苗延秀同志心中却有"万古愁",有着无穷无尽的烦恼,唱出这样充满失意的灰色的调子。这正是苗延秀同志极端的资产阶级个人主义思想。最后必然表现为资产阶级世界观。

这里我们找出了苗延秀同志为什么对我们劳动人民进行的翻天覆地的斗争无动于衷,对轰轰烈烈的社会主义建设漠不关心,而热衷于历史题材,为什么他那样赞颂个人主义,为什么会有资产阶级的艺术趣味的原因了。

苗延秀同志的创作已经走上了危险的歧路,我们希望苗延秀同志正视自己的创作倾向,决心改正自己的错误,破资产阶级世界观,立无产阶级世界观,投身到火热的社会主义建设中去,彻底的改造自己的思想,写出无愧于我们时代的作品来。

不能把香花当毒草

——重评《元宵夜曲》

王一桃

原文载《广西文艺》1979 年第 2 期。

　　我区侗族诗人苗延秀的长篇叙事诗《元宵夜曲》问世后，曾受到一些不公允的批评。这些批评认为，《元宵夜曲》所歌颂的两个主人公不是劳动人民，在罗铁塔身上"看不出劳动人民的品质"，珍珍只有"外在的美，没有灵魂深处的美"。他们两人的爱情是"自私，虚伪，不健康"的。这些批评还认为《元宵夜曲》"歪曲侗族人民的形象，歪曲侗族人民反抗压迫的斗争生活"，"宣扬地主资产阶级的人性论"，整个作品"存在着一种错误的创作倾向"，是一株"毒草"。

　　我们认为这种批评不是从文艺作品本身的实际出发的。为了辨别这部作品是香花还是毒草，让我们从作品本身的实际出发，实事求是地来重评这部作品吧。

　　《元宵夜曲》比较成功地塑造了劳动人民的形象。作品中的两位主人公罗铁塔、珍珍都是勤劳淳朴的劳动人民。罗铁塔的父亲做了十五年长工，母亲当了一辈子的缝衣匠。有一年闹旱荒，他打了一只狼，只因没有交给地主就闯了大祸，双亲被地主活活打死，他家的房子也被地主拆了，从此他只好投靠姑妈，过着"贫穷无亩田，帮工年过年，打铁带打猎"的生活。长年的劳动，使他"胳膊儿粗赛过那硬棒锤"；困苦的生活，使他"衣服破了肚边挂"；但他人穷志不穷，"志气比松树还硬直"。为了"要生存，要自由"，他"头顶青天反世界"，"不怕刀砍和杀头"！珍珍也是一样。她的外祖父给地主放排死在岩石底下，外祖母被地主凌辱迫害致死，妈妈从六岁起被地主抓去当奴婢，爸爸也在地主家当了三年长工。她双亲当年通婚时就惨遭地主的毒打，被撵出地主家后还要赔礼送钱给地主二十年！珍珍就是生长在这样贫苦的劳动人民家庭里。她种棉织布，养猪喂鸡，样样都干。她特别善于织毯，"织龙能象龙的样，织花能有花放香，织个水牛会斗架，织个阳雀叫出声。织个蛟龙会吸水，织条鱼船水上行。"她就是这样"整日坐机把毯织"，"越穷越苦越辛勤"。我们怎能说这两个主人公不是劳动人民呢？

不错，作者在许多章节中写了主人公的美，特别是珍珍，作者更是不惜笔墨去细致描绘，反复刻画。不仅直接描写"她人生象朵芙蓉刚露葩，手巧织布变成花"，而且通过侧面描写来反复烘托："在家惊动堂前燕，出门惊动少年人，上山惊动百鸟叫，下河惊动龙翻身。"此外，作者还写了她的别具一格的民族装束以及她灵活轻巧的举止动作。我们认为，这样写完全是无可非议的。作者笔下的人物既然是侗族贫农的姑娘，那为什么不能写出其民族特点来呢？为什么不能把她写得比生活原型更美一些呢？

作者不仅写了人物的外在美，而且写了人物的内在美，也就是灵魂深处的美。珍珍为什么会爱上铁塔？原因不是别的，而是因为铁塔爱憎分明，见义勇为，从包财兜的虎口中救出了自己的父亲。她的对歌"芥菜花开当黄金，萝卜花开当白银。几多金银妹不爱，单爱哥哥情义人"就是她内心的表白。正是因为她是那样地爱自己的父亲，所以才那样地爱救自己父亲的人儿。他们的爱情是在共同反抗地主的压迫中萌发的，也是在共同反抗地主的压迫中成长的。"你打帮工我种棉，你去打猎我做鞋；雨淋日晒不怕苦，有心爱你不怕穷"，——共同的阶级命运，使他俩产生爱慕之情；"黄连苦苦由根生，我们的苦根是财兜生；假若有日风云起，要把财兜家一扫平"！——共同的斗争信念，使他们永远结合在一起。

正因为这样，珍珍爱自己的阶级亲人，爱得那样深沉；珍珍恨那些鱼肉人民、欺压百姓的地主恶霸，恨得那样强烈。当包财兜的儿子厚颜无耻地要和她结亲时，她义正词严地声明："好马不吃回头草，好女不嫁财主佬"！并在对歌中指着包城军责问："一条河水几多滩？田螺肚里几多弯？你的肠肚弯多少？谋财害命几时了？"真是痛快淋漓，搞得对方有口难答！事后她还对铁塔表白："包家若是来要我，一条扁担一把刀，一把木桨一根篙，随他打到那条河"！真是干脆利落，充分表现了她和地主斗争到底的决心。而当包财兜上门来死拉硬抢时，她痛骂道："强迫成不了亲，绳子绑不了心！""包城军想和我结亲，好比蛤蟆望天星！"随着斗争的发展，珍珍的内心世界被作者提示得更充分。我们能说珍珍是仅仅有一个外在美而没有灵魂深处的美的形象么？能说他们的爱情是自私、虚伪、不健康的么？

还有罗铁塔，作者除了表现他的勤劳淳朴外，还着力刻画他机智勇敢的性格。作者这样描写他的英雄形象："罗铁塔力大志气强，头绕黑巾三尺长，身穿黑裤黑衣裳，英雄好比武松样。"他曾多次跟地主恶霸较量过，当包财兜诬赖他父亲是"蟊贼子"并加以毒打时，十五岁的他跨步向前，举起拳头就要将地主打；当包财兜设下圈套放狗把吴长友咬得死去活来时，他挺身而出赤手空拳一连打死地主的三条狗！而当包城军即将抢走珍珍时，他一闻讯就马上赶去和珍珍商定妙计，终于在群众的掩护下，在弥漫的烟炮中把珍珍抢救出来。最后，在包财兜带兵到洼岭村时，他组织大家大造地主的反，打死包财兜和狗腿子，还拿起一切可以利用的武器，把包家的兵丁全部撵出村。如果说，他开始和地主斗争时只凭一股作气的勇敢，那么，他后来的斗争除了凭勇敢之外，还加上出奇制胜的机智。正如珍珍称赞他的那样："你的志气壮山河，聪明盖过世间人！"

罗铁塔同地主作斗争并不是没有群众基础的。住在苗山洼岭村的侗族人民具有光荣的斗争传统。早在乾隆五至七年，他们就曾揭竿起义。尽管那次起义后来失败了，但他们反抗压迫的斗争仍此起彼伏，从不间断。特别是地主包财兜对他们的残酷剥削和压迫，更使他们难以忍受。包财兜的祖宗从湖南来广西时是千总，后来当了团局董，他一家"世代做官为阎王"。他儿子包城军更是奸狡毒辣，无恶不作的团总兼恶霸，他"杀人如同打只鸟"，"强拉民女结冤仇"，侗族劳动人民早就恨透他们了。因此，只要有一根导火线，就会很快燃起一场反抗的斗争怒火。当包财兜到珍珍家逼婚时，满巷的人都来把他撵走，甚至拿起石头砸烂他的轿，"你一拳来我一脚"，抓着他往鱼塘里泡！而当包财兜家来"兴师问罪"时，除了反动的寨头李得帮外，广大侗族群众都站在珍珍一边。正因为有这样的基础，所以在罗铁塔组织和发动反抗地主压迫的斗争中，才有那么多的群众参加，才能最后取得斗争的胜利。这怎能说是作品歪曲了侗族人民的形象？又怎能说作品歪曲了侗族人民反抗压迫的斗争生活？

至于这部作品是否宣扬了地主资产阶级人性论的问题。我们认为，只要我们从具体的作品出发而不是主观武断，只要我们看整个作品的主要倾向而不是断章取义，只要我们是用辩证方法而不是用形而上学的方法，一句话，只要我们摒弃了帽子加大棒的评论方法，那么，我们就不难得出正确的结论。"同井饮水同条心，同一寨人亲又亲"，是作者用来形容长工吴长友从虎口中逃脱出来，得到了同寨群众的关怀的。很明显，这是有特指的内容和特定的含义的。这个"同"仅仅限制在劳动人民的范围，并没有包括剥削劳动人民的敌对阶级。同样，"苗岭山高遍地花，相逢便象是一家"，也是作者用来形容贫农女儿珍珍遇着自己的阶级亲人彼此高兴的心情。这和前两句是互相呼应的，怎能撇开作品的具体内容，望文生义、牵强附会呢！

从这部作品来看，主要的倾向是反压迫，是阶级斗争。一切反动势力为了维持他们的统治。总是用地主资产阶级的人性论来作他们的思想武器，欺骗人民，麻痹群众。珍珍妈从六岁起就被包财兜抢去当奴婢，思想上难免受到剥削阶级散布的人性论的一些影响。珍珍就讲过她"人温顺，心肠软"，"常拿封建规矩把我教"，因此在她向地主求情时讲出"亲不亲，共世人，别那样无情灭断根"的话是完全可以理解的。她的主观愿望是想劝说包财兜，使他"良心发现"，改邪归善，然而作品中体现的阶级斗争本身就否定了珍珍妈的这种幻想。同样，她在安慰珍珍时讲到"得帮是洼岭的寨头，他吃的粮食是侗家给，他住的房屋是侗家修，他穿的衣服是侗家做，他不会把仇人当做友，把自己人当作死对头"，也是不奇怪的。作者通过珍珍对得帮的不同看法和后来得帮嘴脸的暴露，有力地证明了珍珍妈这一胡涂的想法是不合实际的。我们怎能抓住作品中次要人物的片言只语来当作作品的主要倾向呢？

《元宵夜曲》在一九六〇年由上海文艺出版社出版之前，曾于一九五九年在《红水河》连载。这部长篇叙事诗之所以为群众欢迎，在于它通过引人入胜的情节，塑造了一对勤劳淳朴、勇敢机智的侗族青年的英雄形象，反映了广西侗族人民的反封建斗争和社会生活。作品的内容是健康的，主题是积极的，创作倾向也是正确的。人们读了这部作品，只能引起对劳动人民的热爱，对剥削阶级的仇恨，只能激起对旧社会的憎恶，对新社会的向往。其次，这部长篇叙事诗之所以为群众所欢迎，还有一个重要原因，就是它的艺术形式优美动人。作者善于运用富有民族特色的民歌语言，通过赋、比、兴等艺术手法，浪漫主义的传奇色彩和反复吟咏、一唱三叹的诗歌形式，去讲述故事，渲染气氛，刻画人物，从而收到较好的艺术效果。当然，这部长篇叙事诗不论在思想上和艺术上，都还有其不足之处。例如有的人物性格还不够鲜明，缺乏完整统一的个性；有的人物的结局处理得不够理想；有的人物的说话过于冗长；作品中一些环境的描写还不完全符合人物的阶级地位。所有这些，都在不同程度上影响了作品的真实性和艺术效果。尽管这部长篇叙事诗存在着这些美中不足的瑕疵，但它仍不失为一部在思想上和艺术上有鲜明特点的作品，我们应当让它在社会主义文艺和兄弟民族文学的百花园里呈现异彩。

后　记

从国家社科基金重大项目"新中国少数民族文学研究史（1949—2009）"获准立项至今，正好是岁星绕太阳一周的时间，也是生肖轮回的一个完整周期。这 12 年，少数民族文学史料的阅读和整理，成为我生活的一部分。本书是这些史料重新整理和研究的成果，也是国家社科基金重大项目"新中国少数民族文字文学史料整理与研究"的阶段性成果。

本书的史料搜集整理涉及 1949—1979 年间少数民族文学各学科领域，史料形态多样，分布空间广阔，留存情况复杂，涉及搜集、整理、转换、校勘、导读撰写诸多方面，难度之大，可以想见。因此，在本书即将付梓之际，特向为此付出了大量心血和努力的学界师长、同仁以及团队成员致以谢意。

感谢朝戈金、汤晓青、丁帆、张福贵、王宪昭、罗宗宇、汪立珍、钟进文、阿地力·居玛吐尔地、李瑛、邹赞、刘大先、吴刚、周翔、包和平、贾瑞光等学界师长和同仁的悉心指导和鼎力支持。

感谢宛文红、王学艳、陈新颜、杨春宇以及各边疆省（自治区）图书馆的大力支持。特别要感谢大连民族大学图书馆宛文红 12 年来持续、有力的支持和帮助。

感谢团队各位成员的参与和付出。参加史料解读撰写和修改的有：王莉（33 篇）、丁颖（29 篇）、韩争艳（39 篇）、苏珊（35 篇）、邱志武（43 篇）、李思言（38 篇）、邹赞（42 篇）、王妍（25 篇），王微修改了古代作家（书面）文学卷的史料解读和概述初稿。撰写史料解读和部分概述初稿的有：王潇（71 篇）、包国栋（58 篇）、王丹（89 篇）、张慧（65 篇）、龚金鑫（16 篇）、雷丝雨（85 篇）、卢艳华（58 篇）、王雨栞（39 篇）、冯扬（35 篇）、杨永勤（15 篇）、方思瑶（15 篇）。王剑波、王思莹、井蕊校对了部分史料原文。

李晓峰撰写了全书总论、各卷导论，审阅、修改了全书本辑概述和史料解读，并重写了各卷部分本辑概述和史料解读。

由于种种原因，许多整理出来并已经撰写了解读的史料（图片）未能收入书中，所以，团队成员撰写的篇目数量与本书实际的篇目数量存在出入。史料学是遗憾之学，相信，未收入的史料定会以其他方式面世。

再次对多年来关心、支持我和本课题研究的各位师长、同仁、家人表示衷心感谢。

李晓峰

2024 年 11 月 12 日于大连